张文东◎著

河北出版传媒集团
花山文艺出版社

图书在版编目（CIP）数据

鲁南风雷/张文东著. —石家庄:花山文艺出版社,2015.10（2020.5重印）

ISBN 978-7-5511-2493-5

Ⅰ.①鲁… Ⅱ.①张… Ⅲ.①长篇小说—中国—当代 Ⅳ.①I247.5

中国版本图书馆CIP数据核字(2015)第210566号

书　　名：鲁南风雷
著　　者：张文东

责任编辑：梁东方　李　爽
责任校对：杨丽英
美术编辑：胡彤亮
出版发行：花山文艺出版社（邮政编码：050061）
（河北省石家庄市友谊北大街330号）
销售热线：0311-88643221/29/31/32/26
传　　真：0311-88643225
印　　刷：三河市华东印刷有限公司
经　　销：新华书店
开　　本：710×1000　1/16
印　　张：27.5
字　　数：450千字
版　　次：2016年1月第1版
2020年5月第3次印刷
书　　号：ISBN 978-7-5511-2493-5
定　　价：49.80元

目录

第一章　猎枪　/ 001
第二章　铁证　/ 015
第三章　慈善堂　/ 028
第四章　芦苇荡　/ 041
第五章　古会　/ 059
第六章　邹纪青　/ 075
第七章　碌碡　/ 090
第八章　熊熊烈火　/ 105
第九章　告状　/ 120
第十章　火烧杏花楼　/ 135
第十一章　白手夺枪　/ 150
第十二章　庵子　/ 166
第十三章　架肉蛋　/ 177
第十四章　三打梨园　/ 191
第十五章　辘轳记　/ 204
第十六章　客人　/ 217
第十七章　礼帽　/ 231

目录

第十八章　一打车站　/ 244
第十九章　炮轰丁家岭　/ 257
第二十章　铁流　/ 270
第二十一章　二打车站　/ 283
第二十二章　赶集　/ 295
第二十三章　望云桥　/ 308
第二十四章　飞蝗　/ 321
第二十五章　三打车站　/ 336
第二十六章　黑牛记　/ 348
第二十七章　一打县城　/ 362
第二十八章　卖布　/ 374
第二十九章　二打县城　/ 387
第三十章　夜袭兵站　/ 401
第三十一章　三打县城　/ 414
第三十二章　云龙山　/ 423
第三十三章　人证　/ 428

第一章

猎　　枪

天空中乌云密布，朗朗乾坤变得黑暗起来。朔风吹起使得严寒的隆冬更加寒冷，风吼树叫，天地间的空气仿佛凝住一般，湖泊冰封，河水断流。恶寒像日本强盗一样要生吞世间的生灵，它要主宰这个美丽的世界。

鬼子疯了，先后把两下店北阁南阁放火烧掉。村里大乱，哭娘觅子，扶老携幼，抛离家门，撵牛赶羊纷纷逃往峄山。这群野兽洗劫村子后遂掉过头来直扑纪王城而来。该城是武则天年间将第九子派到峄山之阳镇守，封纪王，后人遂称为纪王城。此时，沙泥队长骑匹黑马，一人当先，直扑城门。当看见城门已被山枣圪针堵了个结实，示意日伪军停了下来。正愣间，忽闻一支天歌从九霄传来：

“卢沟桥上日寇号，二十九军染征袍。鲁兵十万逃开封，国土沦陷贼手中。鼠贼染指纪王城，先斩贼首祭刀缨。铁帚横扫东洋鬼，飓风卷起回东瀛！”

噔！一声正义震天般的枪声响起。沙泥当即被击中栽倒于马下，身边的鬼子也被撂倒了几个。豺狼们深深知道抢关外，夺关里，占黄河一路南侵。在这个屡受列强宰割地东方大国那广袤的农村里，皇军如狼踏羊群，毫无阻挡。是谁？敢与皇军的洋枪洋炮作对呢？

这时，只见土城墙头上。一位老人鹤发童颜，执定猎枪，怒目朝城下破口大骂：“狗强盗听着，三十七年前，你那作孽的老祖和七国联军被俺义和团在廊坊用大刀杀得屁滚尿流。如今，你这群狼崽子，怎么还敢来送死！”说完，又打了一枪。

沙泥趴在马蹄前，整个叫驴脸被铁砂子弹打得变成一副癞蛤蟆皮样儿的麻子皮色。他稍一镇定，咬着牙唰地抽出战刀斜戳空中，又像只惊枪的狼暴怒地号叫：“杀——给给！”

鬼子兵黄压压的一片如冲向海岸的恶浪般扑向土城墙。霎时，西城门外，号声惊心，枪声又起，硝烟障天。

城墙历经沧桑，风吹雨侵，城墙的大砖都被历代官府扒了建造县城去了。又经乡民的扒挖，高大的城墙渐渐地矮了下来。

老人见了，呵呵大笑，提了猎枪跳下城墙。他叫范元，今年七十六岁，生来性格刚强，疾恶如仇。当年，他为保卫疆土毅然参加了义和团。随师父在廊坊痛杀八国联军，后来由于清政府软弱无能，义和团被剿杀战败。他遵照师父遗嘱，携师妹秘密回到家乡，结为夫妇，生一子，妻子患疟疾病故。儿子、儿媳在三十岁时，生下孙子范洪灞，夫妇二人先后患黄肝炎死亡。范元悲痛至极，为保住范家独苗便把八岁的范洪灞送到峄山道观，拜了峄山全真道第二十九代掌门住持唐玄为师。这几天，日寇鲸吞了邹县城，村里人纷纷逃难奔上峄山，唯有他在家里擦枪磨刀，陷阱插桩，准备死战。

鬼子们爬上城墙，居高临下朝着范元扫射。他急忙提枪拐进胡同里，鬼子包抄过去。范元躲到老柿子树后，四个鬼子恶狠狠地扑上来。只听“咔嚓”一声，尘烟冲天，鬼子都坠下陷阱——自己钻进了坟墓。

范元见了，哈哈大笑：“畜生，你们父母隔着东洋大海盼你回家哩！今儿死的活该，就得怪你那混蛋天皇！”三个鬼子当头截住去路，叽里呱啦地狂叫。他挥动青龙偃月刀横扫过去，砍断鬼子咽喉。另一个鬼子蹿至面前端枪便刺，早被范元劈掉右手，复一刀结束了鬼子的性命。第三个鬼子恼了，举起长枪欲刺，范元终因年事已高，体力渐渐不支，招架不住。

就见一人，生得四方脸，面如银雪，身材高大。手舞熟铁棍，高吼一声：“鼠贼，不要找死！”那熟铁棍锄把粗细，犹如孙大圣金箍棒照着鬼子脑后砸去，那颗侵略者的头颅登时黑血四溅，当即死去。

范元见了，大喜道：“孙儿，狠狠地打！”

当人们纷纷跑到峄山避难的时候，范洪灞在难民群里寻觅爷爷，满山人海里却不见其踪影。在南华观碰见善治告诉他，范元死活不愿来，不知他怎么想的。范洪灞听了，蹙动双眉，两只手握成皮锤，怒吼一声，跳下巨石。当听到纪王城西门方向响起激烈的枪声时，急忙抄了熟铁棍飞也似地下山而来，正巧救了范元。范洪灞在峄山道观十余年，经文读得不太多，却练就了一身道家真传“峄山三绝功”。一曰，飞升术；二曰，铁脚；三曰，仙掌。峄山三绝功神力无比，威震天下，小鬼子怎禁得住那根熟铁棍？真如手持绣花针碾死小蚂蚁。当下，范洪灞弃了熟铁棍，急拾了三支三八大盖枪挂在脖颈上，背过爷爷捡熟路逃离了凶险之地。

纪王城南门建在与峄山相对的锅山上，锅山有九座山头，旧称九龙山。与南面凫山遥遥相对，两山恰似一把钢钳死死地将津浦铁路夹住。为此，鬼子继续南侵，就必须拿下锅山。此时，蒋介石已派川军名将王铭章师长提一师之旅进驻滕县，前锋直抵锅山。原来，蒋介石本不想抵抗日寇，顽固推行其“先安内，后攘外”的反革命政策。但迫于全国抗战呼声的压力，勉强调从山西回防开封的川军前来鲁南御敌。王铭章师长命一团团长米正率部赴锅山抗敌。临行时，王铭章师长双手紧握米正的手说道，出川晋豫转赴鲁，怀抱劣枪忧愤去，纵有千百蜀精英，怎挡东洋铁甲兵？米正流泪道，君守弹丸小滕国，杯水车薪枉国殇，还愿此躯筑长城，血战日寇报黎民。于是，米正愤然率川军冒着冰冷的雨夹雪直抵锅山。

当时，米正命一营二营部署在老龙岭，横山头，小土山上，暗地里把三营埋伏在赵山村里，以备接应。分拨已定，自己亲带一营长、二营长登上主峰，观察两下店车站上的情况。米正看完地形，不禁兴叹道：“好山，九座山峰甚是壮观，就像九条龙冲天欲归。”左右寻一百姓打听两下店的情况，那百姓告诉米正，东庄教堂里大概有八九十个鬼子，车站上可能有一二百个鬼子。那百姓又说道，这座山原名叫九龙山，现今叫锅山。米正听罢，禁不住心底凉透了，右手抚摸战刀，暗想“米”进“锅”，怎能存活？

峄山素称岱南奇观，五华峰，丹卵峰，冠子峰，福山峰，西方天台峰，东方天台峰。卵石叠垒，岩石千丈，六峰竞秀，直插霄汉。松海涛涛，雄鹰鸣鸣。云带素裹，恶云突生。千鸟争斗，百壑奔流。此山无二双，故称“天下第一奇”。

清晨，羊车故道上，苟道领着十几个日伪军闯进了难民区。哑巴看见忙抄近路来到白云宫，找着范洪灞把见到的事儿比画着告诉了他。

范元听了，双目喷火，微微捋动银须，操刀迎战却被范洪灞拦住。范元跺着脚吼道：“快闪开，想当年，我和你老爷爷被二十多个八国联军围住，没出三枪两刀就把他们杀得全死在脚下。今儿这几个小贼专来找咱，你怎么不让我打，难道是害怕了吗？”

范洪灞笑了：“爷爷，大山中避难的人忒多了，一旦动手，会伤及别人。”

范元听了，长叹一声，说：“唉！这么大的国家，好叫东洋鬼子欺压，真窝火。”

范洪灞把鬼子来山上的消息告诉师父唐玄，叮咛师父多加小心。

苟道领了日伪军找遍大白楼、东宫、南华观、船石、盘龙洞、五巧石，却没发现范家爷孙俩人影。便抓住村里叫邹纪翔的人，不由分说将他打得皮开肉绽，逼着其说出范家爷孙两个在哪里。众百姓见了纷纷躲藏，永新老人于心不忍，悄悄地找苟道给邹纪翔说情。

苟道生得鸡骨头蛤蟆肉，活像一根麦秸莛。其父苟会，自打会走路就是个偷摸的行家。祖父把苟会吊在梁头上毒打，要他告饶，那苟会便装死，待放了他没一袋烟工夫就把哪家的鸡偷来了。祖父气得一病不起，羞愤死去。苟会十三岁在集市上遇见女扒手庄经，两个人气味相投，回家拜了堂。没过半年苟会就后悔了，庄经今天睡张三，明天陪李四，管教不了她只好任其放荡。那庄经也争气，一连生了七个儿子，两个女儿。每人长相不一，猴鼻狗腮。个个欺男霸女，人人下夜穿窬。十里八乡的老百姓笑言道，宋朝杨家将七郎八虎保江山，如今苟家七儿八狼害乡亲。苟会七子中，唯有三子苟道识些字儿。他专和地痞勾结在一起，常因偷不着东西而挨饿，故此人们给他起了个诨号：“饿狼”。鬼子强夺了邹县，他摇身一变当了伪军大队小队长。这时他知道永新是个惹不起的人物，便顺水推舟，先向鬼子站长横二鞠躬，递了眼色，放了邹纪翔，随后一人当先引着鬼子伪军向白云宫摸来。

唐玄催促范元爷孙二人躲了，心里暗暗想道：“鬼子来了，天下已乱。泰山师兄肖龙捎信来说，山场萧条，道徒儿多有下山。”范洪灞从一侧来报，苟道带着鬼子已到十八盘。唐玄回顾左右，竟然没有一人相随，顿觉悲凉，慨然长叹：“仙师开山基业七百年道场从此败也！”你看他，急趋步，怀悲怆。下戏池，过戏楼，穿过八卦石，愤然将这群狼狗阻挡于南天门外。他右手一甩拂子单手立掌，开言道：“无量天尊，峄山道观乃清净之地，与世无涉。但不知太君为何踏我山场？”

横二手起一枪，将唐玄击倒，鬼子伪军蜂拥着破门而入。那钟科本是当地人，熟悉地理，在白云宫抢掠起来。

噔——突然，一溜青烟喷向戏池，日伪兵轰的一声倒了一片。钟科眼尖，捂着血脸指着舍身崖叫道："猎枪……是范老头的，太君！"

横二连窜几步第一个冲向舍身崖，又一声猎枪响，横二应声倒地。冲进白云宫的日伪军在此时尚不知道，自己的头儿已魂断峄山。第三声猎枪响，又有鬼子中弹一头栽死在石阶上。日伪军面面相觑，魂飞魄散。苟道吓得令人背了两个鬼子尸体，沿红梅岭向山下退去。

五巧石上，范洪灞横枪骂道："饿狼苟三，引狼入室，残害同胞！畜生，留下狗头！"他默默念叨，"无量天尊，鬼子汉奸到处杀人，恕弟子大开杀戒。"他对着敌人被迫还了第一枪。

苟道头部受伤，声嘶力竭地叫："抓住范道人！"日伪军把五巧石团团围住，哪有什么范洪灞？又怕遭冷枪，忙去峄山街村弄来叶门板把两具死尸抬了，惊慌下山。

范洪灞再回南天门，见一簇人围着什么。他透过人群看见师父已被杀害，哀号起来，央了人把师父盛殓了，连夜将唐玄安葬在斗鸡台。寻找爷爷时，却不见人，逢人打听，并没有人知晓。范洪灞又找了一圈儿，未见踪迹，心里焦躁起来。他不愿再回到白云宫，昔日的兴旺景象已被败落萧条所取代。他是多么留恋宏伟辉煌的白云宫，在这里生活了十余年，现在又不得不离开这个家。来到东沟，找到了好朋友齐东来，此人生得个头虽小，却胆大心细，智谋超人。两人悄然离开家人，来到孔子讲学岩洞口。孔子和弟子们对面而坐，弟子们洗耳恭听。可是，近年土匪猖獗，把这些石头人都砸烂了，千古遗迹，甚是可惜！

范洪灞看着对面的锅山，担心地说："东来，听说川军尽是单打一的枪，那怎么能与鬼子的三八大盖相比？我看到头来川军弟兄们会吃大亏。"

齐东来听了，气得手指南方抱怨地叫道："金陵城朝廷的'皇帝'！再不打日寇就要国破家亡了！"

范洪灞点头说，听从关外逃回家乡的孟开山说，老蒋把奉军三十多万人拉进关里，白白地把东北三省给丢了。说到这里，问："东来，去你窝棚里拿点吃的。"

齐东来吧嗒吧嗒地抽烟，苦笑一番，告诉他，俺家也没有东西吃了。范洪灞嫌烟呛人用手扇着烟雾说，你是个头脑灵活的人，想办法呀！齐东来双眉紧蹙无奈地两手一摊，指着脸前摇摇头又笑道："你看满山满峪的人都缺吃少穿。如今，就是有诸葛亮的本事也无济于事。"

范洪灞霍地站起："走，偷。"

齐东来还是笑了:“哥哥从来痛恨盗贼,怎么今儿好人不当,也想当贼?”

范洪灞说:“嗐,有家不能归。在日寇铁蹄下死也得做个饱鬼。”

齐东来连连摆手:“不不不,鲁南人向来是冻死迎风战,饿死打嗝肋。正人君子宁愿饿死也不做贼!”

范洪灞笑道:“咱专偷鬼子抢来的东西,不偷不摸,饿死不多!”范洪灞不由分说拽起齐东来下山去了。

范元见苟道把两个死的鬼子抬走了,便大着胆子去隐仙洞睡觉去了。一觉醒后,但见寒月斜光射入洞,鸡叫三遍迎四更。他左手提枪,右手操刀刚出洞门,就见天空中飘来一片黑云活活地把明月遮住。他心中暗喜,悄然下山向车站走来。

村里有一个人叫小孬,素常日子和范家关系很好,小孬依仗有范洪灞撑腰从不把苟家父子放在眼里。日本人来了,见苟家老三在县城当了大官,心里发毛了,便跑到苟家,将范元躲藏在隐仙洞的秘密给老苟说了。苟会听罢,忙叫他和大儿子苟仁火速去车站找苟道上峄山抓人。车站上驻满了日伪军,没打成川军,反被当地百姓打死了好几名军人。气得沙泥暴跳如雷,照着苟道的脸就是三耳光,责令三日逮捕袭击者。当下,苟仁找着苟智把上项事说了,苟智找到苟道,兄弟三人禀报了沙泥,得令后随即领了几个鬼子乘夜间向峄山摸来。

范元拐过山口,走近老鹰石时,迎面听到苟智领着鬼子连说加笑而来。范元见两边都是陡峭山谷,已躲闪不及。心里暗想,我一生和鬼子干了两次,并没有死在鬼子手里,今儿却死在苟智手中,不如先下手杀死这个败类。范元大喝一声,骂道:“奴才苟智,范爷爷在此!”猎枪冒着一股青烟,震破青天。打中苟智双目,一头栽倒在石坡上疼得喊爹叫娘,三个鬼子也中了猎枪挣扎着。范元丢了猎枪握着大刀掉回头就跑,一个鬼子腿快,眼看要赶上。范元回身一刀,将鬼子砍去半个脑袋。不想用力过猛,击在石头上,溅起一道火星将大刀柄折断了。鬼子们蜂拥而上将范元按倒在地捆绑结实,苟智两眼已瞎,小孬只好背了把他送回家,鬼子遂押着范元向车站走去。

行至金水河桥上,范元突然左脚踹起,早把一个鬼子踹进河里。苟仁慌了,上前抓他,范元右脚早起,踢中了其睾丸,苟仁当即昏厥。鬼子端枪就刺,范元猛一闪身,鬼子刺空。老人扑上去抱住鬼子同时坠入波涛汹涌的金水河。

黑云远去，明月复出。范、齐二人走到老鹰石时，范洪灞被什么东西差点绊倒，拾起来看时是一节骨木棍随手扔了，那棍子碰到什么东西发出了很响的声音。他拾起来就月光下一看，是一把大刀片，连忙把大刀和木柄一对看清了，心中害怕："东来，爷爷的刀，他出事了！"他顺着山谷往前走了十余步，月光里又看见了那杆猎枪，心中焦躁，禁不住眼中落泪。

齐东来顿觉祸事已经发生，但不知道范老爷的下落。只得劝道："别哭，大老爷可能被抓去了车站。"

范洪灞点头擦了泪水，将大刀片藏在不易被人发现的老鹰石下，把猎枪让齐东来拿着旋风般向车站奔去。

车站上只住了百十个鬼子，其余的全部驻扎在东庄教堂，鬼子料定锅山上的川军不敢来偷袭，站岗的鬼子便抱着枪睡起大觉。范洪灞让齐东来趴在铁路东壕沟荒草滩里观望，他悄悄地挨到铁路沿的树丛中看去，昏暗的月台上，只有值班室里闪着微弱的灯光。挣了一整天命的鬼子早已睡着了，没有火车通过，车站里显得非常死静。巡道的鬼子走出车站如妖魔闪动在严寒的夜间，恰似送丧时扎的纸马纸驴走在黄泉路上。

范洪灞挨近月台下阴影里，观察良久，见没有动静，急忙奔到值班室门口，窥见是一名中国人值班。他闪进去逼问："鬼子把抓来的范老头关在哪里？"那伪职工人惊悸地告诉他，半路上，老人宁死不屈，同鬼子一发跳进金水河里，鬼子打捞根本没见人影。

范洪灞怔了怔，抹着眼泪出了值班室，觑见一座房屋上有烟囱便快步奔到厨房门口。见上了锁，急用双手奋力拽出门链吊子，推开门闪入厨房里。借着月色找了条空布袋，把菜厨子里的肉、葱蒜、辣椒装满扎好口。又寻根细绳走到一堆白面跟前，摸一袋面粉捆在后背上，两胳膊各夹一袋，嘴里衔上菜袋子，右脚勾开厨房门。他一闪念放下东西，把面案上的围裙塞进面粉袋上，泼上花生油点着火拾起丢在地上的东西走了。

他来到铁路壕沟边，齐东来接过他嘴里衔的菜袋子。两个人急忙躲离了车站，一口气跑到老鹰石前停下来歇息。齐东来已气喘吁吁，汗流浃背，见范洪灞携三袋面粉竟没丁点儿喘意，方知峄山道人个个力大无穷。忽然，范洪灞拍掌大笑："东来，快看，车站的鬼子正烤火哪！"

果然，车站上火光冲天，浓烟滚滚。火光里，蝼蚁般的鬼子兵正拼命救火。

二人来到难民们比较集中的东沟，范洪灞叫齐东来给每家分一点面。齐东来暗里要留一袋子面粉，范洪灞严肃地说："不行，先分给鳏寡孤独的老人，咱能打能蹦留什么面粉！”他丢下话语，急急忙忙地走了。

第二天，天刚蒙蒙亮，天空下起小雨伴随着西北风愈下愈大。范洪灞背着粪叉沿金水河河边走得风快。嘎勾！从三孔桥头上打来枪弹。范洪灞举目眺望，才知道鬼子兵连三孔桥也给占领了。他便学着瘸子走路，但还是被鬼子的枪弹赶回来，无奈何绕过三孔桥顺河而下，仔细地查看河边草丛里。金水河源起峄山南华观连绵近百里流入大运河，他走了三十多里望着滚滚西去的波涛，内心十分怅然，禁不住潸然泪下。他面对大河，思念着爷爷在哪里？昨天善治打听准了，范元夜里去袭击车站时，半路上和苟仁勾引来的鬼子打起来，寡不敌众被鬼子捆了。走到金水桥将一个鬼子踢进河里，自己抱住一个鬼子跳入河中，同归于尽。

傍晚，天地间暗淡下来，西北风渐渐小了，雨依然下个不停。他感到又渴又饿，抬头看见望云村，那里有姑奶奶家，想到她家吃顿饭。但转念一想，鬼子来了，老百姓都逃难走了，还有谁敢在家里等死哪？

范洪灞心急火燎，十分沮丧地往回走，大约几袋烟工夫渐渐到了铁路边。他想到铁路上的鬼子骂道：“贼匪，我若不还手，这不是鲁南人的性格！”他不再绕路走了，猛然直接奔三孔桥头而来。夜幕降临，群山隐影，四野黑了下来。他将粪耙和粪叉藏在草丛里，把腰带煞了煞摸上铁路，观察一会儿，发现桥北头东道和西道之间有一座临时搭的帆布窝棚，里面闪着微弱的灯光。他几步跨过去，双手叉腰立于窝棚门口，震天般叫一声：“盗贼，还我的爷爷来！”

两个守桥的鬼子见了，吓得呆怔起来，不知所措。范洪灞怒不可遏，上去两刀结果了他们。他拽出两具鬼子死尸扔进了金水河里，嘴里骂着回到窝棚扯过被单将罐头、猪蹄、酒都包了，又拾了两支枪挎在右肩，提起包袱跑下铁路。

逃难的人们陆续回到久别的家，善治下山回来得晚，天不黑便忙把门关上蹲在被窝里熬夜。

砰砰！有人敲院门。善治听了，忙向被窝里龟缩一下。院门反而响得一声比一声高了，他只得隔着窗户给院外敲门的人说：“老总，屋里就我自己。家里没有什么东西，你再换一家吧。”然而，大门仍然被敲得急促起来。善治只好披上衣裳，哆哆嗦嗦，两条腿打着战开了屋门，再去开大门。

“大舅。”一个光着头的青年喊道。

善治一把将那青年拉进院里，关上门再用粗枣木棍杠上。那青年在他耳边低声说了几句，开了门急匆匆地走了。

山脚下，范家祖林里堆起来一座新坟。范洪灞跪在坟前，号啕大哭。

善治找了半夜才在盘龙洞寻着范洪灞，告诉他望云村姑奶奶家来人报信，一个西故村拾粪的老头在河边发现了范元尸体。表大爷听说去看了，认出那人竟是他舅，下半夜就将尸首送来。事情紧急，齐东来暗地里喊来孟开山、张九龙、张红喜三人商议，为防备苟家害人，只得连夜将老人安葬。

这时，哑巴比画着跑来：“大家快跑，有一溜人向这里奔来。”众人听了都往横山头跑去。苟仁领着七八个鬼子赶到范家祖林时，竟无一人，只有尚未燃尽的火纸在冒着青烟。山上川军的机枪打来，苟仁与鬼子像惊枪的狼急慌溜走。

范洪灞把众人领到妖精洞，将偷来的东西炒了一大锅，众人吃饱了。范洪灞把表大爷领来的几个人送过铁路，给每人深深地磕了两个头与人家分别。

范洪灞坐在羊车古道边，望着西面的车站心里怒火陡生。他气冲冲地来到铁路避在树丛中观察一番，待鬼子巡道兵过去后，跳下铁路壕沟，抱起一块巨石晃晃悠悠地上来铁路，把石头丢在铁道中间，急忙走开。

一列南去的货车开来，当拐过弯道时发现了石头，急忙鸣起长笛。然而，晚了，刹车来不及了，只有无奈地向大石头撞去。就听着轰隆隆连珠炮似的响过后，火车俨如一条死长虫趴在铁道上，火车头脑门上喷发出一团团烈火熊熊燃烧。车站上的鬼子急来扑救大火，邹县火车站的鬼子也赶来救援。然而，火车已经被撞成了一堆堆烂铁壳。

范洪灞看在眼里喜在心头，骂了句：“畜生，老子先给你这帮强盗开开市，等着瞧吧。”

他回到妖精洞，正要歇息，忽见一人闯进来抓住他的衣领喝道：“ 你胆大包天，大白天竟敢破坏铁路。走，跟我去宪兵队！”

来人正是齐东来，当听说铁路上有人放了石头，两个鬼子没掀动还是被火车撞了。他一猜就知道是谁干的：“哎，大哥，再去别忘了喊喊我。”

范洪灞觉着饿了，搡了搡齐东来，问他怎么弄点吃的。齐东来摇头抱怨他，那天你要是留点面粉，也挨不了饿。范洪灞见齐东来抱怨即扯着他下了山，想再去车站寻机搞点吃的。二人正走间，只见前面一人搁下担子去了沟里。齐东来急忙跑去来到担子跟前，见是两摞煎饼和菜罐子，心里想道，这食物可能是给鬼子送饭的。他忙从一摞煎饼中间抽出两沓来，抓了几把土将担子上的那摞煎饼一层一层地撒上，抱着抽下来的煎饼往回疾跑，再看那人从沟里上来挑着担子果然去了车站。

范洪灞看见笑道："兄弟，那人活不了啦。"不一会儿，果见那人一瘸一拐地撅着空担子回来了。他仔细一看，咳！竟是造孽鬼苟会。

"鬼子发现煎饼里有土垃，没要老贼的命就算便宜了他。"齐东来分析道。

二人吃了煎饼，朝车站奔来。走到西华庵时，范洪灞让齐东来望着动静，自己找了一块石头抱起来放在铁道中间迅速离开，躲在西华庵与齐东来看起热闹。一列火车开来，大老远发现铁道中间有障碍物，急鸣长笛。却见几个鬼子跑来掀开了石头，火车开了过去。晚上，范洪灞不死心，再次回来，吩咐齐东来看人。当接近铁路壕沟时，嘎勾！鬼子打来了激烈的枪弹，越过铁道追来，二人撒腿就跑。

他俩见鬼子加强了警戒，苦思冥索没想出好的计策。齐东来闲着没事摆起一溜小石头如长城，范洪灞看了惊喜道："不用大石头，就用小石子！"他把想法给齐东来讲了，齐东来听了，非常赞同。二人等到下半夜，又来到西华庵北段距离很远的铁路上，各占一股铁道就地取石子摆在铁轨上。大约摆了半里路远近，火车来了，慌忙走开。没跑出半里路就听铁路上，咯咯吱吱一阵响动，火车停下来并没有翻车。雪亮的灯光里，就见司机下来机车，用脚把两股铁轨上的石子驱掉。火车嚎了一声再次向前驶去，紧接着车站上的鬼子沿车站两侧搜索起来。

二人就坐在离鬼子几十米的地方，鬼子手电光闪来闪去沿铁路壕沟搜索。范洪灞抬头看看星空觉着无从下手，拍了下齐东来悄悄地离开。

白天睡足觉，单等夜晚下手，约莫着比昨天晚些，二人下山直抵铁路壕沟边。范洪灞仍叫齐东来在高处观风，自己爬上壕沟，准备上铁路。嘎勾！一阵激烈的枪弹打过来。范洪灞左臂受伤，鬼子号叫着扑来。范洪灞一连打了几个滚飞也似地跑了。齐东来不慌不忙地暗暗走开。两人到红梅岭碰头，猛然间见一个黑色庞然大物闯到跟前，吓了他俩一跳。齐东来骂了句，这是谁家喂得猪奶奶?

二人回到妖精洞，范洪灞咬着牙让齐东来把刺刀往火上一燎将子弹拨了出来。用水清洗了伤口，撕块布护上再用带子缠好。

齐东来沿着盘道来到孟开山的土洞里，问：“你还有樟木吗？”

孟开山随口答应：“有。”他反过来问，“你要它干什么？”当他听说有事，没再问。

“快点，灞哥受伤了！”齐东来突然焦急地吼了起来。

孟开山听了，拔腿跑了出去。正当齐东来莫名其妙的时候，只见孟开山气喘吁吁地跑回来把一骨辘樟木递给了他。二人也不说话，直接去了妖精洞。正走着，就听背后有人大叫：“开山等等。我给了你樟木就去喊杨怀庆，谁知他像只老鼠胆吓得跑茅厕。”二人立足脚步看时，只见张红喜领了张九龙跑过来。齐东来心想，杨怀庆这人不来正好，妖精洞十分秘密，他的嘴向来不严会透露消息。

几个人来到妖精洞里，听了范洪灞受伤过程，个个不住地既惊叹又愤恨。孟开山和张九龙去马家沟挖泥鳅给范洪灞补养，几天后身体恢复好了。范洪灞将藏起来的三八大盖枪拿出来，众人见了枪兴奋不已，爱不释手。

孟开山咬着牙说：“狼窜进家里。你不杀它，就会吃掉你。现在，咱被逼到绝路，此时不拼更待何时！”

齐东来拿起枪说：“你说得完全对！兄弟们，练好枪法，等大哥伤好了再去找鬼子算账！”

一个老头拄着枣木棍儿，走起路来有些趔趄，也不买东西，满集市上乱逛。鸡市上，街两旁零零星星有几个老妈妈卖鸡，等到天中午这些老人也没把鸡卖掉。兵荒马乱，又遭干旱，谁还有闲钱买只鸡吃呢？多数人见时候不早了，干脆提着鸡回家。满集市上只剩下一位老妈妈还在那冰冷的天气里孤零零的蹲着，似乎她老人家有急事，非要卖掉骨瘦如柴的公鸡不可。然而集市已经散了，她万般无奈拎着公鸡回家。

这时，迎面来了两个喝得醉醺醺的鬼子，见了老妈妈手中那只公鸡，一把抢过来就走。老妈妈视那只公鸡为命根子上去抓住不放，被另一个鬼子踢翻在地。老人家后脑撞在墙石尖上，流血而死。两个鬼子嬉笑而走，赶集的人们见了忙向街两侧躲闪。

突然，老头截住去路，用枣木棍指着要两个鬼子把鸡放下，再给死去的老妈妈磕头赔罪。那个鬼子丢了公鸡就打，老头不慌不忙，躲过鬼子拳头。鬼子连打三拳，没有打中，恼羞成怒，拽出手枪就打。老头把枣木棍只一敲，鬼子的手枪落在地上，鬼子号叫着拼命，被老头狠狠一掌拍死。另一个鬼子上前就打，那老头手举枣木照鬼子头顶一击，鬼子流血满面栽倒在地死去，那只被拴着双腿的公鸡跳跃着跑了。大白天敢打死鬼子，赶集的人们见了都吓破了胆，一个个也不顾东西了纷纷逃走。就见集市上丢掉的篮子，葱、蒜、萝卜、姜满街都是。这时正东面，车站的鬼子扑了过来。那老头上前解了鬼子的两支手枪，边打边撤。

那老头来到妖精洞里，齐东来见了羡慕地看手枪："瀛哥，怎么能得到这么好的短枪？"

范洪瀛告诉大家，我本想去车站看看，神差鬼使的却去了集市。一分钱的东西没买，路过鸡市，见两个鬼子抢了老妇人的鸡反把她摔死。他又说："我把两个鬼子打发去他祖先那里报到去了，就得了两把短枪。"

张九龙来了，与范洪瀛说："我仔细看了一整天，的确有六七个鬼子在铁路壕沟守着。看来，想接近铁路难了。"

齐东来笑道："不妨事，我们绕他们背后，打死一个少一个。"众人听了，连连点头称是。

天黑了，鬼子潜伏在壕沟蒿草丛里等待着破袭者的到来。然而，等了好几个寒夜也没见到一个人影。

齐东来见妖精洞小，建议去隐仙洞，大家连夜搬过去。吩咐众人都睡觉，独有他精神旺盛，待到半夜时做好了饭喊醒众人，大家吃罢饭，各自抄了武器随范洪瀛下山。挨近铁路时，范洪瀛要大家在离铁路壕沟二里路远的地方隐蔽，他慢慢地靠近铁路壕沟在一棵大柳树后避下，摸了几块石头奋力向铁路壕里投去。顷刻间，南北壕沟里的鬼子同时开火。范洪瀛十分骇然，待枪声停了，才悄悄地回来与众人商议了，暂时停止行动。众人路过红梅岭时又碰见了那口老母猪，孟开山说是恶霸苟会家的。范洪瀛大怒，夺过孟开山的大枪将老母猪刺死，双手抓住四蹄一甩扛着来到难民区。将老母猪宰杀了分给胆小仍然没有回家的难民们，只有极少数胆大的难民不顾忌一切地领了猪肉，有人说豁出去了，活在这个世道过一天算一天。

几天的西北风刮个不停，直刮得天上没有一丝云毛，正是晴空万里。地上的土路被风吹得干裂的一道一道缝儿，野草早已干枯了。

范洪瀛与齐东来计议，怎样才能把铁路壕沟里的鬼子干掉。齐东来见问，笑道："大哥可知三国时赤壁大战？"

"笑话，连三岁小孩都知道，我能不知道吗？"范洪瀛回答。

齐东来又讲："铁路壕沟蒿草木人高，如今西北风正紧。干草遇火就着，如果从北面顺风点火，那火会不亚于火烧赤壁。”

范洪灞一听，如梦方醒拍着大腿叫好。当晚，他与孟开山悄悄来到一孔桥北端，让孟开山藏在一边看人。他掏出火石、火镰、苘杆打火。可是，不管怎么打，风太大就是引不着苘杆，引不着苘杆便无法引着蒿草。这时，巡道的鬼子好像发现了火星当即打来一枪，范洪灞觉着事情不妙慌忙走了。

三孔桥修筑了地堡，重新上了两个鬼子。两个贼精的“野狼”十分小心，二人轮流值班，生怕被忍无可忍的中国百姓杀死。

鬼子发现了一个拾柴火的老妇人，他本能地一枪将她打死。可是，当他决定向老妇人开枪的那一刻，却被老妇人异常举动惊呆了。她旋风般奔上路基隔着三五丈远扔过铁耙，也不知道铁耙有多大力量如铁扫帚一般横飞过来，正中鬼子胸部往后倒地。老妇人赶上去提起右脚狠狠地跺在鬼子前额上，那鬼子七窍流血挣动了几下死了。她走进地堡，冷不防被鬼子抱住了腰。她微微一笑，右拳抬起来一拳打在鬼子左眼上乌珠竟然被打出，复两拳轻轻地将鬼子打死。在地堡里寻找一遍，没发现什么东西。就把棉被打好，紧接着翻了鬼子身上，也没发现什么。她又来到路基旁从那个鬼子死尸翻了一下，搜出了两盒洋火。她满面春色，急忙背了棉被枪支往峄山急匆匆地走来。

“灞哥，弄来洋火了吗？”子孙石前，孟开山大老远喊道。

范洪灞抹了勒在头上的黑围巾也不回应，只是笑呵呵的。孟开山接过两杆枪。二人坐在半山亭里歇息，他与孟开山讲述了弄洋火的过程，孟开山竖起大拇指，赞叹不已。

晚间，隐藏在铁路壕沟里的鬼子很安稳地度过了几个冰冷的夜晚，但他们还是忧心忡忡地趴在草丛中注视着可怕的东面。狂风号叫着，树林不住地摇晃。天寒地坼，冷啊！借着蒿草的遮挡，鬼子们就像入蛰的毒蛇团团地龟缩在草窝里，倒是感觉着暖和了许多。有的观看夜空稀疏的星星，有的在打哆嗦，还有的思念那遥远的家乡。那里有朝暮想念的心爱娇妻，有生养自己的父母在倚门翘望从死亡线上侥幸归来的儿子。哎呀！可恶的战争，有谁会能保证自己安全回到小岛上？上帝？笑话。既然上帝能保佑的话，那他老人家怎么不制止日本法西斯发动的侵华战争呢？

有人，谁？是被日本侵略者占领的土地的主人。中国人民抗战的烈火愈烧愈烈，管教日本侵略者逃脱不了人民战争那茫茫的火海！

范洪灞乘着夜色，来到一孔桥北端，嚓！一根洋火点燃了蒿草。霎时间，烈火烧起，火龙飞舞，烟火漫天。

他躲离了凶险之地，蹲在一旁看热闹。他多么希望，烈火烧死这群世界里的东洋大盗，烧出一个崭新的天地。大火迅速蔓延，火龙借着风势疾速南下，睡着的鬼子懵里懵懂地被大火吞没。大火所到之处烧个精光，只残留下来相似一溜黑布和一团团被烧焦的兽性躯壳。被大火烧醒的鬼子在烈火里拼命地挣扎和绝望地号叫，火头前的鬼子们发现了火情，跳舞般地躲开火海侥幸逃过这一劫。鬼子眼睁睁地看着无可奈何的火龙，这一场烧死了十四个难兄，烧伤了二十一名难弟。

范洪灞总算消了一点儿气，回到隐仙洞，紧紧握着猎枪——它是看守家院的唯一武器。

第二章

铁　证

冬雨连绵，毛毛雨纷纷地落在锅山上，塞风刮来，山头上显得更加寒冷。

一架敌机在锅山上空盘旋着怪叫，丢下的炸弹几乎把矮小的锅山炸平。日伪军渡过金水河趁着滚滚的硝烟，迫不及待地向川军阵地发起了冲锋。血性的川军健儿用粗劣的枪支甚至生了锈的子弹和大砍刀，击退了鬼子伪军的一次又一次进攻。每一次的进攻都遗留下了一具具侵略者的血尸，留下了散发着血腥气的下一次进攻的坟坑！敌机折回来了，落下的炸弹使川军伤亡惨重，使得黄土山被英烈的鲜血染成了红土山。

范洪灞被爆炸声惊醒，一骨碌跳起来，急忙出洞看时，吓了一跳，才知道锅山上正打得难分难解。他又看到一架敌机在死命轰炸着无可奈何的川军，一口凉气提到喉咙眼，鬼子冲上了山顶， 一眨眼的工夫又被打得滚下山。他怒指锅山，高声叫破云霄，日寇，强盗，畜生！为什么如此横行。心想，此时不帮川军，等鬼子占了锅山，留着这条身躯又有什么用呢？又想到大枪没有用惯，猎枪能打一大片。他来不及多想，回洞里抓过猎枪，奔回家里取了弹丸。见鬼子陈兵于金水河北岸，他只得绕路过了金水河，躲在一棵老柿子树后观察起来。

这时候，傻子赶着炸了群的猪在炮火中哭着往家跑。刚到山脚下，背后敌机超低空冲过来。轰的一声，炮弹在他不远处爆炸，一块弹皮钻进左太阳穴里，当即昏倒在地。猪群受到惊吓，丢下四五口被炸死的小猪咴咴地叫着四散奔逃。

河北岸的鬼子号叫着发起冲锋，范洪灞飞奔过去抱起傻子往锅山就跑。这个可怜的小猪倌六岁没了爹娘，靠乞讨养活自己，苟会偷得富裕了，喂了群猪硬教他放养，今儿却遭此劫难。范洪灞跑动如飞，一口气跑到半山腰。看傻子时，头上竟然没流出一滴血，那块半个鸡蛋壳大小的弹皮仍然深嵌在头颅里。

轰！一发炮弹从车站上打来， 落在他俩面前爆炸。范洪灞忙卧倒在地上用身子遮住傻子，待炮弹响过后便迅速抱起傻子奔向山口。天空中又传来炮弹的呼啸声，二人再次卧倒，紧接着又在他俩身后爆炸。范洪灞毫不畏惧，抱着傻子起来拼命往前跑，炮弹更加密集了。二人舍着命在硝烟中奔跑，已到半山亭离山口尚有一里路，假若再向前去，定会被鬼子的炮弹击中。危险向他俩袭来，死神向他俩逼近。

“老乡，快向沟里跑！”卧虎石后一名川军急忙招手。

范洪灞猛然醒悟，拐进大深沟里。没了目标，东洋鬼子傻了眼再也没有打炮。

那川军领着范洪灞顺着战壕来到一座山洞里，一位左胳膊勒着白布箍印有红十字的士兵接过傻子，把他放在一张用门板搭的手术台上看了看伤势，不由得摇摇头露出无可无奈的样子。他用药水抹了伤口，给傻子打了一针。

这时，米正走进来向范洪灞行了军礼，紧紧握住他的手，亲切地赞誉道：“山东老乡英雄啊！兄弟，谢谢你！”来到傻子跟前，把自己的大衣脱下轻轻地把他裹严，身子下让人铺好被子，吩咐那位士兵专门护理。范洪灞见了，心里十分感动，自报了姓名，直觉着这位川军的大官是个好人。

士兵报告，鬼子又发起进攻。米正要范洪灞躲在洞里，连忙去了阵地，范洪灞怎能蹲得住悄然跟上去。鬼子久攻不下，遂集中炮火轰炸川军阵地。山脚下，鬼子黄压压地一片向山上猛扑，小土山不高，在一阵冰雹似的轰炸后，鬼子已冲到半山腰。在离川军还有二百余米的地方，一个鬼子指挥官耀武扬威地督阵。米正命令士兵节省弹药等鬼子靠近再打，没曾想有一个人站起来向远远的山下将手榴弹投出，气得他火冒三丈，手榴弹爆炸了。米正顺着声音望去，躲在鬼子兵后面的指挥官一头栽倒在地就再也没爬起来。米正意外惊喜，跃出战壕，将战刀往山下一指，高声喊道：“弟兄们，杀呀！”早已气炸肺的川军跳出战壕，居高临下，一阵猛打把鬼子赶过金水河。

突然，从两下店增援的鬼子欲从川军中间拦腰截断。米正慌令队伍撤回阵地，但鬼子来势凶猛，已来不及后撤。正危急时，又见那人一连扔了十数枚手榴弹，正在冲杀的鬼子兵被从天而降的手榴弹炸得血肉横飞死伤惨重。滚滚的硝烟中，两个不要命的鬼子架起重机枪疯狂扫射，后面的川军被打倒了一片。

米正回身抢救被左右拉住，鬼子的重机枪手被范洪灞击毙了。米正急命人冲上去抓过重机枪掉过枪口扫射鬼子，他大呼一声，率兵回身冲杀，鬼子抵抗不住被川军大杀一阵又一次败回金水河北岸。

米正旗开得胜，非常高兴，立即发报滕县。师长王铭章得报，异常欣慰，急拨两营人马前去增援。

雨终于停下了，但天还是半阴半晴，田野里湿漉漉的散发雾气，大壑深坑，巍巍群山也被雾霭笼罩 。

米正收兵回到阵地，犒赏将士。布置好岗哨，亲自携着范洪灞的手返回指挥所，大摆宴席。连以上的军官都来庆贺，只有三营长称病不来参加。

米团长举起酒杯，双手递于范洪灞，感慨地说："不是兄弟两次相助，这仗真是没法再打。兄弟力杀鬼子指挥官，又消灭了鬼子机枪手，真是典韦重生！"

范洪灞接过酒杯一饮而尽："这回占上风，全靠川军弟兄们齐心合力，奋勇拼杀才战退鬼子。常言道独木不成林，我一个人怎能挡得住这群虎狼兵。"

米团长摇头笑了，从上衣袋里掏出一沓钱来："兄弟舍命相助，米某没什么相报，这点小意思请兄弟收下。"

范洪灞十分愕然，连连摆手挡回去："长官错了！我有幸遇见川军兄弟，一起打击敌人也是我的责任。我来锅山绝对没有这个意思。"

米正见执意不要，收回钱感慨地说："米某行走天下半生，头一次遇见你这样的好汉！"他命随军医生细心护理傻子，又问有什么办法才能打退鬼子。范洪灞仔细分析了，鬼子人多势众，洋枪洋炮，想我川军枪支落后，一些子弹都生锈了，这仗实在难打，只有死守阵地为上策。

副官说，鬼子势大，不如退守滕县。

米正听了，勃然大怒："住口！昔日岳飞精忠报国，大书'还我山河'。现在见了鬼子就躲，你身为国军将官，难道还不如古人吗？"

副官又说，锅山地势矮小，不如退守凫山。

米正听了，微微冷笑：“哼，你再胡说八道，我就宰了你！今儿不战退日本鬼子，绝不后退半步！”他传令，愿留者，留；愿走者，走。众军官见了，备受感动，群情激奋，发誓愿随米正共赴国难。副官听了，再不敢多言。

送走众将官，米正又重整宴席与范洪灞饮起酒来。他已有六分酒意，见身旁没有六耳，懊悔地告诉范洪灞，此次出战，犯了地名。“米”进了“锅”怎么能存活呢？他又说错投了门子，万不该当国军。如今，大西北延安起了队伍叫——中国共产党，领导人名叫毛泽东，专领穷人打鬼子。

范洪灞劝米正不要猜疑地名，心里暗笑，天下会有人拯救平民百姓？他哪里肯信？自古以来，俱是官府土匪欺压老百姓，哪有和穷人一条心的？也没搁在心上。二人又谈了许多家里琐事、军中要事，米正安排床铺让范洪灞睡下。他见天色不早，便出去查岗，范洪灞根本没有睡意也陪着去了。

一连两天鬼子没点动静，米正暗想：“鬼子按兵不动，何不去劫营？”他将想法与众将讲明。副官胆小，不敢开口。

一营长说：“敌人按兵不动，充分说明他的兵力有限，今夜，可去劫营。”

二营长是个善于动脑子的人，插言道：“不过，教堂里有多少鬼子和地形等情况，咱还是要侦察清楚再定。”

一营长不听，不愿派人侦察，执意要去，士兵表示愿意去劫营。二营长提议要山东老乡带路，米正忙请来范洪灞将此事与他说了。

范洪灞听罢，连连摆手：“米团长，川军扼守锅山就像泰山那样稳固。日寇狡猾奸诈，营地坐落在东庄村内那座德国人建造的教堂里，院子宽阔，教堂高森进去容易，出来难。我看还是不去为好。”

一营长笑道：“日寇自恃武器精良，接连侵占我东北，华北，已变得穷凶极恶，肆无忌惮。虽然前天吃了败仗，又怎会把我川军放在眼里呢？”

范洪灞据理力争，高声说道：“川军弟兄们，热情和愤怒是消灭不了鬼子的。教堂内情况不明，敌强我弱，不要轻举妄动。”

一营长拍案而起，叫道：“哼，想我川军离开家乡，北到晋，南到豫，东到鲁。北征东讨，所向无敌，如果拿不下小小教堂，岂不是叫天下人笑话？”

范洪灞又不相让，据理力争：“鸡蛋碰石头，碰不得！”二人争执起来。

米团长劝下两人，他也有些犹豫。

一营长当即立下军令状，亲率五十余人下山劫营，他拒绝要范洪灞带路。范洪灞得知，心急如焚，痛心不已。他暗地里与米团长说，夜袭队要从正西铁路一孔桥下走，直插教堂。米正听了，十分感激，遂把行军路线给一营长说了。一营长冷笑，算定又是范洪灞出的主意。

临走时，米团长端了碗酒，给一营长壮行："君为国难奔东西，黑夜巢穴斩狼罴。铁扇肚里舞刀枪，除罢凶魔回山冈。"

一营长接过酒碗："泱泱大中华，怎容虎狼踏。今不除尽贼，愿将热血洒！"

队员们饮罢酒，个个肩背大刀，手握钢枪，随着一营长顺着泉水沟边山路向东庄进发。半路上，一营长想一孔桥紧挨三孔桥，三孔桥上有鬼子地堡，很容易发现倒不如走关山口。他竟不听米正的指令，擅自带着川军经小天山脚下关山口绕路行进。原来，鬼子秘密派了士兵潜伏在小天山上观察着锅山的情况，当下鬼子发现川军动向，立即向侵占在教堂里的鬼子报告了。

川军涉过金水河，已影影绰绰看到了高大矗立的教堂。来到村里，一营长右手执枪，左手握紧大刀，一人当先，贴着墙根悄悄地摸到教堂大门，推开铁门。川军毫无阻挡迅速冲进院内，分头逼近各个营房门口。

突然，枪声四起，号叫动地，鬼子趴在各个房顶上朝川军拼命射击。瞬间子弹如雨，叫声连天。一营长后悔莫及，身中数弹，壮烈殉国。川军大半被打死，十几个川军逃到大门外，被对面埋伏的鬼子迎面射击，打死一半。

几个川军逃回锅山，向米正报告川军中了埋伏，一营长为国捐躯。米正闻听凶信，大哭起来："五十名兄弟完啦！"范洪灞问怎么回事。米正哭诉："是谁走漏了消息？鬼子都爬上营房，已做了准备。"他也不回指挥所休息，坐在山头上，往西哭泣。到了下半夜又见五六个伤员搀扶着回到山上，他更加痛哭流涕，众人相见了劝了一番，这才回到指挥所。

米正以酒解愁，喝完酒便流泪，流完泪再饮酒。范洪灞火了："老米，战争就得死人。咱们为守卫自己的家园而战，死得光荣。你坚强些吧，为死去的弟兄报仇！"

米正思考了一会儿，立即向滕县发报催促援兵，从赵山三营长那里调来两个连加入一营。米正趁夜间让士兵把阵地上鬼子尸体拽上战壕，摆在战壕上，将川军帽子给鬼子尸体戴上，却把鬼子的钢盔换了。只留一部分士兵守住前沿阵地，其余兵分两路，一路埋伏在白石沟，一路埋伏在簸箕沟。

分拨停当，邀请范洪灞研究下一步对策。

鬼子杀死了夜袭教堂大部分川军官兵，便集中兵力妄图一举攻下锅山。于是，几百个鬼子越过金水河向土山杀来，鬼子并没有受到很大的抵抗，很快就打到了半山腰。正得意时，忽听左边一阵激烈枪声，一队川军从白石沟杀出。杀声震天，子弹如雨。鬼子被这突如其来的队伍打得措手不及，忙拨人抵抗。这时，就听簸箕沟，枪声又起，一队人马横冲直撞地杀了过来。山头上的川军见了，跃出战壕，杀下山来，三路夹攻，鬼子大败。这一场杀的鬼子尸骨如山，血流成河。

鬼子抵挡不住败退山下，狼狈逃过金水河。鬼子遭到惨败，恼羞成怒，喝令炮兵向锅山开炮。米正乘着硝烟喝令川军撤回阵地，鬼子乘势冲上山头。范洪灞见了，抄了一把铡刀撞入敌群。那铡刀举上去，寒光闪，落下去，黑血流。鬼子一个一个地倒下去，活像割倒的谷个子横七竖八地死在山坡上，鬼子开始后退。川军受到鼓舞，愈战愈勇。范洪灞腾空飞起，立杀鬼子机枪手，抓过机枪调过来对着鬼子一阵猛烈扫射，鬼子大败而逃。

鬼子的炮兵又发起疯来，炮弹如冰雹似的在川军中爆炸，不少士兵阵亡。米正眼睁睁地看着自己的弟兄倒下，望着车站下的那溜炮兵，骂道："他妈的，鬼子的钢炮这么厉害！"

提起炮兵，范洪灞窝着火请求炸掉它。米正感激地握紧范洪灞的手："好，兄弟保重。"

晚上，米正立即组成二十人的小分队由范洪灞带领，乘着夜色秘密向西华庵逼近。西华庵始建于元朝中叶，至今已有七百余年的历史。历经沧桑，院子皆无，只残存正殿和面前的一座双龙头龟驮碑。这时，离他们不远处鬼子炮兵说话声不断传来。挨到半夜，范洪灞一人当先，首先干掉哨兵。川军知道这位山东大汉是个了不起的人物，大家精神振奋，信心百倍，刀出鞘枪上膛准备战斗。

范洪灞挑选十人，专杀鬼子。另外十人，准备手榴弹专炸鬼子的迫击炮。众人领了任务，各自行动。范洪灞摸到三角形帐篷门口往里面看时，发现上面吊着一盏马灯，马灯下躺着五个鬼子。他手握短刀闪进去一连戳死三个鬼子。另外两个正待挣扎被他一脚踢死一个，反手一掌把最后一个鬼子劈死。他捡了一把手枪别在腰间，却听见隔壁的帐篷里鬼子喊叫，急忙奔过去，看见一个鬼子举起匕首正刺向川军。范洪灞奔上去踢掉匕首，一掌打在鬼子脑门，那鬼子倒在地上死去。

那十个川军找到迫击炮归拢一处，把缴获鬼子的手榴弹同时投进了炮筒。轰的一阵炸响，迫击炮全部被炸毁。范洪灞领了小分队抄近路返回锅山。米正见消灭了鬼子炮兵，又没伤一兵一卒，分外高兴，设宴招待参战队员。

干掉了鬼子的炮兵，米正心情好些。他与一营长是同村同姓，同在一座私塾学习。如今，亲爱的弟兄战死教堂，怎么回到桑梓面见家乡父老？还有那三十九位英勇壮士的英灵拿什么来祭奠呢？袭击教堂的事儿一直在他脑海里萦绕。摆在面前的事情，只有复仇，一营长和三十余名弟兄惨死在教堂，那就向教堂的鬼子讨还血债！

米正将再次夜袭教堂的计划与众将商议，沉痛地说道："弟兄们，三十余名英雄血染教堂。我们活着的四川爷们不杀尽教堂里的鬼子，怎么弄对得起死去的英灵？！"

川军将士们义愤填膺，异口同声地表示："踏平教堂，报仇雪恨！"

米正派侦察兵去东庄教堂，范洪灞自告奋勇地请求道："米团长，川军弟兄人生地不熟，而且一听口音就露馅了。还是我去最好。"

米正十分欣喜，抓紧范洪灞的双手："对对对，好好。"

范洪灞辞别了米正，绕路穿过铁路，来到三孔桥下，在草科里寻找着了上回藏的粪叉、粪耙。着意打扮一番，学着瘸子一瘸一拐地走起路来，从北阁进村。北阁高大雄伟，阁楼耸入云端，与南阁遥遥相对，已被烧得废墟一堆。他若无其事地拐向东庄，村子不大，只有一条南北小道。教堂坐北朝南，门前往东通到南北路上，往西就不通了。门西边有一块菜园，紧挨着一条南北小溪款款向北流去。

范洪灞来到教堂后面，后墙不知怎么倒塌了一口大豁子，几个农民正在砌垒。当他接近时，鬼子用枪示意他快快离开。他来到教堂门口，看见一座木楼上，鬼子架起机枪。范洪灞暗吃一惊，怪不得一营长失败，地形不熟，火力布置一概不知，盲目进入敌营，哪还有不败的道理。看罢教堂周围，他便沿着南北路向小天山而来，刚过金水河偶然望见小天山山顶上有人晃动，回到山洞向米正做了回报。

范洪灞叙述说："我绕路到了北阁，挨近教堂。原来，教堂门口往西的路不通，西面是块菜园，紧挨着南北一条小溪。教堂门口有一座木楼，鬼子在上面设了机枪点。不过，教堂后面不知怎么的倒了一口墙豁子，几个农民正砌垒。还有，我从关山口回来时发现了小天山山顶上有人活动。”

米正听完，立即走出指挥所，用望远镜朝小天山山巅上一望，大吃一惊：“他妈的，怪不得鬼子对我军的行动掌握得这么透彻。却原来是在上面安了眼线。”他抚摸着腰间的战刀，一拳头擂在桌子上，立即派人将小天山鬼子消灭掉。

范洪灞劝说：“杀死小天山鬼子容易，会引起教堂的鬼子警觉，不如趁夜晚先干掉他，再去打教堂。”

米正听了，言之有理，夸奖道：“范兄弟真是将才，我米某相遇真是三生有幸。假若锅山大捷，米正定向王铭章师座为范君请功领赏，编入川军，加官进爵。”范洪灞摇头笑了。

晚上，米正精选百名将士，各人带足手榴弹，整装待发。暗暗杀猪宰羊，川军饱餐一顿，随米正下山。临走，他暗地里嘱咐二营长道：“我万一回不来，有我亲笔信一封，保举你代行团长职位。副官工作不力，可将其扣押，等待援军。万不得已，不要放弃锅山”说完将书信给了二营长，二人含泪分手。

于是，范洪灞带路，夜袭队顺着大山沟向教堂进发。来到小天山下，米正命大家原地待命，自己和范洪灞二人慢慢向小天山山顶爬去。一棵大树后，一个鬼子十分小心，来回走动。二人没敢贸然动手，再看鬼子时，似乎没有休息的迹象。范洪灞示意米正待在那里，他慢慢向前蠕动，一个雀跃扑向鬼子，冰冷的匕首划开鬼子上腹部，鬼子一声不吭地死去。米正跟过来，二人摸到鬼子窝棚，原来是座地窖，里面漆黑一团什么也看不清。正没奈何时，地窖里突然响起电话铃的声音。范洪灞偷偷地看去，鬼子划着了火柴，点着了马灯。灯光中清晰地看清楚里面只有两个鬼子，一个打电话，一个正睡觉。等到鬼子接完电话，刚要吹灭马灯时，范洪灞钻进了地窖一刀将其捅死。米正闯进来，迅速杀死了那个没睡醒的鬼子。

二人捡了几枚手榴弹再次与川军汇合，范洪灞带头往东庄靠近。过了金水河，范洪灞说：“米团长，上次一营长不听我的建议，执意走关山口被小天山上的鬼子发现，报告了教堂里的鬼子，结果中了埋伏。”

米正点头，沉默一会儿问：“范兄弟，依你的意思，只要稳妥往哪个方向走都可以。”

范洪灞见说，便引导川军绕过东庄村南向正西走，穿过两下店南阁，再拐向东庄直奔教堂而来。队伍隐蔽在小溪西岸，范洪灞指给米正说道：“正东穿过这片菜园就是教堂大门，鬼子没在菜园里设防，由此向北五十步再向东走三十步便到后墙的豁口。”二人商定以火为号。

范洪灞见米正自带一半人向教堂后墙摸去，便吩咐剩余川军原地隐蔽，只带三个川军慢慢爬到教堂门口。一个鬼子撇了枪来到莓豆秧前撒尿，尿透过莓豆秧溅在他的身上。范洪灞恼怒，电掣般持匕首将其刺死遂把尸体拉进莓豆秧下。他闪进铁门内，令一个川军戴上鬼子钢盔守住大门，另外两个守住内门。他迅速地攀上木楼，见鬼子正打盹，悄悄上前连捅几刀杀死鬼子，紧接着划着了洋火在空中向米正发信号。

米正接近豁口，守卫在那里的鬼子好像听见了动静，便蹑手蹑脚端着大枪向西面走来。鬼子小心翼翼地观察黑咕隆咚的夜空，就在他往前刚迈出半步的当口，一把用来专门对付侵略者的宝刀在他脑后凌空劈下，他的头颅和身子几乎分了家。杀死日寇的人，正是四川英雄米正。当下，米正率领川军隐蔽在后墙豁口，瞧见木楼上火环晃动，遂领了人马冲进了院内，逼近了教堂的各个门口。范洪灞领来川军拥入院内。

就听一阵震天般破门声，米正大叫：“东洋贼，天府老爷给弟兄们报仇来了！”

只听枪声爆炸声响成一片，七十二个鬼子鬼哭狼嚎，乱成一团。没有多时，高大宽敞的教堂内没了动静，鬼子全部被消灭。米正即令川军尽量搬运武器弹药，搬不走的，全部炸掉。范洪灞催促道：“米团长，快撤吧。车站上的鬼子来了。”范洪灞扛着一挺机枪催促道。

于是，川军携带战利品出来大门拐上南北大路向南撤退。范洪灞说：“不行，车站上的鬼子像条疯狗，一定顺着大路往南追赶。我军偏不走大路。村东头有一条通往锅山田间小道，十分安全，我看还是改道回山。”

米正大喜，川军迅速掉头东去，果然一路顺风，安全归山。再看车站上的鬼子从教堂里出来，像瞎驴般沿着南北大路往小天山方向撞去。

川军二次夜袭教堂，大获全胜，消灭了驻扎在教堂里的鬼子。久攻不下的锅山，教堂里被炸死的鬼子，使日寇隐约感觉到川军是一支劲旅。于是，鬼子又增加兵力，再次进驻教堂，轮番向锅山进攻。

鬼子贼心不死，组成敢死队，每人备一柄大刀，一杆长枪，乘着滚滚的硝烟冲向山来。川军二次夜袭教堂，士气高涨，又新得了鬼子的武器，见鬼子来拼命，将复仇的子弹射向侵略者。

鬼子像涨潮的恶浪瞬时间扑上了川军阵地，迎来一阵如雨倾泻的子弹，随着鬼子成批成群地倒下，鬼子被杀退了一批，随即又上来一批。

硝烟慢慢地飘向远方，满山坡留下的鬼子尸体俨如割倒地谷个子。从清晨一直到中午鬼子仍继续攻打，似乎没有退缩的迹象，看来鬼子今儿不占领锅山不罢休。

范洪灏搬来一箱手榴弹，又像头一回那样专炸鬼子指挥官。他毫不费力气地向远远的山脚下投了一枚手榴弹，爆炸声响后那个军官栽倒于马下。鬼子像马子一样没了贼王，个个有退缩的意思。正犹豫间，米正突然发起反击，川军如出山猛虎，势如狂狮，杀下山来。鬼子兵抵敌不住，狼狈逃走，又败回金水河北岸。

锅山鏖战，鬼子空前受到阻击。大队长司二郎与部下计议，一面派人去锅山劝川军投降，一面向县城搬兵。

米正巡查阵地，却见一个汉奸打着一面小太阳旗，腚后跟着一个鬼子从城墙上向土山爬来。二贼冒着硝烟未散的烟火，踏着坑坑洼洼的弹坑，踩着横七竖八的血尸来到米正面前。

米正端坐在卧牛石上，双手扶着战刀，怒目盯着一对狼狗。

鬼子直挺挺地站在米正面前，左手掐腰右手比画着，叽里呱啦地说了一大堆话。汉奸翻译道："米团长，皇军深知你文武双全，但不识时务。目前，皇军已经进驻东北、华北。小小锅山怎能阻挡住大军南下？"

米正冷笑，哼了一声。

鬼子指点着米正，叽里咕噜说了一通。汉奸翻译又说："东亚病夫，不堪一击。我劝你早早归顺皇军，共享王道乐土。免得魂断锅山。"

米正暴怒，双手举起大刀，凌空劈下，削去鬼子半个脑袋。他喝令汉奸跪下，擦了擦钢刀，指着汉奸说，钢刀是杀狼的。不会用它杀狗，只怕是狗血玷污米家祖传宝刀。他怒指汉奸："狗奴才，你卖国投敌，为虎作伥，该当死罪。我米正留你条狗命。回去与你的主子报信儿，米死宁愿在锅里，不死在狼嘴里！"

汉奸连连磕头谢罪，爬起来就溜。

"慢，割下双耳，教他长一个记性——人生做人莫做狗！"米正命令道。

卫兵正要动手，旁边转过来范洪灏，一脚将汉奸踢翻在地，踏住头，两刀割下双耳朵扔了。几个川军乱棒将汉奸打起来，那汉奸号叫着挣扎起来抱头鼠窜。

司二郎见了汉奸这副模样，气得暴跳如雷，立即把教堂鬼子调出汇合县城援兵向锅山再一次进攻，这一次也和头几回一模一样丢下了几十具尸体败退下去。他还不死心冥思苦索想出一条主意，半夜时分悄悄地集合二百余日伪军摸着黑钻过三孔桥涉过金水河，顺着簸箕沟向小土山摸来。

米正见鬼子什么手腕都使，却没想到会来劝他投降。笑道："他妈的，劝我投降真是瞎他娘的狼眼，弟兄们，小心鬼子偷袭。"

范洪灞问："是，鬼子强攻不成，也有这个可能。你说怎么对付他？"

米正说："鬼子倾巢出动，教堂必定空虚，咱只派少数人去袭击教堂，再弄些枪支弹药上山。我想，这回还得劳驾范兄弟辛苦一趟。"

范洪灞欣然应允，遂点起五十人秘密下山，单等鬼子出动便袭击教堂。半夜过后，果见教堂里的鬼子大队人马偷偷地向南山袭去。范洪灞暗暗叹道："米团长真是当世诸葛亮，料事如神。"

司二郎见山头上没有动静，正洋洋得意。突然，无数条火舌喷下山坡，鬼子的人流一浪倒下去，川军的战壕俨如一道生死线，鬼子刚踏上战壕边缘就滚下去。司二郎不死心，督促鬼子冲锋，没命地往山头猛扑，川军奋力还击渐渐地丢下部分阵地。

范洪灞见小土山正打得难分难解，立即率领川军猛扑教堂。院子里只有七八个鬼子很快被打死，川军打开仓库尽量搬运武器。然后把堆在院子里的粮食，武器弹药等物质泼上汽油放火烧了个罄尽。

司二郎正得意时，忽见教堂方向，火光冲天，烧红西边半个夜空，紧接着爆炸声震天动地。人报教堂又被川军破袭，他正呆愣间，范洪灞率领川军从背后杀来。鬼子遭到前后夹击，大败而退。一颗子弹击中了司二郎后脑袋，一头栽进一眼炮坑里死去，鬼子再次成了无头的马蜂退回教堂。

傍晚，暮霭漫漫把山野笼罩起来。次日，米正见了这恶劣天气，急令将士严守阵地，密切观察车站上鬼子的动向。

鬼子狼狈逃过金水河，向车站上的鬼子小队长连夫报告了。连夫见死伤惨重，却急切过不了锅山，便向县城报告了战况。县城的鬼子显然不足，连夜向济南呈报。济南忙调兖州、曲阜、邹县三县鬼子合兵一处星夜赶往金水河。命沙泥为锅山前线指挥官，那沙泥伤势转好，猎枪打得他撇了张阴间勾死鬼样的靛青脸。这家伙来到车站，兵分三路，亲自带领少数鬼子从金水河正面佯攻，一路从左边赵山迂回锅山，一路绕到右边乘着大雾钻过二十米铁路桥洞，顺着大深沟向土山摸来。左路鬼子窜到赵山村时被哨兵发现，三营长得报严令川军勿要招惹鬼子，鬼子竟然从川军的眼皮底下走过。

米正察觉，大雾漫天，鬼子很有可能从背后袭击，急令三营长派兵去张家沟布防，封锁大沟。三营长口头答应，竟然收拾辎重带了一连人逃往滕县。米正再拨几人做流动哨，也不放心，又增加了哨兵。此时大雾笼罩了天地，对面才能看见人。川军趴在战壕里，屏住呼吸，倾听着米团长的命令。

这时，只听咔嚓扑哧的声音，大批鬼子摸到山上来了，他们从背后用刺刀像挑草人一样野兽般地发起疯来。米团长看见，奋起宝刀高声呼唤："弟兄们，鬼子从背后上来了！杀呀！"范洪灞不离米正前后，几个鬼子挺枪就刺。范洪灞没容他们近身，倒转猎枪排头横打过去，咔的一声，猎枪枪托折断。一个鬼子唰地刺了过来，范洪灞顺势抓住枪管夺下，反手几枪轻松戳死鬼子。

好一阵拼杀，川军死伤过半，阵地丢失。米正高声叫道："向赵山村撤退！"川军听见的便随着米正边打边撤。老龙岭，横山头的川军根本听不见命令被鬼子杀得四散而逃。范洪灞背了猎枪管，抄挺机枪保护着米正且战且退。还没到赵山村，东路鬼子迎面杀来。然而，大雾散去了，天空放晴，太阳复出。锅山杀声阵阵，枪声四起，硝烟弥漫。沙泥发现了川军的指挥官陷入重围遂发起进攻，米正命令报话员疾呼三营长火速增援，人报三营长早已逃走了。米正懊恨冲天，收拢残部，不足百余人，副官及参谋长不见踪影。米正执刀流泪说道："弟兄们，米正无能，叫你们受此灾难。"川军将士见已陷入重围，便检点枪支，准备死战。

范洪灞破口大骂苍天不该散去大雾，暗里帮助日本强盗，心里想如不就此杀出包围圈，后面的鬼子们上来连一个也跑不掉，便将想法告诉了米正。

米正觉着有理，夺过挺机枪领着川军，一人当先，冲杀过去。霎时间，杀声又起，枪声动地。川军奋力冲杀，竟然冲不出包围圈。

范洪灞十分愤怒，一连投出五六枚手榴弹，捡一杆大枪挺枪撞入鬼子窝里。这等人物八岁进了峄山道观，练就了峄山三绝功。一杆大枪上下翻飞，刀刺枪托猛击，杀开一条血路，撞透重围。川军多数已经殉国，只有少数川军跟着逃出来，奔向滕县。正杀间，范洪灞不见了米正，急忙回身来救。

忽然，车站上打来一颗冷炮恰恰落在米正脸前爆炸。范洪灞看清楚了，硝烟中米正倒下，肠子被炸得飞挂在枣树上，剩下的几个川军也壮烈殉国。范洪灞无比悲伤，正凄楚间，鬼子围了上来。他觉着大事不妙，猫着腰滚下黄江沟逃得了性命。

沙泥赶到阵前，望着满地川军尸体，狞笑起来。突然，发现有一道亮光，十分耀眼，近前看了却是一把战刀。他拾起战刀来，不住地惊喜夸赞：“中国的大大的好，宝刀！”

增援锅山的两个营来到界河，正碰上逃跑的三营长谎称，锅山丢失，川军战败，米正不知去向。两个营长信以为真便把他放走了。

不一会儿，从锅山逃出来的几个士兵遇见两个营长哭诉道，三营长见死不救携兵逃跑。川军战败，米团长生死不明。两个营长十分懊悔，令川军停止行军，急向滕县发报请命。

第三章

慈　善　堂

范洪灞端详着断了枪托的猎枪，它实在太落后了，没法跟鬼子的三八大盖枪比试。但是，它却是镇宅的传家宝。于是，他把它用蓝印花布包裹好了，珍藏在十分峻峭的桃花洞里，又去隐仙洞取来双枪别在腰间，下山而来。

这天，苟智拄着木棍摸到屋后一座粪坑旁，粪坑边长着一棵香椿小树。自从他的双眼被猎枪击瞎后，便扳着香椿树屙屎，恰恰被范洪灞觑见，见苟智走了，上前将香椿树折断依然扶好连着。苟智再次来解手，双手扳香椿树时，整个身子随着倾斜的香椿树身坠入臭水坑里淹死。

一天，范洪灞摸进村里，不想被小孬发现报告了苟义。苟家弟兄持枪倾巢出动追杀，范洪灞奋力还击，寡不敌众被迫撤走，苟家弟兄哪里追得上？范洪灞望着村口，见苟氏弟兄们回去了，信步往峄山走来。

这时，一人在他后面歪头探脑，一把拧过那人待要打时，非常惊异地问道："四弟，你怎么来了？"

"大哥，你让我找的好苦呀。"那小伙子见了范洪灞失声痛哭，此人姓吕名子水，微山县马坡人氏。

范洪灞前后看了看远近有人，便把吕子水拉到一条沟湾里蹲下说话。急问："老四，大老远跑来找我，必定有事，快讲。"

吕子水抹干了眼泪说："咱爹叫我来请你。"原来，吕家世代富裕，父亲吕忠一向刚正不阿，不畏强权。邹县太平街有一恶霸，名叫姜黑子。

腊月初一这天，吕忠正在麦地里查看，忽见姜黑子领着一群人在地里砸木橛子。吕忠向前喝问，你是邹县人，这里是微山县，为什么在我家地里砸木桩。姜黑子奸笑着说，大日本皇军要征用土地。吕忠大怒，上前阻止，两个狗腿子一左一右上前就打，早被吕忠两脚踢翻在地。姜黑子拔出手枪，一枪击中吕忠左臂。有人飞报吕家，吕家兄弟们闻讯赶来，姜黑子已领着土匪们跑了。夜里，他买通炮楼伪军前来围了吕宅，长子吕子源挥舞铁棒自卫被乱枪打死在大门门槛上。三子吕子河闯了过来，奋力将大门关死，见大家已逃走遂将群匪引开，姜黑子没有抓住人便放火烧了吕宅。

范洪灞听了吕子水一席话，怒发冲冠，大骂姜黑子，起身就去报仇。转念寻思，苟家父子正在抓我，如果知道我去了马坡，肯定尾随追到那里，岂不是把灾祸招进吕家？于是，他把心里话给吕子水说了最后又说："四弟，过几天我再去吧。"

吕子水不假思索，拉起范洪灞就走。

川军血战日寇，尸骨垒垒，血染山野。米团长和全体官兵除三营长带走一连人逃往滕县和随范洪灞杀出重围的几名川军外，其余全部壮烈殉国。那三营长刚到滕县县城北门，王铭章师长闻报飞马出城，正迎着三营长于护城河桥上，他手起一枪将三营长击毙于马上。

百姓们见川军死得是那样惨烈，不约而同地来到锅山掩埋壮士们尸体。齐东来听说范洪灞与川军共同作战再没见回来，却见鬼子向滕县窜去了，忙喊了孟开山、张九龙、张红喜三人来锅山寻找范洪灞。谁想，张红喜又喊了杨怀庆。孟开山偏不去找人，专搜川军的衣兜，把所有的钱装进一个布袋。张九龙却去挑枪，满山遍野尽是川军丢下的枪支，鬼子回教堂时，用川军的枪支抬死人，然后就把这些枪支填进锅灶里当作柴火烧了。齐、张、杨三人在死人堆里寻来觅去，非常仔细地不放过任何一具尸体。然而，寻遍了山坡沟崖，山岭平地，哪有范洪灞的影子？他们又专门到那棵挂肠子的老枣树前根本没发现尸体。齐东来坐在老龙头石上，望着满山遍野横七竖八的尸体，不觉心急火燎，怆然泪下。

这时，张红喜连连招手。齐东来有些兴奋，连跳加蹦跑到大石崖深洞里，见他抱出一个人，看时心里凉了半截儿，这人哪是范洪灞？竟是给苟家放猪的邹傻子。齐东来苦笑了下，见他头上嵌着块铁片还有口气，可没有钱治病呀？孟开山笑啦，从身后提过来一个布袋，里面装了很多钱。齐东来好不气恼，又见张九龙提着挺机枪跑来，抱怨起来："孟开山，张九龙你俩不去找大哥，干哪样事要紧？"孟、张二人光笑。

张九龙说："听人说，米团长和大哥突围时被一发炮弹炸飞了肠子。八成没了人样儿，没法儿辨认。"

孟开山驳斥道："别胡说，大哥命大福大造化大，一定没事儿。"

齐东来也没法儿，见天色不早，叫孟开山背着傻子赶快去峄山街找杨先生治伤。杨先生看着半个鸡蛋壳大的铁片深深地嵌在傻子的左边太阳穴上，束手无策，只是简单地消了毒，开了五服中药。回到村里，大家犯愁了，把傻子放到谁家呢？傻子孤苦伶仃，是个无产者。大家正犯愁，孟开山说，善治老爷是个热心人，他家人虽多，生活还过得去，不如把傻子放到他家。张红喜当场同意，几个人把傻子送到善治家，傻子自述受伤经过及处境说了一遍。善治老人连连答应，告诉他们，傻子在他家，请放心，他会把傻子当儿子待的。自此，傻子就住在善治家。

苟义在村里当了权，大小事他说了算。这小子生得獐头鼠目，大字不识半个竟摆斯文。可是，苟家弟兄向来弱肉强食，争权夺利，各不相让，哪顾过什么亲情？苟仁见老二当了权，进县城投苟道去，不和睦又回来了，被苟义揍了一顿，他只好又找苟道去了。苟义听说范洪灞与川军的大官一同被炮弹炸得尸体不存，高兴得手舞足蹈整日里围着麻将桌和狐群狗党们花天酒地，寻欢作乐。眼下，村里只剩下乔江山这个对头了，八岁时，他用铲子铲的我头上的疤痢至今还留在双目之间。他请了当地里有名的木匠金司马给他打一块木匾，上面书写三个字"慈善堂"高高地悬挂在堂屋正上方。十里八乡的百姓听说，呸！你这狗杂种家庭怎能配挂这等品位牌子？

这座四合院子原本是地主白宋家的，日本鬼子一来，苟义给白宋说了，县里要在纪王城成立乡公所租赁白家四合院子。白宋惧怕苟家人连夜搬出去，白宋祖上撇下的四合院子真的白送了。苟义头戴雪白礼帽，身穿皂色圆红花长袍，马蜂腰上别着把撸子，脸上佩戴一副墨镜大摇大摆地走在街上。老百姓见了心里暗骂，碰上却笑脸相迎，远了还是连忙躲开。

苟家祖上过着颠沛流离乞丐的生活，到了苟会和苟义两代人，一个比一个好吃懒做，专门靠明抢暗盗过日子，却从来不失手。一天，一群人围着个女人正打。苟义在一边看了，方知是女扒手偷了人家的东西被逮住。他上前劝解开了，当众人散去却意外地发现一人兜里的钱，一转手便偷来了。

往回走时女扒手跟了上来，说他心眼好，双目频频送来眼色。二人本是一路货色，不撮即合，就和老苟一样贼与贼配成了对儿。

一天，苟义听说齐东来等人在锅山捡了好几支枪，心里发毛，亲自去车站报信。

夜幕降临，鸡刚上戌，冷空气袭来，天地间变得很冷。在这个任人宰割和令人难以煎熬的战乱社会里，人们早早地关门闭户钻进被窝里不情愿地睡下。

齐东来早早关了院门干坐在床上，考虑到家里虽好，已是不可久留之地，今夜里必须喊了孟和两张三人上峄山躲藏。这当儿，他听见了街上传来了犬吠声，跳起来抄了木棒，开了屋门。大门扇砰的一声倒在门里，鬼子闯进来了。他觉着大事不妙，抽身回屋，杠上屋门，跳上大桌子，开了后吊窗逃走了。他慌张地跑错门进了三姨家，情急之下他叫姨表弟杨怀庆赶快去给孟开山、张红喜二人报信。杨怀庆去了。齐东来急忙找张九龙。杨怀庆喊了孟开山，二人跑到红喜家把事情原委简单说明了，张红喜迟迟疑疑不想离开家。就在这时，鬼子已踹开院门，杨、孟二人慌忙翻墙而走，张红喜躲闪不及被鬼子抓走了。

齐东来和张九龙顺着大街往村外就跑，背后孟、杨二人追上来。齐东来问："你二人来了，红喜呢？"孟开山告诉他，红喜不肯走被鬼子抓走了。齐东来刹住脚，一抹头皮，闪动双目。一攥皮锤，怒火胸中烧，双目喷烈焰，大吼一声："九龙，机枪！"张九龙猛然醒悟，跑回家到地窖里取出机枪，三条好汉迂回到城墙根埋伏下来。此时，杨怀庆胆小溜走了。

张红喜被鬼子押着向车站走来，深深地后悔不该不跟好友们走。当来到城西门时，猛听到齐东来喊卧倒的声音，当即扑倒在地，就听到一阵机枪声，五个鬼子当场毙命。齐东来、孟开山、张九龙三人救了张红喜，拾了鬼子的枪支趁着夜色奔峄山去了。

苟义得知齐东来等人上了峄山，暗暗叫苦，心中忧郁，遂生一计。他领了杨怀庆去了县城杏花楼玩完妓女，下了饭馆。

"兄弟，齐矮子逃到峄山，终久会被日本人干掉。你想荣华富贵，干脆去齐东来那里做个卧底，有事传下来信儿，到时候沙泥太君一定给你个不小的官干干。"苟义哄骗对杨怀庆说。

"行，二哥我听你的。别看我和齐矮子是亲戚。这家伙个头不高，却一向看不起我。"杨怀庆知道苟道在县城升了大官，总认为跟着向来不和睦的姨表哥齐东来钻山洞没有好果子吃。

“兄弟，我知道你和齐矮子不睦。必要时叫他们在一起，皇军一围，斩草除根，到时候杏花楼再见。”苟义叮咛他，“可不能有二心？”

杨怀庆咬破手指，将血滴在酒碗一饮而尽，对天发誓：“二哥放心，先杀道人，后宰矮子。如有二意，死在刀斧之下！”苟义拍手叫好。

苟会老了，偷东西也不行了，六个儿子没有一个孝顺的，就落了个没人问没人管的下场。年关到来只好上唯一老实巴交的大闺女家要点儿吃的，今儿他喝足了酒执意要回家。大闺女留不住遂找了条口袋，装些豆油、腊肉、葱、蒜之类的年货。见天黢黑又下起了小雪霜，便点亮一盏马灯让苟会打着亮才肯放他走。

鬼子夜里去纪王城抓人，一个没有抓到反而被几个青年打死五个短命鬼。这一下可把苟义吓坏了，怕鬼子怪罪，连夜跑到太平镇姜黑子那里避了几天风儿便选择夜里回家。他不喜欢走大路专走田间小道。当走到金水湾时，发现前面有一个人手里提着马灯，背着条大口袋，心中暗想，今逢大集，家家都在办年货，不如劫些财物回家过年。他掏出匕首赶上那人就刺，不料那人听见身后有急促脚步声，猛回头看见是二儿子苟义，顿时火了，骂道：“畜生，小二。不是我说你，我连吃的都没有，你成天介吃鱼吃肉，不管我死活，你还有点人性吗？”

苟义实属于狼性，从不讲伦理道德，指着苟会骂道：“奶奶个熊，饿死你个老龟孙你找你自己。你再胡说八道，想活，老实点：想死？老子送你上西天！”

苟会听了，气得暴跳如雷，丢了布袋，指着苟义的鼻子大骂道：“你真是个畜生，你身打何处来？早知道你是条狼，下生时我就该把你掐死！”

爷儿俩素来不睦，天生没人性，那苟义恼怒，从腰间拽出匕首平刺过去，正中苟会咽喉。苟会晃了晃身子，手里的马灯丢在雪地里，脖子喷出血流一头栽倒在雪窝里死去。苟义杀了父亲，自言自语道：“看你还惹我生气不？”扔了匕首，拽过布袋背着提上马灯回家去了。

砰砰砰！一阵高于一阵的敲门声惊醒了死睡的苟义。他揉着惺忪的双眼开了屋门，歪着头见是姐来了，呵斥道：“你挣命？”

姐涨红着脸，憋屈着焦急地说：“今早听说家西金水湾死了人，俺不放心来看看。咱爹呢？”

苟义不以为然，笑道：“嘻嘻，他在你家，我不问你；你怎么反来问我？”

姐逼着问道：“你真不知道？”她连问了三遍，苟义回应一概不知。他被逼问急了，一脚将姐踹倒在三米开外的院子中间。

姐趔趄着闯进屋里，从大桌子底下拽出那条口袋，又指着挂在墙上的马灯：“面口袋是我给他装的年货，马灯是我给他照路的。人呢？”

这时，叫驴脸李三来了，他在苟义耳边低语一番后自去了。没多大一会儿，又回来了：“二叔，大老爷在金水湾出事了！”

“怎么回事？”苟义明知故问，故作镇静。

叫驴脸李三告诉他：“大老爷被人宰了，现今尸体在金水湾雪地里。”

苟义听了，假惺惺地双手拍着两膝盖，四肢一伸抽搐着昏倒。叫驴脸李三将其急救，苟义徐徐苏醒，号啕大哭起来。

姐听了凶信儿边跑边哭，直接来到金水湾。果见苟会仰头朝上躺在雪窝里，喉咙被刺了道口子，嘴唇紫黑，脸色蜡黄，人早已死了。她不哭了，看着丢在一旁沾着血的匕首发呆。她擦眼抹泪哭着走了，从此到她死也没走一趟娘家。

苟会的尸体被抬进了乡公所，慈善堂随即变成了殡仪馆。

一天中午，乔江山被伙伴五瘸子邀出家门去玩。

五瘸子蹒跚走着：“江山哥，苟家父子，横行乡里，我看没有好下场。”

乔江山心里烦他，光低着头走路不回声，他深深地知道五瘸子变心了。自从鬼子来了以后，发现他暗暗地巴结上苟家弟兄，觉察到他以前给五瘸子说的苟家父子鸡鸣狗盗的事儿，什么杀人放火，欺男霸女，拐骗坑掠，这一类的话题很可能都背给苟信听了。果然没几天两下店的几个恶棍在村头截住他厮打，好在乔江山力大无比，这伙人没有得到便宜。又过几天，院门前的柴火垛在夜间被人放火烧个精光。最近又看到五瘸子跟在苟信腚后面转悠，种种迹象已经证明昔日的好伙伴已经背叛并出卖了自己，暗地里分道扬镳投向了苟家的怀抱。

“苟家这群造孽鬼，范道人也不会饶恕他们。”五瘸子还是絮叨说。

乔江山恼怒了，呵斥道：“闭上你的乌鸦嘴。好人做不成，偏向狗群里跑，弄得人不像人，鬼不像鬼。惹人骂！”

“你骂谁？现在是日本人的天下，有道是顺者昌，逆者亡。眼皮不活会吃大亏。”五瘸子辩解说。

乔江山更加恼火，照脸打了五瘸子一耳光：“我宁可给忠厚人磕头，绝不能给坏种作揖。”说着，扬长而去。

五瘸子怕挨揍，没敢吱声，捂着火辣辣的脸找着苟信扯谎道：“先会我和乔江山闲逛，姓乔的骂你苟家人的话没法儿提了。”

苟信瞪圆猫眼问：“他是怎么骂的？”

五瘸子见苟信发火，摇摇头不吱声。苟信踹了他一脚，吓得他拉起瞎话来：“他骂您，老辈分就当贼，吃喝嫖赌一溜烟。投靠鬼子，引狼入室。”他观察着苟信的脸色风云多变戛然合上了嘴。

突然，苟信抓住五瘸子衣领逼问：“他还说什么？”

“除了偷东西还害人，您弟兄们就再也没有别的活儿干了。”五瘸子亏心地说。

苟信听了五瘸子的话，记恨在心里没有再吱声，憋着气来到家里把五瘸子的话学给苟义听了。

苟义抽罢烟，久久沉默了一会儿，指示苟信说：“把齐丽班、布仁、海从三人喊来。夜里干他的活。”

苟信吃罢晌午饭，扯了根柳条骑着头黑草驴催打快跑，来到齐丽班家门前拴好驴。走进堂屋，往东间一看，苟德正搂着齐丽班的小老婆哼哼，只得退出屋里。来到院子里，发现齐丽班在厨屋里吃饭，他在厨屋门口说：“别吃了，有事。”

齐丽班丢下碗筷，擦了嘴：“布仁，海从上东庄去了。”他好像知道苟信来找他干什么去，就说出了另外两个同伙。

二人一前一后，一个骑驴，一个步辇，赶往东庄。刚到村头，见布仁、海从二人正围着乔江山痛打。苟信腿快，跳下驴来上去帮忙。齐丽班随后赶到，见乔江山先前还翻来覆去的躲闪，这会儿一动不动了。他还是朝头上跺了三脚，显然几个恶棍也打得累了，这才住了手。

四个家伙赶回慈善堂，天已经黑下来。布仁、海从二人嚷着要吃的，苟信说了句：“一等。”他出去摸到沙湖家，直接走到鸡窝旁，搬开石板，打开鸡窝门，伸手摸出两只鸡攥着翅膀拧住脖子拎进了乡公所。

海从接过鸡边杀边夸奖道：“七弟手段高明，每回都是手到擒来。”

这帮家伙吃足喝饱，苟信领着齐丽班、布仁、海从三人直奔乔江山家。

这个时候，家家关门闭户，街上很静。乔江山被打得右胳膊脱了臼位，去找善治帮着托上复位。善治与他托上臼位提醒他，苟家历来称霸乡里，男盗女娼；你孤门独户，千万别再戳马蜂窝。乔江山觉着有理，频频点头。

四个家伙来到乔江山门前，破门而入，没有找到人，把锅碗瓢勺砸个精光。回来的路上，正巧碰上了乔江山，齐丽班上前一拳打在乔江山左眼，顿时流出鲜血。布仁摸了块石头砸在头顶上，头破血出。海从拦腰抱住乔江山，摔了几下没有摔倒。苟信一旁看了，撅断一截骨柳树棍照着乔江山后背猛砸三下，乔江山一阵眩晕倒在地上。

茅草屋很矮，刮风下雨不是掉草就是漏雨。乔江山打算伤势好了，就到锅山割些山黄草重新把屋苫上一遍。这一次，差一点要了命，昏迷了七天七夜，才从死亡路上退了回来。他抱怨自己的命运不好，为什么屡次受小人的气。他在家里卧病近三月，现在病情好多了，觉着憋闷得慌在老娘家过了几天又回到家。他心里并不轻松，面对着恶狼般的苟氏弟兄，整日里心中感到非常郁闷，忐忑不安。打算找苟氏弟兄拼个你死我活，可是撇下病魔缠身的母亲落个不孝的罪名自己不是白活一世吗？他反复地想了几天，决定待伤情完全好了，领着娘去讨饭，惹不起总得躲得起。他也明白，慈善堂里的人时刻虎视眈眈地观察着村里每一个人，谁要是稍有差池就会招来灭顶之灾。

慈善堂里，浓重的烟雾弥漫着经久不散，里面乌烟瘴气，各种气体混合的腥臭味十分刺鼻。慈善堂牌子被熏得又黄又黑，牌子下面斜挂着的太阳旗落满了尘土恰像块婴儿的尿布那样脏。

苟义第一最怕范洪灞，第二就是乔江山。如今，范洪灞杳无音信，他坚信这个人已经没了，可以高枕无忧，为所欲为了。在与同伙们玩麻将喝辣酒的同时，他念念不忘怎么再给乔江山更加厉害的颜色瞧瞧。听说乔江山的伤情好了，他抽足水烟袋便左拐右绕来到乔江山大门前躲在黑窟里，细心地观察一番。去一边抱了五七趟麦秸放在院门上，点着了火撒腿跑开，恰被乔江山看见将火扑灭。

半夜刚过，苟义离开麻将桌，抬头一看天色也就是三更天多点，摸着黑上了大街。他算定人们一搁下头睡得很香甜就和死人一般，来到乔江山屋后。观察一番，去一旁抱了几抱麦秸，用燃着的苘杆引着了麦秸，连忙溜走。路过钟科的家，翻墙头偷走了他家唯一的那只大山羊。

火苗迅速蔓延，火头爬上了屋脊，茅草屋被大火烧得叫起来。

乔江山被烧着的木头发出的声响惊醒，慌忙把母亲抱出屋。他冒着烟火把三袋粮食抢出来，烟火中又拽出几件衣服和破旧棉被。乡亲们纷纷提着满泥罐子水赶来救火，屋脊没法上人眼睁睁地看着大火把整所房子吞没。

天亮了，茅草屋上盖全烧光了，只留下未烧断的屋梁，整个土墙被烧得黢黑，余烟仍在袅袅升空，烧焦的山草味儿不时地钻进了人们的鼻孔。邻居们看到这幅凄惨的景象，不断地发出痛恨和惋惜的哀叹。

江山娘躺在一边墙根下，不吃不喝滴水未沾嘴唇。人们劝了又劝，她摇摇头不觉得饿，只是守着从火海里抢出的三袋芋头干子。

天刚黑，江山娘累了，打起盹来。懵懂中被一个人惊醒了："大婶子，吃晚饭了吗？"

她一激灵，睁开双眼，见了来人心里一动，内心打战，口吃地："他……二哥，你怎么来了？"她不知用什么话回应最合适。

苟义坐在乔江山娘的对面，刚好把三袋芋头干子挡住了，甜言蜜语地说道："大婶子，啧啧，你看看，江山脾气不好，为人不周到，得罪了仇人。没办法，你就是知道是谁干的，你没抓住手脖子。"他满脸带笑摆出十分同情的样子，双眼盯着乔江山的娘。

江山娘听了这样令她难以理解的话，心里又怕又气，有谁还会干这种勾当，只有你苟家弟兄。现在又来洗白充好人，真是颠倒黑白，胡说八道。"昨天一夜间烧了俺家房子，又偷了钟科的羊，这人坏得断子绝孙。"她不由得说出含有针对性的话。

苟义打火镰吸了一袋烟，然后又给江山娘装了一袋，很热情地将烟锅、火石、火镰、芮杆递了上去。江山娘感到恶心摆着手拒绝接烟袋，又听他讲，范家道人被皇军的炮弹炸得肠子挂到树上，真是可怜。两下店活埋了爷儿俩，现在的人真可恨。钟科忒不是人东西，好上邹纪成家，糟蹋他两个妹妹。日本皇军真厉害，打破了金陵城。

江山娘越听越有气，忍气吞声，不愿听他胡说八道，颠倒黑白，绷上嘴沉默不语。此时，钟科已经偷走了三袋芋头干子她还尚然不知。

苟义见钟科得了手，便对江山娘说道："大婶子，天不早了，我回去了。"

"姥娘！"江山娘没理他，在心里骂了句。她认为这样的人，天打五雷轰，千刀万剐也难雪人们的心头之恨。

这时乔江山来了，黑影里不见了三袋芋头干子，忙问："娘，你把芋头干子放到哪里？”

江山娘这才抬头看了，果然发现没有了芋头干子，哇的一声哭起来：“你的个大盗贼吆！”她压低声音叙说刚才苟义来过，八成教人把芋头干子偷走了。

乔江山一腚坐在地上，半晌不语。房子没了，挖座庵子凑合着能过冬，可是人一天两天不吃不喝能忍受，但总不能喝西北风过日子。他犯愁了，几天来烦得吃不下饭，现在想吃却没有东西。唉，娘儿俩儿忍饥挨饿熬过一夜。第二天，乔江山狠得去挖庵子，可肚里没有食物人就没有劲儿，直淌虚汗还气喘只好停了下来。他十分担心母亲，忧虑不死会饿死的，眼下得筹办吃的。

乔江山避着母亲来到有福家，有福这人有几亩好地，他和苟家原本是仇家。最近，有福好串苟家的门子巴结苟义。乔江山坐在木头墩上叙说当年乔家和有福家老辈分情谊。

有福不理他，光点头不回声。他明白乔江山专门来借粮食，粮食烂了也不借给这个穷光蛋。

乔江山坐的久了，转入正题：“有福，我今来找你有事。”

有福笑脸道：“什么事，捡我能办到的。”

乔江山是不愿求告别人的人，事情到了这般地步还是张不开口，叹了口气，苦笑一番。

有福变脸地说：“是不是没粮食吃？我给你说吧，我也没有粮食，大前天两下店集市上刚卖了。”

乔江山满腔热情凉了下来，脸上羞火燃烧着。心里想，有福这人没良心，过河拆桥。有福爹和俺爹是拜把子兄弟，当初有福家穷是俺乔家辅助才富裕的。斗转星移，乔家出事了，借他的粮食又不是不还，反而拒绝。他还是说些好话，告别了没有送他一步的有福。

出了有福的家门，两手攥着空皮锤，心里好生烦恼。他有十分把握能借点粮食，如今没了希望。他舍着脸来到卖菜种子的小狗家，说明了来意，小狗把头一拧，说：“嘿嘿，我也断了顿子，还不知道找谁借去呢。”

乔江山心里又一沉，心如刀绞，二人干坐无语，他只好起身走了。砰！一声关门响，使他感觉到无地自容、羞愤难忍。他像漂浮在洪水上的水沫身不由己地走到光棍家门前，光棍的侄子在县城火车站上当扳道工，很吃香，人家送给他的东西吃不了就拿来给他绝户头叔吃。

乔江山来到光棍屋里，看见有两袋敞着口里面露出高粱的布袋子，说明来意。

光棍连忙摆手，撵人说："没有没有，快走快走。"

乔江山万般无奈，双眼一酸，泪满眼眶，两条腿如灌铅似的迈出了光棍的大门。没吃没喝没住怎么办？他觉着娘活在世上，并没有享一天福，天已过午还没有借到粮食，怎么办？领着母亲逃荒去吧，老人家有痨病没法走路，怎么办？他走呀，走呀，一直往他的祖林方向缓缓走去。他路过离村庄一里外的一户人家，兴许还能借给一瓢半碗的，人家关了门，门上落了锁。还能怎么办？他低下头走得更快了，来到祖林的那棵老梨树下，解开了束腰带在粗树干杈上系个套儿把头伸进去，愤然死去。

乔江水被族里人从坡西地主家叫回家，才知道哥哥是因借不到粮食而受到难导致他走上了自尽的道路。埋葬了哥哥，冬天里乡间没有事情可做，五瘸子时常喊他溜达被他拒绝。不久，江山娘忧愤成疾，含恨病逝。

一天，五瘸子缠着乔江水去两下店玩耍，他抹不开身子只好去了。到了中午，五瘸子把他拉进李家饭馆。乔江水暗想，我反正没有钱，吃饱喝足再说。

李掌柜见五瘸子是好跟着苟家弟兄下馆子的人，连忙提来一把酱色茶壶，两只茶碗。旋即上来两双筷子，两只墨色酒碗。见二人喝足了茶水，李掌柜端上一狗头黑瓷罐酒，四盘碟子菜先后上齐。

这个时候，乔江水看了一眼五瘸子，对那天杨怀庆说五瘸子是苟家一只不露名的狗不免产生怀疑。心里想，世间里没有十全十美的人。看来，五瘸子是个好兄弟。二人从清早喝到晌午，直把个乔江水灌得神魂颠倒飘飘然了。

苟义对乔江水的心性摸得一清二楚，虽然力大无穷，只是老实的像只绵羊从来不反抗。他区别于范洪灞，那道人与苟家和跟随苟氏弟兄们的伙计格格不入，泾渭分明。前些天，他安排五瘸子请乔江水吃饭，其实是在收买他的人心生怕他上峄山去找齐矮子。使他糊里糊涂跟着五瘸子转上段时间，再糊里糊涂跟着俺们干。五瘸子邀乔江水去峄山逛游，一路上见人就打听齐东来的下落，大家都知道五瘸子已经变成苟家的一条狗，知道齐东来等人在什么地方就是不告诉他。

一连逛了几天，并没有发现齐东来等人踪影。这天刚上山，恰恰遇上了哑巴，五瘸子趁乔江水解手的机会向哑巴打听齐东来的下落。他见哑巴不肯讲，伸手从衣兜里拽出几张钞票按在哑巴手中，哑巴指了指与隐仙洞相反的夫子洞。五瘸子心中暗喜，喊了乔江水下了山。路过邹纪成家，去当院里用棍打死一只老草鸡，五瘸子把鸡给他说：“你拿回去杀了喝鸡汤。”

乔江水忽然想起来娘在世的时候，曾经嘱咐过的话语：“宁做顶梁柱，不做蛀梁虫。”他断然拒绝。

当天晚上，他信步来到街上散闷，黑影中见五瘸子在前，苟义兄弟几个各人手执枪刀边走边说：“哑巴说齐矮子在夫子洞，这回几个家伙跑不了啦。回来再找乔二算账！”

乔江水听了，惊骇得心里怦怦跳，原来五瘸子利用我上峄山是专门寻找齐东来。他怪自己没留小心糊里糊涂地上了贼船，来不及多想，束了束腰带，扒掉鞋撒开双腿向峄山飞奔。他的腿快，抄近路来到隐仙洞，正遇齐东来撞了个满怀。

“来哥，快跑，苟二领了鬼子马上就到。”

齐东来见是乔江水报信，忙喊了孟开山、张九龙、张红喜三人拿了枪支跑向冠子峰。

回家的路上，乔江水越想越有气，苟家弟兄几次毒打大哥，放火烧了我的房子，逼得哥哥上了吊，母亲含恨死去。一桩桩、一件件的血债，乔二爷忍了。现在，不能再忍了，再忍，连自己的命搭进去也不知道是怎么死的。他越想越有气，回到家里，抄了铁镢大踏步来到苟家，打跑乡丁。噹的一声把水罐刨个八瓣儿，进厨屋再把铁锅砸烂。来到堂屋里，先把太阳旗扯下撕得粉碎，跳上了八仙桌，扬起镢头将慈善堂的大匾砸下来刨烂。去里间翻出许多钱来，忙扛着大镢扬眉吐气地走了。乔江水想起母亲生前的话语，他要做顶梁柱。于是，去了黄河西，参加了八路军。

子孙石下，苟氏弟兄汇合鬼子摸到夫子洞口，鬼子打着手电往洞里搜了一通，哪有人影？鬼子暴跳如雷，照着苟义反正打了六七手掌，打得苟义两眼冒金星，见鬼子走了，大骂五瘸子说了瞎话，弟兄几人围着五瘸子痛打一顿。

苟义头先进了院子惊呆了，星光月下罐子和水缸都打碎了，到屋里掌着灯看时，太阳旗被撕得粉碎丢了满地，慈善堂大匾砸了好多瓣儿。苟义见了一腚坐在地上气得打哆嗦。苟信疯了，拉了五瘸子直奔乔江水家，只见大门屋门都敞开了，一切都明白了。

苟德发狠地大骂乔江水：“道人武艺高强，没敢动爷们一手头；绵羊默猪一口，反而抄了我的家。活捉他刀砍斧剁，油煎火燎点天灯！”

五瘸子知道苟氏弟兄疑心重，人面蛇心，恐怕怀疑他和乔江水合伙骗他们，连夜逃往徐州，在通过关山口时被由南向北开的货车撞死。

苟义听说五瘸子被火车碰死，抱怨苟信："都是你，喂饱了五瘸子，乔江水，二人差点儿要咱的命！"

苟德最烦有人揭短："你懂个屁，不是你阻挡我，早就把乔二干掉了。"他看不起苟义，自己想当乡长，寻思只有挤跑他，才能如愿。

于是，兄弟俩话不投机，动起拳脚。二人在慈善堂里各抄一刀，你来我往，相互骂娘，火星四溅，拼起命来。

第四章

芦 苇 荡

太平镇位于邹县西部，镇子上只有一家姓姜的，姜家没有后代在街上拾一个流浪儿叫黑子。姜妻见黑子两眼暴凸，放射凶光，不寒而栗，劝老头子把黑子撵出家门，盼子心切的老姜还是把黑子留了下来。没过两年，姜黑子偷鸡摸狗，吃喝嫖赌，样样俱全。姜老两口管教不了，后悔养虎为患，悔恨成疾先后死去。姜黑子拉帮结派，杀人放火，危害一方。日本人一来，委任姜黑子为太平镇伪乡长，姜黑子看中了马坡吕忠这块风水宝地，吕忠父子十人，个个身强力壮，武功超群，让他惧怕几分。

头几天，他夜袭吕家，没想到只打死一个其余的人都跑了。又探知吕家父子都在村头稻场居住，心想假若吕家存在，到来年那片土地还是得不到手。他绞尽脑汁，冥思苦索想不出办法。

这时，狗腿子丁蛇蚤报告："乡长，曹队长来了。"

姜黑子贼眼珠一转，暗自高兴。亲自到门口迎接，死人脸上堆些笑容："曹老弟，请到屋里坐。"

伪军班长曹鞭长得人高马大，自出了娘肚皮懂事后就不干好事。好吃懒做，又无本事，却处处表现自己好像世间人没有比上他的能力。你看他头戴礼帽，上穿大褂，趿着鸭子腚，大摇大摆进了乡公所。

丁蛇蚤端上茶，姜黑子殷勤地谦让："兄弟，马坡的事，你帮大忙了。"

曹鞭摆摆手，装模作样："呵呵，小意思，不必客气，不必多礼。那天可惜只打死了一个。”

姜黑子虚情假意地说：“今天本打算去兄弟家相谢，没曾想兄弟过来了。”

曹鞭说：“我今天去县城，路过哥哥门口，怎能抹门而过？”

姜黑子一听，脑子一转紧接着说：“既然是这样，我也陪你去。”二人不谋而合，出了乡公所，各坐上四抬花轿进了邹县城。

二人进了一家澡堂，洗完澡，寻了一家饭馆，找了僻静地方坐下。

姜黑子点菜，掌柜的先把茶具，酒上齐，紧接着上菜。第一道峄山野鸡，第二道峄山烤鸭，第三道微山鲤鱼，第四道微山雪藕，第五道峄山野兔，第六道峄山蜜枣，第七道微山干巴鱼，第八道微山大白虾。

曹鞭见点了这么多上等菜，满以为姜黑子上次求他帮忙把吕家父子赶跑的事儿来答谢他，禁不住心中无限地高兴。

姜黑子开言：“举杯感谢兄弟帮忙，教训吕家父子。以后，还得请兄弟辛苦一趟。”

曹鞭受宠若惊，沾沾自喜，自以为是：“哪里哪里，好说。”把礼帽抹了放在一边，大口吞菜。

两个人喝足了酒，各怀鬼胎，但都不说。姜黑子提出快喝，曹鞭笑：“慌什么，一天与嫂子不见面心里就发痒了？嘻嘻。”

姜黑子亦笑道：“你才想哩！你想干嘛，只管讲，是不是想去杏花楼？”

曹鞭嘿嘿地笑：“你才想哩。”他断断续续地说，杏花楼的石各胖胖的，皮肤白人长得那是真漂亮。

姜黑子一愣：“啊，胖点白点，她是我的相好。杏花楼有的是，我领你去。”他趁曹鞭不注意起身躲开。

曹鞭听说要去杏花楼找窑姐，心花怒放，酒饭也不吃了，单等着姓姜的结账。掌柜的上了两次茶水，似乎在撵客人，曹鞭知道这饭馆是警察局副局长开的，惹不起。他心急如焚左等右等不见姜黑子，又等了老大一会子还是不见人来，这才醒悟自己被骗了。他窝着火乖乖地付了酒钱，东倒西歪地走出了饭馆。忘了戴礼帽，回来又取。

“兄弟，吃好了？”姜黑子突然出现在面前，告诉他说，“我去解手，碰见在县里任县长的二连襟，非要拉我喝茶，所以失陪。”

曹鞭满脸羞火，挨了扁担就别再说扁担有疙瘩头，愤懑地瞅了对方一眼干笑再没哼声。二人来到杏花楼，立刻被窑姐们围了上来，两人各选一人去了单房。突然间伪警察来了搜捕犯人，当场将二人逮住随即将所有嫌疑犯人带到警察局。姜黑子悄悄地告诉一伪警察，本县县长是俺二连襟。那伪警察立即报告了新任副局长，副局长领了姜、曹二人来到县长办公室。县长隋广仁见了姜黑子称："他姨夫，你怎么来了？"

副局长扯了谎话："二位先生找县长有事，故此引见。"说完，慌地连忙走开。

三个人坐下来，姜黑子唉声叹气，愁眉苦脸。隋广仁莫名其妙地问："他姨夫，你不愁吃不愁喝的，怎么不高兴？"

姜黑子说："唉，姐夫，老辈分在微山马坡撇了几百亩土地被当地姓吕的家伙霸占，因此烦恼。"

隋广仁良久不语，看看曹鞭问："你在哪里干差事？"

曹鞭急忙抹了礼帽，马上立正，行个军礼："报告县长，卑职姓曹名鞭，驻守太平镇。"

隋广仁听了，慢条斯理，转过脸对姜黑子一语双关地笑啦："鞭打驴，驴跑了，驴栏就是你的。"

姜黑子听了，如梦方醒，拍手叫道："正是。好计策！"

当天晚上，范洪灞跟着吕子水赶回马坡。朦胧中只见四壁张口朝天，整个院落被大火烧得黢黑，余烟夹杂着潮湿的稻草味儿飘上夜空。显然，这座宽阔的大院在遭受火灾后，只剩下一片废墟的轮廓。

吕志水敲响对门的柴扉，老大一会子才有人回声。

"谁呀？"屋里传出一位男性老人的声音。

"我，子水。大叔。"吕子水紧接着回答。

"老总，家里就剩下我一个人啦，几天没有吃的啦。您行行好，换一家去看看吧？"老人那低沉可怜的声音徐徐传来。

"石头叔，我是吕子水呀。"他提高嗓门，尽量把一句一字咬得很清楚。

屋门吱呀一声开了，石头披着单衣隔着柴门，两排牙打着架，哆哆嗦嗦地说道："四儿，你全家都在家西场屋里。你去吧。"老人胆小怕事，丢下句话扭头回到屋里忙杠死屋门。

二人离了那片废墟，急忙来到场上，但见稻垛如山，遮天盖地堆满了宽阔稻场。

“站住，再敢往前一步，小心狗命！”稻草垛后闪出一大汉喝道，横棍拦住去路。

“三弟，是我。”范洪灏大步走到那人跟前，二人亲切相见，抱头抽泣起来。原来，五年前，吕家三子吕子河去老东乡贩私盐，担着财物途经颜庄洼柳树林时被苟义抢劫，正要害他性命，恰被路过的范洪灏解救。吕子河见范洪灏英俊威武，行侠仗义，愿拜为兄弟。范洪灏大喜，吕子河要同乡的人司树为证，结拜为兄弟。

三人来到一个用门扇做门的临时窝棚，里面较宽敞。范洪灏来到吕忠面前，扑地一声跪倒在地：“爹，娘。您二老身体可好？儿子洪灏给您两位老人家拜个早年。”吕家众兄弟见了，感动地连忙跪下陪着磕头，比范洪灏年龄小的由吕子河带领对着他还了一拜。

吕忠见此情景，格外高兴，指着儿子们说道：“孔孟之乡，礼仪之邦。你看你洪灏哥，忠厚笃实，知书达理。往后，你们要向你灏哥学着点儿。”吕忠问，范大叔身体很好吧？范洪灏稍一迟钝，谎称爷爷身体很硬朗，有时还练拳耍刀哩！吕忠七十三岁，团脸儿，留有八字胡，头戴圆顶黑布帽儿，身穿粗布黑棉袍。他那张布满愁容的脸庞勉强呈现出一丝笑容，老人右手托了托受伤的左胳膊，上前抓住范洪灏的手，鼻子一酸，两眼泪汪汪地说道：“孩子，一年没见，如今爹混得家破人亡。今叫你来商议看看以后的日子怎么过。”

范洪灏心里暗想，范、吕两家的祸根都是日本鬼子招来的。眼下吕家老少十余口人尚未有安身之地，居住在这片偏僻的稻场上十分危险。昔日，吕家骡马成群，短工数十人，那繁荣的兴盛时节在马坡首屈一指，而今败落景象真是一步一步走向无底的深渊！

“爹，你放心。眼下找所安身之处，我和子河专找姜黑子算账。此仇不报，誓不为人！”范洪灏斩钉截铁地说。

老二吕子汪说：“马坡是待不下去了，往东或者向西避难去吧。”

老四吕子水是个火性子人，跳起来说道：“不行，吕家世代忠良，高祖老爷，曾祖老爷，老爷三辈给我们撇下这么大的家业。别说扩大家产了，我父子这么多人连祖业都守不住，离开马坡街坊邻居会笑话死人！”

老五吕子泉、老六吕子湖都是老实人，从不多说话。吕子河见两个哥哥争吵，暗地里吩咐老八吕子海去稻场东头观察动静。吕子海摸了根柳木棍去了，老七吕子洋也跟着去了。

老九吕子江骂道："盗匪姜黑子，杀俺大哥。霸我土地，烧咱的房屋，告他个贼熊！"

吕子水一拍手："对，到邹县告他去！"

吕子汪讥笑道："案子出在微山，上邹县告谁去？"

吕子水火了："老二，你不要脸。大哥死了，你就是大哥。家有长子，国有大臣。不想洗清吕家耻辱，反而东藏西躲，呸！亏你还是条男子汉！"

吕母见儿子几个动了气，叫他们都住了声："他爹，咱家接连出了塌天大祸。隐仙庄有个刘半仙算卦最灵，明天你不如去卜上一卦，让先生指条生路。"

吕忠正要回话，吕子海张口气喘的跑来叫："洪灞哥，坏事了，从东北来了一溜人。"吕忠慌了，叫家人丢下东西向湖里逃避。众人听了各自跑了。

范洪灞听了，暗喜："哼，我正要找这群恶鬼算账，他却前来送死！"他拽了下吕子河，示意他夹两袋粮食走。吕子河夹了两袋粮食头先走开，范洪灞两肋各夹一袋，双手各抓一袋，再用嘴衔上一袋，疾速来到运河大堤隐蔽处，寻见吕子河让他看守，自己悄悄地返回稻场。

一个家伙蹑手蹑脚来到范洪灞跟前，早被闪来一闷掌打昏在地。他一连又打昏两个乡丁，夹一个活口来到大堤内，问时人已经死了。

"曹班长，死了两个弟兄！"稻场上，突然有人叫。

曹鞭率领伪军冲进窝棚，没有人影， 知道吕家有了准备，慌忙放了把火领了伪军溜走。须臾间，稻场燃起来，天地间被一派大火烧红了半个夜空，可怜那两个被打昏的土匪尚未苏醒就被大火吞没了。

曹鞭领了手下如鼠一般地逃离火场，回到太平街将上项事与姜黑子说了。姜黑子思虑起来："吕家人拼命了，不好惹。"心想，这里离马坡路途遥远，什么时候才能把吕家斩尽杀绝？踌躇满怀，猛想起湖里拜把子弟兄司添。心里有了主意，叫人杀了两口猪，宰了一头牛，用圆笼盒子、大簸篮盛了让人抬着，坐上轿带了五六个人去了湖里。

吕忠见儿子们不少一个，心内稍安。意外发现粮食都带来了，心里又宽松了许多。他这才想到二儿子讲的话有道理，便把大家喊到一块商议到什么地方落脚。

吕母说："姜贼今儿没得手，他和湖里司添是拜把子兄弟，可别唆使他作恶。"

吕忠顿觉有理，决定这就动身，荡进湖里芝麻。

吕子河说："不行，如果司添知道那个小岛，纠集豺狼虎豹一围，咱们一个也走不了。不如在芦苇湾停靠，十分安全。"

吕忠同意。自家有三只快船，众兄弟把粮食装上去，就火灰里扒出了餐具，扶了吕忠夫妇上船一同向湖里荡去。

司家庄坐落在微山湖左岸，庄子有七八十户人家，三面环水。码头前，碧波荡漾，渔船济济，又似夜空天河繁星密布。大堤上，百年老柳树恰如一条绿带子把湖水拦住罗列在沿岸。柳树东面呈现出宽阔场地，场地尽头，坐落着一所院子。

这时，司添从院子里走出来。他头戴灰色礼帽，穿一件毛蓝大褂，右肩上挂着一把手枪，长相吓人，犹如夜里出现一头赖叫驴。他的身后紧跟着几个狗腿子，个个荷枪持棍，杀气腾腾地向码头走来。

渔民们见了，暗地里传说阎王来了。于是，大家手脚变快，一阵忙活。胡利干活慢了，司添上去举起马鞭狠狠地抽在他的脸上。顿时，胡利脸上洇出血来。叭！好像暴风雨中一个炸雷响，紧接着又是一鞭。

"告诉你胡利，共产党的红军不在湖西，而是在黄河西，远在天边，救不了你。再不老实，老子就打发你找阎王爷喝粥去！"司添声嘶力竭地叫唤督促他干活，说着一枪将空中一只鸽子击落，"看了吗？鸽子想从天上掉下来太容易了！"

恐惧的人们卖力地干，胡利忍着疼痛比先前干得还快。有人在司添耳边低语了一番，司添与狗腿子摆手又返回家去。

院门前，停着一顶四抬花轿，轿子后面有两人抬的圆笼盒子，圆笼盒子后面挨着一个大簸篮。几个轿夫和脚夫累得坐在地上歇息，掏出火石、石镰、尚杆打火吸烟。

司添进了家，换了一身墨色棉袍，领了狗腿子来到轿前。轿夫掀开轿帘，姜黑子钻出轿门。两个魔头原因也食人间烟火，颇晓得些礼数，也抱拳问寒问暖。"姜兄，远道而来，辛苦了？"

姜黑子笑道："司老弟，多日不见，甚是想念，今儿特来拜望。"

"尊兄光临寒舍，小弟顿感祥龙入门，今儿备这如此厚礼，叫小弟极不过意呀。"司添手牵着姜黑子的手引进堂屋。那帮狗腿子抬轿的抬轿，抬礼物的抬礼物，把轿夫、脚夫领进东厢房。

过足烟瘾，喝罢茶水，司添把姜黑子请进了客间。宴席间，酒过三巡，菜过五味。姜黑子发了话："贤弟，长话短说。今儿来，哥哥有一事相求。"

司添大口嚼着肥肉，边咽边说："尊兄有什么事情，弟弟二话不说，一定办到。"

姜黑子告诉他，马坡有户地主名叫吕忠，仗着儿多势众，霸我姜家良田九十余亩，至今不归还。秋头来与他讨要，他父子赖账，还打死打伤多名弟兄。兄弟，瞅个机会，教训教训他父子？

司添早听说了那事儿，心里琢磨，马坡的土地，大多是吕忠家的，根本没有姜家一寸，连田野里的兔子都知道，姓姜的怎么说有他的九十亩呢？他看到了屋里的许多礼物，又想到了姜黑子在邹县城做县长的二连襟，当场大叫着表态："尊兄放心，你的事儿就是我的事。敢骑到咱弟兄头上屙屎，老子六亲不认。"

司添的说话声传到正在东厢房里吃饭的轿夫和脚夫耳朵里，有人讥笑道："乖乖，六亲是父母，兄弟，妻和子。这些人都不相认，'羊羔吃奶双膝跪，以报母亲养育恩'。嘻嘻，这叫人说的话吗？还不如畜力懂事呢！"

姜黑子听了，从内衣兜里掏出一沓钱，放在司添面前，嘱咐道："铲除吕家，天塌下来我顶住，有官司我跟他打。事成之后，'老鼠咬着锨杠拉木锨——大头在后面呢？'"

"放心，放心。这事儿包在俺身上。"司添看着那摞钱，心花怒放，连忙点头哈腰地对天发誓，"姓司的誓与吕忠不在一个天地。如有二心，断子绝孙！"

姜黑子酒足饭饱，告别司添带了随从，坐上轿子回太平去了。

天刚蒙蒙亮，司添纠集三十人，各自携带枪支钢刀，直奔吕家。见房子被烧已没人居住，询问街坊邻居，俱说吕家不知去向，只得回到家里派人四处打听。两天过去了，没有吕家任何消息。管家说，村里胡利与吕家长子吕子源是密友，叫他去寻找吕家踪迹。

"去，你给他说知，再给他两个盘缠钱。"司添说。

管家去了，没多大会儿就回来了。司添问了，胡利什么时候启程。管家摆摆手说，胡利卧床养伤，拒办此事，说完把钱放在桌上。司添听了，也不拿钱，起身来到胡利屋里，就床上扯下来丢在地上，骂道："妈的个巴子，看你这个熊样，真想去见阎王爷？这就动身，自然平安；晚会儿动身，活劈了你！"

胡利鞭伤未愈，吓得空着两手连忙去了。

胡利摸着黑来到马坡，打听到吕家进了湖里。胡利钻进稻草堆里睡了一夜，清晨，胡利雇了只小船朝湖里荡去。

云雾笼罩湖面，凋苇紧锁烟波。袭来恶风闯湖里，芦苇深处藏难人。月儿小舟来祸种，微山湖里寻觅径。胡利坐在那叶小船穿破雾色，钻进湖苇间劈水行走。弯弯曲曲，顺着水蛇似水道找来。

正走着，船头炸响起来，既而倒退回去，把胡利颠覆于冷水之中。船夫连忙把篙插过去，胡利如只落汤鸡连忙抓住一根救命稻草被打捞上来。仔细看时，对面一船上站立一人，面似黑炭，身高力大，暴睁圆眼，满面怒气地撑船挡住了去路。

“子河三弟，是我。”胡利抹着脸上的湖水，佝偻着身躯冻得直打哆嗦。

吕子河似笑非笑：“我还以为是太平镇的狼狗追来了，却原来是胡大哥。”吕子河一篙击在那只船头上，“大清早来湖里干什么？”

“兄弟，大哥快冻死了，赶快找个地方换件衣裳再说话啊。”胡利嘴唇铁青，两排牙不由自主地撞击。

吕子河闪动双目，心里寻思：“过去，胡利和大哥是好朋友。吕家出事近一个月，他人头不见，今儿来事情有些蹊跷。”他掉过船身前头领路，也不知拐了几道水湾，来到一座酷似小岛只有三间屋大小的地方。两只船并头拴牢，胡利下船来到茅草屋，吕子河找了几件破衣裳与他换下了湿衣，引了再与父母相见。

胡利换了衣裳觉着暖和了许多，见了吕家人全在，心中暗喜。他东张西望，忘记了与吕忠说话。

“小利，大清早来一定有事？”吕忠见胡利神情紧张，也不说话直接问道。

胡利怔了怔神，吞吞吐吐地道：“大叔，没事没事。子源哥走了，当侄子的心里十分难受今儿空着手来，偎您老人家坐会儿。”说完，假惺惺地干叹息不掉泪，接连打呵欠。

吕忠听了痫心的话，不由得潸然泪下。吕子河炒了一碗白菜，炖了几条鲤鱼，款待胡利和船夫。吃饭间，吕子河问及司添在干什么。胡利自称大门不出二门不迈从来不问外面的事儿。又问太平镇有人去过司家庄没有，胡利说不知道。

吕子河点头，看着胡利的神色，心里的疑团更加增大。他见胡利去茅厕正要询问船夫，忽见胡利已麻利地回来了，不好再问。吃完饭，胡利与吕家人告别登船回到岸边。船夫要钱，胡利叫他与司添要去，只见他大摇大摆钻进司添家去了。船夫干吃哑巴亏掉过船头又驶向湖里。

吕子河见胡利走了，就去湖里找到范洪灞将胡利来芝麻岛的事说了。

“不好，咱隐藏的地方，外人都不知道。偏偏这个时候胡利找上门来，肯定有目的。”范洪灞感觉事态不妙。

吕子河说：“我现在去司家庄，探问个究竟。”

“兄弟，晚了，湖里离司家庄二十多里，等你回来大祸就临头了！”

两个人正说着，忽见船夫回来：“子河，快逃吧。昨天，邹县的人去了司添家。胡利不是人，他是司添派来的。”船夫说完，匆匆拨转船头绕水道走了。二人口头谢了，回到住处，给父亲吕忠将上项事说了，大家急忙离了芝麻岛去深水处躲避。

当天晌午，司添点了三十余人，各持大枪上了三只快船，喊了胡利头前带路。此时，大雾散尽，湖面清晰。三条船劈波闯苇，驶进交叉水湾，早望见湖中滩头。司添喝令众匪刀出鞘枪上膛，饿狼般扑向三间茅草房。一阵疯狂扫射后，窜进屋里一看哪有人影？司添恼羞成怒，二话没说，一枪将胡利打死，远近搜了一通无人，望着碧波荡漾的湖水，想起来昨天姜黑子送来的那些礼物得意地笑了。

吕子河看见司添等众匪走了，领了全家人再回小岛，看见胡利尸体，心里暗暗谩骂：“呸，这畜生八岁和大孩形影不离，多半是在咱家长大，没料想今儿竟然出卖我们，正是狼心狗肺，忘恩负义的小人。”他暗自庆幸天老爷指路，逃过一劫，感谢祖上积德。他亲自把住进出水湾港汊，一天奔波，家里人都累了早早睡下。胡利在司家庄孤门独户，只身一人，吕子河念一乡邻居，叫吕子湖把尸体运到岸上朝阳处埋了。吕子湖把胡利尸体扯上船，走到半道水路上将胡利尸体踹进湖水中。

黑夜，范洪灞与吕子河暗地里商议：“姜、司二贼追杀咱们，不如咱俩上岸，去司家庄杀掉司添，以绝后患。”

吕子河应道：“我这些天就是这么想的，不除司贼，吕家别想安宁。”

兄弟中只有吕子水有主见，范洪灞把想法与他说了，吕子水拍手赞成，范洪灞就把夜里打更的事项托付给吕子水。次日早晨，二人来到吕忠跟前说到岸上买些油盐酱醋之类的东西。吕忠欣然应允。

吕子湖解了一只船送范、吕二人上来东岸，自回。

二人见吕子湖走远，去村里借来两顶破草帽戴上，各人用稻草拧了一根绳系在腰间，扮成叫花子向司家庄走来。路过一家饭馆，吕子河看见门槛上斜插着半根竹竿，竹竿的顶头挂着一张茄色黄字招牌，上书："天下第一饭馆"。

吕子河哧的一声，笑了："司添夺得刘半仙的饭馆还他妈的称天下第一，呸，真是死不要脸！"此时正饿得心发慌，见西沉的太阳还没有倾吐红艳，天还早也不好下手，倒不如吃个饱肚子再说。想罢，他拽了一下范洪灞的衣角说道："哥哥，你饿了吗？"

范洪灞叹口气说："三弟，自从日本鬼子来了，我就没吃过一顿饱饭，没睡过一夜好觉。这个时候正饿得难受。"

吕子河拉着他笑道说："走，下馆子去。"

范洪灞挣着胳膊，连声地说："不不不，兄弟，还是不去的好。"

吕子河不解地问："是你说的饿了，怎么又不想吃饭呢？"他越拉他，范洪灞红着脸越是往外挣动。吕子河急了，"人是铁，饭是钢，你总不能和知了一样靠喝西北风活？"

"兄弟，我不是没钱么。"范洪灞道出心里话。

吕子河呵呵笑了："放心，我有'银子'。"他双手扭住范洪灞的一只手强行拉进了饭馆，寻了一张桌子，见没人理会故意敲得桌面震天响，叫道："还有喘气的吗？三爷来了！"

掌柜的名叫司槐，是司添的堂叔兄弟。这地方地处南北大道，过往商贾都在这里歇脚。这家饭馆原本是刘家的，被司添强行霸占，生意颇为兴隆。范、吕二人进了饭馆，着实把司槐吓得心惊肉跳，怕他俩来砸饭馆。他在一侧看了半晌，见没有异常举动，笑吟吟地走出来说道："三弟，一向可好？还没吃饭？"

吕子河发起急来吼道："老爷来了，你为什么慢待？天底下都怕你弟兄们，我吕三要怕了你，我用头走路！"他走进厨房，点了猪肉、牛肉、鲤鱼、猪心四样上等的菜肴，扔了句话，"别用小碟子小碗，坑爹诈老，用大盆盛菜。"

司槐忍着气，点头哈腰，先倒茶，后上酒。不多时，四个大盆菜端了上来。

二人见上来这么稀罕的酒菜，好不欢喜抓起筷子放开肚皮大口大口地吃起来。一盆猪头肉如风卷残云顷刻间见了底，牛肝色狗头罐酒两罐子全喝光了。牛肉、鲤鱼又吃个干净。司槐端上一簸箕煎饼，早被二人吃净。吕子河瞪了司槐一眼，喝叫他再上一盆猪肉。司槐咬着牙，乖乖地又端上了盆猪肉。吕子河又吃了打着饱嗝，拉起范洪灞起身就走。

司槐拦住去路："哎哎，吕黑儿还没算账呢！"当听到吕子河说记账，唰地从剁墩上抓了剁刀，"哼哼，没有钱，可有头吗？"

吕子河哈哈大笑，指着司槐骂："小子，你算什么东西。我弄死你如同碾死只蚂蚁！"吕子河早把刀夺下，用刀背拍着其头喝道，"呸，司槐小儿，你依仗权势，霸占刘半仙的饭馆，真不要脸！告诉你，人行好事莫问前程，有道是人行好事活百岁，作恶多端折阳寿。今儿，老子看在乡邻的分上给你留条活命。从今以后做事情你要上对起天，下对起地，中间对起你的良心。若要走差了道儿，我吕三早晚取你的项上狗头！"

一席话把司槐说得心服口服，他是个晓得事理的人，总觉得对不起刘半仙，那是司添抢夺过来逼着自己为他做生意的。可是，满肚子委屈说出来姓吕的也不相信，他只好对天发誓："我不是那种人。若做坏事，断子绝孙，四季长疮！"他又说，"我也知道你是好人，这顿饭算是我的心意。你赶快走吧。"说着两只手推着二人往外撵。

范洪灞下了保证："你放心，我们有了钱，一定还你。"

司槐感动地笑了："谢天谢地，二位行行好，千万别再回来。"

范洪灞扮成瘸子，去路旁撅了一根柳树枝让吕子河拿着，吕子河装聋扮瞎扯着柳树枝跟着。二人一前一后，磕磕绊绊，在司添门前来回转悠了两遭，并未发现司添的踪影。怕引起怀疑，二人又回到了饭馆，司槐唯恐出事，忙把二人邀进后院。二人又吃了一顿，这才离去。

司槐忙完了饭馆里的活儿，夜里去看妻子，便锁好大门往家里走来。发现院门敞着，心里想，家里莫非进了贼？他抬头一看，媳妇居住的东间窗户棂闪着灯光，便轻轻推开屋门，进了东房门一看，十分骇然。顿觉晴天霹雳，如雷击顶。一个人正搂着妻子呢，仔细看清楚了，大吃一惊，那人竟是司添。司槐不敢声张，一则怕传出去丢人，二则怕司添翻脸不认人。他的心中好像挨了一刀子阵阵作痛，一转身碰响了屋门，妻子听见有动静乱推乱拥把司添掀下身来。司添哼了一声，不慌不忙，穿好衣裳大摇大摆地走了。

司槐气急了，脱下鞋掀开被子照着妻子的光腚痛打起来，也不知打了多少鞋底，把半个腚打得红肿洇出了鲜血。他并不解恨，摸了一根大针要往腚上扎，女儿菊香从西间里跑过来哭求着父亲住手。

“爹爹，这事不怪俺娘，那畜生三番五次来纠缠，他还不让给你说。哪回都是强行的。”菊香跪在司槐膝下，痛哭流涕地央求道。

司槐看了看妻子蜷局在苇席上，一声不吭地甘愿挨打，已知道她是被迫的。再看看泪涕俱下的女儿，他的心软了下来方才住了手，忍着气回到饭馆里。次日晚上，他不放心再到家看时，司添正在另一头躺着。他二话不说，扭头回到饭馆，从此再不回家。

司槐妻子是湖边远近闻名的俊俏女人，司添玩得腻了，看上了俨如蓓蕾欲放的菊香。这天晚上，他早早来到司槐家直接进了菊香的西间。

“嘻嘻，妮儿，你的手真灵巧，飞针走线的给谁纳的？嗯？”司添奸笑着见菊香正纳鞋底，趁机在她大腿上摸了一把。

“滚滚！你这个天打五雷轰的畜生，姑奶奶攮死你！”菊香跃起就用针向司添猛扎，旋即跑出里间。

司添也不恼追到外间，菊香还是用针乱扎，司添反而手舞足蹈地躲闪着。菊香更加愤怒，抓住板凳扔了去，抄起扫帚就砸。司添嘿嘿地笑着真个走了，他来到饭馆，要司槐包二斤熟牛肉，二斤猪头肉。司槐也不哼声将他要的东西用荷叶包好，司添将两样东西提了又回到司槐家。

“哈哈哈，侄女，你叔疼你，特意跟你包了上等的牛肉、上等的猪肉。”司添把两包肉放在菊香的土坯桌上。

“你包着这两样东西干什么用？”菊香不明白地问。

“傻孩子，这两样肉都是给你吃的，可香啦。”司添双眼直勾勾地盯着菊香，慢慢地摊开两包荷叶肉。

菊香不屑一顾，猛一推两包肉，发怒说：“我家再穷，也不稀罕你的臭肉。你有闺女三四个，你拿回家两包肉满够她姊妹仨享用，快滚！”

司添赖着不走，上前便搂菊香却扑了空，紧接着迎来了一阵肉块冰雹。再看菊香时，人已经无踪无影。司添贼眼一转，钻进床底。

过了一会儿，菊香溜进堂屋，母女俩各自上床睡觉。菊香心里想，母亲怕事被糟蹋，司添又来招惹我，这日子没法再过了，不如连夜躲到姥娘家去吧。想到这里，她下床正要与娘商议时，却被床下司添拽住双腿。菊香大吃一惊，号叫起来，早惊动了母亲。司添见菊香娘扑来，一脚将她踹倒在地，母亲捂着肚子痛得喘不过气来。司添扑向菊香……

狂风乍起，天呼地叫，飞沙走石，尘土夹杂着干树叶漫天飞舞。黑云低沉，豆大的雨点从九霄倾斜下来。霎时间，大街小巷的雨水一股股向湖里汇聚。

砰砰砰！一阵高似一阵的敲门声惊动失眠的司槐。此时，风儿渐渐小了，雨儿仍哗哗地下着。司槐开了饭馆大门，一股恶风袭进院内，门口倒进来一个人。他把那人拖进屋里，迅速地关上屋门，端了油灯一照，吃了一惊，此人竟是自己的女儿菊香。她披头散发，衣裳不整，赤着脚昏了过去。他将女儿抱上床，发现腿上流出了鲜血，心里好像又挨了一刀。

“菊香，菊香，孩子孩子！”他哽咽着呼唤着年仅十三岁的女儿。

菊香微微睁开双眼，断断续续地告诉司槐：“司添，畜生。爹爹，替我报仇！”说完，昏了过去。

司槐给女儿盖好被子，依偎在她的身边暖着冰凉的身子。他悔恨不该上司添的贼船，把牙咬得咯咯响，耻辱与羞愤交织在一起使得他的心隐隐作痛。面对这个土匪，不共戴天之仇，焉能不报？然而，凭自己的力气和司添干，分明是鸡蛋碰石头。那么，又怎样才能除掉这个恶贼呢？他想了半夜觉着无计可施，两行眼泪像泉水一样扑簌簌地滴在胸前。猛然间，他想起了马坡吕子河，司添刚与吕家结了新仇，请他除掉司添犹如老虎踩死条毒蛇。但转念一想，昨天刚被我撵走，上哪儿去找他？司槐苦苦思索了一夜，天快明的时候却呼呼地睡着了。

天刚黑的时候，正巧在湖西扛活的弟弟司树回家省亲，他便将近几天家里发生的遭遇告诉了他。司树听了，气冲斗牛，拍案大骂，操刀就去杀掉司添。司槐夺下刀，告诉他，马坡吕子河昨天来饭馆吃饭，八成是来找司添算账的。他还说：“司添人多势众，弄不好反遭其害。要弄死这个贼熊，只有找吕子河。”司树听完，觉着有理，忍着气放下了刀，挨到天明吃了些饭食匆匆走了。

司树在马坡找着吕宅，见是一片废墟，问邻居说，人已经搬走十多天不知去向。内有一位老翁暗暗告诉他，可能暂时躲在湖里。他谢罢老人，登上坝堤，遥见茫茫一派湖水，无法寻找，只好回去再与哥哥商议。他走了一天，又渴又饿，十分疲劳，前面有一座土地庙便进去歇脚。不想稻草堆里躺着个人，吓得他狼嚎般的一声跳出庙门外。

“老乡别怕，俺不是坏人，进来歇歇吧。”屋内一个黑汉子招呼司树。

“三哥，您老人家怎么在这里？”司树走进屋里，一把抓住吕子河的手异常惊喜地叫道。

吕子河看着司树愕然道："老乡，你是？"原来，吕、范二人没有寻着司添，便在离司家庄六里路的土地庙里住下。

"三哥，不认识了？我是五年前在峄山颜庄洼里被你救得司树呀。你和纪王城的范大哥结拜还是我做的证人？"司树解释说。

吕子河猛然想起，五年前在颜庄洼苟义要杀害司树，正巧碰见救了他。那次，不是范洪灞相救，自己也丢了命。他笑道："兄弟，听说你不是在湖西打短工吗？为什么也来这破庙里？"

司树牵着吕子河的手坐在稻草堆上，觉着软乎乎的吓得叫了声娘。定眼看时，草窝里又拱出一个人来。惊喜地喊："洪灞大哥，你好？"

范洪灞拍打着身上的稻草，一眼认出来司树："二兄弟，一向可好？"

司树见了范洪灞如同亲人相会，拉了二人席地而坐，禁不住号啕大哭："大哥呀，当年颜庄洼分别后，我一直在老西乡打短工。昨天晚上回家来被哥哥司槐叫了去。"说到这里，他点点头，欲言又止，叹口气哭诉，"唉，家门不幸，奇耻大辱啊！大嫂被司添强占了，哥哥拿他没有办法，只有忍气吞声。可是，司添这个土匪，不分伦理，丧尽天良，前天夜里下雨竟然把十三岁的侄女给糟蹋了。哥哥思前想后，司家庄一带无人敢惹司添，他便派我寻找三哥。去了马坡，见吕宅一片废墟才知道出了事。问邻居们都摇头不知，俺只好回家。半路上累了投土地庙里歇息，没想到两位哥哥也在这里。哥哥无论如何也要为俺报仇！"

范洪灞听了司树一席话，勃然大怒："司添狗贼，伤天害理，罪恶滔天。老账没算，新账又添。今儿不宰了你，平民百姓怎么生活在世间？"他蹙动双眉，两只手攥成皮锤，骂了一声，跳了起来。

"哥哥也要杀司添？"司树问了，见其点头，感激的双手抱拳作了揖，双膝跪在二人面前，深深地磕了四个响头两行泪珠溢出眼窝扑簌簌落下。他的前额上凸出血糊糊的一个黄杏大小疙瘩，上面沾着沙土。

吕子河忙上前扶起："兄弟别客气，咱都是受苦人。况且，司添无缘无故追杀好爷们，这本账还没清算，他还敢再作恶。起来！"

三个人等到天黑，乘着夜色悄悄地进入饭馆与司槐相见。那司槐满面羞愧，情不自禁地欷歔流泪，遂将三人邀入后院。

范洪灞开言道："夜长梦多，事不迟疑，可叫大哥去请司贼，谎称菊香找他有事，不要带旁人。司添定会前来，他只要一进门就剁掉他的贼头！"

二司一吕三人一听，言之有理，异口同声地表示说道：“大哥说得对。”于是，几个人做好准备。范洪灞去厨房里拿来那把剁刀，司槐见准备就绪便去司添家去了。

司树进言道：“司添诡计多端，是个属司马懿式的人物，疑心大。如果派人来察看，见了这么多人，那不露馅儿？”

范洪灞觉着有理，问：“事到如今，你看怎么办才好？”

司树说：“先把菊香安排在房内，你两个躲在院外。我在一旁观察，打火为号，冲入屋内，了账完事。”

范洪灞点头同吕子河出去了。司树叫来菊香，把要杀司添的事与她说了，要她引诱司添进屋，自有人宰他。菊香听了，吓得浑身发抖。

“妮儿，不杀这贼，你娘儿俩多咱熬到头？乖孩子听话，不要害怕！”司树也躲藏去了。

司槐胆战心惊，壮着胆子高一步浅一脚地来到司添家。狗腿子见了叫，“司掌柜的觐见！”司槐听了，又气又恼硬着头皮进了堂屋。

司添见司槐来了，心里发慌，以为来找他算账。试探地说：“大哥，坐下。”

“小添，我找你有事。”司槐屏住呼吸，一本正经地说。他与司添走走嘴，示意外人出去。司添观察司槐一番，心里想，司槐敢来报仇。我把你的头拧下来当尿壶。他摆摆手，狗腿子们都出去了。

“小添，刚才菊香偏要我请你去饭馆。我不愿意来，她死活不认。”司槐蹲在地上，说完把头夹在双腿中间。

司添一听，淫心蠢动。他脑子转动了良久，信步来到外面，唤过管家在他耳边低语了一番。管家走了。

管家一溜小跑来到饭馆，满屋子里都看了。掀开门帘，屋里只有菊香一人，坐在床上打盹。他特意往床下看了一眼，才退出屋子。他又拐到后院，草垛后，茅厕里全看了一遍才急匆匆地回去，来到司添跟前贴着耳朵把看到的情况与他一五一十地说了。

司添听罢，阴阳怪气地说：“大哥，你忙一天够累的，回家歇着去吧，明天一早再来饭馆。”

司槐脸上露出难色，犹豫了一番，连声答应：“好好，就这么着。”他走了，出了门一溜急跑到家里忙叫媳妇捡些衣物打好包袱，坐在家里等着。妻子猜出来几分，忙去打理行装。

司添灌了半斤白干酒，大摇大摆地来到饭馆。当即关了院门。见西间果然亮着灯光，来到屋里也不关门，直接掀开里间门帘见菊香一人在屋里，便扑了进去。

司树藏在萝卜窖里，看见司添进了屋，爬出窖来蹑手蹑脚轻轻地开了院门，从衣兜里掏出火石、火镰。嚓嚓嚓！一连打了几下子，擦击的火星在黑夜里迸得四溅。

黑影中，范洪灞与吕子河看见火星，快步来到大门口。范洪灞给司树一根柳木棍守住院门，一挥手示意吕子河闪入屋内。

油灯光下，司添禽兽般地纠缠着菊香，见闯进来陌生人，跳下床抓过手枪，被范洪灞飞起一脚踢掉。司添生在湖畔，也练了一番功夫，腾地蹦了起来，想还手时才知道右手脖已经断了使不上劲儿。他定了定神看见吕子河站在面前，心里发慌，扑的一声，跪倒在地像鸡啄米似的给二人磕头。

菊香抽噎地哭叫，跳下床抓过鞋照着司添的脸啪的一下，骂道："畜生，今天有我没你！"司添额头上血红一片，她反过来又是一鞋底，骂一声畜生，司添的鼻子喷泉似的涌出黑血来。菊香啐一口唾沫，调过来又是一鞋底。司添嘴里流血而出，她不知打了多少鞋底，哭得更加伤心了。她扔了鞋子，扬起耳刮子照脸啪啪啪啪打了几下，司添那张脸变成扒了皮儿西瓜红糊糊的。菊香张起两只手活像钢爪，在司添的脸上狠狠地挖了几道子！

司添乞求范洪灞道："先生是何方高人，望您老人家高抬贵手，放我一条小命。来世转生，绝不忘了您的恩德。"

这时，司树进来抡起柳木棍照司添后背狠狠地砸了一下子，搀起痛哭流涕的菊香走了。

范洪灞指着司添怒斥道："司添听着，你与司槐本是堂叔兄弟。然而，你道德败坏，丧尽天良，败坏人伦法理。欺嫂霸女，像你这样的不仁不义不忠不孝的畜生，怎能留在世上祸害乡邻？"

司添假惺惺地流泪央告："爹，我改了。"

范洪灞又说："恶魔，吕家与你无冤无仇，你为什么带人追杀我们？"

吕子河等不住了，伸手夺过范洪灞手里的剁刀，手起一刀，劈透了司添的面门，当场死去。他捡了手枪别在腰间，找了一个面布袋装满了吃食背着。两人来到饭馆门外，不见了司树菊香叔侄女爷儿俩，连忙离开。

二人披星戴月，摸着黑向北行进，急急忙忙跑了三里路，前面路当中有数人拦住了去路。吕子河高声喊道："俺是要饭的，什么人劫俺的路？"

"子河兄弟，我是司槐。"前面有人回应。

范洪灞来到司槐跟前："放心吧大哥，那家伙叫老三把头劈了两瓣儿。"

吕子河见司槐妻子女儿及司树俱在问道："俺给您兄弟俩报了仇，为什么不辞而别？"

司树解释道："三哥别生气，俺恐怕他手下知道了，所以先走一步，这不专门在这里等两位哥哥。"他后悔没有亲手用柳木棍砸死司添。

范洪灞说："这里离司家庄忒近，不是说话的地方。"

正说着，果见正南火把闪亮，一簇人恰像恶云追风向北赶来，范洪灞急忙叫大家往东边壕沟里躲藏。不一会儿，只见那帮子人顺着大路闪入夜幕里。大家正要行动，范洪灞忙叫大家原地不动。大约几袋烟工夫，那帮子人稀稀拉拉地往回走来，灯笼火把零零星星地在黑夜里缓缓闪动。

范洪灞见司添的人走远了，领先上了路："司槐哥，咱就这里分手。"

司槐擦着眼泪，叹口气："谢谢两个兄弟从火炕里把俺一家人拉出来。大恩大德永世难忘。我想跟着老二去湖西扛活，打发下半辈子。"兄弟俩与范、吕二人磕头相谢，吕子河将司家二兄弟双双搀起并把那袋吃食给了司家兄弟。

于是，二人与司家家人两下分手，司家四人向北，范、吕二人向西各自走了。

清晨，范洪灞、吕子河二人雇了只船回到芝麻岛。吕忠见二人空手回来，非常疑虑地问道："你俩个去岸上买材料，怎么两三天才回来，可不是找了横事？"

二人摇头，异口同声说，遇见了一个朋友挽留才小住了两日。吕忠不信，再三追问没结果。他独自驾驶小船游荡，不觉来到岸边，拴好船犹豫好久没敢上岸，他担心遇上司添把自己这条老命给葬送了。但转念又想，昔日在马坡，良田百亩，骡马成群，人丁兴旺，十里八乡的乡亲见了，恭而敬之。如今，怎么一日挨蛇咬，长年怕井绳？想到这里，愤然上岸。他不由得到了麦田里察看一番，路过家院前。久久伫立，祖上留下百年基业，今儿却毁于一旦。如今，家败人亡，流离失所，生死未卜，想到这里蹲在废墟上不觉潸然泪下。

"大哥，来来。"对门邻居石头在柴木门里招着手。

吕忠急忙擦干泪水，来到石头院里被石头拉进了屋里。石头把烟袋、火石、火镰、苘杆递了上去。神秘地说：“大哥，这回行了，你们什么时候搬回来住？”

吕忠听了，十分茫然，睁大眼睛直勾勾地望着石头。心里想，我正要打算往湖西搬家，石头怎么说这般话，真是令人百思不解，他只是笑笑沉默未语。

“啊，哦，那你还不知道？司添昨天夜里被司槐，司树兄弟二人宰了，脑袋搬家，做了无头鬼灵。”石头直接告诉他。

吕忠听了，十分愕然，顿时心里好像舒坦了许多。他木讷地摇摇头，再也坐不住连忙告辞石头，撑船回到芝麻岛，喊来范、吕二人逼问他俩是不是把司添杀了。二人跪倒在地，不敢隐瞒便将司添糟蹋司家母女，二人就把他杀的实情详细叙说一遍。吕忠听了，吓得连夜把家什装上船驶向西岸，领全家人去嘉祥岳父家躲难。

第五章

古　会

吕家一行人上了西湖右岸，吕子河背着父亲私下里与娘商议，让家里人先去姥娘家。他和范洪灞去鲁桥镇隐仙庄求刘半仙破解灾气，指点生路。吕母应允。临行，吕母提醒他两个，路上小心，千万别再惹事。

于是，范洪灞、吕子河二人双眼噙泪与父母兄弟分手。二人辞别了家人，乘船再回到东岸，取旱路投隐仙庄而来。一路急行，来到庄里直至刘半仙家与其相见了，果见先生器宇轩昂，神采非凡。范洪灞将来意讲明了，刘半仙认识吕子河又观察二人一番，微闭双目。告诉二人，敝人年事已高，早已金盆洗手，已不再游走江湖。但看两位是顶天立地的汉子，我与你们说个地方，你两个可去邹县县城南门外韩家中药铺找韩焕先生。他饱读经书，善察世间兴衰。言罢，刘半仙遂写了书信一封托付范洪灞捎于韩焕。范洪灞接了书信贴内衣藏好，再问刘半仙时，见其紧闭双目，再不言语。他连问三遍见不回答，只好和吕子河与其告别。

二人在路上商议，嘉祥去不得，姥娘家房屋少，人多没法儿住，而且又没有事情干，总不能饿着等死。范洪灞决定信从刘半仙的指教。于是，两个人一前一后，迈开大步投邹县而来。

天刚黑下来，二人才赶到韩家药铺，只见一个猴脸的年轻人正上门板。范洪灞上前拱手问道：“请问韩老先生在家吗？”

那伙计放下门板，眼珠子滴溜溜地乱转，看了范洪灏一番，又朝街上南北看了看忙说："先生在家，里面请。"

二人进入中药铺，那伙计还是把门板上了，关了门。把二人引到深院，来到屋里让二人坐下，给二人倒茶。范洪灏有些拘谨，这当儿又渴又饿索性把茶喝了。不一会儿，从里间走出一位老人，目光清秀，留着八字胡，穿戴装束，干净利索，微笑着十分热情地与二人打招呼。那先生抽足了烟，屏退了那伙计，问道："两位年轻人不是来看病的吧？"

范洪灏有些局促，端着茶碗答道："先生高明，我兄弟俩不是来看病的。请问您老人家是不是韩焕老先生？"

那先生没有回答，细观良久，慢条斯理地问："我看你俩眼中冒火，双腮红嫩，气冲斗牛，身体健壮，根本没病。二位既然不看病，来我家有何贵干？是不是新年过不去了来绑票？"

范洪灏听了，慌忙放下茶碗，起身拱手解释道："小人不敢。先生，只因俺家出了大灾，受微山县隐仙庄刘半仙指点，他叫俺来邹县找韩先生来破解灾气。"言罢，就将刘半仙的书信从内衣里拿出来递与先生。

那先生哈哈大笑道："敝人姓韩，名焕。我观你俩气色，鬼气缠身过重，我虽有捉妖拿邪之术。但还是破解不了你们的灾气。"遂把书信接过。

吕子河插言道："微山刘半仙举荐，我兄弟二人跑了百余里路来相求，望先生可怜俺兄弟俩，指条生路。"

韩焕略一思考："小伙子莫急，韩某无能。一会儿自有指点迷津之人。我看你俩像是没有吃饭。今晚韩某备下薄酒淡饭，款待二位，不知意下如何？"

范洪灏说："先生休要麻烦，实话说吧。俺兄弟俩，步步有灾，时时逢难。还请先生指出条生路。俺马上就走。"

韩焕再没有说话，撇下二人出去了。一会儿，进来一位青年人，细高个儿，留一头乌黑长发，穿一身黑长袍，脖子上围着一条酱色围巾，笑盈盈地向二人问好。韩焕进来将书信给了那青年并把他点了出去压低声说些什么，又过了一会儿，韩焕端来一大泥盆白菜炖的豆腐，自称有事出去了。刚进来的那青年作陪，范、吕二人虽饿但却不肯吃饭。那青年哪里肯许？起初，二人坚持不吃，见那青年热情谦让，二人见其诚恳只好吃了。

三人正吃饭间，那青年突然问："请问，你是纪王城范洪灏吗？"

范洪灏一怔，惊愕地点了点头："先生，你怎么知道我的名字？"

那青年人自我介绍说道："我叫韩志刚，刚才听家父说，你爷爷范元与我父亲是忘年之交，因此我父亲认识你。只因日寇侵占邹县，老英雄痛杀鬼子，英勇就义。家父未能前去吊唁，那时正碰上锅山血战。又传言，你与川军并肩战斗与米团长同时遇难，你却是怎么逃生的呢？"

范洪灞长叹一声，简述起来："鬼子侵占家乡，爷爷与敌人同归于尽。俺埋葬爷爷后上锅山投了川军。这支队伍个个是好汉，就是武器太差。到了最关键的时候，怕死鬼三营长携兵逃跑了，弄得全军完蛋。我想，家没了，爷爷被鬼子害了，就去报仇。半路上碰见吕子水来请我去了马坡，随着义父被迫躲进湖里。我和三弟去找了刘半仙破解灾难，他却叫俺来邹县找韩焕先生指条生路。不想韩老爷不肯说出天机。"

韩志刚认真地听着，整个表情显得非常严肃，紧蹙双眉，两眼放射出无比愤怒的光芒。他腾地站起，右拳击在桌子上说："洪灞，你做得对。如果我们每一个中国人都拿起枪刀来一同打鬼子，日寇绝不会在中国的土地上横行霸道！掠我财富！杀我同胞！"

范、吕二人听了仅这几句，有些呆了。眼前的韩志刚是一个什么样的人物呢？他的话好像是沧海迷雾中的航灯，与人指明方向。言语虽然不多，分量确值千金！

韩志刚见二人不吃了，顿觉有些造次，笑了笑："快吃呀，菜别凉了。"

三人吃罢饭，韩志刚邀二人来到他的书房。范洪灞猜测这人可能是位教书先生。

韩志刚问："今后，你俩打算干什么？"

范洪灞说："单等韩老爷给俺破了灾气，指了路，明天我们要饭，找机会与仇人算账！"

韩志刚听了，告诉他俩："日本鬼子野心勃勃，还要染指江南。蒋介石消极抗战，国土相继沦陷。听说在大西北有一支农民的队伍，叫中国共产党。专门打鬼子，锄汉奸，解救无产阶级劳苦大众。想打鬼子，何不投奔到那里去？"

吕子河笑了："哥哥，你是在开玩笑，共产党在大西北，路途遥远；仇人就在眼前，放着仇人不杀，跑到老远的地方当什么兵？"

范洪灞心里想，如此之说，与米团长说的话是一致的，看来，共产党真的是人民大救星。自己单枪匹马去拼，也不是个办法，这儿离大西北路途遥远，何时才能找到她？假若共产党的队伍在邹县就好了，又想，韩不是个一般人物八成和共产党有联系，老先生刚才说自有指点迷津的人可能就是他。

范洪灏说："哥哥，我看你是位好人。"于是，他将家庭出身，爷爷的悲惨遭遇，自己的处境和想法全部告诉了韩志刚。

"你们真的想打鬼子报仇吗？"韩志刚问。

"只要能报仇，打鬼子，进虎穴，闯龙潭俺兄弟俩死而无怨！"范洪灏坚决地表示。

韩志刚仔细观察二人,一黑一白,仪表庄重,态度诚恳。他略停了一会儿，诚挚地告诉二人，我就是共产党党员，现在以教书匠身份作掩护。这次，我受邹县县委指示，要去纪王城寻找范洪灏，联络进步青年组成抗日武装，不曾想微山县的同志把你俩介绍过来了。

范、吕二人听了，意外高兴。天黑了，三人在书房里也不敢点灯，摸着黑继续交谈。夜深了，韩志刚催他俩休息，二人不肯，缠着要他再讲些红军革命斗争故事。韩志刚见天色很晚，还是催他俩休息去了。房间韩焕已准备好。

县城变成了魔窟，沙泥占领了锅山就留在邹县县城兼做了四个县城防司令，面对共产党领导的地下抗日组织日益壮大，这个伤势刚好的家伙为了阻止共产党活动，大肆网罗地痞训练成特务，秘密侦查案情。由于他们肆无忌惮地无故抓人，领功请赏，多有无辜百姓含冤致死。

这天中午，韩志刚把二人召来，鉴于县城特务活动极其猖獗，特别是苟仁，县委指示城关区委严惩一批死心塌地的汉奸走狗。范、吕二人领了任务，秘密进入县城寻着苟仁。吕志河一拳将他打倒……范洪灏从怀中掏出告示一张搭在苟仁尸体上。上面写道："敢与人民为敌，就是走狗下场。"第二天一早，鬼子发现县城大街小巷的墙壁上贴满了抗日标语。不到一个月时间，县城的街道上，又有七具汉奸尸体横卧街头。

清晨，韩志刚主持仪式。范洪灏、吕子河二人站在鲜红的党旗面前，庄严宣誓，二人同时加入了伟大的中国共产党。

零星的炮仗嘣当地炸响着，沉浸在苦难岁月中的黎民百姓，家家辞旧岁，人人来鞭春。

白宋媳妇每年除夕之夜从来都是不睡觉，鲁南人称守岁。她听到外面震天般的鞭炮声一阵高过一阵，便去空缸里摸出一把破瓢，瓢里面藏着不到半瓢白面。她从瓢里抓着一捏白面撒在案板上，然后再用手满案板一搓，显得上面有许多面粉。一切布置停当，急忙收拾好面瓢。就土坯桌子前双膝跪下，向土坯桌子上写的“三代宗亲之神位”的牌位深深地磕了四个头。此时，拜早年的左邻右舍纷纷踏至而来。

歪子媳妇来到堂屋当中，问了白宋媳妇过年又喜又好，跪倒在地，用泥坯垒的桌子供奉牌位上白家三代宗亲磕了四个头。尔后，原地不动，只是扭转上身给白宋媳妇磕了两个头：“哎呀，嫂来，你家吃这么早的饭？”

“哈哈哈，昨来夜里天一晌午，放完炮仗俺就吃了扁食。”

歪子媳妇嘴馋直咽唾沫，多少年来给白宋家拜年都是吃完饺子再走，今年看来是不行了。这个十岁就当了童养媳的苦命人，十六岁男人害了黄肝炎死了。她崇信礼教——烈女不嫁二男。从此守寡至今。见没有吃的，她只得再赶别的门子。

白宋媳妇挨到天近中午，见没有拜年的人，就去烧火做饭。她煮了一锅芋头干子，喊了老头子、儿子、儿媳吃饭。她十分知足，大年初一村子里蹲锅的有十来八户。当她最后端起饭碗的那一刻，辛酸的泪水几乎溢出眼窝。往年杀鸡宰鸭，丰衣足食，今年差点连芋头干子水也喝不上了。她叹口气，真没想到会过得穷到今天这个地步，不讲怎么说好歹还比有些人强点，新年头顿饭没挨饿，好歹把年打发走了。

二月初二，是龙抬头的日子。春风从南疆徐徐吹来，阳光在寒冷天气中使人仍然感觉不到春天的温暖。万象不新，炮楼林立，遍地汉奸走狗如蝼蚁，人们在日伪军的钢刀下过着饥寒交迫的日子，无可奈何地挣扎在生死线上。

然而，远近数百里地的百姓对每年一度的峄山香火会兴意很浓。于是，人们肩担手提， 扶老携幼喊叫着顺着山间田间林间小道，八方云集峄山。官道上，两排古柏从纪东村边一直伸向峄山道观山门前。人流如潮，熙熙攘攘涌向山间。路两侧，瞎子、瘸子、秃子、哑巴、乞丐、少胳膊的、缺腿的、神经病都趴在路边拍着黄土路乞求着要钱。贫穷的百姓们赶会只图个热闹，称盐的钱都没有，哪会有闲钱施舍给这群世间最可怜的残疾人呢？

远道的香客们，逢庙就拜。夫子庙，梁祝庙，岳王庙，三官庙，土地庙，奶奶庙，关帝庙，酆都城等还有许许多多的庙宇前，赶会的人挤得水泄不通。一时间，山上山下香雾缭绕，钟声悠扬，经久不息。街两旁，做买卖的摊子鳞次栉比地从纪东村头一直排列到子孙石旁。这是一条几百丈长的大街，一些人被挤得从村头夹在人流里双脚一抬一步不走便到了山门，会场比肩继踵，拥挤不堪，场面十分壮观。山门前，马戏团布篷星罗棋布。那说书场，场场连接。鄫都城边，算命先生口念诵诀，十指掐算。说合婚姻，论些阴阳，破解凶灾，指点迷津。东坡老梨行里，牛市无边无际。西坡地方戏曲儿，唱声连天。山上山麓，人山人海，人叫山应，山呼人笑，好不热闹。

这时，奶奶和白宋媳妇一前一后地走着。奶奶空着手，走得很急，白宋媳妇肩上背着条褡子跟不上趟。二人不走正路，专捡人稀少的蔽道走。她俩好像不是赶会的匆匆踏步昔日秦始皇登峄山走过的羊车故道，跨过鹰愁涧，爬过巨船石，穿过夫子洞，绕过隐仙洞，再过东宫直上白云宫东南角舍身崖右侧的爷娘店。奶奶今年七十六岁了，她那双被带子缠裹得像辣椒脚步伐仍然矫健！她老人家为何此时出现？原来，奶奶娘家九十五岁的老母亲重病卧床。范元出事时，范洪灞没敢告诉她，等到老姥娘病故发完丧时奶奶才知道家里出了事，那时锅山战事早已结束。

昨天晚上，奶奶才要关门睡觉，大门外进来了好友白宋媳妇，请她二月会去爷娘店里拴娃娃——儿子白搭娶妻八年没生儿女，前村张三娶妻未育，拴了娃，生了儿子。韩家庄韩四同样情况，也拴了娃，生了一枝花。总之，娶了妻的，没生儿女的人家，都上峄山道观爷娘店里拴娃娃去，有的了却心愿。

奶奶另有主张，男女不生育，都是生理上有病，须找先生医治，方得解决繁衍后代问题。拴娃娃岂不是捂着耳朵偷铃铛——自哄自？奶奶又想到，鲁南地区老辈分传下来的没有儿女就去峄山拴娃娃的风俗习惯，好像是天经地义任何人更改不了的事情。白家拴娃娃是头等大喜事，又怎么能给人家扫兴呢？但是，她从来不信神。可是，自己与白家有着数十年的友谊，又怎么能不去呢？然而，出于对好友的负责，奶奶不得不试探地说出心里话。"白搭媳妇不生养，找中医先生号脉象，吃几服中药调理调理。"她不敢多说，万一要是从峄山拴来娃娃，她儿媳妇生了小孩，白家会记恨自己一辈子。

"嗯——大嫂，前村张三家拴了娃娃，生了儿子。韩家庄韩四也是拴了娃娃，生了个千金。"白宋媳妇兴意正浓，并没有意识到奶奶说的真正意思。

看来，她是非去不行了。奶奶心里琢磨，白宋媳妇真是愚昧，纪王城远近十里八乡哪个村都有去峄山拴娃娃的，结果是先喜后忧竹篮打水一场空。生孩子的户，寥寥无几。最终奶奶很痛快地把去拴娃娃的事儿答应下来，白宋媳妇欢天喜地地迈着小脚走出范家。

“老天爷开恩，保佑俺白家续上香火。”白宋媳妇刚出大门，就见一只喜鹊在石榴树上喳喳地叫。她觉着很吉祥是上天事先给她报来了喜信儿。

“老家伙，千万别崇信老天爷，如果她有灵性，日本鬼子窜进中国来，杀人放火无恶不作。苍天怎么不管管这群横行霸道的豺狼？怎么不撵走这群贼寇滚回东洋小岛？又怎么眼睁睁地看着咱老百姓活活被强盗杀死？”奶奶借题发挥，痛斥老天。

白宋媳妇无心对答，摆着手光笑不吱声。

山风大，山呼林吼，黄尘飞荡。奇怪，每逢二月二香火会，老天爷不刮风就下雨。

那五华峰下，人山人海，鞭炮震天，好一派热闹景象。两位老人来到白云宫前，挤过人群，来到伪县政府派来的新任住持寇钱面前。奶奶先去烧香，白宋媳妇向寇钱说明了来意，随即递上了礼钱。寇钱接了拴娃娃的礼钱，吩咐大弟子有才领着二位老人来到爷娘殿。

那爷娘殿里，令人眼花缭乱，香气宜人。满屋里有难以胜计的娃娃，坐着的，站着的，躺着的，趴着的，依着的，扶着的，斜躺着的，千姿百态，神情惊人，逗人欢喜。那圣母娘娘慈祥的笑容惹人喜爱，她不辞辛苦地看着这群孩子。老人家左肩背着一个褡子，肩前褡子里站着两个男孩、肩后褡子里也站着俩女孩。右肩背着个褡子，前后褡子里同样也各站着两男和两女。左右两手各提着一个褡子，一共站着四男及四女。两肩上还趴着两个呢！

“哈哈，呵呵呵……真是又俊俏又聪明。”奶奶看着满店里的娃娃们不觉满心欢喜地夸奖道。

白宋媳妇眼花缭乱看呆了，满眼里尽是孩子，反反复复也不知看了几遍。

这时，有才掏出一个红本子来，振振有词高亢地宣读着摆放在木台阶上小泥娃娃的名字。

“山河。”有才也不看白宋媳妇的脸色，听对方并没有回应，若无其事地掀去一张写有小孩叫山河的红字条。

“小猫。”有才随意又说出了另外一个小孩的名字。“石头。”他第三次又掀了一张红字条儿，下意识凝眸地看了白宋媳妇一眼。

白宋媳妇没一点反应，似乎对以上三个小孩的名字和长相不称心，只是微笑了一下，实际上内心已经火躁起来。

有才有些不耐烦，故意提高嗓门："大海！"他瞪了两个老妈妈一眼。

奶奶急得走走嘴示意白宋媳妇赶快答应，显然白宋媳妇还是不满意，硬装作吐痰没有回应。

"根成！"有才脸上带着愠色，两只眼睛乜斜盯着两个老妈妈。

"好，行，就这么着。"两个老人几乎同时答应。

有才从白宋媳妇手里接过一根红头绳，连同红字条儿拴在一个男娃娃的腰间，攥着他的小手说："根成，你奶奶来接你了，快跟你奶奶回家吧。"他又重复叫了几遍，便把根成从长板子上捧下来，抱给了白宋媳妇。

奶奶跑到僻静人稀的地方，把一挂炮仗挂在柏树杈上用香点着，炮仗噼里啪啦地炸响起来，五华峰叫，林海回应，好似天鼓咚咚，使人流连忘返。她又忙回到爷娘殿里，从白宋媳妇怀里接过根成哄着。那白宋媳妇走到圣母娘娘面前，作个揖，虔诚地深深的磕头。那有才扭着身子自去了。白宋媳妇拜完圣母娘娘再次接过根成，仗着奶奶在前开路边走边念叨着："我的好孩子，根成来，跟着奶奶家走吧。"

两位老人拴了娃娃下山而来，到了子孙石前。奶奶替白宋媳妇朝子孙石上面的子孙堂里扔石头，一连扔了好几块都进了堂屋里。白宋媳妇非常满意，这意味着喜事连连，子孙满堂。忽见奶奶转向马戏篷走去，急得直跺脚。奶奶苦笑着，她知道不论是谁家拴娃娃，都要鼓乐喧天，坐着四抬大轿，大摆宴席。白宋家是村里最富裕的财主，自打苟义在他家成立了乡公所，三天征粮，五天捐钱，刮得他家已经缸罐空空，家徒四壁。二人心照不宣，只有把辛酸的苦水往肚里咽，她俩会心地各自分手了。

白宋媳妇急促赶回家，把泥孩根成放在被窝里让儿媳妇搂着。她烧了香，长跪不起，嘴里不住地祷告："谢谢圣母娘娘送子。"

奶奶来到马戏篷门口，才要掏钱买票，早被马戏团招来帮着护园子的哑巴拉了进去。奶奶老大不忍，直想着再回去买票，却被人流挤了进去。马戏篷是用幔布搭成的，外观上看去活像把撑开的伞。里面人挤得水泄不通，倒也热闹，那些小商贩们见缝插针地在人窝里猫着腰穿来梭去。卖糖葫芦的，卖熟花生的，卖香烟的，卖烧饼卷的，卖木制花郎棒槌木头老鼠的，应有尽有。

马戏台上，一个妙龄女子像条白蛇正在演爬杆。恰在这时，苟德带了几个狗腿子大摇大摆地闯进了马戏篷。看马戏的人见了苟德生就得就是个不养父母的吊死鬼样，硬散开一条道儿。他撞到戏台前，两只鼠眼直勾勾地盯着杆子上的女戏子。马戏班的班头看出来要出事儿，忙赔个笑脸，递上支香烟。苟德打掉香烟，朝杆顶上的女子打着下来手势。那女子唰的一声滑落在地，正要跑被苟德用枪逼住。

“小女子，跟四爷走一趟！”

班头看了，蹲下来双手捂着脸偷哭，眼睁睁地看着女戏子被狗腿子架走。

“站住！苟四，你这个畜生！光天化日之下惊扰戏场，抢架良女，今儿有老姑奶奶在此，你们快滚！”只见奶奶怒气冲冲的从人堆里挺身而出，大步走上戏台，当头截住了去路。

苟德无比惊疑，拔出手枪朝戏篷顶上开了枪。众人见了，惊叫起来，顿时大乱，四散而走。出门太小拥挤不堪，惊慌的人们用手抓破幔布钻出篷网都跑了。那戏子踢翻二人，趁乱中也逃走了。看戏篷时，布沿被撕成活像耷拉柳树枝条样的布条儿，一绺一绺的在寒风中凄惨飘荡。

苟德恼羞成怒，抓了奶奶押到乡公所。

那马戏班头忙召集弟子火速撤离峄山，半道上被小孬看见了，一阵狗似的颠跑报告了苟德。他知道戏子不好劫，忙去车站搬了鬼子把那女子劫下。鬼子站长看中了那女戏子，连夜把她送给了县城沙泥。当夜，沙泥偷偷看了，非常高兴，即设宴招待那女戏子。

女戏子嘉祥人氏，名字叫谢紫荆。出生在一个破落地主家庭，早年父母双亡，便跟班头做了童养媳。当下，她很冷静，时刻瞅着逃走的机会。

房门打开了，沙泥穿着和服，见宴席已经备好，示意一侍卫把谢紫荆押过来。侍卫去了，没过多大一会儿，谢紫荆被押了进来。沙泥摆摆手，见侍卫退出去。沙泥来到谢紫荆跟前脸上堆满笑色，急忙松了绑。

“谢小姐，你的美貌国色，武艺超群，令沙泥敬慕。眼下，你们中国就像一个病入膏肓的人，用不了多少日子就要行将灭亡。小姐不如投靠皇军共建大东亚共荣圈，分享王道乐土。”沙泥心里美滋滋的，轻轻地欲捏谢紫荆的左腮。

没曾想谢紫荆右脚早起，照着沙泥裤裆重重踢去，转身就跑。沙泥疼得揪心，喊不出声音，左手捂着伤处，右手急得拍桌子。两个鬼子跑进来被谢紫荆打倒，一个鬼子忙吹起哨子，引来十数个鬼子，一拥向前，将其按倒在地捆个结实。

鬼子押着谢紫荆向一座房子走来，谢紫荆毫无惧色，昂然步入屋内，看时心里就有些悚然。第一眼看见老虎凳上，鬼子正用通红的铁块烙着一个瘦弱的中国人。往前走，吊命梁上，一个妇女头耷拉着，也不知道死了多长时间。谢紫荆双腿打战迈不成步了，鬼子猛地把她推进另一间屋，一个鬼子用缝包针粗细的竹签子正往犯人的手指盖儿里死命地攮，受刑的人实在忍受不了，叫着招供。他们又来到一座水牢间，看见一人双手吊在梁上，整个身子只露着头颅在外其余全部泡在水里。

谢紫荆甩开押解她的鬼子，朝墙上碰撞将自己的脸庞毁了几块皮。沙泥见了谢紫荆满脸是血破了几块皮，十分恼怒，下令杀她时，被伪军大队长高劲松乞求留在帐下听命。

一个乞丐进了家，他把碗和打狗棍放在磨盘上慢慢进了屋。屋子里很暗又窄又矮，土坯桌子，两边也是土坯垒的凳子。除去一张小案板，两个木墩板凳，几乎没有什么值钱的东西。

他往里间看了看，发现了躺在床上的奶奶，慌得他摇着奶奶叫道："奶奶，奶奶！我是小灞。"

奶奶看清了孙子，挣扎着欠了欠身子又倒在床上，抖动着双手抓紧范洪灞的手，亲热地念叨："我的儿，我的娇，我的孩子，我的小灞。老祖积德，保全我的肉儿。"奶奶一手抓紧范洪灞的手，一手擦着干涩的泪珠。自从川军战败，孙子范洪灞就没了音信，多少个日日夜夜，奶奶艰难地熬过。眼泪犹如金水河的水不知流淌了多少，四处打听人也没音信。她望眼欲穿，想呀盼呀，总是坚信孙子走江湖逃亡在外，但却风来雨去不见人。

"奶奶，你病了么？"范洪灞急切地问。

奶奶气喘着再次挣动身子坐起来倚在墙上，断断续续地说："二月初二，我和你白宋奶奶给你白搭叔拴了孩子。下了山，我去马戏篷看杂技，碰巧苟德的个龟孙劫持正演杂技的女戏子被我救下。他把我抓到爱护团，关了三天三夜被永新兄弟求情放了。那天夜里忒冷了，冻得我发热，躺了五六天了，至今还不见好。"

范洪灞忙去烧开了水，让奶奶喝了，与奶奶商议给她去看病。奶奶同意，打着精神起床，梳洗一番，催着孙子去找先生。范洪灞摇摇头，等到天黑才能走路。奶奶说，天黑先生关了门，有谁给看病？范洪灞将韩焕先生的事情告诉奶奶，奶奶这才醒悟，心里一亮，耐心地等着。

天一黑，范洪灞背着奶奶，一路急行来到韩家药铺。韩焕知晓，当即号脉，抓了服中草药。奶奶付钱，韩焕哪里肯要？

“嫂子见外，我与元哥几十年的交情。你热情好客，老范哥与俺情同手足，您真是天下难找的忠厚善良人家。快快把钱收起来，别叫人家笑话。”

“他叔，有病没有白吃药的。”奶奶倾力地说，再三付钱，韩焕到底没收钱。范洪灞熬好草药与奶奶喝了。韩焕亲自熬了稀饭与奶奶吃，安排她老人家睡下。次日，奶奶起来，自觉浑身轻松，两眼清亮，内心欢喜。她去诊脉时，看见一个中年妇女给韩先生磕头。问了才知，她在峄山拴了五年娃娃没有生育，自打吃了韩先生的药，生了个女儿。

吃完清早饭，看病的人多了，多半是妇女，大都是不生育的。奶奶看在眼里，与韩先生讨了两服草药偷偷把钱塞在号脉的白色布袋下。

奶奶回到家里，来不及熬药吃，急忙来到白宋家，看见满屋里尽是香雾，白宋媳妇跪在土坯桌子前，嘴里嘟囔着乞求天老爷开恩，送给白家一子：“一个瘸巴儿，赶上三个黄花女。”

奶奶大笑：“天神地神都是看不见摸不着的东西，就算你把人间的香都烧尽，把你的头磕烂，也无济于事。”

白宋媳妇听了，异常恼怒：“吓我一跳，吃饱撑的？该死的人了，尽说些不吉利的话。咦，昨天还半死不活的，今儿怎么活蹦乱跳了！”她爬起来，踢木墩，摔烟袋，吐唾沫，拿扫帚扫屋地，弄得小屋里尘烟荡荡。

奶奶笑得更加厉害，用手扇着尘土说：“嘿，老白，正因为老天爷叫我好得快，还是为了咱白家哩。”

白宋媳妇扔了扫帚，问道：“奇怪，是玉皇大帝叫阎王送回来你的魂灵？”

奶奶连连摆手：“不对不对，我今来告诉你两件事儿。夜来我去了南关看病，一服药见效，还剩两服没喝；那先生医术高得很，还专治妇女不孕症。哎哟，有的媳妇磕头谢人家。”奶奶专门把这个信儿透给她。

白宋媳妇再也听不下去了，俺刚从峄山拴来孙子，你这不是来搅和喜事吗？她指着奶奶厉声说道：“你有正经事就说，没有正经事别在这里瞎嘟囔。你给俺拴来孙子心里屈得慌？”

奶奶一听也生气了，但还是心平气和地拍拍身上尘土笑呵呵地走了。

白宋媳妇每逢初一十五就对着香台烧完香发呆，对着缭绕飘散的烟雾间菩萨画像发呆，还看着儿媳妇瘦瘪的肚子发呆。然而，一晃几个月过去仍不见儿媳害喜病，她流着泪对泥塑根成也产生了疑虑。这天，十月初一去娘家上坟，大姐告诉她一条信息。南关有个姓韩的先生专看妇女不孕症，忽儿她想起了范家老太太夏天曾经给她提醒过的事儿。忙得她连饭也不吃了，急忙告别娘家人往回赶，没进家门就直接来到范家。

“哈哈哈，大嫂，嫂来？在家吗？”白宋媳妇走进屋里问道，见没有人便在屋中央急得团团转。

奶奶在茅厕里早听见是白宋媳妇，她边走边束着腰带说：“有正经事就说，没正经事别在这里瞎嘟囔！”

白宋媳妇满脸赔笑，走上前挽着奶奶进了屋。“嫂，你还生我的气来？”

奶奶两手一拍，抢白地说：“我怎么能生你的气，我这个人向来给人家办点事好报屈，还惹人家生气。这就叫出力不讨好。”

白宋媳妇说：“上回都怨我，您老人家大人大量，别生气了，嫂来。”

奶奶哧的一声笑出来眼泪，问：“你来有事？”

“我想让你领着俺和白搭家去南关找韩先生。”白宋媳妇吞吞吐吐地说。

“早该这么办！”奶奶照白宋媳妇肩膀拍一下骂道。

白宋媳妇问：“明天去吧。”她见奶奶点头，高兴地抓着奶奶的手面亲了一下。

第二天一早，白家婆媳好歹吃些了饭，正待起身，奶奶来了，于是老少三人急急赶路。她们不走大路，专走小道，穿过鹰嘴石，跨过野店河，钻过梨树林子。遥见偏西北一簇青黛漫漫，祥云缭绕，走近看了才知是亚圣府。

来到韩家药铺，屋里已挤满了病号，门外还有挨号的。韩焕见奶奶来了，看完一个病号，起身把奶奶请到内院堂屋喝茶。良久才给白搭媳妇号脉，他仔细望了白搭媳妇，面黄肌瘦，目中无神。问了精血只一两天就干净，既而又闻到白搭媳妇嘴里一股臭味。而后号了脉，念念有词地说道：“此症是肾亏血少气虚。由于肾气不足精亏血少，胞宫虚寒，气血失调所致。且胃中有热，脾胃不和。肝血不足，失眠多梦，头晕眼花，浑身铁酸，四肢无力。”

白宋媳妇听了，满心欢喜，不住地点头称是：“先生的脉象真准，真是天下第一！”

韩焕抓了五服中药，吩咐妻子做饭，打发奶奶三人吃了饭，才放她娘儿仨回去。

泉水沟尽管是连年干旱，可就是从来没有断流过。水塘成了鱼虾泥鳅的家乡，沟边成了螃蟹的窝，造就了鱼儿虾米泥鳅螃蟹之类的水产动物在这里滋生繁衍。

奶奶一手拿着板，一手提着狗头罐儿，跨过金水河沿山西头山腰小道往南走了三里许，来到泉水沟。沟深坡陡，奶奶脚小，脚下一滑滚下沟底，正巧滑入一个水坑里。奶奶奋力爬上来，却已经湿透了下半身。她拧了些薄棉裤的水，找着了罐子和板。可是，罐子虽然没有被摔烂，但被摔了一道璺。她看了看还凑合着能用，便小心地来到沟底挖螃蟹，沟崖依次排着很多洞。奶奶用力咔咔挖出来两只半个巴掌大的螃蟹。她忙把逃走的一个螃蟹抓起，不想被它一只钢钩似的大钳夹得生疼，但最终它还是成了奶奶的罐中之蟹。另一个螃蟹贼精，奶奶一手没抓住，它横行着钻入水坑底里去了。奶奶大怒，跳入水坑里一把将它抓起投入罐子。隆冬天气，水特别凉，冻得奶奶直打冷战。她咬着牙，继续挖，小泥罐满了足足有六七斤，刚开始挖的大螃蟹站在同伙的肩膀蜷了出来，奶奶一把抓过再次投进了泥罐。

“大娘，你在哪里？”不远处白宋的儿子白搭，春头来被奶奶改了奶名现叫白成在高岗处用手叠成喇叭筒喊叫。当他听到深沟里传来奶奶的回声，跑过去一看，内心激动，慌忙把奶奶抱上沟。再把罐子和板镢拿了上来，一弓腰把奶奶背起风火般跑向自己家里。

白成娘见奶奶裤子湿了大半截儿，发急地连忙把奶奶扶到东间，帮她褪下湿裤子拿到外间来，去院子里抱了一大抱柴火，在屋地当中点着火给奶奶烘烤裤子。

“没事，快把螃蟹洗干净，煮了给侄媳妇喝。”奶奶坐在被窝里说。

“我教白成和你一发去，没曾想你先去了，冻成这样叫我真是不过意。”白成娘边烤裤子边说。

“你别这么说，嘻嘻，侄媳妇吃好，身子骨壮实，生了孩子结实。”奶奶说。

白成娘觉着完全对，自从在南关韩焕那里给儿媳妇看了病，十服中药下去，果然怀了孕。从那天起，老伙计就给儿子改了意思相反的吉利名字叫白成。看来烧香磕头，求天告地，这些真是虚无的东西，有病只有求医才是正道。她把奶奶的裤子烤干了，送给奶奶嘱咐道：“你先坐会儿，我到外面一会儿就来。”白成娘说着拿着把水瓢就走了。

奶奶暖和过来了，穿上被烤干得热乎乎的裤子就走，却被腆着大肚子的白成媳妇拉住。奶奶挣了几下，怕闪着小媳妇只好坐在木墩上，告诉白成媳妇："快把螃蟹叫你娘煮了，你连吃加喝尽量吃饱。螃蟹补养身子生了小孩也结实。"

白成媳妇光点头，不会说句感谢话。奶奶觉着现在的年轻人缺乏教养，怎么不懂仁义道德礼智信，三纲五常，今后的日子怎么过呢？

奶奶趁白成媳妇不注意，还是抽身走了。到了大门口一步门里一步门外，正碰上白成娘用水瓢端着一块豆腐过来。奶奶死活也不肯在白家吃饭，她知道，白家人多口多，过得又不宽绰，吃上顿没下顿，她还是走了。

白成娘呆怔地看着奶奶的背影抹泪，她后悔不该把烤干的裤子给她这么早。按照奶奶的交代，每顿给儿媳妇煮或者炒七八个螃蟹，几个月后，白成媳妇果然吃得又白又胖。白宋看在眼里喜在心头，平常里百无聊赖的他，老早起来去地主家找活干。他领了工钱，买了些香带回家。

白成娘见了老头子买来了香，接过来扔到了土坯桌子上，嚓的一声，有一炷香被拦腰摔断。慌得白宋拿起来怒斥老婆："你糊涂了？摔断香，等生了小孩，总不能拿着断香去爷娘殿还愿！"

白成娘冷冷一笑："烧香白搭！"也不看一眼径直去找奶奶。"嫂来，没有鸡蛋怎么办？"她愁得脸上添了许多皱纹，儿媳妇就要生产，借了几家都没有。

奶奶说："伏天到了，就一只鸡也不老实下蛋，我这里只有三个鸡蛋。"

白成娘嫌少："真不行就到集市上买几个。"

奶奶抢白地火了："呸，你坐了六回月子连一个鸡蛋皮都没见着。白成媳妇够幸运的，多少还有三个。"

两人正说着，忽见白成急匆匆跑来："娘，快点！俺媳妇肚子疼得很厉害！"

白成娘拔腿就走，奶奶紧跟着走，到了大门外忘记了拿鸡蛋忙回来取，心一慌把一个鸡蛋摔得稀巴烂。她连忙用刀把正淌的鸡蛋清浆和黄收敛在碗里，一手端碗，一手拿着两个鸡蛋跑到白家。

"你怎么来这么慢？快点吧！"白成娘迎到大门口搓手跺脚地催奶奶。

奶奶去了西间，不一会儿，里间传来了婴儿的哭声。奶奶笑着走了出来。

"生了个放牛的，还是剪花的？"白成娘迫不及待地问。

"剪花的。"奶奶哄她说。

白成娘脸上掠过一层阴影，呆怔了一下，忙去煮鸡蛋。

"带蛋的！"奶奶笑了。

白宋来了，听说儿媳生了男孩儿，喜得合不上嘴。念叨：“他娘，到来年二月二龙抬头的时候，买挂大火鞭去圣母娘娘那里还愿。”

白成娘听了，把他买的香倒进了茅厕坑。她炒了两样菜，便和奶奶吃饭，只听白成娘边吃饭边说：“入了十月，给韩先生买什么礼物谢他呢？”

奶奶问：“你不去峄山还愿？”

“哼，烧香磕头白搭。”白成娘说。

一天，她来到东间窗户前看见从峄山拴来的根成，气得抓过来就摔。白宋连忙说这根成是峄山的神孩，倘若惹怒了山神，报告了天庭，玉皇可别派雷公来白家劈人。她对根成端详了一番，大大的头，白白的脸蛋，大大的眼睛，胖胖的身躯。笑容可掬，逗人喜爱。西间传来孙子的哭声，这声音听起来更让人心旷神怡，激情奔放。她放下泥人根成，来到西间看了孙子一眼又亲吻了一下小腮帮喜滋滋地回到东间。她再一次看到了泥人根成，怎么才能把它安置好呢？

她想起了奶奶，便来到范家。“看起来上峄山拴娃娃是哄人的事。”她把如何处理根成的事与奶奶讲了。

奶奶也犯了愁，这样的事儿还是头一回经世过。据说圣人孔老夫子后裔也有到峄山拴娃娃的，成事没成却没有听说。她左思右想，倒想出来一个办法：“不如明来吃完清早饭，把根成请到南山老龙头前，安置在那里。烧炷香磕几个头打发走了事。”

白成娘揭短地说：“看看，是你教的我不信神。那么，你为什么又叫我烧香磕头呢？”

这时，奶奶好像置若罔闻，左右为难。乡下的风俗就是逢年过节，红白喜丧，都得烧香磕头。既然这样，还是去南山把根成安置了最合适的地方。她知道白成娘没了主意，遇事情她还是得听我的。想到这儿，她不吱声装作无可奈何的样子。

“我的姑奶奶，我是没本事处理。如今，家里放着尊神人，也不是个办法呀。你说怎么办就怎么办。”白成娘焦躁起来。

奶奶笑了：“南山老龙头孤身一条，叫根成给它当执事岂不是好事吗？”

白成娘没有好法，只好答应。

第二天，二人准备好供品，来到老龙头下，白成娘把根成放在石龙的脚下，摆上饼干，过油菜。奶奶点火烧香。白成娘作揖，虔诚地给老龙头和根成磕了四个头。

奶奶哧地笑了，说哪有奶奶给孙子磕头的。

白成娘一听，恼羞成怒，愤恨至极，拿起泥人朝着老龙头的石脚上摔去。顿时，泥塑神孩五体分尸，粉身碎骨！

第六章

邹　纪　青

三间茅草屋很矮，后吊窗仅半人高，墙和院子都是石头砌的，只是大门楼两边是用土坯镶上的。大门楼也有些讲究，却是二郎担山。

纪青和妹妹纪云正在院子里玩“跳房”游戏时，大门吱呀一声开了。纪青扭头一看，门外进来一个贼头贼脑的人。她连忙拽过纪云钻进屋里，哐当一声关上屋门插上插板。进来的人正是苟义，他见纪青爹正晒暖，不由得对这个死脑筋的老实人发出两声冷笑。

纪青爹光着头，穿着件破棉袄敞着怀，下穿着单裤，双脚上的棉鞋露着两排大脚指头。这个地地道道的老实巴交庄户人，歹人已来到他跟前尚然没察觉到呢。

苟义故意咳嗽一声，纪青爹抬头看了，吓得心怦怦地直跳。

“大哥，皇军要纪成去东北当劳工，明天动身。”苟义恫吓地对纪青爹说。

纪青爹遇事一句话说不出，只是用一只手捂着耷拉着像向日葵样儿的头，一手拿着草棒往冻得裂缝的地上插。他只知道天下是苟家的，人家说了算，今天叫你死，你又有什么本事活到明天哪？

苟义才不怕他，直接来到屋门前用手搡了搡，见屋门铁结实又转悠了一圈儿迈着罗圈腿走了。这时，天还早，太阳并没有落山，鸡还没上戌。纪青大着胆子去开门，纪云拉着她不放。她甩开妹妹的手开了屋门，快步来到门前，关上大门，插上门闩又用老枣木棍死死地将门顶得铁结实，催着爹回屋里睡觉。

咚咚，咚咚！有人敲响了大门。纪青并不敢脱衣服睡觉，她跳下床跑到外间抄斧子，开了屋门阔步来到大门前，踢开老枣木杠子，拽开门闩开门举大斧就砍。当看清楚门外的人时撇了斧子，扑上去抱住那人委屈地抽噎起来。

来人正是哥哥邹纪成，他刚从西乡扛活回家，在那里听说范洪灞单枪独斗力杀鬼子，再也不愿忍受地主的压迫回来想和范洪灞一起同鬼子血战。他来到家门口，感到莫名其妙，天还没黑，家里人怎么老早地把门关了？

“妹妹，你别哭，有谁来欺侮你？快说，我去找他算账！”邹纪成问道。兄妹俩进了院，纪青复又关上大门，刚要开口，纪云跌跌撞撞地哭着来到邹纪成面前。邹纪成见过爹，兄妹仨回到屋里，纪青遂将苟义来家要邹纪成去东北当劳工而后又来开屋门一事儿前后都叙说了。

邹纪成听了，怒火万丈，大骂：“放他娘的个狗屁，出什么劳工！”出了屋门，来到大门里抄起斧子就走。姊妹俩上前抱腰抱腿哪里肯放他？邹纪成看着两个可怜的妹妹，心也软了，下个月纪云就要出嫁了，待再把纪青嫁出去当哥哥的也就了却一件心事。想了又想，他回到屋里把斧子放在床头上，坐在床沿生闷气。纪青自去烧火做饭。

邹纪成忍着气，草草吃了晚饭睡下。他翻来覆去睡不着，走吧，苟义这条色狼不会放过妹妹的；不走，在这个杀人比捏死只鸡还容易的年月，自己的性命也难保全。爹一辈子老实，有德无诡屡受人欺，怎么办呢？看来三十六计，走为上计。先把纪云提前送到她婆婆家过日子，再把爹和纪青送到姥娘家，然后就去找范道人。此时，他正思量着今后打算，忽听院子里砰地响了一下。抬起头来仔细听时，院子里有脚步声。他迅速穿好衣裳从床头摸了大斧，对着门缝看时，一人蹑手蹑脚走向屋门，星光黯然，看不清人脸。邹纪成避在门后，看他想干什么。

来人正是苟义，他轻轻地推了推屋门见很结实，便用匕首拨开了门闩。一搡门里面还有一挂链子反挂着，就伸过左手去抹掉门链吊子。

邹纪成见手脖子伸向门链吊子，咬紧牙关使尽全身力气，举起大斧咔的一声剁去。只听门外苟义狗一般地号了一声，右手丢了匕首，忙攥紧断掉手掌的胳膊翻墙走了。

邹纪成大胆地开了门，事情到了这般地步就什么事情也不怕了。星光下一只手掌掉在门槛里，拾起手掌走到院当中用力扔到大街上去了。又觉不妥，开了大门，到街上拾起来扔到家后臭水坑里。他回来捡了那把匕首别在腰上，把泥罐里的水倒在泥盆里，拽把黄草蘸着水将溅在门框上的血迹擦干净，再把院子里沥落的血迹用扫帚漫了一遍。他回到屋里，把大斧准备好，坐在土坯上，预备外边的贼人回来报复。

苟义攥紧了没有手掌的断胳膊防止流更多的血，像只受了重伤的狼逃回乡公所，一头栽倒在大门前。站岗的乡丁见了急忙把他抱进屋里。苟德见苟义没了手掌，脸色蜡黄，急忙将断肢用一团棉花捂住伤口，叫了人用二把手车子连夜上峄山街找杨先生救治，后来又转到县城治疗。

乡公所里只剩下苟礼了，他把苟信找来，商议如何报复邹家。兄弟俩想来思去，没有谋划出什么坏点子来。乡公所坐北朝南，却是走西南门，高高的门楼，进了院门就是南屋。拐过头来东西配房赫然进入眼帘，面前就是三间正房。明明是白家的房子，村里人耍笑，苟氏弟兄怎么觍着个贼脸抢了占据！

半月后，苟义托着断臂从县城里回到乡公所，成了单爪子汉奸。他把苟礼、苟信叫来。他右手托着左胳膊的半截骨，阴沉地说："哼哼，凑个早晨，鸡不叫，狗不咬。老五在一边望风，叫小孬和老七把邹纪成宰了！"

苟礼、苟信两兄弟点头。苟信找小孬去了 。

"老五去车站把老四喊来。"苟义吩咐。

苟礼出去没有多大工夫，便和苟德来了。苟义告诉苟德："你快去匡庄叫夏侯连来。"

半天工夫，苟德果然领来了夏侯连。

苟礼问："二哥，有俺三人保证要邹纪成的命，何须再找连哥？"

苟义笑而不答，与夏侯连相见，置酒款待。

慈善堂里，那张八仙桌被几个狐群狗党围得正严。满屋里酒气夹杂着腥臭的气味活像狗窝里散发的气体一样弥漫着整个空间，习惯生活在这种环境里的苟家兄弟及同伙们正在策划最惨无人道的阴谋。

"喂，都听着，我打听完了。邹纪成每天一大早就担水，小孬，老四，老五，老七你四人上去把他打昏，架到金水河湾大卸八块。"苟义端着水烟袋，嘴里吐着浓重的烟雾，在发号施令。

听着有自己名字的人连连点头，各副样式的嘴脸露出不同的色道，而不同形状的几双贼眼放射出同样的凶光。

夏侯连啃着排骨，呷了口酒，挤巴着一对蛇眼："二哥，兄弟该干点什么事？"

荀义哈哈哈笑道："兄弟，到时候自有用到你的时候。"

一连几天相安无事，邹纪成始终没有放松警惕。这天清早，起来打水，刚拐上街口，被小孬、荀礼、荀德、荀信一拥而上，邹纪成来不及抽匕首就被荀礼捆绑了再用破棉花堵上嘴拽走了。两个泥罐摔成了八瓣儿，钩担也丢在地上。那把匕首被小孬收起。

邹纪成被小孬等几人连推加搡，硬拉到金水河河湾。荀礼一个别腿把邹纪成绊倒在地，荀氏三兄弟与小孬将邹纪成按住。夏侯连恶狠狠地一刀砍中邹纪成的喉咙，又一刀将其脖子砍断，可怜这位铁骨铮铮忠勇之士挣动几下被分了尸。

夏侯连将邹纪成肢解后，用小棉被把碎尸包严，再用印花笼布又包了一层，见小孬和荀氏三兄弟分头走了，便提着包袱往村里走来。

邹纪青起床，见屋门大敞四开，喊了声哥哥见没人答应。她跑到街上看到四街没个人影儿，发现街口两个破泥罐和钩担丢在那里。她抽身回到大门里时，猛然发现墙头上有一溜已干了的血迹，吓得哆嗦起来。她忙叫醒爹和妹妹把哥哥不见了和泥罐丢在大街上的事给他爷儿俩说了，纪青爹当时就吓尿了床，纪云吓得直往被窝里钻。纪青满街上找不着哥哥，也不去做饭了，干坐在床沿上胡思乱想，内心里害怕哭了起来。

天接近中午，邹纪青想烧点开水喝，正待起身，忽听大门外有人叫唤。她跑到大门里往外一看，门外站着一个叫花子，中等身材，浑身黑似炭，刀子脸，闪着一对蛇眼，胳膊弯里提着一个沉甸甸的包袱。乞丐自称口渴了想找口水喝，邹纪青看他很可怜，就让他来家坐会儿等着。那乞丐抱拳谢了，来到院里把包袱放在磨盘上，很礼貌地搬截木墩坐在石磨前。

过了一会儿，乞丐蹑手蹑脚去了茅厕。邹纪青烧开了水，给乞丐倒了一碗放在磨盘上，可是热水有些凉了，却不见乞丐回来。她大着胆子捂着大半个脸凑近茅厕门一看，啊——哪有什么叫花子？人已翻墙走了。她急步来到磨前，发现包袱里洇出来鲜血，急忙打开叫花子丢下的包袱一看，里面装的是一堆烂肉，人头，胳臂，脚脖子十分分明。她大叫一声，仰面朝天倒在地上昏了过去。老大一会儿，她徐徐苏醒，痛哭起来："哥哥呀，我的好哥哥，你死得这么惨呀！我 × 你八辈儿荀义，你们忒毒吆！"

纪青爹听着大闺女哭着，强打着精神来看了，那包袱里，两只手，两只脚，一块块碎肉，也仔细看清楚了是儿子的人头。老人家坐在地上没哭出一声，只是抽噎起来。

邹纪青不愧为一个胆大的女孩，她去叫了亲族里的人。不一会儿，族里的人，邻居都来了挤满当院。人们擦眼抹泪深深地吊孝这位诚实苦命横死的孩子。大家心里都明白，是那一条“狼”害了他的性命。族里人用领红席把邹进成碎尸整理成人形，再用领箔卷了用绳子捆牢，四个人抬了碎尸奔邹家祖林里下葬。

春天，青黄不接，家里没有吃的，纪青专门早起要到姥娘家要点吃的东西。她嘱咐妹妹，关好大门，小心为好。下午她就回来，说完去锅灶下抹了些锅灰搽在脸上又装扮一番走姥娘家了。

中午，纪青爹正晒暖，苟礼翻墙进来。纪青爹给他打招呼，苟礼不搭理他，直接闯入屋里去。他来到里间，坐在纪云床边，右手插进她的被窝里。纪云吓掉了魂儿，嘴像咬了鱼钩张不开口喊叫。

“土匪苟五，害我哥哥，又来欺侮我妹妹，姑奶奶要你的狗命！”邹纪青赶到，抄斧子就砍。

苟礼见斧头就要落下来，抽出手枪眯着胀痛的双眼，啪的一声，将纪青左臂击中。纪青抽身就逃，大喊救命。

纪青家响起枪声，惊动了街坊邻居。几个胆大的老头和老妈妈们跑到纪青家，看见是苟礼，有人吓得偷偷地溜走。

“他五哥，大人不记小人过。你千万别跟小孩子一般那见识。”老字辈里永新老人第一个出来劝道。

苟礼见又来了许多人，骂了声气愤愤地走了。当永新老人知道了内情，气得大骂起来：“苟贼，真是无法无天！”

纪青爹谢了众邻居，央告侄子邹纪翔用独轮车推着纪青去峄山街找杨先生治疗枪伤。回来后，邹纪翔便把纪青留在自己家中。

夜深了，纪云伤心透了，开了大门头也不回地乘着夜色，跌跌撞撞来到家北老井上，一头栽了进去。

韩飞虎老早起来打水，他的村子与纪青的村子挨着，那口井正处在两村的中间。他用井绳将泥罐泛水时，碰到一个很硬的东西，泛了几次也没翻满水，不知怎么地反正也翻不倒罐子。他有些纳闷，遂把水罐提上来将罐子里的余水豁净，再次泛水还是翻不倒水罐。他低下头望井里看时，大吃一惊，发现一具尸体漂浮在水面上。他急如风火地跑回村里喊来几个精壮青年，用绳子拴住自己的腰，几个人把他放到井下水皮。韩飞虎伸手将死者的领子抓住提出水面，捞上井来把尸体放在地上一看，竟是纪云。

“啊，杀爹贼苟二，罪恶滔天，连丧二命。我昨天晚上回家才听说的；如果今天碰上，韩老爷一定要他的狗命！”韩飞虎气得骂声连天提着空罐子走了。

围观的人忙去给纪青家报信，纪青爹还没醒，有人叫醒了他并将纪云横死的事儿给他说了。纪青爹听了，只说了句“埋了”就再也没说出第二句话来。纪云的尸体没有进家，她家忒穷了根本拿不出什么随葬的东西，邹纪翔替她家借了邻居一领箔把纪云尸体卷了，葬在祖林边一个角落。鲁南的风俗是不容破坏的，未出嫁的闺女是不能占娘家墓地的主穴或正穴，只能埋在祖林的边缘。

纪青在纪翔家住了七天，左臂仍在红肿，肋骨的疼痛减轻了许多，只是身上不发热了。她十分想家，吵着要回家去，邹纪翔哪里肯放？她趁纪翔家人不注意，还是溜回家。无论纪翔怎么喊，她不再麻烦好心的哥哥。

“爹，你别再哭了？”她见爹倚着磨盘掉泪，蜡黄的脸色挂满泪道子心疼地劝道。

爹见了大女儿，禁不住放声大哭：“我的小青呀，你妹妹跳井死了！”

纪青听了，蹲在地上用手捂住心口窝，牙咬得咯咯响。她劝慰了父亲，打发老人吃了饭。她独自跑到妹妹的新坟前流泪，天完全黑下来，她看着墓林里两座模糊的新坟头发呆，下半夜才回到家里。

第二天一早，她叫醒了爹。

“爹，家里还有点吃的。我到俺姥娘家过几天，等伤好点再回来。”

纪青爹急忙点头，心里想膝下只剩下唯一的女儿，说不定那条“狼”还会来。走吧，越快越好。

纪青辞别了父亲，到纪翔哥家扯了一条印花带子系好盘在脖子上，然后把受伤的胳臂让带圈儿托着。找了顶破席帽，换了身男式衣裳，去厨屋锅门底下抹了把锅灰往脸上一搽上了路。这年月，大姑娘没人接送是绝不敢出门的，爬山越岭，穿林过河，她不敢歇脚。远远见有人相遇连忙拐进山沟装着解手或者躲进庙里。二十余里路程，两顿饭工夫便到了，刚进姥娘家大门，见妗子正殴打姥娘。她冲向前去拽开了妗子，扶起姥娘。妗子见来了一个黑煞神男子汉，吓了一跳。见那人抹了破席帽，脱去外衣竟是大外甥女，鼻子一齉骂骂咧咧地扭身回堂屋里去了。

姥娘个头矮，满头苍发沾满了尘土和草叶，右眉上角戗了一块皮儿洇出鲜血。她老人家苦笑着顾不得捋顺被薅乱的头发，一把抓住大外甥女的手拉进西配房茅草屋里；又是拿吃的，又是温糊粥。她深情地望着俊俏的大外甥女，忽而感觉有好多把无形地乱刀在搅动她那活了七十三个春秋的心房。她万分难受，闺女被鬼子折磨致死后，整日里寝食不安。恨女婿软弱无能，东洋鬼子糟蹋自己的妻子，却不敢还手！

她抚摸着舍命远道而来的大外甥女，紧紧地把她揽在怀里，双目涌出的泪水雨点般地掉自己胳膊上。她问起胳臂是怎么受的伤，纪青告诉她是上山砍柴火摔伤的，她这才放心下来。

妗子是最近续娶的，舅肖云集以杀狗为生。卖肉归来，见母亲脸部受伤心里窝着火，安慰过了大外甥女，忍着气回到堂屋里。他坐在罗圈椅上，板着脸怒视那女人。那女人见肖云集盯她，便絮叨起来，说白白地养着老货又招来个少娘。

肖云集听了，愤然大怒，叫骂着一把抓过那女人头发照脸上啪啪就是好几个耳光。操砍刀照头就剁，被姥娘赶上来夺下砍刀。肖云集让她给娘磕头赔礼，那女人死活不从。肖云集提鸡般地按着她的头，一连磕了六个头，震得土地发颤。

姥娘见儿子怒打儿媳，心里发慌，用皮锤擂着儿子奋力推开他，急忙扶起儿媳。那女人猛一甩手，把姥娘闪个趔趄，她一溜烟跑了。不大一会儿，那女人领来了乡公所的人。乡丁中领头的说肖云集大骂皇军，要他到乡公所里去一趟。

肖云集心慌，荡开人群翻墙而走。那婆娘又哭又骂，大闹一番，卷了家里值钱的东西回娘家去了，从此以后就再也没回来。

次日，吃罢早饭，纪青给姥娘说，她要回家。姥娘说什么也不让她走，缠着她到了中药铺，老先生号了脉，问明受伤的原因，抓了六服中药。姥娘方才知道大外甥女是枪伤，在这兵荒马乱的岁月，像这样的事儿忒不稀罕，也就没撂在心上。

邹纪青在姥娘家养好了伤，辞别姥娘回家。姥娘不知道外甥和二外甥女已经遇害，想到纪青已经离家好多天，老人家到厨屋里锅灶下抹了把灰搽在纪青脸上。然后，找了一个小布袋装了些芋头干子和萝卜缨，又将大外甥女女扮男装才放她走。

姥娘拄着木棍把纪青送到界河北岸，攥着纪青的手久久不放，从兜里掏出一张钱说："你妗子不知道多会儿回家，你舅也不知道什么时候回来。我腿脚又不灵便，纪云出嫁你就把添箱喜钱捎去。"

纪青听了，呜的一声抽噎起来。邹家的悲惨遭遇至今姥娘一概不知，最钦敬可爱的姥娘想得这么周到。她不便把家里的塌天大祸透露给饱经风霜的姥娘，以免让她老人家再受一次打击。更不愿接姥娘的钱，但是姥娘哪里肯许？如果不接，生怕姥娘伤心猜疑。她嗫嚅嘴没有说出一个字来，接过姥娘的钱双手慢慢地推着她老人家回家。就这样，姥娘见天还未到晌午，此时路上正是行人多的时候忙和纪青含泪依依惜别。

纪青擦干眼泪，豪气冲天，把血海深仇深深埋藏在心中阔步向家乡走去。快到锅山的时候，见天还没黑，遂投一座破败庙宇歇脚。屋里堆满了烂草，大多是乞丐和难民在此度夜用过的。她把布袋放在墙角用草盖了，和身躺在草窝里打起盹来。

这时，门外进来两个乞丐，见纪青站了自己的地盘，其中一个照纪青的腚踢了一脚。纪青见是叫花子没有理睬，另一个拉起她就摔。两个叫花子一边一个，你一拳我一脚把纪青惹恼了。她左右开弓，两脚把两个叫花子踢翻在脚下。两个叫花子面面相觑，知道此人是非凡人物，只好赔个笑脸，换了一个角落躺下。

"哎，兄弟，听说了吗？峄山道观里的范道人显灵了。"一个乞丐说。

"你别胡说八道，范洪灞跟四川蛮子领头的叫老猫子一炮弹炸得光剩了一团肠子。"另一个乞丐说。

"你才胡说，有人在县城南门见来！"

"快睡觉，莫为古人担忧，和人长像一样的多着呢！人死哪能复生？"

纪青听了，霍然跃起，抓住一个叫花子问道："大哥，你听谁说的范洪灞还活着哩？"

这一举动，吓了两个乞丐一跳，异口同声地说："二哥，我们只是道听途说，没有亲眼目睹。你问他干什么吗？"

邹纪青听了，觉着有些造次，解释道："啊哦，嗷，我听说范洪灞这人很厉害，专打鬼子；怜惜穷人，随便打听。"她再也躺不下，在破庙里干坐了会儿见夕光西射，就草下扒出布袋提了离开破庙。她翻过两座山头，来到家门前，父亲早已关门睡下。她把布袋从墙头外扔进院子里，攀上墙头翻身跳入院内，来到窗户前，轻轻敲响窗棂。

“爹，开门，爹爹，开门。”

“你是谁呀？”屋里传出纪青爹低沉的声音。当他再一次听清楚窗户外人的声音，急忙穿衣翻身下床，轻轻地把门打开双手攥住大女儿的手亲吻起来。

纪青把布袋放下，扶着父亲到床沿坐下：“爹，俺姥娘先叫我给你送点吃的。俺舅杀狗忙不过来，叫我去给他帮忙。”

纪青爹连声答应：“行行，明天到了你姥娘家替我问她个好。”

“行，爹，姥娘怕路上紧，叫我连夜回去。”纪青说着就把姥娘给的那张钱子交给了爹。

纪青爹听了，接过钱再一次抓紧纪青的手哪里肯放？纪青告诉他，俺舅怕我害怕，找了二姥娘家二舅和表哥在金水河边等着呢。纪青爹信以为真，忙催她快走：“天不早了，紧早不紧晚，你快走吧。到家别忘了问你姥娘好。”

黑夜里，纪青看着爹鼻子一酸，双眼噙泪，咬咬牙毅然辞别了父亲。纪青爹颤悠着身子抖动着双腿送大女儿于大门，纪青拿开枣木棍，拉开插板开了门出去想再回头看看爹爹的面孔，胆小如鼠的爹早把门关上了。纪青蹲在门旁张开大口无声地抽噎，茫茫黑夜一个女孩子家上哪儿去呢？她跑到哥哥的坟头前哭够，又到了妹妹的坟前哭干了眼泪。她对这个肮脏的社会彻底绝望，然而复仇的火焰在胸中燃烧，被逼到绝路上的纪青愤怒地骂了声苟氏弟兄，从腰间慢慢地拽出来一把舅舅用过的拨狗刀向村里走来。

她径奔乡公所而来，离门口尚有十余丈远近的地方，一只牛犊般的黑狗汪汪汪地窜了过来。纪青见狗来势凶猛，回身就跑，那只狗还是追了很远才回去。纪青坐在地上寻思，不把狗除掉又怎么能进乡公所呢？不入虎穴，焉除苟氏兄弟？她喘息已定拿着短刀，砍了一根粗杨木树，削去了树梢拿在手中往回摸来。

那只狗听见动静汪的一声又窜了过来，见人张开大口就咬。纪青见它靠近举起大棍，侧身一转，恰似武松打虎一般。那只狗扑了空，才要回身。纪青大棍早落，砸中狗的后脑勺，紧接着又是一棍，那狗只哼了一声七窍流血死去。纪青大着胆撇了杨木棍双手抓着四只蹄子往空中一扬欲驮着它，狗大体重她哪里扬得动。于是，她迅速将狗抱起离开了险地朝锅山走去。过了金水河，才远远听见小孬在唤狗。

纪青扛着狗翻过几座山，歇了几歇赶到姥娘家门前将狗丢下。翻墙入院开了大门，把狗拽进院里复关上大门，就窗前喊醒姥娘。

姥娘开了屋门，就微弱的油灯下看了看大外甥女丢在地上的庞然大物，十分骇然："妮儿，你在哪里拾得头牛犊？"

纪青笑了说："姥娘，它不是牛，是条狗。"她便把打死狗的经过与姥娘说了一遍，"我不但杀他家的狗，连人一起杀！"她没敢再往下讲。

姥娘叹道："啧啧，你野啦。咱肖邹两家祖祖辈辈安分守己，地地道道庄的户人家。你千万别当贼做马子，坏了我两家几代清名。"

纪青笑着发誓："姥娘，保证行善积德；杀鬼子除汉奸，没收坏人的不义之财这个可以吧。"

姥娘抱怨邹家出了这么个假小子，忒野道。他指着纪青的眉头教训道："别讲大道理，打老猫子是老蒋的事儿。就饶你这一回，做人就得光行好不作恶，这才是一个完整的人。再记住，忠厚传家远。"

纪青连连点头，从腰间拽出短刀剥起狗来。

蓝蓝的天空，朵朵棉花似的白云悠然贴着天际缓缓飘动。雄鹰翱翔，用它那双独具的慧眼好像观察到纪王城将要爆发惊天动地的事件，似乎察觉到今夜鬼子和当了他们狗奴的苟氏兄弟们会有血腥之灾。

乡公所门前，三匹高头黑马上先后跳下三个人。前头是苟道，头戴白色黑箍礼帽，上罩一件黑色短褂，下穿鬼子军裤，脚踏一双马靴。中间是鬼子小队长糟康，生的狮子头，草驴嘴，青面獠牙，恰似恶魔一般。最后一个是糟康的侍卫，当下乡丁把三匹马接过牵去后槽喂了。三个人才要进门，忽听门里传来一阵妖里妖气的女人叫声："康太君，怎么好久不来三尺草堂？"此人正是苟月，你看她打扮得十分妖冶，头上如小毒蛇盘鹅蛋被辫子缠裹得头露出妖精脸，紫茄子色缎子棉袄极不趁体，下穿天蓝色印花裤子，脚穿一双日本军鞋。两手摆动双脚迈着碎步直奔糟康，一个趔趄差点摔倒，恰巧被糟康接到怀里，二人手牵着手进入院里。

纪青在姥娘家过了两天，对姥娘说，要给爹送点狗肉吃。姥娘应允。纪青用干蓖麻子叶儿包了一大包狗肉辞别姥娘，来到南山口，坐在卧虎石上，怒视着一簇树木下隐现着白宋家那高森的大院。她往西眺望，云烟已吞没夕阳，黑影渐渐笼罩被日寇强占的天地。她骂了声畜生，下山而来。

这时，四街宁静，万籁俱寂。乡公所门前，一片漆黑。乡丁怀抱着红缨枪倚着门框打瞌睡，不知怎么的被人拉到了十步之外的石碾道里，才知遇到了苟家仇人：“妹妹饶命，有话直说。”

“院子里有多少人？”纪青喝问。

“义、德、礼、信四人都躲了，只有苟道在家。”

“除了苟三，还有谁？”

“有……有两个鬼子，还有苟月。”

纪青松了手，那家伙爬起来丢下红缨枪一溜烟跑了。纪青把狗肉藏在碾盘下，拾起红缨枪把枪头往碾框眼里一别，咔嚓一声，红缨枪杆断了。她一手拿红缨枪头一手握着短刀，疾步摸进乡公所院里，当她贴着西配房门观察堂屋动静时，忽听配房里传来鼾鼻声。她轻轻地推开配房门，挨到床前，借着月光慢慢地掀开被子，左手握紧红缨枪头右手握着剥狗刀朝那人一阵猛扎，被窝里的鬼子一声没哼死了。她回身碰到了很硬的东西，一摸竟是手枪，便斜盘肩背着枪。再次摸了红缨枪头，擦了擦脸上的血迹，小心翼翼地来到堂屋，发现东间亮着灯，推了推门没有推动。她却听到西间有人在床上有翻动身子的声音，走上前枪刀齐下，又是一阵猛扎，那人挣动几下死去。

这时，东间房门打开，苟月出来要去茅厕，影影绰绰见了纪青，黄鼠狼一般蹦到院里惊呼起来。

糟康听了，喝问：“花妮的，什么的干活？”

只见一个血人，奔到床前，红缨枪头剥狗刀凌空齐下。邹纪青大喝一声：“姑奶奶捉奸杀贼的干活！”

糟康猝不及防被纪青一红缨枪刺中咽喉，剥狗刀戳进心口窝划开肚子，肠子淌了出来，当场死去。纪青捡了手枪也不拔红缨枪头，执刀追到院里，大骂：“苟月，好爷们宰你这个破烂货！”那苟月早吓得屁滚尿流，破门而逃。

纪青也不追苟月，找了一个布袋，去厨屋里尽数装了煎饼咸菜肉之类的食物。她背了布袋，去碾盘下拿了狗肉装进布袋背上，来到自己家院翻墙过去，喊醒了爹将杀苟道的事儿给他说了。父女俩不敢耽搁，提了布袋开大门乘着夜色逃往峄山。

苟月慌不择路跑到车站来找苟义，没有找到，碰见苟德扑到他怀里痛哭起来叙述："哥哥呀，天塌啦！糟康太君被大愣青宰了！快回去看看吧！"

苟德听了，不由得说了句："哟呵，没料想她还这么狠乎？"他叫妹妹去三孔桥炮楼去喊苟义，苟月赤着脚不肯去，苟德只好叫苟月先回家，自己奔三孔桥炮楼去了。

苟义得了信，忙叫小孬去县城喊苟道。小孬跑去了。苟义一同与苟德急急忙忙赶回家，点着马灯首先看了东间。只见鬼子糟康赤裸裸地躺在床上，喉咙处还扎着截红缨枪头，肚子像只被宰的狼开了膛淌出肠子。苟德跑到西间用灯一照，竟是后村替死鬼地主贷记。原来苟道被人请去喝酒，逃过了一劫，苟德仿佛与糟康是一个娘生的，触动心肠，看着糟康的死尸禁不住干号。苟义倒有些主意，挤巴了几滴眼泪见苟德哭得烦人就想发作。这时，苟礼、苟信、苟月先后来到慈善堂大号起来。

"号死呀，都别哭了！"苟义蹲在罗圈椅里怒叱着一起吃过奶的弟弟和妹妹，几个人果然不哭。苟义叫苟信端盆水，先拔掉插在糟康喉咙上的红缨枪头，再用块湿布把脖子上的血迹擦干净，把肠子捏进腹腔，周正好了再教苟德去车站请冈田太君来处理后事。

"二哥，还有一个呢？"苟月突然指着配房叫唤起来。

苟德拿来马灯来到西配房一看，鬼子也断了气。他和苟礼同样与那鬼子擦洗了血迹，穿好军装。

这时，天光大亮。大约两袋烟工夫，院子里传来杂乱的脚步声。苟义看时，鬼子兵拥满了当院。冈田手扶战刀气势汹汹闯进屋里，看了看已经死去的两人，转过身对着苟义，啪啪啪啪，接连扇了十数耳刮子。直打得苟义口鼻喷血，双目冒金星，站立不住一头栽在地上。

"你们的，死啦死啦的有！"冈田咆哮着。手起一枪，将苟月击中左臂。苟道来了飞身下马，奔上前急忙推开枪口。冈田还要杀人，见了苟道方才作罢。小孬抱着苟月奔峄山街找杨先生治疗去了。

苟义叫乡丁摘了两扇门板，把两个鬼子死尸放在上面。找来杠子，用绳子拴好了让苟德、苟礼抬一具尸体，钟科和苟信抬一具尸体送往车站。冈田领着鬼子兵如送殡的孝子跟在后面走了。

苟道把苟义喊到一角问："是谁杀了糟康太君？"

苟义开口言道："是纪青。"

“你怎么知道？”苟道稍着头皮问。

“小月说的，昨天夜来，她去茅厕解手，那个骚货已把配房的太君弄死了。小月在院里喊人，她紧接着就把糟康杀了。”苟义低声地说。

苟道听罢，摸了手枪，领了苟德来到纪青家，见院门大开，闯到屋里没发现个人影，知道邹家父女提前跑了。苟德行起凶来将小草房点把火烧了。

苟义托着伤臂说：“纪青跑不远，肯定躲在峄山。明天多派人去查听，假若在峄山先别惊动她，这女人手里有枪，到车站上请皇军上山去抓。”

苟道阴郁着脸，频频点头：“抓住她，叫她和邹纪成一样死法，点完她的天灯，再大卸八块，扔进金水河里喂老鳖！”

纪青和父亲在妖精洞中，足足住了一天，父女俩感到在这短暂的时光是多么踏实。然而，纪青隐隐约约感觉到在踏实的背后，灾难就像恶魔一样步步向他父女逼近。尤其是父亲年迈生活在大山中走路不方便，更重要的是鬼子汉奸近在咫尺，他们能让你安宁得过上一天吗？

“爹，这里好不好？”

“山洞潮湿，又离畜生们忒近，不好。”纪青爹说。

纪青摆弄着手枪，她学会了打枪的用法。她想着明天动身去老东乡大姨家躲两天，把父亲安置在一家可靠安全的地方。然后，她想着去找一个人，一个让她十分敬慕又是依恋的人。多少年来，二人深深地建立了深厚诚挚的友谊。她已把生死置之度外，尽管只杀了鬼子，这不算是报了仇，真正的仇人还没杀死一个。于是，听了爹爹话，她就把想法告诉了他。

纪青爹欣然同意，当夜趁天没明，父女俩相互搀扶着下山。出了峄山地界，父女二人放下心来，坦然赶路。

苟德领了数个狗腿子在峄山寻找了几天，并没有发现邹家父女踪影。回到乡公所把邹家父女失踪的事儿给兄弟几个说了，几个人听了，心中纳闷，难道邹家爷儿俩插翅飞了？

苟道想了很久，与苟义说：“明天派叫驴脸和老七去界河纪青她姥娘家看看，有可能爷儿俩躲藏在那里。”

第二天，苟信把李三喊来。李三人不高，脸长得特别长活像一头驴脸，人们习称叫驴脸李三。二人离开纪王城赶到界河，打听到了肖家，直接到了家里，没有发现邹家父女。去邻居询问了，邹家父女的确没来界河，二人扫兴，返回纪王城与苟义说了。

苟义疯了像一只狗，喊了苟德、苟信二人直扑邹纪翔家。二话不说，上前将其捆上，喝叫：“杀死皇军，罪大恶极。”弟兄三人不由分说地把邹纪翔拉到乡公所吊在老槐树上。邹纪翔大喊：“冤枉！二兄弟，咱两家无冤无仇，今儿平白无故抓我干什么？”

苟义命驴脸李三扒光邹纪翔上身，寒冬腊月，邹纪翔身上当即起了一层鸡皮疙瘩。苟义攥着一绺柳条子，照着邹纪翔后背左右上下抽打起来。邹纪翔疼得号叫得没点人腔，街坊邻居听见了，十分揪心，暗自落泪。但是，没有一个人敢去讲情。

苟义打得累了，指着邹纪翔骂道：“畜生，宰了皇军，简直是无法无天。你又点化邹家父女外逃，今儿老子扒你的皮！”

邹纪翔横七竖八的血道布满了整个后背，鲜血汇合着血水流向他的裤角，流向脚下的土地。他大叫冤枉，疼痛难忍，更加忍受不了寒冷的侵袭，慢慢地垂下头来昏了过去。

纪翔爹见儿子被苟氏弟兄抓走，慌忙买来礼物托地方去乡公所说情。苟仁义见纪翔还有半口气，怕死在乡公所里，见地方来说情便随即答应了。纪翔爹忙叫人用被子裹了儿子，再用独轮车推了快速上峄山街找杨先生医治。

邹纪青在大姨家过了几天，她没有坐性，对大姨和爹爹说要到姥娘家看看，二位老人同意了。她女扮男装，暗地里避着大姨把双枪藏在腰中，辞别了二位老人登程西去。

她来到东城门，忽听金水河南岸远远传来凄惨的哭声，放眼望去却是一群披麻戴孝地人缓缓地向锅山脚下走去。她见一拾粪老头从那块墓林里朝这边走来，便靠上去打听：“喂，大爷，南边是谁家发丧？”

老头带着气骂道：“哎，这群披着人皮的豺狼！”他环顾四下无人，告诉她，“听说是邹家大妮子纪青惹的祸，她杀了鬼子一走了之。苟家弟兄怀疑是邹纪翔出了主意，活活的把个孩子给打死了！”

纪青听了，不由得怒火万丈，大骂苟氏弟兄，卖国投敌作狗奴，滥杀无辜害百姓。老头一听，吓得一溜烟跑了。纪青当即决定趁吃晌午饭突袭乡公所。于是，她迈开大步，径奔乡公所。她在远处观察良久，见挂着纪王城乡公所牌子的门口，奔上前拳打脚踢，打倒守门乡丁，便往里面冲去。

突然，屋门里窜出五六个人来，一个个端着大枪号叫着冲了过来。苟义跑来，大叫：“野妮，不要走！”

纪青见了仇人，分外眼红，挥动双枪，一连撂倒了两个乡丁。几乎同时，苟信跑在最前头，纪青手起一枪，苟信被子弹打中脑袋瓜，一头栽倒在地死去。

嘎勾！这时，西面跑来一队鬼子，纪青不敢再恋战，急速向峄山奔走。她正奔跑间，发现鬼子不见了，身后只有苟义和苟德弟兄二人带着几个乡丁追赶。当她出了村口，大吃一惊，鬼子迂回到面前当头截住去路。纪青毫不畏惧，朝金水河岸奔走，见前有鬼子，后有苟氏兄弟和伪军包围圈渐渐缩小，心中不免有些发慌。

远处，苟义喝叫：“大妮子，你跑不了啦！今儿，抽你的筋，扒你的皮，和你哥一个样，大卸八块！”

纪青边跑边扒了棉袄和棉裤，把双枪插在腰间，毅然扎进滔滔奔流的金水河里。她咬紧牙关，顶着冰冷刺骨的河水奋力钻过十余丈，露出头喘口气，又一个猛子钻进水中，再次钻出水面，已经到了河湾对岸。她爬上岸向东逃走。

鬼子及苟氏弟兄俩追上来，远远地看了茫茫荡荡的弯弯河道，隆冬季节，纪青竟然凫水而过，岂不是天神相助？豺狼们望河兴叹，一个个隔着大河放起枪来。

第七章

碌　碡

麦场上，几个青年小伙子在玩耍。他们比力气，一坨碌碡连翻二十个跟头为赢。

一个小个刹了刹腰，朝两手心啐了口唾沫，双手一搓，两手抠紧碌碡眼咬紧牙关，使尽吃奶的劲儿把牛蛋脸憋得比草鸡下蛋脸还红，翻了几翻那碌碡一动也没动。他羞红着脸躲在一边去了，拍着手："死沉，比泰山还沉。"

大个哈哈大笑："嘿，没有武松那个本事，别举石狮子。"看他也啐了口唾沫，弓腰双手扣住碌碡眼一连翻了七八个个儿，憋得脸像烂心的紫茄子色道。趾高气扬地竖起大拇指夸耀："谁不服气，试试？"

一个瘦子憋着气，指着大个说："你别高兴，看我的。"

大个拦住瘦子说："慢来，乖乖，你如果翻不了七个跟头，你就得给我磕头，喊三声亲爹！"

"行，如要反悔，天诛地灭。"瘦子对天发誓，刹了刹腰，深深吸了一口气，一连把碌碡翻了六个个儿就有些费劲了。他咬紧牙关竭尽全力又翻过第七个，想翻第八个，碌碡欠了半截眼看着就要掀过去。大个偷偷地朝瘦子后腚踢了一脚，瘦子往前一扑，碌碡返回不巧砸在他的脚面上，疼得他两眼噙泪，面色顿时如秋后的柿子黄黄的。

大个拍了拍瘦子："没有金刚钻别揽瓷器活，黄鼠狼子能驾辕还要大骡子大马干什么！小子，你只翻了六个，来吧。”他坐在碌碡上做好受拜的姿势。

瘦子咬着牙说，明明是翻了七个跟头。大个不承认。瘦子只得趴在地上正要跪拜，忽听一胖子叫道：“慢，我来翻十个。翻不了十个，我给你磕十个血头！”原来胖子与瘦子是兄弟俩，见弟弟输了受不了这么大的羞辱便与大个打赌。他弯腰就翻碌碡，不想腰间一闪岔了气，疼得直咧嘴。

大个嘿嘿地笑了，正襟危坐接受兄弟俩跪拜，兄弟俩万般无奈含着羞辱忍着疼慢慢地爬向大个欲跪。

这时，忽听一声叫响，好似山崩地裂，有人叫道：“龟孙，别骄横，韩老爷与你比试！”就见一人满头红发，虎头虎脑风火般地闯到碌碡前，飞起一脚将大个踢翻在地，弓腰一连把碌碡翻了二十七个个儿。众人都看呆了。那人指着大个骂道，“蝎子，你这个混蛋太欺压人。韩老爷赢了你，快快磕头！”

蝎子唰地抽出短刀刺向那人喉咙，那人猛一躲闪身惊出一身汗，反手把蝎子的手腕拧了过来，夺下短刀。骂道：“好，毒蛇，老爷我没心害你，你却敢杀我。哼，这回我给你点见识，滚你娘的狗屁！”照蝎子的后腚又是一脚，踹得蝎子往前一扑像猪一样来了个嘴啃地。

蝎子戗掉了两颗前门牙，疼得捂着血嘴爬起来如一条夹着尾巴的狗跑了。

胖子和瘦子来到那满头红发的人面前道谢，那人边走边摆手道：“值不当地来这一套。”

蝎子捂着血嘴，跑到乡公所见了苟义，痛哭起来：“二舅，你替我报仇！”

苟义见了外甥这副模样，知道又惹了横事，漫不经心地问：“这回怎么吃亏了？”

“二舅，我和别人玩耍，韩家庄韩红毛见了我不由分说，就把我打成这样。”

苟义听了，如马蜂蜇了一下，腾地跳下罗圈椅急问：“韩飞虎现在哪里？”

“在韩家庄村东麦场上。”蝎子呻吟着，吐了一口血块。

苟义听了，喊了两个快腿乡丁，各带枪支像恶狼般地跑到韩家庄麦场。见韩飞虎正往村里走着，啪啪啪！一连就是三枪。叫道：“红毛，你站住，你不是要给纪云报仇吗？我来了。”

韩飞虎情知事情不妙，扭头往山中跑了。

苟义追了一段路，不见了人影，怏怏而归。

天刚露明，韩飞虎老早起来去山上砍柴。韩母见儿子走了，也支起鏊子烙煎饼，糊子是高粱壳和烂芋头面掺和的。从鏊子底下钻出的火苗不时地欲舔她那张荷叶般的脸庞，烟熏火燎总算烙完了煎饼。老人家擦着汗水，看着那摞煎饼脸上呈现出了少见的笑容。

她知道儿子天生肯惹事，听她二姑娘说，韩飞虎为纪云报仇反被苟义追杀了三里多路，扬言要活埋他。因此，她去邻居家东借西凑兑合了高粱壳子及烂芋头面才烙了这点煎饼，打发他去老东乡扛活。据听说东山里起了队伍，专跟老猫子对着干。她知道老猫子比狼还狠，猜想老猫子国土小，养不了这么多狼，故跨海来侵略大中国。她想，儿子扛活或吃粮当兵随他的便，反正比在家里惹事儿强。

她把鏊子底下的火泼灭，又搬来蒜臼子舀了水刷洗干净想捣点辣椒酱吃。乡下人自古以来生就得是受罪的命，吃不饱但也饿不死。十年九旱，有辣椒咸菜吃那就是万福了。待捣好辣椒酱，老人便去叠煎饼。

这时，忽听大门哐的一声响了。她刚扭头看时，三个人像疯狗似的闯进了屋里，既而又在当院里乱窜。一个断臂家伙站在厨屋门口，一对鼠眼喷射着凶光瞪了很长时间才吐出话来。

“老东西，你的好儿子不是要找俺弟兄们算账吗？”苟义说。

“啊啊，他三哥，你别生气。也别听旁人挑事，飞虎这孩子说话没准头，忒淘气。三侄子，咱两家亘古没仇，他有什么理由跟你算账呢？”韩母以为此人是苟道。

苟义贼眼一瞪，提起一个泥罐子啪地摔在韩母身上，指着她的鼻子骂道：“你这个老不死的娘们，南到枣庄，西到济宁，北到兖泗，东到凤凰山。你打听打听有那个狼羔子敢捋俺的胡须！”

韩母疼得钻心，咬着牙两眼中扑簌簌落下泪珠。两个家伙端着大枪在院子里转悠一圈，并没有找着人。当看见了厨屋里的煎饼，一个家伙把大枪扔给另一个家伙，走到厨屋里把那一摞煎饼给强行端走。韩母扑上去，抱住那乡丁的右腿央告道：“老总，行行好，给俺留几个！”那家伙猛一提腿，踹倒韩母扬长而去。

她心里一凉，叹道：“儿子来了怎么办？”

不想苟义抓过蒜锤子，照着韩母的头顶狠狠地砸去：“什么？拿你儿子吓唬俺。”苟义又一连砸了五七下扔下蒜锤子走了。韩母头顶被砸个坑，血流满面，愤然死去。

韩飞虎砍足柴火担回家来，却见娘躺在厨屋门口睡了，也不敢惊动她。他去堂屋里洗完脸顿觉肚子饿了，便轻着脚步来到厨屋叠煎饼。当来到娘跟前见满头是血，头顶上凹陷一个血坑，蒜锤子沾满血丢在一旁，煎饼也不见了。他抱过娘已经停止了呼吸，悲痛万分，大哭起来。

他把母亲抱到屋里小心地放在床上，用破旧被子将尸体盖严，蹦起来去柴担上抄了斧子，怀揣着蒜锤跳出大门。刚出街口，迎面碰见了哑巴，用手语比画问是谁砸死了俺家老太太，抢走了煎饼？哑巴啊巴着竖起两个指头，指了指南面方向。韩飞虎领会了，遂旋风般往南赶去。追到村南头，看见一人端着什么正往南走。他不敢造次，绕路跑到前面，避在一棵老柏树后。待他们走近了，看清一人在前端着煎饼，一人在后背着双枪，另外苟义跟在后面。其中端煎饼的说，哥啊，咱捅了马蜂窝，那韩飞虎不是个善良人。背枪人说，人不是咱杀的，天知地知。这年月跟着二哥干，怕什么韩红毛？

韩飞虎听罢，怒火冲天，骂一声似空中炸个霹雷：“该死的，韩老爷要命来了！”他使尽平生力气把斧子砍去，只听咔嚓一声，那斧子已经剁进前头那人后脑勺。那摞煎饼散落满地，背枪的家伙看见了这情景，目瞪口呆，双腿如铁钉钉住了挪动不出半步。早被韩飞虎回斧一扫，砍断气管往后倒地，流血死去。韩飞虎抄枪就打苟义，后面的苟义见了韩飞虎来势凶猛，惊得一只手不好使用手枪，掉头就逃。韩飞虎追去，一直追进锅山石林中，没了人影。回到原处，他别好斧子，从怀中掏出蒜锤子照着前面尸体头颅一下一下地砸去，直把个头颅砸成一块毛肉血饼成了无头鬼。而后也把另一个头颅砸成一个模样，他丢了蒜锤子，觉着并未解恨抄了枪，就地上拾了煎饼吃着径奔纪王城。

韩飞虎 转到乡公所前隐蔽处，见门前有两人荷枪把守，单不见苟家弟兄。他想起了躺在床上的母亲，忍着气往回走。刚走到村外，见路边有一个老翁低头哭泣。韩飞虎好奇询问了，老翁指着路边的那块地说，祖上撇下的土地，苟义偏说祖上欠苟家钱财便强占了这块地。韩飞虎听了大怒，心里想到，苟家祖上讨饭为生，到了苟会这辈靠偷盗为生。他家哪有一寸土地？

就是有土地，一个比一个馋吃懒做的小苟们有谁会去地里出苦力，分明是霸占人家田地。于是，他跳过大沟奔到地里，抓过新栽的杨树条子拔下来扔在地上。不一会儿，一二百棵刚栽的小杨树全给拔掉了。

老翁见这个情景，吓得爬起来就跑。

韩飞虎追上拽住其袖子，笑道："该死的老头，老韩今儿与你出了口恶气，你不道声谢谢怎么急着走呢？"

"红毛，你这是与我报仇吗？你是在杀我。那苟乡长发现杨树被拔了，一定怀疑是我干的。"老翁哆嗦着说。

韩飞虎听了，哈哈大笑："好说，你快去告诉杀爹贼苟二，就说韩家庄韩飞虎找不着他算账，就把你的杨树全拔了。"

老翁哪还有工夫听，挣开身一溜烟跑了。

日寇为确保把掠夺的物资通过铁路抢运安全拉到日本去，逼着穷民百姓沿铁路两侧每二里路修一座炮楼。苟德被车站的鬼子派去监工，很少回家。不过，今儿例外，后院邻居昨天新娶了媳妇便起了淫心。他刚来到村口，小孬站在纪王城西门土城墙口急急地跟他招手。

"有事？"苟德问。

"四哥，今早咱二哥领了二秃子和三黑子去韩家庄弄点吃的。没料想竟是红毛韩飞虎的家，韩母大骂他养了一窝子土匪，惹恼了三黑子就把她砸死了。又没料想，刚走到半路上，红毛追上来，一连把二秃子、三黑子二人劈死了，幸亏二哥腿快，没出事。"小孬叙述完还恬不知耻地抽搭起来。

苟德正要回答，正东面跑来一位老头，看见是苟德，扑倒在地，哭诉着："侄儿，可不好了。今儿吃过清早饭，我闲逛路过你的地，见韩飞虎把你地里的杨树全拔掉一棵没剩。"

苟德、小孬也不搭理他，急忙回家去。苟义坐在罗圈椅上，听完二人叙说，瞪着眼阴险地指示："小孬，领几个兄弟，去韩家庄把红毛枪毙了。"

小孬听了脸上带有难色："二哥，今儿韩家八成在发丧。人家人多势众，怎么抓人？再者说了，这叫闹人家的丧事。"

苟义骂道："蠢驴，他人多，咱有枪。等发完丧，人就跑了上哪儿抓去？今儿就是专门闹他家的丧事！"

小孬听了明白许多，立即带了三个人直奔韩家庄。

这时，太阳偏西。他们刚出村，忽听前面哭声震天，号叫动地。小孬心里暗骂苟义的龟孙聪明，他拔出短枪，一挥手当先冲了过去，后面两个持长枪和那个拿细麻绳的人紧跟着上来。近前一看，却是二秃子和三黑子两家人来收尸的。

四个家伙冲到韩家门口，见进进出出的忙客多也不顾及了，一个个像饿昏的野狗竟然闯进了丧屋。然而，屋里除有一具尸体外，哪有韩飞虎？原来，男执客已预感苟义会派人来找事，故专门安排一青年看着村口，待乡里来了人便火速报信。因此，韩飞虎脱开了身。四个家伙见没人，面面相觑，呆如木鸡。问事的女执客脸上堆满笑容，叫人递烟袋又是倒茶。四个家伙情知无趣，个个干笑着灰溜溜地滚出院子。

男执客叫人看看乡里的人走远了，忙把韩飞虎叫来，四个精壮青年用绳子把韩母尸体用箔卷了捆结实，两个人一个杠头抬了出去。来到街口，姑表弟架着韩飞虎在尸首前把老盆摔了。正要转身时，忽见小孬冲进人群，执抢叫喊：“韩飞虎，走！”

原来，小孬四人躲在一边，听见出殡的鞭炮响就扑过来。当下，韩飞虎看着枪正待动弹，背后三个人一拥而上用细麻绳把韩飞虎捆结实拉出人群。执客和忙客都来讲情，韩飞虎高叫拒绝求情。小孬往空中就是一枪，众人再也没人敢吱声。

姑表弟跪在小孬脸前央求：“老爷行行好，看在咱同村的分上，等把我妗子安葬了，您再把飞虎弄走也不晚。”

小孬哪里肯听？一脚踢翻姑表弟，拉了韩飞虎向村外打麦场上去了。

男执客见事情闹大了，私下和韩家族里主事情的老尹商议，飞虎并没有很近的家族，待坑埋还是枪杀，一发把她娘儿俩埋了最好。老尹点头同意，就叫四个抬架子的忙客把老人尸体抬到离打麦场不远的地方，大家含着泪蹲在一边等着。老尹心里盘算，把韩飞虎的墓穴排在他母亲的正下穴，便派人去给韩飞虎挖墓坑。村里的老少爷们躲在远远的地方观看，年纪最大的高清老人偷偷地掉泪水，骂道：“苟家畜生！我活了这把年纪，从没见过也没听说过有这样闹丧事的。看吧，再这样做下去，过不了多长时间，逢年过节苟家祖林里将断了上坟烧纸的人！”

小孬示意持枪的二人压住场子，让那个家伙把韩飞虎牵到麦场中间。他举起短枪，对着韩飞虎后脑勺就开枪。

正在万分危急关头，忽见一人，身材高大，浑身黑似锅底。大叫：“土匪，不要滥杀好人！”说着，只见他早把那坨碌碡举在半空中朝小孬抛过去。那碌碡旋转着正巧砸在小孬前胸，往后就倒。巨大的碌碡击在其身上又碾轧过去，看小孬时，上半身早被碌碡碾轧成血肉饼。这下可恼坏了窝着怒火的韩飞虎，他像一只暴怒的狮子发作起来。一个弹跳回身一脚，踢倒一个，另一个用枪遮挡被韩飞虎将大枪踢飞。姑表弟上前解了绑绳，韩飞虎也去抱碌碡，他根本抱不动。即回身抢过大枪欲戳死那三人，三个家伙吓得跪地求饶，韩飞虎哪里肯容忍？男执客、忙客、高清老人都来说情，韩飞虎也不应允，身边转过那个黑汉子也来劝止。

“你三个狗熊，韩老爷看在子河哥哥面子上，饶你仨个下贱的狗命！”韩飞虎指着三个乡丁骂道。

三个家伙爬起来，也不顾枪支空着身子跑了。

韩飞虎看着吕子河麻利地跪倒，声泪俱下说道：“天上掉下大恩大德哥哥，不是你救命，飞虎现已随娘归天了。”

吕子河急忙扶起韩飞虎，叫他赶快将老母安葬。韩飞虎叫来那个在村头看人的小伙子陪吕子河回家。男女两执客见事儿逢凶化吉，转忧为喜，又拢合治丧忙客，抬着尸首向韩家林墓走去。

吕子河奉范洪灞之命去纪王城寻找齐东来，不想碰见乡里杀人。他知道韩飞虎生性耿直，好打抱不平，得罪了乡公所乡长苟义。当下，救了韩飞虎。

天黑下来，南风刮起，凸显有几分寒冷。村子里十分静谧，大街小巷没有一个人。兵荒马乱，土匪如蚁，有谁还敢在大街上闲逛呢？

吕子河来到一家门口，左右小心地察看后轻轻地敲击着大门，里面没有任何回应。他觉着是风儿大些，便转到屋山头翻墙进了院子。来到木窗前，小声地喊道：“大老爷，大老爷。”

屋里传出了善治低沉的声音：“谁呀？啊，啊。”善治终于听清了窗外人的声音。

不一会儿，屋门吱扭一声开了。吕子河进了屋里，善治不敢点灯，黑影里问起吕子河怎么夜里来纪王城。吕子河告诉他，只因想范洪灞等弟兄们，来晚了却找不到他们。

善治听了，紧锁双目，叹口气叙述：“三侄儿，川军血战锅山，死的那川军呀就像谷个子压摞！那也没挡住鬼子南下，鬼子的枪好；川军的枪一些生锈的，鬼子把川军的枪拉到教堂当柴火烧锅。听说小灞糊里糊涂地给川军帮忙，打那时人不见人，尸不见尸就断了音信。”老人讲到这里叹口气，擦眼抹泪，黑影里摸到火镰、苘杆、火石打火吸烟。

吕子河问道：“大老爷，范大哥既然不见尸体，有可能会有生存的希望。大老爷，齐东来他们呢？”

善治深深地抽了一口烟，吐出浓重的烟雾，压低声说：“齐东来和孟开山他们闯大祸了。”他停顿了片刻，又告诉他，“锅山血战后，他们胆大妄为，拾了几支枪被乡里的人知道了。领来车站上的鬼子逮他们，嗨嗨，反叫他们把鬼子给打死了好几个。现如今，不知道他们躲在哪里。”

吕子河心里寻思，齐东来和善治的儿子张红喜是拜把子的兄弟，二人形影不离，善治老爷怎么会不知道哪？肯定是他老人家不愿说实话。他觉着天已经不早了，便起身告辞。善治见他想走，天这么晚了上哪儿过夜呢？他本是个好客的人，双手拽住吕子河的一只手哪里肯放？吕子河见其是那么的真诚，答应今晚在这里过夜。

这时，一人从里间趿拉着鞋急慌急忙地去茅厕解手。吕子河问道：“大老爷，傻子怎么在这里？”

善治叹口气，说了声，别提了。言说着起身去了院子。傻子提着裤子回来了，也不顾及来人是谁就往屋里钻。却被吕子河一把拉住，傻子定神一看，惊喜万分，丢了裤子双手抱住了吕子河。

“哎哟，黑三哥哥，你怎么来了？”

吕子河说：“兄弟，三哥想你和灞哥他们了，不想灞哥战死，来哥也不知道哪里去了。”

傻子正要说话，善治抱着一抱柴火走进来，催他回屋里睡觉。傻子提起裤子，故意说：“三哥，要想找着东来哥，他们就在峄山。村里人哪个都知道么。”说着就蹲在房门口也不去睡了。

吕子河瞅见善治老人狠狠地瞪了傻子一眼，他深深地理解老人的苦衷，红喜上山避难，恐怕我去了跟他们混在一起，再闹出大事情来。

善治老人告诉他，不是不给你说实底，你要上了峄山，八成把邹县南坡闹得天翻地覆。他又说，车站上的鬼子三日两头去围攻他们，太危险，快回马坡去，千万别和齐东来这帮人瞎搅和。

吕子河听罢，点点头，心里着急想尽快去峄山。他见善治快要把水烧开，假装肚疼，再作干哕之状。

善治见了，忙叫傻子扶着吕子河去峄山街去找杨先生医治。吕、傻二人走了半袋烟工夫，他猛然醒悟，吕子河装病，而是上峄山去找那帮闯祸精。他的脸上又添上愁色，胸部好像压了块石头。

风儿停了，月儿挂在空中，无数的点点银星闪烁着光泽，照射得四野亮如白天。

这时，傻子在前，吕子河在后，二人急如流星赶月，没用两袋烟工夫便到了山门。他俩过了子孙石，跨过奔腾的盘龙溪，沿盘道接近盘龙洞洞口。正走间，忽听有人高叫："谁？干什么的？站住！"

"开山兄弟，马坡你三哥来了！"吕子河老远叫着孟开山说。

一会儿，洞里涌出数人，一拥向前把吕子河围了起来。齐东来抱住他抽泣着说不出话来，又说道范洪灞是死是活音信全无，遂携着吕子河的胳膊拉进洞里。洞中弯弯曲曲，十分幽深，磕磕绊绊，走了一大会儿才到了大厅尽处。一碗花生油灯放在桌上，灯捻子很小火头像黄豆粒儿那样大，偌大空间油灯闪射光亮显得十分微弱。

大家在灯影里叙些旧事拉些家常，齐东来告诉吕子河，锅山血战，灞哥帮川军打仗，弄得没了音讯。他叹口气："人无头不走，鸟无头不飞。眼下，有几条枪，整天蹲在山洞内受鬼子的气！"

"我说几回了没人听。与其在洞里受气，倒不如杀出去和鬼子拼个你死我活！"孟开山抱怨地说。

"三弟，灞哥不在，你也别走了，领着我们和鬼子开战吧？"齐东来恳求地说。

吕子河点头答应，紧接着跟大家说了："兄弟们，目前，日寇对我国发起全面的侵略战争。中国工农红军正进行殊死抗击。但南京蒋介石是消极抗战的。而从南方转移到陕北的中国工农红军在毛主席的领导下，筑成一道道血肉长城，到处打击灭绝人性的日本强盗！"

大家听呆了，吕子河是他们的好朋友，从来是拙口笨腮，不知怎么的几个月不见，俨然换了一个人。新的名词，新的事件是他们从来没有听到的，好像一股暖流流入每个人的心间，直觉得心中热乎乎的。

吕子河知道他们第一次听他讲解红军革命斗争故事，再不能让这群有志青年被鬼子任意宰杀，再不能让他们像一盘散沙被动挨打。要组织起来，对鬼子进行有效的抗击！

齐东来想，虽然吕子河武功超群，素常日子从不大爱说话。嘿，今儿怎么了，不但能说会道，天下的事情他还知道的不少呢。那么，他是从哪里得到这个令人振奋的消息？他忍不住插了言：

“三弟，远水不解近渴。自古以来，这军头那军头多如牛毛，又有谁疼顾咱们穷苦的黎民百姓？天下的事咱草命之人管不了。‘各自打扫门前雪，莫问他人瓦上霜’。既然三弟来了，就不如在山上混几天是几天吧。”

“大哥，‘人生一世，草木一秋’。现在，国难当头，匹夫有责。我们年轻人不为国为民出力，难道像草木一样白混一秋吗？我这次来，告诉你一个消息，中共邹县县委号召全县人民积极行动起来，团结一致，拿起武器，或用各种方式坚决打击日本侵略者！”

“三弟，人无头不走，鸟无头不飞。大哥虽然下落不明，咱照样打鬼子。听你的话音儿，你已经和共产党有联系？”齐东来一拳雷在桌子上兴奋地问。

吕子河说：“兄弟们，实话说吧，锅山血战，范洪灞大哥逃出了鬼子的重围。现在，他去联络东山里抗日游击队，区委派我来这里联络你们，大家愿意干吗？”吕子河见众人有些灰心，缺乏奋斗目标便说出了此次来山上的目的。

大家听说范洪灞没有死，高呼着雀跃起来。齐东来急切地说：“大哥没有死，正是祖上积德，皇天保佑。三弟，共产党俺们跟定了！”

众人纷纷表示誓死跟定共产党走，共赴国难抗战到底，绝不当孬种。

吕子河听了，十分高兴。在他看来，抗日的队伍又有了新的力量。各地的抗日力量汇聚起来，恰似星火燎原，使得野牛般的日本强盗陷入人民战争的熊熊烈火之中！

韩飞虎安葬了母亲，执客和忙客有谁还会去韩家吃晚饭？遂各自从墓林里回家了。韩飞虎跪在地上歉意地一一磕头拜谢，男执客临走暗暗地交代他：“侄儿，麻利地回家锁好门走吧，就是逃到天涯海角也不能叫苟家人见到。”

“大叔错了，天是我们的天，地是我们的地，我韩飞虎绝不离开鲁南这块地盘一步！”韩飞虎坚决地说。那执客往南面瞟了一眼，生怕苟家来人，又见韩飞虎执拗不听劝说，慌忙走开。

韩飞虎回到麦场上，卸下一把刺刀，把两支枪照着碌碡上摔断。回到家中，打发了厨子，一切处理妥当，饱餐一顿，抄了斧子锁好院门向乡公所摸来。

这时，天已经黑下来，四野宁静。半道上隐约听见有人说话的声音，韩飞虎急忙拐上一条街道，趴在一眼坑穴里朝路上观望。一会儿，路上走过四个人。只听其中一个说："抓住红毛，押到乡里吊在树上，点他的天灯！"

"啊，苟义？"韩飞虎感到执客说得对，若不然又被苟家算计。他忍不住心头火起，把刺刀远远地照着苟义甩去，哪有这般巧的事儿，那刺刀不偏不斜正好把苟义的左耳朵镟掉了。韩飞虎骂道："杀爹贼苟二，老子在此等候你多时了！"

苟义闻听此言，大吃一惊。同时，觉着左耳朵根凉飕飕的，用手一摸热乎乎的黏液流进手心，即时疼了起来。跟着的乡丁随即向韩飞虎开了枪，苟义望着漆黑的夜晚，抓捕韩飞虎犹如大海捞针，骂道："你们这些睁眼的瞎子，黑天墨地看见了什么？别开枪！"他呻吟着忙领了几个走卒急急忙忙往回走。

苟义忙叫苟德去请杨先生医治耳朵。没有多大工夫，杨先生随着苟德来了，与苟义包扎好，开了三服中药走了。苟义捂着那边没有耳朵的半个头，召来苟德、李三、又喊了六个乡丁。

"弟兄们，范狮子死了，又来了只虎。今夜，红毛必来大院。哼哼，咱们各自埋伏好，逮住韩飞虎，我请你们进城杏花楼玩三天！"

"二哥，俺这几条命都交给你啦。不逮住红毛，俺们三头碰死！"六个乡丁同时说。

"好！"苟义咬着牙叫道。他叫苟礼带个乡丁去村口老柿子树后藏着，发现韩飞虎就回村里送信。苟德领一人埋伏在十字街口石碾旁，扯上绊脚绳，一旦他逃出大院必须经过那里绊倒拿下，一定要捉活的。

几个家伙听了，拍手叫好。他们吃了晚饭先后去了指定的位置。苟义稳坐慈善堂里，命人多点油灯，单等擒拿韩飞虎。

韩飞虎天生不怕事，大着胆果然去找苟家弟兄报仇。他改变方向绕十字街口从正南进入村里。在乡公所院墙外察看了许多时辰，发现十字街口有人影晃动，知道苟家有了准备遂悄悄地走了。

苟义等人瞎等了大半夜并没有发现韩飞虎的人影，都沮丧地回到乡公所。他总觉事情蹊跷，老虎为什么不上套呢？莫非是谁走漏消息？他坚信，这班子人是没有一个人敢透信的。一连数日，尽是如此。几个家伙疲倦了，再也熬不住就撤岗了。

下半夜，风雨交加，人们早早地休息了。乡公所大门早闭，乡丁也钻进了配房躲雨。忽然，后院墙上翻过一人。他手持剁斧蹑手蹑脚来到东山墙屋角往院子里窥视一番，到屋门前用手轻轻地托开一扇门，进入屋里。来到东间，微弱的油灯光下，床上哪有人影？

“哈哈哈，韩飞虎，飞蛾扑火，自来寻死。小子，常言道‘顺我者昌，逆我者亡’。弟兄们，把他绑了。”苟义堵住屋门外命令地说。

韩飞虎转过身来，看见黑洞洞的枪口对准自己。大喝一声，疾速将屋门关了插上门闩，跳上八仙桌开了后吊窗逃走。

苟义踹开屋门，见韩飞虎钻过后吊窗跑了。他声嘶力竭地号叫着催人追击，又遇见苟德奔来，二兄弟知道韩飞虎已经逃脱，懊悔不已。

第二天，韩飞虎大闹慈善堂并从苟家逃走的消息传出去，乡亲们听了，十分骇然。讥笑道：“虎踏狼窝，活该！”人们高兴极了，暗地里传诵，牛头再大，也有煮牛头的锅。

邹纪青穿着单衣浑身湿漉漉的，慌不择路逃往一座山中。她已经冻得浑身打战，上下牙相互碰击，有些支持不住了。突然，她发现远处丛林中有一村庄，便跌跌撞撞的来到一家院门前，一头撞开门栽进了门槛里。不知过了多少时辰，她一觉醒来，觉着身体轻松睁开双眼看了，才知自己躺在暖和的被窝里。

一位老奶奶脸上布满慈祥的笑容朝她点头，亲切地问道：“孩子，你终于醒过来了。”她蹒跚地出了里间，走到外间拿来烤干的单衣给她穿上。邹纪青一连打了几个喷嚏，见老奶奶端来碗姜汤。她喝了姜汤，感动得流下热泪翻身下床，倒头于地，深深地给老奶奶磕了两个头。

“唉，女孩子家拉什么队伍？”老奶奶看着那两支短枪心有余悸地问，见邹纪青摇头又问，“是不是坏人欺侮你了，逃出来的？”

邹纪青长叹一声，叙述道：“奶奶，可怜呀。我家住在纪王城。家里有四口人。虽然时常挨饿，但也熬得过去。一天，苟义闯进俺家，想霸占俺妹妹，被俺哥砍掉一只手。狼心狗肺的苟家弟兄把俺哥抓去大卸八块。苟礼趁我不在家把俺妹妹奸污，妹妹含恨跳井自尽。刚才，我被苟家人追杀，侥幸逃到这里。”

老奶奶听了，顿时哆嗦起来。她知道自己的孙子是和苟家一伙的。她虽然极力反对孙子跟随苟家这伙魔鬼鬼混，但是儿子、儿媳先后害大肚子病死了，自己年迈只有顺着他。她察觉到一会儿孙子回来发现邹纪青，岂不是刚逃离了狼窝，又进了火炕？老奶奶想罢，催促：“孩子，这大山中，一没吃，二没喝。你趁早投一家富裕的人家过两天。”

“奶奶救命之恩我一定报，我想借件薄棉衣穿上再走。”邹纪青请求道。

老奶奶显得难为情，犯愁地说：“孩子，吃的都没有，哪会有闲着的棉衣？你别怨奶奶心狠，快点走吧。”

邹纪青知道老奶奶很实在，只得再次与老奶奶磕头致谢，咬着牙毅然出了屋门。

刚到大门口，迎面碰见孙子回家。

“哟，妹妹，你来俺家有事？”孙子问。他的乳名就叫孙子。

“啊啊，大哥，我是要饭人，路过此地。”邹纪青答道。

“哎呀，奶奶好糊涂，天快黑了，妹妹又穿单衣，饿不死也得冻死。快回屋里去。”孙子殷勤连推加拥把邹纪青搡进屋里，她猝不及防被孙子一个别腿绊倒很麻利地捆个结实，并从她身上搜出了双枪。

邹纪青明白了老奶奶赶走她的意图，现在一切都晚了。

孙子牵着邹纪青就走，被奶奶拦住门疾呼道：“龟孙，你把人家可怜的姑娘弄到哪儿去？”

“奶奶，她叫邹纪青。这个泼妇杀了太君，是苟二哥的仇人，我要把她送到车站去见皇军。”孙子道。

“呸，你这个畜生，好歹不分！今儿你若放了她，万事皆休；假若不放人，你发了我的丧再送人家去！”奶奶愤怒地说着，上前抢人。

孙子恶狠狠地把奶奶推出两步远，奶奶倒退几步，后脑勺撞在石墙尖上，他也不理扯着纪青就走。

邹纪青见奶奶头部流血，惊呼：“奶奶，您怎么样了？”她跪下央求道，“哥哥，看看奶奶好歹，你再拉我走也不迟。”

孙子哪里肯听，拽起邹纪青就走。邹纪青飞起一脚，照着孙子的裤裆踢去，不想孙子早已提防被他躲过。

老奶奶伤心至极，叫了一声：“苍天，老辈都是忠正善良，没料想生了个不走正道的混蛋孙子！熬儿，儿死了。盼孙落骂名，活在世上是还不如一根鸿毛？”言罢，老奶奶撩衣，纵步冲向磨盘，一头撞在石磨上，溘然仙逝。

邹纪青愤怒，又飞起一脚，照着孙子裤裆踢去。不想又被他躲过。孙子用枪指点着笑道：“老实点吧，谁不知道你是踢人行家？”

孙子看奶奶倒在地上也没有理会，逼着邹纪青一路上磕磕绊绊，渐渐地来到纪王城东门一座破庙前。突然，把她按倒在地，去解她的束腰带。邹纪青奋力挣扎，但终因寒冷冻得浑身没了力气，只得拼命呼叫："救命！"

正危急之时，忽见破庙屋里跳出一条黑影飞奔到面前，一脚把孙子踹出一丈余远。那汉子上前揪住孙子就打。孙子叫道："哎，别打，我是孙子。"

"嘿，老子生来不打好人。你与苟家一路货色，正是韩老爷打的物件。这两天没打人，手掌正痒痒，凑合着发发市。"这个惹事精哪管青红皂白，一阵拳头擂鼓般地捶去，直打得孙子没了动静。

邹纪青说道："飞虎哥哥，饶了他吧？"

韩飞虎气得暴跳如雷："他是条毒蛇，你还为他求情。不求情便罢，你与他求情，我偏要宰了他。"说着，腰间拽出剁斧就砍。

"别砍，杀了他容易，他奶奶怎么办？"邹纪青大声说。

韩飞虎住了手，捡起那两支短枪问道："什么是他的奶奶怎么办？"

邹纪青一五一十地将老奶奶伸手相助央告孙子放人，并碰石磨不知是死是活一事叙说了。黑影里，韩飞虎影影绰绰看见邹纪青反手被捆，便转着脸解开了绳索。

韩飞虎指着躺在地上哼哼的孙子骂道："畜生，你六亲不认，韩老爷本该剁掉你的狗头，看在老奶奶面子上，暂且饶你条性命！"

孙子爬起来刚走几步被韩飞虎喝住，上前把他的棉裤和棉袄扒下与邹纪青穿了。那孙子像褪了毛的癞皮狗哆嗦着溜了。

邹纪青幸亏年轻力壮，穷人的孩子冻惯了才抵御了冬天的严寒，穿着棉裤棉袄身上暖和了许多。两个同样命运的苦孩子各自叙说自己家庭遭遇，他们知道死亡随时向他们招手，但他们已把生死置之度外。鬼子汉奸不容他们生活在家乡的土地上，他们愈是激起抗争的念头，燃起复仇的火焰！

当下，韩飞虎说："妹妹，飞虎是个直人，洪灞哥哥没有音信，你还是找家人家嫁了算了。免得东奔西跑，挨饿受冻。"

"飞虎哥你这句话错啦，自古有花木兰边关御敌，梁红玉战金山，穆桂英扫北。眼下，不除掉鬼子汉奸这群狼狗，年纪轻轻的活在世上还有什么价值？"邹纪青纠正韩飞虎的话说。

韩飞虎顿觉此话有理，一字千金，忏悔地说："妹妹，我是个粗人，不明事理。现在，我听你的。”

邹纪青感觉浑身有了力气，要了一支手枪说道：“哥哥，反正都是死，不如今夜杀进慈善堂，把那群畜生杀绝。”

韩飞虎满口答应。于是，二人披星戴月，踏上锄奸的征程，跨过金水河石桥渐渐地接近村庄。突然，邹纪青发现老柿子树下有火星，观察一会知道事情不妙，遂拉着韩飞虎回身就跑。

霎时间，密集的枪声打破了沉寂的夜晚，鬼子和苟家弟兄发疯般地追杀过来。原来，孙子绕路溜进乡公所报了信儿。苟德自觉兵力单薄派人去车站搬来了鬼子。韩飞虎见鬼子追得很紧与邹纪青商议，二人一个往南奔锅山，一个往北奔峄山。鬼子正追间，发现两人分开一南一北跑了，便分两班人马追赶。韩飞虎为了掩护邹纪青，故意放缓脚步，喝喊：“苟家贼熊羔子们，韩爷爷在这里！”

苟德听清楚果然是韩飞虎，便舍着命追来。没走多少路，前面尽是恶树林子，道路难行，看看又没了人影，只得收住了脚步。

南路的鬼子正追间，前面荆刺枣圪针挡住了去路，望着茫茫锅山，只好悻悻而归。当鬼子和苟德及乡丁们走上金水河石桥上的时候，后面的四个鬼子同时挨上了致命的枪弹。只听韩飞虎大声叫道：“兄弟们，冲啊，杀进乡公所，活捉苟德，给冤死的乡亲们报仇呀！”

苟德看见鬼子被打死，吓得像狗一样夹着尾巴跑在最前面。韩飞虎与邹纪青见打死了鬼子，生怕再引来车站上的鬼子便停止追击。韩飞虎跟着邹纪青回到那座山中，见老奶奶气绝身亡，喊了老街四邻。家族里的人将事情原委详细问明了，大家把老奶奶尸体架到床上，将脸上的血迹擦干净，周正好尸首用棉被遮盖了脸。主事的人派人去纪王城喊孙子。韩、邹二人磕了头哭了一会儿，辞别众人，向邹纪青的大姨家走去。

第八章

熊熊烈火

韩焕关了门，门却响了。开门见是儿子，看到韩志刚神色惶急，急忙关上门，韩志刚急叫父亲快走，自己把标语烧掉。这时，门哐的一声被踹开，闯进来十几个鬼子。韩志刚掏枪奋力阻击，中弹负伤，鬼子一拥向前将他绑了押出了家门。韩焕翻过墙时，被学徒郎大儿按住亦被鬼子绑了，这才知道是他告了密。鬼子翻箱倒柜，又在被窝里搜出了抗日标语。

沙泥闻报特务队破获一起共产党在邹县一地下党组织，首犯羁押在南牢，有同案犯数人在逃。急令小队长连夜突审，韩焕父子钢嘴铁舌，咬口不开。小队长气急败坏，喝令给爷儿俩动用大刑。然而，无论什么样的酷刑，在铁骨铮铮的共产党人面前都是无济于事。它根本动摇不了共产党员对共产主义坚定信念和无限忠于党的决心，动摇不了他们为中国无产阶级劳苦大众打天下的钢铁意志，动摇不了他们为中华民族抗日救国的崇高使命。

这天，韩焕正在牢房里抚摸着伤口，铁栅外有人喊道："师父，你还好吧？"他抬头看了，见是郎大儿，不禁慨然长叹。郎大儿的三代宗亲都是诚实君子。其父与本人有着莫逆之交，临终前把儿子郎大儿托付给自己，没料想这个小坏蛋老家与姜黑子是同族弟兄，更没料想他才跟着学徒还没仨月竟投靠了敌人。老人看在祖辈分的脸面上，没有谴责他，只有保持沉默。

郎大儿挎来一个柳条篮子，篮子上面遮盖了一层蓝色印花布，里面有四个菜碟儿。一样豆腐，一样鸡子，一碟藕，一碟辣椒。另加一壶酒和两个芋头干子煎饼，正是韩焕素常日子最爱吃的食物。他见韩焕不理睬，便透过钢筋缝儿把四个菜顺次送进了里面。

“师父，吃点儿吧！”郎大儿叹口气，脸上流露出难为情的样子说，“师父，自从范洪灞那天晚上来到咱家，就没有得到一天肃静。他和吕三，志刚哥不是贴标语，就是锄特务，搅得整个邹县城彻夜不宁。就这些我是亲眼目睹的，您老人家还是招了吧，免得这把老骨头熬不过鞭打火燎。”话没说完，郎大儿迎来一阵菜雨喷泼，碟子恰似冰片击在身上。再看韩焕时，人已经朝里睡下。

郎大儿浑身散发出酸甜苦辣的菜味儿，来到鬼子小队长办公室把探牢的情况汇报。小队长来到郎大儿面前，足足瞪他七秒钟。郎大儿毕恭毕敬地点头哈腰等待着主子的赏赐。啪啪啪啪，四记耳光打在他的双腮上，顿觉火苗在脸上燃烧，无数个金星在两眼中闪闪消失。

“八格牙路，口供的没有！你的，良心坏了坏了的，死啦死啦的有！”鬼子小队长瞪着一双驴眼盯着郎大儿，在一阵咆哮后，将他踹出门外，命人把韩减召来。

韩减头戴白色礼帽，礼帽上勒着道黑色箍儿，穿一件蓝色长袍，左肩上斜挎着一支二把盒子。你看他见了鬼子小队长弓着腰颠颠地来到面前。先摘了礼帽，鞠个躬笑脸恭候，活像癞皮狗在主人面前等待着发号施令。

“韩的，再劝一次你的区委书记。就是用铁棍也要把他的嘴撬开！韩的不招，小心你的脑袋！”鬼子小队长发出了最后一道命令。

韩减战战兢兢地来到牢房门口，看到韩志刚的头上一片一片没有了头发，满脸污垢被血粘住了绺绺头发。他的上身被血染红了大片，斑斑血迹，条条伤痕已使这个刚强汉子绝食五天后处在昏迷状态。韩志刚身边的酒菜，丁点儿没有动，看到这一切，心里又是恨又是愁。他恨韩志刚禀性刚强，宁死不屈，愁得是拿不着口供，自己脖子上的这颗头会不会搬家。他强打着精神，靠前凑了凑，喊了几声见韩志刚没有答应，心里更加惶惑。

“哥哥，你醒醒。”韩减又喊了三遍。

韩志刚抬起头来问：“是哪家的狗叫惊醒了我？”

韩减见韩志刚醒来，皮笑肉不笑地说：“哥哥，不论怎么说咱是同族兄弟，弟弟看着你在这里受罪，心里犹如针扎。”

韩志刚大义凛然，怒叱韩减：“住口，你是日寇的狗奴，我是堂堂正正的中国人！你是中国人的败类，我是卫国战争的保卫者！从今后再不许你玷辱我韩家祖宗的清名！”韩志刚说罢，用手在地上划了一道线，“今后你改姓姓狗，韩家宗族里没有你这条癞皮狗！你我二人恩怨，一刀两断！”

韩减变了面皮：“韩志刚，枪打露头鸟。你才二十岁出头，白白地死去，多么可惜呀。”

“呸，你这具行尸走肉，人民的害虫。带着肮脏的灵魂纵然在世，活到如千年的王八也是枉然！”

韩减狞笑道：“嘿嘿，你身陷人间地狱，我是生活在自由天地。我最后劝你一次悬崖勒马，免得再受皮肉之苦！”

“哼哼，宁为人民抛头颅，不做狗奴度沧桑！”韩志刚斩钉截铁地说。

韩减声嘶力竭地叫道：“韩志刚，县委在哪里？县委书记是谁？范洪灞，吕子河逃到哪里去了？快说！”

韩志刚哈哈大笑：“狗奴才，我听不懂你的兽语，快给我滚蛋！”他伸一个懒腰，转过身来面朝里再也不搭理韩减打个哈欠休息了。

鬼子小队长听了韩减的回报，心里纳闷，共产党人为什么连死都不怕哪？韩志刚承认大街小巷的抗日标语是他张贴的，特务横尸街头与失踪也是他干的。可是，他就是不说县委在什么地方？县委书记又是谁？同伙又是谁？

傍晚，范洪灞完成任务只身往回赶。清早他奉区委书记韩志刚指示，去东山里联络董青军领导的游击队，约定好两地同时暴动时间。

他走在乡间的山道上，感觉着心潮澎湃，热血沸腾。几个月来，他跟韩书记学到了许多革命道理。中国贫穷落后的起源，是满清后期闭关自守和后来军阀混战的结果。现在，以蒋介石为代表的反动政府，消极抗日，疯狂屠杀新生革命力量。共产党以解放全民族劳苦大众，消灭日寇为己任，舍生忘死，前赴后继地奋力抗战。的确，只有团结起来，杀尽外寇，才能把人民从水深火热中拯救出来。

出发时，本来打算他和吕子河去家乡寻找他的好兄弟们。韩书记考虑到在通往山里的路上，山高路险，土匪时常出现，便派他去了董青军的家乡。他感到斗争形势非常紧迫，身上的担子更加沉重。于是，他加快了步伐。

突然，一人从一块巨石后面蹦出来：“站住，把身上的东西拿出来！不给，留下狗命。”

范洪灞见他刀子脸，细高个，浑身似黑炭，一看这家伙就是个坏蛋。

那家伙连发三拳没中，转身就跑，那两条腿比黄鼠狼跑得还快。拾粪的老汉挨近告诉他说，这人叫夏侯连，是一个专门劫道的土匪。他听后急忙追了上去。夏侯连钻进密林逃走了。范洪灞暗自后悔，不该把杀害邹纪成的罪魁祸首放走，自叹息世间纷乱便大步流星往回赶，渐渐地到了韩志刚家门前。

天很黑街道死静，他大着胆推门进去，突然被几个鬼子一拥而上，抓胳臂抱腿脚。范洪灞吃了一惊，知道事情有变，双手一弹，把左右两个鬼子推开，那两个鬼子被甩到墙根昏了过去。脚下踢飞一个，一拳打昏另一个鬼子。他拔腿跑到院里翻墙而去，一边跑着一边判断韩家父子可能被捕了。

这时，街门外拥入一二十个鬼子，窜进院子在寻人时却不见踪影。范洪灞一连翻过几道院墙，过了南沙河向峄山方向而去，鬼子们黑影里找不着人无奈地回到城里。

范洪灞一路奔波，专拣小道往家赶。他仰起头来望着长空，三星已过头顶，知道时间已经是子夜。他来到善治家院墙东面霍地翻墙而过，很小心地敲响了屋门。

“大老爷，大老爷。”他喊了许多声，屋里才有人答应。

“你是谁呀？”屋里传出了善治的问声，当他确切地听清楚来人是范洪灞时，无限悲哀地说：“灞儿，我知道你死得亏。可是，你为国洒尽热血，为纪王城人出了口气。阴间里钱不够花的，到清明寒节我给你多烧纸香，你别在显灵了，回去吧。”

范洪灞听了，不由得笑道：“大老爷，你点着灯，窗前你若看不到我。你就别开门，那就是我死定了。”

善治披衣下床，虽然年事已高，听了此话稳住心神仍然是毛发悚然，满身骨头冷飕飕的大着胆子点燃起小油灯，微弱的灯光穿过窗棂果然看清范洪灞立在木窗外。他赤脚开了屋门，上前一把将范洪灞拉进屋里，抓住他的手捏了捏端详良久。老人的双目流下了泪水，自言道：“元哥，孙子小灞继承你的遗志，杀豺狼，锄汉奸。菩萨保佑他，你在九泉下瞑目吧。”

范洪灞要善治弄点吃的，老人笑着直点头拿出来几个高粱壳子煎饼，端出一碗用辣菜腌的咸菜。范洪灞很快把几个煎饼吃完，他将老人扶到床上，爷儿俩儿坐在被窝里攀谈起来。范洪灞告诉善治说：“锅山血战，川军武器忒落后，老天爷竟然起了大雾。其实，米团长是个有军事才能的人。贼精的鬼子乘大雾从背后偷袭，可恨三营长临阵逃跑，大老爷你说这仗怎么打？”范洪灞说到这儿气得就骂人，“没法了，米团长下令突围，你还有退路？鬼子早在三营长的位子等着你呢！这时候的米团长还顾着士兵，一人冲杀在前。万万没料想他妈的车站上鬼子钢炮打得忒准了，一发炮弹把米英雄的肠子炸飞。再看川军时，剩下的都自杀了，我只好顺着黄江沟跑了。”

善治见说到这儿，忙问：“你不回家，去了哪里弄得老少都挂念？”

范洪灞愈说愈高兴，压低声音叙说：“我想法杀了苟六，碰上马坡吕子水来找我。吕家遭太平街西霸天姜黑子抄家。连遭不幸，干娘便差我和老三去鲁桥镇隐仙庄找刘半仙卜卦，刘先生则叫俺俩去邹县城南门外中药铺找韩老先生指点迷津。谁料想韩老先生竟然是一个很了不起的人物。”

善治听了，仔细琢磨了一番，心里想小灞杀来杀去还是过着有家不能归东躲西藏的日子。这小子没有办法了八成又是来找齐东来的，那个黑煞神刚去了这个再要上山，嘿嘿，几个人搅和在一起鲁南这块地盘可就热闹了！又想，日本鬼子忒霸道压根儿就不该来中国送死，假若不把日本鬼子打光，老百姓什么时候才能过上安宁日子？看来范洪灞杀鬼子的事儿是完全正确的。可就是这几个人力量太微不足道了，一只手能摁几个老鳖呢？他忧心忡忡地打起火镰抽烟，装着仔细倾听的样子。

“大老爷，吕子河来过吗？”

“你去了他家，给他在一起怎么又分开了？”

“大老爷，俺俩吵了嘴，他赌气跑了。所以，我来找他。”

善治信以为真嘿嘿地笑了，遂把刚才吕子河去峄山寻找齐东来的事告诉了他。

范洪灞心中欣喜，似坐针毡，不再说了忙从身上掏出一张钱来递给老人：“大老爷，这点钱留着花。”

老人人穷志不穷，说什么也不要。范洪生气地捏入他手中，老人握着钱眼角里流出了眼泪。他说，齐东来就在盘龙洞。

范洪灞听了，高兴地连连拍掌，急忙告辞老人。他再次翻墙而过，驾云般飞速向峄山而来。

他摸着黑进入深洞，见众人睡得正香便叫了声：“鬼子来了！”

众人乱作一团，抄刀摸枪要抵抗。范洪灞又叫了声，众人听清楚高兴极了，欢呼起来，纷纷丢枪抛刀扑了上去。人人擦眼抹泪，拥抱成一团。“孟开山呢？”范洪灞问，傻子把守卫洞口睡觉的孟开山叫来相见。范洪灞见了傻子吃惊地将他抱起："兄弟，你没死吗？"他抚摸着嵌在头上的铁皮问。

傻子指着头上的炸弹皮笑："我怎么能死呢？只有它能证明是日本鬼子侵略中国的罪证。我既是人证又是铁证！"

众人点头大笑。傻子真是个命大的人，至今他的左太阳穴仍嵌着日寇飞机扔下炸弹的弹皮！这就是日本法西斯侵略中国的铁证！

孟开山见了范洪灞对大家说："锅山血战，大家都认为大哥那个了。怎么样，我说没事就没事吧？"众人又笑。当时，范洪灞去了妖精洞取了枪支发给大家。

范洪灞和党失去了联系，立即率领众人占据峄山，打鬼子，锄汉奸，打击地主，开仓放粮来接济饥饿的农民。峄山周围的鬼子汉奸闻风丧胆，再不敢明目张胆地作恶多端。一日，滕县人张渊来到山上，说家兄被嫂子和奸夫堂兄弟害死。范洪灞即教吕子河、孟开山二人星夜赶到本庄，当场将奸夫并嫂子捉住，把奸夫押至村外枪决。尸体上压一张告示："为民除害。"落款：峄山抗日游击队。一日，桃园村外饿死数具尸体，消息传到山上。范洪灞忙带领吕子河、孟开山、张九龙、张红喜火速赶往桃园将地主捆了游街，打开粮仓，赈济灾民。就在那天回来的路上，四五个鬼子追着一个红头发汉子。范洪灞等人袭击了鬼子，救下那人，谁知此人正是韩飞虎。原来，韩飞虎当夜把邹纪青送到大姨家后，独来独往袭击鬼子汉奸，当听到峄山有了队伍，却没放到心上。心想亘古以来，占山者："土匪也。"当确信是范洪灞成立了峄山抗日游击队时，心中大喜，想杀两个鬼子作晋见礼，却被鬼子发现险些丢命。自此，四面八方的青年纷纷上山参加游击队，一时间队伍发展到六七十人。

张红喜趁夜里看望身患麻风病的母亲被小孬发现，苟义知道了忙叫杨怀庆装作去他家串门，缠着张红喜带他上山。张红喜根本不想带他，经不住死缠，最后还是把他带走了。

这天，范洪灞专门喊了齐东来、吕子河开会，郑重地说："同志们，目前的形势极其严重。我们和县委失去了联系，队员急剧增加。粮食短缺，枪支弹药也不够用。估计县城的鬼子很快会来剿山。因此，我们就必须打出旗号，迅速开展游击战。"

齐东来插言道："前天，大哥提出成立峄山抗日游击队，我赞成。"吕子河点了点头，举手赞成。

清晨，鲜红的太阳初照峄山，满天的彩霞映红了沸腾的群山。金色的霞光沐浴的五华峰仿佛在燃烧，犹如在这块抗战的热土上，燃起了人民战争的熊熊烈火。

范洪瀛召集全体队员来到仙人棚上，激情地说："兄弟们，从今天起，我们改称同志。我们是无产阶级劳动者在中国共产党领导下的人民队伍，专杀鬼子和汉奸。为在战火中死去的英雄们，乡亲们报仇！"他略停顿一下，环顾众人又说，"同志们，我们占山，不是土匪。一、不能抢老百姓的财物。二、不能奸淫妇女。三、损坏东西要赔偿。四、多做好事，不做坏事，一切行动要听指挥。"

齐东来说："同志们，大家能做到吗？"他见众人都举手赞成，又道，"经商量决定，我们要成立峄山抗日游击队，同志们同意吗？"

众人纷纷举起了右手，异口同声地叫道："赞成！"

范洪瀛宣布："同志们，峄山抗日游击队今天成立了！"

大家推选范洪瀛为队长，齐东来为副队长，吕子河为指导员。

邹纪青在大姨家小住了几日，给大姨说要到姥娘家看看。她辞别大姨和父亲，直接来到纪王城南门山口，坐在老虎石上歇息。看到西面炮楼林立，车站上的鬼子不时地放着冷枪，着实有些令人心寒。

她正看间，忽听背后一声奸笑，急回头看时，苟德猛扑过来。邹纪青怒火万丈，恨不得一拳把他的头砸个稀烂！她抽出双枪就打，哪知道一枪没了子弹，另一支枪卡壳，急忙迎上去舞动双枪照着苟德双眼就砸。苟德猝不及防，左边眼球崩裂，血流满面，一头栽倒在地。邹纪青毫不畏惧，一脚朝裤裆踢去，苟德狼嚎一声昏了过去。

正要结果苟德性命，不想叫驴脸李三和一个狗腿子发疯地赶来。纪青只得拼命往山下奔跑，但甩不下二人的追捕，叫驴脸李三腿快追到村头看着要赶上。纪青见事不好，宁可玉碎，不求瓦全，横了心纵身跳入纪云栽的那口井里。

正在千钧一之际时，只见一人，哮吼一声，跳了过来连发两枪。击毙狗腿子，李三驴左眼中弹逃走。再看那人好似一股旋风飞奔井前，跳入井中。顷刻间，又见那人驾云般把邹纪青从井中捞了上来。原来，那口井是用石头砌成的，那人蹬着井石把纪青轻轻地救出井来。再看叫驴脸李三时，早已无影无踪了。

“纪青！”那人惊喜地叫道。

“灞哥，你真的还活着？咳！”邹纪青无限深情地低声说道。范洪灞抱着纪青远离了纪王城，来到一间场屋，点了一堆火烤衣服。

正是四月天气，衣服单薄，二人的衣裳很快就烤干了。

纪青穿好衣服从里间出来扑上去抱住范洪灞，兴奋地：“灞哥，咱俩又在一起了。”她情不自禁地眼角湿润溢出泪珠。

范洪灞木讷地坐在地上，想起十年前的一天，他正在练仙掌功，突然听到山崖下有人呼救。他循声跑过去看时，邹纪青吊在舍身崖的一棵树上。他绕过悬崖，攀上树将她救起。从那时起，二人经常坐在船石上吃石榴，有时在冠子峰上摘瓜蒌，有时在仙人棚上一起练功，还有时挖土洞垒坷垃楼烧火闷芋头吃。一次，邹纪青在金水河里洗澡，不慎滑入深水中。范洪灞奋力凫水迎救，早被她死死地抱得铁结实，称自己会凫水。于是，一对少年深深地相爱了。可是，道观里的规矩只能使二人暗暗交往。

今儿，范洪灞去二十米桥侦察，回来的路上恰巧救了纪青：“青妹，今后你打算怎么办？”范洪灞担心地问，邹家的遭遇他早已知道。

“灞哥哥，你我有家不能回。没了旧家，你我只有建个新家。”邹纪青坐在他跟前低下头来摆弄着辫子。

范洪灞挪开身子，保持一定距离笑了，说道：“妹妹，现在你我四处漂泊。鬼子汉奸到处抓我们，上哪儿建新家。啊——新家是什么意思嘛？”

邹纪青粉红着脸，低头笑着说：“俺不知道，今后我只有靠你了。”

“不行呀，妹妹，我整天东奔西跑，居无定所。现在这里也不安全，咱得马上离开。”范洪灞用手示意邹纪青就走。

“你叫我上哪儿去？”邹纪青十分柔情地看着他问。

“你现今住在什么地方？”范洪灞询问。

“我在咱大姨家住的。”邹纪青答道。她把家里的悲惨遭遇从头到尾与范洪灞叙说一遍。

范洪听罢，怒火万丈：“记住这笔血泪账！”见天黑了，心里想游击队里纪青是不能去的。行军打仗队伍里有女的多有不便，还是送她大姨家最好。于是，两人趁早踏上了东去的山道。

他走路特别快，一般人是赶不上的。纪青小跑着还是落在后面，她实在跟不上了，气喘吁吁地坐在石头上擦拭着汗水。

“灞哥，等等我！”

范洪灞正走间，隐隐约约听着有人在背后叫唤，方知纪青还在后面，遂立住脚等着。刚才，他的脑海里呈现出下午发生的一幕。二十米铁路大桥被日伪军把守着，从大桥下过往的黎民百姓都要接受严格盘查。老人多有被冤打一顿的，年轻人则被抓去东北做劳工。齐东来提议，夏季暴动，拔掉二十米大桥两侧炮楼这颗钉子，在孔孟故里这片美丽富饶的土地上打响打倒日本侵略军第一枪。今儿，他亲眼看到炮楼里有五个伪军。鬼子只有三四人，晚上鬼子回车站过夜。两炮楼之间距离二里路远，如果要确保行人安全就必须连续拔掉三四座炮楼，借以震慑那帮为日寇卖命的伪军。

等纪青来到跟前，范洪灞说了句歉意的话。二人上了一条岭。那岭像一条巨蟒横卧南北，岭高遮日月，沟深藏阴影，十分险要。二人正走间，远方隐隐约约有人喊救命，一会儿又没了动静。范洪灞拔步想去看看情况，早被纪青双手拉住动弹不得。

四野又平静下来，二人复又登程。纪青蹲下道："灞哥，我走不动了。"

范洪灞鼓励她："青妹，坚持。下了这道岭，过一条河，翻过一座山就到了吧。"

"灞哥，我很累，你拉着我走吧。"

范洪灞嘴嗫嚅着说道："不行不行，俺的心发慌。"

邹纪青哧的一声笑了："啊，骗子。舍身崖上抱了人，船石上往人家嘴里捏石榴，那个时候你的心怎么没发慌？"

范洪灞的脸火辣辣地嘿嘿地笑了，四顾无人只好拉着纪青再往前走。纪青说，她冷。范洪只好脱下自己的单衣与她穿上。二人好歹过了木桥，路随河行，逶迤延伸山间。正行间，纪青依在路边石头上叙苦道："灞哥哥，累死我了，要走，你自己走吧。"

"哎呀，爬过山坡就到了。我的姑奶奶，快走吧。"

"我半步也走不动了。"

"那怎么办呢？"

"灞哥，要是有人背着我多好呀。"

范洪灞看看天空，知道天不早了，只好蹲下来。那纪青趴在他后背上，二人上了山坡往山脚下的村庄走去。

来到姨家，姨见外甥女领来了小伙子，看了看范洪灞英俊无比喜出望外，口称："他姐夫，快坐。"

“姨，我不是。”范洪灞显得拙口笨舌，说句话很难。二人进了里间与纪青爹相见。

纪青爹见了范洪灞，异常惊喜：“洪灞儿子，纪青从今后就是你范家的人了。”老人心直口快，当下许了婚事。

范洪灞支支吾吾：“啊啊，大爷。不不，那个那个。”坐了一会儿，与邹纪青道别。

“孩子，你哪能走呀，别看姨穷，管起饭了。”姨把门拦住不放他走。她忙去烧火做饭，不一会儿，烧开了汤。纪青拿碗盛上。

的确，范洪灞奔波了大半天，又累又饿，只好坐下来吃。姨不吃，去厨屋里炒菜。不多时端上了一小盆萝卜菜。纪青专给范洪灞夹了好多菜，碗里好似堆起了小山头。吃罢晚饭，范洪灞再次谢过姨，与纪青爹道别，出门就走。姨生气了，坐在木墩上没动。

纪青紧跟在身后，范洪灞来到村头，止住脚步说：“青妹，别送了，回姨家去吧。”

不料，纪青蹲在地上抽噎起来：“你个傻子，俺爹跟你怎么说的来？俺姨的话你怎么就不入心窍？”

范洪灞十分茫然，愣在那里。

纪青把范洪灞的褂子递给他：“你到哪里，我就跟在那里。你不领我，我就再跳井！”

范洪灞终于听出来纪青的心声，可爱的妹妹不要痴情。国难当头，革命道路是那样的艰难曲折，这么年轻怎么能谈起个人的恋情？今天，我是出于自己的责任，才救你并护送你到姨家。只能把它看作是革命的情谊，更是共产党人义不容辞的责任，民族革命重担压在肩上打心里就没有爱情这方面一丝念头。妹妹，对不起，过去的事情就让她过去吧。他如实地把心中的话给纪青讲明了。

“光你能打鬼子，俺也能打鬼子！我杀进苟家院子两次，你呢？亏你还是个男子汉！”纪青哭哭啼啼地说，“实话说吧，你第一次沾了俺的手，俺就姓范了。”纪青靠范洪灞身边挪了挪。

范洪灞笑了，朦胧中细看纪青，头上一团黑丝，雪亮的双眸，白皙的脸庞，犹如皎月初升，菊花盛开。他把她领回姨家，姨见了，转忧为喜，催他俩快去睡觉。

范洪灞直言不讳，动情地对姨说：“姨娘，我叫范洪灞，峄山抗日游击队队长。纪青对我是真心的。我十分喜爱小青。但是，我们的任务十分繁重，工作太忙，眼下顾不上婚姻这方面的事。等革命胜利了，我一定迎娶纪青为妻。”

姨满意地点头。

范洪灞要留纪青在姨家，迎着乍起的大风走向西方。刚走出五六里路，就听身后有人喊叫。他立住脚看时，纪青气喘吁吁地追过来，他不由得迎上去攥紧了她的双手。只听邹纪青说，她要打鬼子，还要杀回老家找苟贼们讨还血债！

黑云遮盖了蓝蓝的天空，挡住了明亮的月儿，使得这个遍地狼烟，哀鸿遍野的土地上变得更加暗淡。这是一个腥风血雨的日子，敌人从韩焕父子口中得不到什么东西，就把他父子俩枪杀了。消息传到山上，范洪灞无比愤怒，决定提前举行武装暴动。

范洪灞把全队分为五个行动小组，第一组由齐东来带着孟开山领五六人卸钢轨截断从县城开过来的铁甲车。第二组由吕子河领五七人取大桥北端炮楼。第三组由韩飞虎带领杨怀庆等人取大桥北端炮楼北面的炮楼。第四组由张九龙带领五七人取大桥南端的炮楼。第五组自己亲自领五人取大桥南端炮楼南面的炮楼。二更天下山，四更天行动。只留张红喜、傻子及剩余队员守山洞。自去妖精洞里取出从前师徒练武时用过的十二把大刀，由齐、吕、韩、孟、两张等人拿着。

太阳西沉，夜幕降临。牧童撵羊归山村，短工荷锄望庄饮。大家饱餐一顿，个个义愤填膺，摩拳擦掌，准备战斗。

这支英勇雄壮的峄山抗日游击队像一把钢刀直插敌人心脏。他们要给先烈们报仇！天公嗔怒，狂风飞舞，神州大地，怒潮沸腾。

范洪灞一人当先，走在队伍的前面，他的脑海里闪念着难忘的一幕。

昨天中午，他装扮成拾粪的老头，在离二十米桥半里路远的高崖上观察着桥那边的动静。炮楼二十余尺高，上面用白石灰封顶成了白盖儿，活像一家发丧人戴的孝帽。老百姓戏笑道：“这些炮楼一旦被炸掉简直是白盖了。”

“嘎——勾！”一声三八大盖枪响。范洪灞循声远远望去，一个人倒在枪口下。他急忙拿了粪耙，背起粪叉向出事地点奔去。来到跟前，就见一个青年人倒在血泊之中已经死去，过往的行人都站在一边远远地观望。

“老总，这个人是怎么回事？”范洪灞忍着气问。

“他妈的，太君要他去关外，给他找个饭碗子，他就跑。”一个大板牙伪军提着大枪骂骂咧咧地说。

范洪灞辨认了死尸，知道是本村的小猪，他是个孤儿，如今死了，又有谁会埋他的尸体呢？于是，他把小猪的尸体抱走放在打麦场边，去自己家里拿领席。

正在这时，只见一妇女哭天抢地跑来，她是小猪的远房姨母。范洪灞拿来席时，小猪姨母还扶尸痛苦哩。邻居自发地拿来镐和锨，范洪灞抱起小猪和众邻居向他的祖林走时，就听到他姨母哭着自吟道：“等着，叫俺在车站上干的儿子找你们算账！”

范洪灞埋完小猪回来，打听了小猪姨母的村子叫篱桃，今儿走亲戚碰巧了，正是：黄麦不老，青麦老。黄泉路上不分老少，白发人血泪送青发人。他寻着老人询问了她儿子的姓名，年龄，干什么公差。他打听准了却意外欣喜，装扮一番来到车站，真个把那人找到。喜出望外，这个人正是师弟关汉忠，正下班回宿舍休息。当下二人携手出了车站门口，来到两下店一家饭馆坐下。

掌柜的很热情，不一会儿端上来酒菜。那时节也没有什么水陆佳肴，天下大都是一般的贫穷呀。又窄又矮的小案板上放了两盘菜。韭菜和豆腐。一口黑色狗头罐酒，两支酒瓯，两双箸。二人痛饮起来。当年在峄山道观，二人常背着师父下山喝酒，常常挨打受罚。

范洪灞将自己守南山，走微山，回邹县，上峄山一事前后全说了。

关汉忠听了，有些骇然，师哥仗着一身好武艺，竟然干起不要命的事儿。关汉忠生来胆小，端酒杯的右手有些颤抖，他十分敬佩范洪灞，光明磊落，行侠仗义，疾恶如仇。他也把逢战乱下山，近几天经姨表弟小猪托人介绍干了扳道工的事说了。

范洪灞听了，斥责道：“师弟，你的良心让狗吃了，师父在世时常告诫我们行善袪邪，匡扶正义。你怎么反而帮助残杀我们同胞的敌人做坏事呢？”

关汉忠生怕挨揍，羞红着脸低下头。

范洪灞双眼喷着怨恨的怒火直盯着他，敲着桌子说道：“关汉忠，我这次来，根本不是找你喝闲酒！实话告诉你，今儿晌午，小猪被鬼子汉奸杀害了。听说你有个弟弟叫关汉良，现在二十米桥当伪军小队长。”他压低声音把来的真实目的告诉了他。

关汉忠是个重情义的人，听了小猪的死，非常悔恨，将酒一饮而尽："师哥，你干的事我早就知道了。从今往后我跟你走！"

呜——一声火车的长鸣声打断了他的回想。火车喘着粗气吐出浓重的黑烟，恰像害了痨病的黑牛哐当哐当地向前有气无力地爬行。

队伍来到唐店河旁，隐蔽在河岸芦苇里。忽然，从二十米南桥炮楼里走过来的关汉良，见了范洪灞低语一番。

齐东来就要行动，早被关汉良一把按住，用手指了指桥北方向。只见铁道东边路沿子上走来三个黑影，一道手电光一闪一闪地向南如出殡送丧的孝子走得那样慢，手电光影中又现出军犬的影子。原来，这是鬼子的巡道兵。不一会儿，南去的鬼子巡道兵过了二十米桥渐渐消失在黑夜中。

范洪灞一挥手，齐东来领队员向北去了。关汉良领着张九龙去了，吕、韩二人各领人走了。范洪灞扯了扯关汉忠带着队员向南摸去。

关汉良领着张九龙等人来到炮楼前，一个伪军见是小队长并没在意，但看见其身后有好几个人，惊愕地嘴直打战。关汉良用枪抵住其腰部喝道："我是峄山抗日游击队！"那伪军缄口不语，关汉良冲进炮楼里，对着那四个伪军吼叫道，"我是峄山抗日游击队！谁再当日本人的走狗，我就毙了他！"五个伪军当了俘虏，张九龙等人把里面枪支粮食铺盖全部搬走。

吕子河摸到炮楼跟前，让五个队员隐蔽一旁。他来到炮楼门前，叫："汉良哥，了不得了，咱祖老爷有病了！"炮楼里五个伪军听了，十分惊诧慌忙开门，见五个队员冲进来执着枪，大刀对着他们，伪军们乖乖地举起了双手。队员们遂押着俘虏走出炮楼，吕子河用绳索把五个家伙捆了并连上串儿，交给了五个队员监押起来。他向北面跑去。

韩飞虎杀敌心切，早忘了范洪灞的再三嘱咐，到炮楼门前喊："吴班长，汉良哥叫你！"他从来办事毛躁，执着短枪当先冲进炮楼。一阵射击，五个伪军当场毙命。北端炮楼里的伪军听到枪声，三个伪军抓枪向这里冲来，看到有人正搬东西，举起枪来就打。在这千钧一发之际，忽见吕子河从背后一脚跺倒一个，左一拳击倒一个，最后一个被踹出两丈余远。

范洪灞来到炮楼前，见门半掩着冲进炮楼，来到伪军面前："我是峄山抗日游击队，缴枪不杀！"五个伪军素常日子张狂惯了，根本不做什么防备。当听了此言，吓得跪在地上求饶。队员冲进来将五个伪军捆牢，就内中找出一个诚实伪军到挨边的炮楼喊开了门，另一座炮楼同样给端掉了。

范洪灏把二十多个伪军聚集一起宣传党的政策，说道："伪军兄弟们，我们是共产党的队伍，既不打也不杀俘虏，中国人不打中国人。但是，对于死心塌地的汉奸，人民决不饶恕他们！现在，国难当头，作为一个青年人，理应拿起枪杆子与我们一道打击共同的敌人。收复我们的失地，保卫我们的家乡。你们是否还记得，我们几代人多次受到日本鬼子侵略，那么你们为什么昧着良心打中国人反而帮助日本强盗呢？"

众伪军道："大官，我们不明事理，您高抬贵手，饶俺一命，再不当汉奸。"

范洪灏说："兄弟们，愿意回家的发给二十元块路费；愿意打鬼子的，跟我上峄山打游击。"

范洪灏见众伪军多半愿意留下，急令把五座炮楼烧掉，大队人马火速撤离战场。韩飞虎等人分头去点火，霎时间，火光冲天，漆黑的夜晚被火光照耀得通天亮。游击队刚离开二里路许，车站西北方向响起了铁甲车打来的炮声。从车站上赶来救火的鬼子，如蚂蚁一般你叫我喊，乱作一团。大火愈烧愈大，鬼子像群野牛闯入了火海中。

共产党峄山抗日游击队武装暴动痛击日伪军的消息，在鲁南大地春风般传开。峄山十里八乡的穷人闻讯纷纷向山上送些钱粮，游击队遵照不拿群众一针一线的方针。送钱的退钱，送粮的变换钱退钱。一时间，平民百姓心中欢喜，个个竖起大拇指夸赞："终于有了自己的队伍，这回可见到青天啦！"

一天，范洪灏闲暇无事，扮成拾柴老人。在通往东城门的路上，一个汉子挑着两泥罐子花生油赶两下店集市。突然，一人拿着木头手枪当头截住去路。劫匪撅了一根柳树杆，逼那人挑着油送到他的家中。挑油的汉子每走一步，劫匪就在他身上打一杆子。范洪灏大怒，唰地把娄耙扔了过去，将劫匪击倒在地。范洪灏一脚跺烂木头枪，另一只脚踏住劫匪，令他与挑夫赔礼道歉并保证从今往后改邪归正，重新做人。又令他替挑夫把花生油送往集市上去，劫路的家伙只好乖乖地替挑夫担着油向集市上走去。有一回，看庄村姬昌科来到山上，哭诉着儿媳昨天晚上被炮楼的伪军抢走了。范洪灏领了韩飞虎扮成走娘家的夫妇来到炮楼前，恰被炮楼的伪军看见，立刻从里面钻出四个伪军，把范洪灏强拉进炮楼，韩飞虎哭着走了。范洪灏发现只有四个伪军，左右开弓，将四人打倒在地。解救了妇女。姬昌科领了儿媳，连忙跪谢。范洪灞急忙扶起老人说，要谢，谢共产党，就感谢毛主席。他遣返了四个伪军，与韩飞虎回到山上。又一次，韩飞虎路遇一妇人遗弃的婴儿，当他摸了婴儿胸口时，发现心窝还跳，抱回山上。熬了绿豆水灌了，婴儿神奇般地复活了，并打听主家送还了人家。就在那天，姬昌科上了峄山参加游击队。

这天，乞丐阔子找到山来，报称县城车站下来了大批鬼子，小道消息沙泥要攻打峄山。范洪灞猛然醒悟，重谢了他，忙派关汉良去城里打探。范洪灞立即命齐东来率大队埋伏在鹰嘴谷，自己亲带吕子河、关汉忠、韩飞虎、关汉良、孟开山、张九龙、张红喜七人在峄山脚下梨树林埋伏。次日，果然沙泥带着百余鬼子，六十余伪军偷偷地出城向峄山杀来。

刚走到梨树林，突然喷出一溜火舌，日伪军猝不及防，死伤数人。沙泥恼怒，催人冲杀却不见了人影，只得驱兵猛追进了峄山。茫茫大山，云雾缭绕，树舞河哮，蛋卵石中，野猪飞奔。柏树上，众鸟争鸣。盘龙崖上，飞流淙淙。哪有什么游击队？沙泥抓了峄山街农民带路，各洞搜索，进入山洞的鬼子一个也没回来。沙泥倒吸了一口凉气，望着巍巍的峄山，脸上流露出惊惧的神色，挨到天黑，只得领着残兵往县城撤去。

走到鹰嘴谷，又是一阵枪弹，撂倒了十多个日伪军。沙泥又受了惊吓趁混乱中拼命逃出鹰嘴谷，领着日伪军急急忙忙地溜回县城。

第九章

告　状

吕忠在嘉祥住了四个多月，见没什么动静便打算去邹县状告姜黑子，次子吕子汪坚决不同意，吕母也劝老头子莫去招惹姓姜的。吕忠生来执拗，家里人谁也劝不住，只好由他去了。

清晨，吕忠洗漱完毕，背了一个褡子，特意带上老九吕子江，顺路找先生给他医治满脸长的几个疖子。他用印花布包了厚厚的一沓子钱系了一个死扣，让子江贴内衣斜盘肩藏于右腋下。收拾停当父子俩辞别了家人，取路奔邹县而来。

爷儿俩急急赶路，行了两天。这天中午，吕子江叫嚷着累了。吕忠说："小九，前面是座恶树林子，等过了这座林子，找家客店住下。"吕子江只得依从。

吕忠背了吕子江进入阴森无边的杂树林子，这林子十分茂密，黑老鸹盘旋没命地叫，猫头鹰凶枭不住地鸣。父子二人正走间，杂树丛中窜出一个满脸杀气的郎大儿。他手持一根白莲棍嚎两声横棍拦住道路，上前把吕忠身上上下翻个遍，又摸了摸他的鞋子，失意地骂了声娘，又将凶狠的目光转向吕子江。

不料，吕子江老早把外衣解开让他看，预先暗暗把钱包推到背后。而后，学着父亲也脱了鞋。郎大儿见搜不着东西，气得照着吕子江的后腚就是一脚。吕子江扑的一声扑倒在地，没曾想那个印花包裹闹鬼似的掉在地上。郎大儿看见了包裹，脸上凶云即散，喜色骤添。拾起钱包，捏了又捏，不放心还是打开了。钱！他哼了声大摇大摆走了。

吕忠上前拦住去路，示意郎大儿把钱还过来。那家伙十分恼怒，抡起白莲棍就打。吕忠不慌不忙一手拧住那家伙的手腕，右脚踹在其左膝盖上。那郎大儿扑的一声跪倒在地，捧着钱不住地求饶。吕忠骂道："你这个劫贼，一身水牛肉不去劳动挣钱，专门劫路害人，要不是看在本乡本土的分上，今儿本老爷活劈了你！"言罢，收回钱来领了九儿走了。

行至天黑，来到一座村庄，爷儿俩寻一客店歇了，要了饭菜，爷儿俩儿吃了。吕子江先去睡了，吕忠问掌柜的此地离邹县县城还有多少路。掌柜的告诉他，过了大运河，再走四十里地就到邹县地界。吕忠谢过，去了茅厕。谁知那郎大儿也来下店在暗处看见了吕忠，遂指使掌柜的套出了吕忠姓名，家乡住址。

第二天，父子俩一直走到日落西山，已到离县城十里铺的镇子找客店住下。吕忠问掌柜的："借问二哥，县城里哪家的先生看病最好？"

掌柜的是个中年人，听客人打听先生医道谁最高明，悄悄地把他拉到无人处，小声说："老哥，原先是张正明看病最好，鬼子来了后，张先生被恶人抢占了药铺，张先生洗手不干了。只有城南门外韩先生医术高。可是，韩先生因为私通共产党被日本人枪杀了。现今只有东门里大庄人姜先生看的最好了。"他问，"听口音，先生不是当地人？"

吕忠回答："在下，微山马坡人氏，今去城里给小儿看病。"

掌柜的理会，点头自去了。

早晨，爷儿俩离开十里铺，来到县城南门。只见那城门活像一只吃人的魔鬼张着大口，刀光闪闪，杀气逼人。护城河桥北头两侧站着六个日本鬼子，城门里站着六个伪军，正检查着来往的行人。

吕忠随着人流往里挨着，掏出"良民证"给鬼子看了，进入第二道岗，伪军不耐烦地耸着狮子鼻子示意快走。父子俩来到县门前，找了一家客店住下。爷儿俩要了壶茶喝着，观察县门前的动静。门口两侧，各站着一个伪军，显得十分冷清，老大一会儿，才有一两个伪职人员出进。只有街道上略显热闹，鬼子汉奸携着风流女人嬉笑而过，鬼子、巡逻兵、特务不断地西来东去。

"兄弟，请问警察局长在什么地方办公？"吕忠打听跑堂的堂倌。

跑堂的王三很诡谲，四顾无人，贴着吕忠耳朵说："欲见县官，须去'桃花庵'。"

吕忠还想问个仔细，人家已走出三步远了，看看太阳爬上了护驾山山头，街上的行人也多了。县门前两侧的商贩们摆上摊儿，个个在早晨的寒风中招揽着生意。此时，县里的伪政府人员陆续进了大院。爷儿俩吃了早饭，吕忠把小儿子安置在店里，叮嘱他只在店里蹲着，不要挪窝，吕子江点头答应。他离开了客店，直奔伪县政府，满怀着无限的希望与寄托，要把祸害邹、微两县的凶手姜黑子告倒，绳之以法，头落刑场。想到死去的长子，被烧的家园，霸占去的土地，心里愈加气愤步子迈得更快了。

来到县门前，吕忠堆满笑脸问门岗警察局长在什么地方办公，那家伙竟然说不知道。吕忠暗暗骂道："孬种，要勒索钱哩！"他从衣袋里摸出两张钞票暗暗捏入门岗裤子兜里，那家伙果然给他说了。吕忠按照门岗指引的方向来到挂有长牌子的门口，屏着气慢慢走上前轻轻叩门。

敲了三次门，里面没有一点儿动静。吕忠便在院子等着，他仔细观察着院子的布局，这座院子不大，倒是四合院，一棵古槐遮盖半空。奇花异卉初放绽开，水池假山占据半边。他又等了一袋烟的工夫，仍没见人影便推门进去，问了两声，并没有人回应。他不禁纳闷，上班的时间，人干什么去啦？又耐着性子等了许多时间，这个烈性老人不免焦躁起来。

正当他想回去时，内门开了，一个胖子揉着惺忪的眼睛走出来。吕忠迎上去："兄弟，我是来告状的，开始先找谁呀？"

那家伙只管摇头，趴在办公桌上打瞌睡。吕忠又问时，人家竟然鼾声加大，他忍着气只好退出门外，久久伫立，叹口气回到店里。不吃不喝，只顾吸烟。堂倌王三见了，问明了他的心思，告诉他给胖子送点东西。

吕忠心想，只能这么办了。看看到了下午上班的时间，来到那门口见门上了锁，足足等了一下午，没见一个人上班。挨过一夜，打发小九吃完早饭，来到办公室，把两张钱塞进胖子的办公抽屉里。

胖子松弛了厚眼皮，用呆滞的目光审视吕忠一下，打个哈欠，漫不经心地问了。吕忠递上状子，胖子看了，立即把那对草鸡眼渐渐睁大，丢过状子："你去找局长。"

吕忠拾起状子小心地叠好，问清了局长办公室便来到门口，恰待进去被一伪职人员挡住。吕忠拱手问个好，面带笑颜地说："兄弟，在下吕忠找局长有要事。”

那家伙用手做了原地等候的动作，进入里间，旋即回来：“局长不在。”他那副冷冰冰的脸色让人着实气恼，刚才那家伙进去将吕忠求见的事传报了。局长正和县里要人打麻将，听了禀报不耐烦地摆摆手，继续搓着麻将。

吕忠追问道：“兄弟，局长大人什么时候上班？”

“我怎么知道！”那家伙不耐烦的摆摆手打着撵人的手势。

吕忠蹲在屋里的一角，心想在此等一会儿。那家伙问他怎么还不走？吕忠告诉他在这里等等局长。那家伙一拍桌面，吼了一声：“出去，到门外等着！”吕忠吓了一跳，红着脸悄悄地走出门外，在门外等了两袋烟的工夫，仍不见局长出来，只好回到饭馆。

他早早地吃了中午饭，装好状子来到局长办公室门前等候。过了老大一会儿，就听院后深处传来一阵嬉笑声。须臾间，一条小胡同里拥来一簇人。吕忠放眼望去，人群中有一个食牛肚子的人昂着西瓜头，腆着个大肚子大摇大摆的一路打着饱嗝朝办公室门前走来。

吕忠上前拱手问好道：“局长大人您好，吕忠在此有礼。”只见局长不屑一顾，旁若无人地走了过去。吕忠跟上去正要进屋被中午见过的那家伙挡在门外。吕忠提高声音叫道：“冤枉呀，局长，我来告状！”

局长似乎听见了什么，目视那家伙走了走嘴，那家伙心领意会出得门来说：“哎，乡巴佬，今天，局长特别忙没有空审理案子，叫你明天来。”他说完就把门死死地关了。

吕忠好生怅然，怏怏不悦，无可奈何地走出县门。这个时候，他让掌柜的下了一碗面条，让九儿子吃了领他在街上逛了一圈防止胃里窝住食物，回到饭馆打发了九子睡下。他一连抽了十六袋烟锅，反复思索着明天的事儿怎么办。他出去到茅厕仰面见天色很晚，回到屋里便倒头躺下。他翻来覆去睡不着，只觉着心躁火燎，头晕脑涨，鸡叫第五遍，他不知不觉进入梦乡。

第二天早晨，太阳一竿子高的时候。吕忠被九儿晃醒，睁开眼见天已不早了，顿感眼皮铁涩，头皮发紧，急忙洗脸拿了状子再去警察局。他来到门口也不打招呼，直接推门进去。

那家伙见了发急道：“胆大刁民，竟敢闯警察局！”他见吕忠不理他，忙去阻拦，怎禁得吕忠用手一拨，那家伙一个趔趄差点儿摔倒。

吕忠直奔局长办公室，推开门却空无一人。他呆愣了半晌，慢步走出了警察局，只得回到店里。一连又去了三次，办公室门反而锁了，他心里更加烦恼，再一次闷闷不乐地回到店里。一连几天找不着人，儿子脸上的疮没看，还不知道再住几天，便预先支付了店钱。掌柜的见其是一个实在人，建议他直接找县长。吕忠听了，拿定了主意。

天还没黑下来，吕忠记住了掌柜的话儿，进了县门，绕过警察局，穿过一洞拱门，里面闪出一座小院。他推开了屋门，里面一个鲜艳妖娆的女人正和一个青年人亲昵呢。见吕忠闯进来羞红着脸，语无伦次地责问："你的眼瞎了，怎么不敲门就进来？"

"啊啊，妹妹，在下马坡人氏，今儿找县长有事。"吕忠急忙说。

那女人打量吕忠一番，"县长出差了，没上班！"咣当一声，把门关上又将闩插了。

吕忠顿觉脸上火辣辣的，转念一想，人到矮檐下，怎能不低头？遂退出县门，烦闷地在街上闲逛起来。这时，天上下起了小雨。东西大街上，瞎子、瘸子、傻子倒是不少，一个个伸手要钱。昔日，这座古老的县城倒略显繁华，至如今显得十分冷清。

他正漫步于街头，忽听背后有人喝叫，吓得他急忙往路沿上躲闪。转眼看时，只见正东有四匹战马疾如狂风，快似闪电顺路飞奔，一晃而过。马蹄荡起的泥水溅满了街道，气得他不住地谩骂。他弹着身上的泥浆，望着远去的马队，又骂了声娘。

一个老头挨近提醒："低声，幸亏没有被干公差的听见。这是县长的马队。"

吕忠有意地问："请问老哥，县长大人姓么叫么？"

老头告诉他："县长滕县龙阳人，姓隋名广仁，字至善。"

吕忠听了，急问："老哥，县长是哪里人？"

那老头又重复一遍走开。

吕忠再也没心思逛街，回到客店，又向掌柜的打听县长的家乡，姓名。掌柜的告诉他，县长是滕县龙阳人，叫隋广仁，今年五十岁。他不常住家里，来去无踪不好找。

"老哥，我已经来多天，如今，上天无路，入地无门。城里咱没熟人，我想，劳哥哥大驾领个路，去县长家里拜访。"

掌柜的睁大了双眼，把头摇得像货郎鼓，摆着手嘴里不住地说："不不不不，县官老爷是千人之上的大人物，一般乡里人见他难似上青天，你算老几？”

原来，刚才在街上，当马队跑过的当儿，他看清楚了县长的面相，有八成像是他当年寒窗时被他救过的同学隋广仁。他就将此事告诉了掌柜的：“老哥别有顾虑，隋县长是我同窗好友，今有要事相见，并无他意。”

掌柜的听了，转忧为喜，乐得那头恰似鸡啄米。满口应承：“行行，我领你去。”

县城里一派黑暗，只有杏花楼灯火通明，窑姐们在门口招揽嫖客。掌柜的领了吕忠匆匆而过，又行至有五十余步，夜影中影影绰绰见重兴塔如擎天柱矗立在那里。拐进一胡同，来到一家门口，朦胧中显得小门楼非常别致，秦砖汉瓦，四檐飞鸟走兽。掌柜的敲响院门，卫兵隔着门喝道：“什么人敲门？想干什么？”

掌柜的笑呵呵地说：“梁关兄弟，是我。今有咱一门亲戚要找隋县长办点事。还请兄弟转达一下。”

梁关说，县长办公至今未归。院门里就再也没有动静了。

吕忠闻听此言，气冲脑海，不得已便和掌柜的返回客店。二人好生不然，相对干坐无语。堂倌王三见了偷笑道：“老客不信我的话，你再跑十万八千趟还是找不着县太爷。”

掌柜的骂道：“王三你真不是个东西，吕先生跑了许多趟，找不找人，心里火着。你怎么说些卖关子的话儿。”

王三见骂，赔个不是，贴掌柜的耳边说了。掌柜的频频点头。

掌柜的领着吕忠来到杏花楼，早被妓女们围得水泄不通。掌柜的眼熟，劝退了妓女，亲自找着鸨母问了县长的住所。那老鸨暗想能找到这里的人绝不是一般人物，遂引着二人来到一个房间。

吕忠搭眼一看床上那个肥头大耳，形态臃肿的人就是隋广仁。掌柜的上前与隋广仁说明来意，自和老鸨走了。

“至善兄弟，一向可好？”吕忠开言道。

隋广仁正了正身态，半晌才抽足大烟，漫不经心地问：“你是？哪里人呀？”

“我是你仁哥，马坡吕忠。”吕忠听了，顿觉愕然。这个有名的瘦子和俺自幼同班读书，情谊笃深。十五岁那年，同他放学回家，他不听劝告执意下深水河里洗澡，滑入水中瞬间没了人影。吕忠跳入水中奋力将他捞出水面推上岸，自己力气不支沉入水里，幸亏被肖云集的父亲看见救起，才捡了条性命。从此后，吕、马二人结拜为异性兄弟。打那时起吕忠从龙阳姥娘家回到老家马坡，一别就是四十余年。多年虽然没有来往但救命恩人你隋广仁总不会忘记了吧？吕忠看着眼前吃得如水牛似的县长大人，心里琢磨着。

隋广仁打个哈欠，开言道：“大哥你好，多年不见，你的面相都变了，我差点儿没认出你来。”随即叫人倒茶，二人落座。

吕忠觉着惭愧，这个笨蛋怎么爬上县长的位子呢？真是让人莫名其妙。当年他好抄袭我的作业，只听说自打溺水之后，他就跟了在城里县大院当厨师的姨夫当买菜。日本来了，不知道他又怎么摇身一变当了县长呢？

“兄弟，大哥今天找你有事。”他见隋广仁缄口不言，只好开门见山地说。

“大哥，我想久别数十年，今儿来找我必定有事。有什么事情请讲。”

吕忠听了，禁不住内心悲恸，哭诉起来：“好兄弟，可怜一下你大哥吧。你要仔细听，俺打十五岁那年从龙阳与你分别回到马坡，继承父亲几十年的家业，地有三四百亩，骡马成群。今年秋天谁料想天降大祸，邹县太平镇姜黑子霸占了吕家良田，洗劫我家，长子吕子源被他当场开枪打死。姜黑子贼心不死，派人又追杀到湖里，幸亏发现及时举家才逃脱了性命。想我吕家昔日人丁兴旺，家业又大，如今家败人亡，流落他乡。万望好兄弟做主，缉拿凶犯，为我报仇！”他又把去警察局的事儿前后诉说了一遍，说完竟然抑制不住内心痛苦放声大哭起来。

隋广仁听见就烦躁，却当下应承：“大哥别难过，姜黑子杀人越货，罪大恶极，十恶不赦。你且回去等信儿。”这家伙故弄玄虚当即吩咐人叫过来文书梁关指示道：“你去警察局，就说微山县马坡有人告状，接到案子立即查办！”那梁关见是吕忠低下头来红着脸转身走了。

吕忠转忧为喜，抽噎着信以为真，立即把钱包全部拿出来，放在桌上。

隋广仁故作正经，哪里肯收？再三推让，他还是收下了。

吕忠见隋广仁收了钱，口头又答应查办案子，心中稍安。二人又寒暄了一会儿，告辞回客店。

胖局长往藤椅上一坐，藤椅散了架把他摔在地上，藤椅的支撑划破了他的脸，鲜血流满了半个腮帮。慌得众人跑前忙后，活像一堆从人体内驱泻出来的肠虫乱作一团。一会儿，胖局长安定下来，大家这才纷纷回到自己的办公桌前。

“局长大人，您好？微山县马坡吕忠前来告状。”吕忠边说边把状子小心翼翼地端正的放在胖局长办公桌上，退了两步，毕恭毕敬地站立在一旁。他等了片刻，偷看局长右手捂着脸眼皮也没翻。过了一会儿，这家伙好像打盹了，他不由得朝前凑了凑又重复了一遍刚才的话。

胖局长十分费力地睁开厚眼皮，面有愠色喝问：“你是什么人？为何在此叫唤？”

吕忠道：“在下吕忠，微山马坡人氏，现有状子呈上，望局长大人审视，为我申冤。”

胖局长也斜着眼看了吕忠一下，漫不经心地拿过状子一看，只见上面写道：“诉讼人：吕忠，男，现年六十三岁。家住微山县马坡村人。现状告邹县太平镇乡长姜黑子，于民国三十八年秋勾结黑恶势力，采取暴力手段强占吕家良田九十七亩零八分。姜犯黑子，贼心不死，灭绝人性，又于同年腊月伙同皇协军等若干人明火执仗地将吕家洗劫一空。抢走骡马三匹，粮食无以胜计。惨无人道将前来自卫的长子吕子源打死。放火烧了吕宅，烧死骡马四匹。该犯又于四天后，唆使微山县司家庄人司添带领地痞将吕家追杀湖里，幸得信早全家又逃过一劫。姜黑子霸占我良田，杀人放火，无恶不作。害得吕家人亡家败，逃离家乡。望局长大人火速缉拿凶犯，昭雪天下。为我申冤，明公英明流芳万世。”他阅览完了，心里暗思：“姜兄弟做事太过分，他与县长是二连襟。吕忠从微山来告他，分明是飞蛾投火自己寻死。”

“吕忠，你是微山人，不去微山告发，怎么跑来邹县干什么？”胖局长撇了状子说。他把双脚搭在办公桌上，再不理会吕忠又打起盹来。

吕忠好生懊恼，想到有隋广仁撑腰胆子大起来。他提高嗓门说：“局长大人，凶手在邹县，我不来这里告，上济宁告去？上金陵城告？”他见局长不理会，急了拍着桌子又道，“你是父母官，我是原告。犯人家住邹县，我告得对呀！你拿着国家俸禄，怎么不管不问呢？”

局长大怒，喝叫：“来人哪，把他轰了出去！”

一边窜过三个人，一边一个拧住吕忠胳膊，后面一人双手往外猛力推。三个人真是三尺小童摇壮汉，哪里晃得动？局长咆哮起来，打电话调来警察。几个人蜂拥而上往外就拉，早被吕忠轻轻一甩，几个家伙纷纷倒在地上。

胖局长异常害怕，掏出手枪。

“局长大人，我是从隋县长广仁那里来的，是他叫我来找你的。如今，你占着局长位置不理案情，我不告了。——我要上济宁州告去！济宁告不赢老子就上济南府！”吕忠说完就从桌上拿了状子转身而去。

胖局长听了，着实心惊眯瞪着厚眼皮，吃力地欠动身子，皮笑肉不笑地连连招手说道：“老吕，啊啊啊，回来。嘿嘿，开句玩笑嘛，别误会，别误会。”他随手示意趴在地上的伪警察撤走，一个家伙领会了胖局长的意图慌忙给吕忠搬了椅子，搀扶着他坐下。

局长掏出了香烟，手下一人与他点着。他倾吐着浓重的烟雾，这才重新仔细审视着对面前来告状的吕忠。头戴圆顶帽，浓眉下一对锐利的双眼炯炯有神，八字胡衬托着冷峻的脸色，使人悚惧三分。再看那粗壮的十个手指，长了厚厚的老茧赛过铁筋那样坚硬，又使人害怕三分。他让手下把吕忠请到里间，打了电话：“哎哎，隋县长，我是金进，有人告状。啊啊，是这么回事？好，就按您的意思办，啊啊，放心吧。”他放下话筒，又让人把吕忠从里间喊了出来，却换了副冷色面孔，眼窝里放射出令人难以察觉的鄙夷凶光。他屏退所有人告诉吕忠，打官司是要花大钱的。

“局长大人，吕忠虽居住乡下，家产也被姜贼毁坏了多半。但是，我倾尽余力，砸锅卖铁，倾家荡产，卖儿卖女也要打赢这场官司！”吕忠涨红着脸咬牙切齿地说道。

金进用让人难以捉摸的动作耸动着双肩，朝吕忠点点头。假意赞同：“好！这才是真正的汉子。”

吕忠问：“局长大人，你们什么时候去抓人？”

金进沉默片刻：“吕忠，案情重大，尚需禀告县长批示。不过，还得打通缉捕队的关系。”

吕忠许愿道：“大人，吕忠已经来县城多天，钱没有带多。只要逮捕姜黑子。您放心，吕忠生来说到做到，滴水之恩当涌泉相报，绝对忘不了您的大恩大德。”

金进听罢哈哈大笑：“吕忠，金进是什么人？有人说，牢门南边开，没钱别进来。放心吧，咱不是那种人。你暂且回去，等信儿。”他说完拧着肥胖的躯壳打着哈欠。

吕忠觉察局长勒索钱财，笑道：“请局长放心，只要打赢这场官司，我一定登门拜访您！”说完，自回客店。

郎大儿嗜好赌博，当他赌博输了钱就去劫路。这家伙出来饭馆，找到姜黑子把吕忠去邹县的事情说了。

姜黑子得知吕忠来邹县，知道事情不妙，当天奔县城来。隋广仁正和窑姐戏耍，姜黑子闯了进来，隋广仁推开了妓女，问："姓姜的，你狗胆包天，强占吕家良田，杀人放火。人家告到县里来了。"

姜黑子从怀里掏出好多钱来，放在桌上。隋广仁看见那钱币比吕忠的钱高一半儿，脸上挂满了笑容。姜黑子叙说："姐夫，马坡吕忠横行霸道，无恶不作。我派人与他通通关系，他竟率领儿子们打死乡里人。所以，俺才动了手。"

隋广仁告诉他，吕忠已将状子递上来。姜黑子笑道："哼，我不告他，他反而告我。"姜黑子发起狠来，"看我怎么收拾他，哼，你吕忠有理没权。有拳头没枪弹。"

隋广仁拾着钱笑了："既然来了，消遣一番。事情不大，你照量着办吧。"

姜黑子一听，放下心来，给狗腿子丁蛇蚤递了个眼色，那丁蛇蚤出去了。

金进明白了吕忠已把钱财全部送给了隋广仁，联想到吕忠有越级告状的意图，便打算去县长那里谈论此事。来到杏花楼人已经走了，便再奔县长家里来。刚到门口，就听院里有人哀叫，立住脚偷听。县长骂，贱贼，狗胆包天，竟敢骑到老爷头上拉屎。那人央告说，隋县长，你饶了我吧，叫我做牛做马，心甘情愿。就听见棍棒啪啪的直响，那人求道，爹，哎呀！疼死我啦。老爷，老爷，饶了我吧，再也不敢了！金进越听声音越来越低渐渐地没有了声响，他本想回去，身子肥胖在转身的时候滑倒了弄出动静。侍卫急来看时，发现是金进便把他拉起来，他只得进了院子。

花池边，一个光着上身子的血头血脸青年，回头朝下，浑身姜黄，看样子奄奄一息。金局长来到屋里，只见县长夫人正跪在隋广仁面前。在她的双膝下，硌着两粒半个山楂大的沙粒。那夫人浑身哆嗦，头发凌乱，满脸血迹，泪水不住地扑簌簌地掉在地上。突然，隋广仁拔出来手枪，照着夫人就打。金进大步冲向前推开了手枪，子弹打在墙壁上。他奋力夺枪最终没有夺下，侍卫上来好歹把枪拿下。

隋广仁将夫人赶出家院，那妇人空着手痛哭流涕地走了。金进相陪了多时，才把吕忠要上济宁告状的事儿告诉了他，起身告辞。隋广仁见金进走了，喊了两个贴身侍卫，吩咐道：“把这个家伙扔到关井去！”

两个侍卫脸色煞白，面面相觑，不知如何是好。隋广仁怒气未消，从身上摸出两沓钱：“事情办完还有厚报。”两人捏把汗，不敢不从。只得答应。

吕忠吃完晚饭，就去找隋广仁。刚拐过胡同口猛见一簇人影迎面跑来，隐约听到有人哀求饶命的声音。他慌忙避在大树后，看清了一个人扛着麻袋。麻袋里装了人，后面紧跟的人一拳打在麻袋上，里面就停止了求救声。他觉察到隋家的桃花事件东窗事发，县长大人动了杀机。他也不去拜访隋广仁了，尾随在两人后面。大约走了一里许，那二人来到一眼井旁，把麻袋丢在井旁。二人各架一头，架上井喊了声想把那麻袋抛入井里，没想到那口袋却死沉，一动不动。吕忠左右开弓，一拳打倒一个，二人爬起来惊慌逃跑。吕忠解了麻袋口放出那人。那人知道吕忠救了他，吃力地爬起来磕头。吕忠示意他快逃命吧，二人各自异向走开。

两个侍卫回到隋广仁处，谎称人已经用石头拴在身上坠入井底。隋广仁心中欢喜，又掏出了钱赏了二人。第二天，吕忠来到隋广仁家，二人寒暄一番，隋广仁告诉他，警察局已经接了案子，无须越级上告。二人闲谈一会儿，吕忠离开隋府来到了警察局，没找着人，询问金进去了何处，众人摇头不知。他只好再回客店，仔细琢磨隋广仁的话觉着不对头，既然警察局接了案子，状纸还在我手中，至今警察局并没有抓人。想来思去，心中不免焦躁起来。

金进唯恐吕忠真的要去济宁，犯起愁来。抓姜黑子，那是摸老虎的屁股；不抓，吕忠真的去了济宁，上头怪罪下来第一个倒霉的就是我金进。他思前虑后，决定还是找隋广仁商议，见到隋广仁将来意说了。

“乡里人告状，你不接状子，惹得他上告。身为警察局长是要负责任的。”隋广仁坐在罗圈椅上，盯视着左右为难的金进。

金进听了，好生窝火。当时不接状子一则钱都到了你隋广人的手里，二则真的抓住姜黑子就是打你的脸，这桩棘手的案子又怎么结案呢？

“立了案再说？”他试探地问。

隋广仁发火道：“民上告，官必究。何须再问？”

金进连忙答应，告辞回家，托病不出。一日，吕忠拿了状子来到金进家，妇人告诉吕忠，局长已重病两天，事务已有副局长暂管。吕忠没有办法，只得再找隋广仁，去了家里没人，找到杏花楼也没人。他出得门外，不禁仰天长叹："有权通天，无能入地！今生今世，吕忠只有做冤死鬼了！"

隋广仁见金进装病不理吕忠的案子，原告又纠缠不休，生怕他真的去了济宁于自己不利，便召集姜黑子计议。"都是你这颗灾星，惹祸招灾，弄得人心不安。"他抱怨姜黑子。

姜黑子不动声色，他叫丁蛇蚤已查找到吕忠住的客店，伺机把吕忠拉出城外将他宰了。微山县离这里路途遥远，他的儿子们再不会敢来告状，权且教吕忠做个冤死鬼。这个社会皮锤硬了是大爷，钱多了是老爷！有权就是祖老爷！

"姐夫，别怕，吕忠把老子惹急了，再放他二回血！"

"你一生除了烧杀抢掠还能干些什么？你不积点阴德，留传后代。定会断子绝孙，死无葬身之地！"隋广仁叱责道。

姜黑子一听，火冒三丈顶撞道："姐夫，你怎么骂人？这些人是靠玩心眼吃饭。不学老农民两腿插进地沟里，上头太阳烤，地上火气蒸，汗水流满沟。到头来，衣不遮体，饭不饱腹，终日受穷。你看咱，整日里逍遥闲玩，肉山酒海，何乐而不为？"

隋广仁恼怒，拍案而起："畜生，你真是个行尸走肉，杀人越货，欺男霸女，没了人性，实属罪该万死！"

一对二连襟翻了脸，姜黑子不甘示弱，竟揭起隋广仁的短："你好？第一，你当了汉奸。第二，想当初你只不过干得是个给伙房里买菜的穷差事，不是我爹托人情提你当县里的财粮，你哪有今天？说不定混成个要饭的勾当！"

隋广仁恼羞成怒，大骂姜黑子："可杀不可留的东西。我杀你，是为民除害，如同宰一条癞皮狗！现在，原告就在城里，人证物证俱在！不几天，你家就听见治丧的喇叭声！"他说完抓起电话筒通知了警察局，副局长新官上任三把火，听了县长的命令，旋即亲自带领缉捕队来到县长家里。见县长指了指姜黑子，他第一个冲上去，一拳将其打倒在地。喝令手下把姜黑子捆了，副局长告辞了隋广仁，押着姜黑子走了。

半路上，吕忠碰见副局长押了姜黑子，砸着他的头皮大骂道："千刀万剐的姓姜的，你这条豺狼。你一千个死，一万个死，也赎不清你的罪恶。你就是死了，也有人去踩你的孤坟！"言罢，上前照着姜黑子就是两拳被人拉开。吕忠转过身扑倒在地给副局长磕头。副局长见了，备受感动，刚上任才半月就有人磕头相谢，满县百姓知道了他秉公执法，说不定自此会前程似锦，飞黄腾达。他高兴地将吕忠搀起，由衷地抱拳告别。

吕忠跑到街上，买了些礼品，来到隋广仁家，赞誉道：“兄弟呀，你真是天上一轮明月，光照地上百姓父母。我吕忠打小就看着你是根架海紫金梁，今天果真如此。”

隋广仁一听，愣了愣笑道：“大哥，为官就得为民，害民就是烂官。”

吕忠高兴地竖起大拇指：“是是是，兄弟说得对。有你这等好官，真是百姓有福，国家兴旺！”他心中有事，与隋广仁谈了一会儿告辞。隋广仁送到门口，看着吕忠的背影，冷笑地自吟道：“天下少找的憨货，人间第一的二百五。”

吕忠再次跑到街上，买了礼品央求饭馆掌柜的指引道路去拜访副局长。

掌柜的笑着不让吕忠拿礼物，见吕忠态度坚决便领了他，左折右拐来到一间低矮的房子前。掌柜的开门进去，把吕忠引进屋里说道：“老兄请坐。敝处是我寒舍，副局长正是在下贱子。”掌柜的十分热情，倒茶递烟，一点没有做官家的架子。

吕忠听了，十分愕然，不禁赞叹：“良家出孝子，国难现忠臣。兄弟贤良孝悌，教子成才。吕忠虽有九子却都不成器，我不如你呀！”他把礼物放在一角，宽心品茶。

一会儿，副局长从外面进来，与吕忠打招呼并告诉他：“姜黑子系重犯，正在南牢羁押。”其父告诉他，吕忠买了礼物相谢。副局长客套一番收下。吕忠拉了很多感谢话语，坐了一会儿，与掌柜的一同回到饭馆，

吕忠从副局长那里回来，路过姜家药铺，见先生还为人看病，便急忙回到客店把子江领了去。当天夜里，副局长接了吕忠状子。

深夜，伪县长隋广仁秘密把金进请到家中，设宴招待。一个妖里妖气的邹县名妓赛貂蝉，改名叫燕村，摇身一变冠冕堂皇地做了伪县太爷的夫人。隋广仁说：“副局长趁你养病的机会，逮捕了太平镇乡长姜黑子。日本人很赞赏，并要提他为正级，兄弟的病来得不是时候。”

金进素正恨着副局长，见县长把这个消息透漏给自己，顿觉后悔，不该退避三舍。此时，他要摸摸县长的心底：“隋县长，副局长一向玩世不恭，骄傲自大，蔑视上级。关于吕、姜这桩案子你看怎么办？”

“嘿嘿，副局长越级办案，无凭无据，擅自抓人，可能是违法乱纪行为。”

隋广仁说。

“好，我夜间差人把老姜放了。副局长老实点，那算他知趣；若不老实，就拿他开刀。”金进说。

隋广仁夸奖道：“兄弟聪明睿智，计谋过人，真不愧是水浒里梁山军师吴用。事情不大，你照量着办吧。”

金进听了这话，胆子大起来，随即喊了声：“杜警官。”一位如打枣竿子又细又高的年青警察来到面前，金进写了一张放人的纸条给他。杜警察接了纸条转身就走，金进再三叮嘱他，放了人把纸条填进嘴里嚼碎咽下它。杜警察点头而去。

缉捕队长带领十数个伪警察连夜闯入副局长家里，几个家伙一拥而上把他捆个结实。副局长大叫无罪。缉捕队长阴阳怪气地笑：“副局长大人，一向清如水明如镜，泾渭分明。哼哼，清的成了阶下囚；浊的反成座上客。正是气死人，喜死人。”他吼叫着，几个家伙强押着副局长走了。在进入牢房的过道上，副局长看见了出狱的姜黑子，心里豁然开朗。他昂着头默默问苍天，既然开天辟地，为何有黑白之分？既然有人间，为何有正不压邪？他大叫一声，挣脱众人，一头撞在屋柱上，溘然离世。

有人与饭馆掌柜的报了凶信，掌柜的忙把店门关了并交给跑堂的王三看护，自己料理儿子后事去了。

姜黑子来到隋广仁家，两眼含着泪，匍匐着磕头说：“姐夫大人大量，小弟愚蠢无知冲撞姐夫，万望您宰相肚里能撑船，别跟小弟一般见识。”

隋广仁摆摆头，厌恶地瞪着姜黑子说：“你叫谁姐夫？看在多年的情分。滚吧！事情不大，照量着办吧。”

姜黑子连连点头，见隋广仁抽大烟，忙上去划了火柴给他点着。

这时，金进来了，与众人寒暄。

“不看在隋县长的面子上，你这颗人头不几天会落在狼死岗上。”金进看着姜黑子笑道。

姜黑子连忙道谢，一见燕村也来了，扑上去紧紧抱住她，失声痛哭：“我的香娇，你也来看我来了。”

这当儿，隋广仁去了茅厕，没有在场。金进急忙上来重重地拍了他一下肩膀，压低声音：“混蛋，你认错人了。这位是县长新娶的夫人燕村。”

原来，姜、燕二人在杏花楼比刚当上县长的隋广仁早结识五年有余。

二人恩爱如漆，不是原配夫人阻拦，姜黑子早迎娶燕村为妻了。姜黑子害怕丢命，只得收敛手脚，忍痛割爱，频频目送眼色。燕村也还念旧情，不时的送来秋波。

隋广仁回来，喊了大家，进入客厅。一时间，杯来筷去，狼嚎狈叫，使得这个世界没有一点安宁。

那丁蛇蚤找着王三，指名道姓问了吕忠租的房门，见门上了锁就走开。王三好生疑惑，这个二流子模样，怎么打听老吕的下落呢？正疑忌间，吕忠父子游城回来，王三悄悄地将刚才的事儿与他说了。吕忠听了，却没放在心上笑着开了房门。王三总觉着事情蹊跷，仍不放心来到客房间询问吕忠找县长有什么事。吕忠实话实说了，他正在状告太平镇姜黑子。王三听罢，心里暗暗吃惊。吕忠这不是戳老虎的腚门吗？隋、姜二人是二连襟。隋是官，姜是匪，真正是官匪一家。王三把副局长被抓和隋、姜二人是二连襟的消息告诉了他。

吕忠听罢，大惊失色，感到大祸临头，慌得他也不敢打官司了。拉了儿子快速离开客店，不想离城门十几步伪军就关闭了城门，万般无奈挨城门跟前的客店住下。

清晨，丁蛇蚤带了两人来到客店那间房门口，见没了人。急问，王三说昨天黑介就走了。丁蛇蚤像条狼窜了出去，那二人紧随其后。三个人追到城门口，丁蛇蚤问把门的伪军："凡判哥，见有爷儿俩出城的吗？"那伪军说，有，刚才已走了一顿饭的工夫了。

丁蛇蚤思忖片刻，去县长那里借来两匹快马，出城追来。

原来，吕忠觉着事情不妙，天一东发亮就起床，城门一开，爷儿俩乘势出了县城。过了十里铺三里许，刚进了一片杨树林子，就听背后战马嘶鸣，丁蛇蚤挥着短枪号叫道："吕忠留下命来！"

吕忠回身一看，见有追兵，仰天长叹一声："人世间冤死也不打官司。我不该来邹县！"他深深地后悔不该不听二儿子的话。急叫小儿子先走，自己断后。你看他立了个门户，雄鹰展翅，跳起来直扑丁蛇蚤，喝问："什么人，敢劫本老爷的路？"

丁蛇蚤连开数枪，打死吕忠。子江见了高声叫骂，扔了中药，腾空而起，来杀丁蛇蚤。谁知枪声又响，子江中弹坠地，流血而亡。丁蛇蚤叫那人把吕忠父子俩的尸体拉进密林深处，二人调转马头回城里去了。

第十章

火烧杏花楼

范洪灞在峄山盘龙洞中与大家商议，游击队以峄山为依托，开展游击战。齐东来亦建议说："听人说，牙山新起了一支队伍，不知人马多少，不如联合起来共同抗日。"范洪灞觉着有理，便和吕子河去了牙山。半路上，就听着行人说，一老一少死在十里铺东杨树林有两天了，不知是什么人害的。另一个人说，有人见，是太平镇姓丁的人用枪打死的。范洪灞听得仔细，上前问姓丁的是谁。那人不肯说摆手走开。忽听一声："娘的，不说，活劈了你！"就见韩飞虎从后面上来举起斧子就砍。那人吓得连忙躲开说杀人的姓丁叫丁蛇蚤，是太平镇乡长姜黑子的狗腿子。范洪灞见了韩飞虎，责问："同志，你不在山上，跑来干什么？"

"大哥忒瞧不起人，每回有事从来不喊我？今儿又见大哥出山，心里痒痒，在洞里憋死人，就偷偷地跟来。另外，告诉您俩一件事儿，吕家四哥找到了山洞，打听老吕叔来邹县打官司的事儿。"韩飞虎摆弄着斧子憨笑着说。

吕子河听了，急问道："飞虎同志，我四弟来了？"心里不由得泛起嘀咕，父亲大老远跑到邹县打什么官司，千万别出事儿。

韩飞虎又说："老吕叔还带了老九看病。"他唠唠叨叨说起来没完没了。

吕子河岔开话题："不是队长不带你，是因为你性子太暴。以后做事情要仔细。"他嘴里说着，想到那树林子里死了一老一少，心里不免火躁。

韩飞虎生气地说："你三哥原来也不是个好人，我以为你说话会偏向我，没想到你也排挤好人。"

吕子河要他称同志，韩飞虎偏兄弟称呼。他只得摆摆手一同上路，心里老是挂念着刚才走路人说的话语，便与范、韩二人说了，要到杨树林子里看看，二人同意。于是，三人径奔杨树林子来。

远远望见一簇人围着看，吕子河跑上前拨开人群看见两具尸体正是父亲和九弟，扑上去放声大哭："爹，千不该万不该到邹县来。我的好弟弟，你才十三岁，竟被豺狼害死。爹，你放心的走吧，为儿一定为您报仇！"

范洪灞、韩飞虎跪在吕忠父子尸首前痛哭。三人哭了多时，不敢久待，急忙雇了辆二把手大车，用芦苇席将吕忠父子二人尸体包裹好架上车。

吕子河拉过韩飞虎说："兄弟，麻烦你护送俺爹和弟弟回微山。"

韩飞虎问："呸，你真是不孝之子！你的父亲让我护送，你怎么不去？"

"我是共产党员，当以公事为重，我这不是去牙山有事情嘛。"吕子河语调深沉地说。

韩飞虎转了两圈儿，想了想觉着有理，把斧子和短枪交给了范洪灞，只得扶着车子奔马坡去了。

吕子河、范洪灞望着西去的灵车，想到队委会的决定，任务没有完成，不能送丧。二人泪流满面，往西再次跪下哭了，见车子远去了，二人才转身奔牙山而去。

韩飞虎扶灵车来到马坡，乡亲们知道了吕忠和小九江被害心里疼得难受，家家都来吊丧。吕家族人结算了钱，打发雇用的车辆回去，车把式接了钱不肯挪窝，光看着那辆车直摆头。临时执客又掏出钱来赏了车把式，人家才高兴地走了。忙客们在吕家原地址废墟上搭了灵棚。派人去湖西将吕家老小接回家。吕子水也从峄山回来奔丧。吕家选择了吉日，将吕忠父子送入吕家祖林安葬。吕子汪自领母亲及众兄弟再回湖西嘉祥，临行时，吕子汪再三叮咛韩飞虎，如果见到老三千万跟他说兵荒马乱，在外头混不好麻利地回家，免得母亲和家人挂念。韩飞虎挥泪点头应承，自回。才走三里路，身后老四吕子水领了吕子湖、吕子海要去太平街找姜黑子报仇。

一听说去杀人，韩飞虎高兴得蹦了起来，遂与吕氏三兄弟商议："对，不共戴天的家仇，哪能不报？兄弟们，听我一言，咱四人从马坡杀到太平镇，再从太平杀进县城。报了仇，再去峄山。"

吕家三兄弟大喜，投一家饭馆，饱餐一顿，四人乘着夜色向太平镇奔去。他们一路急行，一直走到天光大亮，才来到镇子前，几人暗自吃惊。镇子一周遭垒起来高墙，墙外挖了五米宽四米深的大壕沟。寨子只留一门，门里建筑了一座炮楼，紧挨着炮楼那吊桥就架在壕沟上。

吕子水看了，总觉着大白天不好下手，便远远地躲在荒野歇息。

月儿被几块云彩盖住，整个大地即刻被黑暗笼罩起来。壕沟，吊桥，寨子的土墙和矗立的炮楼略显得模模糊糊，看不清晰。

忽然，吊桥外，有人高声叫喊："把门的弟兄，快放下吊桥，俺有事找姜乡长！"

炮楼里走出一个提着马灯的伪军喝道："是什么人叫唤？"

那人回答："兄弟是我，俺是县上的，有要事找姜乡长。"

炮楼机枪眼里边伸出一个头来："听口音，不熟。天黑了，看不清人影。可别是峄山游击队，实在不敢开门。回去吧！"

"妈的，我是新调来的，找姜乡长有事……"吊桥外的那人骂起来。

壕沟里边的伪军没等那人骂完，呵呵大笑："你一定是假的，谁不知姜乡长去了县城好几天没有回来。"他说完提着马灯回炮楼去了。

壕沟外的人无可奈何，正要往回走，一人扛着一根一丈余长的木头顺势放在壕沟南岸。几个人顺着木头滑入水中，那水深不见底。他们游过去，再把木头依靠在北岸，先后爬了上去。几个人破门闯入炮楼，一个红头汉子喝道："我叫范洪灞，是峄山抗日游击队！"

一人抄一棍棒举起照着一个伪军搂头就砸："管他三七二十一，砸死一个坏蛋就少一个坏种！"

这几个人正是吕氏三兄弟和韩飞虎四人。当下，吕子水慌忙架住吕子海的棍棒劝道："不行，他们是中国人，杀不得。"要他们各自解开腰带分别反手捆了，问清了姜黑子的住处，四个人都拿了枪离开炮楼摸进村里。来到一家门口，一个乡丁正怀抱大枪打盹儿。韩飞虎奔上前一拳击昏乡丁杀进堂屋。屋里亮着花生油灯，韩飞虎闯进东间冲到床前，发现一头没人，另一头有个女的，喝问道："姜黑子在哪儿？"

姜黑子的媳妇哆哆嗦嗦，龟缩一团，两排牙上下打着架："在……在县城。"

韩飞虎未等她说完，一枪刺杀过来。吕子水一把将其推开："大哥，姜黑子杀人放火，我们只找他算账，千万不要伤及他的家人。”

吕子海发狠地说道：“放屁，大哥是怎么死的？对毒蛇不能心慈手软。”上前一棍把姜黑子媳妇砸死。

韩飞虎悄悄来到西间，一刀将姜黑子儿媳妇划开胸膛肠子流出来死去。姜黑子儿子被惊醒摸枪就打，韩飞虎举大枪砸过去，双手扼住他的脖子将其掐死。

吕子水听见西间动静，跳过来见人已经死了。抱怨韩飞虎说：“你怎么不分好歹，乱杀人！”

韩飞虎愈加愤怒杀红了眼，再奔院子打乡丁，吕子海拦腰抱住拖着他走了。

四人放下吊桥走了，来到十里铺前，吕子海拉着韩飞虎往东行走。韩飞虎不解地问道：“六弟，咱去城里，应该向北走，怎么向东呢？”

吕子海解释，“城里是虎狼窝，咱几个人去岂不是白白送死？不如上峄山找着灞哥再说。”韩飞虎扭不过他，只得跟着走了

韩飞虎领着吕氏三兄弟来到峄山上，吕子河见了三个兄弟抱头大哭。吕子水将发丧的事向吕子河简述一遍，并把昨夜袭击太平镇的事也说了：“只是我没看住，韩飞虎杀了姜贼的老婆孩子。”

范洪灞听了，十分愤怒，训斥道：“韩飞虎，我们是共产党领导的队伍，要爱护老百姓。不像土匪，滥杀无辜，下回再做了错事，提头来见！”

韩飞虎找到短枪和斧子，满不在乎红着脸笑着出去了，有人给范洪灞说了。齐东来就叫韩飞虎闭门思过，面壁三天。韩飞虎高兴地跳过洞里暗河，不想蹲了右腿，不得不面壁去了。

范洪灞说：“姜黑子现在已回家，不如趁机除掉他。”

齐东来点头，派张红喜去太平镇探信儿。张红喜去了，回来报说，姜黑子发了老婆孩子的丧连夜溜进城里去了。

隋广仁纵容姜黑子杀害了吕忠父子，给警察局副局长以私通峄山游击队，畏罪自杀的罪名下发到各乡各镇。听说峄山游击队里有吕忠的儿子，却使他坐立不安，惶惶不可终日。一日，苟德来到伪县政府，见到隋广仁。二人气味相投，携手进入客厅，分宾主坐下。

隋广仁审视着苟德，这个家伙是急来抱佛脚，闲时不烧香的主儿。看来今儿又是空着手来的，小子，看我怎么摆布你这只狼狗。苟家在邹县南部一带横霸一方从来不买好官府。只是在火燎眉毛的时候却不惜老本保住

性命，今儿来可能是峄山出了匪患，又来搬救兵？

荀德品着茶，一双贼眼珠转动一番，装模作样继续喝茶，他有着自己人生伎俩："即不出力气，逍遥一世。不种地，有粮吃。不养猪，有肉吃。不盖屋，有房住。没办法，咱有祖上的传家秘诀。"

两个人喝足了茶水，隋广仁打破尴尬气氛，开言道："老荀，今儿来有事吧？"

荀德慢条斯理地说："大哥，我无事不登三宝殿。弟弟遇到了难事！"

隋广仁笑道："你还有什么难事？打仗有亲兄弟，又加上孝子贤孙一大帮，跺跺脚邹县南坡就地震。"

"现在不行了。大哥不是不知道？峄山出了匪患，领头的正是全真道第二十九代掌门弟子范洪灞。这个人练就一身'峄山三绝功'，又有马坡吕氏兄弟帮助。这家伙一呼百应，占据峄山袭击皇军，铲除乡官，十分厉害。"荀德说出了埋在心里话，言语中流露出无奈和嫉恨。

"老四呀，共产党在邹县已经扎了根儿。现已铲除了一个区委，可就是难找到她的县委。头几天，日本人太无能，十几个人没有抓住一个道人，硬从手心里跑掉。上回皇军剿匪，大败而归。如今，沙泥司令正犯愁，偌大的峄山，蛋卵石垒，易藏难寻，大海里捞针，谈何容易？"隋广仁忧心忡忡地说。

荀德笑道："大哥把范道人看得神乎其神，我看游击队如一群蚂蚁，皇军大军一到，一阵风儿定把他们吹得无影无踪。"

隋广仁问道："此话怎么讲？"

荀德告诉他，峄山游击队住在盘龙洞，只有五六十个人，手里尽是些红缨枪大刀片。

隋广仁听闻，十分高兴，立即领了荀德来到宪兵队司令部。他抹了黑毡礼帽，毕恭毕敬地与沙泥鞠躬，将荀德刺探的情报与来意说了。

沙泥坐在罗圈椅上足足瞪了荀德三分钟，突然大笑，说道："荀的，你的大大的好。捉住范洪灞，你的连升三级的干活。"

荀德说："太君，兵贵神速，趁范道人立足未稳，羽翼未丰，极易铲除。愿皇军极早发兵峄山，旗开得胜，马到成功。"

沙泥听了，高兴极了，拍着荀德的肩膀夸奖道："荀的，友好友好的。我的，现在任命你为纪王城特务队小组长，继续的侦察峄山。"

荀德受宠若惊，点头哈腰，连忙应承。

隋广仁、苟德二人辞别了沙泥来到家里，看到屋里中间的案板上放着两批猪肉，两只羊。案板下有四泥罐子花生油，隋广仁高兴极了说：“老四，你看你这么客气。咱弟兄俩又不是外人，又让你破费？”喜得他连忙把苟德让到座上。

燕村摇着鸭子腚忙给苟德倒茶，嘴上如抹了蜜，说道：“俺兄弟他叔，真是个江湖上见得广看得开还是爱讲面子的人。”她说完发出一阵令人打怵的笑声。

隋广仁抽足大烟，慢条斯理地说：“苟组长多日不来县城，今儿咱何不去聚仙楼一叙？一来散散闷气，二来尝尝聚仙楼的峄山风味？”

苟德答道：“哥哥，兄弟愿随您的意思。”

隋广仁没料想苟德这人的嘴会如此甜蜜，连邹县的城防司令沙泥都给说得神魂颠倒，一点功劳没立，反而轻而易举当上了特务队小组长。他十分钦佩这个穿窬之贼，人家手到擒来，从不失手。村里人、乡公所里的人、城里的人都很害怕他，常常是座上客。这哪还有天理？天理就容这等下三滥，这等禽兽立于人世间？

二人走出院门，侍卫们前呼后拥地像出殡的队伍晃晃荡荡地向聚仙楼开来。饭馆老板见县长大人亲临饭馆，大喜过望，连忙搀扶隋广仁进了内间落座。一时间，跑堂的犹如屎壳郎滚粪蛋来回不住脚地跑动。霎时间，八仙桌上名贵佳肴，鹅鸭雁虾鱼白莲，猪羊兔牛叫驴鞭。海陆空俱全，应有尽有。一会儿，商会会长、警察局长、特务队队长等等一批伪政府要员济济一堂，前来与苟德道贺。

大家开怀畅饮，讲些恭维话，一个个酒囊饭袋，大吹大擂，好不热闹。屋子里好像失了火，贵宾们大口大口地抽着上等烟草，吞云吐雾，恰似冬天驴鼻子孔里喘出的气雾，浑浊的烟雾使得难以辨清客桌上的伪县政府大人物是人还是妖魔鬼怪。

酒过三巡，菜过五味。座上的人们红光满面，已是大腹便便了。特务队长第一个端起四个鸡蛋壳大小的酒瓯子，里面满满地斟上了酒。他打着饱嗝，结结巴巴地说：“祝贺苟组长荣升，我先干为敬。初次相会，兄弟献丑，喝个黄河水入壶口。”他一扬起猴子头，只见四个瓯子形成一道水流倒入了嘴里。在一片叫好的号叫声中，他又喝了一个连四瓯酒。

警察局长也不甘示弱，抓起一个大碗，满满地斟上酒端在手中，朝在座的人炫耀一圈儿牛似的吼开粗嗓门道："弟兄们，俺喝个古代有个叫什么名字的人来？记不清了。他射死了九个太阳，热得他一口气喝干了黄河水。咱也来个一气喝干黄河水！"你看他好像饮牛一般，吱的一声，一口气喝干了一海碗酒。

又是一阵掌声，隋广仁再也按捺不住，扒了上衣，喘着粗气："弟兄们，咱来个菩萨宝珠净瓶装海水灭火，这叫喝干南海水！"他抓过一瓶酒起开盖儿，张开狮子口，把那瓶酒口朝下，一口气将一斤白酒灌入肚里，面不改色心不慌。众人见了，个个竖起大拇指，无不赞叹："隋县长真是济公现世，海量超人，没人敢攀比。"

商会会长见他们咬文嚼字，想起了武松打虎的故事。他站起来说："我喝个四碗强过景阳冈！"一连斟了四碗酒，昂起鹅脖子先后把四碗酒灌进腹中。他有个毛病，一旦喝上四两半斤的酒，善于发酒疯。苟德与每人陪着喝了酒。商会会长见最后才与他喝，认为瞧不起他，恼羞成怒，指着苟德的鼻子骂道："苟四，你算什么玩意儿，你不在二十四节气。你弟兄们的底细别以为谁也不知道。换上我当公安局长，早把你弟兄几个坏种押进南牢！"

苟德从未经历过这种场合，对于上层人物他还是抱有恐惧心理。他生怕商会会长抓起酒瓶打他，暗地里唆使警察局长说道："大哥，这家伙指桑骂槐，他骂我，实际上在骂你玩忽渎职，包庇坏人。"警察局局长是个头脑简单的人，一听这话，火冒三丈。抓起一盘子辣子鸡，照商会会长的瓜子脸泼去。隔着桌子将他提过来，一阵拳脚把商会会长打得鼻青脸肿，三窍流血。隋广仁看时，只见商会会长的鼻子，嘴里流出了血条子。他对商会会长也有意见，逢年过节，这家伙给我送的东西还不够喂狗的，分明是瞧不起本县。今儿，老金揍他也不多，假装没看见，竟然打起盹儿。警察局长见县长不理睬便放下心来，又脱了鞋，照着商会会长的秃头砸鼓似的打个不停。商会会长嘴硬，大骂警察局长抢班夺权，包庇坏人。警察局长听了，更加恼怒，抓起椅子照着商会会长的头颅就砸。苟德怕弄出人命来，吓得连忙架住椅子，急忙劝警察局长消消气。隋广仁也给他使眼色，那金进方才住了手。

特务队队长见商会会长醉了，忙把他架回家去。一路上商会会长大骂警察局局长颠倒黑白，骂县长包庇二连襟，又骂二人狼狈为奸，贪赃枉法。一边可把苟德吓坏了，心里好似揣了只兔子怦怦跳。

下午，特务队长把苟德叫到宪兵队司令部。沙泥端坐在罗圈椅上，双眼盯着他说道："苟的，你的带上一个班的人，三天内侦查到游击队的住处。他们的有多少人。你的明白？"

苟德连声答应："太君，我的明白。"

于是，苟德带了几个特务，趁着夜色秘密潜入纪王城。

范洪灞坐在西方天台上，眺望着那最遥远的西北，有一块美丽的圣地——延安。那里有无数革命志士在忘我的为中华民族伟大的解放事业奋斗着，有巨大的抗日洪流源源不断的开赴抗日最前线，更为关切的还有中央苏维埃首府和人民领袖毛主席。他又看到，在他不远的地方，那是礼仪之邦的圣土，雄伟辉煌的亚圣孟府，现如今已陷入日寇的魔掌。他心潮澎湃，怒火顿生。韩志刚同志的牺牲，使这块富饶的土地迅速燃起抗日星火，被压迫的人们不约而同地汇聚在一起，向着穷凶极恶的日寇大反击！

他正在无限的遐想时，身后齐东来已经站了良久。他猛一转脸，满腔怒火地说："东来，我们一定要解放邹县城！"

齐东来挨着他坐下，把手中的一封信递给了他："队长同志，是地下党送来的。"

范洪灞接过信，拆开看了："日寇，三日之内剿山。另外，苟德引狼入室，已带特务队赴峄山侦察。大熊猫。"他看罢，急问："送信的人呢？"

齐东来告诉他："送信的是个瘸子走了。"

范洪灞正要往下再问，吕子河来了。于是，三人坐下来分析这封信的可靠性。范洪灞说，根据目前的情况，形势愈来愈严重，游击队揭竿而起，敌人的嗅觉很灵。如果情报真实，敌人会再次袭击将峄山包围而后聚歼；如果不真实，我们也要做好迎击敌人的准备。

齐东来说："鬼子搞突然袭击，咱们来个先下手为强。"

吕子河问："东来同志，怎么叫先下手为强？"

齐东来说："眼下，鬼子肆无忌惮，自恃强悍。为此，我们组成突击队悄悄地进入县城，除掉汉奸，借以震慑敌人。"

吕子河赞成："东来同志说得对，我们就像孙悟空钻进铁扇公主肚子里搅烂他的心肝！"

范洪灞激情高涨地说："好，消灭这帮出卖祖国的狗奴！"

夕阳穿透黑色鱼鳞云倾吐着灿烂的晚霞，四野渐渐暗下来。小鸟儿各自鸣叫着站在树枝头上召唤着同窝的伙伴儿，发出归巢的信息。山间小道上，太阳一偏西，就没了行人踪迹。

这时，范洪灞、吕子河、关汉忠、韩飞虎四人急急往县城赶去。一路上，穿树林跨大河，专捡近道行走。接近县城护城河时，天已经完全黑下来了。

黑影里，韩飞虎自知身体笨重，看了高高的城墙，泄了劲儿："哥哥，咱回去吧。"

吕子河笑了："根本就没打算让你来，你偏抢着来。"

韩飞虎告诉他，你没看那城墙头四丈多高，只有鸟能飞上去，你会飞吗？吕子河看了那堵城墙，心里也有些犯愁。

范洪灞从腰间解开一团绳索，拴上一个铁锚，轻轻向上一抛，铁锚牢牢地钩住了城墙垛口。只见范洪灞噌的一声，恰似雄鹰展翅，大展峄山三绝功之一——飞升术，霎时间人早登上城墙顶上。吕子河虽然不会飞檐走壁，抓住绳索亦轻轻攀了上去。韩飞虎学着样儿登了两步又滑下来，关汉忠只好把绳索系在他腰间，范洪灞轻轻一提拽了上去，关汉忠抓住绳子轻轻攀上城墙。

四人又换了铁锚位置，顺着绳索进入城里把铁锚藏好了。范洪灞等人装着逛街的闲人，顺着街找到姜家药铺里。吕子河悄然问："姜老先生，我是微山马坡人，我爹吕忠领着我九弟可上你这里来看过病？他住在什么客店？"

姜先生是一个厚道人，知道吕忠父子已遭遇害。看到三个虎彪大汉，忙说道："贤侄，吕哥一说是马坡人，我很高兴，还真问了他住的客店。他说住在县门前，黄家客店。"

三人告辞了姜先生，关汉忠在门外跟在后面来到黄家客店门前，不想店门早关了。

韩飞虎忍耐不住，抢先一步把店门砸得砰砰响。里面传来惊惧的试问声："你是哪位先生，本店停业了。"

吕子河道："掌柜的别怕，俺是马坡人氏，问你件事就走，别无他意。"

"先生不知，俺是掌柜的请来看店的，只因掌柜的家里出了事。别的事俺是一概不知。"无论怎么再喊，怎么再敲门，里面就再也没点动静了。吕、韩二人十分焦躁，正没奈何时，门自开了，看时开门的却是范洪灞。二人迅速进入店里，关汉忠在后随手将门关上。

王三见了四人威风凛凛，个个满脸杀气。吓得浑身打战，脸上流出豆大的汗珠，扑地跪在地上不起，嘴里不住地求饶。

范洪灞拉了一条长凳子坐下，韩飞虎在左，吕子河在右，关汉忠于后站立。范洪灞将王三扶起，安慰道："兄弟，别怕，我们是峄山抗日游击队。我叫范洪灞。"他指了指黑脸吕子河说，"这位是吕指导员，只因他家被太平镇姜黑子强占良田，又烧了他家宅院，残忍地杀了他的大哥。故此，父亲前来邹县告状。没曾想官府沆瀣一气，官官相护，反而又将吕家父子杀害。如今，只要你说出吕忠找了谁，到过什么地方，这个事与你无关。你说完我们就走。"

王三听罢，揩了揩脸上的冷汗，沉思半晌，支支吾吾地说："你们跟我来。"他把三人领到深院一角，拿开一堆乱木头，露出一眼枯井。他说了声，"上来吧。"一个满脸伤痕的青年从枯井里爬上来。当见了几个人，又要跳入井里被王三一把抓住，拉进屋里。

范洪灞不解地问："这个人是谁？为什么受了这么重的伤？"

王三说："大官，这个人叫梁关，是县长隋广仁的贴身文书，吕大叔的事前后他都知道些。"他说完就将四人的底细和吕忠被害与梁关介绍了。原来，吕忠在关井救了梁关与他分手回到饭馆，谁知梁关尾随着吕忠来了，吕忠随机应变称梁关是他外甥就留在店里养伤。

梁关听了，禁不住无限悲痛，哭诉地问道："舅舅被人害了？恩人，您在世上俺没有报答您的救命之恩，俺死后在阴间里一定侍候您老人家。"范洪灞等人听了他的话，感到莫名其妙，就听梁关叙说道："我没走正道，与隋广仁的妻子相好被他发现。遭到一阵毒打后被装麻袋命人填进东关关井，老天可怜梁关正巧被舅救了。"说完低声悲痛地抽噎起来。

"你快拉正事，谁有闲工夫在这里听你诉苦？若要再絮叨，老韩一斧把你那个钻毛道的玩意儿剁下来！"韩飞虎从腰后拔出斧子在梁关眼前晃了晃。

梁关连声答应道："听舅舅讲，他去了警察局，局长金进不肯接状，装病把一切事务交给副局长。那副局长果真把姜黑子押进大牢，不知道怎么回事，姜黑子出狱，副局长反而进了狱。再后来的事情我就不知道了，舅舅可能找了县长。其实，县长与姜黑子是二连襟，舅舅可能知道了此事不妙就走了。"

范洪灞听了，频频点头，对王三说道："掌柜的，你在这里做工，我父亲和九兄弟在这里住了许多天，前后的事情你最清楚。为什么你不说反而叫梁关说呢？”

王三听了，莫名其妙，这个姓范的怎么也喊爹？管不了这些，只得不慌不忙解释说：“大官，叫我王三就行了。”

“什么大官小官，叫队长。奶奶的！你敢卖关子，小心我的斧子！”韩飞虎忍不住骂道。

王三说：“是是是，队长，梁关说的是实话。后来吕大爷听我说县长与姜贼是两乔孔，老人家就领着小弟弟连夜出城。不凑巧在他爷儿俩离城门几步远的地方，伪军就把城门关了，第二天一早，城门一开他爷儿俩可能就出了城，刚走出城没多远就出了事。”

吕子河说：“王三，今夜俺就去夜袭伪县委，你给我们带路。”

王三双手拒绝：“不不不，还是由梁关带路。他比我熟悉。”

范洪灞分析姜黑子可能躲在杏花楼，隋广仁和警察局局长躲在家里。想到这里，把他的想法告诉了吕、韩、关三人。

范洪灞、吕子河、韩飞虎、关汉忠和梁关五人从饭馆后院翻墙而过。那王三心里想，峄山上的人是真英雄敢捅破天，自己给窝囊人家守摊儿，还不如跟着他们去大干一场。于是，他抄了把剁刀追了上去。

梁关在前，范洪灞等四人在后，悄悄地摸到县政府后院。范洪灞轻轻起在空中落在墙头上，躬身一探把四人一个个提进院里。梁关把四人领到警察局局长大门前，范洪灞翻过墙头开了大门。众人进了院子挨到屋门口，屋里亮着灯，有人低声说话。

“唉，夫人，眼前的日子不好过呀。据侦察峄山上出了共产党的队伍。领头的正是马坡吕忠的三儿子，吕家八条龙十分厉害。这个可杀的姜黑子怎么敢惹这般人物。”金进说。

“怕什么，自古以来判官笔下冤鬼多。日本人的天下，县城高墙之内，深宅大院，担心游击队敢来杀你？放心，连一只雄鹰也飞不进来。”一个女人娇声浪气地说。正说着，双扇屋门同时打开，范洪灞大步逼到金进面前，执枪喝道：“不许动，我们是中国共产党领导的峄山抗日游击队！”

金进吓得面如土色，跪地求饶：“大人，我虽然身居局长，可咱是有良心的，没做过伤天害理的事。”

梁关指着金进驳斥：“你别胡说八道，舅舅的状子推故不接。黑白颠倒，放着恶贼姜黑子不抓，反把坚持正义的副局长抓进大牢，你还不承认？

副局长就是你逼死的！”

金进挤巴挤巴小眼，看见梁关，大吃一惊：“梁关不是被填进关井里淹死了吗？”他稍一镇静，试探地说，“大人，要钱，咱有的是钱。嘿嘿，五湖四海皆兄弟，您高抬贵手，饶我一命，咱做个朋友嘛。”

“呸，你是日本鬼子的走狗，中国人民的败类！给这个走狗多费口舌，真丢我韩老爷的人！”韩飞虎说完举起斧子照着金进的天灵盖就剁，只见寒光一闪，黑血喷出，金进一头栽倒于地上死去。韩飞虎也不转身，反手将斧子横砍过来，正中那呆若木鸡的女人咽喉，挣动了几下断了气。他来到里间寻得一个皮箱提起来沉甸甸的，打开一看里面塞得满满的钞票。

吕子河搜到了两支短枪别在身上，韩飞虎抓过一只烧鸡啃了起来。范洪灞一挥手，众人离开小院，再从后院翻墙而走。正走着，三个鬼子巡逻过来，问道：“什么的干活？飞贼的有！”范洪灞舍身向前，正待下手，却见鬼子自相厮杀起来。他一拳打倒一个鬼子，另外一个却倒在地上，还有一个鬼子被人乱刀砍死。他仔细打量杀鬼子的人正是王三。范洪灞一把抓住王三的手，深深地表示感谢。

韩飞虎抓过王三一把将他提了起来，喝问：“王三，先会局长两口子去阎王那里报了到。你快说隋广仁在哪里！”

王三捏了把汗，说：“好汉，县长来去无踪，你想他做了亏心事，怎能不提防？兔子还有三窟哩。”

韩飞虎举起斧子说道：“先把你的头镟下来再说。”

王三委屈地跪倒在地：“杀了我，你会落骂名，我可是帮了你们忙的人。”

范洪灞劝止了韩飞虎，说道：“王三，你别怕，请你说出隋广仁在哪里。”

还没等王三到回言，韩飞虎指着王三说：“你不说实话，先烧了你的店铺，再杀你全家。”

王三听了，说道：“我先前说了，叫梁关说，他摸得最清楚。”

范洪灞听完梁关的话，吩咐梁关跟着王三先回饭馆，等完成任务再回饭馆一同出城。梁关不许，他要带路去杏花楼，韩飞虎只好将箱子给了王三。那王三抱着箱子要走，韩飞虎拍了一下王三肩膀说：“你要携钱逃跑，钻老鼠窟窿里我也要把你抠出来！”

王三咬指流血为誓。

范洪灞、吕子河、关汉忠、韩飞虎、梁关五人与王三两下分手。

隋广仁见丁蝎子杀了吕忠父子，脸色陡变："我和吕忠同窗同学，兰谱兄弟，正是杀我手足也！"

姜黑子见县长变了面皮，吓得跪地求饶："黑子实在不知是大哥的结义弟兄，真是罪该万死。"

隋广仁板着脸，嘴里又露出一句："是不是你到警察局再走一趟？"

"他妈的，这家伙翻脸不认人？"姜黑子完全明白隋广仁的心里，这个人不怕钱多。在家乡房无一间，地无一垄，哪有这么多钱在城里购买一所四合院子？分明是喝得老百姓的鲜血，刮得人们的钱财！他目视丁蝎子提过一个箱子放在桌子上，打开盖儿里面露出钱来。

隋广仁瞅了一眼那箱子钱，绷紧的烟黄色脸渐渐松弛下来。仰面沉默许久，努努嘴对着跪在膝下的姜黑子示意他起来："看在过去岳父岳母的面子上饶你一命。"

苍天下起了雨，随着阵阵北风发出了淅沥的声音。一会儿，屋檐的雨水有节奏地吧嗒吧嗒地滴在地上。

五人再回饭馆，化了装向重兴塔走去。

街上流淌着水，鬼子巡逻队踏着泥泞的路冒雨走着，枪上挑的太阳旗被雨水一打卷成一绺儿，恰似发丧出殡时孝子打的招魂扬幡花穗儿。

范洪灞走过重兴塔，拐进一条胡同，来到隋广仁大门前。门关着，他用手尽力一搡，门铁结实浑然不动，里面插了门闩。他急了用皮锤砰砰地砸起了门。

"谁呀？"院子里传出了燕村娇溺的声音。

"我，大嫂。警察局的，快开门！"范洪灞催促地。

门吱呀一声开了，一身艳装妖冶的燕村出现在脸前。

范洪灞踏进门里，将那女人的嘴捂住拖入堂屋里。韩飞虎手握斧子闯进东间，没有隋广仁的踪影。跑到外间照着那女人的脸反正打了四记耳光，一脚将她踹倒，举起利斧高声骂道："你的狗汉奸老头子，他和吕大叔是把兄弟，吕大叔又救过他的命。他怎么让姜黑子杀害他老人家，你们这伙人狼心狗肺，猪狗不如。真是害人魔鬼！"言罢，几斧头将燕村的头剁下来。

梁关慌忙解释说："她不是隋广仁的内人，她是杏花楼的妓女。"

韩飞虎说道："管她内人外人，她帮助敌人办坏事就该杀！"

韩飞虎举起斧子就要砍梁关，吕子河劝阻了。

范洪灞一挥手，五人闪入夜幕中。

他们来到杏花楼门前，妓女们争先恐后的来拉。一个妓女见了韩飞虎像尊黑煞神气得跺着脚走了。

吕、韩、关三人虚情假意地戏耍着窑姐们，等待着范洪灞的命令。

范洪灞跟了梁关直接奔来三楼一间房间内，里面空无一人。他心里想，杏花楼分三层，单间数十间，隋广仁、姜黑子住哪间呢？他来到僻静处，向一位窑姐招手。那窑姐一看范洪灞那肮脏样儿，哼了一声，正待转身，被范洪灞提到暗处，喝道："我不杀你，实话说隋县长住在哪层楼哪个房间。"

那窑姐浑身打战，口吃地说："在二楼，从东数第四间。"范洪灞轻轻一掌将她击昏，直奔二楼。

吕子河、韩飞虎、关汉忠三人见了撇开妓女们奔上二楼去。

范洪灞来到二楼踢开第四间房门，里面没有一个人。知道上当。没办法，只好挨间找人。这时，被击昏的窑姐爬起来跌跌撞撞奔到一楼三房间，告诉隋广仁："有人一脸杀气，直接找你，快躲躲。"

隋广仁听了，吓得魂飞魄散，慌忙抓了箱子从后门溜走。

吕子河一连找了三间，却不见姜黑子，等找到第六间，只见床上一个人正蒙着被子睡觉。他猛地掀开被子，见是姜黑子。顿时怒火万丈，气冲斗牛，喝问："姜贼，我日你八辈儿！吕老爷一向与你井水不犯河水，你为什么请你小爹们强占我家土地，烧我房屋，迫害俺的家人！"

姜黑子狡猾地："贤侄，休听他人挑拨离间，你见我抢你的财产来？"

吕子河大骂："畜生，我关门时就看见了你！恶贼！"

话还没说完，门外跑进韩飞虎问明是姜黑子气得瞪了吕子河一眼："你再不杀此贼，他又多玷污一会儿这块好土地。"举斧便砍，姜黑子欲摸手枪。韩飞虎扑上去，劈面门就是一斧，复又是一斧。笑道："杀人偿命，理所当然。害死人命者，绝不能留在世间。老韩又消灭了一个坏种。"从姜黑子搜身上只一盒火柴，随即拾了手枪。

这时，一个人跑来："姜黑哥，吕三来了！"

吕子河一把将那人揪住："你叫什么名字？"

那人只顾挣扎，咬口不开。韩飞虎从外面拉过一人辨认，此人正是太平人丁蝎子。吕子河大怒，飞起一脚踢向丁蝎子，随即倒地而亡。原来，吕氏兄弟，个个神勇，自幼习武。十八般兵器样样娴熟，人称九条龙。

韩飞虎唯恐不死，用斧子从头到尾又一连排着剁了十斧子。

这时，杏花楼大乱，范洪灞跑来："伪警察来了！"三人混在惊慌逃命的人群里撤退，门口已经被伪警察堵死。韩飞虎回到房间，放起大火，大火蔓延起来，伪警察等众人急忙去救火。范洪灞、吕子河趁势冲出门外。却不见了韩飞虎，二人再次进入楼里寻找，只见韩飞虎抡起斧子朝伪警察乱砍。二人正要向前，就见关汉忠放倒伪警察拉了韩飞虎趁大乱撤离杏花楼。混乱中不见了梁关，吕子河回身闯入大火里，在墙角里发现了梁关，一把拉起他往外就跑。

那杏花楼，火光冲天，黑烟滚滚。一片火海照明了整个夜空，照亮了肮脏的县城。救火的哨声接连不断，人声嘈杂。一时间，哭声震天，寻哥觅女的乱作一团。

五人趁势再次回到饭馆，过了个把时辰，大火才被扑灭，县城又没入黑夜。王三夹了箱子跟在五人后面来到南城门隐蔽在城墙根下。吕子河悄悄地取来了铁锚及绳索，范洪灞见时机一到，爬上城墙悄无声息地挨到一个鬼子跟前。用手捂住了鬼子的嘴，一只手将短刀刺进鬼子小腹中，又向上捅了捅慢慢放下。他一连杀死了六个鬼子，总算杀出了一条血路。吕子河放下绳索，范洪灞从王三手里接过箱子，几个人抓住绳子下城墙走了。巡逻的鬼子发现了绳索，望着漆黑的夜空，心里就像十五副吊桶打水——七上八下，心绪不宁。

第十一章

白手夺枪

东方微亮，银星渐隐。朦胧中已显露出大山和村庄的轮廓，田野里的树林亦渐分明。伪县政府一夜之间被游击队杀了几名政府高官，不远处的老柿子树上猫头鹰笑得瘆人。它是在诅咒万恶的日本侵略军走向自掘的坟墓，还是在讥笑那帮卖国贼充当日寇马前卒的可悲下场。总之，在鲁南一带，猫头鹰一笑肯定要死人的。

范洪灏、吕子河、韩飞虎、关汉忠、梁关、王三六人远离了县城，几个人来到一道山梁上，席地而坐。这里离峄山尚有近一十五里路，大家苦战一夜十分疲劳，而且又渴又饿，必须弄点吃的再回山上。然而，饭馆还没开门，老百姓都很困难又怎么能向他们要呢？突然，范洪灏抬起头来看见一座山，立刻兴奋起来。

那天，范洪灏、吕子河与韩飞虎分别后，来到牙山，和头人见面，那头人正是当了半月道人的师弟吴义。当天就约定，两山合兵一处开展游击战。其实，吴义只有一支短枪，十五六个人拿着大刀片。现在正路过这里，不如找顿饭吃，就请吴义下山。

范洪灏将想法与他们说了，几个人非常同意。于是，六人立刻动身，来到牙山山麓。果见山势高峻，牙形耸立，十分陡峭，此山与峄山遥遥相对。山上只有一条羊肠甬道，仅容开一人行走。六人来到山门前，有人报告了吴义，没等迎接六人已经进来大厅。双方寒暄一番，吴义叫人倒茶，他这才仔细观察来的几个人。范洪灏脸上抹了灰，黑脸身上带着血迹，那个红头发灰头土脸真不像人间的正常人，活像阎王殿里站班的鬼判。他看见了王三提的箱子，想谋财害命，便起身到了外面，安排几人埋伏在后殿里将他们活捉。

吴义假意叫人做饭，打了水让他们洗了脸，却邀众人游览山景。范洪灏不知是计策，只得引着大家去了，关、梁、王三人坐在原地休息。这座古庙规模不小，分前中后三个院子。前院石碑林立，古柏参天。小径上汉砖铺地，半空中老鸹争鸣。又来到第二道院门，东西配房，杂草丛生。入得后院，大殿赫然入目，四檐伸空，飞鸟走兽。

众人入了大殿，韩飞虎忍耐不住，叫了起来："老吴，弄点吃的，逛这破庙有什么用？"

吴义执着枪嘿嘿一笑："你死到临头，还想当个饱鬼！"大喊一声，殿后转出十几个人上前就绑。吴义根本不了解三个人是什么人物，十几个人被吕子河三拳两脚全打趴下。韩飞虎抓住吴义，照眼就是一拳，打出了鲜血，挥动斧子就砍。

范洪灏上前拦阻，踢下吴义的短枪斥责吴义："你上次答应我联合抗日，今儿反而害我。不看在师父面上，对你不客气。我要你记住两句话：一、不要投日寇。二、不要害老百姓。"吴义羞愤赔罪。

六人急忙下了山，刚离牙山半里路，前面有一队人马拦住去路。韩飞虎就要动手，吕子河笑他心急，原来是齐东来领了数人前来迎接。

大家刚拐过山口，就听天空里一声怪叫，紧接着轰的一声，震天动地。范洪灏放眼眺望，只见关山口上，一辆铁甲车朝着盘龙洞打炮。没两袋烟的工夫，连打了六炮。傻子报：鬼子上来了！他们急忙来到洞里，见没有人伤亡，防止洞口被鬼子堵死，范洪灏立即率领队员在南华观前摆好阵地迎击鬼子。沙泥集中炮火朝游击队阵地轰击，鬼子如蝼蚁漫山遍野扑向阵地。游击队集中火力奋力阻击鬼子，渐渐抵挡不住退回洞中。鬼子围住盘龙洞口，派兵去洞中追杀。范洪灏守住洞口，进来的鬼子在漆黑的洞里摸来摸去全被打死，沙泥再不敢派人进洞。

下半夜里，范洪灏、吕子河、关汉忠、韩飞虎、孟开山等人摸出洞口。将堵在洞口的鬼子刺死，杀出一条血路，范洪灏立即率领全部人马悄悄出了盘龙洞，向东山里前进。

平明，沙泥发现洞口死了许多同伴。立即向深洞搜索，洞中无人，游击队神秘消失。他望着巍巍的峄山，久久发呆。

一路急行军，走了八十余里山路来到一座山村。村子东面山套山，北面山连山，南面群峰叠峦，连绵不断。

村口，一群人舞动着大刀木棒，追赶一个浑身血淋淋的人。那人见了前后有人，收住脚做好拼命的架势。

韩飞虎上前去打追赶人的人，被人家一阵棍棒打了回来，连斧子也丢了。吕子河愤怒奔上前，一顿拳脚把那群人打跑捡回了斧子。

范洪灞上前问那人，知道他叫王霸，是王家庄村人。靠讨饭为生，今天刚回家，恶霸王图诬赖他偷了粮食，要王霸在他家打工来兑现粮食钱。王霸不承认，双方打起来，王图人多势大，只好逃命。当下，范洪灞决定队伍就在王家庄住下。王霸听了，异常惊喜，立即带着队伍向自己家里走去。

来到家里，院子里外站满了拿枪的人，王霸边洗脸边嘀咕，这帮子人是我领进村的，会不会是土匪呢？如果是土匪那就糟了，乡亲们会骂我引狼入室。他蹲在磨盘前了犯愁，范洪灞命人村口四下设了岗哨，立即率人去地主王图家，打开粮囤分发给穷人。起初，王图反抗，被孟开山关进一间小屋。饿疯的平民百姓无限欢喜地去领粮食，他们四处奔走相告，从小到大没见过有这么好的军头发粮，都称活菩萨来了。齐东来叫队员们给老百姓打扫庭院，替年老的人推磨轧碾。一时间，沉寂的山村立刻沸腾起来。王霸看了，非常诧异，这群人怎么这么爱护老百姓？心里的疑团随即烟消云散。

“大官，我也参加你们的队伍。”他对齐东来说。

齐东来高兴地答应，同时告诉他：“老乡，游击队里，不兴称呼大官，叫同志。”

范洪灞召集全村人开会，附近村庄的百姓看稀奇来了不少。他激情高昂地说：“老乡们，我们是峄山抗日游击队，是共产党领导的队伍。我们要打土豪分田地，砸烂腐朽没落的旧世界。目前，国难当头，我们首先要把日本鬼子消灭掉，才能过上好日子。”他讲了许多革命道理，老百姓听了心明眼亮，觉着有了主心骨。感觉到在这漫无尽头的长夜里渐渐地看到一丝光明，亡国奴的日子将要结束。

村里成立了民兵组织，妇救会，儿童团。三里之外设下岗哨，村内设有流动岗哨，乡亲们自发组织起来帮助游击队侦察敌情，协助治安。范洪灞命王霸为游击队侦察员，孟开山负责帮助乡亲们种地，打堰，挖井，兴修水利。同时，栽植树木，养殖畜禽，发展经济。

一天，张九龙跑来报告："王图跑了！"那王图最近表现较好，表示听从游击队的教诲，便慢慢地放松了对他的警惕。吕子河四处打听，跟踪追击，知道他上了峄山。

原来，自从游击队暂时撤离峄山后，各地土匪纷纷强占山场。苟义指使布仁占了白云宫，海从占了妖精洞，齐丽班只占了西方天台，夏兰占了大白楼，吴良新抢占了隐仙洞，规定他们五人把抢来的东西不能独吞。沙泥秘密收编了他们加入邹县治安保安旅。王图到了峄山，觉察山上不安全，第二天就溜进县城去了。

布仁听说范洪灞逃进东山里王家庄，心里发毛。暗想游击队人多势众如杀个回马枪，峄山乌合之众是不堪一击的。便召集海、齐、夏、吴四人商议："范洪灞是邹县一只雄狮，此人不除，后患无穷。"

夏兰说："这家伙太厉害啦，锅山血战，数以千计的皇军没有抓住他。沙泥司令逮他几回都没成功，千万别惹他，头几天又大闹县城，把老姜也给宰了。"

齐丽班笑了："兰哥，你被范道人吓破了胆。我看游击队并没有什么了不起，皇军打了几发炮弹就把他们吓跑了。单凭他那几把大刀片儿敢对付皇军的洋枪洋炮？真是让人笑掉牙。"

海从双眼只顾盯着桌子上的菜，光吃从不多说话，无论是哪个人说话，他光点点头。

吴良新对齐丽班说："兄弟，你有什么高招逮住那道人？"

齐丽班笑着："好说，请沙泥司令发兵将王家庄一围，瓮中捉鳖。"

布仁摆手道："咱山上人比他多，要枪有枪，要刀有刀。靠车站又近，范道人有踢天弄井的本事又有什么可怕的呢？"

夏兰问："大哥有什么好办法？"

布仁说了："弟兄们，实话说吧，这都是苟义哥出的主意。眼下，范洪灞还不知道咱们投靠了日本人，就哄他上山说商议抗日大计。他是个逞强好胜的人，令他俯首而来。"

吴良新连连摆手，大笑："你拿他当小孩子对待，那道人火眼金睛，连眉毛都是乌金打的，一向与咱不和睦，绝不肯来。"

布仁心里想，来与不来，还很难说。如果他不来，人们会笑话他胆小怕事；如果来了，鱼入大网怎能逃脱。他把想法给众人说了，最终还是听布仁的计策。他修书一封，找一个可靠的人去王家庄送信。

那人叫二科，当得知让他去把信送给游击队，摇头推辞："打死我也不去。我谁都不怕，就是怕那范道人。"

正说着，一人来了，布仁拍手叫道："送信的人来了！"

来人叫贾文明，游手好闲，拈花惹草。近儿又干起占山劫路的勾当，善与人出谋划策人称"馊主意"。当得知要活捉范洪灞时，自告奋勇去王家庄送信儿。第二天，布仁送贾文明于圣人脚前，贾文明低声告诉布仁，峄山离两下店车站仅四里路，必须请横事站长派几名皇军埋伏在长蛇谷里。那道人进山必须打那里经过，他纵有三头六臂也逃不出那条死谷，说完撅一根柳枝骑上头黑叫驴出了纪王城东门。

布仁送走了贾文明，去乡公所与苟礼要了两只大公鸡。又趁一家没人，扛走人家一布袋芋头，来到两下店车站。

横事正在遛狗，大老远看见了布仁提了公鸡，高兴地如黄鼠狼跑过来迎接："布的，你的友好友好的，大大的朋友。"

主子和奴才一前一后来到办公室，布仁问道："太君，鸡肉的好香？"横事被问得莫名其妙，瞪着一对猫眼没有回言。布仁见横事像尊泥塑的阎王，知道他不明白这句话的含意，直截了当地说，"太君，我的请您逮只老虎的干活。"本以为横事好理解，不想那家伙直皱眉头。

"布的，关外，华南老虎的有，这里的没有。你的撒谎的不要。"横事指着布仁极不高兴地说。

布仁急忙解释道："我想活捉范洪灞。"

横事号叫道："八格牙路！你的死啦死啦的有！"横事说，游击队已销声匿迹，这里哪会有范洪灞？分明是戏弄皇军。

布仁吓得半跪着说："太君，范洪灞在王家庄驻扎，我已经派人以请他为名，诳他来峄山。我想请皇军埋伏在长蛇谷，他若进了那道深谷就地打死他；他如果去了白云宫，我们在那里处决他。"

横事听了点点头，当即决定派五个鬼子跟着布仁去走了。

桃园村有个人叫吊链，此人素来和范洪灞有深交，只是近几年断了来往。当他听说岭东王家庄来了共产党的游击队，专帮穷人打天下，觉着很稀奇，又听说领头人是纪王城的范洪灞，打定主意去看望。他吃罢早饭，翻山越岭，走过几座山套，整整走了一个上午才到王家庄地界。他伫立在山口，俯视着山脚下的王家庄，看不出什么新鲜事儿。他发自内心地笑，听老年人讲，自古以来凡是拉队伍占山的人大多都当土匪，官府招安，反而做了大官。可是，范洪灞的性格即使拉了队伍他也绝不会当土匪。吊链坚信他的判断是正确的，是因为刚正不阿的范洪灞绝不会办伤天害理的事情。想罢，他迈步走下山来。

“站住！你是干什么的？拿出过路条来！”一块巨石后闪出一个手持红缨枪的黑脸儿童。他见吊链置之不理，一声口哨，从不远处的山口上，石头后转出五六个儿童拦阻去路。

吊链这回真的是进不了村，王家庄村的确发生了从未见过的新鲜事儿，连小孩子都站岗。那么，我怎么才能进村哪？那黑脸儿童二次逼着要路条，他说实在没有，便被几个儿童前扯后推地下了山。路过一块田地，有三个精壮青年正帮着牛拉犁子耕地，见儿童们押着吊链便停下来歇息。一位老大爷扶着犁子对黑脸儿童笑呵呵地说：“山青呢，你押的是谁，你们知道吗？他是你表叔！”

吊链见那个老汉叫了声：“大舅，你这是给谁家打短工？”

老汉兴奋地说：“傻孩子，这是游击队的同志们在给我耕地。”

吊链笑了：“大舅，恕外甥直言，谁都知道你家几代人讨饭为生。你是从哪里弄来钱买的地？”

老汉告诉他，王家庄自从游击队来了，没收地主的土地分给农民。有困难范洪灞就给解决，这里的穷人翻了身。吊链要老汉求情留下他，老汉摆手说：“外甥，不行啊，游击队有规定，凡是生人，一律去队部接受审查。”吊链听了，方才确信那些消息是真实的。

来到队部，山青把吊链交给齐东来，便领着儿童们放哨去了。吊链熟悉齐东来遂将来意讲了，齐东来派人去叫范洪灞与吊链相见。二人回忆往事，又谈将来。范洪灞打发他吃了饭，吊链过了一夜，回家时，见地主王图的老婆在地里锄地。这个昔日给王图打短工挨过揍的吊链，看了王图老婆骂了几句，最后他跳跃起来，吼出了心声——这才真正是人间正道，公平，公平！游击队开辟了一片崭新的天地！

老队员姬昌科与吊链同路，回家省亲。

来到村口，两下分手。吊链回到家正要开门，忽然有人在他肩膀上拍了一下，吓他一跳。

“链兄弟，满面春风的干什么去啦？”贾文明突然出现在他背后。

“肩膀上长个疖子，疼得不能扛活先到山上逛逛。”吊链知道贾文明是个满肚子坏水的家伙，大前天，他在贾家岭抢劫了他舅家的粮食，被他舅找上门来痛打了一顿。莫非他来报复我？吊链心里恨死他了，但脸上还是带着笑容。

贾文明阴阳怪气地说：“山上没有庙宇没有道观，八成有道人吧。”

吊链心想，贾文明说出这样的话，一定是黄鼠狼给鸡拜年——没安好心。他开了门，把姓贾的让进屋里去，各人找了土坯墩子坐下。

贾文明用火镰打着火，把长长的足有三尺有余烟杆上的锅子装满旱烟沫抽着，吐出浓重的烟雾：“兄弟，咱俩不是外人，我想托你办点事儿。我也知道弟弟是个热心肠的人，大哥用着你，你没有不给办的。”他又问，“刚才，看庄村姬昌科跟你干什么来？”

吊链有些疲劳，装着没听见竟然磕头打盹儿。却被贾文明用烟锅敲醒，又重复了一遍原来的话语。吊链摇头不知，言自己是个没见过世面的人，两腿插进墒沟里，只会打个短工，从未给人家办过什么事儿。

贾文明不愿再费口舌，扔过去那封信起身告诉他：“这回非你去不可。你把它送到王家庄交给范道人，千万送到。”

吊链笑了，觉着被这个赖皮赖着了：“我当是什么大事，好办，明天就去。”

贾文明再三叮嘱他：“千万不要说出信是我给的。”

吊链莫名其妙：“信是你给我的，不说是你，偏说是峄山上的土匪？”

贾文明听了，连连拍手叫好：“对对对对，你就说是峄山上的信。链弟，对那道人决不许露土匪二字。如打听峄山这边的事情，就说一概不知，送信的人给了就回山了。”

吊链无可奈何，只得应承。

贾文明回到峄山，回报说事情已经办妥，又说见到看庄村姬昌科从东山里回家了。布仁大喜，带了三人趁夜里下山直奔看庄，寻着姬昌科捆了拉上峄山。几个家伙商议，要给附近百姓眼色看看，便把姬昌科押往峄山梁祝书院，大肆宣扬要用“点天灯”酷刑烧死峄山游击队员。人们提心吊胆，远远地观望。

傍晚，土匪押着姬昌科缓缓来到梁祝书院。布仁、夏兰、海从、吴良新、齐丽班、贾文明各执短枪压住场子。

姬昌科昂首挺胸，视死如归。看着乡亲们激昂地说道：“乡亲们，别难过，日本鬼子及其走狗一定会在共产党八路军的打击下彻底完蛋。胜利一定属于我们！”他被捆在两根柱子上，四肢形成一个大字。

一个土匪拿着尖刀在他双肩肩关节肌腱凸露处挖了两个肉坑，削了两根竹签，竹签头上缠了棉花作灯捻子，将另一头削成钉尖样的竹签插进肉坑里，倒上了花生油。

姬昌科破口大骂，无所畏惧。双肩鲜血淋漓流向脚下。

布仁叫道：“点灯！”一个土匪哆哆嗦嗦划着了火柴，点亮了老英雄双肩上的油灯。老百姓见了，连疼加吓纷纷地跑回家去。

两个灯头哧啦哧拉地叫响，油灯吸着老英雄的血肉冒着黑烟燃烧起来。老英雄大叫一声，愤然死去。

众匪哈哈大笑。

范洪灞站在卧虎石上，翘首西望。多少天来，他与党失去了联系俨然像一只失去航向的船儿在浩瀚的大海中随波漂流。韩家父子为人民而牺牲，激发了同志们战胜恶敌的斗志。目前，必须找到县委，协同作战。他正在遐想，一只老鸹嘎嘎地鸣叫几声向西南飞去。转脸看了，一个人向他这边走来。

“乌鸦鸣音，必有凶信。想必链弟没带来喜信。”范洪灞老远叫道。

来人正是吊链，他苦笑道：“大哥，别生气。”他把昨天发生的事情从头到尾叙说了一遍，“我实在不愿意来，是贾馊主意逼的。”说完把信递了上去。

范洪灞拆开信看了，哈哈大笑：“我以为老吊很实在，原来也是个虚情假意的人。这信一定是峄山土匪写给我的。”

吊链惊异道：“大哥知道峄山有了土匪？”

范洪灞点头并告诫他：“全国军民浴血抗战，鬼子是兔子的尾巴长不了。你既不参加游击队，千万别去当汉奸。”当即也写了封回信。

吊链藏好书信，辞别了范洪灞自回。

王霸报，游击队员姬昌科被峄山土匪抓到山上用“点天灯”酷刑烧死，尸体悬挂在山门示众。

范洪灞大怒，召集众人人商议。他把信的内容念给大家听了，再把姬昌科被峄山土匪杀害一事说了。

“同志们，据王霸侦查报告，以布仁为首的土匪，残害百姓，为非作歹，现已投靠了县城沙泥。这次邀我上山，妄图除掉我。大家说，我们该怎么办？”

韩飞虎气得抄起斧子跳起来：“大哥，我去杀死这帮狗娘养的！”

齐东来表示可以考虑，土匪以为游击队并不知道他们已经当了汉奸，来诱杀范队长。我们可趁此机会，将匪首击毙，消灭峄山土匪。

韩飞虎站起来拍着桌子叫：“不行不行，明明是火坑，偏偏往里跳。匹马单枪更不行！”

孟开山说，游击队应该趁此机会，铲除汉奸。如果让他们盘踞峄山或者进了县城，将是后患无穷。他提醒韩飞虎说道：“韩飞虎同志，以后别叫大哥要称呼队长。”

韩飞虎叫道：“杀鬼子大家随便，大哥只许我喊。”众人大笑。

范洪灞说：“我想，土匪已经设兵埋伏，我一人去，出其不意，将匪首击毙。然后，大队人马随后跟进将其一举歼灭”

几个人商量好久，始终没有定下方案。决定下午继续开会，队员们听说队长要单枪匹马，只身闯虎穴，拥进办公室表示不同意这个方案。

范洪灞思考如何进峄山，如何接近匪窟，如何袭击群匪反复做了细致的推敲。他深深理解同志们的担心和顾虑，这支刚成立的抗日队伍，是多么的弱小，队员们的心情不稳，没经过战斗的洗礼。尤其家乡人正处在日寇与汉奸的统治和压迫之下，顾虑着家人的生命安全。作为一个游击队的指挥人员，不得不考虑这些极其重要的情况。可是，面对险恶的环境，汉奸的凶狂猖獗。如果不迎头痛击敌人，不打胜仗，怎能对得起党、对得起人民。游击队暂时撤出峄山，敌人的气焰更为嚣张，百姓的情绪会变得十分低落。如果不尽快把他们消灭，一旦溜入县城将对人民生命财产的威胁更大、灾祸更大。据王霸侦查报告，峄山上土匪虽然不到五十人，偌大的山场，游击队清剿也是杯水车薪。

韩飞虎领了张九龙、张红喜二人进了屋里，一同说：“队长同志，一个人去峄山太危险，万万去不得。”他低声又说：“大哥，人无头不走，鸟无头不飞。县城的鬼子正愁得抓不着你，你反而自投罗网。你想，峄山是个乱石山，哪里都可以埋伏土匪。”

范洪灞知道二张是韩飞虎串通来劝阻他赴峄山约会，他说：“同志们，土匪刚上山，地理不熟悉，各怀鬼胎，纯属一群乌合之众。至于如何去突袭峄山，咱们还是仔细研究再定。”

张九龙反而进言道：“队长同志，峄山好比是一个大西瓜，无从下口。假若用刀把它一刀一刀切开，一口一口地就吃掉了。”

韩飞虎急了，擂了张九龙一拳：“张九龙你怎么两面嘴，刚才还反对队长上峄山的？不用大哥去，我亲自剁死这帮害民贼！”

二张笑道：“你又犯这个错误了，匹马单枪闯峄山是你说不行的。”

韩飞虎示意二张不要再言，把他俩推出门外，回头叮嘱范洪灞：“绝对给老姬报仇，你绝对不能一个人行动。”

二张应道：“对。队长同志，还是韩飞虎同志说得对。”

范洪灞安慰三人道：“好好好，听从你们的建议。”

于是，三个人高高兴兴地走了。

这座土墙院子很大，坐北朝南，依山傍水。三间正房，两间东屋，两间南屋，一座大门楼。西面是猪圈与茅厕紧挨，每座房子都是茅草苫盖的。户主高三是个开明人士，生活比较富裕，主动把南屋让给游击队。

这时，屋里静了下来。大家觉得范洪灞只身闯虎穴，风险太大。张九龙零劈西瓜的办法有一定道理，把游击队分成几个小分队，实行各个击破的方法，这个方案切实可行。

高三端着一把热气腾腾的水瓢，里面盛了一瓢煮熟的芋头：“同志们，来，趁热快吃。”

范洪灞再三不要，高三哪里允许？生气地说道：“哎呀，队长同志，你们镇压了地主。乡亲们有地种，有饭吃，我高兴呀。这鱼水之情怎么见外？”

范洪灞说：“大爷，游击队有铁的纪律，不拿群众一针一线。”

高三叫道：“同志，你是俺的队伍，来到自己的家，怎么能说两家的话呢？”

范洪灞激动地说：“大爷，你为游击队做的工作太多了。我代表同志们感谢您。”

高三摆手笑了，他从腰里掏出烟锅，装上烟燃着吧嗒吧嗒地抽起烟来。他建议，游击队一面抓生产，一面准备打仗。鬼子汉奸是不会让老百姓和游击队过上安稳日子。游击队要稳如泰山，动如飞龙。

范洪灞频频点头，随即问：“大爷，不瞒您老人家说，游击队刚离开峄山一个多月，附近恶棍，流氓纷纷跑上峄山当了土匪。”他又把以布仁为首的土匪以抗日名义派人送信，邀请他赴峄山商量抗日大计。

高三听了，呵呵大笑：“布仁死期到了！游击队可趁此机会铲除他们。切莫再让他们胡作非为！”老人说完起身走了。

这时，吕子河说话了。他一般情况下不说话，见没有别人说：“他们既然邀队长上山，匪首们必然聚在一起。队长出其不意，擒贼先擒王。拿下匪首们后鸣枪为号。游击队乘势各个击破，只有这样才能消灭他们。”

齐东来说：“鬼子在山前长蛇谷布下口袋，让我们钻。咱们从后面福山，分成若干小分队分头行动，定会把各个洞里的土匪全部消灭。”

范洪灞说：“东来同志带五人，袭击西方天台，吕子河同志五人袭击妖精洞，韩飞虎五人同志去夺取大白楼，孟开山同志带领全队人马袭击白云宫。你们看怎么样？”他令关汉忠攻打隐仙洞。

齐、吕二人，举手同意。他们知道土匪谎称百余人，据王霸进一步核实，山上只有五十余人。西方天台只有十余人。大白楼只有十一二个人，隐仙洞，妖精洞人数更少，剩下的全部集中在白云宫里。他们枪支少手里只有大刀片和红缨枪。可是，布仁会不会去车站请日本鬼子呢？三人确信日本鬼子会前来帮忙的。于是，范洪灞上下动员，命令王霸带领村里民兵看守村庄。黄昏，队员们饱餐一顿，向峄山进发。

出发前，范洪灞作了战前动员：“同志们，现在我们去消灭峄山的土匪。这是游击队进山里以来的第一次战斗。我们是无产者，我们是劳苦大众。我们被日寇、汉奸逼得走投无路。一个月前，年仅二十三岁的共产党员韩志刚同志，为了中华民族的解放事业英勇地牺牲了。三天前，我们的老游击队员姬昌科同志被峄山土匪活活烧死。同志们，我们怎么办？”

“为烈士报仇！消灭峄山土匪，还我峄山！”队员们振臂高呼。

小山村震怒了，一支英勇的人民游击队雄赳赳地向敌占区前进！队员们披星戴月，冒着风寒一路急行军来到沈家庄村后。天尚未明，大家分头向各自的目标前进。再往前就是山石路，山高沟深，荆刺满地，道路崎岖，不堪行走。天稍一放亮，各行动小组必须到达指定位置。西方天台路途较远，齐东来带领队员跑步前进。

范洪灞从怀里掏出一个芋头干子煎饼吃着，煎饼里卷了一包萝卜干子菜，特别的好吃，这年月是贫穷的乡村最上等的饭食。昨天晚上，他为了让队员们吃饱，把自己的干粮给了饭量大的队员，是韩飞虎临出发前塞给他煎饼的。他翻山越岭，蹚河过林，一路急行。毕竟天还未亮，遂放慢了脚步。他扶葛扯树，攀石爬崖。这是他爬山的本领，而且道路极熟，走福山，跨冠子峰，过了仙人棚，来到大白楼后一棵古柏下最隐蔽的巨石后观察起来。大白楼地形极其复杂，楼阁殿宇星罗棋布于冠子峰下。这个地方足以屯兵歇马，那么土匪怎么没有在这里设下岗哨呢？

这时，天光大亮。正猜疑间，隐约听到有人打呼噜的声音，循声望去，一块石头后露出一杆红缨枪头。他蹑手蹑脚摸过去一看，正是本村好吃懒做人称睡猪的石头。他是个地地道道的忠厚人，怎么也当土匪呢？他伸手把红缨枪拽了过来，高声叫：“站岗的死了，怎么没人呢！”

石头被惊醒，慌忙去摸红缨枪，哪里还有？他吓出来一身汗水战战兢兢地慢慢抬起头来笑了，既而把脸沉下来，急摆手示意范洪灞赶快下来：“大哥，你胆大包天！县城、乡下、大街小巷都张贴捉拿你的画像，你怎么还敢钻狼窝？”

范洪灞跳下巨石，抚摸着他的肩膀：“兄弟，你别担心，我问你，那几个家伙都在什么地方？”

“都在白云宫。”石头讲。他唠叨起来：“我是被抓来的，这帮龟孙杀人放火，抢男架女，满口仁义道德，办的都是男盗女娼的事，你打听打听姓石的抢过谁家的东西嘛。”他恨地骂了声贼种尿的，问，“大哥来干什么？”

范洪灞说：“他们写信请我商议抗日的事情。”

石头差点哭出声来：“我的哥哥，你怎么听他们胡说八道，哪有老鼠请猫共事的。”他觉着不妥当，“你是拯救穷人的人，他们是专害好人的人。是什么请您哦，其实要你的命才是真的。”他撵他快快离开峄山凶险之地，说完便解束腰带解手，那束腰带是用稻草绳拧的系成了死扣。他攒急了要尿挣断稻草绳解个痛快。眨眼看范洪灞时，人没影了。他不禁叹道：“这个宁折不弯的家伙，到明天范家祖林里又添座新坟头了。”他又骂了句，“娘的，这世道该死的不死，不该死的死了。”他拿过红缨枪和衣又睡。

范洪灞来到昔日的秘密洞里，里面堆满了树叶子，长时间不见太阳光树叶返潮散发出沤麻味儿。他往草窝里一躺倒下打盹，一会儿起来解手，突然听到圣人脚方向传来枪声。遥见长蛇谷里三个鬼子在追杀一个人 ，那人没跑出多远就被鬼子的子弹打倒。他爬上南华观的船石上仔细观察起来，三个鬼子围了上去，又见一人跑到死者跟前站了一会儿，鬼子和那人又趴在草丛中好像在等待着什么。范洪灞断定鬼子埋伏在长蛇谷莫非刚才错杀了人儿？想到这里，一股无名业火从胸中燃起高万丈，他要为这个冤死的黎民报仇！便悄悄地摸到长蛇谷。

鬼子埋伏的地方是一片开阔地无法接近，一旦被鬼子发现，将有生命危险。他左思右想，无计可施。正没奈何，一只野兔在两丈之外蹑手蹑脚地走动，同时又竖起两只耳朵左右观察。当它看见范洪灞时已经晚了，飞来的石头正击在右腿上，没蹦跶几步被范洪灞抓住。

鬼子兵趴在草丛中，忽见一只断腿兔子窜了过来，其中一个鬼子一手抓滑了，兔子从手上跑掉。他不死心，奋力去追兔子。那只兔子腿上有伤跑不快，这个鬼子可就是追不上。可巧兔子望乱石岗里仓皇逃来，鬼子追上去猛地一扑就再也没有起来。范洪灞的铁掌早已击在他的后脑勺上，这是他练就的仙掌功，一掌致命。另一个鬼子不见难友回来，好奇地出去看看，见同伙正把兔子压在身下，慌忙去抢，不想也以同伙的方式死在那里。

三个鬼子仍然趴在那里注视着长蛇谷底那条白蛇小道，他们不放过任何行人。现在，一个鬼子正在打盹，那两个鬼子较灵敏些。当听见身后有动静回头看时，已经晚了。只见一个巨人手握着两块牛蛋大的石头奔到身前，两个鬼子吸了口凉气，措手不及，被范洪灞狠狠地一石头一个砸得脑浆迸裂，当场死去。打盹的鬼子被惊醒，来了一个驴打滚举枪就打。范洪灞不慌不忙，伸手将大枪夺下，回过枪托搂头砸去。那鬼子的头颅不禁打，顿时鲜血四溅。

孙子哆哆嗦嗦举着手枪要打，被范洪灞高叫一声，吓得竟然把手枪惊掉于地。范洪灞一指把他戳倒在地，踏住喝道："狗奴才，今儿你们在这里干什么？"

"灞哥，你还不明白？峄山请了日本人，苟德叫我当眼线。我不来他还不把我活劈了！今后一定痛改前非，你饶了我吧？"孙子说完，跪在地上哭泣起来。毒蛇的眼泪往往把善良人的眼睛蒙住！恶贼甜蜜的话语就是那无影的毒箭！

范洪灞微微一笑，心里暗想，范家与孙家是老亲，孙子父母发丧时两家还有来往。认为毕竟他是中国人，还是给他留条性命，以观后效。他教训地说："你，要做真正的男子汉，就像一棵挺拔的竹子。"他一挥手，示意他滚蛋。

孙子爬起来拾起手枪就打，被范洪灞一脚踢掉，随手拾起一块石头砸在他的后脑勺上，流血死亡。

范洪灞冷笑着捡起手枪，拾起五支大枪用枪带捆好，腋下一夹顺着羊车故道来到夫子洞把枪支藏好。而后，大踏步往白云宫走来。

日头沿山膀子走到峄山五华峰巅顶的时候，一条云带缠绕在半山腰中，两只雄鹰在空中翱翔盘旋。五华峰摩云钻天，丹卵石群鸟争鸣。雄鸡金爪独峰伫，盘龙洞溪潺潺流。万丈壑壁帘瀑响，巨蟒呼风撼山叫。松涛怒吼，柏海涌动。

五圣堂里摆着张八仙桌，上面摆上十几个大黑碗。天上飞的有野鸡，地上产的有山药，陆地上跑的有野兔，水里游的有鲤鱼。

布仁见天已到晌午，从长蛇谷到白云宫布置了五百步一人，单把杀人的信儿传递山上来，待解决了范洪灞再请皇军上白云宫庆贺。可是，天已经到这般时候，怎么还没点儿音信？几个家伙心里火躁，同登舍身崖眺望东南，见没有什么动静，会不会范道人胆小不敢来？布仁盘算着领众匪再回五圣堂。

范洪灞慢慢地接近白云宫，看见站岗的抱着大刀片打瞌睡。他神速地把放哨的土匪擒下，却是村里的西华，他知道这个人表里不一，说话不算数。不得已问道："兄弟，布仁他们现在什么地方？"

西华看清是范洪灞，吓得直哆嗦，两对牙齿上下不住地撞击。他结结巴巴地说："大哥，你不要命了？布仁领着那三个头儿刚刚走，你就来了。快回去吧，他们见了你恨不得把你生吞了。"他告诉范洪灞，匪首们在五圣堂摆了宴席，不知道请哪路先生。

"兄弟，今儿委屈你了，待消灭了峄山土匪，再来解放你。"范洪灞不容西华争辩，用他的鞋带反手捆在柏树上，撕下褂子上一块布堵住了嘴。

这时，就见他沿着盘道大踏步拾级而上，穿过爷娘店，急速来到五圣堂一步出现在众匪面前。布、夏、海、吴四匪看见了十分惊骇，举止失措。布仁强作镇定，奸笑道："哎呀，洪灞兄，弟兄们恭候多时了。"他把范洪灞引到饭桌一侧的桌子前，范洪灞按主次落座。四个家伙各自把手枪放在桌上，范洪灞遂将衣服摊开，表示没有携带武器，众匪方才放下心来。原来齐丽班、贾文明二人觉着势头不对，溜进县城去了。

布仁首先开始发话："今请长兄来山，共商抗日大计，还望兄长多献良策。"

范洪瀛问："你四人是什么时候上的山？"他又问道，"我在山上近三个月，你们怎么不来抗日。我离峄山没几天，你们就请我上山，真是打鬼子心切。"

四个家伙把头耷拉下来。布仁唉声叹气地诉苦："哎，这年月都是被日本鬼子逼得没有活路，逼上梁山，图的是保百姓平安。"

范洪瀛又问，山上有多少人。布仁回答，有百十号人。他还追问，杀了几个日本侵略军。四个土匪听了，都不吱声了。

范洪瀛霍地站起，义正词严地讲："我们中国共产党以民族大业为己任，率先领导中国工农红军开赴抗日最前线。前赴后继，浴血奋战。可是，身为中国人，有人玷辱祖宗，卖国投敌。这种人是没有好下场的！人民不会饶恕他们的。人非圣贤，孰能无过？只要回到人民这一边来。我们双手欢迎。"

四个家伙被说得面红耳赤，面面相觑。布仁恼羞成怒，凶相毕露，跳起来抢枪。

范洪瀛将身往前一探，双手把四支手枪一搂，揽在怀中，喝道："哼哼，哪个敢动，我打碎他的脑袋！"

没等他把手枪收起来，忽见布仁从腰间抽出另一支手枪，对着范洪瀛："嘿嘿嘿，你自投罗网，果然上了套儿。"说完举枪就打。

那三个家伙假意相劝，巴不得枪响人亡。

在这千钧一发之际，只见范洪瀛右脚早起，把张桌子踢上半空中。当即砸倒布仁。范洪瀛未容他还手，啪啪两枪将其击毙。

三个土匪吓得面如土色，跪在地上央求饶命。范洪瀛将他们捆了拴在一起。

他正要鸣枪，孟开山和几十个队员呐喊着冲进白云宫，队员们高叫："不许动，缴枪不杀！"土匪里见头儿被捉便糊里糊涂做了俘虏。

齐东来领着队员们来到西方天台，土匪们正推牌九。队员们冲进了石头屋子，一个个惊呆了。游击队真是吃了豹子胆了，怎么敢大白天在鬼子的眼皮底下活动呢？齐东来命令队员们缴获了他们的武器，押着俘虏向白云宫集合。

韩飞虎冲到大白楼，守门的是夏兰的二弟，见游击队来了，命人死守院门。韩飞虎急中生智，一面命人佯攻，自己带着三人绕到土匪背后面，跳进院子，一枪将夏兰的二弟击毙。他杀人性起，五六个土匪一个不剩全部被他打死，其余四散逃走。韩飞虎嘟囔道:“就杀这么几个毛贼，不过瘾！”收拾了枪支，粮食让队员们背了，他一挥手领着几个队员火杂杂地向白云宫奔来。见到土匪已被歼灭，一枪又把西华打伤。范洪灞看见狠狠地批评他，游击队不杀俘虏，忙让人给西华包了枪伤。与此同时，吕子河亦从妖精洞押着俘虏来到了白云宫，关汉忠领人亦回。

范洪灞大获全胜，分外高兴，面对着俘虏，他说：“弟兄们，你们受惊了。当前，日寇对华进行全面性地侵略战争。我们共产党游击队不怕牺牲，誓死与日寇决战！希望你们以民族大业为重，团结一致，枪口对外，不要做汉奸。愿意参加游击队的弟兄，我们欢迎；不愿参加游击队的，我们发给路费放你们回家。”他派张九龙去夫子洞取来了枪支。

俘虏中多数留在游击队里，只有三个远路人下山了。

范洪灞来到山门前，把姬昌科被火烧焦的尸体收敛好，置口棺材安葬了。游击队回到白云宫宿营。

第十二章

庵　子

日月如梭，一晃数月过去，寒冬到来。东南风刮得天昏地暗，乌云紧跟着布满天空，鹅毛大雪纷纷扬扬洒下九天，一夜之间沟满河平，银光灿灿，白雪皑皑。大地俨然铺了一床白色棉被，阳光初照，如月光似冰茫，却把这个遭受日本侵略者践踏的国土装点得美丽壮观。

清晨，范洪灞打扮成老头，头戴一顶狗皮帽子，腰里束一根草绳。背起粪叉，粪耙向纪王城走来。雪原上一只山兔儿在觅食，见了范洪灞拼命地跑上一段路，刹住脚立起身子竖着两只长耳朵回头观望。觉察到没有异常后悠哉地走开，但它留下致命的一溜脚印，内行的打猎者会顺着脚印一直追到洞口将它捕杀。

回到家乡，范洪灞感到是多么的亲切，就像久别的游子回到了母亲怀抱。但是，肥沃的土地已经不是自家的地，家乡已经不属于自家的家乡，它们全被日本鬼子占领了。现在，处在敌占区的乡亲们生活怎么样了呢?

范洪灞来到张红喜家，把粪叉、粪耙放在大门里。屋门敞着，一幅凄凉的景象映入眼帘，屋里落了一层尘土，满屋子里是一片狼藉。善治老爷干什么去啦?他蹲在屋里等了良久，仍不见人，心里不免着急。

“啊巴，啊巴。”哑巴突然跑进来跺着脚哭了，比画着善治被乡里抓去正吊在梁上拷打。

范洪灞从兜里掏出钱来给他，哑巴摇头摆手不要，双手抱住范洪灞不放他走，他要跟他杀鬼子。范洪灞无可奈何，要他在这里等着，出了院门依旧背上拾粪的工具走了。他来到永新家，把拾粪的用具放在大门一旁，站在屋门前喊了两声也没人回应。往回走时，发现有一座庵子，他俯下身轻声地问："大老爷在吗？"

庵子里传出永新的声音："是谁呀？"

范洪灞不等应允下了庵子。

"哎呀哎呀，我的孩子，我的娇儿。你可来了！"永新是邹县南坡最知名的热心人，庄户人家一旦进入冬季就十分难熬，没有棉衣裳，隆冬季节，冷啊！衣服单薄，无法抗寒，只好挖座庵子度冬。他用砂壶燎开了水，倒了一碗端给范洪灞继续说道，"我的铁孩子，喝口水，暖和暖和。"老人穿着单裤单褂，哆哆嗦嗦的又钻进麦秸窝里取暖。

的确，范洪灞感到真有些冷，双手捧着冒着热气的碗暖手："大老爷，善治老爷干什么去啦？"

永新老人长叹一声，双眼角有些湿润，擦鼻抹泪地叙述起来。自打范洪灞成立了峄山抗日游击队，苟德变得十分温良，表现得十分口甜，也还老实。他独揽了乡公所大权，为了讨好车站上的鬼子，苟德就把善治抓到乡里拷打，让他交出儿子张红喜。他上哪儿去找儿子呢？如今，求生不如死，求死还有一息尚存。老人看了范洪灞一眼，流露出无限不易察觉的埋怨和无可奈何的眼光！小灞你为什么逞强呢？老农民自古以来天经地义地就是吃苦，就是打短工，就是繁衍后代。似乎这事儿好像是祖祖辈辈传流下来的不可逆转和无法改变的客观规律。对于小日本侵占中国，老蒋都拿他没办法，你范洪灞能有回天的本领？可是，善治为了儿子却受此凌辱你小灞怎么无动于衷！

范洪灞看出了永新的意思，将温开水一饮而尽。他告诉老人想请他去乡公所一趟，要苟家快快放人。永新爽快答应。

乡公所西配房里，善治被苟德吊在梁头上，一件单薄的灰色褂子也叫狗腿子扒掉。一天来，苟德一手指头没打老人。他要冻死老人。

那天，善治正在屋中央逮虱子，苟德蹑手蹑脚地凑上来脸上带着笑容，甜蜜地说道："大叔，渴了喝开水，闲时逮虱子。嘻嘻，日子过得挺自在哩！"

"是呀，穷人就是有一副穷骨头，整年累月是逮不尽的虱子，捉不尽的贼！"善治见苟德突然来到面前怒火陡生，他的语言里含着把利剑狠狠地刺向他。儿子红喜跟了范洪灞上了峄山打鬼子，他是完全支持的，自那天起家里就没得肃静。苟德劝他说，快把儿子召唤回来吧，皇军的枪子是没有眼的。

对于善治的谩骂，苟德脸不红，继续和他拉呱："大叔，宪兵队里的黑名单上有红喜哥的名字，俗话说得好，远亲不如近邻。好歹我给您压下了。这两天，车站横事太君催得紧，赶快让红喜哥回家吧。"

善治是个火性人儿，闻听此言，勃然大怒："独眼龙，俺儿子正大光明驱除外寇是清白的，你别再胡说八道，还不给我滚出去！"

苟德揉着在锅山被邹纪青砸瞎的一只眼，嘿嘿地狞笑："大叔，这儿不是说话的地方，你还是到乡公所走一趟吧。"

就这样善治老人被抓走了。狗腿子告诉他，什么时候答应叫回儿子，什么时候放人。

苟德这小子办事各别，虽然年龄不大，但却心藏毒计。他不允许家人给他送饭，又打算饿死善治老人。

永新来到乡公所慈善堂里，坐在八仙桌右边的罗圈椅上，一句话不讲。

苟德见了，气得浑身发抖，但皮笑肉不笑，口里却道："哎，哎，大老爷，您老人家有事？"

"小四，张红喜参加游击队与他父亲无关，快放人。"永新那锐利的目光盯着苟德，他捎来信儿，峄山游击队要他当即放人。苟德问时，永新起身走了。苟德前思后想又见善治半死不活，忙叫乡丁搀扶着善治送回家中。

范洪灞带了哑巴，到丁字街口，买了些煎饼，咸菜回到善治家。哑巴最精灵，他偏不去院里，专在街口暗处趴着，窥视着街上的一切。他是个精力极其充沛的人，三天三夜不睡觉从不困倦的人物，而且忠厚正直，所以范洪灞非常喜欢他。

善治回到家中就病倒了，见范洪灞送来吃的东西，备受感动，在床上欠了欠身子："灞儿，不用管我。这地方你要少来，苟德和老猫子时常出现，太危险。还有，队伍里离不开你。"

范洪灞说："大老爷不要担心，共产党人就是爱护老百姓的。你有难处，我们不管不问，我们就不是共产党人。"

善治开心地笑了，既而啊嚏啊嚏地打喷嚏。范洪灞知道老人病了，便去木瓜家找了苏子，切了葱姜萝卜连同苏子放入锅中烧开让老人喝。

就在这时，哑巴慌慌张张地跑进来，慌忙关上大门把门闩插死，指手画脚："苟德领着鬼子来了！"他钻进了善治的被窝。

范洪灞跳出屋门，鬼子正用枪托砸大开门。他不慌不忙，噌的一声，跳上屋檐，爬上屋脊走了。

横事不敢进屋，躲在磨道里叫嚷着鬼子进入屋里捉人。苟德硬着头皮，踹开屋门，没遇到阻击，窜进屋里，看了看善治，一把将另一头被子扯开，发现是哑巴。十分诧异，明明看见范洪灞在这里，怎么旋即没了踪影？横事进来，没有找到范洪灞气得照着苟德的脸就是三耳光，鬼子汉奸空手而归。范洪灞在外面等了一会儿，回来领上了哑巴回到峄山。

善治在床上趴了几天病还没痊愈，叫驴脸李三来了，满脸带着发愁的神色："大叔啊，哎，我也是没办法。"

善治见他那副假惺惺的可怜相："长脸，别装模作样，有事快说。"

叫驴脸李三告诉他，这回轮到他看铁路。善治满口答应，他带了吸烟的用具，又夹了一大把稻草上了路。雪原茫茫，没有一点路眼，路面狭窄只有一步宽，脚下一滑摔进雪窝。他咬紧牙关爬起来走不几步又摔倒了，只得坐在雪窝里歇会儿。

他来到铁路三孔大桥上替下石柱，石柱见他身子虚弱要替他站一夜岗，善治坚决不同意。他见石柱走了便在桥头上站立着，脚下汹涌的金水河水使人发晕。他不敢往下看，一列南去的货车哐当地开过来，卷起一团团刺骨的寒风使他浑身打战。夜半三更时，天更加寒冷，双脚早已冻得麻木便使劲儿跺枕木。此时朔风又起，冷得两牙直打架，他用稻草把双脚包上还是感觉冻得猫咬般的疼痛。这时候，从车站方向有一道光点渐渐地向大桥照来。老人立刻紧张起来，三个背着大枪的鬼子牵着一条军犬来到跟前，其中一个小鬼子喊“看好”的口令。

善治跑到大桥中间，按规定把双手伸向空中随口答应“铁路”的话语，小鬼子没有听清窜到跟前，猛地踹了他一脚。老人猝不及防从半空中栽进了河里，泛了一个水花儿被大水卷走。第二天早上，木瓜来接替善治发现不见了人，喊了几声没有回应知道事情不好。他便叫拾粪的老金回家给善治媳妇捎信，善治媳妇患有麻风病住在后院，听了信儿忙托人去找，到了晌午派去的人都回来了，都没找着人。

正当大家一筹莫展时，院墙外有人叫："姑，俺姑父漂到俺家南河边被捞上岸。快去人吧！”

善治媳妇一听是娘家的二小子来报凶信儿，哭了起来。

七天后的一个黄昏，范洪灞领了吕子河、张红喜来到石柱家。

石柱刚从大桥上回来，心里明白几分：“灞儿，你们坐。”当听到范洪灞问鬼子何时查岗，“夜里晌午前一趟，白天晌午后一趟。”石柱告诉他们。

三人听了，辞别老人走了。他们来到狮子家，狮子见了范洪灞三人，慌忙去墙上摸枪被范洪灞按住：“兄弟，别害怕，今晚借条路。”他给狮子一些钱，狮子满意地答应。

深夜，查岗的鬼子大摇大摆肆无忌惮地向三孔桥巡来。大如牛犊的军犬好像闻到了什么，挣开皮绳向南窜去，大约跑了三十多米，张牙舞爪张开大口撕人的时候，被一把明晃晃的尖刀割断了喉咙，在地上挣扎一番就再没有动静了。小鬼子立即警觉起来，从树丛中跳出三个人来，三个鬼子的气管和那条狗一样也被割断，死在那里永远地也没有了动静。不过，那只死狗被人扛走了。

从桥南到桥北游击队员们卸夹板螺丝，起道钉，抬钢轨。范洪灞握着狮子的手，劝说：“谢谢你兄弟，谢谢你谢谢你，跟我们走吧。”狮子坚决不愿走，他们只好与狮子两下分手 。

突然，一道雪亮的光柱划破黢黑的夜空，把铁路照耀得如同白昼。铁甲车嗡的一声震天响掉在了铁轨没有道钉固定接头处，活像一只僵尸的乌龟一动不动了。

天刚蒙蒙亮的时候，鬼子把三孔桥炮楼团团围住，打开炮楼门，几个鬼子恶狠狠地将惊醒的狮子捆上拉走了。两天后，他的尸体是在家西金水河北岸被拾粪的老金发现。

铁路上鬼子巡道兵被峄山抗日游击队杀了，连同他们的军犬也给宰了，鬼子们鼓捣了一夜才把铁甲车用一辆小电车拽走。然而，半天未见南北的火车通过，铁轨叫游击队抬到峄山上给掩埋了。那是铁路沿下大树上贴的抗日宣传标语，被饥寒交迫的百姓们看到后才知道的。可是，他们特别不明白，以前不论谁家拉队伍就先占山，喊着给老百姓要钱，叫着架你家里的人。然而，范洪灞在峄山住了两个月余非但没有喊元架户，对老百姓的东西秋毫无犯，倒是杀了不少鬼子，缴获的粮食还救济穷苦百姓。这支队伍为的是什么呢？从老东乡讨饭回来的阔子宣传说，峄山游击队在山里打土豪分田地，人人平等，老少有耕田。这是千百年来少有的大事件呀！真有此事吗？人们面对自身的处境有些狐疑。

贾、齐、王三人 投奔了沙泥，听说游击队袭击了铁路巡逻兵，铁甲车瘫痪在铁路上。贯穿南北的津浦铁路中断一天，三人和苟道便与沙泥献上一计。王家庄离县城近百里路，范洪灞在峄山，王家庄不会做准备，夜里发重兵袭击，血洗巢穴，斩草除根！沙泥依计行事，亲自带一百鬼子一百名伪军，夜间暗暗出城，黎明前在离王家庄十里路的山沟里秘密住下，等待夜里袭击。

王霸探知了这一情报，火速赶往峄山报告了游击队。范洪灞立即命吕子河带领小分队驰援王家庄，埋伏在山道上。黄昏，沙泥驱动队伍向王家庄袭来，游击队迎头痛击，把鬼子打得晕头转向，狼狈不堪。沙泥大骂齐丽班谎报军情，认定游击队早有防备便将日伪军撤回县城。

一天，金司马来山上参加游击队，反被他父亲拉走了。范洪灞想看看他，依旧打扮一番，背了一个破席篓，拿一把木耙，来到金司马家门前。把篓子和耙放在大门里，去屋里喊了声没人答应，庵子里传来了金司马低沉的声音，便下了庵子笑着："呵呵，兄弟，天已到中午了，怎么还没起床？"

金司马木匠出身，有一身好手艺。他抬起头来，听清楚是范洪灞的声音，抱着麦秸枕头掉泪："那天俺那糊涂爹硬拉着我回家，正碰上车站上的鬼子来俺家抢粮食。我没敢吱声，喝血鬼地主田付指使癞皮狗们反把俺的小腿打断了，俺爹与他讲理被打得头破血流。俺爷儿俩三天汤水没沾嘴唇，假若哥哥不来，俺爷儿俩饿不死也得渴死！"

庵子一丈二尺多长，宽比长稍微窄了许多，深浅也有一人多。上面用几根槐木棚着，木头上面用高粱秸覆盖，高粱秸上面培了土。庵子里烧了一堆木材火，里面不光不起潮气反而暖和多了。不过，墙角处满罐子的尿还没倒出去，庵子里尿骚味儿刺着鼻子相当难闻，憋得人喘不过来气。

范洪灞急忙把尿罐提了出去，将尿豁了再用水泛了几遍重新放回庵子。没多会儿，庵子里的尿骚味儿渐渐的少多了。

司马爹躺麦秸窝里，有力无气地叹气。显然，他老人家已经后悔，看着范洪灞低下了头。

范洪灞摸了一下金司马的前额，有些烫手，很鲜明他的伤口已经感染了。他连忙去当院里用石头支好锅灶灌满砂壶水烧开，待开水凉些便给他们父子喝了。那时候，穷人请不起先生治病只好硬撑过去。他又把剩下的开水倒在水盆里，捏些食盐放进去，扯块旧棉花蘸着盐水给父子俩清洗完伤口。出得门来到街上买了些煎饼放在板凳上，临出庵子，金司马父亲撑着木棍送到大门外，一直招手望不见人影才回到庵子里。

第二天傍晚，范洪灞再去看金司马父子。钟科看见范洪灞进了院子，立即报告到乡公所。苟德忙去车站请横事。正巧，贾文明、齐丽班、王图三人都在场。于是，鬼子、汉奸一大帮气势汹汹地向纪王城冲来。

金司马见范洪灞来了，非常高兴。并告诉他，父亲好多了已去老东乡讨饭，本人也能爬着活动了。二人正说话间，忽听庵子门口有鬼子叫喊道："范的，你的跑不了啦，皇军的送你上西天。你的出来！"紧接着又传来齐丽班的声音。金司马哭道："是我害了大哥，我死是小。只是大哥一身好武艺，还没施展就被鬼子害了，苍天老爷救命呀！"

范洪灞也不惶急，笑着劝金司马说，你身患重伤，鬼子并不把你怎么样。你切莫哭，看我平安走出庵子。金司马听了，死神已经附在范洪灞身上，鬼子枪口正对着庵子口已没办法逃活生，这回纵有踢天弄井的本领也难逃出这座巴掌大的庵子。他哭得更加悲伤。这时，庵子盖儿已被挑开，从里面看见已有三把刺刀伸向庵子口。王图哈哈大笑："范道人，你分了我的地，破了我的财。今儿我王图就要你的命！"

这个时候，天已经黑了，庵子口光线已经显得朦胧不清。范洪灞觉着时机一到，将那把烧开水的砂壶套在五尺长短的木棍上，把司马父亲床上的破棉被卷上麦秸苫子，扒了身上的褂子再把砂壶包严，看上去像颗人头。然后，把挑着砂壶的木棍插入破被子包好的麦秸苫子里，做成了一个人形，再把狗皮帽子戴在砂壶上，俨然装扮成一个人样！一切收拾停当，便对着庵子口央告道："王大哥，我知道得罪了太君和你。我是不是该死的人了，这就出庵子。麻烦您给太君说，要用刀，快割喉咙；要用枪，一枪打中脑袋瓜，切莫叫兄弟活受罪。"说完，竟然号啕大哭起来。

"范的，快快的出来！再不出来，投手榴弹的干活！"鬼子咆哮起来。

齐丽班听到庵子里范洪灞的哭声，怪笑："哼，范道人，你一向充英雄，敢领着穷光蛋造反。这会儿倒成了软皮子鸡蛋了？"

贾文明哈哈大笑，叹口气："啨，我最可爱的范道人，凑合着上路吧。"

王图骂道："范土匪，你别当孬种。今儿个逮住你，我叫你下油锅，炸酥你的骨头！用大斧剁开你的脑袋，喝你的脑子！划开胸膛，吃你的心肝，也难消我心头之恨！”

话没说完，只听庵子里一声吼叫，恰似天空劈一个炸雷。就见有人从庵子里跃龙似的出来。鬼子和汉奸们素知范洪灞武艺高强，都丢了武器一拥而上把他按倒在地。霎时间，又有一人乘乱跃出庵子口翻过庵子一溜打着滚出大门走了。此时，鬼子、汉奸这才发现头先出来的人儿是范洪灞扎的假人。当下，贾文明如梦方醒，大呼上当，捶胸顿足叹道：“今儿放虎归山，我们死无葬身之地！”就地拾起手枪对着心窝开枪自杀了。那王图、齐丽班二人见势不妙，翻墙而走。

鬼子舍命追杀，胡同又长又窄，几个鬼子早被范洪灞用枪点击穿了糖葫芦。他捡了几条枪再回庵子，把金司马携出来，脖子上挂了那几杆枪把他背起来走了。

范洪灞背着金司马回到白云宫，齐东来、吕子河二人迎接。齐东来问了金司马的伤势，派人请杨先生医治。又与范、吕二人商议。齐东来说道：“两下店车站虽小，但它的地理位置极其重要。它北接济南，南连徐州，又是邹县屏障。拿下车站，直接造成津浦铁路南北交通中断，这样会给日寇以沉重打击。”

范洪灞说道：“乡公所离车站只有二里路，只要纪王城有情况，鬼子眨眼工夫就到。头一回，我给善治老爷买了东西，不是哑巴报信，就得被鬼子堵在屋里。刚才，我被堵在金司马庵子里，鬼子的几支大枪对着庵子门口，叫喊着要扔手榴弹。万般无奈，我急了，扎了一个草人扔了出去，鬼子都丢了大枪去逮草人，我乘势逃走。”

齐、吕二人听了，有效发呆，不胜惊叹：“队长同志急中生智，死里逃生，惊险惊险！神奇！”二人直咂舌头，暗暗佩服。

范洪灞想到这里，也有些后怕，一想到鬼子站长横事就有气。他说：“我们要让鬼子望海兴叹。”

吕子河问：“什么叫望海兴叹？”齐东来搕了烟灰，仔细聆听。

“我们一到乡公所，鬼子就来增援。为什么不能在金水湾柳树林里打埋伏，一举将其歼灭。令他再不敢随意离开车站。”范洪灞兴奋地说。

听了队长的话，齐东来并没有立即表态，这个办法固然是好，可是利在速战速决。稍一迟慢，车站上的鬼子，铁路沿线炮楼里的伪军纷纷涌来，不但前功尽弃，反而会遭到日伪军的猛烈围攻，到那时危险更大，部队损失更大。鬼子是一支训练有素武器特别精良的队伍，更有伪大队相助。游击队刚成立，没经过大的战斗，射击拼刺技能又差，又怎么能在平原地近距离和强大的日寇开战呢？对于敌我的优势劣势他还是把心中的话一一说明。他说，要打，就必须摸清楚车站上有多少鬼子。要打，应选在白天或者黑夜。要打，最好用调虎离山的计策，还得把炮楼里的伪军稳住。

范洪灞听了，连连点头。

天黑下来，旷野已经辨别不出什么景色，只有林立的炮楼在朦胧夜色里凸显出令人恐怖的黑影。茫茫的夜间，除了炮楼和车站上传来零星的枪声及南来北往的火车声外就更加寂静了。

这时，三个人慢慢地爬上铁路壕沟。其中一个人紧跑几步，挨近炮楼。他贴着门仔细听了听炮楼里面，没有一点动静。便掏出一个钩子在门框上咯吱咯吱地挖了起来。挖了一会儿，里面没有反应，便使劲地猛挖。

“谁？干什么的？找死！”炮楼里的伪军惊惧而心虚地喝喊。

吱吱——一声鼠叫，既而又挖起来。砰砰！伪军在门里踢着门框，门外肃静了一霎，紧接着又有老鼠挖门。门里的伪军再也忍受不了惹人烦恼噪声，边骂边开了门，这个伪军眼一黑被门外的那人接住按倒在地上。

那人迅速冲上二层，油灯下三个伪军正睡在梦乡。他把伪军的武器收拢一块，执枪喝道：“伪军弟兄们，别做好梦了，快醒来吧。”

三个伪军睁开眼皮，见黑洞洞的枪口正对着自己。他们三个人好生疑惑，这人是穿山甲从地下钻进来的？只听那人说：“弟兄们，我是峄山抗日游击队。我是范洪灞。”

三个伪军听了，吓得就在床上磕头求饶：“范老爷饶命，范老爷饶命！”

范洪灞说：“父母生下你，实指望你们好好做人，光宗耀祖。没料想你们甘心为鬼子做狗奴，反过来迫害自家人，真是坏了那颗良心。”

三个人举手发誓，并未做伤天害理的事情。门外闯进二人，喝令伪军穿好衣服，先后把他们捆个结实，再用毛巾堵上了嘴。范洪灞命孟开山看押俘虏，而后再把下面的伪军捆了。他让哑巴头先走了。自己来到金水湾与游击大队汇合。

哑巴来到奶奶庙，见了韩飞虎把范洪灞将炮楼拿下的消息比画着说了。

韩飞虎拔出手枪，高呼：“同志们，打下乡公所，铲除苟氏汉奸。——冲啊！”他冲在最前头，带领游击队员大声呐喊，鸣着枪冲向乡公所。

守门的乡丁吓得如鼠般地钻进院里急忙关上大门，惊叫道：“苟乡长，了不得啦！范道人的游击队打过来了！”苟德从梦中惊醒，慌忙套好衣服，抓了手枪，指挥乡丁：“弟兄们，打，打！”显然，游击队员已经冲到大门前，正在撞门。苟德见形势危急，急叫一个乡丁从后墙翻出去车站报告横事太君发兵增援。

鬼子站长横事正喝着酒，隐约听见纪王城响起激烈的枪声，这个喝了酒就像出了笼子的豺狼霍地蹦出办公室，扶着战刀向东方眺望。一列客车犹如一条长蛇呼啸而过，一个人影渐渐地跑到面前，上气不接下气地叫道：“太君，乡公所的，游击队攻打的干活！”横事也不加思索，拔出东洋刀号叫：“纪王城的——杀给给！”十名鬼子跑下车站，跟着横事顺着金水湾气势汹汹地往纪王城赶来。

柳树林子，古树参天，树木丫杈，好一片阴森。林间小道伴随着弯弯曲曲的金水湾通向纪王城。鬼子兵跑步钻进茂密的林子，横事要建头功，舍命向前。刚跑进柳树林深处，突然间，枪声大作，杀声震天动地。横事当场死亡，十个鬼子有五人毙命，剩下的鬼子带着伤落荒而逃。

范洪灞率领队员们乘胜追击，两个鬼子被杀死。游击队穿过炮楼，跳上铁路正要越过铁轨时，车站上炮楼里突然射出来火舌，子弹如雨。范洪灞头皮被子弹穿了一道沟，血流满面，大队人马亦被压在路基旁。鬼子的机枪不住地扫射，大批鬼子向游击队发起进攻，气得范洪灞大骂起来。韩飞虎来了，见大家都趴在那里，把衣裳一扒，唰地甩出两颗手榴弹，乘着硝烟闯进了月台下，鬼子的子弹再也打不着他。

韩飞虎手里没有手榴弹，只身进攻只有去送死，退走亦是不可能。就在这时，南北铁路沿线炮楼里伪军呼啸而来。范洪灞见势危急，喝令韩飞虎撤退。韩飞虎没有直接迈过铁路，而是借着月台遮挡往南去，因此逃得了性命。范洪灞命令齐东来带领大家往东撤退，自己则来到被控制的炮楼里，却发现里面没有一个人影，他十分茫然，带着疑虑跑出炮楼。

刚跑了数里，就见北面有一道雪亮的光柱直射而来。铁甲车嗡嗡叫着停在车站上，咚咚地毫无目标地朝东方的夜空打炮。

大家回到峄山，孟开山押了四个俘虏早已到了。清点人数，单单少了韩飞虎，有五人受了重伤，三人受了轻伤。范洪灞留下哑巴寻找韩飞虎。

同志们都睡下了，连日来的征战使得队员们十分疲劳。他们一回到山上，很安然度过这个安宁的夜晚。张九龙满山上挖中草药，熬了给伤员们外洗内服，队员们的伤势得到了控制。一个伤员肩膀里嵌着一颗子弹，游击队里没有医生，他叫吕子海用刀子硬硬地从肉里剜出来子弹。那战士一声没吭，一滴眼泪没掉风趣地说：“当年关云长刮骨疗毒尚与马良下棋作掩护，而今俺端坐这里，还没有蚂蚁咬得疼呢。”同志们听了，十分敬佩。

夜深了，范洪灏根本没有睡意，他挂念哑巴和英勇善战的韩飞虎，不知道他们现在哪里。哑巴去找也没有见回来，这让他着实心焦如焚。这一仗并没有打好，虽然消灭了许多鬼子，却在攻打车站的时候失利了。金水湾战斗结束就不该再攻打车站，他埋怨自己急于求成对凶恶的敌人估计不足，特别是同数倍于我的敌人作战。甚至怀疑自己是不是游击队的一名指挥员，这是一次严重的错误，险些给党和人民造成不可挽回的损失。看来，两下店车站必须拿下，使之南北交通运输线不时地陷入瘫痪，借以减少敌人对外线抗日力量的压力。若攻打车站，就必须扫清铁路两侧的炮楼。而后，打下车站，既而选择时机袭击县城。

他不抽烟，然而他拿了齐东来的烟具抽了两锅。浓重的烟雾呛得个别队员直咳嗽，便不情愿地搕下第三袋烟。他联想起上次沙泥袭击王家庄的战斗，虽然没有给人民群众的生命财产造成大的损失。但是，疏忽于情报的来源是革命工作中的一项缺陷。现在，有必要在县城建立一座地下联络站随时掌握敌情。沙泥第一次没有得到便宜，他会还有第二次进攻王家庄。因此，着手动员那里群众做好随时转移的思想准备也是非常必要。

他来到宿舍，同志们都进入甜蜜的梦乡。那个重伤号翻来覆去睡不着还抽搐，正当他上前询问时，伤病员猛地用拳头砸自己的伤口上。一会儿，那位伤员就再也没有动静了。他看到如此刚毅顽强的战士，感到内心里无比的内疚。走出宿舍，关好门掩上挂在屋门上用山草苫子遮挡风寒的高间，信步走出了院门外。

山风无声地刮着，虽然风儿不大，但特别的寒冷。放哨的队员站在凛冽的寒风中，一动不动地搜索目标。当范洪灏走近的时候，那队员回身向他行了军礼。他握了握队员的手，巡查了一遭回到屋里。

他又想起董青军，那里的情况怎么样了？是不是他与县委取得了联系，这个时候多么需要联合一起并肩战斗。眼下，立即进行大练兵，练好杀敌本领，让队员们成为一支攻可胜，退可守的人民子弟兵。

又一声金鸡高唱，范洪灏从沉思中朝窗户一看，天光大亮了。

第十三章

架 肉 蛋

天刚露明，哑巴领来了白成娘。老人家见了范洪灞跪倒在地，痛哭起来。口里不住地念叨还我的根成，报仇报仇！范洪灞急忙将老人搀起劝了很大一会儿，老人家才唏嘘地才止住了哭声，遂与范洪灞叙述了五天前发生的塌天大祸。

去年二月二古会，奶奶给白宋家从峄山爷娘店里拴来了根成。果然，当年底儿媳妇身上小孩扎了根儿。十月怀胎，一朝分娩，生了白胖小子根成。白成娘避着奶奶忙去峄山给爷娘店圣母娘娘烧香还愿，全家人祈祷祖上积德，圣母娘娘鸿恩，无不皆大欢喜。可是，只有白宋终日闷闷不乐，特别是每天早晨窗户棂一有点儿亮，就一骨碌爬起来偷偷地去看看大门上槛，有没有贴了二指宽一扎长的白纸条儿。

眼下，各地的土匪十分猖獗，他们与老百姓要钱，就派人往大门上贴二指宽的纸条，纸条上写明索要的钱数。再者，就把你的小孩架走，鲁南这一带俗称土匪叫“喊元架户”。日复一日，月复一月，尽管他担心的事儿并未发生，但这件事情像无形的锥子扎在心扉使他终日感到胸中隐隐作痛、惶惶不安。村里男女老少谁敢在家里居住？不分黑白昼夜，东藏西躲。

中伏天气，高粱地里十分闷热。根成热得哭叫，白成娘顺手抓一把土坷垃捏入他嘴里，根成就不哭了。白成娘心里求告根成千万别哭，让土匪听见了，可就没命了。夏去秋来，秋隐冬现。大山沟里，北风号叫，寒流袭人，白家人冻得实在忍受不了，侥幸溜回家避风寒。猛然间发现院子里站着一个络腮胡子的人，白成娘顿时惊呆了。那家伙从她怀里夺过根成就走，临行扔下九个字：“三天的期限，钱到人安。”白宋坐在木墩上，呆如木鸡，半晌不语。末了他还是哭了，骂络腮胡子架走了根成，还不如往门槛上贴那小纸条儿拿钱消灾。儿子白成老实得如一口老母猪，一天不兴说一句话。儿媳妇哭天喊地，死去活来。

白成娘倒是有主意，干等着不准备钱总不是办法。原来，凫山又起了一伙土匪，贼头儿络腮胡子叫胡卓。白成娘向地主王八贷了款，白宋听说贷了王八的高利贷，又添心事，心里犯嘀咕，这驴打滚的利息拿什么来偿还呢？可是，眼下也顾不了这些，救孙子要紧呢。白成娘左思右想，托谁当中间人去说事呢？她迈着辣椒形的小脚，找开私塾先生的夏减，这人是个笑面虎，当面答应。白家治了酒菜请了他，当时商定明天一早去凫山。

第二天清晨，白成娘老早起来，做好了饭，请夏减吃完饭打发他走后全家人这才放下心来，单等孙子根成归来。

夏减怀揣了白家赎人的钱，走到山口前，用右手往怀里捏了一下钱。心里盘算着，教书太辛苦，多少年才能挣这么多钱？你看城里人花花绿绿的，吃喝玩乐，与其在乡下吃苦干熬，倒不如拿这些钱玩个痛快，再投靠日本人。想罢，扭转头溜向通往县城的道路。可是，他刚走没几步，猛然止住脚，左手挠着头皮深思：“别进城里了。这钱可是根成的命根儿。今儿要是送不去钱，白家见没了人岂肯善罢甘休。”他左思右想，又从怀里掏出黑纹巾一层一层地打开露出一摞钱，横了心就说胡卓头一天就把根成害了。胡卓夺了钱，叫人去弄根成尸体。因有急事，没来得及给白家说明，在朋友家小住了几天才回到家中。想到这里，竟奔县城而去。

看看日头已过晌午，白家人左等不见人回来，右等也不见人影。大家耐着性子又等了两顿饭食的工夫，仍不见夏减和根成回家。白成娘急了，到村口迎去，蜿蜒小路哪有人影？她抽身回家，叫白宋去关公庙看看。白宋听了，吓得浑身起了一层鸡皮疙瘩。白成娘无奈，便去找小叔子，弟媳妇听了来意，竟骂了起来。说好事没俺的，去狼窝里要人岂不是送死吗？您死人，不能叫俺那口子去陪葬，撇着这些人当寡妇，白成娘听了这些恶语，再不哼声抬腿走了。其实当天夜里，胡卓就把根成用绳子勒死在爪子峰下。那夏减来到县城，寻了一家客店把钱藏好，就去了迎春楼。

白成娘一夜没合眼，老早爬起来去托地方，这地方相当于村里有名望的人物。可是，地方见了白成娘空着手进来，托故说有事不愿去。白成娘退出地方家门，咬了咬牙径奔关公庙而来。

关公庙坐落凫山山套里，四合院子被密林遮盖着。把门的土匪将白成娘引进大厅，胡卓见了她足足瞪了半袋烟工夫，胡卓问："为什么不送钱？"

白成娘说："第二天就叫夏减送来了，你怎么还要钱？夏减呢？"

胡卓听了，示意一匪徒领了白成娘去找根成。临走，她朝胡卓磕了两个头，跟着匪徒来到爪子峰下，看到根成已死在石片上，瘫倒在地，匍匐着大哭起来……

范洪灞听完老人叙说，将她扶到另一间屋里。急召吕子河，齐东来商议。"同志们，我想今天晚上，夜袭凫山，铲除这股土匪。"

齐东来说："凫山是一座光腚山，地形复杂，稍有动静，土匪随时可以逃窜。不过，虽说山上只有三十多名土匪，就是不好打。"

吕子河这个很少说话的人突然说开了："队长同志，前天我跟杨怀庆闲聊，听他说，他和胡卓老是相识。我想擒贼先擒王，就像上次消灭峄山土匪那样，让怀庆同志带一人深入虎穴，把胡卓干掉，然后大队人马扑上去。"

"不行，杨怀庆从小钻机刁滑，是隋朝末年起义军将领李密似的人物，反复无常，立场不坚定，大事不可让他去。"齐东来说，他又告诉二人，"杨怀庆先跟着胡卓混，后跟着荀氏弟兄混，日本人一来，不知怎么地跟着张红喜上了峄山。"

范洪灞心里想，东来与怀庆虽是姨表兄弟，二人却一向不睦，可能是怕怀庆立了功，与他脸面上不好看，故意在中间作梗。他便说："东来同志不要多疑，我们应以大局为重，切莫因小事误了大事。"

齐东来见二人都同意，但他还是坚持个人意见，没有同意。

范洪灞遂将杨怀庆召来，将胡卓绑架白家根成把人质害死的事一一与他说了。最后说："怀庆同志，凫山地处在津浦铁路西侧，邹、滕两县边界。山势峻峭，土匪很容易逃走。我想让你去除掉胡卓。"

杨怀庆心里暗想，我早想离开游击队，机会来了。口里却说："队长同志，请你相信我。胡卓是土匪，我是抗日游击队员。我一定不会因为有旧情而心慈手软。"他说完对天发誓，若不把胡卓除掉，誓不为人。

范洪灞听了，对杨怀庆说："好，你与傻子一起去。我率大队随后跟进。杀死胡卓，放火为号。"

杨怀庆与傻子受命而去。等到齐东来得知，杨、傻二人已走，嗟叹不已，暗地抱怨："范队长，你呀，知人知面不知心。"

凫山山脉坐落在邹滕两县边界，山峦叠峰，横卧东西，连绵数十里，直抵西湖。东麓山脉恰与峄山遥遥相对，山上树木稀少，群山间藏有关公庙。时逢战乱，没了进香的香客变成了座空庙。滕县人胡卓本是个火车贼，将偷来的东西存放在庙里，时间长了，便在庙里做了山大王。

二人刚来到山脚下，土坑里跳出两个匪徒，一个执枪一个横棒拦住去路："什么人胆大包天，敢来闯山寨！"

杨怀庆上前说道："俺是杨怀庆，特来投奔表哥老胡。"

两个土匪，面面相觑，丈二的和尚——摸不着头脑。其中一个先把二人浑身上下搜了一遍，见没有武器，领着二人来到大厅里。报告道："大官，山脚下抓来一对探子。"

大厅北端，关公威风凛凛端坐在大堂之上，右侧周仓满脸胡须手执青龙偃月刀。胡卓就坐在关公脚下，他长一副很像一柄切瓜刀脸，双颊生就杂草似的络腮胡子。头戴绵羊帽子，穿着羊毛大氅，两只狼眼射出凶光令人生畏。他一看杨怀庆与他递眼色，心中明白了许多。正看间，却见杨怀庆奔上前，抓起挂在墙上的朴刀照着胡卓搂头就砍。胡卓已有心理准备急忙躲开。高声大呼道："弟兄们，动手！"几个土匪一拥而上，将杨怀庆捆个结实。傻子急待山前，也被土匪拿下。

"哈哈，杨怀庆，你这个穷酸样儿。论私，咱是老朋友；论公，你是共产党的人。如今咱们井水不犯河水，你怎么敢来行刺我呢？"胡卓喘着粗气揩着冷汗。

杨怀庆挣扎着叫道："土匪胡卓听着，我劝你赶快投降。不然的话，我们的大队人马上来，今天就是你的忌日！"

傻子看在眼里，心中佩服杨怀庆。二人被土匪押进一间屋里，傻子埋怨杨怀庆心太急，以至于身陷牢房。二人从清早到中午没吃饭，正饥饿时，门被打开。外面进来两个土匪，一人端枪，一人一手挎着一个篮子一手抱着一只狗头罐。篮子里盛有四碗菜，两双筷子，两个酒瓯子。那土匪说："胡大官说了，看在乡亲份上，叫你们上路前做个饱鬼。"他说完松了傻子的绑绳，放杨怀庆时，杨怀庆坚决不肯，便与那个土匪关上门走了。傻子解了杨怀庆的绳索。

傻子的酒量特别大，生怕杨怀庆多喝酒搬过来酒罐一饮而尽。他知道土匪要送他俩去断头台，差一点儿把狗头罐里的酒喝光。没多大一会儿，他就迷糊糊地酣睡起来。胡卓请来杨怀庆密议，当下商定用苦肉计引诱游击队来救人，围而聚歼。傻子一觉醒来，见杨怀庆依在墙角，正在打盹。看了门外，倒看出来巧事，看守正是本家的族弟兄邹山。邹山本意救傻子二人脱险，傻子看见邹山与他递眼色便喊了喊杨怀庆，示意他快逃走。

杨怀庆非常警觉，爬起来跟着傻子往外走。眼看要走出关公庙门，却被巡逻的匪徒发现，邹山亲自断后。一时间山里响起来激烈的枪声，不想，邹山中弹死去。傻子大吃一惊，哭着抱起邹山尸体奋力逃跑。杨怀庆抄枪阻击匪徒，一颗子弹击中杨怀庆左腿，摔倒于地。这就是胡、杨二人定下的苦肉计。

“傻子，快跑，我掩护！”杨怀庆打着枪叫道。

匪徒已追到眼前，如再救杨怀庆，二人都得被土匪抓住。于是，傻子丢了邹山尸体，撒开双腿逃离险境。

胡卓令人把杨怀庆抬回偏殿，请来先生与他清洗干净伤口，取出子弹用白布包扎好，开了三服中药。胡卓命人将中药熬开给杨怀庆服下。

当时， 胡卓写了两封信，命一名心腹人去两下店车站报信。央求车站上皇军来皋山设下埋伏，单等着消灭游击队，另一封报知苟义。那名匪徒打扮成农民，贴身藏好了两封书信直接来到两下店车站。寻着鬼子站长，将胡卓的书信交于他。

两下店车站，鬼子已换了两任站长，头一任死在南天门，第二任死在金水湾。这个家伙是第三任，名唤麻布石。老百姓暗地里笑道：“两下店车站不发鬼子站长，这个小头小脸小眼睛小个子的鬼子站长又肯定活不了多长时间。”

麻布石拆开书信看了：“太君麻布石阁下：今与苟义乡长打进游击队里的密探商定，我用苦肉计，引诱游击队上钩，范洪灞必然率大队前来搭救受伤队员。为此，恳请太君发兵，在黑河沟埋伏一举将峄山游击队全部杀掉。关公庙胡卓。”他看完后，闪动了几下绿豆眼来回踱着步，又足足盯了那匪徒一分钟。

“游击队的，真的去攻打关公庙？他们的不去，撒谎的，死啦死啦的有！”

那匪徒正待言语，却见苟德来了。他急忙掏出另一封信递给苟德，他将信拆开看了，先抹了礼帽后与麻布石鞠了个躬，笑道：“太君，胡卓用的是苦肉计，情报大大的可靠。”

麻布石点点头，出去点兵与苟德等人顺着铁路向凫山窜去。

天空飘来一片乌云，既而下起了毛毛细雨。没有一丝风儿，雨淅淅沥沥的从晌午下到下午才慢慢停下。

傻子逃出虎口，没走出多远被人扑倒。傻子大声叫嚷，见是范洪灞便昏了过去。吕子河会些急救法儿，掐虎口，按人中。过了一会儿，那傻子徐徐睁开了双眼，叫了声：“队长同志，不好了。杨怀庆被活捉了！”

范洪灞闻到一股刺鼻的酒味儿，知道他喝了不少酒。他静下心来说：“老邹同志，别慌，慢慢讲。”

傻子叙述起来：“我和怀庆去了关公庙，刚接近山口，就被匪徒发现。他们把俺俩带到关公庙大厅与胡卓会见。挨近胡卓时，杨怀庆突然抓起墙上挂的朴刀朝胡卓的头顶就砍，却被他手下抓住。到了晌午，匪徒送来了酒饭，说吃饱了就砍俺俩的头。你知道杨怀庆不喝酒，我喝得多睡着了。醒来后见看守竟是俺的族弟邹山，他打开门放我俩逃走，刚出来山门就被土匪发觉。逃跑的路上，邹山兄弟被打死，杨怀庆抄枪阻击掩护我撤退。不想，他腿部中弹被土匪抓走了。”

范洪灞听了，心中焦急，这次没有杀死胡卓，反而杨怀庆受伤被捉。他把齐东来和吕子河叫来商议。二人听了范洪灞的叙说，吕子河要求率队攻打关公庙。

齐东来没有吱声，心里暗想，既然吃了酒饭就杀他俩，为什么没有动手？杀了邹山，杨怀庆为什么不跑反而断后，以致被捉。假若游击队去救，鬼子会不会设埋伏。如果不救，胡卓会不会杀掉杨怀庆呢？

范洪灞说：“现在趁敌不备，打他个突然袭击。同志们，你们看怎么样？”

齐东来说：“我想，事出蹊跷，傻子二人吃了饭为什么没有被杀掉？逃跑途中杨怀庆为什么没有走脱呢？我们去救，会不会中了土匪的奸计呢？”

吕子河听了，点点头觉着有些道理，他说：“杨怀庆会不会成了诱饵，胡卓引诱我们上当，很可能打我们的埋伏。”

见吕子河这么说，范洪灞也觉着有道理。齐东来一向对杨怀庆有怀疑，的确他这人真有些像隋朝末年的李密。虽然平常表现不积极，但也不落后。此时，他后悔不该让傻子他俩去干这件极其冒险的事情。事到如今，如何应对这件事情他有些犹豫。他看了一眼齐东来，意味着要他拿个主意。

齐东来缠着烟袋分析起来，进入关公庙只有通过黑河沟，万一我们进入了土匪的埋伏圈，会对游击队造成极大的损失。他问道：“老邹同志，当时你俩喝了多少酒？”

傻子敢作敢当，承认他喝了一狗头罐子酒。他说：“您是知道的，老杨从来不喝酒。”他把喝完酒醉了后，土匪并没有立即将他俩处死前后一一说了。

“当时，如果你俩要逃走，来得及么？”齐东来问。

“来得及，不过，杨怀庆是掩护我才负伤的。”

齐东来点点头，与范、吕二人又将傻子和杨怀庆前后的细节又重新分析一遍。

地上起了大雾，对面望不见人影。范洪灞见了，心灵一动，兴奋起来，与齐、吕二人说出了心中的奥秘。二人表示同意。于是，小分队立即出发，他们冒着大雾像一支离了弦的箭向关公庙飞奔而来。

小分队穿过二十米铁路大桥，太阳快要落山，大雾散去仍有轻雾。他们留下吕子河、韩飞虎二人，继续前进。小分队离开山路，沿山膀子来到黑河沟的半山腰埋伏下来。一会儿，只见从关公庙隐约走出一队鬼子兵，来到黑河沟边小路的两侧潜伏下来。范洪灞看见，暗暗吃惊，胡卓真的搬来了日本兵，佩服齐东来的预见。

吕子河、韩飞虎扮成鬼子兵，歪戴着帽子，浑身弄了一些泥土，倒提着大枪显出狼狈不堪的样子。来到二十米铁路大桥一侧的炮楼前，韩飞虎举起枪托砸炮楼的门，高叫：“麻布太君的有令，你们的统统去关公庙，围歼游击队的干活！哪个的不去，统统枪毙！”

伪军小队长见两个鬼子气势汹汹，十分狼狈，又看到他俩满头风霜，浑身是土，也不敢多想，立即纠集十余人向关公庙跑来。吕子河、韩飞虎二人如赶一群驴似的催打着伪军快速奔跑，渐渐地进入黑河沟，二人落在背后脱离了伪军。

不想，大雾又浓起来。早已等的火躁麻布石影影绰绰地看见黑河沟底间的小道上走来一队人马，把手枪往山沟一指，鬼子兵倾尽力气，把手榴弹如下冰雹一般扔进了过去，紧接着暴雨似的子弹倾泻而来。十几个伪军措手不及，糊里糊涂的被投靠外夷当主子的强盗打死。麻布石一挥手，鬼子兵冲向山沟，捕捉俘虏。麻布石看见死在地上的伪军，号了一声，立在原地傻了眼。胡卓在一旁见了，吓得急忙溜走。

麻布石逐个检查了，发现死的全是看护铁路的伪军，恼羞成怒，照着苟德的脸就是三记耳光。他唯恐游击队趁机破袭车站，慌忙把兵撤回。

刚到山口，山坡上打来一阵激烈的枪弹，麻布石企图逃走，土坑里跃出韩飞虎一斧子砍中他的咽喉死去。苟德被子弹击中左臂逃掉了，其余鬼子逃跑一半被歼灭一半。两下店车站鬼子第三任站长又死了，游击队打扫战场，随即向关公庙进发。

大雾散去，夕阳如一巨大红轮渐渐地没入西边天际。西山膀子下的关公庙院子被青石峰挡住夕阳的光芒，显得黑暗起来。

胡卓溜回关公庙，急命手下收拾东西逃跑。

突然，杨怀庆截住去路，夺过匪徒手上的枪举枪就打，击中胡卓的左臂。

胡卓指着杨怀庆，大骂："畜生，你的眼瞎了？是我！"

这时，游击队已经攻进庙里将匪徒团团围住。

胡卓知道事情不妙，跪地求饶。

杨怀庆宣布："胡卓，你喊元架户，杀害根成，罪恶滔天，实不容恕。我代表人民将你处决 。"说完，啪啪两枪将胡卓击毙。剩下的土匪见了，纷纷举手投降。

范洪灞命令大家收拾财物，埋葬了邹山，向峄山走去。路过纪王城范洪灞单留韩飞虎转向村里走来。他两个直接来到夏减家，搜了一圈儿没有人，又在门外等了多半夜也没见夏减回家，看看天将露明悄悄走开。

又过了几天，傻子来了，并领来了一个人。

"夏减回家了。他去了白宋家，把一切错误都掀到胡卓身上。其实，他根本没去凫山，而是带了白家的钱去城里下了窑子。"他指着同来的人又说，"这位兄弟就是跟胡卓干的，他证明夏减没去关公庙。听人说姓夏的去了妓院。"

范洪灞听完傻子的汇报，去墙上摘了手枪，整装待发。

吕子河近前说："队长同志是不是要去抓夏减？"见范洪灞点头，把他拉到一侧，"这次你又要走，把我们闪在营地，又有人会闹情绪。"

范洪灞说，这次出山，弄清夏减是否送晚了钱，还是没把钱送到而致使胡卓撕票杀害了根成。

吕子河笑了："既然如此，这点小事情我去办了，你留下。"

齐东来随声赞成。韩飞虎拉着范洪灞坐下：“大哥，我和三哥，不，我和吕同志一起去，保证完成任务。”

范洪灞见了如此光景，只好答应，告诫道：“韩飞虎同志，本来这次不让你去执行任务，但你求战心切，批准你去。你要牢记军民关系，切勿不可再鲁莽行事。”他见韩飞虎下了保证，就批准他去了。

二人快速下山，一前一后，迈开双腿，三里路没用多大工夫便到了纪王城。吕子河虽是微山人，但他常来纪王城对夏减的住处非常熟悉，一路直下便来了夏减的大门前。还没等吕子河发话，韩飞虎要起了性子，上前一膀子扛掉大门，径奔堂屋门，飞起一脚将房门踹开。一步蹦到里间，从被窝里拽出来夏减，双手抓住其脖子从里间扔到堂屋里。夏减忍着疼痛睁开惺忪的老鼠眼见是韩飞虎，知道他是后村韩家庄人，此人欺硬怕软，便不把他放在眼里。笑嘻嘻地说道：“你是韩家庄的飞虎兄弟？”

韩飞虎上前照脸左右就是两耳光，骂道：“你这个下三烂听着，我是峄山抗日游击队，奉范队长命令特来要你狗头！”

吕子河拉开韩飞虎耐心地询问：“夏减，五月初六你拿了白宋家的钱上关公庙了吗？”

夏减意识到白家告到了范洪灞那里，据说这个游击队是专门替平民百姓说话的。看来今儿不能说实话，如果说了实话，八成难活到明天。他强打精神哆嗦着手擦去脸上血土，撒谎道：“五月初六，我拿了钱去了关公庙，谁知头一天胡卓就把根成杀了。我装作肚疼上了茅厕，翻墙走开。半路上碰见了朋友邀我做客，耽误了几天，昨天晚上才回家，还没顾得上去白家回话呢。”

“五月初六早晨，你在白家吃了早饭，拿了钱去赎人。你不但没去关公庙，却卷了钱去了哪儿？你现在说实话尚且不晚，过会儿我们就找来在关公庙跟胡卓干的人证实！”吕子河耐心地开导。

夏减支支吾吾，皮笑肉不笑地点头，心里还是揣摩着如何应付事态的发展。

一旁早就恼坏了性如烈火的韩飞虎，他大骂一声：“姓夏的，你这个骗子贼，老子替你说了。你根本没去关公庙，当天夜里住在县城东门里曹家客店。在新开迎春楼妓女院住了三天。关公庙人证是跟着胡卓干的庆得，县城人证是在伪大队干的。”他说完欲上前又打，被吕子河连忙拉开，韩飞虎还是把斧子从腰后拔了出来。

吕子河问："夏减，是不是把两个证人叫来对质？"

夏减连忙摆手："不不不，长官说的全是实话。我姓谢夏的不是人，对不起白家老少。我该死。"

韩飞虎举起斧子来照着夏减的头顶剁去，吕子河急忙拉开，气得韩飞虎大叫："留此祸根，早晚会出大事。"

吕子河让夏减回里间穿好衣裳，告诉他说道："你跟着我俩去白家赔礼道歉，并保证按期还上人家的全部欠款。"

夏减听了，连忙磕头谢了。三人来到白家，夏减朝白宋跪下磕头。

吕子河让他写了还款保证书，夏减在保证书上画押并按了手印，两家各拿一份。白家已经问明事情前因后果，知道夏减是东霸天卜四的干儿子不得不饶了他。

夏减是个喝过墨汁水的人，这小子诡计多端，心狠毒辣。在他看来，庞大的大日本军队业已占领了半个中国，小小游击队宛如星星之火，难以燎原起来。他知道范洪灞是个忠厚刚烈的汉子，曾经对自己有过救命之恩，但从没把他看作是恩人。范洪灞抑恶帮穷的思想注定他逃离家乡，过着蹲山沟，拿苍天当被用土地作床的艰苦生活。至于白宋家的事儿，他很自然而然地进城享尽花天酒地的生活。在这个极度战乱的国度里，不抢不夺，饿死不多，不嫖不赌，等于白活。农民是奴隶，生来就是吃黄连的命，咱弄两个钱花花又有什么不可呢？他反而憎恨范洪灞多管闲事儿，尽和些穷光蛋混在一起。如今，游击队逼着写下了归还钱款保证书，奶奶的，我夏减从来就是借钱不还，有钱花光的手。他左思右想，一双鼠眼珠子转动后，想起了苟氏弟兄。现在，苟家官迷，陆陆续续死的不少，势力逐渐弱小是靠不住的。去城里投鬼子就像登天没有梯子，忽而他想起梨园干爹卜四。人家是一乡之长，手下又有五六十人守寨，还有一个班的鬼子在那里驻防。于是，夏减连夜投奔卜四去了。

夏减摸着黑来到梨园寨子壕沟外，叫道："把门的，开门！"他叫唤了数声，没有回应，竟然骂了起来。

从草屋里跑出两个人喝问："他妈的，哪来的狗杂种，叫你的魂灵？号死？"当二人来到壕沟边，隔着吊桥听清了是寨主卜四的干儿子夏减来了。吓得连忙放下吊桥，少不得点头哈腰赔不是。

夏减头朝着天眼皮不翻走了。他来到乡公所，见到卜四，叫道："爹爹，儿子来了。”他第二句话就把守寨门的人不用心告诉了干爹。

卜四听了，即派人把两个守寨门的人毒打一顿。二人暗恨夏减。

夏减依次见过干娘，干姐干妹。卜四没有儿子是个绝户头，他特别疼爱夏减，当下问：“我儿，你怎么深夜到这里来，一定有事。”

卜妻说：“儿子刚来，不先提吃饭，倒先问什么事儿。”她一连炒了几个菜，夏减狼吞虎咽，一会儿把桌上的几盘菜吃光。

干姐端上茶，夏减接过茶碗含情脉脉地看了又看。

卜四抽足大烟，火盆里增添了木柴。再问夏减。

夏减喝着茶，装着可怜的样子，告诉卜四：“爹，我出事了。”

卜四说：“儿呀，有话尽管说，天塌下来老爹顶着。”

夏减打了个饱嗝，编造起瞎话：“都怪该死的胡卓，他绑架了白家的孙子。白家托我去说情赎人，没曾想胡卓当天夜里就把小孩给宰了，把钱都留下了。”

卜四听了，拍着桌子，叫：“啊啊，他妈的胡卓。夏减，你去关公庙把胡卓宰了他！”

夏减笑了：“爹爹莫急，白家倒没有怨言，偏偏游击队范洪灞插手，逼着我给白家写下了归还钱款的欠条。爹爹，我本来是行好，反被范道人给我揽了一身账，你说冤不冤？”他说完竟假惺惺地挤出几滴眼泪。

卜四劝夏减说：“儿呀，别哭。你去休息，明天晚上到纪王城要出欠条；然后，再去凫山教训教训姓胡的。”

夏减被干姐和干妹扶着去了配房。半夜，夏减离开床偷偷地钻进了干姐的被窝里。

一轮弯月高高挂在东方，微弱的月光照在金盆似的纪王城上空，照在三间低矮的茅草屋上，照在用石头砌垒的小院。此时，风儿静，树不动。四街安宁，万籁俱寂。

突然，村子的街道上跑来一伙人，寂静的村子立刻响起了犬吠声。

白宋是个村里有名的怕事鬼，一听见狗叫，吓得连忙往被窝里如乌龟似的缩一缩头。然而，祸不单行，大祸又一步步向他袭来。院门哐的一声巨响被人踹掉，院子里传来杂乱的脚步声。

白成娘胆大，开了屋门，星光月下见院子里满满地站了一群人。她边扣着扣子边来到卜四面前说道：“大官，你看看家里有什么能用的东西，我给您拾掇拾掇？”

卜四冷不防打来一记耳光骂道：“老东西听着，俺是梨园东霸天。今儿老爷不拿你一针一线。只要你拿出你逼俺儿夏减写的欠款条儿，万事皆休。快点，慢了，扔你井里去！”

白成娘是个逞强的女人，她后退了两步，朝卜四脸上吐一口鲜血：“呸，你这条狼。老娘没要你还钱，你为什么深夜里闯进俺家？”

夏减上前一脚将老人踹倒，一连就是几脚。白宋在屋里听见，吓出了尿。

“快拿出欠条来！”卜四叫嚣道。

白成娘回答：“要命有几条。要欠条除非日出西山！”

卜四一挥手，身后转过来两个乡丁，把白成娘用绳子捆了，吊在大门外老槐树上。又有两个乡丁抱来柴火点着了，白成娘忍受不住呻吟起来。白成听见，光着身子滚下床来就席底下拿出欠条，跑到卜四面前跪下交上欠条。卜四狞笑着接了欠条撕碎来到门外扔进火里，扬长而去。

白成急忙把火扑灭将母亲救下，白成娘疼得昏了过去。他把母亲抱进屋里放在床上，用被子盖好。急忙去了茅厕把尿罐提到床上，把母亲的双脚按在尿里。白成穿好衣服，来到外间，只见夏减在案板上摊开一张纸在上面写着什么。

“你欠俺爹三百五十元钱，立此字据为凭。”夏减说。

白成听罢，气得两眼一黑昏了过去。

夏减拿着白成的无名指按了手印儿，这才离去。他和卜四去了乡公所，见了受伤的苟德，方知胡卓已死，内心害怕，慌忙连夜回到梨园。

清晨，白成娘见了欠条，气得昏了过去。醒来后，她下了床走时，猛地栽倒于地。原来，她的双脚已经烧烂不能走路了。她只好等到夜间慢慢爬起来咬着牙开了屋门和院门，爬呀，爬呀，一路上留下了道道血迹。她终于爬到了村外水井旁，一头栽进水井愤然死去。

白成发完了娘的丧，辞别了家人上了峄山。

游击队消灭了土匪胡卓并巧妙地歼灭了日伪军二十余人，震惊了县城的沙泥。秘密纠集三县兵力将峄山团团围住，范洪灞见敌强我弱，趁夜间率队伍从山后悬崖绝壁撤退。沙泥发现游击队跑了，命人将一封密信送信给梨园卜四，叫他暗里侦察游击队的动向，得到确切情报，火速报告县城。

这天，游击队召开总结扩大会。参加会议的人员：范洪灞、齐东来、吕子河、韩飞虎、孟开山、张九龙、张红喜、关汉忠、金司马。

游击队在广阔的农村扎下了根儿，有的村庄也都纷纷组织了民兵，镇压地主，铲除汉奸，扩大了抗日武装组织。大家认为游击队取得了很大成绩，在讨论侦察员傻子和杨怀庆的问题上，范洪灞和齐东来发生了激烈的争论。

范洪灞见游击队大小十数次战斗取得了不小成绩，心里非常高兴。他笑吟吟地对大家说："同志们，我们峄山抗日游击队在与县委失去联系的情况下，仍然取得了多次战斗的胜利。是我们全体游击队战士奋勇杀敌的结果。但是，这也是与我们两位侦察员王霸和老邹同志勇敢以及细致的侦查工作分不开的。就拿消灭凫山土匪胡卓来说，老邹智勇双全，逃离虎口，我们从而取得了消灭凫山土匪的胜利。同时，杨怀庆同志深入虎穴，斗智斗勇，化险为夷，亲手击毙了匪首。因此，今后我们还要多动脑子，再打几个漂亮仗。"大家听了，无比兴奋和鼓舞。

齐东来听了范洪灞的讲话，心里产生了不同的意见。同时，对范洪灞的主观主义的思想非常不满，如果再不及时纠正，作为一个指挥员来说，长期下去，势必给游击队造成无法估量的损害。傻子固然是个好同志，但是，他的缺点是好酒。人一馋酒就会醉酒，醉酒就会误大事，这一点范队长并没有提出来。至于杨怀庆，上次派他两人去关公庙刺杀胡卓显然是荒唐的事情。疑点有三：第一，土匪就这么好杀？胡卓就这么愚蠢？第二，既然二人被捉，为什么还给酒饭，吃饱了为什么不立即杀掉？第三，杨怀庆逃走受伤，胡卓为什么没有杀掉他，反而在游击队攻进关公庙后，杨怀庆却杀了胡卓。杨怀庆一步一步是从狼窝和狗窝里走过来的人，新组建的弱小游击队犹如一颗挺拔的幼树是经不起一只蛀虫钻心嚼咬的。他会不会是蛀虫？是不是苟家派他打入我们内部做奸细？这一次是不是敌人用的苦肉计？假若按胡卓的设想去做，游击队的下场是显而易见明摆着去送死么？他认为，鬼子设伏，杨怀庆受伤是胡、杨二人精心策划的阴谋。

他缓缓地站起来，十分严肃地说："同志们，我们虽然取得了不少成绩，但是也不能被胜利冲昏头脑。有些问题我不得不说。游击队从小到大，发展到今天，犹如在刀山上爬行。现在，敌人磨刀霍霍，汉奸、土匪十分猖獗。因此，我们就必须提高警惕，防止这样的和那样的敌人进攻和破坏。"他说到这里，有意思的看见范洪灞脸上带有不悦的神色。他想，事情已经发展到这个地步，再矜持就是对游击队采取不负责任的态度。于是，他一针见血地说："我现在讲两件事情，第一，关于杨怀庆同志的问题。他在刺杀胡卓失败的时候。胡卓没有杀掉他。第二，二人喝醉了酒被邹山救出，杨怀庆负伤后，胡卓并没有杀他。第三，胡卓逃关公庙后，受了重伤的杨怀庆从哪里弄来的枪打死了胡卓呢？”

韩飞虎对着齐东来说：“你姨弟不是个好东西。”

范洪灞双眼露出不满的目光，他看了一眼齐东来笑着说：“同志，你不要疑心过重。胡卓与杨怀庆是老朋友，有可能胡卓想拉他当土匪才不杀他。”

齐东来斩钉截铁地说道：“不对，范洪灞同志，俗话说家贼难防啊！任何的偏见都是对游击队的伤害。”

范洪灞生气地说：“东来同志，大敌当前，我们要保持队伍的团结性，不要对一个人产生这也不对，那也不是的猜测。”

齐东来没有再说话，他知道范洪灞是一个很难说服的人，既而转了话题。他说，老邹今后执行任务不许喝酒。他见没人反对，就再也没发言。

会议进行了两顿饭时间，决定让王霸去寻找董青军，张九龙更换下傻子下山侦察。

第十四章

三打梨园

梨园离县城七十余华里，北靠城前，南扼张庄，鬼子在这个镇子上安了据点。镇子里百十户人家，是邹县东部山区大镇子，更重要的它是扼守通往根据地的咽喉之路。对于游击队的工作开展威胁很大，游击队决定拔除这颗钉子。于是，只留少数队员守卫峄山，其余队员随范洪灏下山向梨园进发。

范洪灏专门把吕子河找来，嘱咐他看好傻子。傻子机灵能干，是一个合格的游击队侦察员。但是，他有个癖好，——馋酒。一见酒便上了瘾，据说上回竟然在梨园和杨怀庆喝了一中午酒。尽管傻子辩解说是摸清杨怀庆的心底，那可是件很危险的事情。

一会儿，傻子来了，准备出发。范洪灏再三交代他不要喝酒。同时布置了任务："要把梨园有几座炮楼，寨子的石头墙有多高，共有几座寨门，有多少人把守，是鬼子还是伪军或者是乡丁。"

二人领命了，举起了拳头："消灭法西斯，还我山河！"辞别范洪灏，上路往梨园而去。

一路上，两人说说笑笑，闲扯了一通。傻子笑道："队长忒小心，我傻子哪一回没完成任务？"

"同志，鬼子汉奸是群吃人的野兽。我们既要消灭敌人，同时也要保护好自己。"吕子河严肃地说。

“呵，老吕同志，你才跟队长学了几天，倒教育起我来了。算了算了，咱们谈点别的。”显然，傻子有点不耐烦。

吕子河笑了：“同志，你说说梨园卜四，自称东霸天，太平姜黑子，人称西霸天被除掉，北霸天在围剿游击队时被鬼子误打中枪身亡。你看除掉东霸天，还有几个恶霸？只存南霸天苟义。”

傻子哈哈大笑：“吕同志，我叫傻子，我看你比我还傻。这个数是四减三得一，连三岁小孩都会，你出这么简单的数是什么意思？”

吕子河告诉他，鲁南四霸都死了，还会有小四霸出现。因此，要使人民彻底翻身得解放，过上幸福生活，就必须彻底打败日本侵略者，消灭汉奸走狗。到那时祖国的这片净土上，就没有帝国主义，没有剥削阶级，到处是一片自由，平等，祥和的新气象。——这才是我们革命者的真正目的。

傻子听得入了迷，深刻地认识到今天拿起枪杆子是为了什么。

二人不再谈论，默默赶路。

正走着，傻子突然指着一棵树下，叫了起来：“老吕，你看前面是干什么的？”话还没说完，突然，西北风刮起，一片乌云随风而至，哗啦哗啦地下起了倾盆大雨。就见一溜人往寨子跑去。

二人几步赶到梨园河畔，只见地上躺着一个人。有人告诉他俩是上吊的。奇怪，既然有人上吊，柳树下围观的人怎么袖手旁观呢？

“老傻，不好，这不是人上吊，是乡公所在杀人。”

原来乡丁想吊死那人，正巧来了大雨就跑了，那根绳索却断了。吕子河把绳索解开，傻子在树下就势将人抱住慢慢地周正好。吕子河在峄山白云宫和范洪灞玩耍时，跟道家住持唐玄学了个法儿。你看他掐虎口（合谷穴），按鼻沟（人中穴），一会儿又给那人按压胸脯，反反复复，好多次。一老头儿说，算了，人死不能复生，他没有再活过来的希望了。吕子河听而不闻，仍继续压胸脯，摁鼻沟掐虎口。傻子脱掉褂子与二人遮雨水，这会儿雨渐渐停下来。

又过了一会儿，只见那人微微睁开双眼，握拳伸足，断断续续地哭了起来。

吕子河问道：“老乡，你怎么想不开呢？”

那人长叹一声，慢慢地哭诉道：“卜四这个贼头，诬赖俺私通游击队，派人来吊死我。”

吕子河听了那人说完，心中暗喜：“破梨园，就在此人身上。”傻子火速背了那人，向另一个村庄走来。

他们来到傻子姑妈家，姑妈抱了柴火在堂屋地当中燃着，给三人烘烤衣服，紧接着烧了几碗姜汤与他们喝了，再去做饭。这当儿，那人磕头相谢，叙说着他所发生的不幸。原来，此人叫崔成亮，梨园人。今年二十九岁，娶了一位从黄河北来讨饭被遗弃的十六岁女孩。女孩随父母从河北来到鲁南，四处流离，恐怕饿死女儿，情愿许与崔成亮。而后，岳父母及与家人拉上讨饭棍儿又漂流他乡。

昨天夜里，乡丁三歪子叫崔成亮去守寨子。他吃罢晚饭，叫媳妇把屋门插好便去了寨子门口。卜四乘机托开屋门，钻进了小媳妇的被窝。小媳妇奋力挣扎，拼命呼救。父亲闯进里间，点着了油灯一照，见是乡长，满脸堆笑，再赔个不是。卜四只好作罢，悻悻而去。父亲忙去给儿子说了，崔成亮闻听此言，怒火万丈，把红缨枪往地上一戳撒腿就往家里跑。来到家里，哪有媳妇影子？他出了屋，隐隐约约听到村外有女人的呼救声，便循声追去。崔成亮愤怒地杀入敌群，指东打西，力战群匪，但终因寡不敌众被几个家伙一拥而上，围着他痛打，昏死过去。今天，卜四人带着乡丁把他抓走，想吊死在柳树林里。

崔成亮说到这里，哽咽着说些感谢的话。看到吕子河威风凛凛，气宇不凡，不禁问道：“二哥是干什么的？”

吕子河郑重地说：“老乡，我们是峄山抗日游击队。今儿特来侦察梨园的情况。”

崔成亮听了，豁然开朗，兴奋起来说：“好，我给你们带路，活捉卜四抽筋儿扒皮，也难解我心头之恨！”他迟钝一下又讲，“难，寨子二丈余高，石头砌就。只有东西两门，两门都有重兵把守。”然后，就把梨园的具体布置详细介绍了。

傻子一拳擂在桌子上：“就是龙潭，我们闯海底。是虎穴，我们掏洞窝。”

崔成亮摆摆手提醒说：“兄弟，切莫小看这梨园，九龙山川军战败，卜四抢了不少枪支。现今又有鬼子撑腰，梨园不好打呀，不好惹。”

“夜里攻打，你看怎么样？”吕子河问。

“别想别想，夜里百十步一岗，更有五七人巡夜，难难难！”崔成亮摇起头来。

吕子河、傻子二人扮成讨饭的，去梨园寨子里逛了起来。果见守卫严密，寨门上方有数人瞭望，寨门里亦有五七人把守，炮楼上鬼子虎视眈眈。忽见一群人押着被疑似私通游击队的人喝喊着呼啸而过。他俩看了一周圈儿，记在心里，想退出寨子。傻子却被一人抱住："傻子，不要走！"

吕子河被唬出了一身汗，那人笑着邀二人去饭馆喝酒。吕子河不许，傻子执意要去，吕子河坚决撤出寨子，傻子上来连拉带扯央求："三哥，不是外人，他是我表弟。"

吕子河急了，夹起傻子硬把他带出了寨子。二人没走几步，就见夏减领了一队人向这里走来。

二人快速撤走。原来，傻子表弟拉他的时候被夏减看见，觉察有疑问便领人来追。吕、傻二人忙回到傻子姑娘家领了崔成亮，辞别了傻子姑母。

范洪灞听了二人的汇报，仍不放心。寨子里鬼子七人躲在炮楼里居高临下，乡丁有六七十人。游击队总共才六七十余人，关键是攻打寨子还是头一回。于是，他带了齐东来、韩飞虎、王霸和哑巴四人，各拿一刀火纸，扮成哭丧的人向梨园进发。他们来到一座茂密的小山包上，察看梨园。山包与寨子只有一河相隔，寨子里的一切看得一目了然。

梨园的寨子果然高峻，一周遭全是石头砌成，上面还有半人高木栅。一般人是上不去的，而且上面有人巡逻。再看东西门口，也有五六人把守。而且，炮楼俯瞰全寨，防备十分严密。山包树林子里，有人窥看寨子，早有人报给卜四。他亲自登上寨子观察一番，暗地里拨了二十人由夏减领着从西门杀出，绕到树林前头截杀，自己和鬼子从东门杀出。

范洪灞正看间，发现有一队人从寨子里冲了出来，知道已被发现，忙令众人急撤。哑巴跑得慢了，被从背后冲来的鬼子击中后腚，中弹倒下。范洪灞正奔走间，回头见了哑巴负伤，叫齐、王、韩三人快走，回身夹起哑巴飞跑。

突然，迎面飞来一阵枪弹，幸亏树木稠密挡住了子弹。鬼子汉奸前后夹击，五人不敢恋战，边打边走，舍命冲出山林，渐渐地离开险境。众人来到一座山岗喘息，范洪灞见伤了哑巴，十分懊恨。不曾攻寨子倒伤了人，心中烦闷，忙回营地，将队伍转移到王家庄。

范洪灞邀了齐东来到村南灭鬼河畔，初冬的河水小了，窄窄的河水弯弯曲曲在漂白的沙滩上流淌。两只野鸭子不时地在深水里凫出水面又钻入水底。塞北的寒风徐徐吹动，老柳树千姿百态飘荡起没了叶儿的枝条翩翩起舞。河水涌流，两岸跃动，灭鬼河树欢水笑，景象惊人。

范洪灞坐在老柳树根上看着奔腾的河水，不禁无限赞美：天下名川不知多？绝少难比灭鬼河。听高三老人讲，他爷爷的爷爷在一个暑夏的夜里，与村里人来沙滩上凉快。到了下半夜，人们都回家了。老人家睡着了，夜里凉了把他冻醒，这个时候就听见身后有一个女人哭哭啼啼。他转脸一看，就见一个女的披头散发，二指宽的小脸，青绿的绿豆眼，披头散发。上穿绿色青蛇褂子，下穿黑黝黝的裤子赤着双脚立在背后。老人吓得嚎了一声娘，光着腚一口气跑回家。从此，卧病不起，惊吓加忧悒一个月不吃不喝死去。有人不信，专门去试验，果然那女鬼又显灵了。那人也和老人家一样惊吓而死，从那时起，每逢夏天再没人敢去凉快。高三的爷爷，满怀仇恨，决心要为爷爷报仇，发誓要除掉这个女妖魔。在一个夏天的晚上，月黑头加阴天。爷爷手里拿了一根削得钉尖似的镢柄粗细的桃木棍，去了沙滩凉快。到了半夜，果然有一个小脸二指宽女鬼在他身后哭了起来，爷爷双手抓过桃木棍对着女妖魔猛扎过去。只见一溜火光往西南而去，第二天再来沙滩看时，白白的沙滩上留下来一溜鲜血。爷爷就把桃木棍钉在那溜血迹上，从此以后，就再也没有闹过鬼。后来，人们就把这条河称为灭鬼河。再后来鲁南一带，闺女抱着孩子回娘家或走亲访友就必须掐一根桃枝拿着辟邪，预防小孩受到惊吓。

齐东来笑了："队长同志，从前当了两天道人学会吟诗，可谓天下奇才！"

范洪灞说："你知道我刚才说的是什么意思？我是听了高三讲了灭鬼河的来历，才兴致大发。"他遂把灭鬼河的来历与齐东来叙说一边。

齐东来听了，频频点头，高兴地说："是呀，我们也准备桃木棍迎击沙泥。鬼子敢来这灭鬼河，这里就是他们的墓场，誓叫他们一溜鲜血回东洋！"二人把拔炮楼，锄汉奸，打破车站，破关公庙前前后后的事儿详谈一遍。

"东来同志，最近我仔细考虑了杨怀庆的事，的确有些蹊跷。你说得对，我们要提高警惕。"范洪灞坦诚地说。

齐东来久久望着范洪灞，这个宁折不弯的人，一旦认识了错误，他是宁愿磕头也要赔礼的人。二人谈了两顿饭工夫，才往回走。

到了半夜，两人去村外查岗，范洪灞抬头看了看蔚蓝的天空圆圆的月盘，被一圈麦黄色的光环圈住，脑海里悠然想出了一条妙计。他指了指月空，对齐东来说："看看天上。"

"黄圈套月，必然生风。"齐东来随口说，"盗贼习惯'偷风不偷雨'，咱也来个‘以其人之道，还治其人之身’。”

范洪灞说了声：“好！”

一天朔风吼，入夜北风疾。梨园的吊桥站立着，壕沟里的水结了冰冻。高高的寨墙在朦胧中似乎显露出一团僵死的蛇，除了狂风肆虐，天公怒吼，寨子里外好像相安无事，平平静静。

游击队过壕沟，搭人梯爬上了寨子。韩飞虎见人举起斧子就砍，吕子河急忙说：“不许伤害农民兄弟！”

韩飞虎警告道：“别出声，专找卜四还债。”五个守寨子的农民果然蹲在一角，一声不哼。

这时，夏減提着马灯来了，不见了守寨子的人，咋呼起来。白成忍不住一枪刺偏没有刺着夏減，就听他吆喝一声，丢了马灯掉头就跑：“坏事了，游击队杀进来了！”

韩飞虎赶过白成，扑上去抱住夏減将他摔倒在地，白成再次挺枪刺去，却把韩飞虎的胫骨划伤。韩飞虎夺过大枪，倒举枪托将夏減的头砸个大坑，流血死去。

两个被夏減诬告挨打的乡丁发泄私愤，就势打开寨门放下吊桥，跑出寨门。范洪灞正要率队进入寨子，就听寨内叫声连天，枪声乍起。炮楼里的鬼子拼命射击，封锁住吊桥。游击队被压在壕沟外。一时间，梨园大地，枪声响起，杀声震天。

这时，卜四一面差人飞报西山头的皇军前来助战，一面纠集三十余乡丁向游击队扑来。卜四心虚，在后面督战，众乡丁号叫着冲向寨门。

吕子河、韩飞虎、白成三人见势不好，跳下寨墙。白成崴了脚脖，韩飞虎拽着他拉下壕沟爬上对岸。

鬼子舍命冲出寨门，范洪灞一挥手，队员们一齐开火，冲在前面的鬼子倒下了三个，其余屁滚尿流地退进寨门。卜四命乡丁爬上寨墙，从高处往下射击，命人关了寨门。

范洪灞欲发起强攻，齐东来说：“队长同志，不行呀，这样伤亡会更大的。”他分析，鬼子，乡丁都集中在东寨门，可叫吕子河领一部分队员攻取西门，袭击敌人背后，两下夹攻。范洪灞同意，吕子河领了关汉忠、韩飞虎、张九龙、张红喜等数名游击队员，悄悄地转到西门。

游击队的动向，恰恰被躲在一角的卜四瞅见，遂暗地拨了十余乡丁直奔西寨门。吕子河当先下到护寨壕沟，被赶来的乡丁一阵猛烈的枪弹压在壕沟里，头部受伤。高叫：“飞虎，快撤！”他却沿着壕沟走了，韩飞虎与游击队员只好退了回来。

吕子河回到范洪灞身旁，捂着血头喘着粗气：“队长同志，西门火力太猛，无法靠近。”

范洪灞把帽子一抓，狠狠地扔在地上，喝道：“同志们，准备进攻！”

队员们做好冲杀的准备，游击队才要发起进攻时，就听正西面，枪声突然响起，一群鬼子兵正向游击队侧翼杀来。这支鬼子兵正是卜四请来西山头炮楼的，寨子里的鬼子与乡丁见了，打开寨门，率先窜出。

范洪灞见了，觉察事情紧急，传令撤退。一面叫韩飞虎挺机枪阻击寨门的敌人，一手携了白成边打边撤。

韩飞虎见了鬼子，怒火万丈，奋勇阻击敌人。眼看寨子里的鬼子，乡丁对韩飞虎的阻击小组形成包围。齐东来命令韩飞虎火速撤退，韩飞虎杀得性起，宁死不退。

范洪灞火了，把白成交给吕子海，领了关汉忠、张九龙、张红喜、崔成亮回身迎接韩飞虎等人。再看那韩飞虎扒了上衣，光着膀子正要只身杀入敌群。范洪灞飞奔向前，一把扯过韩飞虎，斩钉截铁地命令：“同志们，撤退！”

韩飞虎听了，指着敌人骂道：“强贼，不是韩老爷怕你们，是爷爷打累了。明天再来收拾你们！”他端起机枪横扫一遍，拔腿就走。

游击队很快甩开了两股追上来的敌人，大家都到一座山岗上歇息，齐东来看见了什么，十分骇然，叫起来：“队长，鬼子马队！”

范洪灞放眼望去，只见二里之外那条山道上，星光月下一队鬼子骑兵朝这里袭来。他暗吃一惊，指着左侧一座茂密的树林子急命：“同志们，鬼子骑兵来了。大家不要慌，向山林里撤退。”

原来，西山头的鬼子得了信儿，火速给县城沙泥打电话。沙泥闻报，先派骑兵队赶往梨园，自己亲率一百日伪军随后赶来。

范洪灞亲自殿后，齐东来率领大家往山林撤走，鬼子的马队来到山林失去了作用。正要往回走时，一阵枪弹把他们打得横尸满地，游击队缴获十几匹战马乘机走开。

沙泥的队伍气势汹汹地奔到梨山，并没有发现一个游击队员，倒是看见了自己的难友已死了好几个时辰。

又过了俩月，再提起攻打梨园的事。王霸说，他有一家远房姨家在梨园邻村，不如我去姨家问问寨子里有没有认识的人打更再定。范洪灞同意，王霸去了。傻子愿去，范洪灞不同意。傻子执意要去，范洪灞坚决不同意，傻子这才作罢。范洪灞亲送王霸于村口，“消灭法西斯，还我山河”，双方告别。

王霸在路上不敢怠慢，急如风火地向西赶来。此时已是三月底天气，沿路桃花芬芳绽开。野花盈地苾香，如此胜景，也不欣赏。他来到村子，装作讨饭，进来一家院子。屋门敞着没人，久等了一会儿也不见姨家人，只好退出院子。他在街上慢慢走动，却被一个长发蓬头，身材干瘦而且有些驼背的人抱住。

“哥呀，叫你吓死我。”王霸吓出汗来了。

那人叫程龙阳，是孩时的结义兄弟。他非常诚实，无地无妻孤身一人，却经常断顿子。他紧紧地抱住王霸说道说：“哎呀，好兄弟，你怎么来了？”他把王霸拉进家里，坐下。心里犯愁，家徒四壁，满屋子里落了一层尘土。客人来了，拿什么东西招待人家呢？

王霸看出他的意思：“走，到街上饭馆里喝上一盅。”

程龙阳也不客套，二人手拉着手上街。丁字街坐北朝南，是村子最繁华的地方。周边两个村庄紧紧相连，老年人都聚集在街口说些民间故事，好谈景阳冈武松打虎，武二郎怒杀西门庆，岳飞大战黄天荡，戚继光消灭倭寇，成吉思汗横扫亚欧的故事。沿街的豆腐架子，烧饼店，酒馆，炸油条的摊儿一个挨着一个。小孩们玩些杨家将点兵的游戏。

二人进了饭馆，在一个角落落了座。王霸要了一斤酒，一碗杂烩，一碟儿花生仁。程龙阳也不作假，嫌酒瓯太小，给掌柜的要了只茶碗斟满一饮而尽，抓起筷子往嘴里填菜。没多大一会儿，两样菜就见了底儿。王霸又要了一碗杂烩，一碗豆腐，见程龙阳直打饱嗝，买了三斤窝窝头与他边吃边谈，不觉太阳西沉。王霸算还了酒钱，回到程家。

那把砂壶也不知有多少天没用了，程龙阳用水泛完灌满水便生起火来。他又打了饱嗝：“兄弟，嗨，我两天没吃饭了。今儿你要不来，我就要饭去。”他这才问王霸，“在街上吃饭，没敢问你，今儿来有事？”

“大哥，我与你说实话，我峄山游击队的人。打两回梨园了没成功，想找一个守寨子的人，到时候开了寨门，放游击队进来。”

“哎哟，卜四杀人如捏死只小鸡。这条毒蛇奸杀俺媳妇害得我孤身一人，这个仇我怎能忘记！”他沉思一下，“行行，今儿是梨园大集。我有一个好伙计，守东门。一会儿我去给他说。”程龙阳雷厉风行，寻一根杨槐短棒，肩上背了条褡子欲起身。

王霸从腰间掏出两张钱来送给他，程龙阳接钱就走。王霸在他家专等消息。

梨园集市上，人们拥挤着来来往往。程龙阳挤在人流间喊着“借光”，意思叫行人让开自己的路。他好歹出了人流，在集上转了一圈儿，去摊上买了菜和酒，拐进一座死胡同，敲开大门。

“嗬，清晨喜鹊闹枣枝，不想贵客喜临门。”门里一人诙谐地说。程龙阳随那人进屋，并把菜与酒摆在案板上。那人脸色变得难看：“你这是干什么？我瞎溜管不起你一顿饭？”

“瞎溜兄弟，你今儿有金山银山别破费，我坐庄。”程龙阳说。

瞎溜大喜。摸刀把豆腐利了，炖一锅土豆烩豆腐，抓一把辣椒放在案板上，二人对饮起来。

“听说卜四要调县里当伪大队小队长，真有这回事？”程龙阳察言观色，旁敲侧击地问。

瞎溜半瓶酒下肚，胆大包天，摆着手：“别提这个千刀万剐，万剐千刀的畜生！他太厉害，头几天游击队差点被他逮住。喝酒莫提。”

“兄弟，不瞒你说，游击队来人打听。我想，你是一个素有正义的人。若能开了寨门，放游击队进去，杀掉东霸天，为民除害！”

“行！”这可是杀头的事情，瞎溜义不容辞地答应了。两人约定，后天打更，半夜举火为号。

临走，程龙阳给了瞎溜那两张钱，瞎溜不要。程龙阳还是给了他钱分别。

王霸接着，听程龙阳一一将和瞎溜约定的事说了，异常兴奋。立即动身回营地。将上项事情回报，范洪瀛立即召开会议，商定攻打梨园计划。

中午，范洪瀛将心中的事与王霸交代一番。王霸去了。黄昏时分，游击队大队人马乘着灿烂的晚霞，浩浩荡荡向梨园进发。

王霸腿快，直抵程家庄，与程龙阳说知，并将手枪给了他。

程龙阳锁好家门离开村子，来到梨园街上没走几步，就听瞎溜趔趄着耍酒疯骂街。原来瞎溜人品是好的，只是饮了酒，就难以控制情绪。瞎溜得了程龙阳的钱，一天三酒，喝得酩酊大醉。当时，程龙阳吓得慌忙上前，左手抱住他，右手捂住他的嘴硬将他推回家。不想，瞎溜一头栽倒床上，鼾声如雷，摇晃不醒。心里想，瞎溜醉了，误了大事。于是，他慌忙走了。

刚出门，瞎溜父亲跑来催促地说："快跑，卜四要来抓你。"就听街口 传来杂沓的脚步声。瞎溜父亲慌忙跳进另一个胡同。程龙阳翻过墙头跳上街一看，卜四领着乡丁堵住街口。他翻过几家墙头向寨口跑去，背后追兵大叫："程龙阳，站住，乡长找你有事！"

程龙阳奔到寨门口，打倒乡丁夺路而去。

卜四率人追出一里许，见其钻进林子围了起来。不想程龙阳子弹打光，几个乡丁扑上去将他活捉。卜四叫人把瞎溜捉住，痛打起来。瞎溜宁死不招，后悔喝酒误事。卜四见瞎溜身上没一块好肉，便把他关起来。猜想游击队又要进攻寨子，便一面派乡丁去西山头炮楼请鬼子来袭击游击队背后，一面与众乡丁准备武器埋伏在村内街道两侧。王霸不见程龙阳回来，便去梨园打听才知道程龙阳被捕，忙抄近路回去与范洪灞报信，不想他与游击队没有走一条路。

范洪灞率队直抵山包，约莫到了半夜，见寨子大门果然开着，久不见火光，犹豫起来。

韩飞虎抢在前头，腰间别着斧子，握着枪准备出击。却见大队人马往回撤，寨门东侧寨墙上有人大叫："停止进寨，有埋伏！"紧接着有数块石头扔了过来。

这时，寨子里喊声大起，鬼子号叫着当先冲出寨门。范洪灞急令张九龙架机枪掩护，又见正西冲来了一队鬼子兵，游击队前面右面受到冲击，连忙分散撤退渐渐躲离了敌人。

二人在山间小道上走着，各怀心思。而且，每个人说话都带有试探性。今儿，他俩的任务是进一步侦察梨园的情况。

"老邹，今来咱得喝点酒？"一人说。

"怀庆，你说得对。自从在关公庙喝了酒，队长管得忒严不让喝酒了。今天开开戒。"傻子高兴地说。

"老邹，你不提关公庙的事儿，我倒不生气。我立了功没得到奖，反而惹得俺那姨表哥齐矮子怀疑。"杨怀庆说。

"别提那事了，队长嫌我喝酒误事，要开除我。"傻子泄私愤地说。

杨怀庆听了，暗自欢喜，对于傻子的话笃信不疑。

两个人你一言我一语，边说边走不觉到了离梨园三里之遥的店子村。村子虽小，倒是东西南北咽喉要道，饭馆，客店倒有两三家。杨怀庆挑了一家饭馆，二人来到一张客桌前坐下。掌柜的叫刁横，沏了壶茶提上，放了两个茶碗，回头提来一副狗头罐，两只酒碗。

杨怀庆去了茅厕，傻子见没人急忙倒了两酒碗酒。随即将狗头罐用棉袄盖住，通过窗户把酒倒光，旋即来到水缸旁用舀子舀了凉水倒入狗头罐中，再盖上盖儿仍放在原处。

杨怀庆回来，端起酒碗呷了一口咂咂嘴，叫刁横上菜。一会儿，四个碟子上齐，二人开怀畅饮。傻子只顾豪饮，光喝酒不吃菜。唯恐杨怀庆抢酒喝，抓过狗头罐打开盖儿，昂起头咕嘟咕嘟一气喝光，嚷着上酒。刁横又端来一碗酒，傻子照样喝了。不一会儿，傻子趴在桌上鼾鼻大睡。杨怀庆摇晃着喊了几声，傻子依然沉睡不醒。再喊时，人瘫倒在地上四仰八叉睡着唠了两口清水。

杨怀庆哈哈大笑："傻子这个蠢货，见酒比见爹还亲。关公庙他占了便宜，多活了几天，明儿叫他去墓林里找他祖宗去。"

"闲话少说，苟义哥对你很不满意，你提供的情报大多不真实。上回关公庙丧了太君还搭了老胡，卜大哥也需要真情报。"刁横说。

杨怀庆说："哼，我在游击队里犹如热锅里的蚂蚁。俺那个姨表哥看见我就不顺眼，拉心里话我也不想在那里蹲了。"

刁横说："不行，瞅个机会干掉范道人。卜大哥说了以后有事，你把情报放在王家庄村三官庙里，自有人去取。"

杨怀庆指着睡倒在地上的傻子说："这个家伙怎么处理？"

当下，杨怀庆向刁横要了根绳子欲捆傻子。装醉的傻子急的挣扎被二人按住将他捆了，叫几个乡丁随机将他押进县城。第二天，傻子连同十几个抗日勇士被伪军押往关井淹死。恰巧，碰见一个骑马的伪军军官，傻子大叫无罪被误抓。那军官高劲松见傻子是姥娘家近族里的舅爷，忙叫人把他放了。傻子侥幸得了性命。

杨怀庆回到营地，称傻子叛变，投奔了县城沙泥。这天晚上，傻子跑回来，如实向范洪瀛汇报。

一天，队员们正在练兵场上操练。忽见一人急匆匆找到范洪瀛，那人说，董青军被县城鬼子重重包围，请求增援。范洪灏有些伤风，立即命吕子河率四十余人火速增援。杨怀庆见时机已到，谎称腿痛，趁机溜出去把营地空虚、范洪灏独守的情报放在三官庙香案桌上神龛里。他刚出三官庙的门口被蹲守的傻子当场捉住，杨怀庆吓得瘫痪如泥，韩飞虎上前扯住他拉到庙门外审问。傻子从三官庙神龛里搜出一张纸条与韩飞虎看了，上写“家里没人，快来吧。”杨怀庆无法抵赖便将苟义指使他钻入游击队收集情报的事儿说了。杨怀庆对着傻子哭起来，恳求饶命，韩飞虎手起斧落将他杀死，并将获得的情报仍放回原处。吕子河向北走了二里路，命令队员原地待命。王霸追了过来，递给了范洪灏的密信。吕子河将信看了，调转队伍向西南挺进，秘密在砸蛋沟埋伏下来。卜四令人来三官庙取走了情报。

卜四得了情报，立即组织队伍会同鬼子倾巢出动，进入砸蛋沟被游击队歼灭大半，狼狈逃窜。游击队乘胜追击，卜四带着残兵退入寨子，关上寨门。

范洪灏知道，报信人正是瞎溜，他骗开看守他的人走脱，跑到寨子顶上报了信儿。然后，栽下寨子自杀，不想只摔断了右腿二次被捕。坚强的瞎溜一字不说，守口如瓶。现在，英雄的生命危在旦夕，必须尽快打破梨园，解救瞎溜。梨园守卫如铁桶一般，用什么办法才能拿下呢？他专门把崔成亮找来，仔细询问了寨子里是否有 出水的地方。

崔成亮脱口而出：“有，寨子大，里面下大雨淌不迭，就砌了两座涵洞。不过，都用木桩封死了。”

范洪灏听了，无比兴奋，夜间亲自爬到寨子涵洞前仔细看了，见辘轳筒子粗细的木桩密密砸在涵洞口。游击队秘密进入涵洞附近，金司马带了手锯，悄悄地爬进涵洞，锯开了一根木桩，六根木桩都得全锯断。此时，他已汗流浃背，两臂酸痛。他还是咬着牙坚持锯着。

打更的乡丁到涵洞察看，听见涵洞里有哧哧的声音，仔细看时，心惊肉跳。涵洞的木桩全锯开了，那家伙连开了两枪，金司马身中两弹，壮烈牺牲。

范洪灏听见枪声，大叫一声：“亲爱的司马兄弟！”他痛哭起来，急命关汉忠、韩飞虎二人抢回金司马尸体。

齐东来走出堂屋，漫步在街上，却见张红喜在晾晒从鬼子那里缴获的军装。齐东来眼睛一亮，顿时兴奋起来，他把想法告诉了范洪灏。于是，大家饱餐一顿，更换了鬼子军服。游击队身着鬼子服装大摇大摆来到梨园寨子门口，把门的见是一队气势汹汹的皇军，开了寨门急忙放游击队进寨子。有人报告了卜四，他即率领乡丁前来迎接。范洪灏上前啪的一记耳光，打得他七窍流血。这可不是一般人的手掌，它是峄山三绝功的仙掌功。范洪灞见卜四一口气不出竟昏死过去，即命人把他捆个结实，令哑巴、傻子二人看守。众乡丁正随着卜四，见了这个阵势像趴在歪倒树枝上的猢狲四散而逃。韩飞虎赶上，一斧子一个连杀二人，被齐东来喝住。

吕子河等缴了乡丁的枪，率领队员攻入乡公所，把太阳旗撕烂。当下救起瞎溜一看时，这位坚贞不屈的勇士浑身是血，面色蜡黄，身子冰凉，圆眼暴睁，人早已经咽了气。齐东来把程龙阳的绑绳连同傻子的表弟一发解开放了。

范洪灞一挥手，快步来到炮楼前。一鬼子问是哪一部分的。范洪灞右脚早起踹向鬼子双膝，只听一声闷响鬼子双膝折断，一头栽于地上。范洪灞冲进炮楼，六个鬼子见来了陌生人，跳起来挣扎。范洪灞抽出战刀劈了一个鬼子头脑袋，喷血而死。

韩飞虎叫嚷着留下两个鬼子，飞奔向前抡枪击倒两个。大家一拥而上，剩下四个鬼子被他们枪挑刀刺全部消灭。齐东来吩咐张九龙打扫战场，收三八大盖儿枪七支，白面五袋，缴获乡公所大枪四十余支，芋头干面粉一千三百余斤。

游击队当场把白面发给梨园百姓，一位老汉捧着雪白的面粉流下辛酸热泪，舔着白面哭道："我打记事以来，就没吃一口白面，它是真香呀！"

韩飞虎放火烧了炮楼。范洪灞令哑巴押过卜四，将他击毙于村南河畔。范洪灞激情高亢地讲："乡亲们，你们被解放了。可是，日本鬼子还没有被完全彻底消灭掉，汉奸还没有被彻底打倒。因此，我们要团结起来，拿起枪来勇敢地和敌人战斗！虽然我们还要撤离，但是，我们一定会打回来的，胜利一定属于我们中国人民！"

齐东来买来两口棺材，把瞎溜和金司马二人的尸首成殓了，葬于梨园东那片柳树林中。

第十五章

辘 轳 记

游击队沿途把缴获的粮食分给平民百姓，韩飞虎说，今儿打了胜仗，该吃顿包子。齐东来火了，批评道："你看看许多老百姓拖儿带女逃荒，我们干革命就是要吃苦在前，享受在后。孟子曰：'贫贱不移，富贵不淫，威武不屈。'孙中山先生教诲：'革命尚未成功，同志仍须努力'。今天取得了一点儿胜利就铺张浪费，不顾人民死活，这样的队伍就是土匪！不是真正的革命者！"

一席话把韩飞虎说得面红耳赤，愧服地说："副队长同志，我觉悟不高，从今后我一定处处为老百姓着想。"

一连六七天无事，吕子河领着队员学习，讲解红军反围剿革命斗争故事。范洪灞派哑巴、王霸去纪王城侦察，半月前，王家庄贩烟的李典说，那里路过不去了。苟义从县城回来了，重新回到了白宋家大院。齐东来建议不让哑巴去了，因为村里人都认识他。范洪灞觉着有理，只叫王霸去了。范洪灞独自登上落日山，王家庄四面环山，庄子紧靠东山老龙坡坐落。这对于防御西面日伪军时常来偷袭是十分有利的地形。与接壤的平邑县抗日游击队遥相呼应，进可攻，退可守，相互支援。

"队长，王侦察员回来了！"村里民兵李武军在山脚下大声呼喊。

范洪灞急速下山，在灭鬼河畔与王霸相见。他如实汇报，苟义回到纪王城，这样苟义又从苟德手里夺回了大权，游击队家属都被吊打了一顿。

范洪灞立即回队部，召集大家研究对策。决定袭击乡公所，铲除汉奸苟义。

一行五人的队伍走在群山间小路上，他们唱着自编的游击队之歌前进。

他们绕着鬼子的炮楼西行，来到峄山在一座城隍庙里歇息。范洪灞到村里弄点吃的充饥，着实打扮一番，头戴礼帽，身穿灰色大褂，与队员们告辞，“消灭法西斯，还我山河”。队员急行军的确又累又饿，进到庙里，倒头就睡。哑巴放哨。

范洪灞路过马家沟，在一块巨石前面伫立，仔细看了很长时间。据说当年杨二郎担山在此歇息，留下一只圣人脚的美丽传说。这块石头上有一只天然脚印，金光闪烁，灿烂多彩。他看罢良久，不胜兴叹，可爱的家园竟是如此多娇。

沙泥在县城闻听梨园被游击队攻破，着实害怕，想到两下店车站地理位置的重要性，想到峄山兵站快要建立，还想到了驰骋鲁南大地，让他终日忧心的峄山抗日游击队，打下梨园定会回到他的家乡破袭车站。于是，他召来苟义，让他带特务队前去纪王城驻扎。苟义本意不想去，哪里敢违拗？只好硬着头皮带了二十名特务盘踞纪王城乡公所。

他把钟科喊来，授意他多找地痞作帮凶，从城东门、南门、北门暗地潜伏眼线，一旦发现游击队踪影速来乡公所报告。

这天，苟义领了十余人，来到齐东来家，见了东来父亲就是两皮锤。杀气腾腾地说道：“老家伙，别得意，游击队吓跑了，天也有绝人之路。他们走到哪里都会被大日本皇军干掉！”他叹口气，“只要你把犯上作乱的儿子喊回来，万事皆休。阖家团聚，欢欢乐乐地过日子，何乐而不为呢？”说完，嘿嘿大笑。

东来父亲按着疼痛处，面有愠色：“苟二，齐东来就在峄山，你有种就去找他。与我有什么相干？”

苟义支支吾吾，叫手下把鸡逮走，抢了粮食并将老人家也抓走了。

又有几家抗日家属被抓进乡公所，每天拷打一番，逼着他们召回各人的儿子。

又过了几天，苟义来到牢房，用枪点着每个人的头，阴阳怪气地对大家说：“看来你们的儿子不听话了。明天，我就打发你们上路！”话没说完，只见一个乡丁上气不接下气地跑来：“二……二哥，大事不好，范……道人来了！”

苟道叫："钟科，快去车站请皇军。"钟科听了，狗颠似的跑出去。

木瓜两口正打辘轳浇园见来了一人，丢下辘轳迎上去："小灞，我的好孩子。"他抓紧范洪霸的手，久久不放，"你吃了豹子胆了？苟义正在村里，你快躲躲。"

范洪灞深知敌占区的人民被日寇和走狗吓破了胆，在这腥风血雨的岁月，有谁料到能活到何年何月。似乎每个人的命运都掌握在日寇这帮阎王的手中，这里是他可爱的家乡，何尝舍得离开这片肥沃的土地。鬼子汉奸的到来和产生，逼得他们不得不拿起镢锨锄镰共赴战场与他们决斗。他是多么深爱这口古老的水井，你看它高高的井台，混实的石头井桩挺立在那里。一副辘轳横架井上，木制的壳篓拴着根井绳倒在井池子里。井口下是一层层用青石砌就的井筒，石缝里长出来救命的薄荷。村里十辈子人烟大都用过古井里的薄荷来医治中耳炎、扁桃体炎等疾病。再看那汪清澈透底的井水，三百年来，祖祖辈辈都是喝着它长大的。啊，古老的井啊，这片土地上的儿女永远不会忘记您的。现在国破家败，又十分不情愿地离开您。

他赞叹了，见木瓜如此胆小，便故意提高嗓门："大叔，日本鬼子会快完蛋的。日寇人少国土小，咱几个人揍他一个后面还有闲着喝茶的，现在赖在中国不滚，他撑不了多长时间。"

木瓜吓得哆嗦，忙把范洪灞拉到棚子下，那儿比较隐蔽。听了他的话，担心地提醒他："灞儿，苟二耳目太多，咱村又离车站近，半袋烟工夫鬼子就赶到。"

范洪灞笑了："大叔，共产党人死都不怕，还怕什么。我这次来就是要挖掉'毒瘤'的。"

木瓜点头说，最近，听说苟义从城里带来好几十个人，与村里的地痞勾结在一起。你千万别进村了，快走吧。

正在这时，只听嘎勾几声，从村里跑来一群鬼子，钟科带着鬼子已经冲到面前。范洪灞不慌不忙，手起一枪，击毙钟科。他把木瓜掩蔽好撒开双腿反往村里跑，鬼子们高兴极了便向村里追去。范洪灞进入村里熟悉地理，犹如龙归大海。苟义见范洪灞进了村，号叫所有乡丁各持枪刀，各路截杀。

范洪灞正跑间，不料跑进一条死胡同，苟义命令五七人死死把出路堵住。范洪灞呵呵大笑，大展飞升术，起在空中越墙跃入一家庭院，进入屋里钻后窗走了。众乡丁见了，方信庵子飞走范洪灞。村西头枪声又起，教堂鬼子也跑来追捕，他只好往村外逃走。此时，子弹却打光了，他急速跑出村口，却见身后一马队追来。范洪灞万般无奈，急转弯跑到木瓜井上，慌忙把礼帽，大褂，短枪一包藏入辣椒地里，光着脊梁迅速摸起辘轳把壳篓放入井里。他装着若无其事，不慌不忙地摇打着辘轳喊起号子叫道："一来——来了——好吆，三壳篓五来——来了——好呦！"打了一壳篓水，又放进井去。

鬼子马队正追出村口，见没了人影，喝问范洪灞："喂，打水的，范洪灞哪里的跑了？"

范洪灞一手打着辘轳一手反而向村里指去，鬼子真听话扭转马头往村里去了。他打上那壳篓水，忙去辣椒棵里取出礼帽，大褂，短枪走向村外。等了许多时，大着胆再次回到村里买了食物。

苟义见范洪灞莫名其妙地又跑了，害怕极了借故去了三孔桥，把乡里的事儿扔给苟德。当下，苟德连忙把抓来的抗日家属释放了。

韩飞虎在庙门前向路上张望，见没有人失望地嘟囔道："大哥出去一天，会亲访友，自自在在，却把咱们扔在这里不管不问。"他正说话间，范洪灞却从背后一步来到面前：

"飞虎同志，你又发什么牢骚？呵呵，这次弄的食物真是虎口夺食。"范洪灞提着面布袋来到庙屋里，掏出了煎饼，咸菜，辣椒。大家很高兴，没有水喝吃上煎饼也就不错了。

韩飞虎吃着煎饼问："大哥，拿钱买东西，公买公卖，怎么说是虎口夺食？"

齐东来判断，从村里传来枪声，范队长必定与敌人交了火。他也想听听队长弄来食物的经过，遂努努嘴示意韩飞虎叫队长拉拉虎口夺食的经过，韩飞虎点头问起范洪灞刚才村里响起枪声的事。

范洪灞理会，用手捏了一个辣椒边吃边说道："纪王城戒严了，我刚到村头，碰见木瓜叔浇地。俺爷儿俩没说几句，鬼子就围了上来。我心想，要跑就得向村里跑。"

韩飞虎急了，尖腔叫道："请君入瓮，自讨苦吃。你怎么不向外跑？"

洪灞说："往村外跑，错了。鬼子长枪射击，你是无法逃脱。我往村里跑，熟悉街道，没曾想苟义大街小巷，各街路口都派人堵截。我连翻过几家院墙，来到癞蛤蟆家。谁知叫鬼子汉奸堵了院门，再不能逃走。"

齐东来问："队长，你又使了飞升术？"

范洪灞摆摆手："错了，我如果用飞升术，也是无法逃脱，扒开后窗我才脱了身。"

韩飞虎听罢，把手里半个煎饼扔在布袋上，叫道："不吃了，大哥，踏平纪王城乡公所，在白宋家里喝庆功酒！"

天一黑，乡公所老早关了大门，昨天乡丁都在院门外站岗，今夜都吓得躲到了院门里。从城里来的特务队则枕着枪睡觉，苟氏兄弟们面对这种情况也只有苟德胆大留在乡公所。

范洪灞趁黑摸到乡公所后院，他轻轻地一纵身跃上墙头，顺着那棵老槐树悄无声息地下到地上。他蹑手蹑脚来到前院，黑狗正要叫，就见一块肉扔了过来，那狗伸嘴便吃再也没有张开口，原来是那肉里藏着几支鱼钩儿。正挣扎之际，被他范洪灞一脚踢死于地。他悄悄地摸到大门口，两个乡丁怀抱大枪正比着酣睡哩，被他两掌击昏上前开了大门。

韩飞虎当先，几个人冲到东配房，一脚踹开屋门跳进去，就油灯下朝特务队员开枪射击，二十个特务猝不及防当场毙命。堂屋里，苟德听见枪声，爬起来赤条条地开后窗逃走了。范洪灞踹开门闯到堂屋，不见了苟家兄弟，摸了摸被窝里还热乎，吩咐众人把东配房的枪支收拾了。

齐东来抓过那个苏醒过来的乡丁，喝问："苟义在哪里？"那乡丁说，苟义说他去三孔桥与鬼子饮酒就再也没回来。

韩飞虎点上一把火欲把乡公所烧掉，齐东来忙把火把踩灭。他告诉韩飞虎，烧掉它容易，苟家还得再建造，重新从老百姓手里征调材料，到时候苦的还是农民，韩飞虎这才住了手，寻找了一坛好酒打开盖儿，也不吃酒肴咕嘟咕嘟喝干了。当时，五人就迅速离开白家大院，没过多大时间，他们走到峄山脚下，听见了村里响起了三八大盖儿的枪声。

三孔桥坐落在家西金水河上，鬼子在桥北头修建了一座地堡，能容纳五六个人。鬼子担心伪军守桥不可靠，就派了三个鬼子死守。

天刚亮，两个鬼子正若无其事地闲聊，另一个鬼子去桥的南端溜达。闲聊中的一个鬼子突然发现一位中国农民背着粪叉奔上铁路路基，急忙喝问："喂，你胆大的，什么的干活？"

只见那人噌地一下宛如飞龙跨过路基，丢了粪叉扬起粪耙飞奔前去，叫道："老子消灭鼠贼的干活！"只见那把粪耙凌空砸下，鬼子的头颅血飞四溅，豆腐脑子如万朵桃花开当即死掉。另一个跳起忙去抄枪，那人怎容他腾挪，一手抓过鬼子脚下稍一使劲儿，将鬼子从善治原来被踢下的地方踹下大桥，旋即被河水吞没。骂道："畜生，你不能怪我，是你自己来找死的。我范洪灞从来不杀好人。"

桥南端的鬼子亲眼见一同征调来的伙伴们被中国农民杀死，跑上前来拼命。

范洪灞正待动手，韩飞虎跑上来，叫嚷着："大哥慢动手，我看见东洋鬼子就有气，看我的！"他上前一手扯过那鬼子的脚脖把他摔在钢轨上，又举过头顶往钢轨上猛摔，那鬼子当即昏死过去。韩飞虎再次将鬼子举过头顶，大骂道："强盗，畜生，你杀我们善治一人，我叫你两个来偿还！"言罢，亦将那鬼子掷于桥下。

范洪灞闯进地堡里，哪有什么苟义？原来，那家伙觉着地堡里也不安全，天不明就溜进车站去了。二人忙把被子铺盖、枪支收拾干净，哼着乡间小曲儿背上战利品走了。

苟义又溜回县城，找到苟道，说："乡公所又被范道人端了，在家里住得不稳当。"

苟道早就料到有这一天，范洪灞手下有个齐东来，此人个子虽然不高，但有些计谋。更有马坡吕子河、红毛韩飞虎二人相助，别说在纪王城，就是他们这班人也能把鲁南这块地弄个底朝天。果真是这样，前天夜里，特务队就被游击队消灭了。幸亏二哥躲得及时，若不然就会命赴黄泉。苟义虽有主张，到了此时也是愁眉不展，束手无策，比苟会死时的脸色还难看。

这天，弟兄俩走出特务队部，来到街上一家饭馆。苟道要了四个菜，一壶酒，两个酒瓯。两个野贼喝起闷酒。

正喝酒间，隔壁有人打闹，随即传来盘子的撞击声。苟义好事，走过去见一人正举着凳子打人，连忙喝道："小连，快住手！"走上前把凳子夺下来，再看那两个喝酒的人，一个是秃子，另一个却少了一个耳朵，两人看着苟义眼中放射出感激的目光。

夏侯连醉醺醺地转过身来，摇着不听使唤的头说："二哥，你怎么来了？"他指着那两人说道，"今儿便宜你两个，不看在义哥面上，我要你俩的狗命！"

苟义笑着，伸单手牵着夏侯连并喊了那二人："请两位弟兄这边来。"四个人转到苟道桌上，五个家伙分主次落座。

苟道又要了四个菜，加了筷子和酒瓯。几个人本来就是一路货色，气味相投，杯来箸去。不一会儿，夏侯连自打耳光与秃子和一个耳朵赔起不是，一时间又成了狐朋狗友。

说话间，苟义指着秃子问："弟弟，咱两个认识。那位弟兄姓什么？"

一个耳朵欠起身子答道："二哥，我免贵姓秦，叫秦小会。不瞒哥哥说，宋朝宰相秦桧就是在下老祖宗。"

苟义听了，用残坏的爪子挠脸："原来你是个将相后裔。"

夏侯连讥笑道："他有两个名字，一个叫秦小会，另一个叫秦单刀。"

苟道笑了："秦兄弟怎么又有一个名号，叫什么秦单刀？"

秦小会摸着一边少了一只耳朵，意为一个耳朵为单刀红着脸苦笑道："夏侯连尽是胡说八道！专门嘲笑我的。"

苟义听了，不觉摸了摸自己被韩飞虎旋去耳朵的一侧。哈哈大笑，好奇地问："兄弟莫生气，敢问你是怎么少的那边耳朵？"

秦小会干了一瓯酒，叹了口气，抚摸着少了耳朵的那边说："二哥不知道，俺村里来了一个俊俏少妇，半夜里我实在忍受不了就去找她，没料想那女人武艺高强，善踢男人的裤裆，不知怎么的，我的这只耳朵也叫她给打掉了。"秦小会不由得摸了摸自己的裤裆，又说，今后假若谁碰见她，小心她那铁脚。

众人听了，嘿嘿地笑了。

夏侯连说道："你真没有用。堂堂男子汉摘花没捞到，反而搭了只耳朵。嘻嘻！"

秦小会说道："哎呀，别说是我，换上你，弄不巧连命搭上。"

苟道骂道："妈的，哪里的野妇，老子亲自会会她！"

秦小会说道："听说她是您老乡，也是纪王城人，叫邹纪青。"

苟义听了，惊喜地不知所措，因为她我赔了一只手。单掌拍击桌面，兴叹道："皇天老爷保佑，我苟家也有出气之日！"

夏侯连惊奇地问："哥哥听了秦单刀的话，为什么这么高兴？"

苟道说："兄弟，你是知道的，那邹纪青是邹纪成的妹妹，贼头范洪灞的老婆。我正愁得找不到她，却原来躲在小会庄上。"

当下，几个家伙一合计，商定去绑架邹纪青。来不及知会沙泥，苟义兄弟俩伙同夏侯连、秃子、秦小会二人往亥庄而去。途径纪王城又在乡公所里喊了两人，七个恶魔全副武装狂风般向亥庄奔来。

风儿小了，天上落下蒙蒙细雨，不时地夹带着零星的雪花。亥庄的上空，黑云弥漫，寒潮步步袭来，身着单衣的贫困人民艰难地度过难以煎熬的倒春寒天气。

邹纪青在游击队做妇女工作，以饱满的热忱投入到火热的革命斗争中去。虽然重孕在身，但她仍坚持夜以继日的工作。白天组织民兵帮助农民种地，晚上与同志们洗衣服，她从不叫一声苦。眼看就要分娩了，她不得不离开工作岗位，又回到姨母家。

现在，孩子已经长到三个多月了，邹纪青给儿子取名叫胜利。这天中午，天气是那么寒冷，姨母只好抱着胜利去邻居家的庵子里暖和。

半月前，王霸路过这里，邹纪青就想跟着他回归部队。王霸考虑到胜利日子太浅，没有同意。今儿，她下定决心要回到游击队投入新的战斗。清早已和姨母商定好，胜利暂且留在姨母家寄养，趁着风雨未停，行人稀少，决定动身去游击队。

这时，院门哐的一声叫响，紧接着院子里传来杂乱的脚步声。邹纪青看时，六七支枪口正对着自己，领头的正是仇人苟氏弟兄。邹纪青大骂苟义。她急忙抄菜刀迎战，叫道："苟义，今儿老娘再把你那只狗爪子砍下来！"只见她，龙腾虎跃，上下翻飞，指东打西。寒光起，红血四溅。脚起处，恶狗倒地。只听扑的一声，秃子下颌喷血死去，另一个家伙也被砍死。

秦小会大叫："小心，小心！"不想邹纪青已经杀到面前，一脚踢中裤裆，一菜刀砍断了秦小会的腓骨。

苟道见偎不上纪青，啪啪，一连两枪射中纪青的右腿。纪青倒地，仍挥舞菜刀使尽力气向苟义掷去。苟义躲闪不及，菜刀正巧斜着砍透他的右腮，就见苟义嘴里腮上鲜血涌流不止，痛得他好似条受了重伤的狗，号叫着在满院子转圈儿。

苟道穷凶极恶，飞起右脚，一连踢了纪青十余脚。纪青连连躲过了几脚，腿疼渐渐不支，被苟道几个人上前按住，又毒打一顿。苟道就屋找了根细麻绳，把纪青捆了命一个家伙拖走。

邹纪青看见夏侯连，猛然想起去年春上像是在家里要茶水喝的那个叫花子，勃然大怒，破口大骂。夏侯连急忙躲到后面去，苟义见行动缓慢找了辆木制独轮车，急令那个家伙推着身负重伤的邹纪青向城里跑去。

雨下得更大了，车轱辘陷入泥窝无法走动。苟义脸上带伤，雨水一浸疼痛难忍。夏侯连背着断腿的秦小会踏着泥走起路来非常困难，苟道等人只好投村西头一座破败的庙里避雨。

姨母听见枪声，吃了一惊，慌忙把胜利给了邻居照看。她爬出庵子跌跌撞撞地向家里跑来，大老远见纪青叫骂着被什么人用车推着往西走了。她不敢去追，回头与邻居嘱咐了几句，转身往东北方向去了。

天空仍然不住雨点，游击队决定袭击两下店车站。大家推荐谁去侦察车站上的情况，韩飞虎性急毛躁，吕子河人生地不熟，齐东来个子小，孟开山伤风未愈。最终决定还是让范洪灞去。

这时，李武军领进来一位老大娘。范洪灞看见是姨母，浑身上下水漉漉的，俨如是从水里捞出来一般。他急忙叫一位女同志把姨母领到一个单间，褪换了衣服，生起木材火烤烤，叫人烧了姜汤与老人家喝了祛寒。对于姨母的到来，猛然觉察到纪青出事了，只听姨母急促地说，纪青被那里的土匪押走了。范洪灞听了，未动声色，把姨母引到另一间屋里，倒了杯水递给老人。

姨母讲了个大概："事情是这样的，俺村里的地痞勾结外边的土匪，摸到俺家将她逮走了。"

范洪灞看着浑身湿透的姨母，心里十分心疼。去年春，他再次把纪青送到她姨家，已是夜间下半夜了。刚到家他就要起行，姨母见范洪灞人长得英俊，讲明把外甥女许给他。起初范洪灞腼腆，姨母一手拉一个，二人拜了天地，结为夫妻。老人看出他的狐疑性，连忙告诉他："胜利躲在邻居家。"

范洪灞安慰了姨母，又回到堂屋。

范洪灞微笑着说："同志们，告诉你们一件喜事，这句话我一直藏在心里。我的妻子邹纪青三月前给咱们生了个抗日小战士。"

众人拍手叫好，韩飞虎嚷着要喝喜酒。王霸说，他早知道了，没露这件大喜事儿。

范洪灞严肃起来："同志们，我再告诉你们不好的消息，纪青被什么人抓走了。估计现在还在路上。"

韩飞虎听罢，拽出斧子，跳起来大叫："大哥，八成是苟家贼熊们干的。我一人营救大嫂，把他们的贼头提来见你！"

齐东来按住韩飞虎，拉过范洪灞说："队长同志，去车站侦察叫孟开山去吧，我跟你带人去救大嫂。"

范洪灞摆手，断然拒绝："东来同志，你错了，我们的作战计划绝不能改变。"

韩飞虎搦着斧子在院子里，急得团团转。

范洪灞扮成走亲戚的庄稼人，冒雨走过数道岗卡来到纪王城地界时，天已经黑下来了。他去木瓜家歇脚，刚到村头，就被乡丁发觉随即去车站报告。范洪灞坐下没有一袋烟功夫，就听院门外有人大叫："范道人，你跑不了啦！"

木瓜惊慌失措，两只眼光看着门口，就见范洪灞开后窗走了。鬼子见了四街追杀，瞧见范洪灞进来一所院子，遂把院子团团围住。鬼子们涌进院子，四处搜寻，厨屋，茅厕，磨下，柴火窝全搜遍哪有人影？只剩下堂屋了，屋里什么都没有，只有一张床。鬼子一见后窗原来是用土坯堵上的，现在土坯被砸掉露出一眼小窟窿。鬼子们抓人心切，以为人已从窟窿里逃走，没顾得再仔细搜索就慌忙走了。

其实，人就藏在那张空床底下，范洪灞的身躯太粗，那个后窗太小根本钻不出去，他情急之下把四肢顶住床下四个角儿身子撑在床下，形成一个"大"字。因此，他侥幸逃得了性命。

鬼子追了一段路，并没有发现范洪灞，猛然想起那个窗户窄小根本钻不出人，再回来搜查床底时，却见范洪灞跳上屋脊跑了，懊悔万分。

范洪灞一口气跑出村子来到野外一间看瓜的屋里，里面塞满了柴草。他往里一钻睡了起来，睡在家乡的土地上是多么香，天光大亮时，他还没醒，家西铁路上火车的长鸣声把他聒醒。他伸拳挺足，打着哈欠，出了瓜屋来到一家小地主家。

小地主是个善良人，不欺不霸，素常日子好施舍些粮米给贫苦的乡亲们。他见了赫赫有名的范洪灞，吓得浑身打战牙巴骨不好使唤，脸上呈现出难色，口吃地说："洪灞贤侄，大叔从没作恶。快屋里坐！"

"大叔，别怕。我来与你借点东西，一会儿就走。"范洪灞站在当院里，并没有进屋。

小地主听了，喜出望外："捡有的，尽管拿。"但他心里还是像揣着只兔子，忐忑不安。

范洪灞与他说了，借他的破席帽，破褂子，旱烟袋，还有拾粪的粪叉，粪耙子。小地主长舒了一口气："贤侄，抗战也有我一份，这些东西不用还了。

只管用，只管用。”

范洪灞谢了，辞别了小地主，沿着金水湾逶迤地接近车站。车站显然与昔日不同了，过去只有两间屋，一间办公室，一间票房，就再也没有什么建筑物。现在，铁路两侧扯了铁丝网，鬼子在月台上又增加了巡逻队。一般人员进入车站都得从车站大门出入。车站的北端又盖了一座炮楼，炮楼下新盖了一溜红砖红瓦房子，一群群鬼子进进出出，想拿下车站的确非常困难。

他想进入车站里察看一番，来到车站门口，两个鬼子把守着很难进去。正在发愁，忽听一阵銮铃喤喤作响。转脸看时，只见几辆二人一推一拉的二把手大型独轮车，在一头毛驴的牵引下咕咕隆隆进入车站。车子满载着粮食一辆接着一辆缓缓驶向货台，路上遗留下了驴屙的一溜溜黑色粪蛋。范洪灞随即跟了上前，用粪耙一个一个地钩进粪叉里。他追寻着驴车来到货台上，发现了堆积如山的粮食，心中暗喜。前后左右仔细看了记住心里，趁人不注意，轻轻一纵身，起在空中跳过铁丝网走了。

雨仍然哗哗地下个不停，道路泥泞不堪，雨幕使得旷野模糊不清。

苟道心急火燎，看了这帮子人心里发愁。邹纪青大骂不止，二哥捂着大半个脸不住地哼哼，让人心烦意乱。夏侯连不像个人样，背着个半死不活的秦小会没法走路，那人推着邹纪青的独轮车根本走不动。他看了看天空仿佛没有停雨的迹象，似这样下去这六七十里山路什么时候才能走到县城呢？今天，非比往日，现今钓到的是条大鱼，她是共产党峄山游击队长的妻子，押到县城，沙泥就得把大队长高劲松撤掉，我苟道就会稳稳当当坐上大队长的金交椅。如今，老的老，伤的伤，又怎么赶路呢？他看了看夏侯连，心里有了主意。

“小连，现在数你腿脚好，你快去县城，请沙泥太君派骑兵来这里接我们。”苟道说。

夏侯连看了看天上哗哗不住的雨点，摇摇头表示不去。

苟道见了，啪的一枪打在地上，骂道：“你真是蠢驴一头。素常日子，占山劫道，有何好处？现如今，好不容易逮住了游击队的大人物，你竟大麻风吃花椒——麻木不觉。你今天不吃苦去县城，恐怕连我也难活到天明。”

夏侯连露出难为情的神色，问道：“三哥，你怎么说出这样的话语？”

“这路黏得没法走。游击队知道了怎么办？范道人追上来谁敢保证脑袋不搬家？咹——”苟义插言开导说。

夏侯连觉着有理，打起精神，束了束腰带，别了手枪，相辞众人冒雨跑向县城。苟义警惕性很高，避在庙门里窥视着原野的小道。

齐东来见范洪灞走了，心里热血沸腾，一种无比敬佩感油然而生，范队长为了执行侦察任务，竟然把陷入魔掌的爱妻不顾却去坚决完成组织上交给的任务。他立即率领吕子河、韩飞虎、关汉忠、程龙阳、王侯、王霸、傻子七人，火速赶到了亥庄。询问了街坊邻居，都说不知道是哪里人，开枪打伤了邹纪青就把她押向正西方向去了。八个人听罢，活像春风追月，一闪而过。

王霸腿快，沿路赶去，一口气跑了二十余里，大道上哪有人影？他觉着不对头返回原路，撒开双腿，大踏步向前迈进。正走间，迎面来了一人，鬼鬼祟祟，走走停停，不时地前瞅瞅后望望。在走进有二十余步远近的时候，那人掏出了手枪，截住去路。

王霸掏枪不及，两手垂立，原地不动。那人得意洋洋，蹒跚着来到跟前，就要搜身。王霸大喝一声，一拳打在那人左眼，左脚早起，踢掉手枪，一个别腿将那人摔倒在地。

“什么人？敢在你王爷爷头上动土！”王霸拾了手枪，喝道。

那人趴在泥窝里，知道对方并非一般人物，捂着痛得发木的眼眶反问：“二哥，你是哪一部分的？”

王霸一听这家伙不是好东西，试探地答道：“老子是县城特务队的。”

夏侯连听了，意外惊喜，他一埋怨苟氏兄弟给他这个苦差。二埋怨老天爷不睁开眼一个劲儿地下个不停。这里离县城还有四十里路，什么时候才能走到？不若领着这个伙计去见苟道，大家一发慢慢地进城算了。

“二哥，巧了，我叫夏侯连，今天和苟队长，苟二抓了共产党游击队范道人的媳妇。老天不作美，出了村就下大雨。我们只好在村头破庙里避雨。苟二多事，偏偏派我去城里搬沙泥太君。真巧，遇上你，不如咱找他弟兄俩一同去城里。”夏侯连滔滔不绝地说。

王霸听了怒火万丈，义正词严地喝道：“夏侯连你听着，我是峄山抗日游击队员王霸。你这个鲁南人的败类！你伙同苟氏弟兄残杀邹纪成，民愤极大，实属罪大恶极。”啪啪两枪，将夏侯连击毙，沿原路赶来。

吕子河等七人一路追赶，十余里路赶过没发现人影，几个人收住脚步迟疑起来。正踌躇之间，却见王霸狂风般跑来叫：“同志们，我跑了大约二十多里根本没人。回头的路上却碰见了夏侯连，当场被我击毙。他说，他和苟氏兄弟绑架了纪青嫂子，藏在亥庄村西北一座破庙里。”

吕子河说道：“王霸同志，你为人民立了一大功。人民感谢你！同志们，咬紧牙关，杀回去！”

于是，八个人活像离了弦的箭顺原路窝回亥庄。王霸一人当先，直扑破庙，挨近庙门往里面一瞅空无一人。他觉着事情不好，心中不安。吕子河他们随后赶到庙里，见没有人情知不妙，几个人面面相觑，没了主意。齐东来在屋里慢慢地看了一遍，发现有刚踩的脚印，靠北墙有遗留的血迹，庙门口右侧墙上也有抹的血道。

“同志们，不要泄气，苟义的确在这里逗留过。”齐东来说着来到外面观察了一番，发现正西北另一条泥道上有一溜新踩脚印和车道，遂喊道，“王霸同志，快！”众人跳出庙门，顺着脚印竭尽全力追去。

这时，天晴云散，明月复出。苟义等人押着邹纪青正走间，恐怕有人追来，命令那人推着邹纪青往另一条深沟等着。苟道扔下了秦小会和苟义提前进城调兵去了。齐东来吩咐韩飞虎、王霸去追那苟氏弟兄，自己与吕子河等人去救邹纪青。

那家伙丢下独轮车就跑，被吕子河赶上一脚踢翻在地，翻过枪柄将那家伙砸死。

秦小会叫嚷着救他，关汉忠上前一脚将其踩死。齐东来见邹纪青已处在昏迷状态，急忙解开捆绑绳索，撕了褂子把她伤口缠严。吕子河扒了厚褂子给纪青穿上，推车就走。关汉忠、程龙阳两边拥车，王侯、傻子在前拉车，大家飞一般往王家庄赶去。

第十六章

客　　人

春光明媚，四野的庄稼、树木、野草吐露出青丝，广袤的大地渐渐地披上了绿色的盛装。

沙泥在县城恰是热锅里的蚂蚁坐立不安，感到危机四伏。炮楼被端，铁轨被游击队拆掉，铁甲车掉轨，就连地方政权也几乎建立不起来。侵华日军驻济南司令部限沙泥三个月扫荡山里，剿尽峄山抗日游击队及所有地方抗日武装。沙泥绞尽脑汁，思来想去，制订不出行动方案。被韩飞虎追到县城南门险些丧命的苟道，现已升为日寇驻邹保安旅特务大队队长，他与沙泥献了一计。峄山游击队已与邹县县委失去了很长时间的联系，正急于寻找县委。假若派一人冒充县委联络员将范引进伏击圈，莫说他有三绝功，就算是他有孙大圣的能耐也逃不出皇军的手心。沙泥转忧为喜，当下应允。

那么，究竟派谁去哪？苟道说道："此事非韩减不可。"

原来，那天傍晚，王图来了，在他耳边嘀咕一番，二人就像得意地叫驴撒欢似的跑去。他俩纠集十数人，来到城南门韩家巷口潜伏下来。半夜时分，从一家矮小的院门里走出一个人来。他弓着腰非常小心地贴着墙往街口走来，到了街口，又左右仔细观察一番，确定没什么动静便大摇大摆向南走来。可是，他没走几步就被几个特务一拥上前将他捉住押进宪兵队。

苟道连夜突审，那人咬口不开。苟道耐着性子再问："韩减，城关地下交通站就在你的族兄家里。快说吧，免得受皮肉之苦。"韩减装聋作傻，摇头不知。

郎大儿来到他面前说："韩联络员，别跟着共产党活受罪了。贴标语，杀苟仁都是你和范、吕两人干的，是我亲眼看见，招供吧。"

韩减蹲在地上，龟缩一团，吞吞吐吐地说："队长，我是本分人，只会教书育人，其余的我是什么都没干。"

苟道来到韩减面前，一手抓住他的上衣，一手啪啪啪就是几记耳光。然后，双手抓住他的大分头猛地朝墙上不住地撞击，又从他内裤里搜出了邹县县委给他的一封密信。

韩减血流满面，疼得呻吟道："队长，我说我说！"韩减，中共党员，邹县城关区委委员。这个软骨头，立场不坚定的抗日分子卑鄙地投降了日寇。供出城南韩焕中药铺是地下交通站，儿子韩志刚是中共城关区区委书记，沙泥当即派人捕拿韩焕父子。

七天后，韩减又侦察到县委的地址。苟道把韩减领到沙泥那里，鞠躬行礼完毕："太君，韩的侦察，县委的在中心店的有！"

沙泥嘿嘿大笑，来到苟道面前，拍着他的肩膀："苟的，你的很好，很能干，金票大大的有啊。"他光说就是不给钱，只叫韩减去吃饭，立即组织人马准备半夜袭击中心店。

先前投降的谢紫荆与他攀谈良久，套出了韩减投降经过和今夜的行动。谢紫荆听罢，面不改色，悠然离去，来到城南门粥缸摊上，将一张卷好的纸条儿塞给了粥老头匆匆离去。

粥老头接了情报拖着瘸腿火速来到中心店寨外一里许的一间茅屋里，将情报交给了一个老汉，嘱咐道："上头说，情报火急。"说完抽身回去了。

那老汉手握着情报，出了家门借着夜色悄悄地来到寨子壕沟边，顺着沟崖滑到壕沟里。这个季节不是雨季壕沟里并没有水，老人慢慢地爬上了壕沟。正要走时恰被夜巡乡丁发现。老人家拔腿就跑，乡丁拼命追赶。老人见甩不掉乡丁，忙把情报捏入口中嚼碎咽下，乡丁把他抓进中心店乡公所。

漆黑的夜晚，天空没有月儿，大地显得更加黑暗。村庄变得一簇黑影，辨别不出什么是房屋，什么是树木。

沙泥拨了三十个鬼子二十个伪军，悄悄地开了城西门，直扑县委驻地中心店，将村子三面围住。伪乡长杨八迎接，亲自带路挨家排户搜捕邹县县委。

邹县县委在彭建华书记的领导下，组织工人，农民，学生在亢阜发动武装起义，先后同日寇进行了数十次战斗。但终因敌人的疯狂镇压敌我力量的悬殊致使革命陷入低潮，他不得不率领县委机关与敌人周旋，不断地转移变换活动村庄。前天，他通过炮楼里伪军地下关系，秘密地进入敌人窝里开展工作，夜以继日领导着全县抗日救国运动。

办公室设在比较隐蔽的一所深院里，院子的背后是一条深水河，河岸对面生长着一片茂密的杂树林子。此时，哨兵突然发现一溜人向这边窜来，急忙鸣枪报信，随即向冲上来的日伪军射击。

彭建华听见枪声，情知事变，火速令其他五位同志带上文件钻进地道向村北转移。他翻过几道墙头，见到哨兵已经牺牲，连发几枪，打倒数个鬼子掉头往村里跑去。鬼子见家后是条河便向村里摸去，从另一面围上来的伪军与沙泥率领的鬼子两面向村里搜捕。彭建华依在一个比较隐蔽的地方，躲过敌人的搜捕，迅速向村后撤退。他来到村北头的桥边，黑暗中干掉两个守桥头的鬼子，回来汇合了躲在地道里的五个同志。

“同志们，敌人正要进行挨家挨户的搜查。现在，我们只有一条路，渡过村后小河突围出去。”彭建华动员说。

于是，彭建华在前，领着县委成员爬出地道，走在事先查看好的路线悄悄地来到河边。他摸了块小石头朝河中心扔了去，随着河面上溅起的浪花发出声音过后，一切都显得非常平静。彭建华守住路口，示意同志们下河。

五个人先后进入河中，冰冷的河水刺得骨头很痛。每个人抖动着身躯直打哆嗦。河水的淤泥没了膝盖，每走一步路都十分吃力与艰难。河水沐浴半个身子，五个人咬紧牙关，手牵着手奋力地向对岸游来。

彭建华见同志们已到对岸，下了水向对岸游去。

住家有一个儿子，名叫郑王，生得腚大腰圆，膂力过人。这人一身正气，行侠仗义。他见鬼子来突袭，撇开众人，一连翻了几道墙，来到村中央一棵老柿子树前，用着火的苘杆引燃了一垛芋头秧子。火势迅速蔓延，火头舔着夜空把整个中心店烧得通天亮。郑王的本意是想把鬼子吸引到村中央，掩护县委的同志趁机转移，没曾想草垛燃起的火光倒是给鬼子照了亮。一鬼子发现了对岸有人逃跑号叫起来，一阵扫射将跑在最后的同志击倒。彭建华连环数枪，同时扔出一颗手榴弹，趁着手榴弹爆炸的瞬间，抱起受伤的同志快速进入树林子。

不料，那位同志担心因自己受了重伤连累县委，拔出手枪，朝自己头部开了一枪，壮烈牺牲。

彭建华率领县委甩开了日伪军，跨过津浦铁路，向荒王陵方向前进。奸诈的沙泥机关错算以为县委西去运河，催动那群虎狼兵向西猛追。

交通员被乡公所里的人抓住，彭建华得知，心里暗暗吃惊，幸亏那条小河救了县委，可是牺牲了两位英勇的同志。他派人去了中心店与地方送了些钱财委托他与杨扒说情，谎称老汉饿极了，想到村里边找点吃的便被抓了，伪乡长杨扒见老汉身上搜不出什么东西便把他放了。

沙泥虽然没有抓住县委的重要成员，但他朝思暮想的事情总算有了眉目。当下，苟道又给沙泥出了馊主意。兵分两路，一路沙泥率领鬼子兵明着在西面王家庄埋伏妖魔谷。暗地里派高劲松带领伪军在村北柏树林里埋伏，再叫韩减去王家庄以邹县县委联络员身份去游击队，假称县委要组织一次大反攻邀范洪灞商讨作战计划，把他引入杂树林，一举杀死。

沙泥闻听此言，十分高兴，忙派韩减去王家庄，自己领二百人去妖魔谷，命令高劲松带五十名伪军在离王家庄村北二十里路柏树林埋伏。

鬼子在王家庄北西南三个方向离村子二十余里路的要道又盖了炮楼，他们有的不去守卫，派了大量伪军把守。游击队感到形势十分严峻，敌人的进攻已经开始。面对这种形势，游击队号召群众行动起来，随时做好转移的准备。同时，进行外围斗争，打破日寇蚕食的阴谋。

清晨，范洪灞和齐东来察看村南落日山地形。路过灭鬼河时，齐东来着意看见一只黑狗竟然吃起青草，他有些迷惑不解。他曾经提醒范洪灞，敌人假若突袭王家庄，鬼子有可能在庄东头埋伏，截击撤退的群众。为确保人民群众生命财产的安全，做到未雨绸缪，就必须找出一条安全的道路。二人沿着山间曲径盘旋而上，顺着山套专找能容人行的山道攀登。忽听山头上儿童团员山青撵着羊群边走边吟道：“落日山头云戴帽，灭鬼河岸狗吃草。这场大雨跑不了！”

齐东来听了，止住脚步昂起头来朝山峰望去，果见山头上飘着一片黑云，活脱脱地像一顶席帽戴在山头上久久不肯离去。

落日山坐落庄南，山高陡峭，无法逾越，巅连起伏横卧东西。要想跨越此山，只有一道较矮的绝壁攀着绳子方可下到落脚的地方。然后顺着大峡谷向平邑游击区转移。二人看了，不约而同地说："绳子是个大问题。"

看完了地形，二人正要下山时，忽听正西面不远的牛尖峰上，鬼子朝这边打着冷枪。范洪灞遥指牛尖峰对齐东来说道："你看那山尖上炮楼，俯瞰远近十余里。把我们的一切动向看得一清二楚，必须铲平它！"

齐东来点头赞同："他妈的，鬼子真会算计，在那里建炮楼就是安了一双眼睛。"

王霸来了报告道："西面妖魔谷有鬼子活动。"

范洪灞立即召集大家商议，认为王家庄村西牛尖峰那座炮楼远近能看十里路，并且观察到王家庄的一切。必须在鬼子扫荡之前拔掉它，解除它对游击队的威胁。于是，游击队上下动员，做好拔除牛尖峰炮楼的战前准备。

黎明时分，游击队号角吹响，队员们冒着大雨呐喊着吃力地冲向炮楼。牛尖峰十分陡峭，耸入云端，东南北三个方向俱是悬崖绝壁，故称牛尖峰。只有西面陡坡勉强爬上去，游击队被压在炮楼二百米又高又陡的乱石岗下，进攻受阻。鬼子居高临下，子弹如大雨倾注封锁唯一前进的道路。大家这才知道，牛尖峰根本无法攻取。

韩飞虎急了，扒了上衣光着膀子挥舞着斧子就要硬往上冲击，被范洪灞一把按住。鬼子的子弹在面前雨点般地炸响，在晨曦的空中飞啸。

齐东来见强攻会使游击队伤亡很大，而且游击队利在速战速决。如果在两顿饭工夫拿不下炮楼，鬼门关的鬼子马上就会蹿到。

果然，正西跑来了一队鬼子增援，游击队腹背受敌，只好退回营地。

回到营地，齐东来愁眉苦脸，想不出办法了。他喊了吕子河与范洪灞商议。

"队长同志，大队人马进攻是不可能了，爬上牛尖峰难似上青天。"齐东来说到这里，停顿下来看着范洪灞只是微笑。

吕子河看了齐东来一眼，感到束手无策。

范洪灞是个直性子人，见了两个人好像心里有话却都不说。他揣度着二人有着共同的想法，严肃地问了："你二人心里有话，可以直说，为什么遮遮掩掩的呢？"

“队长同志，牛尖峰只能智取。如果你敢冒险的话，趁夜里下雨，爬上牛尖峰消灭鬼子。点火为号，我即领人铲平炮楼。”齐东来征求范洪灞的意见。

吕子河也说道：“队长同志，只有这一步险棋。消灭牛尖峰上的鬼子就全靠你了。”

“好的。”范洪灞挥舞起拳头。

黄昏，雨停了，天渐渐地黑下来。炮楼的鬼子不时地向黢黑的夜空打冷枪，好像宣誓它是攻不下打不烂的乌龟壳。

范洪灞披上蓑衣，猫着腰乘着夜色慢慢向山上爬去。山坡的荆刺划破了手也顾不了许多，当爬上又高又斜的陡坡时，哧的一声，身子不由得又滑回到很远的地方。好在泥沙湿润发不出动静没被鬼子发现，真是万幸！无可奈何他像条地龙再次缓缓向上蠕动。当接近半山腰时，天上又下起小雨，他冒着雨匍匐着一步一步挨近炮楼。鬼子喝酒的声音清楚地听见，他终于爬到了炮楼门口，像一位老猎人守在洞穴外。里面鬼子吃完晚饭，叽里呱啦拉了很长时间就再也没了动静。一更二更三更都过去了，炮楼如棺材里成殓的死人一样无声无息。这是多么难熬的长夜啊！范洪灞抬起头望着天空，雨早已停了，数点银星眨小眼，万里晴空天欲晓，门前睡倒征战人。他疲劳极了，似乎身处在生死的边缘却丝毫没有感觉到，却打起瞌睡。

天亮了，范洪灞睡着了。这时，炮楼门开处，一个鬼子急匆匆提着裤子去屙屎，倒把他惊醒了。范洪灞顿时兴奋起来，轻轻扑上去一掌打在鬼子脑盖上，那鬼子七窍流血栽下悬崖。范洪灞抽出手枪闯进炮楼，油灯光线下，两个鬼子睡得如死猪一样。范洪灞摸了倚在墙上的大枪，倒过来一刺刀一个，两个鬼子先后回东洋岛上向他死去的先人报到去了。

一声枪响，子弹贴着范洪灞的头皮打过来。他没容二层楼上的鬼子冲下来，举枪将鬼子击毙，那家伙倒栽葱一头从二层栽了下来。突然，一颗手榴弹扔下来，范洪灞抓过反而扔了上去，纵身跳出炮楼。轰的一声，手榴弹爆炸。却见硝烟中被炸蒙的鬼子挥舞着钢刀砍来，要把他的手枪砍掉，范洪灞惊出冷汗，倒退几步险些掉下悬崖。他一连躲过三刀，旋风般往下一蹲，铁脚猛扫，鬼子一条腿被踢断。夺过刀刺入鬼子上腹，抽出又刺了一刀。只见鬼子翻滚着坠下悬崖，好一会工夫才听见悬崖下传来鬼子腰上拴的水壶撞击声。他拽了一把铺在地上的草苫子点着火，缕缕青烟冉冉上升。他颓然倒在那里，没多时炮楼门外传来急促的脚步声。

“大哥，里面还有活着的鬼子吗？”韩飞虎跑进来一手握着斧子，一手提着手枪叫道。

齐东来冲进炮楼，看见范洪灞倒在地上，吓了一跳，急问道：“队长同志，你负伤了？”他仔细把范洪灞全身检查一遍，没有发现任何伤处，却看见了范洪灞脸上布满了疲劳的微笑。范洪灞说，牛尖峰太难拿下，我在狼窝门口蹲了一整夜呀。他流下了胜利的泪水，既而一个劲地抽搐打着喷嚏。

吕子河把他的蓑衣拽掉，抓过一条军毯将他裹严抱出炮楼头先走了。紧接着几个队员忙把战利品抱下山，韩飞虎一马当先，登上炮楼顶扒起大砖。就见炮楼顶端的砖头木板噼里啪啦纷纷落下，骨碌骨碌地滚下山崖。队员们深受鼓舞，抖擞精神，奋力拆除，一拨队员累了，又一拨队员紧接着冲上去继续拆砖。两顿饭工夫，高高矗立的炮楼被夷为平地。

这时，正北大道上，尘土飞扬，枪声响起，一队鬼子向这里杀来。游击队一声呼哨，霎时间，散之无影。

一天，通讯员李伟杰来报：“一位县委联络员在灭鬼河畔求见。”

范洪灞听了，急忙跑去迎接，一把抓住那人的手：“哎呀，同志，原来是你？自从韩志刚同志牺牲后，我们一直在寻找县委。可是，环境那么恶劣，上哪儿去找！你这次来我们就有了主心骨了。”

韩减闪动双眼，看了一遍众人：“我从董家庄来，董青军同志已经提前去了县委。”

齐东来细观此人，大板牙，大分头，瓜子脸，一身有骨头无肉。再看那张烟黄色脸皮笑肉不笑，两眼射出凶光。察觉着此人来者不善，但他面色上仍略带笑容与韩减寒暄一番。

韩减满脸堆笑：“韩书记死后，给党造成极大损失。各地区的地下活动相继停止。县委也搬到邹、平两县边界活动。这次县委派我来，联络各地抗日武装，有可能进行一次大行动。”

范洪灞深信不疑，与其亲切交谈至深夜。最后，韩减掏出了县委信件。范洪灞打开看了。

峄山抗日游击队：

近闻，你队活动在邹、平两县边界，革命力量像火种一样保留下来。县委感谢你们。游击队打地堡，扒炮楼，破钢轨，使敌人心惊胆寒。望连续作战，消灭日寇，为民立功。今派遣韩减同志前去营地联络，县委要组织一次规模较大的战斗，给敌人一次沉重的打击。接信后，跟韩减一同前来荒王陵共商大事。切切为盼。

邹县县委（印章）

一九三八年三月十九日

范洪灞看罢，心里十分激动，小心翼翼地将书信叠好装入自己衣兜里。他热血沸腾，多少个日夜，是多么心焦与担忧。这么多战士驰骋在枪林弹雨之中，在敌人的夹缝中拼杀，队伍在不断地壮大。如今，有县大队的支持，游击队将如虎添翼。

范洪灞见天色已晚，催韩减休息："韩同志，你且去歇息，此事事关重大，等我们商量后再定。"

孟开山领了韩减去了，炊事员与韩减炒了一碗萝卜片，盛了半碟腌制的咸菜，三个芋头面窝窝头。韩减连筷子都没动。炊事员看见，心中犯疑，我们平常连咸菜都吃不上，这个韩减嫌饭食孬，队伍里这种人真少见。他絮絮叨叨地没完没了，末了他把这件事报告了齐东来。

范洪灞连夜召集队员们商议，商讨如何执行县委的指示。齐东来坚决反对，对于这个不速之客不能不产生怀疑。暗地命王霸立即动身去董家庄找董青军联系，看那里的情况是怎样。王霸连夜去了，另派哑巴去妖魔谷侦察沙泥的动向。

素常日子很少说话的吕子河首先发言说："韩减的话不可信，鬼子已经三面将我们包围，随时就向王家庄进攻。他早不来，晚不来，偏偏在这个时候来，会不会是沙泥派来的奸细。因此，要多加提防。"

张九龙说："咱们活动在山区，虽然我们不知道县委在什么地方。但是，县委肯定会派人四处打听我们的。"

孟开山说："既然是县委派来的，咱们这么艰苦，他连窝窝头都不吃，队伍里哪有这种人？"

韩飞虎急了，摸了斧子就要去砍韩减，被吕子河劝阻了。

关汉忠挠着头皮说："同志们也要注意，王家庄西边有二十里地，有一条妖魔谷，谷深幽长是一条口袋，假若进去，那可是绝路呀！"

范洪灏坚持认为，形势十分严峻，关键时候县委为了减少游击队的损失，实行反扫荡的斗争形式，也是未尝不可的事。

齐东来开了口："队长同志，明天，你把韩減叫来，只说队里很忙，抽不出空来去县委。他若发火，可能是假的；他若是动身回去，那就是真的。"他是多么盼望王霸快快回来。

范洪灏见大家不支持自己的意见，心中不悦。联想到关公庙发生的事件，没有发作，也觉着齐东来的话有些道理便答应了。

清晨，他把韩減请到办公室，说："韩減同志，由于游击队事务太多，这两天还不能去，望回去后转达县委。"他埋怨这些人疑神疑鬼，不过自从城关区委遭到破坏，韩減的情况也不了解。但是，对于渴望尽快找到县委，他还是舍不得这一次难得的机会。

韩減听罢，拍着桌子，发急地说："范队长，你要识时务呀，就凭你们这几个人，几杆破枪，怎能跟大日本皇军开战？我知道了，你们游击队怀疑我是日寇派来的探子。好吧，范洪灏同志县委处在最艰难时刻，你不服从指挥，耽误了县委抗日大计，作为指挥员是要负责任的！"

范洪灏哈哈大笑："'南关事件'之后，人不过十个，枪没有几支。扒铁路，打日寇，端炮楼横扫鲁南。现在，我们峄山抗日游击队人有数百，枪炮齐全，你怎么说我们不能和日寇开战呢？"说完便一把扯着韩減的手往外就走。

他俩向家南的打麦场走来，遥见游击队员迈着矫健的步伐正跑早操。那操场上，歌声嘹亮，杀声震天，显露出一片杀气。韩減看了，心里叹服。又看了多时，他看出来游击队员只有十几个人，只是远远的山头上有放羊的人，就再也没有什么站岗放哨的人。他记在心里，急于与范洪灏告别。

临走前，韩減提醒似的说道："范队长，我再一次说服你，耽误了县委制订的行动计划，你是要负完全责任！"他又说，据侦察，鬼子在西面妖魔谷有活动，游击队要多加提防。说完，径直往北走了。

范洪灏踌躇起来。如果不信韩減的话，真的耽误了大事，怎能对得起党，对得起人民？如果去了，万一误入敌人的伏击圈，岂不是上了敌人的当？他思来虑去，迷惑不解，考虑到鬼子在西面，韩減往北走，不会有事。

最终决定带领吕子河、韩飞虎、王霸三人跟韩减走一遭。

齐东来、关汉忠二人坚决反对，极力阻止范洪灞的行动计划。吕、王二人也不愿随往。范洪灞大怒，只叫韩飞虎跟着去，再不带任何人。齐东来等人再次劝阻，见范洪灞态度非常坚决，只好默认了。

两人追上韩减，韩飞虎用皮锤搋了韩减一拳，再用斧子在他眼前晃了晃，双眼瞪着韩减，恐吓道："韩委员，你胆敢耍鬼点子，咱一家子的斧子不认人！"

于是，韩减在前，范洪灞、韩飞虎在后，三个人上了路。

夕阳坠入西方天际，金鱼鳞色的余光渐渐地被夜幕吞没，天地间慢慢失去了空间应有的光泽。柏树林里发出猫头鹰的哭笑声，令人心寒。

范洪灞、韩飞虎二人跟在韩减背后，来到柏树林边。但见两边斜坡高有数丈，茫茫的柏树林，一望无际。范洪灞愈走愈感到有些犹豫，韩飞虎提议在此休息一下。韩减催促赶路。

正在三个人说话间，猛地听见一声清脆的枪声向这里射来。范洪灞知道上了敌人圈套，拉了韩飞虎就跑。顷刻间，伪军的枪弹如雨倾泻过来，韩减中弹死去。范洪灞、韩飞虎二人舍命逃奔。两个人急急忙忙跑出三里多路，前面一队人马截住了去路。韩飞虎一手执定斧子，一手端着手枪就要冲杀。就听前面齐东来叫道："快走，我们断后。"

齐东来率领游击队封锁路口，朝着冲上来的伪军一阵扫射率队而走。伪军被这突如其来的枪弹打得措手不及，看着地上十几具尸首，看着茫茫夜色无可奈何地发呆。这地方深一脚浅一脚的，坑坑洼洼，十分难行。他们在黑夜里犹如瞎驴一样找不着道路，只好收兵。

游击队回到村里。这时，王霸也回来了，汇报说董青军那边根本没有接到县委通知，又说城关区委委员韩减叛变了。他擦着汗忙问："韩减呢？"当听说被埋伏在柏树林的伪军打死了，他觉着头有些发蒙，队长怎么会轻易相信这个叛徒呢？

范洪灞听了王霸的汇报，方知韩减的确叛变投敌，今天又被他诱入了伪军的埋伏圈。不是那声枪响，他和韩飞虎几乎被打成了马蜂窝。这时，心有余悸地回味着刚才所发生的一切。他并非胆小怕事，后悔自己的盲动性，没有接受同志们的建议，险些铸成大错。

"同志们，我错了。我的主观主义使得我不计后果地做出了错误的决定。”他坦诚地向组织承认错误。开饭了，他没有去吃饭，在一间屋里独自坐了一个下午。他在回顾近两年来所走过的道路，自从下了峄山曾协助川军抗击日寇。又在微山县帮助吕家铲除了汉奸。来到南关，加入中国共产党，组建了峄山抗日游击队。现在，抗日战争正处在最艰难的时刻，杨怀庆被铲除，使游击队消除隐患。韩减的叛变，自己险些遇害，这都是自己刚愎自用带来的结果。今后，须得谨慎从事，虚心听取同志们的建议。

这天清晨，齐东来来了，似乎有话没有说。范洪灞问了，齐东来支支吾吾地说：“队长同志，刚才又来了一个人，他说也是县委派来的，也是从董青军那里来的。”他又告诉范洪灞，已派王霸去了董青军那里，探问真假。

“东来同志，你说，我们保卫祖国打打杀杀，为什么队伍里会出现叛徒？”范洪灞说。

“这属于革命理想与信念的范畴。一个革命者意志不坚定，在敌人严酷的刑讯逼供面前，丧失了革命斗志，势必要走上反革命的道路这是不足为奇的。今后，在用人的时候，要特别注意。”齐东来回答。

范洪灞折服地点点头，随着齐东来到了南屋。一位细高挑身材的小孩热情地与范洪灞握手：“你是范队长同志吧？我叫徐兆瑞！”

“我就是。”范洪灞不冷不热地应道，“请问，你找我有什么事吗？”他非常细致地观察这个瘦小的交通员，个头不过四尺，光着头，两只眼睛虽小却炯炯有神。身上穿着破褂子破裤子，赤着双脚沾了一层土。面带微笑，手里拿着又破又旧席帽做扇子轻轻摇动。

徐兆瑞从右胳肢窝拿过鞋，把鞋帮撕开从里面取出一封信，递给了他。范洪灞接过看了，紧接着把信递给了齐东来。

范洪灞来回走了几步，问道：“徐兆瑞同志，县委现在在什么地方？”

徐兆瑞坐在板凳上说起来：“范队长，我问你，前几天，沙泥是不是派来一个奸细？”

范、齐二人听了，有些愕然，异口同声地：“你怎么知道？”

徐兆瑞滔滔不绝地说：“队长同志，自从城关区委被敌人破坏后，县委一直在邹西平原打游击。现在，活动在荒王陵一带。由于日伪军对根据地严密封锁，联络员有的在中途牺牲，有的遭盘查被捕。上次，县委派城关区区委委员韩减来山里寻找你们。不料，他被捕叛变。沙泥利用他诱骗你们。董青军把你这边的情况报告了县委，彭建华书记特派我与你们联系。”

他们故意拖延时间，不放这个小交通员走。

下午，王霸回来，把范洪灞喊到东屋，汇报说：“董青军队长前天去老营村见到了彭建华书记。这个联络员是真的。”

范洪灞兴奋地跳跃起来，几步来到南屋，捂着徐兆瑞的小手，久久不放：“小同志，谢谢你。”范洪灞告诉徐兆瑞，几天前，游击队确实来了一位自称是县委派来的人。此人叫韩减，已被伪军杀了。他叫人给徐兆瑞备饭，被他婉言谢绝了，坚决要赶回去。范洪灞见他不肯逗留，又不想马上走，有些茫然。

徐兆瑞开门见山地说：“队长，你给我写个收到条儿。”

范洪灞醒悟，写好收到条儿，递给徐兆瑞并将他送出村头。徐兆瑞自去了。

哑巴急匆匆地来，范洪灞迎上去比画：“鬼子有什么动向？”

哑巴着急地比画：“沙泥驱动大批日伪军，向这里杀来！”

范洪灞欢喜地点点头，一手牵着哑巴往村里走来。回到办公室，立即召集众人商议。眼下，县委指示峄山抗日游击队，采取长途奔袭的作战计划，袭击两下店车站。可是，沙泥领了日伪军这群庞然大物，游击队又怎样对付呢？

齐东来说：“同志们，我们要做三方面准备，一、要坚决执行县委的指示。二、要怎么样才能抗击数倍于我的日伪军。三、最紧要的是立即动员群众安全转移。”

范洪灞对此说法，极为赞成：“对对，同志们，要记住自从我们成立游击队以来，这是县委给我们的第一次任务，必须彻底完成！”他命令孟开山与李武军去动员群众向东山里转移。他又说道，“三国时，诸葛亮在街亭演了空城计。现在，我们把粮食藏起来，把牛羊转移出去，使王家庄变成空空的庄子，叫沙泥吃不上粮食，见不到人，连根鸡毛都捞不着。这样，他就不战自退。”

吕子河说：“队长同志，王家庄离牛尖峰有十里路，鬼子会抢先占领牛尖峰。山顶西二里路，有一条深沟，沟长树密，可以埋伏。”

齐东来觉着有理，与范洪灞建议：“队长同志，是不是让王霸率领游击队去那里埋伏，打他个措手不及。”

范洪灞同意，王霸领了游击队员火速赶往牛尖峰方向去了。同时再派吕子河率一百游击队员前去阻击敌人，吕子河领着战士们跑步前去迎敌。

情况十分紧急，大家分头行动，游击队帮助群众打点行装，护送到安全地带。范洪灞精选五十余人，集结在家南打麦场上，准备西征。

突然，正西响起了激烈的枪声。关汉忠风尘仆仆地跑来叫道：“队长同志，指导员与鬼子打起来了。他们正牵着鬼子的牛鼻子走呢！”

范洪灞看到最后一群老百姓远远地走进了南山口，放下心来。正要准备出发，又见傻子从北面飞奔而来报：“队长，村北头闯过来一群鬼子！”

范洪灞知道已经走不脱了，在走之前就必须干掉这群偷袭的鬼子。又派齐东来领一部分队员绕到鬼子背后袭击鬼子，齐东来领了十余人向东开去。范洪灞带了游击队员窝回村里，把队伍埋伏在村里各院中。

沙泥自从派韩减去了王家庄如得意的黄鼠狼，想把范洪灞诳到柏树林，没曾想不但没有抓住人，反而把韩减给打死了。沙泥听了，照着苟道就是两耳光。苟道两眼冒着金星，揉着火辣辣的脸仍然为主子献计，告诉沙泥，游击队人数只有五六十个人。就凭皇军二百五十人，武器精良，袭击王家庄定能活捉范道人。沙泥听了，转怒为喜，拍一下苟道的肩膀示意叫他带路。沙泥骑上马一挥手，鬼子兵号叫着发起冲锋。吕子河见鬼子已到眼前，命令队员奋力抵抗，鬼子来势凶猛大家渐渐地抵抗不住，一声叫喊，边打边撤回村里。沙泥拔出东洋刀，朝空中一挥，号叫道：“杀——给给！”这群饿狼兵扑进村里，吕子河等众人撤出村外。沙泥派兵去追，自己留下来歇息。只见家家大门开着，屋子里空荡荡的，鸡窝门，猪圈门都敞着，村里的财物一无所有。沙泥看了，十分恼怒。来到街口，见老柿子树上贴着一张纸，上书：苟道同志，接到你的信我们火速撤离。落款峄山抗日游击队，沙泥看毕，抓过苟道的头发朝柿子树上连击十几下，直把个头颅撞得凹陷了半个才丢了尸体。沙泥看了看死去的苟道，猛然醒悟，察觉误杀了好人。鬼子饿了半天，又急行数十里路，便在村里歇息下了。他们放下枪，宽衣解带，倚在墙角打瞌睡。

突然，枪声大作，杀声震天。范洪灞一人当先，勇猛射杀，游击队与齐东来率领的小分队汇聚一起，犹如天兵天将出现在鬼子面前。吕子河率领队员杀回来，三路夹攻。鬼子被这突如其来的队伍打得措手不及、屁滚尿流，向西溃逃。沙泥急令机枪班阻击，掩护撤退。

范洪灞见了，急叫：“卧倒！”鬼子的子弹如飞雨一般在空中呼啸而来，战士们被鬼子火力压得抬不起头。却见范洪灞往墙边一滚，顺势扔出一颗手榴弹。有人见了暗暗抱怨，此间离鬼子机枪点有三十余丈，怎能炸死鬼子？但是，一旦同志们发起冲锋，鬼子一阵扫射游击队就要遭受重大损失。正担心间，只见手榴弹爆炸处，鬼子的机枪当时无声。游击队乘势发起冲锋，鬼子抵挡不住，丢下十五具死尸退出了庄子。

沙泥似丧家之犬，落荒而逃。又见追兵渐近，慌不择路不觉逃入一条山谷。突然，王霸消灭了企图占领牛尖峰的鬼子，率领队员杀来，一阵枪弹扫射，正击中沙泥坐骑马头，把他掀翻在地，一个胖鬼子背起沙泥往西就逃。游击队两处人马一阵掩杀，鬼子丢盔弃枪，狼狈逃窜。

游击队大获全胜，军民欢歌。李武军竖起大拇指问："队长同志，鬼子离咱那么远，你还能把手榴弹投到鬼子的机枪点，真是厉害！"他竖起大拇指赞扬道。

韩飞虎说："这能算什么，去年锅山血战，俺大哥在山头上离鬼子有五十丈同样把鬼子机枪炸烂。"

沙泥逃回县城，立即纠集日伪兵二百余人，再次去山里寻找游击队。济南方面要沙泥加强峄山纪王城治安，那里要有新的工程正待开工。他便停止行动，另派齐丽班去纪王城协助苟德加强治安。

游击队回到驻地，联想到沙泥会来报复，决定命孟开山协助民兵排长万伟宽率领民兵坚壁清野，只打扰敌人，不正面迎击。范洪灞率领游击队秘密进入峄山。

第十七章

礼　帽

游击队来到纪王城金水河畔，正要渡河，却见老金背着拾粪的工具悄悄地挨近报称，苟德和齐丽班二人日夜轮流巡逻，防止游击队袭击铁路。正说间，只听村子上空传来了枪声，村口涌出来一队日伪兵。

游击队边打边退，鬼子穷追不舍，教堂里的鬼子又来增援。连续三天，进攻受阻。第四日，又见车站上从闷罐车里运来大批鬼子，游击队佯装回师东进，秘密地迂回到峄山大白楼。

苟、齐二人联合联防使得游击队已无法接近铁路。这天，范洪灞召集大家在冠子峰前迎客松树下，开会商讨对策。

范洪灞主张奇袭乡公所，除掉苟德。齐东来认为，乡公所离车站太近，它不同于凫山胡卓，凫山山高树少，纪王城地势平坦，进去容易，跑出来就难了。而且，自打上次攻破乡公所后，院里盖了一座炮楼。

范洪灞思来想去不由得发笑了，觉着苟、齐二人联防使得游击队如峄山上石头洞里的獾无从下手。他问齐东来如何解决这个问题，得到的答案是除非让两虎相斗，必有一伤，然后再除掉最后一个。范洪灞点头称是，可是又怎么能让苟、齐这两个臭味相投的狗汉奸反目为仇呢？

吕子河思来想去，无计可施。

这时，梁关回来了："王霸叛变了。"

范洪灞听了，急忙问道："你和他在一起，他又是怎么投敌的呢？"

梁关叙述起来，他俩去了两下店车站，刚接近铁路时就被伪军追捕。二人没放一枪舍命逃走，王霸不跑了，梁关见伪军紧追不舍，此时向东南树林子里跑还来得及。于是，夺过王霸的手枪就跑，远远望见王霸撅了根桃木棍儿反而转身向伪军走去。

范洪灞听了，非常疑惑，没有表态。

齐东来也有些诧异，王霸一向忠心耿耿，任劳任怨，今儿不会投降伪军吧？他建议派张九龙去找交通员永新老人打探情况。徐兆瑞来了，带来县委一封信，范洪灞看了，决定按县委指示执行。

那天，一个伪军举枪射击王霸，就听一声枪响，举枪的伪军吓了一跳，枪反而被击毁。忽听一人高喊："住手，自己人！"伪军们一看是人称神枪将班长王侯都傻了眼，有一个胆大的问了，才知道被抓的人是王侯的亲兄弟王霸。

王霸起来，抱怨说："大哥，你当的什么兵？连要饭的叫花子都抓？"

那班长果然是王霸的哥哥王侯，他看着弟弟笑道："弟兄们把你当成游击队了。"

王霸生气了扔了打狗棍："什么游击队，马仔队，我今天参加皇协队。"至此，王霸就在王侯那里当了伪军。三日两头他毫不吝啬地邀请伪军酗酒赌博，场场把钱输光，因此众伪军都很喜欢他。

苟德见游击队无可奈何地走了，再也抑制不住内心喜悦，高枕无忧。他又在东城门增加岗哨，夜间又增派流动哨。便和齐丽班的老婆整日里寻欢作乐。原来，纪王城村子中央有一条无名小河，由东向西环流入运河。齐丽班的家在河南，苟德的家在河东。齐丽班天生的野猪，憨吃憨喝，媳妇长得不俊但年龄小他二十岁。苟德年逾五十，吃喝嫖赌样样俱全，他虽然与齐丽班同年生，又是盗窃伙伴。自从齐丽班打丈母娘那里抢来小媳妇后，苟德就心猿意马，神魂颠倒，饭食不进，彻夜难眠，最终把那个水性杨花的齐丽班小老婆给睡上了。齐丽班惧怕苟家人多，还怕掉官丢命，只好忍气吞声，听而不闻，视而不见。久而久之，他对苟德给他戴牢的那顶绿帽子根本就不在乎了。

这天，上头又发下薪饷，王霸邀了几个伪军去了张家饭馆，几个家伙喝得晃悠悠地走了。王霸也有六分醉意，正要起身，却见王侯直挺挺地站在他的面前挡住去路，双目放射出责问和惋惜的眸光。

“小霸，人生只有一次，你这么年轻，怎么和群狗混在一起？”王侯四顾一番，见那几个家伙走远了，一把抓住弟弟的衣襟警告说，“你再这样自由放荡，意志消沉，与狼共舞，我就宰了你！”

兄弟俩自幼不睦，今儿王侯教训他，反把王霸惹恼了。

“你呀还有脸来教训我？呸，狗汉奸听着。第一，你卖国投敌，甘做败类。第二，人民是要与你算账的，到那时你的死尸不能埋入王家祖林的，因为我们王家老祖没有你这种坏蛋。所以，你的肮脏躯壳只有暴尸荒野喂狗！”

“啪！”的一声，手掌的击打声传出老远。王侯愤怒极了，打了王霸一记耳光。

王霸生来天不怕地不怕的汉子，见王侯敢打他，冲拳就打。王侯躲了几回，退出饭馆，王霸没有解恨紧追猛打。王侯急了还手。兄弟二人打到路东，又打到路西。刚才与王霸喝酒的几个伪军看见王家兄弟俩打架，忙跑回来劝的劝，拉的拉才把兄弟二人拉开。

王霸没有酒量，本想打哥哥，自己立脚不稳反而崴了脚。他只好去找中医先生。回来的路上被掌柜的喊进了饭馆，就见靠窗户下板凳上坐着一人。王霸遂将当时看见了哥哥领人追得紧，不假投降连梁关也跑不了等前后的事情从头到尾与那人说了，最后说：“九龙同志，俗话说‘路遥知马力，日久见人心’。请组织上考查我。”

张九龙握着王霸的手严肃地说：“同志们相信你。”把一张字条给了王霸，并把任务作了布置。忽见门外苟德来了，张九龙跳后窗走了。

王霸来到半路上，偷偷地看了纸条：“明天晌午，峄山八十盘上接头。暗号：乱石山沟。到处是鬼子的墓场。看罢，将纸条嚼了嚼咽下。

第二天中午，他咬着牙，一瘸一拐地来到峄山八十盘上，看到满面笑容的哥哥王侯。他气冲脑海转身就走，没走几步，猛然想起党交给的任务，冷静下来憋着口气回过头来仔细看了四周，缓缓来到王侯跟前：“乱石山沟。”

“到处是鬼子的墓场！”王侯回答道。

王霸暗暗吃惊，脸上掠过一片疑云。看着频频点头的哥哥，他忏悔地扑上去抱住了王侯，二兄弟相互砥砺流下了幸福的热泪。王霸将组织上的任务转达给王侯，然后二人背向走开。

太阳爬上了山头，山间的轻雾渐渐散去。鸟儿离了巢窝纵情地飞跃，静风使得天地间凉气宜人，向日葵也由东方不知不觉地向南转脸。

一切气象表明，天不早了。然而，在通往两下店集市的小道上，赶集的行人寥寥无几。偶尔有一两个老头老妈妈背着破布袋在路上行走。但路上很少见哪家的大姑娘去赶集。这个年月，在这片沦陷区是没有一家姑娘敢出门的。即便是出门，也得到锅底下抹把灰搽在脸上活像个小鬼。再不然就得让家人陪着走路，那还是不安全。

乡公所的大门口，走出来几个恶魔。齐丽班腆着大肚子，鹅行鸭步走起路来非常吃力。他的草鸡头与下半截犴牛肚子极不相称，人们大老远看见他来了，先是恐惧后就在心里咒骂。当看到他肩上斜背着的两把盒子吓得远远躲开，后面紧跟着两个狗腿子，一个是叫驴脸李三，一个是四十五岁的狗蛋。三个人大摇大摆出了西城门向两下店集市走来。

正走间，一位中年妇女头上勒着条烂黑布围巾，脸上抹了锅门灰低着头走路。齐丽班上前，拦住去路："你的，游击队的干活？"那妇女吓得瘫坐于地。齐丽班自言自语地说，你抹了锅门灰我就不认得你这个合天俊了？他上前猥亵了一番，扬长而去。没走几步，一小青年担着一挑子西瓜光顾着赶路，没有让路。叫驴脸李三赶上去，一脚把其踹倒在地。那小伙子怒从肝中生，火从胸中起，抡起扁担就打。齐丽班拔出手枪，对着那小伙子开枪。

就在这危急时刻，一个伪军军官急忙来到跟前推开手枪，子弹射向空中。他劝道："老齐，你怎么跟这个小熊孩子一般见识呢？他是咱外甥。"那个伪军转身照着那小伙子后腚就是一脚，骂道，"汴梁，奶奶的，还不快滚，尽惹齐舅舅生气！"那小伙子用感激的目光看了那伪军一眼，同时又剜了齐丽班等三人一眼，慌忙挑着担子走了。

"王侯兄弟，走吧，今儿该下哪家饭馆了？"齐丽班插好枪对老酒友说道，他害怕王侯的枪法，怕他放黑枪。

王侯说道："大哥，今天没空，改日再请。"

"放狗日的熊屁！你想找死吗？看不起姓齐的？"齐丽班黑唬王侯，但他对爹娘也是这样骂，有一回把他爹打得疼极了，老头实在无法忍受，反而叫了声，爹来，别打了。然而，齐丽班打爹打惯了，听了这话反而打得更欢了，直至打得闪了手脖子方才住手。街坊邻居们连看都不敢看，更没有谁敢出面劝架呢？弄不好自己挨顿揍，那算是你捡了个便宜。

王侯只得赔笑，连声说好就跟着三人去了。他们来到集市上，转悠了一遭，齐丽班看见一老汉在卖西瓜，站在那里不动。叫驴脸李三会意地来到老汉摊前抱了个大西瓜就走，老头瞅见有齐丽班忙转着头假装没看见。齐丽班领着三人来到吴家饭馆吃了西瓜，竟捡好酒好肉要。掌柜的手脚利索，不一会儿将酒菜上齐，四个人杯来箸去喝了起来。

齐丽班喝酒不要命，每回都是用大碗斟上，一场酒下来，足足喝上五七碗。远近十里八乡没有赶上他的酒量，人称酒篓。王侯好与他比试一番，每次都败下阵来。于是，二人规定，王侯喝一碗酒，齐丽班喝三碗。今儿，王侯喝了两碗，齐丽班自然要喝六碗酒。两个人猜拳行令，你吵我叫，恰似鬼叫狼嚎，叫声从饭馆里传到街上，惹得赶集的人暗暗诅咒。

酒足饭饱，齐丽班心里明白到了该结账的时候。他是天天下馆子，从来不付钱，奸刁的齐丽班晃着身子提前走了。王侯见齐丽班走了，对叫驴脸李三、狗蛋二人说道："你俩听着，今天我手里紧巴，你俩掂量着办。"他也起身走了。两个家伙不敢得罪他，只好哑巴吃黄连——有苦难言。二一添作五把酒饭钱付了。

齐丽班有个毛病，每回醉了酒很难辨别出东西南北，王侯赶上便把齐丽班拉到与回家相反的路线将叫驴脸李三、狗蛋二人甩开。他俩路过一个地摊儿，王侯看见了一顶雪白毡礼帽，眼睛一亮。当即买下了戴在齐丽班头上，刚好把他的败顶盖严，齐丽班很高兴，王侯又给他配了副墨色眼睛。两个人摇摇晃晃，东倒西歪，招摇过市，王侯把他送到家门口就回炮楼去了。

齐丽班趺趺撞撞进入家门，进堂屋一头撞开房门，眯着眼却见苟德正搂着自己的小老婆哼哼哩。

"滚出去，你他妈的想找死？"苟德欠起身子睁着剩下的一只眼睛，用枪指着齐丽班骂道。

齐丽班眨了眨一对鼠眼，似乎被主子的骂声惊得醒了酒，晃悠悠地退出屋门外一头栽倒在厨屋门前如死猪一样睡了。苟德兽性完了，走过齐丽班身边时恰恰看见了那顶礼帽，捡起来戴到头上又扔掉走了。

一天，齐丽班刚巡逻归来，小媳妇已经做好了晚饭。苟德来了，小媳妇目视他出去。齐丽班不愿动身，惹得小媳妇照脸狠狠地打了一记耳光，紧接着就是一顿臭骂，齐丽班只好走开。又一天，齐丽班见天下雨了便想在家里睡觉，被小媳妇用棒槌一阵擂鼓似的赶出了家门，他只好再回炮楼。

这天，王侯闲暇无事，邀齐丽班去苗庄喝酒。齐丽班挨了老婆的棒槌，闷闷不乐，见王侯邀他，欣然应允。二人来到苗庄，要了半瓷盆狗肉，两狗头罐酒，痛饮起来。

齐丽班如头叫驴饮凉水似的喝了一碗酒，叹口气：“知我者，王侯也！”这个杀人不见血的魔头，办事情六亲不认。如今，抢来的小媳妇却被苟德霸占，想到这里，不禁眼窝涌出银珠。

王侯听了齐丽班无比丧气的话，问道：“大哥不愁吃，不愁喝，整天介肉山酒海，有什么伤心事？”

齐丽班喝到第二碗酒就再也不喝了：“咱弟兄俩如一母同胞。你是知道的，我齐丽班生来天地不怕，没想到有人蹲在我的头上屙屎！”

王侯随着哀叹不已：“哥呀，人在矮檐下，不得不低头。”

齐丽班把酒碗摔着地上，大骂起来：“姓苟的这一家子，男盗女娼，敢给老子过不去。看我宰了你弟兄几个！”

王侯吓得浑身打战：“大哥不喝了，别说气话。苟家一贯好下黑手谁也惹不起。你得多加小心。”他边喝边劝，勉强又灌了齐丽班一碗。

齐丽班晃晃悠悠地指天骂誓：“我不杀死苟德，不是人生父母养的！”

二人喝得不愉快，王侯算了酒菜钱，搀扶着齐丽班回到炮楼。那齐丽班也不管巡逻的事了，一头栽倒床上睡起大觉。

当天晚上，王侯来到苟德家里，见屋门敞开着，喊了两声见没人答应便来到屋里。苟德媳妇趴在床上断断续续地说：“原来是王大哥。”

王侯说道：“我找苟乡长有事，他没在家吗？”

苟德媳妇骂起来：“这个千刀万剐的畜生，如今和齐丽班的小老婆缠上了。他有二十多天没进家了，这里已不是他的家了。”

王侯问：“兄弟媳妇，你说话无力，八成有病？”

苟德媳妇哭诉着，他给苟德生了个把月的气了。这几天走路的劲儿都没有，三天来，滴水没进，没人管没人问，只想死。王侯听了，涮了锅，就院子的井里打了水，去厨屋锅里添上水烧开，用水瓢舀了满满地开水放在苟德媳妇床前桌上，拉了许多话才起身走开。

他走到金水湾时，迎面碰见了苟德，老远打招呼：“老四，我到乡公所里没找着你，没想到竟在这里遇上你。”

苟德收住脚，问道：“王大哥，你找我有事么？”

王侯来到他面前，前后看了看没有人说：“四兄弟，我在你面前是当哥哥的，我跟你说，齐丽班这小子前天喝醉了，他骂了你，还说白刀子进去，红刀子出来。以后出门多加小心。”

苟德很信赖王侯，听了王侯的话，顿时火了：“哼，这几天我看着他有些反常，他胆敢作怪，看我活劈了他！”

王侯说：“四兄弟，你呀，千万别跟小人一般见识。别看着俺俩好喝酒，没办法，还是咱贴心。总之，今后要多加小心。”

“小心什么？我这就去宰了他。”苟德抽出腰间的匕首比画着。

王侯呵呵地笑了，夸誉苟德是个豪情奔放，心胸豁达的人。苟德很喜欢王侯很会说话，他要拉他去丁字街张家饭馆喝酒。王侯客套了一番还是去了。

苟德媳妇原是坡西菏泽人氏，因黄河发大水，举家背井离乡，漂泊到纪王城。父母先后患肝炎死去，姐姐饿得瘦成一把骨头，不久也离开人世。苦命的苟德媳妇原本嫁给了比她大三十岁的男人，老夫少妻十分恩爱。没曾想，日寇血洗纪王城，来不及逃难的她被鬼子逼进一座屋山头的夹道里。这下可激怒了她的老男人，抄铡刀劈死了欲糟蹋小媳妇的鬼子兵。而他却被后面的鬼子连捅数刀，愤然死去，小媳妇最终没有逃脱魔掌。她长得美丽动人，是邹县南坡第一的俊俏女子，却被苟德看上了，强行把她拉进家里拜堂。

一天，她挣扎着来到金水湾一棵干巴歪柳树下，拴好绳套憋住气把头伸进去，这样她就告别人生，离开这个肮脏的世界。然而，王侯救了她。问明原因，王侯教导她，轻生就是懦夫，就是失败者。他又教她，鼓起斗志，焕发精神，投入到抗日战争的革命洪流中去，为自己的丈夫报仇，为在战争中死难的乡亲们报仇。从那刻起，她的心中犹如注入了新的血液，心明眼亮，生活的道路有了新企盼。王侯还说，让她先看好病，等有机会要她投奔峄山游击队。

早晨，王侯晃醒齐丽班，说要到峄山去打猎，齐丽班答应，也不吃饭便随着王侯走了。

忍辱偷生的苟德媳妇决心跳出苟德家这座火坑，去投奔游击队为丈夫报仇。她不再为苟德抛弃自己另寻新欢而烦恼，认为自己被抢来强制当苟家媳妇本来就是玷辱了包家祖上。在家乡的时候曾听爷爷讲过，大凡人世间分三等人。第一等人，忠厚善良，勤劳为国。这种人生性正直，品质高尚。第二等人，自私自利，没有立场。这种人，势利眼重，看风驶船。第三等人，道德败坏，败国害民。这等人，横行霸道，无恶不作。苟家正是属于第三等人。自己是良家贤女怎么能伴随苟德这条狼生活一生呢？她在考虑一夜后，决定求从城里归乡的高皇村人老中医张正明先生把自己的病看好，然后再逃出虎口。昨天，她拄着拐棍找了张正明先生号了脉象，开了中药方子，要她去峄山街杨先生药铺抓草药。王侯来了，告诉她实信儿，游击队就在峄山大白楼，之后约定明天去抓中草药。今儿老早起来，她好歹做点饭吃了便拄着拐棍去峄山街。

“四嫂，干什么去？”刚出村口，碰上了齐丽班、王侯二人。齐丽班有些疑惑，这个宁死不出门的烈性女人，今儿为什么出了远门？

“齐丽班，从今后我不许你叫我四嫂。我姓包，叫包红英。”自称包红英的苟德媳妇拄着木棍扬眉吐气地说。

“红英姐，我知道你是忠厚人。咱闲话少说，你今天出门干什么去？”王侯问。

包红英告诉王侯，她在高皇村找了老中医开了中药方子，要到峄山街杨先生药铺去抓中药。王侯一听，见她面黄肌瘦，走路气喘，什么时候才能到峄山街？说道：“红英姐，你走路困难，如果您相信俺兄弟俩的话，替你抓中药去。”

包红英擦着虚汗，扶着木棍蹲在路旁说：“兄弟，那得劳您的大驾。”

王侯说：“红英姐，没外人，别客气。”他与包红英要了中药方子便走。包红英叫住要给他药钱，王侯连头也不回拉着齐丽班径直奔峄山街去了。那包红英用棍撑着病体，心里特别感激王侯，她拿定主意等养好病就离开苟家。

王侯、齐丽班二人在杨先生中药铺抓了中药，去饭馆吃了饭，玩了一会儿回到半路上，王侯觉着肚子痛对齐丽班：“老齐，我肚子疼得难受，你把中药送给四嫂去吧？”

齐丽班愣了：“兄……兄弟，你说的什么意思？”

王侯告诉他，本来，苟德媳妇要齐丽班去抓中药，却不好意思开口，叫我跟你说。没办法，她给我磕了一个头我才答应。

齐丽班心想，姓苟的霸占俺媳妇，今儿凑着这个机会我也把他媳妇弄到手。于是，齐丽班有些受宠若惊，接过中药就走。

王侯见齐丽班去了苟家，跑到乡公所报于苟道，说他媳妇病得很厉害。苟德信以为真，慌得向家中奔去。却看见齐丽班在堂屋东间床沿上坐着呢！就听齐丽班说，四嫂病了，让我给她抓了三服中药。苟德干笑着点点头，站在屋门里不动。齐丽班会意连忙起身离开床，苟德坐在罗圈椅里板着脸，一言不发。齐丽班献殷勤便去给包红英煎熬中药，苟德看在眼里气在心里，并没有发作。

齐丽班给包红英熬好中药，打发她喝了。苟德不耐烦地把他撵出门便去了齐家。齐丽班十分懊恼，觉着自己自讨苦吃，一路上气愤愤地走向炮楼。

王侯早已在张家酒馆门口等他，齐丽班正烦恼，二话不说进了酒馆痛饮起来。王侯一直把齐丽班灌醉送回炮楼，便悄悄地把他的礼帽藏在怀里跑到苟德的家。真巧，包红英去了茅厕。王侯见屋里亮着灯并没有人，便掏出礼帽放在床上另一头上迈着轻步走了。

几天来，苟德对齐丽班存有戒心了，时常防备着他反过来去勾引自己的老婆。下半夜，他离开齐家回到自己家里。把手枪往床上一扔，可巧手枪把那顶礼帽碰掉了地上。他不动声色地弯腰拾起礼帽看了良久，想了一会儿把礼帽扣在头上抓起枪走了。

天上下起了毛毛细雨，天地间被雨雾笼罩。苟德喜爱这样的天气，不多时便来到炮楼边。他趴在地埂上四下瞅了几眼，掏出手枪朝天上放了一枪。齐丽班听了，首先冲出炮楼，大叫："弟兄们，保护铁路！"

苟德眯着一只眼，对准正在叫唤的齐丽班连开三枪。齐丽班一头栽倒于地，流血而死。苟德在暗处观察了一会儿，炮楼死静，便踩着泥泞的路回到乡公所。刚要去回家审问包红英，王侯来报，齐队长被游击队偷袭了，死在炮楼门口。苟德要的就是这句话，非常高兴说道："王班长，知道了。你去车站报告石岗太君。"

齐丽班媳妇潘锦链人虽小，却十分贼精。她对齐丽班的死产生了怀疑，是谁敢对她的老头子下毒手呢？是游击队吗？还是苟德呢？渐渐地她对终日与她偷情的苟德也产生了杀奸夫为丈夫报仇的念头。齐丽班和王侯是酒友，要知道事情的前因后果就必须找王侯问清楚。这个眼镜蛇般的女人埋葬了齐丽班第二天就出了门。街坊邻居看了，十分惊讶，男人还没出一七，这个女人怎么在街上逛呢？人们窃窃私语，在她背后谩骂，这个小贱货，不知道又找她哪个老头子去！

潘锦链顺着金水湾来到三孔桥炮楼前，炮楼门口却没有站岗的。她人小脚步轻巧，纵然她走到你跟前也不会被发现。她走到门口，隐约听见炮楼里面有人说话。

王侯说："组织上还有什么指示？"

王霸细语地说道："县城的鬼子就要组织秋季大扫荡，县委指示峄山游击队迅速拿下两下店车站，粉碎敌人的进攻，保卫人民群众的生命财产。"

潘锦链不敢再往下听，惊得心里扑扑地跳，一溜狗颠似的往回飞跑。到金水湾时被树橛子绊倒，爬起来再跑可就是半步跑不动，她的脚崴了。她忍着痛撅断一根树干拄着，拖着条瘸腿死命往乡公所赶。

她来到乡公所门口，被乡丁发现扶入里面。她示意苟德让闲人出去，苟德朝正赌博的乡丁摆摆手，众人理会都走了。她像只母狐狸一步跌进苟德的怀里叫道："了不得啦，王侯，王霸是共产党游击队的人！"

"你怎么知道？王班长一向忠心耿耿，这可不能乱栽赃人。"苟德嘴上说，心里早就有了怀疑。自从扣动扳机那一刻起就后悔了，错杀了朝夕相处的伙伴，砍掉了自己一只臂膀。他已经怀疑王侯不是真正地为皇军卖命，可能是共党分子。

潘锦链扇了苟德一记耳光，挣脱下来："苟四，你还麻木不觉，你的头过不了晌午就要搬家。"

苟德哈哈大笑："哼，天下没有杀我的刀，没有捆我的绳，有谁敢杀我？"

潘锦链告诉他说："我刚才去了炮楼想问问王侯，前天老齐和他在哪里喝的酒。走到炮楼门口，就听见里面王侯兄弟俩说话，'组织上还有什么交代'。王霸说，想拿下两下店车站，就必须先宰了苟德。"

苟德听了，十分生气。仔细看了潘锦链狼狈样，身上沾满土和树叶子，满头汗水，还崴了脚。他知道事情的确严重，便叫了一个乡丁骑一匹铲马去车站请鬼子到炮楼去捉王家兄弟。那乡丁打马如飞奔车站去了。

潘锦链照着苟德的前额又是一巴掌，骂道："你这个蠢猪，憨熊。你让日本人逮二王，那两个家伙守住炮楼，居高临下。王侯的枪法又准把日本人打死一片，你就找着了杀你的刀。反过来，他诬赖你杀了齐丽班，你又找着了捆你的绳。"

苟德听了没了主意，结结巴巴地问："你说怎么办？"

潘锦链教给他说道："伙家，你选上六七个身强力壮的人，埋伏在张家饭馆内院。你以谢他为名，骗到张家饭馆一举将王家兄弟俩擒获，送到车站，石岗会赏你大大的金票！"她将听到的话一一背给苟德听了，再喊那乡丁时，人已走远了。

苟德听了，非常高兴，依计行事。选派了六个精壮乡丁，秘密藏在张家饭馆里。苟德与潘锦链亲昵一番去了三孔桥炮楼。

大老远王侯看见苟德朝炮楼这边走来，他与王霸递了眼色，王霸便下来炮楼站在门外等着他。苟德装着若无其事的样子，来到炮楼前，问道："二哥，大哥呢？走，到张家饭馆喝酒。"

王霸答道："在里面睡觉。"

苟德站在离王霸三步之外，擦火抽烟，就是不进炮楼。王霸心急如焚，忍耐不住恰待上前活捉他，就听铁路上传来皮鞋跟铁钉子的声音。王霸看了，没敢动手，立在那里一动不动。十多个鬼子兵顺着用水泥砌的盘道哗啦啦地下来，三个鬼子首先把王霸按倒在地用绳子捆了。炮楼里，王侯听见外面有异常动静，急忙下楼，被迎面进来的鬼子牢牢抓住也用绳子把他捆了。

"太君，王侯一向忠心耿耿，您为什么抓我？"王侯委屈地叫道。

苟德背诵道："组织上还有什么指示？县城的鬼子就要进行春季大扫荡，县委指示游击队迅速拿下两下店车站，粉碎敌人的进攻，保卫人民群众的生命安全。二王，这可不是我凭空捏造的吧？"石岗听了，一挥手枪，王侯、王霸被押走了。

兄弟二人被押到车站，关进一间房子里。那个锁门的鬼子是个大老粗，他把锁挂在门鼻子上并没有把锁锁死，而是将锁挂在门鼻子上就吃饭去了。二人被绑得铁结实绳头连接在一起，隐约听见鬼子们喝酒嬉闹的声音，一列货车开过后，车站上马上平静下来。王侯暗思此时再不想法逃走，被押进县城就没有生存的希望。他扽了扽王霸，二人连着绳悄悄来到门口，偷偷地往外看了看，意外惊喜。他发现没有留下门岗，用身子拥了拥门，却见外面门鼻子上了锁。王侯很失望，他怕弟弟伤心没有吱声。

"哥哥，锁，锁没有锁死。"王霸突然叫道，他意外地发现门鼻子上的锁只是挂在上面，并没有按死。

王侯异常惊喜，他见门上破了一块玻璃，伸出头四下里看了看，猛一纵身却被连着王霸的绳索拽了回来。他拽了拽王霸，二人协调配合，王侯再一次把身子探出去，如雄鹰扑野兔一样伸嘴用嘴唇把锁往上弹。那锁鼻子虽然没有摁死，锁头正对着锁眼。王侯张开嘴用牙齿咬住锁身一拧再往上一顶，果然把锁抹开衔了过来，再用脖子一钩开了门。王侯遂一带劲儿把王霸拽了出来。兄弟俩连着绳并排迅速逃出门外。俨如一步迈出鬼门关，重新获得新生。

王侯、王霸沿铁道奔跑，恰恰被炮楼上的鬼子看见，哒哒哒，一阵激烈的机枪正如大雨一样倾泻过来。两人急忙在两股道中间躲避，鬼子的子弹仍然是不住地打来。在屋里喝酒的鬼子听见枪声，急忙摸了枪奔出屋外，才知道好不容易抓来的要犯已经逃出屋来。于是，犹如一群饿狼号叫着向二人扑来。

二人活像两条地龙蜷曲着拼命地向前奔逃，然而双双都被绳索相连着跑不快，眼看追兵就要赶上来了。王侯与王霸说："兄弟，站起来。咱是王家的子孙，在日寇面前咱要站着死，绝不趴着亡！"他说完就要挣动身子站直身板，却被王霸用力拽倒在地。

正在危急时刻，呜——一声火车的长鸣声传来，铁轨发出铮铮的声响，火车司机见轨道中间有人便不住地鸣号。鬼子们跳下月台逮人，不住的轰鸣声已经表明火车来到了跟前，吓得鬼子兵慌忙爬上月台。王侯、王霸二兄弟横了颗心趴在道心里一动不动，火车开过，二兄弟先后打着滚翻过铁道。不巧又进入了一股铁道，王侯在铁道外，王霸还没来得及出铁道心，一列火车吼叫着风驰电掣地开了过来。二兄弟连忙卧倒刚好把连着二人的绳索给轧断了，紧接着嘎吱一声停了下来。王侯惊讶地看见弟弟很安全，拽出王霸各自带着绳子借着火车的遮挡，向南飞奔而去。

火车头再次高歌起来，缓缓开动吐着浓重的黑烟，火车司机见鬼子又来追老百姓，便一路上放出来水汽掩护似的离开车站向前驶去。

王侯、王霸二人顺着铁道东向南奔跑，沿线炮楼的伪军跑出来截击。二人见左右有伪军，后有追兵，只得跳进南北两道间的沟里奔走。

王侯叫："王霸，去炮楼！"

王霸苦笑着叫道："俗话说请君入瓮，哥哥没人请就要入瓮，切不可自投罗网！"

王侯没容他再说，一把将他拉下铁路，迅速将炮楼里的伪军制服。鬼子见了，得意忘形，也不紧追了慢慢地三面向这座炮楼靠拢。就在鬼子接近炮楼的时候，炮楼里突然射出来激烈的火舌，鬼子被这突如其来的枪弹扫倒了一片，剩下几个鬼子退一里之外，等候援兵。

王侯、王霸及炮楼里五个投诚伪军各自携带枪支出了炮楼向东奔去。

车站上的鬼子伙同伪军拼命地追赶。王侯、王霸二人领了投诚的义士跑出金水湾，见鬼子紧追不舍，王侯叫道："快进纪王城躲避。"鬼子追上来，就见正东面一队人马冲杀过来。再看最前头那人，中等身材，四方脸膛，双目闪着仇恨的目光，哮吼一声，指挥着游击队健儿勇猛的掩杀过来。他身后一人挥动斧子，一手执定手枪，叫骂着杀来。游击队势如潮水，锐不可当。鬼子见抵挡不住，大败而逃。原来，包红英听说王家兄弟被鬼子逮捕押往车站，火速去大白楼报告范洪灞。

范洪灞下令打扫战场，与王侯见面，亲切地握着他的手："王侯同志，我代表峄山抗日游击队欢迎你归队。"范洪灞十分疑惑，当他接到包红英的信后，非常失意，鬼子会当时押往县城。没曾想王侯、王霸二人逃出来虎口，还带回来几位有识志士。原来，王侯是中共地下党员。

王侯便把怎样抹开锁，怎样被火车轧断了绑绳，怎样闯进炮楼躲避一事详细叙说一遍。

范洪灞抱住王侯、王霸二人，禁不住惊叹："二位同志真是虎口逃生！"

齐东来率领锄奸组来到纪王城东城门，几个乡丁看见，吓得转身就跑。齐东来喝道："缴枪不杀，我们是峄山抗日游击队！"几家伙连忙丢了枪做了俘虏。于是，乡丁们在前，齐东来的小组在后，直奔乡公所。

把门的乡丁看见了齐东来，打个手势，表示苟德正在家里。原来这个乡丁已被王霸做通了思想工作，成了游击队一员，炮楼里的乡丁早把枪支捆好扛了下来。当下，齐东来一人当先，冲进屋里，见了苟德大骂："畜生，这就是你的下场！"啪啪两枪，将其枪毙。

第十八章

一打车站

范洪灞接到县委指示要董青军领导的游击队与峄山游击队合编，县委组织部长杜宝川参加了合编仪式。由于敌情紧张，整编完毕，杜部长就走了。董青军格外高兴，身后转过一人，名叫姬凯。他坚决反对董青军领着队伍投靠范洪灞。董青军火了："同志，我们是共产党领导的队伍，不是谁领导谁的问题。国难当头，我们理应齐心合力，拧成一股绳，人多力量大，才能够消灭鬼子。"

姬凯还要再和董青军争辩，一名游击队员慌张跑来："报告队长同志，发现三股日伪军从南北西三个方向朝董家庄扑来！"

董青军拔出手枪："龚善同志，你率领群众往东山岭转移。"龚善领命要走被范洪灞一把拉住，建议让龚善领着群众向南山方向躲避，董青军见事情紧急，连忙答应。龚善只好服从，带领游击队队员招呼逃难的群众向南跑去。

范洪灞与董青军登到高岗处观望，北面一股鬼子正一路追杀朝南奔逃的群众。西面尘土起处，黄压压地一溜鬼子正向董家庄杀来，南面只有少数伪军在向北打来。

董青军看罢南面，心里埋怨，范洪灞看出其意，便去南面掩护群众转移。董青军心中稍安，立即率领游击队员放过逃命的群众，奋力阻击北面的鬼子。

逃难的山民扶老携幼，躲开了北面的鬼子拼命奔逃，却被伪军迎头截住。龚善命令痛击，伪军的火力十分凶猛，游击队渐渐抵挡不住。危急之时，范洪灞赶到跟前，从一名队员手里要了两枚手榴弹扔了过去。只见硝烟四散，范洪灞奋勇杀入敌群。他上打下踹，五六个伪军被杀死在地。龚善一挥手，游击队员奋力杀敌，伪军多半被消灭，其余逃窜，群众乘势冲出重围。

范洪灞回身来找董青军，见队员们纷纷退下来，队伍中却没有董青军，急问：“同志，董队长呢？”一队员边跑边指着西北方向告诉他，董队长为掩护大家撤退被鬼子抓走了。

那队员见范洪灞向西北方向奔走：“范队长，快撤吧，再晚一步就来不及了！”

范洪灞哪里肯听，疾如旋风绕到鬼子背后，夺下鬼子的大枪，一连挑死了两个鬼子。一个鬼子指挥官正站在井旁催阵，范洪灞从后面夺下手枪将其踢入水井里。正在赶杀群众的鬼子见抄了后路，掉转身往回杀却找不着人，再追游击队时，人早已远去了。

范洪灞飞奔村西头，果见两个鬼子押着董青军往西走。一个鬼子看见，举枪射击。他大喝一声，冲上前去，连发两枪打死鬼子。另一个鬼子回头抵抗，董青军从背后一脚把鬼子踹倒，被范洪灞一枪打死，上前收了武器解了董青军绑绳。

二人回身就走，只见一老妇人拄着拐杖坐在沟里哭泣。范洪灞问了，才知她的家人往东逃时，被埋伏在那里的鬼子杀害，她死里逃生右腿上又中了枪子。董青军听了，暗暗佩服范洪灞的预见，也不多讲背起老人就走。

董青军的队员三十余人，牺牲两人，八人失踪，七人受伤。大家觉察到如果范队长不在场，游击队会全体阵亡，老百姓会更加遭殃。于是，姬凯愧疚地说服大家跟峄山游击队联合。至此，范洪灞、吕子河、董青军三名共产党员战斗在一起，峄山游击队党支部宣告成立。

游击队秘密进入峄山大白楼。王霸与队员们告别：“消灭法西斯，还我山河！”

王霸打扮成拾粪的老头，沿着金水河而下，到了纪王城登上城墙向西观望。一溜扯南到北的炮楼夹缝间的车站上，一扎高的鬼子打着系在枪头上的太阳旗映入眼帘。没有火车通过，月台上显得十分冷清。再看时，被铁路沿线稠密地杨树叶子遮挡，看不清楚别的物件。他随即下来城墙，准备去车站来细致侦察一番。

刚下来城墙，从背后传来车轱辘的声音，回头看时，有人推着独轮车走来。他仿佛看见女的推着车子，坐车的好像是个男的。王霸心里想可能是给家人看病去。他装着若无其事专靠路边走，车轱辘声更大了，车子已到身边。只见坐车人正哼哼着一个马蜂蜇人式的速度牢牢地抱住王霸的双腿重重地把他摔倒在地。推车的人哈哈大笑，将裹在头上的围巾丢在地上，端着枪点着王霸的头骂道："你这个黑头蛆，你哥搅和得我四弟与齐丽班反目为仇。日本人瞎眼没认清你兄弟俩是个家贼，哼，没料到今天你会落入苟某人手里。"

王霸被抱住他的人搜出了枪，用绳子捆上押向乡公所，街上的老少爷们看了揪心地疼，知道凡是游击队员进了那所大院能活着出来极少。苟义把王霸吊在老槐树上，叫人去金水河岸劈来一捆柳条枝儿，准备了一盆水，拿了把柳枝沐着水攥在手中。

"王霸，老爷听着你的鸟名就头痛。这是日本人的天下，你想称王称霸？嘻嘻、哼哼，除非天上换个太阳。我不像你们样对待我四弟那样乓乓两枪，四弟没受罪就走了。今天，我要慢慢地用这捆金条抽人！"苟义叫人把王霸的衣服褪下，让他一丝不挂。他念念有词地骂一句，就抽一下。王霸的后背留下一道红红的血痕，苟义沾着水抽打，水浸入伤口致使王霸感觉非常的刺痛。起初咬着牙忍受，渐渐地感到浑身上下火辣辣的灼痛。但是，凭着他那刚毅的革命意志和抗战的决心，一声不吭，视死如归。

苟义不断地更换柳枝儿，一支胳膊打得累了，便坐在罗圈椅上抽水烟袋。乡丁把小八仙桌摆在苟义面前，倒上茶水，苟义边喝边唱起小曲儿。叫驴脸李三提意苟义，干脆拉到金水河边一枪崩了，免得夜长梦多。苟义不允许，叫人弄来一瓶白酒，拿来一尊瓯子说道："老子素常日子不喝酒，今来高兴。我喝一瓯子酒，就想揍一顿人。"果然，他一扬长颈鹿脖子喝干一瓯子酒，旋即抓过一把柳条狠狠地抽打。他一连喝了十余瓯子酒，随即便往死里抽打。他的酒劲上来了，发起酒疯竟然不住手地抽打起来。

王霸浑身上下如扒了一层活皮，鲜血淋淋滴在地上流了一大摊。

然而，苟义累极了，喝得酩酊大醉。叫驴脸李三只好叫人把他架到屋里去，怕走了王霸，亲自弄了杆枪支在屋门口。

范洪灞见王霸清早去了车站，到了晚上仍然没有回来，知道事情不妙，便向纪王城赶来。

村里有个青年人叫武本君，此人生得很健壮，好打抱不平。中午，他没有事闲逛听说游击队里的人被苟义抓了。心里细细琢磨，布仁、夏兰、海从、齐丽班、苟家弟兄们拉队伍，杀人放火，抢夺财产，这样的人，不是好人；范道人，矮个子，还有坡西马坡那个黑大个儿三个人也拉起队伍，他们心向老百姓，时常给断顿子的人送粮。还给被鬼子杀死的人报仇，这样的人肯定是好人。他有些弄不明白，同样是中国人，像布仁那一类的人怎么帮助日本人打自家人？难道人世间专门生就这类狗杂种似的品种？而范道人不但不打自家人，专打来家里抢夺东西的日本鬼子，逮了为鬼子帮忙的二鬼子不但不杀反而放生呢？这又是怎么一回事呢？他百思不解。

他来到街上一听，方知是他的恩人王霸被捕。原来，苟德与齐丽班的小老婆相好，武本君想苟德这人没好心，自己有老婆不去睡觉，怎么拉拢齐丽班的小老婆？齐丽班又傻又憨，自己的老婆像头草驴出了槽就怎么不知道呢？于是，他跑到炮楼里偷偷地报告齐丽班，不但没有得到好报，反而被齐丽班差一点用白莲棍砸死。当夜，有人将武本君告发的事儿给苟德说了。苟德紧接着带领人把他捆了押到金水湾活埋。恰值王霸路过，问了内情与苟德讲了情，苟德勉强放了他。

当时， 武本君回到家里，去桌上摸了把菜刀在磨石上磨得风快，大着胆直奔乡公所。来到门前，就见两个乡丁怀抱大枪睡觉，便小心翼翼地进了院子，夜色里果真看到老槐树上吊着一个穿着红衣服的人。探头再往屋里看时，瞅见一支黑洞洞的枪口对着当院，枪支的后面好像有一个人睡下了。他大步走上去就要夺枪，没想到叫驴脸李三被惊醒了，抓枪就打。武本君力大无穷夺下大枪，举刀就砍。李三躲闪不及被砍中驴头，哪知用力过猛，菜刀深深地劈进了脑袋里，当即死去。

武本君拔下菜刀，哪里拔得动？只好双手用力拔出，奔到老槐树前割断了绳索，撇了菜刀抱起王霸就跑。他一气跑到金水河上游，看王霸时，吓了一跳。原以为他穿的是红衣服，却是赤身裸体，条条伤痕，斑斑血迹染红了全身。他把自己身上的衣裤扒掉与王霸穿上，扛着他向峄山营地走去。

范洪灞在车站，炮楼边找了一圈并没有发现王霸的影子，趁着天黑来到永新老人家里。老人家告诉他王霸被苟义设法儿把他给逮住了，现今吊在乡公所院子里的老槐树上。范洪灞闻言起身就走被老人拉住，他要去街上探听一下再说，范洪灞只好在永新老人家里等着。

永新老人摸着黑拐弯抹角来到乡公所门口不远的隐蔽处向那里观望。就听见有人哭三儿，紧接着从院里有人打着灯笼，后面有几个人抬着什么，紧后头就有好几个人哭天号地。老人听清楚了，哭人的是李三的父母兄弟姐妹，这头叫驴怎么死在乡公所呢？街上看热闹的人多了，有人窃窃私语，说游击队从山里打回来了，刀劈叫驴脸李三，抢走了王霸。老人一连听了几个人都这么讲便抽身回家。

范洪灏听了，十分惊诧，队伍里没有人私自离队，连好惹事的韩飞虎也没有离开一步。那么，是谁救走了王霸呢？会不会街谈巷议是虚传呢？会不会王霸被苟义杀害了呢？他告别了永新老人，回到了大白楼。

王侯说："队长同志，王霸不会有事的。"他坚决反对再寻找王霸。齐东来也觉着再找会耽误大事，队委会研究决定，叫哑巴去找，游击队执行原定方案。

大家正焦急间，武本君扛着王霸来到营地，众人大喜。

范洪灏离开峄山，一路急行，过了老鹰石。正西面津浦铁路纵卧南北，南面是颠连起伏的凫山山脉。铁路右侧，辽阔的邹西大平原远远地伸向天际。他站在卧虎石上，阅览胜景，不禁兴奋地叫道："凫山横断米粮川，日寇染指掳鲁南。抗日烈火照天烧，秣驴纸牛命难逃。"他吟罢诗，顺着山路正要往西行走，迎面有几个人向他跑来。

他看见那几个人掏出了手枪，只好拐上峄山街村。这时，后面的人发疯般拼命地追过来。范洪灏不慌不忙，进了一条胡同。

这时，村里村外同时响起了枪声。各条街道路口都被特务队守住。范洪灏翻过几道墙躲藏，日伪军围上来了，挨家排户搜查，包围圈愈来愈小。不远处，伪军的叫骂声，鬼子叽里呱啦的号叫声，老百姓被打的哀叫声不断地传来。范洪灏忍不住："强盗们，范老爷在此！"

鬼子发现了范洪灏，疾速朝他追来。范洪灏翻过几家墙头，见前后左右的日伪军离自己不远了。他退入一院子里。这家是个地主人都吓跑了。三间正房，两间西屋，两间东屋，西间是喂牛的地方。牛槽一旁放着一口与人齐腰高的盛着半截水的大腆缸。

这时，太阳落山，暮色苍茫，夜影渐浓。范洪灏在院子里东藏西躲觉着不严实无奈闪进西屋，趴到牛槽下又觉着不行，急出了一身汗。院门响了，传来了鬼子皮鞋的钉子声。他透过窗户一看，七八个鬼子气势汹汹地闯进院子。他急忙掐了一根麦秸莛，见两头透气含在嘴里，连忙蹲进水缸，又将那把水瓢扣在头上，整个身子沐在水里借用麦秸莛喘气。

鬼子兵先后把茅厕、粪坑、厨屋、堂屋山头都搜遍了，怎么没人呢？这个范洪灞上一次在一家光腚屋里大白天眼睁睁地就蒸发了。几个鬼子见西屋还没有搜，两个鬼子小心翼翼地走进牛屋里。看了看牛槽下并没发现什么。一个鬼子仔细又看了一遍，黑影中只是屋墙角有一口大水缸——里面盛了满满的水。鬼子抬头望了望屋梁上没人，感到莫名其妙。一个头前走了，另一个朝着水缸尿尿。范洪灞突然冒出水面，一拳击中鬼子前额，鬼子仰面倒地。他跳出水缸铁脚踩在鬼子气筒，鬼子挣动几下。

范洪灞摘了鬼子短枪，拽出双枪迅速跳出院子。

天一黑，沿铁路线炮楼里伪军都老早关了门，生怕游击队不定时的袭击炮楼。因此，他们觉得蹲在乌龟壳似的炮楼里比开着门保险多了。范洪灞快步来到铁路壕边，从林立的炮楼之间穿过来，到了车站东道路基沿朝车站里张望。

票房与办公室连着，大门的南端刚盖了一座炮楼。一个鬼子背着大枪叼着烟卷来回走动，望着漆黑的星空不时地躲避在站牌后打怵，时时刻刻都在提心吊胆。他是多么的空虚与恐惧，恐怕飞来枪弹把他击毙。炮楼后面隐隐约约传来鬼子的嬉笑声，听人说鬼子在那里盖了兵营和仓库，可是隔着铁路又如何看得见呢？他决定去铁道西面看个究竟。刚一起身，正南面射过一道光束紧接着就有限的扩展开来。火车已从关山口拐过弯向车站，闪亮的灯光几乎与白天一般明亮，车站的受光处清晰可见，鬼子在站南站北东西两侧都架了铁丝网。

火车过后，范洪灞想过铁丝网进车站。一想万一碰上鬼子巡逻队麻烦很大，他想了好久只好返回纪王城，敲开永新老人的家歇息下来。

永新老人六个儿子，老大、老二、老三都去了南方参加了红军。老四和老五在家跟着老人种地，只有老六在济宁州干伪警察。苟氏弟兄虽然飞扬跋扈，横霸纪王城，但惧怕永新老人。他六儿在济宁州是个不小的官儿。虽然老人与干伪警察的六儿子写了断绝父子关系的契约，苟氏弟兄还是不敢得罪他。

天刚亮，永新老人做好了饭让范洪灞吃了，打发他去干正义的事业。范洪灞临走掏出了钱，被老人狠狠地数落了一回，生气地把钱挡了回去。

范洪灞倍加感动，换了身破衣服，要了顶破席帽，拿了一根竹竿拄着，出了门摸着路边学起瞎子走路。

范洪灞一路上，顺利通过一空桥炮楼的伪军盘查，没有人注意这位瞎老人。你看他没人时走得飞快，有人时走得磕磕绊绊，十分艰难。他来到车站门口，仔细看了，这条南北小道有四尺半宽，对着车站门口的路边上有七八个平民百姓摆着小摊儿，有的卖葱蒜萝卜姜，有的卖鸡蛋鸭蛋鹅蛋山鸡蛋，还有的卖花椒小茴香胡椒面。通往车站门口的过道上，坐客车出行的人和小商贩们来来往往。

他看了一眼并没有发现什么。那么，昨天晚上是从哪里传出来的声音。他装成坐客车的旅客进了站里，才发现那里是鬼子新建的营房。

范洪灞到了票房里溜了一会儿出得门来，往北行走，发现正北就是存放杂货的货位，几个鬼子守候在那里。

“什么的干活？死啦死啦的有！”远处的鬼子叫道。

范洪灞只好退回来打算出站。就在这时，票房门里突然蹿出几个人，领头的正是苟义。范洪灞把破草帽往下一按，苟义一眼认出来，失声叫道：“范道人的，抓住范洪灞！”

范洪灞钻出人群，冲向出站口，迎面碰上几个鬼子军官。他只好退了回来，受了惊吓的人们涌出票房门口满月台乱跑，苟义挤出人群开枪射击。范洪灞左躲右闪，只好向南奔跑。

枪声惊动了炮楼的日伪军，他们弄不清车站里发生了什么，扒着垛口观望，见同伙在追捕犯人便开枪截击。

苟义就范洪灞陷入重围，仰天号叫道：“打，打，要死的！”他正得意时，枪响处，三个鬼子当场毙命。有人在铁路东侧草丛里打来了枪弹，范洪灞看时开枪人正是韩飞虎。当下，范洪灞示意韩飞虎向北跑。一列货车由北向南驶去，火车头吐出的黑烟弥漫空间。再看月台上时，哪还有范洪灞的人影？却见滚滚的黑烟下货车箱上范洪灞、韩飞虎二人正向月台上的人挥手。

老金去车站边拾粪，听了范洪灞身陷车站的消息，跑回村与永新说了。老人家长叹一声，急去了东间，从木箱子里拿出了两炷香，插在八仙桌上的香炉里，用火镰划了火石将苘杆引着再把香点燃 。拿了一个用麦秸腿子拧的圆座位放在八仙桌前，作了一个揖，双膝跪下。对着观音菩萨虔诚地念叨起来。

老金看了发笑："天老爷喜怒哀乐倒是有规律，但她从不管人间兴衰起落。喜了，晴空万里。怒了，狂风飞舞。哀了，泪雨纷纷。乐了，撒下瑞雪。"

永新听了，心中不悦，没有理他。

"管什么用，世间不会有什么神仙，你就是把天下造的香都烧尽，日本人逮不住他，算运气好。逮住他照杀不留。"

"别胡说，没有神仙，玉皇大帝，天王地王是从哪里来的？他们能白受供奉，白吃闲饭？你说！"老人生气地问。

"这个事儿是会字母的人捏造的。日本人有家有院窜到咱的土地上，杀了这么多中国人，玉皇大帝怎么不管？"老金有心气他。

"人行好事，莫问前程。俗话说忠厚传家远，作恶有好下场，又有谁行好呢？"老人恼怒地反驳道。

老金孤独一人，年逾五十岁还没说上媳妇，听了永新老人的话，怀疑是揭他的短，高声叫道："儿多管什么用？出门挨炮子！"他气愤愤地走了。

永新老人无意的话一出口就后悔了，忙向多疑的老金赔不是。他追到门外想拉老金回屋里，人家头也不回。他摆着头走回屋里看时，大吃一惊，一炷香歪了烧着了挂在墙上的菩萨画像。老人惊慌失措，不知道如何是好。正愣间，忽见身后有人泼来几道水帘将大火击灭，回身看时正是老金。原来，老金忘了拿放在屋门口的粪耙子，见永新烧香的供桌上失了火，发现缸盆没水，急忙提了茅厕门口满罐子尿把将要窜上屋笆箔的火击灭。满屋里留下刺鼻的尿臊味儿，老金捂着嘴偷偷地笑着离开。

老人呆呆地望着被烧得只剩下半个角儿的菩萨画像，惋惜又内疚地抱怨，托着双腮念叨："观音菩萨，你老人家怎么不显灵？"

他在确定没有火情后，见儿子们还没回来，关好门走上了街。有人骂街，一听是叫驴脸李三的奶奶。看时，老妈子一手拿着刀，一手拿着桃木板，走一步就用刀砍一下桃木板。她骂她孙子为日本太君做事，不知是哪个作恶的眼红劈死了孙子。

永新老人听了，气得扭头拐向另一条街。街口的石碾旁，几个老娘们在嘁嘁喳喳说些什么。尽干坏事，死了活该！还觍着个孬种脸骂人！

"听说了吗？昨天，小灞空着手去了车站，这么多鬼子就没能逮住他，又跑了。"石柱家说。

"嘿，小灞飞身上了火车走的。"残坏爪子说。

"哈哈哈，别提了，一是日本鬼子无能，二是老天爷保护。"人堆里不知是谁说了一句。

“我说多少回了，俺小孩的老爷在关山口耪春茬芋头，亲眼见范元的孙子跳下火车上东去了。这样的大盗贼神本事也逮不住他。”钟科的叔伯婶子骂道。

永新老人听了，高声地咳嗽，再没有人敢吱声。

清晨，范洪灞领了韩飞虎来到金水河畔，望着一座座沿铁路两侧往南北延伸矗立的炮楼，它的东面是开阔平崭崭的田地。一条三尺宽的像蛐蜒弯曲的道路伸向三孔桥下，行人是不能下道的，炮楼的伪军随时开枪射击。

这时，远远地望见路上走过一人。只见他担着挑子，前面好像是口罐子，后面像一个篮子。篮子和罐子都用黑布蒙着，那人走起路来忽闪忽闪地很急，不多时那担着挑子的人拐进了炮楼。

韩飞虎拍了大腿，兴奋地叫：“大哥，夺炮楼有办法了！”范洪灞问了，韩飞虎说，“王瞎子可能是给二鬼子送饭的，晚上咱把他王瞎子换下来。”

范洪灞夸奖道：“原来飞虎同志是一个有勇有谋的人。”

傍晚，鸡上戌的时候，王瞎子担着饭挑子正往炮楼赶，梨树林里有人喊：“三叔，挑的什么？”王瞎子心里咯噔一下，止住脚放下担子，暗想遇上土匪劫道了。回头看时，却是范洪灞领了韩家庄的惹事精韩红毛。韩飞虎人黑，爱打抱不平。偏偏长了一头红头发，人称韩红毛。

“嘿嘿嘿，爷们儿，你真大胆。鬼子，汉奸四处抓你，苟家老二这条狼在村头，坡外都布置了探子。你怎么还敢往狼嘴里钻？”

“三叔，别怕。恶魔踏入我们的家园，就应该拿起枪刀消灭它！老百姓才能过上安宁日子。”范洪灞笑着说。

王瞎子听了，觉着有道理，自愧道：“灞侄儿，你说得对。我老了，打鬼子不中用了。”

韩飞虎掀开蒙着柳条篮子黑布巾，见上层有一摞煎饼，下层有胡萝卜干子炒的黄豆粒。他不管三七二十一，拿过五七个煎饼一卷就往嘴里填，三五口把那卷煎饼吞下肚去。

王瞎子看见急了，见韩飞虎又卷煎饼，上前一把将煎饼夺下：“红毛，你找死？你诚心杀我？”

韩飞虎笑道：“老王，你的眼是真瞎还是假瞎？嘿嘿，别胡扯。我已经把你救了，你不来谢我，反而说我害你？”

王瞎子气得直跺脚：“这时候不送去，半夜里我就有好‘果子’吃。”他见韩飞虎摇头不知，告诉他，“这是给炮楼老总吃的，你吃了。他们会把我打个半死！”

韩飞虎听了，大骂：“什么老总？畜生，狗屁汉奸，都是一窝行尸走肉！”说完双手举起土罐朝空中拽去，那泥罐摔得粉碎，糊粥溅了一地。

范洪灞问：“大叔，你吃饭了么？”他见王瞎子气得把头摇得似货郎鼓，“我们不当亡国奴，挺起腰杆，别怕！”他给王瞎子说，“这挑子饭食咱爷仨先吃了。我就借这副空担子去端掉炮楼。”

王瞎子并不真瞎，只是在鬼子袭击峄山时打瞎了右眼，现在只能靠左眼看东西。当他听罢范洪灞的言语，吓得浑身哆嗦，两排牙直打架。看那二人时，三十个煎饼吃的还剩八个，那盆菜一筷没动。

“瞎子叔，菜没动，留八个煎饼给你，等候我们胜利的消息。‘消灭法西斯，还我山河’。”韩飞虎揉着肚子嚷着说，只吃了个半饱。

王瞎子气得干笑着，也不拿煎饼和那盆菜，丢了家什只身跑回去了。韩飞虎看着那盆菜嘟囔着，这盆菜比龙肝凤胆都好吃呀，正是吃了不疼，瞎了疼。没多大会儿，那盆菜连同那八个煎饼又被他吃光。

范洪灞吩咐韩飞虎原地隐蔽待命，自己撅着副空挑子奔炮楼而来。

“王瞎子，没烧糊粥？弄来了什么好吃的？”黑影里伪军岗哨问，见来人只顾走路嘴里光哼哼不回声。当范洪灞来到跟前，吓得目瞪口呆，嘴好似打了摽说不出话来，活像尊泥塑立在那里。

范洪灞丢了担子，照耳门一掌打昏岗哨，迅速抽出手枪抢入炮楼。一层没有人，急忙攀进二层，四个家伙正因为赌钱大骂呢。

“伪军弟兄们，身上流着祖宗的血，甘当亡国奴；吃着家乡的饭，为什么当拉磨驴？”范洪灞把枪插在腹部，叉手喝问。

一人见了范洪灞扑的一声，跪倒在地：“范老爷饶命，我们是强着被抓来的。”那几个伪军一听是游击队队长，竟敢闯炮楼，吓得心里直冒凉气，忙倒身在地乞求饶命。那个跪在地上的吓出一身冷汗，瘫倒在地竟然死去。后人传诵，游击队往鬼子汉奸面前站，吓死狼狗一大片。

范洪灞命令伪军把缠腿的裹带解下来将他们捆了，再用毛巾堵上每个人的口，警告：“老实点。”一抬脚咔嚓一声，活生生踹断一条桌子腿。

众伪军看见了，吓得毛骨悚然，直冒冷汗。

范洪灞下来出了炮楼，见那个伪军正挣扎着逃走，见范洪灞来了便喊叫起来。却见一人飞步向前，一斧剁透他的天灵盖。韩飞虎没有耐性跑过来，杀死伪军，又要行凶，南边的炮楼打来一枪。范洪灞急将伪军尸首拖入炮楼，用脚埋了地上血迹，拉了韩飞虎迅速退入炮楼。

伪军小队长是个疤瘌脸，提着手枪一溜小跑进来炮楼。被韩飞虎绊了一脚，扑的一声，倒在地上。他是个军人出身，随手就打。范洪灞飞起一脚，手枪被踢掉飞到墙壁上。再看疤瘌脸的手指时，早被踢去半截食指。韩飞虎举斧就砍被范洪灞拽住，吩咐韩飞虎扯了布条把疤瘌脸的断指包好。

范洪灞义正词严："想活命，老实点。鬼子会滚蛋的，要给自己留条后路。"

伪军小队长野牛眼珠一转，点头答应。三人出了炮楼，踏着田地向另一座炮楼走来。半路上，伪小队长正要喊叫，被范洪灞用手掌稍击了一下昏过去。韩飞虎拽过搭在背上，边走边叫："不好了，小队长摔破了头！"

伪军听了，涌出炮楼，范洪灞执枪喝道："我是峄山抗日游击队！"五个伪军乖乖地举起来双手。

韩飞虎把小队长甩到地上，叫："我是范洪灞，快把绑带解下。"几个伪军把绑带急忙解下被赶进炮楼，韩飞虎拿了绑带分别把他们绑在床腿上。把小队长拖进屋用毛巾把嘴堵上，也拴在床腿上。

范洪灞接连拿下两座炮楼，即命韩飞虎去金水河畔通知董青军率领大队进攻车站，韩飞虎顺着大深沟去了。范洪灞将伪小队长提出炮楼，摸着黑向第三个炮楼靠近。天一黑，伪军们就把炮楼门关牢，他们惧怕游击队偷袭。第三座炮楼的伪军正抽烟闲扯，听到炮楼门外小队长喊叫，一个伪军忙下楼开门。门开处，不觉被什么击了一下昏了过去。范洪灞提着伪军小队长上了二层楼，先把枪收在一块。几个伪军还没发现进来了人。范洪灞用枪对着道："我是峄山抗日游击队！举起手来！"几个伪军自觉人多势众，又靠车站近，一拥而上。扳胳膊的搂腰的抱腿的围得如马蜂窝。只见范洪灞将身一转，五个伪军被甩出去，碰头的，碰腰的，摔腿的，摔脸的一齐叫："游击队爷爷，饶命！我们有眼无珠已晓得您的厉害！"

范洪灞告诉伪军："我是范洪灞，委屈你们一下。"他问明了车站上有多少鬼子，炮楼里有多少鬼子，办公室里有几个鬼子，弄清楚了也把他们连同小队长捆了并堵上嘴。

漆黑的夜晚，传来一阵猫头鹰凄惨瘆人的叫声，打破了沉寂的夜晚。铁路上模糊不清，只有号志灯闪着一点光彩。

范洪灞、董青军、吕子河、关汉忠、孟开山五人当先，齐东来领着大队紧跟其后。游击队从三座炮楼间接近车站，范洪灞趴在铁路树丛中观察车站上的动静，四下里黑咕隆咚的，只有票房里和办公室里有一线灯光。

他正要动身行动，忽听咔嚓一声，只见铁道西正南面的扬旗耷拉下来，连忙趴在那里。不一会儿，从办公室走出一个提号志灯的人，渐渐没入影影绰绰的夜影中。南面射来一道光柱照亮了有效的空间，一辆货车冒着白烟哐当哐当地喘着粗气倾力地向前爬去。扬旗又上去了，提号志灯的人回到了屋里，车站又恢复刚才的死静。

五人如晓龙出堑，铰开铁丝网穿过铁轨，逼近炮楼。

范洪灞轻轻推开炮楼门，迎面碰见一鬼子往外走，被他打死。

韩飞虎一刺刀将鬼子刺中胸口，那鬼子死于脚下，背后的鬼子抓起一个板凳照着韩飞虎的后脑猛砸。危急中，吕子河抓过鬼子的后脚脖倒提起来，像甩高粱捆一样往地上猛摔。七个鬼子被三个英雄一顿拳脚，没费吹灰之力就全部被消灭。关汉忠当先领着队员们接近营房，里头的一个鬼子听见动静如老鼠探头探脑出门看时，关汉忠手起一掌将其拍晕，众人冲进营房，一阵拳打刀刺，十几个鬼子措手不及被歼灭。

孟开山忙把枪支弹药用腿带捆好，张九龙领了几个队员进来尽数把战利品运走。范洪灞从办公室提出号志灯往空中一晃，夜幕中永新老人领了一群百姓冲上月台。他们把仓库里面的大米、白面、枪支弹药尽数搬走。游击队不费一枪一弹攻下车站，至今留下佳话。

范洪灞来到办公室对中国工人说："老乡，'冻死迎风站，饿死打饱嗝'。这是鲁南人留下的戒律，父母供你上学，学会技术是专门报效国家的，又怎么能为国家的天敌干事呢？"

那工人听罢，满面绯红，把帽子往地上一掼，扒了工作服扔在地上，转身而去。

范洪灞追到门外，"兄弟请留步。"那工人回头问："大官还有什么事？"

齐东来想起死去的狮子，对工人说："游击队拿下车站，狮子的惨案你也听说了。所以，为了防止鬼子加害，请师傅和我们一同打鬼子，免得作出无谓的牺牲。"

那工人听了，点头应允。韩飞虎放火烧了炮楼。

范洪灏只领吕子河回到炮楼，令吕子河将三处的伪军集合在一块，将他们的绑带全解了，骂道："你们这群禽兽不如的人，认贼作父，为虎作伥，死后怎么去见九泉之下的列祖列宗呢？"他又讲了游击队宽大俘虏的政策。愿留在游击队的，游击队欢迎参加；不愿留的，游击队发给路费。大多数伪军都站在游击队一边，只有三两个人拿了钱走了。

哑巴跑来，指着正北方向指手画脚。范洪灏看见县城方向有一道光束正向这边射来，一挥手，游击队迅速撤出车站。

第十九章

炮轰丁家岭

车站被游击队袭击，贯穿南北的津浦铁路中断了半天。侵华日军驻济南司令部电令沙泥，务必在半月之内，剿灭游击队。沙泥得令，不敢怠慢，纠集兖曲滕三县三四百日伪兵向游击队杀来。

王霸接到县城地下党组织的情报，连夜报告游击队。范洪灞得到消息即刻动员群众向东山里转移。

大家集合在峄山仙人朋上，商议对敌作战方案。范洪灞说道："鬼子好比一头牛，我们不但不能让他们追进山里伤及撤进那里的乡亲们，更不能给咱们造成损失。因此，咱们主动撤出峄山，前头牵着牛鼻子走，后面拽紧牛尾巴，让它前后左右动弹不得，趁机腾出拳头来狠狠地打击它！"

董青军年逾五十岁，亦和吕子河一样不爱多说话。在这生死存亡的关键时刻，他以一个老党员的身份告诫大家："同志们，我们这支弱小的队伍，要对付数倍于我们的日本鬼子，是需要动脑筋的。要知道鬼子纠集了三个县的兵力，来对付我们一百九十人的队伍，形势是相当严峻。"

吕子河说，鬼子如毒蛇，咱们避开他的蛇头，专打他的尾巴。韩飞虎忍不住叫道，就听大哥的，前后夹击两头干，我不相信有难宰的牛！你们都别出战，杀牛还必须用我的斧子！众人听了有趣，欢笑起来。

孟开山、张九龙主张，游击队跳到外线袭击县城，叫日伪军进退两难。

范洪灞想，只用三十余人牵制鬼子，大队人马悄悄地迂回到敌人身后打是非常必要的。

齐东来仔细斟酌着行动计划，每个队员的话都是有道理的。据侦察，鬼子携带了不少钢炮，这个是不容忽视的。它的杀伤力很厉害，隔着几里地就能打到脸前。此刻，待同志们激烈的发言稍一停，才好不容易有了插嘴的空儿。

"同志们，我有一个建议供大家参考。刚才，队长同志说了，采取两头打鬼子的方法我同意。可是，我们怎么对付敌人的火炮呢？敌人在进攻前会使用它，咱们怎么办？我想，今年收了不少谷子，我们把剩下来的谷秸扎成草人，放在村丁家岭关上，在那里摆开迎击敌人的架势，引诱鬼子炮击。待敌人来到，我们就牵着他往山套里钻，绕到后面同志们狠狠打击他们并趁机把迫击炮炸毁！"

于是，范洪灞带领吕子河、关汉忠、韩飞虎、孟开山、关汉良等三十余名队员，去丁家岭扎草人。董青军率领大队迂回到敌人后面。

韩飞虎力气大，在通往丁家岭路口排列一大溜石头，他把扎成的草人放在石头后面。于是，丁家岭上从南到北草人抗日大队在龙须般的黑石头后面，构筑阵地，严阵以待。

沙泥驱动伪军打头阵，一百多伪军杀气腾腾地向峄山扑来，游击队虚晃一枪向东撤退。沙泥率兵拼命追赶，来到丁家岭下，苟义连蹦带跳蹿到沙泥跟前："太君，前面的，游击队挡住了去路。"

沙泥举起望远镜看了，果然发现游击队摆好了阵势。他有些狐疑，游击队就这么几个人怎么敢与我大日本皇军对阵？他再次看了一番，得意地笑了："炮兵的开炮！"

炮弹呼啸着发出了阵阵刺耳的叫声，一发发落在丁家岭上。顿时，炮火连天，硝烟弥漫。岭上燃起了大火，草人不断地被炸得飞上天空。沙泥洋洋得意，喝令日伪军发起冲锋。

日伪军号叫着就像蝗虫一样密密麻麻地冲上丁家岭，哪有什么游击队？只有许多从南到北尚未炸毁的草人！沙泥气得哇哇地暴叫，大刀一指，日伪军向村里冲去。没走几步，从南面树丛里飞来一枚枚手榴弹。硝烟中日伪军倒了一片，死了十多个鬼子，伪军也死了几人，破脸折胳膊断腿的无以胜计。沙泥示意兖州、滕县的鬼子分兵迂回，自己亲率日伪军东杀来。游击队一枪不放，两天里大踏步往山里就走，沙泥死命追杀，游击队一直退到落日山。

范洪灞立在卧牛石上，大骂："狗强盗，快来送死！"

苟义惊惧地指着叫道："太君，太好了。范洪灞，他的就是范洪灞！"

沙泥大喜："前面的山，什么的名字？"当听到苟义的回话，脸上掠过一片阴影，彷徨了很长时间，硬着头皮催赶日伪军杀向山上。

山势险峻，山道狭窄，鬼子活像一溜蚂蚁排着队有气无力地缓缓走动。

王侯举起长枪向骑马的鬼子打了一枪。

一颗清脆的枪声响起，鬼子小队长应声栽于马下。鬼子兵仔细看时，头儿额前中了一枪，鲜血把他的一撮胡子染红了。与此同时，沿路也响起了枪声。鬼子有的被打死，有的打破了头皮儿，有的身上中了枪，还有的从马上跌下来摔断胳膊腿。一时间，山谷中枪声杀声响成一片。鬼子被这突如其来的枪弹打得晕头转向，畏缩不前。沙泥闻报，催动队伍向前冲击。人多路窄拥挤不堪，不时被游击队的冷枪击倒。

"同志们，擒贼先擒王！"又听到，"杀贼如宰驴，专打鬼子一撮胡！"既而山谷里回荡着专打鬼子一撮胡的怒吼声 。

沙泥听了，十分恼怒，立即组织日伪兵分成多路追杀，令曲阜的鬼子守住炮兵阵地。山高坡陡，道路崎岖难行，四下里荆刺丛生，杂草没到腰胯，日伪军只好排着队鱼贯爬行。沙泥见行动迟缓，气得一连击毙了两个伪军。他跳下马徒步爬行，遥见范洪灞在对面山头上休息。他累得直喘，汗水洇透了后背，这个出门坐车，打仗就骑马的家伙实在爬不了这么高的大山。他恨不得一口将山头上的游击队吞没，可就是有些力不从心。他急命兖滕两县的鬼子快速合围。范洪灞看出来沙泥的阴谋诡计，故意引着两县的鬼子向西走，紧接着一个闪身，从一道山梁上向东奔到另一座山上。

两县的鬼子爬上山来，看见后面山上的沙泥，用旗语问游击队哪儿去了。沙泥意识到游击队又跑了，终于爬上了山头与两县的鬼子汇合，派人去侦察，下令日伪军原地待命。

几个鬼子慢慢腾腾地爬上另一座山头，草丛中跳出十几个大汉，啪啪啪！一阵枪响，前来探路的鬼子被撂在荒山头上。沙泥听了，急忙率兵赶往那个山头，没有游击队的人影，只有探路同伙的尸首。

山风吹来，吹得沙泥浑身凉丝丝的，吹得他的脑袋似乎清醒了许多。

他环顾四周，这里山高路险难以逾越，既然征服不了大山，又怎么可能征服来去无踪的游击队呢？看来，这股小小几十人的游击队胜过川军百万兵。锅山一战，近千人的川军被打得土崩瓦解，全军覆没。现在，天快黑了，士兵们没有吃饭，个个像晒在沙滩上的虾蟹垂头丧气，无精打采，死气沉沉。

最终，沙泥选择了撤退，日伪军一听号令，打起精神纷纷背着山头往下跑。这时，就听半空中好似那黄河咆哮，天鼓咚咚。一块块巨石从上面滚滚而来，鬼子、伪军躲闪不及，大多被砸死砸伤。山高坡陡，不易还击，也不知道有多少游击队，争先恐后地如受惊的叫驴狂颠，一个比一个跑得快。

韩飞虎眼尖，看见一个鬼子悬挂在一块岩石上。他上去夺过枪，抓了块石头轻轻地砸在鬼子攀着岩石的双手，鬼子疼得号叫一声，坠入山谷。范洪灞下令追杀，无论怎么打，鬼子只顾往山下跑，再不敢回头。

沙泥回身一看，满山的石头滚下，便呵斥鬼子回身反击，日本兵只顾逃命没有谁还会听。一块石头飞来，他脑子灵活，模仿乌龟连忙把头猛一缩，石头贴着耳根擦过。他惊出一身汗，连跳加蹦比士兵逃得还快，慌不择路跑下山。

刚到落日山山脚，就听王家岭方向枪声骤起，随着一阵手榴弹的爆炸声，又传来了震天动地的喊杀声。英勇的游击队趁着天黑向曲阜的鬼子发起突然袭击。鬼子们被突如其来的袭击逃往落日山向沙泥靠拢。

沙泥被游击队牵到山套里转悠一天，不得退进王家庄宿营。他住进地主房子里，秘密与三县刚从队伍里提拔接替被打死小队长职务的几个家伙商议。决定明天派兵悄悄地埋伏在东面深沟里，派一支小部队伪装袭击山里老百姓，引诱游击队出击。

范洪灞与董青军会合，在与离王家庄二里路远的荠菜村住下。村子的人全撤走了，范洪灞不许任何人点火做饭，大家吃点炒面充饥，渴了就喝点凉水。大家吃饱后立即休息。半夜的时候，范洪灞将队员们喊起来，游击队趁着夜色分成四个小组，向王家庄摸去。

白天，王侯用冷枪打击，专打鬼子军官的方法非常奏效。鬼子退回宿营，便命人把当官的鼻子下留有一撮横行胡子统统刮掉。游击队突然四下发起攻击，沙泥仓皇应战。白打了一阵没有了人影，望着茫茫夜色，看不清路迹只好命鬼子兵退回村里。

第二天，沙泥命令五六十伪军向山里袭来，游击队却没有露面。沙泥遂撤回埋伏的队伍，亲自督促日伪军向山里跑去，伪军走在前面如鼠贼一般沿着山间小道行进。一路畅通无阻，急急忙忙往前赶。突然，一阵枪声响起，子弹如雨一样倾泻而来，伪军被撂倒了一片。沙泥急命鬼子打头阵，刚接近火线，被漫天落下的手榴弹炸得血肉横飞，尸横满路。沙泥气得命令炮兵轰击。

霎时间，炮火连天，硝烟弥漫，大山间响起了游击队杀敌的呐喊声。沙泥下达进攻命令，日伪军号叫起来冲上山头，山头上竟空无一人，游击队早跑到另一座山上去了。沙泥命人追击，却把炮手丢在三里以外。范洪灞把鬼子吸引过来，急忙将队伍拉出去，由齐东来带大队人马向东进发。范洪灞只带六七人疾奔鬼子炮兵阵地。一阵猛射，十几个鬼子当场被击毙。范洪灞留下两尊迫击炮和炮弹，其余的把迫击炮归拢一处，放上一捆手榴弹，顷刻间鬼子的迫击炮被炸成一堆废铁。

沙泥听了震天动地的爆炸声，懊悔不已，脑子一转悠领着残兵，退到离王家庄二十里远的深沟镇驻扎。

夜里，范洪灞把队伍分成四个行动小组，每组六名队员。分别由董青军、齐东来、吕子河、关汉忠带领，从东西南北四个方向向镇子里的日伪军发起突然袭击。董青军在北面，齐东来在东面，吕子河在西面，关汉忠在南面，四个组呐喊着奋勇冲杀。一时间，深沟镇的夜晚，枪声大作，杀声震天。沙泥见报立即组织兵力反击，出了庄子天黑得伸手不见五指，哪有游击队的人影？勒兵回到驻地。刚要歇息，就听村外枪声大作，杀声又起。沙泥一手提枪，一手握东洋大刀，也不骑马，徒步领兵迎战。竭力追杀了一程，枪声断断续续，追出三里地又没了人影，不得不回到镇里。鬼子刚睡下，镇子四下又响起了枪声，愈来愈激烈。沙泥气急败坏，勉强分四路迎战。刚出村头，喊声，枪声又停息了。沙泥原地等了半个时辰，见没动静只好退回深沟镇里。

鬼子大半已进镇里，突然，背后杀声又起，鬼子被打得落花流水，纷纷向镇里逃命。慌乱中，英勇的游击队冲进了深沟镇内。机枪开路，手榴弹向鬼子堆里乱扔，爆炸声再次响起。他们纵横驰骋，从南到北，再从西到东，杀了起来。鬼子们莫名其妙，恰像无头苍蝇乱作一团。各县的鬼子得不到统一号令，慌忙抵抗竟然相互残杀起来。范洪灞带领小分队大杀一阵，趁乱撤了出来。此一场消灭鬼子三十三人，伪军十余人，打得沙泥心惊胆战，丧魂失魄。沙泥回到屋里，喝令手下统统出去。他好像一只孤零的魔鬼坐在屋里静静地沉思，这么强大的队伍来山里两天了，没有抓到一个游击队员，自己队伍里倒是死伤一百号人。怪不得范洪灞把游击队从峄山拉进东山里。眼下怎么办？撤退，三县的同伙会笑话他无能。不退，在这里耗下去邹县的共产党县大队袭击县城怎么办？他站起来在屋里踱来踱去绞尽脑汁，很苦恼地想出来一条诡计。

天不明，沙泥命令日伪军拔营西去，放火烧了深沟镇。范洪灞看见村里起来大火，立即命令队员奔赴村里扑救。同时，派十余人去村西埋伏防止鬼子反扑。大火很快被扑灭，查点房屋被大火烧掉了四十余间。

沙泥带领着残兵败将缓缓西行，出了瓦鸥山蝎子口，躲开群山，进入茫茫平原。他放下心来，认为来到平原地带，游击队如虎离山丘，施展不开多大能耐。正走间，他听到空中有鸿雁鸣叫，放眼望去，数点大雁排人字，一行贴天向西飞，心中狐疑，此是吉兆还是不祥之兆？

前面有一庄子叫稻洼村，三十来户人家。村子南面有一条大河叫乌龙河，一带水洼，宽阔数十丈像天河一般向西南潺湲流去，那河心里生长着一望无际的芦苇。

沙泥下令日伪军停止行动，在稻洼村住下。所有伤兵尽数运进城里治伤，剩下不足二百人。

苟义问：“太君，怎么不回县城了？”

沙泥笑了：“苟的，我的调虎离山计的，你的明白？”

苟义闪动鼠眼，摇摇头表露出一副不理解的样子。心里想，日本人不熟悉地理，游击队生长在山中，打了就跑实在叫人无可奈何。沙泥这个家伙怎么不回县城了？你他妈的还没挨够游击队的枪子，难道还在这里单等着挨打吗？

沙泥暗地里拨了五十个鬼子埋伏在通往山里的蝎子口，单等游击队进攻。

范洪灞见沙泥退回去了，决定乘胜追击。齐东来说，鬼子不适应山里作战所以撤走，小心他会设下埋伏。范洪灞觉着有理，遂派王霸前去打探消息。王霸离了王家庄，找了个茶馆喝了两碗茶，顺着山道向西赶来。走到葫芦口左右看了看，见两山直立，山根下树木茂盛，杂草丛生没有发现什么便走出蝎子口。

王霸装着要饭，来到稻洼村口，发现两个鬼子荷枪像牛头马面站在那里。暗想鬼子在这里住下了。他打算到村里面看看。

嘎——勾！一声枪响，把他又吓了一跳。只听鬼子叫了声："你的，快快的离开！"王霸惊出汗来慢慢走着，见各个街口都有鬼子进进出出，又看见一家宽大的院子门前拴着几匹高头大马。他不敢滞留慢腾腾地走出了稻洼村。他向西走进一座村子，打听乡亲们今天早晨有没有鬼子回城。有人说，前两天向东过了不少，今天早晨向西过了一批伤胳膊破头的大鬼子和二鬼子，肯定山里头还有鬼子。

王霸打探准了，绕路回到深沟镇，将打探的情况给范洪濡汇报了。

"沙泥退到平原地，想把我们引出山里，有可能在蝎子口那里埋伏人马，等着我们进他们的伏击圈。"董青军这个农民出身的汉子，用他虎啸般的喉咙铿锵有力地讲着。

齐东来赞同董青军的看法，通往山外只有这一条路，如果不走那条路除非绕道走另一座大山，多走三十里路才能到达稻洼村。看来，蝎子口这条路走不得了。可是，鬼子不回县城，还会有二次杀回来的可能。

吕子河提议："鬼子赖在稻洼不走，我们调动他走。"

范洪濡一直没有说话，对于游击队来说没有牢靠的根据地是不行的，进入平原地带对游击队有着不利因素，鬼子靠着铁路运输线，又离县城较近，这是对敌人有利的一方面。可是，县委不也是在平原上与敌人作战吗？

"同志们，我们不要单纯讲客观条件。沙泥引诱我们离开山里与他作战。好啊，我们就是要与他针锋相对，到平原地里消灭他！"范洪濡坚定地说。

董青军直言不讳地提醒他，在目前情况下，开展平原游击战条件尚不成熟。

范洪濡笑了："同志们，不要被鬼子的凶恶所吓倒。大家知道，我们的县委在邹西平原打游击战。因此，我们主动出击，到平原地里去战斗！"他还强调狠狠打击死心塌地的汉奸，地主的嚣张气焰，巩固发展抗日堡垒户，是游击队扎根于农村的关键。

大家觉着有道理，有县委的领导，有广大人民群众的大力支持。我们就应该向平原上抗日游击队学习，应在环境恶劣的情况下对敌斗争，恐惧症万万要不得。

两个人把独轮车掀翻，从车子底部解下来一条布袋，藏在不远处的草丛中。黑高儿问布袋里装的是什么，矮个子笑了笑没有告诉他。

独轮车吱呦吱呦的如同长颈鹿鸣叫声在离蝎子口路边停下来，迎面而来的一溜人哭号着慢慢走过。推独轮车的黑高个儿悄悄地问跟在哭人队伍后面的一个老汉是怎么回事。老汉低声说，俺本家的孙子到蝎子口给东家放猪，被隐藏在路两边草窝里的鬼子乱枪打死。

坐在独轮车的矮个走走嘴，黑高个儿推着独轮车缓缓地驶向稻洼村。沿街道的路口都有伪军把守，不让行人在村里逗留。

“喂，推车的，站住！”一个牤牛肚子似的特务在后面喊道。他踱着肥胖的身躯来到跟前，先搜了黑汉子的全身，又搜了坐在车上的人，见没发现什么。瞪着溜圆溜圆的牛眼叫骂着，说了声半中国话半日本语：“妈的，开路的干活！”

推车的黑汉子气冲脑海，听而不闻，只好推着独轮车走出了村外。

二人向西走来，一条路伴随着乌龙河拐了九道弯向西伸延。坐在独轮车上的矮个子下了车子，眼前一亮，兴奋地说道：“吕子河同志，你看。”他指着宽阔的河床，荡漾的水泊，茫茫的芦苇，流向天际的河水。

吕子河莫名其妙地看了看河面上泛着水花。“东来同志，想必是你有了歼敌计划？”他说没看出什么稀奇事儿来，只是这里太美了。堪作西湖临眼前，又似天池降岱南。

齐东来告诉他，你看这条乌龙河。吕子河摇摇头说，南岸芦苇荡漾，还有什么？齐东来又说，你看这条路。吕子河笑了，水与陆并行，自然形成又有什么奇怪？齐东来自言自语地说道，这里就是鬼子的葬身地。吕子河只是哂笑，再不回言。

“东来同志，什么时候回去？”吕子河说。

齐东来把独轮车推到路边，在一片柳树阴影稠密下躺倒在地，说：“子河同志，现在回去会引起汉奸的怀疑。来吧，很好地睡一觉，天夕的时候再走。”

吕子河知道小个子点子多，就依了他。

齐东来翻来覆去睡不着，天气炎热像蒸笼一样让人感到心里火躁，满河岸柳树上蝉鸣声使得他难以入眠。面对身后这股强大的敌人怎么才能击败或者消灭他，还需要回去与同志们斟酌。吕子河睡得正香，等了一会儿齐东来把他摇醒。天黑下来了，二人不敢走原路，而是架着独轮车踏着田地绕过稻洼村。回到离蝎子口百余米处放布袋的地方停下来。齐东来找出布袋解开口倒出两支短枪八枚手榴弹。吕子河见了，意外吃惊。

齐东来教吕子河分别把手榴弹弦的环用细绳系死，把两枚手榴弹捆在一起放在路中间偏南边拴死，一头将绳子拦上路拴在路北边树上，齐东来搬了一块石头压在手榴弹上。他俩拴完第一道线后，隔了三十多步又拴了一道。往西隔十步远拴了一道，总共拴了三道线，三处都做了记号。二人各执一枚手榴弹爬近蝎子口，挨到离谷口两边的草丛不远处，一个朝南一个朝北同时扔出了手榴弹，回头就跑。

两枚手榴弹爆炸，正在潜伏的鬼子被炸得血肉横飞，死伤数人。刚追了十步路远，手榴弹又响，又炸倒了四五个人。鬼子受到了沉重打击，不敢再追，啪啪啪啪！正东面响起了枪声，鬼子恼羞成怒，舍命追杀。跑了二十余步，觉着没有手榴弹再爆炸便放心追杀。轰！手榴弹又爆炸了。鬼子心惊胆战，丧魂失魄，个个望着朦胧的山路，吓得双腿打战再也不敢越雷池一步。

月儿升在山头上，银光照着山间的道路。两名抗日游击战士一个拉、一个推着独轮车，唱着游击队之歌，迎着皎洁的月亮向前，向前！

范洪灞在村口焦急望着西面的山道，担心两个战友还没归队。他不担心吕子河倒是挂念齐东来，他个子小，虽然跑起路来神速但单打独斗就显露出劣势。看来，沙泥赖在稻洼不走，非得想办法把他驱赶回县城不可。下一步怎么才能把这头牛驱回牛栏里？

下半夜，他独自守在路口，三星西斜，星光稀淡。忽听山坡下传来吱呦吱呦的声音，透过月色凝视前方，只见一簇黑影慢慢地变得愈来愈大。他高兴地迎上去叫道：“二位同志辛苦了！”

齐东来走到山冈丢了拉绳坐在地上，吕子河也没放稳独轮车坐在地上长长地舒了口气。那独轮车啪嗒一声歪倒了。

范洪灞非常感动，说：“走吧，回去给你俩烧顿芋头丸子喝。”他推起独轮车头先走了。二人歇一会儿脚感觉身上轻快多了，趔趄着向村里走来。

油灯倾力地闪着光芒，照亮了屋子的空间。外面的金鸡打了四次鸣了，窗外露明，外面渐渐亮了起来。

“好，同志们，就这么决定。”范洪灞最后说。

于是，与会人员先后走了。屋里只剩下范洪灞一人。他的双眼布上了血丝，数月的征战使得他消瘦许多，双腮凹陷了，胡子毛杂杂的也没有时间去刮。更不说洗澡了，搁在冬天身上早就生满了虱子。

范洪灞暗自不住发笑，齐东来的主意高，三道线把鬼子炸得不敢追。

曙光照在麦场上，队员们英姿飒爽地手持钢枪列队。这时的游击队不同往日，她大小经历了三十余次的战斗，已锤炼成为一支驰骋战场上的劲旅。大家踔厉风发屏住呼吸等待队长下达进攻稻洼的命令。

范洪灞没有发言，齐东走到大家面前，询问：“同志们，会游泳的，请举手。”

一句话把战士们高度绷紧的神经放松了，个个莫名其妙。都已做好攻打稻洼的准备，副队长为什么问起这个事情，队伍里多半举起了手。

范洪灞声如洪钟，看着大家发出高亢的声音：“同志们，听口令，会游泳的，向前一步走！”

整齐的队伍瞬时间变得凌乱起来，大家交头接耳，猜测着要发生新的事情。不会游泳的队员个个满脸布满羞涩的神色，面面相觑，疑惑不解。齐东来在前面数了会游泳的队员，报告：“队长同志，一共有一百三十六人。”

“好，太好了。”范洪灞答应着，挥了挥手，“归队。”队伍又重新排好。范洪灞说，“同志们，我们要打一场特殊的战斗。因此，我们就要进行一次特殊的训练。现在，一百三十六人组成水军，五十四人组成陆军，训练十天。希望同志们刻苦练习，要拿这次训练当作一场血腥的战斗。”

董青军被分配到陆军训练，他带领剩余队员向落日山苦练跑步。要求每个队员一口气跑上山峰。头三天大家累得浑身酸痛，又过了几天个个身轻似燕，人人如爬山的猛虎。

范洪灞把队伍带到灭鬼河蚂蟥弯，这里树木茂密，河中心有一潭渊，方圆数百丈。烟水荡荡起，水势款款流。队员们站到岸边，暗想放着鬼子不打，来这水潭边干什么？

韩飞虎嘻嘻哈哈地说：“大哥，你把我们带到这里是不是叫我们洗个痛快澡。”众队员也随声附和。

范洪灞严肃地说：“飞虎同志，你只说对了一半儿。”他转身对全体队员问道，“同志们，我们这支小分队为什么称作水军？”

韩飞虎说：“放着鬼子不杀，叫人到水里抓老鳖。”

范洪灞慷慨地说：“同志们，韩飞虎同志又说对了一半儿。告诉你们，沙泥现在稻洼村等我们上他的圈套。好啊，我们这几天的任务就是练好潜水和游泳的本领。到时候我们一定把沙泥这个旱地老鳖拉到水边打死他！”

众队员听了，恍然大悟，如释重负。个个激情高涨，摩拳擦掌，纷纷表示一定要练好水里搏击的技能。韩飞虎叫道：“大哥，原来是这么回事。放心，咱老韩潜水能憋三千日，游泳赛过翻江龙。”有人讥笑他吹牛皮。可是，齐东来赞成这种说法。他说，韩飞虎的思想值得提倡。潜在水里，犹如龙卧水底，出得水面就是蛟龙出海。大家听了，心里觉着沉重起来。

范洪灞第一个下水，他喊了韩飞虎、齐东来、张九龙、关汉忠、吕子河、哑巴几人各自拿把镰刀向深水中游去。他们游到芦苇处，每人割了一捆芦苇，把芦苇在水中捆了牵着拉到岸上。再用镰刀将芦苇削有三拃多长，收拢起来放在一边。

范洪灞面对大家说道：“同志们，我们水上游击战的第一步是锻炼游泳的速度。中午从这里一直游到对面芦苇荡，要游两个来回结束。下午，同样要游两个来回。注意，每天落后的队员要多练五天。譬如还是赶不上趟，就拨到董青军队里去。”

队员们听了，窃窃私语。看着远方的芦苇荡，不禁望而生畏。从岸边到芦苇处至少也得二里路，一个来回就有四里路。一天下来要游八里水路，大家心里都泛着嘀咕身体能撑下来吗？

范洪灞见队员们有些犹豫，问道：“我知道这是一场恶战，同志们，有信心吗？”听了大家铿锵有力的回答，他扑地跳入水中。队员们纷纷下水，争先恐后，奋勇向潭中游去。

第一个来回基本上没有落下的，到了回去的时候就有一少半队员与大队拉开了距离。关汉良到了第四趟的时候，张着大口喘着粗气。不一会儿，沉入水中。队员们以为他在钻水，却被齐东来托出水面。齐东来喊了韩飞虎说，关汉良腿抽筋了！那韩飞虎从岸上跳入水中，抢到二人跟前，接过关汉良向岸边游来。只见他如只丹顶鹤露着红头，高叫着把关汉良托出水面游动如飞。二人很快到了岸边，抱上岸来与他揉搓腿肚。

下午，哑巴被范洪灞叫出了队。他比画着让他去董青军那里。哑巴火了，跳起来一头朝柳树上撞去。他有主意，誓死跟着范洪灞。吕子河急忙把腿一伸，挡住了哑巴。范洪灞笑着把哑巴留了下来，哑巴跳下水一连翻了数个跟头，阿巴阿巴地吼叫，引得岸上队员哄然大笑。

五天过后，大家正要下水，齐东来要每人拿一根割下来的芦苇含在嘴里。来到深水芦苇处潜入水中，队员们方知水上作战的真正意图。范洪灞看着水面，潜入水里的队员先后浮出了水面。有的说憋得慌，有的说身子不听话一个劲儿地往上漂，还有的说水底下太凉。老大一会儿，大多数队员才浮出水面，范洪灏问，你们为什么在水底下过这么长时间？队员回答说，我们抓住了水中的芦苇，使整个身子潜在水中三拃深。浅了，会被鬼子发现；深了，水底下太凉人坚持不了多长时间。队员们听了，深受启发。又练了几天，大家潜入水中就再也没有浮出水面的。

王霸来了："队长同志，沙泥收拾兵马要回县城。"

沙泥熬不住了，一旦他溜回县城，要消灭他就很困难了。于是，命令董青军率领五十余人火速抓住牛尾巴硬把他拽回来。沙泥久离县城思念着回去。曲阜的鬼子拔营不辞而别。兖滕两县的鬼子抱怨沙泥无能，不愿再战。沙泥无奈，只好下令撤退。

刚出了稻洼的庄子，被身后追上来的游击队一阵猛打，日伪军死伤了二十余人。沙泥见来了游击队，打起精神，命令后队作前队，前队作后队追杀过来。董青军边打边向黑石山上撤退。他们像牵牛鼻子一样把沙泥死死地拽住一步一步地往山里拖。

沙泥发现游击队人少，催促日伪军追击。游击队员爬山的速度极快，日伪军哪里追得上？当日伪军爬上山顶，游击队已经下到山脚，当沙泥追到山脚，游击队消失在山间。沙泥用望远镜观察良久，只有伪军和皇军在缓缓蠕动，游击队又上哪儿去了？

正迷惑间，忽听背后喊声震天，杀声动地。范洪灏一人当先，向日伪军冲杀而来。待沙泥还击时，游击队又退了回去。

沙泥有着四面楚歌的感觉，喝令日伪军退回稻洼村，挽留兖滕两县的鬼子兵，又叫人抽调铁路两旁炮楼里的伪军火速增援稻洼村，打算与范洪灏决一死战。然而，等了两天游击队就没了动静。派苟义侦察游击队的踪迹。

沙泥夜里得不到安宁，白天找不到游击队。正烦恼间，苟道说，据侦察，游击队只有一百八十多人，白天躲在离此地十里地，不敢出头。沙泥听了，如获至宝，大喜过望。立即命令鬼子出发。

刚到深沟镇，迎来一阵枪弹，五七个鬼子应声倒下。沙泥看得真切，一二十人的小队伍竟敢袭击大日本皇军。他把东洋大刀往空中一指，日伪军狼嚎着向游击队杀去。

范洪灏带领小分队边打边撤，鬼子疯了拼命追赶。小分队正向西逃走突然调转方向朝南跑去，沙泥高兴极了，南面是一片原野，游击队无处藏身。

于是，他一人当先，亲率七八十人的队伍舍命追赶。前面是条大河。宽阔数十丈，水洼茫茫。沙泥看了，大水连天，芦苇荡漾，心中惊疑，命伪军头前开路。伪军顺利过了河，鬼子才慢腾腾向河南开来。

大部分鬼子来到河心，就听水洼里一片响亮，水泊之中好似跃出千军万马。游击队一阵扫射，鬼子纷纷倒在水中死去。那沙泥头皮中弹，吓得急忙掉转马头伏着马鞍逃跑。十几个伪军早被张九龙的小队活捉，沙泥收拢残部逃回稻洼村。

第二十章

铁　流

游击队灵活机动，打得敌人晕头转向，节节败退。范洪灏便联络县大队、平邑游击队向深沟镇集结，准备痛歼日伪军。齐东来坚决反对，他认为敌强我弱，武器不足，不宜于硬拼。范洪灏批评他胆小怕事，畏缩不前。开过会后，大家饱餐一顿，摩拳擦掌，大队人马向西开来。齐东来总觉着这一次是贸然行动。行军路上，他又提出同样的问题，范洪灏哂笑，拒不采纳。

沙泥发现了游击队动向， 立即命滕县的鬼子迂回游击队背后，又急调来泗水的鬼子埋伏左边，兖州的鬼子埋伏在右面，自己居中，单等游击队进攻。

平邑县抗日游击队向西进发，滕县的鬼子把他们放了进去。游击队在一座小山边休息，看看太阳尚未出山，范洪灏领了吕子河去前面察看敌情。吕子河见稻洼村遥遥在望，村里好像没有人，提议立即撤回。

范洪灏执拗地笑："俗话言：'出其不意，攻其不备'，鬼子已是残兵败将，不堪一击。你们前怕狼，后怕虎，什么时候才能把沙泥消灭？"

齐东来想再说，小李领了平邑游击队长前来，范洪灏热情迎接。县大队也来了，队长掏出县委的信，范洪灏拆开看了。县委指出，此仗事关重大，酌情制订作战计划。这时，王霸报村西平原上发现鬼子。时间已经不容范洪灏深思，他立即分拨任务。峄山游击队担任主攻，县大队和平邑游击队负责接应。布置完毕，范洪灏带领大队向鬼子进攻。

游击队离开小山进入平原，刚走数里就听炮声响起，沙泥立即下令进攻。范洪灞见了，一人当先，队员们呐喊着向鬼子发起冲锋。只听炮声连天，杀声动地。游击队三个队员当场牺牲，齐东来命人把尸首背走。队员们冒着敌人的炮火奋勇前进，鬼子一个个倒下去。这时，兖州的鬼子发起冲锋。范洪灞吃了一惊，暗想中了鬼子埋伏："我掩护，同志们快往山上撤！"

这时，滕县的鬼子拦住去路。董青军自请率一队人前去阻击。范洪灞见前有鬼子堵截，后有鬼子追杀，急叫李武军传令部队向北撤退。话未说完，泗水的鬼子从那边疯狂地冲了过来，与此同时，北面又来了一支鬼子的队伍，原来是曲阜的鬼子前来增援。兖州的鬼子为了抢功，提前冲杀。游击队四面陷入重围，被敌人的枪弹压得抬不起头来。

"同志们，原地不动，等敌人靠近再打！"范洪灞命令。大家刀出鞘，枪上膛，手榴弹攥在手中。鬼子不断地发起攻击。但是少数鬼子跑到死亡线上就再也没有回去，是因为英勇的保卫者不会让侵略者在自己的国土上再横行霸道。

沙泥见久攻不下，无比恼怒，声嘶力竭地号道："全部的杀掉！"鬼子轮番进攻，于是，血染的土地上丢下一片又一片日伪军尸体。

游击队从早晨杀到傍晚，伤亡不小，子弹将近打光，包围圈也渐渐缩小了。突围是不可能的事，一旦站起就会被鬼子的枪弹击倒。沙泥督促鬼子冲杀，游击队离鬼子只有三十余丈远。沙泥号叫："捉活的！"于是，四面的鬼子发起了冲锋，游击队做好了最后拼刺的准备。

正在万分危难之时，只听到正西方向军号嘹亮，响彻云霄。一面鲜红的战旗下，一支英武雄壮的队伍宛如一股铁流，以排山倒海之势，雷霆万钧之力，杀向敌群。他们势如破竹，所向无敌，犹如一把铁扫帚向蝗虫般的日寇横扫过来。红旗所到之处，鬼子纷纷倒下，再也抵挡不住这支队伍的强势猛攻开始溃逃。游击队乘势追杀。

沙泥止喝不住，拨马而逃。五县鬼子见大势已去，慌忙各自逃窜。

游击队得救了，那支队伍追歼残敌，打扫战场。

这时，硝烟中走来了三人，其中一位中年人阔步来到范洪灞面前，热情地上前握住手："你是范洪灞同志吧？我是八路军一一五师先遣团张子钢。奉师首长命令特来增援。"

范洪灞热泪盈眶，握住张团长的手久久不放。副团长和团参谋长与他一一握手。

张团长命令集合队伍，与范洪灞说："我军向目的地前进。目前，沙泥纠集五个县城的鬼子专来对付你们。师首长指示，鉴于你们在敌占区活动暂时很困难，如果再坚持下去，游击队会遭受很大损失。所以，让你们跟随我们休整后再开展工作。"

范洪灞点头应承，送别县大队走后，随即集合队伍与平邑游击队一起跟着大部队向东挺进。

队伍日夜兼程，翻山越岭，穿林渡河，来到离平邑县城三里路的山林间休息。张团长、团参谋长、范洪灞、董青军四人登上山头往县城观察。遥见大道上许多马车载着财物和人纷纷涌向县城。又见众多的平民百姓扶老携幼，肩挑手提向城外慌慌张张地奔逃。四人看罢，下山来到一座庙里。张团长作了简短的部署，大家分头走了。

通往县城的大道上，一辆满载着财物和人的马车向县城奔来。车上坐着六个人，一个是当地有名的绅士诸葛开。左边是一个黑大汉子，右边坐着一个满头红发的人，前面坐着一个满脸长麻子的人，后面坐着一个矮个子的人。车把式扬起大鞭往空中一甩，鞭稍子发出了清脆的声音，三匹马撒开十二只蹄子啪啪啦啦向前奔跑。马车颠簸着随着三匹马脖颈上挂着的三串銮铃哗哗响声奔向县城。当走近了县城南门护城河边的这个当儿，血红色的太阳已被西面远方的大山吞没，天光暗淡下来，守城的伪军正把城门吱吆吆地关闭。

"翟班长，慢着，诸葛开进城！"马车停在护城河桥上，诸葛开跳下车连连招手叫道。

从两扇门缝里露出个大板牙的伪军说道："啊，是诸葛乡长呀，不行了，太晚了。现在风声正紧，河西的八路军老三团打过来了，县长命令提前关闭城门。"

说话的时候，黑汉子，红头发，先后用粗布纹巾裹上了头。城墙上巡逻的伪军认为是诸葛开的家眷进城避难，放心地往东而去。

诸葛开笑呵呵地走上前，一手拿着钱另一只手疾速抽出短刀刺入翟班长腹部，翟班长当场死去。诸葛开打开城门，车把式将大鞭一扬，马车冲进了城门。车把式，黑汉子，红毛发，麻子，矮个五人快速奔上城头。一伪军听见动静从城楼里走出来欲问，被满头红发的汉子手起一斧劈透面门而死。车把式，黑汉子，麻子三人闯入门里，枪挑斧剁把五个伪军打死。同时，矮个子在城楼上点起火把朝城南划作火圈儿。

城门外，张团长率领八路军大队人马迅速进城。这时，鬼子的巡逻队来了，见了城下大队人马，惊叫道："喂，什么的队伍？"

五个伪军迎上去，其中一个骂道："鼠贼，老子是杀盗贼的队伍！"大斧又起，寒光一闪，飞血四溅，鬼子一哼没哼地栽倒于地死去。那四人一拥向前，尖刀直插鬼子腹部，纷纷倒下死去。十几个八路军战士奔上城楼，控制了县城南门。

"大哥，哪儿去？"韩飞虎说道。

范洪灞一挥手，五个人顺着城墙顶向东北方向摸去。来到东城门楼前，一个伪军打着呼哨欲问，范洪灞一掌打去，伪军当即死去。城楼门里几个伪军正在吃饭，见进来的五个人都很面生，几个家伙并没有警惕性。看着五支黑洞洞的枪口直对着脑袋，吓得跪在地上求饶："先生们，你们是哪路神仙，有事好商量。"

韩飞虎不由分说，上前用绳索将一名伪军套住脖子，拢二臂，倒背着双手一缠捆个结实。骂道："狗奴才，老子是从峄山上下来的！"剩下几个伪军被牢牢捆住，孟开山分别把他们的嘴堵上。

北门一个鬼子在朦胧中看见南面来了一队伪军，急问道："喂，站住，什么的干活！"韩飞虎举起斧子上前。范洪灞早把一杆大枪横空掷去，正好击中鬼子的头颅，倒地死亡。五个人挺枪杀进城楼门里，四个侵略军登时丧命。

张团长率领部队来到丁字路口，等候在那里的地下党组织五人接着。他把部队分成两队，三营由副团长带领进攻鬼子宪兵队，他亲自率领一队攻打伪军大队部和伪县政府。

张团长在前，一营长拦住说道："团长同志，你是全团总指挥，不应当冲锋在前。"张团长坚决冲在前头，被一营长叫人拦住。

就在这时，伪县政府大院冲出来大批伪军，他们号叫着端着枪杀了过来。哒哒哒！啪啪啪！子弹如雨一般倾泻过来，拦阻张团长的一个战士当场牺牲，另一个战士负了轻伤。张团长大喊一声："手榴弹！同志们，狠狠地打！"

轰轰轰！手榴弹在敌群中爆炸，战士们龙腾虎跃般地冲杀过去。他们就像群猎人追杀狼狗一样硬把伪军赶进了巢穴。伪军退回营房依仗地势，集中火力封锁门口拼命地负隅顽抗。一营长率领突击队被凶猛的火力压在门口，两个战士起身想冲进院里，身负重伤倒在地上。两名战士奋力将重伤员抢救下来，张团长命令一营长停止攻击。

他仔细察看了周围地形，发现伪军军营对面有一座三层高的楼房，从楼房顶上足以鸟瞰里面的一切。他指着那座楼房对一营长说："营长同志，你看那座楼房足以控制敌人军营。"

一营长叫道："一连长，你亲自带领机枪组压制敌人火力！"一连长听罢，带领机枪组去了，一营长命令战士们火力掩护。一瞬间，枪声又起，杀声震天，硝烟弥漫。伪军拼死抵抗，却被居高临下的一连长机枪组一阵突如其来猛烈扫射，伪军的火力立即被压了过去。堵在门口的八路军战士听到嘹亮的军号声，就像猛虎一般冲了进去。伪军见大势已去，纷纷缴械投降。一营长带领战士们冲进伪县政府，办公室内，一片狼藉，纸片横飞。伪县长拒绝投降，企图反抗，被一营长击毙。

副团长领了三营攻进鬼子外围，鬼子的火力十分凶猛，战士们奋力逾越。轰轰！鬼子的迫击炮弹纷纷落下，数名战士英勇牺牲。副团长高叫："同志们，撤！"战士们边打边撤，一直退到县城南门。鬼子蜂拥过来，八路军战士筑成一道死亡火线，鬼子上来一批就丢下死尸败退下去。鬼子一连进攻三次除了倒在地上的外，剩下的又狼狈地败退，鬼子便呼救伪军前来增援，暂缓进攻。

这个时后，张团长率队汇合副团长一部，命令一营长："营长同志，请不要给鬼子喘息的机会，反击！"

一营长一人当先，会同二营率队冲锋，鬼子的尸首塞满了街道，进攻速度不快。刚回到十字街口，鬼子疯狂地反扑过来，一营长抵挡不住再次退回南门。敌我双方处在交炽状态，张团长见部队行动迟缓，必须迅速解决战斗，命令共产党员在前，再次发起攻击。那一营长一手持枪，一手握住大刀冲锋在前。战士们手持钢枪，肩背大刀呐喊着冲向敌群。就见刀光闪闪，枪弹如雨，鬼子纷纷倒下。战士们杀过十字路口，正要进入敌营。忽然，鬼子的重机枪嘟嘟嘟地响起来，一营长身中数弹，壮烈牺牲。鬼子号叫着再次反扑过来，副营长携了一营长的尸体率队撤回。鬼子倾巢出动，妄图突破南门逃走。

张团长识破鬼子的阴谋，高声喊道："同志们，鬼子要逃跑。共产党员们，发扬万里长征精神！绝不后退半步！誓死消灭敌人！"

正杀得难分难解，忽见鬼子背后枪声响起，鬼子纷纷大败退回兵营，副营长追到丁字路口看时，范洪灞领着游击队正在袭击鬼子。可是，无论怎么进攻，鬼子死守营门。这时，副团长率领三营从后院发起进攻，鬼子受到前后夹击，死伤过半，剩下几个乖乖地投降。

自此，平邑县城被八路军收复。

军民联欢会闭幕后，张团长把平邑县委书记召来列席会议。他说："同志们，我们的任务已经完成，地方的同志坚持斗争是非常艰苦的。因此，为了有效地打击鬼子汉奸，我们将从敌人手里缴获的部分武器配给你们。但是，武器来源主要还是靠自己解决，因为，我们一个连队才只有一挺机枪。"

参谋长说："希望你们，发动群众，坚持敌后游击战来配合山里的反扫荡。"

张团长说："对对，我们就要出发。大家还有什么要求和意见吗？"

众人异口同声地说："首长放心，我们坚决完成任务！"

费县西门，伪军们正盘查着进出城门的行人，天正中午的光景，突然将那两大扇城门关闭。正在人们疑惑的时候，八路军一部和邹、平两县的游击队向西门发起了猛烈地进攻。顿时，西门城下，枪声乍起，杀声震天。

县城遭到突然袭击，在这个远离大海，远离铁路交通线的山区小城从哪来的这支勇猛队伍？眼看着城门就要被攻破，日伪军集中兵力进行反扑。正激战间，攻城部队渐渐抵抗不住向后撤退。鬼子伪军极力穷追，进入大瓮山口掉过头来回归老巢。刚临城下，就听身后军号又响，杀声再一次叫起。鬼子恼怒回身冲杀，八路军再次后撤，退入大瓮山口。鬼子追到大瓮山口，望着那深不见谷抬头难见太阳的山谷迟疑起来。再看前面那支小小的八路军队伍已被追得七零八散，都在路边沟边坐着躺着喘粗气，遂倾尽全力追来。

山谷幽深蜿蜒数里，古树参天，百鸟争鸣。中间有一条小路，一条河流伴随着向东流，路边巨石犬牙交错，树木茂盛。当地俗谚："头顶一线天，出谷行半年。"

八路军战士们见敌人进了大瓮山，立即进入阵地。范洪灞跑到张团长跟前叫道："团长同志，驴进套了！"

张团长挽起双袖兴奋地说："好啊，同志们，准备战斗！"

鬼子气势汹汹，张牙舞爪地闯进了深谷里，渐渐地发现八路军战士稀少了。猛然醒悟，惊呼上当。鬼子队长急令退兵，一个个鬼子兵乱了队，争先恐后地掉头就逃。然而，斩杀豺狼的号角响起，英雄的人民子弟兵那复仇的火焰早已喷发。山谷里的手榴弹像催阵的大鼓在炸响，一线天的空间里射下了暴雨般的子弹。拥挤不堪的日伪军霎时间被打得横七竖八，落荒而逃。

快要逃出谷口的瞬间，山谷口两边一声震天介响起，见石磨大小的石头从半山空中滚下来。鬼子兵躲闪不及大半被密集的石雹砸得焦头烂额，紧接着杀声喊起。范洪灞当先杀出，撞入敌群。他铁脚起处，鬼子立时毙命，仙掌闪过，鬼子撞死在水沟中。飞升起铁脚踢碎强盗头颅。只见他指东打西，来往驰骋。鬼子兵纷纷倒地，流血死去。

八路军宛如猛虎下山，杀入敌群。游击队里，又见韩飞虎一手持枪一手挥斧，跳入敌群，枪响起，鬼子黑血喷流，斧举起，魂断山谷。

张团长立即率领部队由西向东横扫残敌，一阵激战，将日伪军全部歼灭，遂命令游击队员进攻县城。游击队当先来到城门时，只见城楼上鲜红的军旗在空中高高飘扬，猛然间就听一声喊起，满城墙上立刻站满了威武雄壮的八路军战士。范洪灞十分骇然，叹服张团长用兵如神。原来，张团长把两个营布置在大瓮山里，留下三营埋伏在县门北侧一座茂密的杂树林子里。当日伪军这群瞎驴被八路军拉进了大瓮山谷后，三营长立即率部轻轻地袭取了县城。

费县地处鲁东南，山区群众在敌人的铁蹄下过着饥寒交迫的生活，卖儿卖女，离乡背井。路上饿死的尸骨那熏人的臭气味儿难以入鼻，人们称作“尸骨路”。

八路军迅速打开粮仓，赈济灾民。于是，各乡各镇的抗日自救会会长，带领着精壮青年打着红旗，手推肩担把粮食运回庄里。楚王庄的一位十九岁的小伙子瘦骨嶙峋，一丝不挂地要参加八路军。张团长见此情景，内心酸痛，双眼立即涌出泪珠来。他立即命令一战士发给他军装。那小青年当即跪下与他磕头，张团长急忙将他搀起。

一位七十三岁的孤单老翁颤悠着身子，听说共产党领导的八路军发粮食救济灾民便来看稀奇。亘古以来没听说过有军头给穷人发粮食，当看到街坊邻居都领到了粮食，他高兴地狂奔起来。一路上兴奋高呼起来：“大救星来了！”他正满街宣传着，猛见他一头栽倒于地，当场死去。有人报告了范洪灞，便托人买了口棺材将老人安葬。

老三团、游击队与城里城外的百姓依依惜别，沿路群众拍手相送。张团长率领这支勇猛的部队向西南插去。一路上，攻炮楼，锄汉奸，恰似摧枯拉朽横扫鲁东南。他们来到一座山后，与先期到达的一一五师师部会师。

政委罗荣桓风骨伟岸，瞬目如电。连年的征战，魁梧的身躯仍然健壮，精神饱满。离开陕北，过黄河，渡过黄泛区，再跨微山湖，直抵苍山县。此次东征是奉毛主席，八路军总部命令到沂蒙山区开辟抗日根据地。一一五师命令先遣团从峄山穿过，迷惑鬼子，主力挥师东进，秘密在苍山县城北部山区驻扎下来。

鲁东南是敌占区，这一支两千人的队伍能否在敌人心脏站住脚，能否不被敌人所吓倒，能否在人民群众中扎下根，能否最终战胜武装到牙齿的日寇，正是他率领一一五师离陕入鲁以来反复思考的重大问题。

师长非常严肃地说："同志们，从东海到沂蒙山，还没一支队伍在这里抵御日寇肆无忌惮地抢夺我们的财产。所以，这里就是抗日的最前沿！就是人民战争的汪洋大海，就是鬼子的墓场。现在，沂蒙山西大门已被打开，与鲁南，鲁西抗日游击区连成了一片。但是，形势依然不容乐观，我们面临着数十倍日伪军的威胁，面临着饥饿，面临着缺医少药。面临着诸多的困难，我们怎么办？"

张团长说道："师长同志，我想，是敌人侵占我们的家园，是敌人在屠杀我们的同胞，是敌人逼得我们不得不进行自卫战争。好啊，我建议，遵照毛主席的号召，'放手发动群众，壮大人民力量'。那么，我们还怕什么？有了党的领导，有了广大人民群众的支持，猖狂一时的日本强盗就一定会被我们彻底消灭掉！"他说完顾不得别人是否适宜这个环境，继而吱吱地抽起烟。

二团长点头赞成，看着张团长吐出来的烟雾，并没有发表意见。他对什么事都是胸有成竹，未雨绸缪，打起仗来是常胜将军。

三团长站起来说："我赞成张团长的意见，毛主席说，'敌进我退，敌驻我扰，敌疲我打，敌退我追'。鬼子再凶恶终归是一头野牛，我们就像一把钢刀，不断地刺杀他，使得他陷入人民战争的熊熊烈火中，最终烧死它！"

政委罗荣桓插言道："同志们，我们要镇压一批不法地主分子，减租减息，搞好生产自救，扩大和巩固根据地。同时，也要争取一批开明人士参加我们的队伍。"

部队休整两天，第二天一早，一一五师立即把苍山县城围得水泄不通。战士们的呐喊声响彻云天，枪炮声震得天崩地裂。攻城的战士们满腔怒火，奋勇杀敌。他们搭上云梯，抢登城头，一个战友倒下，后面紧接着冲上去。他们视死如归，前赴后继地向敌人冲杀。鬼子被英勇的保卫者打得惊慌失措，恰如一群蝼蚁争先恐后地向巢穴里败退。战士们穷追不舍，乘胜前进将日伪军歼灭，苍山县回到人民手中。

张团长左臂负了伤，需要休养。师党委决定留下他在当地开展游击战，待伤痊愈后再回归部队。

三天后，一一五师向临沂挺进。

张团长主持组建了苍山县临时县委，建立苍山县抗日游击大队，当天送走了老三团后连夜把队伍拉进山里。一天，他对苍山县游击队长指示道："敌占区的人民饱受战争苦难，与汉奸走狗们的卖国投敌行为分不开。所以，我们就必须镇压一批反革命分子。"

游击队立即部署，组成十个锄奸小组，分头下乡，对死心塌地的汉奸一定要严惩不贷。队长领了两个队员来到吊庄，喊开了保长柳歪子的大门。柳歪子自恃孙子在城里当伪军小队长，见来了陌生人眼皮也不翻："哪路神仙，擅敢闯入民宅？"

游击队长执枪道："柳歪子，你卖国投敌，为虎作伥，横霸乡里，罪大恶极。我代表苍山县人民处决你！"

柳歪子恼了："怎么，我孙子是小队长，谁敢杀我？"一颗子弹打进了他的脑壳，当即死去。

枪决了吊庄柳歪子，他们又来到三空庄，这个地主是个地地道道的汉奸，生得就像一根烂麻秆骨瘦如柴。人称高麻秆儿。他的生活理念是谁今天当官，他就是谁的座上客。村里有个恶霸，他跟着跑腿。逢年过节给恶霸送一批脊猪肉。恶霸死了，另一个恶霸占了上风。他投靠另一个恶霸。不想，第二个恶霸被火车轧碎了腿，而第一个恶霸的儿子请了日本人把第二个残疾恶霸枪毙了。他看风使舵想要再回去巴结头一个恶霸的儿子，谁知这小子六亲不认，将他拒之门外，连同他送的猪肉扔在大街上。未曾想横行一时的恶霸儿子被马车轧断腿流血而死。高麻秆当夜跑到伪乡长家送去一只整羊，当上个保长。一上台就侵吞了三空庄的一半土地，致使有两家地主跳井自尽。

游击队队长来到高麻秆家，只见高麻秆高高地坐在罗圈椅上，也不理睬来人。来人上前啪啪两记耳光，宣布：“高麻秆，霸占良田，逼死四条人命。我代表苍山人民处决你！”枪响了，这个败类得到了应有的下场。

他们连续作战，又来到了图瓦庄，地主单房闻到了风声早已领着家人溜了。三个人遂把单房的粮仓打开，分发给灾民。

一连数天，游击队铲除汉奸的运动迅速在鲁东南展开。各地的反革命分子纷纷逃向敌占区，这片土地史无前例地回到了人民手里。没过半月，张团长接到归队的调令，才知道一一五师所向披靡，相继连克六座县城既而又解放了临沂府，与西面三县及广大解放区连成了一片。他把范洪灞、董青军找来，要求他们练好兵，寻机杀鲁南。他看着范洪灞双眼有些湿润，这个同村的小弟弟居然成了抗日战士。明天他们就要分别了，但不知何月何日再相会。三个人谈了良久。当张团长送给范洪灞一支钢笔的时候，金鸡已经打了三回鸣了。

朝霞映在群山上，山峦如披上了金色的蓑衣，四野绚丽多彩。翠绿的山林郁郁葱葱，呈现出一派生机盎然的新景象。

满山的牛羊哞哞咩咩地乱叫，放牧的老人怀抱大鞭往空中一挥，清脆的鞭声回荡在山间。

范洪灞老早起床，独自来到山间。“站住，有路条吗？”一位虎头虎脑的儿童横着红缨枪拦住去路。那儿童一看是范队长，白嫩的脸蛋立刻呈现出绯红的笑容。

前面一位老妇人提着菜篮掉了一把葱，那儿童捡了葱追上老妇人还给了她。范洪灞不由得笑了，心里叹服：“根据地的人民思想觉悟的确高，这里正是一个崭新的天地，男女老少，过着安定和谐的生活。想起家乡的人民，生活在那片肮脏的土地上，哀鸿遍野的景象在脑海里一幕一幕闪过。半月前，由于自己主观行事，给党造成了不可挽回的损失。假若八路军不及时赶到，游击队就会葬送在自己手中。那天晚上，他列席参加了八路军连以上的干部会议，学习了毛主席关于《论持久战》等著名论著。学习了全国各地游击区作战经验。他向团组织做了检讨，并保证今后实行民主集中制的原则进行革命工作。

他回想起那天在麦场上的事， 游击队员坐在地上屏息静听着连指导员石月明讲话。他说，自从一八四〇年鸦片战争开始，外国列强就瓜分中国。闭关自守的清王朝，恰似一只病入膏肓的山羊，任人宰割。不甘做奴隶的洪秀全高举反帝反封建的大旗，奋起抗击列强。甲午战争爆发后，西方列强入侵，战火不断。革命先驱孙中山唤醒劳苦大众，号召人民："驱除鞑虏，恢复中华"。发动武昌起义，建立中华民国。不料大权被资产阶级代表蒋介石窃取，以致天下大乱，军阀混战。日本军国主义强占东北三省。蒋介石对日妥协，将张学良管辖的三十万兵力撤进关内围剿红军，东北华北地区相继沦陷。一九三七年七月七日，卢沟桥事变，日寇开始对中国发动全面侵略战争。在中华民族生死危急关头，中国共产党号召全国人民全面抗战，抗日的烽火已燃烧五洲四海。

半月后，他们再一次相遇。

游击队员都坐在梨树林荫下倾听张团长讲革命斗争故事，他个头不是很高，双眼炯炯有神，穿着破旧的汗衫，轻轻地摇着蒲扇驱打着蝇子借风儿凉快。他的烟瘾是一般人比不上的，装上一烟锅三五口就抽尽，紧接着再装上一连抽上五七锅方才罢休。张团长揺干了烟灰，满脸的笑容一扫而光，变得非常严肃，双眉间的竖纹绷得很紧。他侃侃而谈，一九三四年十月，中国工农红军主力从长江南北各个根据地出发开始长征，连续突破敌人四道封锁线。湘江，乌江，大渡河啊，均被我们强行渡过。就是在湘江英雄们的鲜血使江水染成了红江，那简直是流血的湘江。北上的路上，空中有敌机，后面有追兵。爬雪山过草地经过一年的征战，红军主力终于到达陕北革命根据地。

韩飞虎插言道："团长，听说湘江战役红军牺牲的人数最多，你能说给咱听听。"

张团长听罢，又抽了三锅烟，看到众人用渴盼的目光盯住他，使他不得不忍着少抽了两锅。他的双眼显然湿润了，似乎有泪珠溢出眼角。当年，他和二弟三弟饿极了，拉起要饭棍到了安徽，听人说江西省起了队伍，专打土豪劣绅，为穷人谋幸福。兄弟仨千辛万苦，辗转到红色苏区参加了红军。这个时候，红军第五次反围剿失败被迫长征。一路上一天要打几次仗，到了湘江，二弟所在的团是中央机关先遣团。面对波涛汹涌的湘江，国民党匪军重兵把守着山势陡峭的对岸。先遣团的红军战士们为了给红军北上抗日打开前进的通道，前赴后继，血染湘江。二弟是乘第一只小船出发，刚到江心就被匪军的炮弹炸翻，二弟与十一名红军战士被江水吞没。最终，红军以沉重的代价渡过了湘江。他想起了这段辛酸的往事，不禁心潮澎湃，思绪万千。他只简单地说了红军渡过湘江以后，到了遵义红军指挥权由毛主席掌握。红军如虎添翼，东杀西讨，所向披靡，扭转了被动局面，挽救了红军。他说到这里就不再讲了。

团参谋长是个很瘦弱的中年人，据说他是个乞丐。当白匪时，腿上挂了花被丢在荒野，让当地百姓救下。死里逃生的他认了人家干爷，而后参加了红军。他说话就像连珠炮，接二连三不住声："同志们，中央红军到达陕北后，领导并建立了抗日民族统一战线。一九三七年八月，将北上抗日红军改称八路军。于是，八路军主力随即奔赴全国各地抗日最前线。先后取得了平型关、百团大战的伟大胜利。同志们，虽然鬼子暂时貌似强大，然而他国土小，人力少，在我中国军民的不断打击下终将会彻底失败。胜利一定属于我们中国人民！"

开饭了，游击队员在农家院子里吃饭，每十个人一组，一组盛了一泥盆萝卜片菜和随便吃的芋头干子煎饼。韩飞虎狼吞虎咽吃饭从来不让人，吃完饭后，独自到打麦场上，看见八路军战士都在炽热的阳光下吃饭，心里无比感动。再看他们吃的是用柳叶掺的芋头面窝窝头。每人定量只吃两个。他莫名其妙地问一个战士，人家光笑不回答。韩飞虎很纳闷，携了那战士到僻静处问："你是什么八路军战士，有事怎么瞒着革命战友？"那战士无奈，四顾无人，悄悄地告诉他要保密。山里粮食极其短缺，部队里还得抽出一部分粮食救济当地贫困群众。韩飞虎听了，撇下那战士大步流星地走了。

他急匆匆找到范洪灞叫嚷："大哥，山里缺粮，鬼子在家乡猖乱。还不打回峄山！"

孟开山、张九龙亦嚷着杀出山里："队长同志，我们什么时候出发！"

范洪灞正待回言，张团长的警卫员来了："队长同志，张团长请你。"范洪灞随着警卫员来到团部，张团长站在军用地图前抽着烟，听了范洪灞的报告声，慢慢地转过身来笑着示意他坐下。

张团长搕尽了烟灰，表情变得严肃起来："范洪灞同志，本来要你们在这里再过些时间。可是，铁路沿线的鬼子及根据地周边的敌人，在极力封锁进入山里的物资。根据军区指示，要你们秘密插入邹县，要像一把钢刀狠狠地扎在敌人的心脏上！"

团参谋长说："回去后，困难是很多，但是有人民群众的大力支持，我相信再大的困难你们会克服的。"

张团长说："山里武器太少了，范洪灞同志，我们一个连队才只有一挺机关枪，而且还缺少子弹。”

团参谋长说：“所以，团里也不能给你们配备好武器出山。”

范洪灞满怀信心地说：“首长同志，请放心，我们没有武器，鬼子那里的武器有的是。”

张团长欢欣地说道：“对对，没有武器，就得给敌人要。必要的时候把剩余的枪支送进山里。”

范洪灞下了保证，行军礼辞别两位首长走出团部，张团长跟上来。吩咐道，小灞兄弟，回到家里给俺爹捎个口信，就说我们兄弟仨很好，都在八路军老三团里。范洪灞说，大哥，你放心吧。两个革命战士握手分别。

一个月的学习，范洪灞视野开阔，懂得了许多革命道理。他觉着一个共产党员，时刻为人民的利益服务。在人民最需要的时候，为人民献身在所不惜，这才是真正的共产党员……

他想到这里，归心似箭，忙着往回走。路过一块田地，见一个年轻人耕地，随口问：“老乡，下趟吧？”

“不行呀，范队长，耕完这块地，还得耕我的地呢。”那青年吁的一声，拽住撇绳喝住了两头耕牛，攥着大鞭说。青年人又告诉他，耕的地是河湾叔家的，他的儿子就是在攻打费县牺牲的。

范洪灞默默往回走，心里像针扎一般。的确，河湾叔的儿子长河就死在鬼子炮弹之下。他把手枪卸下放在地上，解了牛的一边撇绳拴在牛套的后盘上，领着牛拉了起来。耕牛得到外力走得更快了。两家的地很快就耕完了，范洪灞已经汗流浃背，张口气喘。此时，他觉着心里舒坦多了。忽然，一种强烈复仇的念头在心中油然生起，游击队已经个个技艺超群，精神饱满。他们要回到抗日最艰难最艰险最艰苦的地方，那里的人民最需要他们。想罢，辞别了那青年大步流星地赶回驻地。

第二十一章

二打车站

临出发之前，张团长再次召开了群英会强调游击队深入敌后的重要性，切断鬼子铁路运输线，端炮楼，锄汉奸。发动群众，展开游击战争，配合主力部队消灭日伪军，扩大革命根据地。同时，邹县县委也派来代表参加。齐东来 、关汉忠、韩飞虎、孟开山、张九龙、张红喜六位队员光荣地加入了中国共产党。

范洪灞站在邹县地界草图边，观察着分布在铁路沿线的炮楼，气得不由得骂街。铁路两侧的炮楼已被端掉几次，居然还有人敢去为日寇卖命？难到他们的良心不是肉长的？真是逮不尽的虱子，捉不尽的贼！杀不完的强盗！

游击队集合完毕，范洪灞作了战前动员，部队已扩编发展三百余人，这支威武雄壮的游击大队再次出征。

麦场上，游击队整装待发。范洪灞阔步走到队伍前面问：

“同志们，是谁，侵略了我们的祖国？”

“是日本法西斯！”队员们群情激昂。

“是谁，掠夺了我们的财富？”

“是日本强盗！”

“是谁，屠杀了我们的同胞？”

“是日寇！”

“好，同志们，出发！”

一位衣衫褴褛，头发蓬散的老人来到峄山大白楼，找到范洪灞面前，扑的一声，跪在地上。范洪灞半跪着将老人家扶起。只见他老泪顺着皱纹横流，诉说昨天的不幸。

天不黑老人就把门关上了，就在老人熟睡的时候，屋门被人踹开了。汉奸侯子提着马灯直接走进西间，就把儿媳妇换弟用被子一卷携走了。儿子是鬼子一来抓去当了劳工，儿媳妇忠厚，甘愿守寡。老人讲完沉浸在无限的悲痛之中，泪涕交加，可怜的目光乞求范洪灞的回应。老人叫木桶，那时的农村，农民百分之九十九的人没有文化，上不起学。所以，取名字不讲究。范洪灞听完他的哭诉，把铁拳往桌上一擂：“行，放心大叔。我们一定救她回家！”

木桶还要磕头被范洪灞急忙搀住，立即命令张九龙带三个队员随老人解救换弟，张九龙领了三个队员跟着木桶老人下山去了。

范洪灞、董青军、吕子河、韩飞虎、孟开山、关汉忠六人，扮成哭人的离开大白楼。鲁南的风俗，家里死了人，给至亲送信儿，至亲上门吊孝叫哭人。

“站住，干什么的？”黑影里，炮楼里跑出两个伪军，执枪截住去路。

范洪灞从前边褡子装的火纸拿出来给伪军一看：“老总，天黑了，行个方便吧。俺兄弟几个去颜庄哭人。”两个伪军放松了警惕。

“不许动，我们是峄山游击队！”范洪灞从后边褡子里抽出手枪。

两个伪军听了，一个伪军瘫倒在地，另一个伪军缴械投降。关汉忠冲进炮楼，三个伪军措手不及，糊里糊涂当了俘虏。范洪灞命孟开山将俘虏押往峄山，拿下第一座炮楼，天完全黑了下来。范洪灞命神枪手王侯守住炮楼，派关汉忠通知齐东来率大队前来。自带了董、吕二人向北边的炮楼摸来。三人匍匐前进，在离炮楼三丈远近的地方，发现伪军岗哨来回走动。那家伙探头看看没有什么动静，打个哈欠，退在炮楼门口倚着门框偷睡起来。

范洪灞示意董、吕二人原地不动，他突然跃起，扑到伪军脸前就势捂住了伪军的嘴，压低声音：“放老实点，中国人不杀中国人。峄山游击队！”

那家伙点头会意，范洪灞示意他将自己的鞋带解了，那家伙解了鞋带递给了范洪灞。“有人！”那家伙见松了他竟然喊叫起来。范洪灞大怒，一掌打在其耳门上，那家伙当场死去。

“喂，你嚎死吗？”炮楼的枪眼里伪军伸出头来气冲冲地问。

“下雨了。”范洪灞脱口而出，就听上面急叫游击队来了。范洪灞听罢，破门而入，飞奔上楼。没容得伪军开枪，啪啪啪啪！将三个伪军击毙，剩下一个伪军举手投降。这时，关汉忠领着游击大队来了。

打开了一个缺口，游击队接近铁路。这时，铁道西扬旗下来了，正南驶过一列客车后，车站又恢复了平静。董青军欲打头阵，却被范洪灞拦住。队员们看见副队长起身，也纷纷向前摸去。齐东来叫声卧倒，话没说完就听正西一溜火舌喷发过来，冲在前面的队员，中弹牺牲。原来狡猾的鬼子在车站修筑了地堡，炮楼的鬼子见了遂向同样的方向射击。鬼子迈过铁轨冲来，游击队见敌人的火力凶猛立即撤退。鬼子穷追不舍，正北方向又开来了铁甲车。范洪灞命队员们向一空桥炮楼撤退，鬼子发疯似的猛扑过来。

王侯见了，放过游击队，哒哒哒！一阵扫射，鬼子猝不及防，措手不及死伤不少。范洪灞率领队员回身追杀，鬼子屁滚尿流地逃回车站。

游击队乘着夜色向东撤退，半路上，张九龙等人赶上报说，侯子把换弟绑上二把手独轮车路过关山口时，被火车撞死，换弟跳井自尽，众人听了，嗟叹不已。

游击队连夜退到李家桥，来到一家地主家里，封锁消息。这家四合院很坚固，五间正房却是二层小楼，东西配房均是秦砖汉瓦。屏风墙壁上绘画一对双龙戏珠，漆黑的双扇大门两侧栽就两块上马石。老地主崔金龙在村头安了眼线见游击队来了，派人绕路去了店子，店子的汉奸便往苟家传信，苟家再去车站。

齐东来观察着崔金龙的面色，一对荞麦皮眼睛放射出凶光，猪肝色面容显露出冷冰冰的神色，坐在罗圈椅上漫不经心地抽着长烟袋。齐东来仔细看了，心里想这个家伙生就是个光会作恶不会行好的玩意儿。为了防止突发事件，他暗地里派梁关、武本君、哑巴三人去丁家岭放哨。

早晨，孟开山要崔金龙给游击队准备饭食，并把伙食费交给了他。崔金龙慢慢腾腾地叫短工烧水，炒菜，给老百姓收敛些煎饼和窝窝头，从清早到中午还没有做好饭。队员们饿得心发慌，只好在打麦场上等着。韩飞虎急了，气冲冲地来到崔金龙屋里一把将他扯到村中央石桥上，掷于地上，从腰里拽出斧子厉声喝问：“崔金龙，我问你，游击队清早给了你伙食费，为什么到中午还没做中饭？”

崔金龙起初不知道韩飞虎拉他去干什么，这才知道游击队里有程咬金似的人物。他暗笑着，情报早已发出，两下店的皇军会立即扑过来将这帮犯上作乱的穷光蛋斩尽杀绝。他寻思游击队不会轻易杀人，更何况他们住在我姓崔的家里，打定主意一声不吭，看韩飞虎会把他怎么样。

李家桥的百姓深受崔金龙的剥削和压迫，忍气吞声，不敢怒不敢言。今天有人破天荒把这个恶霸揪出来扔在大街上，可谓是人人雪恨，大快人心。人们心花怒放，三三两两地躲在远处看热闹。

“崔金龙，你睁开狼眼看看日头到了哪儿了？再不上饭；韩老爷有耐性，可是俺的斧子没耐性！”韩飞虎左手指着当头照的太阳，右手把斧子比划着叫道。

崔金龙孤注一掷，咬着牙说道：“嘿嘿，先生，这里是李家桥！”

韩飞虎听罢大怒：“呸，他妈的，真不要脸。李家桥是兄弟爷们的，不是你这个坏蛋的！”他轻轻地把斧刃朝崔金龙的手指一划，疼得崔金龙捂着血手狼嚎。远处的群众看见高兴极了，暗暗拍手叫好。

“我不叫你肉痛！老子不姓韩！”韩飞虎话到斧到，斧刃又划进崔金龙的头皮内，鲜血流满了半个耳朵。

崔金龙疼痛难忍，才要答应，就听正西面响起了枪声。他胆子大了起来，竖着大拇指狞笑着叫道：“红毛别逞能，听见了没有？这个杀过来了！”

韩飞虎早已按捺不住举起斧子叫道：“是呀，这个也杀过来了！”手起斧落正中崔金龙喉咙，当场死去。崔家院子里，范洪灞听见枪声，立即命令队伍向东南撤退。就在这时，哑巴、武本君跑来，哑巴比画着梁关为掩护他俩牺牲了。鬼子追出村外，精疲力尽，看着远去的游击队简直是望尘莫及。

鬼子一撤走，吕子河领了哑巴回到丁家岭，果然看到梁关倒在山坡上，胸前中了两枪。哑巴比画着，梁关发现偷袭的日伪军，他掩护俺二人撤退，力敌群匪，寡不敌众，壮烈牺牲。吕子河置了口棺材把梁关成殓了，安葬在岭上向阳的地方。

太阳冉冉升在空中，万道霞光普照峄山梁祝书院。柏树林子里，战士们在树荫下乘凉。范洪灞与几个人围在一起以地代纸划拉着什么。

范洪灞说：“鬼子以为我们白天不敢进攻两下店车站，我们就要搞他一次突然袭击。把他引到马家沟消灭他！”

董青军指着地上的地图说：“可以派王侯带十名队员去五孔桥弯道处把钢轨炸掉，防止县城的铁甲车突袭。”

齐东来默默地计算着，铁甲车在拆毁钢轨的地方停下，马家沟依然在它的射程之内，而且杀伤力很大。如果游击队伍向山里撤退，沙泥带着鬼子从峄山后面截击，到那时游击队将面临着很大危险。他说：“同志们，马家沟不是理想的埋伏地点。”

众人听了，各自脸上呈现出疑惑的神色。吕子河问：“东来同志，说一下不能在马家沟设伏击点的意见。”

齐东来侃侃而言：“同志们，你们想过没有，从五孔桥到马家沟有四里远的路程。鬼子的铁甲车足足能打到六七里路远，我们如果在那里埋伏，正好处在铁甲车的炮火之中。因此，我建议把它设在泉水沟。你们看怎么样？”

众人听了，赞叹不止。

范洪灞听了，非常高兴：“好好，还是东来同志的主意高。同志们，东来同志带领大队埋伏在泉水沟，我和吕子河同志带十几名队员去车站牵牛鼻子。等把这头牛宰掉，立即攻打车站！”他一巴掌拍在画有车站的地图上。

齐东来把王侯找来，嘱咐：“王侯同志，队里决定让你带领爆破队，去五孔桥弯道处炸毁铁道线。夜里容易，白天就很困难了。”

王侯说：“指导员同志，请放心，我们有办法炸掉它。”

“同志们没有意见，各自行动吧。”范洪灞命令道。他随即喊道，“通讯员，集合队伍！”

众人举起拳头，异口同声地说道：“消灭法西斯，还我山河！”于是，游击队分成三个分队，分头向目的地进发。

王侯带着队员离开梁祝书院向五孔桥进发，刚走到西华庵北面时就被炮楼里的伪军发现：“喂，站住，你们是干什么的？”伪军叫道。

王侯与众人说：“同志们，我来掩护，你们不论做出多大的牺牲，一定要把铁轨炸掉！”

游击队员与王侯分手，跑步前进。王侯见伪军追到跟前，两下相距三十余步，双手叉腰喝道：“伪军弟兄们，我是王侯。咱们都是乡里乡亲的。你们替鬼子卖命死了太不值得。因此，我舍不得开枪！”

伪军们想到他的枪法好，昔日待人宽厚，谁也不愿意送死。几个伪军正踌躇间，里面有个聪明人把枪朝着天空啪啪地打起来。王侯理会拔枪也向天空射击把伪军引向峄山，伪军一面放枪一面好像护送王侯似的一直追到老鹰石前。正追间，就听五孔桥方向一声巨响震得地动山摇，群山惊叫。伪军班长惊悸地坐在地上，迟迟不肯下山。

王侯呼唤道："伪军兄弟们，切莫走狮子哥的断头路，不如弃暗投明，参加游击队才是光明大道！"

伪军们面面相觑，心神不定。正在徘徊间，却听背后一阵喝叫："缴枪不杀！"原来，炸钢轨的队员们已将伪军团团围住。伪军们四下观望，黑洞洞的枪口正对着自己。也不多想："王班长，别叫兄弟们开枪，我们跟着你走！"王侯恐伪军有诈，从馍馍石后走出来，到了伪军跟前，要他们把枪栓卸下。伪军们果然咔嚓把枪栓全卸下丢在地上，王侯上前用鞋带把枪栓捆了。

"兄弟们，我代表游击队欢迎你们！"王侯与投诚的战士招手。大家欢喜无限，拐过山口向预定的地点进发。

范洪灞率领游击大队来到金水湾，队员们呐喊起来。金水河南边炮楼的伪军屡次受到袭击又不敢轻易离开，只是在里面胡乱放枪，游击队眼看着要攻进车站，日伪军发疯似的向游击队攻击。游击队边打边撤，日伪军正追间，忽然停住脚步，他们担心车站空虚被抄了后路便立在金水河北岸隔着河打枪。范洪灞命令队员向鬼子射击激怒敌人，可是鬼子、伪军竟然勒兵回去。这时，只听五孔桥炮声连天，黑烟冲向霄汉。日伪军跑得更欢了，范洪灞乘势杀过了金水河。

正追杀间，忽见左边杀出一队伪军。范洪灞觉察不好，以为中了敌人的埋伏，忙叫撤退。

韩飞虎一手执着斧子，一手端定大枪留在队伍最后，看着跑来的伪军举枪就打。

"飞虎同志，王侯来了！"远处王侯边跑边招手，说罢将枪栓还给投诚的众人。

范洪灞分外高兴，叹服王侯："王侯智勇将，胜过百万兵！"他走向前，看到前来参加游击队的投诚官兵一一握手，"亲爱的兄弟们，欢迎你们！。"

"大官，原谅我们愚昧，不分好歹。从今后，我们跟着您誓死不回头！"投诚的战士感动地说。

“好，同志们，出击！”范洪灞挥动手枪冲在前头。

游击队新得了王侯带来的十几人再次向车站杀来，鬼子回过头来反扑。范洪灞领着队伍虚晃一枪，纷纷退回金水河南岸。日伪军暗暗接到沙泥前来增援的消息便杀过金水河，向游击队猛追过来，范洪灞领着小分队渐渐地进入了泉水沟。

韩飞虎插着斧子提着枪边跑边叫道：“兄弟们，来了来了，准备宰驴。嘿，他妈的这头犟驴真难牵！”

日伪军果然进入了泉水沟，范洪灞正待下达命令，忽听泉水沟西面枪声大作，号叫声响起。抬头看时，就见日伪军大队漫山遍野，杀奔过来。齐东来见县城的鬼子前来增援，知道敌强我弱，疾呼：“队长同志，我们将要陷入重围。”

范洪灞看到日伪军左右两翼迂回包抄，游击队已经陷入三面被包围的境地。高声吼道：“同志们，撤！”

晚上，游击队分成四个行动小组。孟开山已经从峄山回来，让他带一路，四个小组各带十名队员。范洪灞去车站西北乌龙河，吕子河去车站东北西华庵，董青军去车站西两下店南阁，孟开山去车站东金水湾。齐东来带领大队在峄山南华观宿营。正当大家分头出发的时候，有人跳起来，拍着胸膛吼道：“大哥，同志们都去杀鬼子，偏偏叫我老韩闲着，想憋死人？”

范洪灞笑道：“飞虎同志，你连日拼杀，实在太辛苦啦。这次骚扰战你就别参加了。”

韩飞虎呵呵一笑，两眼一瞪，一斧子剁在枯树上说道：“鬼子一天不除，俺就决不下战场！”

范洪灞只好把他分在孟开山那个小组。韩飞虎风风火火地去了，一路上嘟囔：“我就是爱和孟麻子在一块干！”

孟开山长了一脸麻子，平常最忌讳有谁喊他麻子。听了韩飞虎的话，非常生气，又知道这人的火性脾气惹不得，只好默不作声。

鬼子大队向车站退去，路经一孔桥炮楼令人拉出伪军小队长，责备他按兵不动，一枪将其打死。深夜，猛然间听到车站周围杀声四起，喊声大振。鬼子队长大吃一惊，大半人马已抽回县城，如果游击队攻进车站怎么办？他把日伪军一字摆在月台上，急令伪军死守车站大门。此时，杀声愈来愈近，他胆小如鼠唯恐被捉拔枪自杀了。鬼子站长石岗倒有主意，细听枪声甚稀，冷笑道："吆西，土八路的，诡谲的干活。"他亲自压阵，叫大部分日伪军休息，只留少数伪军守在车站上。

四个小组攻到离车站一里许戛然而止，车站又恢复原来的平静。过了没多长时间，一阵呐喊，枪声四起，正当鬼子还击的时候，四下里悄无声息地平静下来。就这一夜，反反复复就没间断过。石岗站长心里打怵，万一土八路攻上来怎么办？他只好又把休息的鬼子叫起来守候在月台上。

一连三天，夜夜如此不得安生，恼得石岗向县城发报，请求派兵清剿游击队。这天下半夜，孟开山率队冲上了铁路，却被子弹击中左臂，嘴里也射进了两颗子弹。石岗见打倒了人，立即命令追击。韩飞虎大喝一声，冒着弹雨再次冲上铁路，拉过孟开山搭在背上就跑。他觉得头皮上热乎乎的，既而疼痛起来，黏糊糊的液体流进了脖子。他摸着自己头上受伤的部位，风趣地说道："麻子，怎么样？咱俩都不吃亏。"

另外三个小组听见了孟开山进攻车站，一会儿又被赶出来知道情况有变，速来增援。此时，鬼子正咬住孟开山小组穷追不舍，被激烈的枪弹打死许多，又不知有多少游击队员，吓得仓皇逃回车站。

回到峄山，范洪灊请了杨先生给孟开山治疗。

日本侵略军驻济南司令部得知邹县南部车站连连遭破袭，大骂沙泥无能，限他半月之内扫清铁路沿线的游击队。沙泥接令，心里犯愁，破袭车站的队伍仍然是峄山游击队。他忙派苟义带领特务队先去纪王城乡公所驻扎，随后亲带大队人马向两下店赶来。

哑巴探得消息，连忙报告游击队。范洪灊聚集大家商议。

齐东来说："敌强我弱，不能蛮干，不如避开鬼子的锋芒，袭击县城。"

吕子河开言道："大批鬼子都调到了两下店，咱们今夜从沈家庄绕到峄山后，直奔县城，打他个措手不及。"

董青军拍手赞成："就是打不下县城，也得把沙泥这头野驴吓走了魂灵。这个办法很好。"

范洪灊心里想，眼下庄稼起来了，利于打游击但在庄稼地里穿来梭去会糟蹋秋季作物。

沙泥在车站留守足够的兵力，催动鬼子兵分三路向大白楼杀来，鬼子毫无阻挡，摸进深山竟无一人。他正当莫名其妙的时候，忽见一伪军奔到面前："太君，不，不好了！范洪灊已经攻破县城东门！"沙泥闻报，口吐鲜血，倒下马来。鬼子忙抢救沙泥，慌慌张张地向县城跑去。

三星东斜，星月交辉，银星点缀在蔚蓝的高穹中。蛐儿唱着乐曲给沉静的深夜伴奏音乐，好像以此迎接新一天的到来。金秋时节萤火虫随着蛐儿伴奏的音乐飞动着，夜间五谷的清香伴随晚风散在空间，沁人肺腑，令人心旷神怡。

张九龙带着王侯、王霸兄弟二人，扛了两箱手榴弹出发了。他们趁着黑夜，来到五孔桥北弯道处，隐蔽在铁路壕沟内。

范洪灞、吕子河、韩飞虎、关汉忠、张红喜五人打扮成客商，向两下店车站进发。在经过一孔桥时，猛听到炮楼边伪军骂道："他妈的，三更半夜的是干什么的？站住！"

范洪灞说道："老总啊，我们是贩枣的，坐火车去金陵。"

那个伪军拿着手电来回照着五人挑着竹篓，竹篓的上面覆盖着一层青草。他仔细地搜查身上，竹篓里并没发现什么，抓了一把枣便放行。

五个人穿过一孔桥，顺着铁路下小道往车站走来。车站门口，一个鬼子站在那里虎视眈眈地看着进出的客人，当他看见五个汉子挑着沉甸甸的竹篓，拦住去路："挑担子的，站住，里面装的是什么的干活？"

范洪灞放下担子，拨开青草把手深深地伸进竹篓里抄了底给他看了。大家也学着同样的动作给鬼子看了，鬼子把大枪一划，催促道："开路的干活。"五个人点头哈腰复又担起挑子进了车站，往南一拐把担子放在离地堡不远的地方。

黑云遮住了天，四野变得漆黑，月台上已有零零星星的乘客在闷热的秋夜边乘凉边等火车。范洪灞观察周围的动静，炮楼机枪眼里闪出十分微弱的灯光。车站上没有一点动静，偶尔从炮楼和地堡里传着鬼子的嬉笑声和叮咬人的蚊子叫声。

这时，从南面传来钉子撞击的声音，韩飞虎悄悄地从竹篓底下拽出斧子。范洪灞一看，是个鬼子在暗中察看月台上的乘客。他走近脸前用手电照着一堆竹篓，抓一把红枣就吃。韩飞虎一斧子斜砍下去。又有一个鬼子上来，范洪灞一掌朝鬼子头顶击去，鬼子一声没哼晕了。范洪灞褪掉鬼子的衣服，并摘了身上的手枪，把两个光腚鬼子隔铁蒺藜墙扔到铁路沿下。

他给吕子河、韩飞虎二人打手势去鬼子炮楼。关汉忠监视值班室里的鬼子，叫张红喜跟着接近鬼子地堡。这座地堡建在票房南侧一百步远近，地堡门口拴着一条如牛犊大小的军犬。

范洪灞靠前只走了一步，那条狗随即狂吠起来。”鬼子嘟囔一番仔细观察了一会儿，站在地堡前凉快。军犬好像发现了异常，看着那堆竹篓疯狂地狂叫。鬼子不耐烦了，站在军犬跟前观察良久，示意关汉忠把竹篓往南挪。关汉忠只好一篓一篓地往南挪动。范洪灞在一边看了，心里着急，此时靠近地堡就更难了。

范洪灞在月台上走着，寻思对付军犬的办法，如果用石头将它砸死，带有惯性的石头会发出很大的声响。用什么办法最好呢？正当他一筹莫展的时候，猛然想起了鬼子的伙房。他悄悄地来到伙房门口，用手一摸门上已落了锁。他一咬牙用手活生生地将锁鼻子拧下来，闪进厨房，摸着黑寻找了一遍，并没有找到所要找的东西。他摸到有组柜子拉开了门，伸进手摸了一番，终于找到一块肉。他欣喜万分拿着肉，从衣袋里摸出几个鱼钩按进肉里，隐蔽在暗处，顺手把那块肉对着狗扔了过去。没曾想那军犬不但没有吃，反而叫得更欢了。

地堡里的鬼子再次钻出来，看见狗对着地上的东西狂叫，一个鬼子拾起来一看是块肉吓得扔在地上，抓起哨子就吹。须臾间，哨子声一阵高过一阵，就见地堡里和炮楼里的鬼子纷纷拥上来。那个鬼子叽里呱啦说了一通牵着狼狗搜查，这群鬼子奔到月台上逐个搜查是谁把猪肉带进了车站。范洪灞见了，迅速闪进地堡里去了。鬼子来到竹篓前，一个鬼子搬起一筐竹篓把长红枣倒了一地。紧接着又倒了两筐并没有发现什么情况，鬼子逐个将乘客搜了一遍，没有发现什么便心怀鬼胎地各自回到自己的窝儿。

吕子河、韩飞虎二人站在暗处，觑见炮楼门口站着一个鬼子，无法接近。韩飞虎耐不住性子，就地上摸了小块石头朝鬼子面前拽过去，鬼子好像没有发现小石头发出来的声音，只是警觉地看了看地上，觉察没有什么情况依然拿着枪来回走动。吕子河仰面望着天空，天将破晓，又看了看站岗的鬼子似乎没有疲倦的样子。正看时，却见鬼子换了岗，第二个鬼子还是一动不动地注视着漆黑的四周。

“喵——喵！”吕子河学猫叫，鬼子听见随即端好枪做好冲杀的姿势。吕子河见鬼子不挪窝没法下手，只有干着急。

鬼子搜完乘客后，三个鬼子在地堡门口坐着抽烟。其中一个回到地堡里。范洪灞没容他支招一皮锤搂头顶砸去，小鬼子一声没哼死去。范洪灞将尸体拽到门后，另一个鬼子好像听见地堡里的动静，探头看时早被范洪灞一把抓过领子，头朝前猛地撞在墙上死去。眼下，只剩下地堡外的老鬼子，他和军犬守候在门口一动不动。范洪灞摸着根铁棍悄悄地出了地堡，照着蹿上来的军犬凌空打下，那军犬呕的一声死了。老鬼子措手不及，刚要喊叫，铁棍早已落下，老鬼子和那只狼狗一样被打得脑浆迸裂，死于非命。

范洪灞拾了鬼子的手枪插在腰间，提了那挺机枪出了碉堡，把机枪给了关汉忠看守。他嘱咐张红喜把死狗扛过去，张红喜真的把死狗扛过来藏在竹篓下。范洪灞给他一支大枪，二人慢慢地向炮楼走来。

这时，一列货车向南开来，强烈的灯光照得月台上。范洪灞走过车站门口，站岗的鬼子看见了张红喜端着大枪，慌忙拉开枪栓开枪。范洪灞飞步向前，一脚将枪踢掉复一脚照着鬼子的裤裆猛踢，鬼子气绝身亡。

吕子河见引不来岗哨，正在着急忽听背后有脚步声。急回头以为是鬼子，大吃一惊，慌忙还手，范洪灞笑了，他才放下心来。吕子河便把韩飞虎用石子引诱鬼子和他学猫叫一事前后说了。

范洪灞冷笑道：“看我用他们这张狼皮试试。”范洪灞挨近炮楼门口朝里张望时，身后转过韩飞虎手持大斧闯进了炮楼。一斧子砍在小鬼子的喉咙上，小鬼子流血死去。老鬼子跳起来急抄一板凳朝韩飞虎耳门间击来。韩飞虎躲闪不及，眼看就要被凳子击中，范洪灞一脚飞起，把凳子踢在空中。韩飞虎大怒，扑上去将老鬼子压倒在地，老鬼子仰面朝天，被韩飞虎扬起大斧劈面门剁下。

地堡里，炮楼里的鬼子被消灭，只剩下票房里还有一个鬼子。这家伙蹲在屋里一般不出门，怎么才能干掉他，范洪灞想，如果用乱枪打死他，枪声会引起铁路沿线伪军的注意，天快要亮了，怎么办？他正思考着，却见一位中国工人提着号志灯一闪一晃地朝月台上走。不一会儿，客车停下来。旅客们下下上上，车站上一阵嘈杂，客车徐徐开走后车站又恢复了平静。

打旗工人提着号志灯刚把办公室门开了，吕子河进来劝打旗工离开车站遭到拒绝。几个队员把鬼子的武器，粮食被褥捆成担子。把竹篓的枣倒出装了面粉等物质，每人挑一担撤离车站。他们刚走出纪王城的时候，就听西北五孔桥方向传来了震天动地的爆炸声。韩飞虎自言自语地笑道：“麻烦了，津浦铁路又断线了！”

两下店车站又被游击队破袭，惊得沙泥半晌不语。稻洼村险些把峄山游击队消灭，天降天兵，八路军一一五师来得这么巧？不但没有消灭游击队反而差点被突如其来的老八路吃掉。五县皇军损兵折将，不是宝马跑得快自己也难免命丧黄泉。然而，峄山游击队不是跟老八路逃进山里了吗？是不是峄山又新起来了一支反抗皇军的队伍？范道人会不会又来个回马一刀？他坐上铁甲车来到小野店南端那处倒霉的地方，看到了路基被炸了一个大坑。枕木被炸得七零八落，从钢轨弯曲的程度来看，炸药包是何等的威力也就不难想象了。断言这是一次有组织进行的大破袭，十拿九稳是范洪灞领着那帮土八路又杀回了他的家乡。沙泥并不怕游击队的回来，怕的是游击队接受了老八路的锦囊妙计，会变得更加勇猛无比。他像暴怒的野驴咆哮一阵后，立即命令大修队争分夺秒的抢修，务必在一小时内修通铁路。

沙泥跑步奔到两下店车站，兵营里的鬼子慌忙迎接。此时天光大亮，他来到办公室，中国的打旗工迎接。他看到同伙头朝地一点血迹都没有很坦然和睡着的一样死去。他有些诧异，没有枪伤没有刀伤，就能把人给弄死。看到这里，心里不禁颤动了一下，头嗡嗡地叫着好像被根针攮得那样疼痛。他缓缓走出屋门，抬头看见炮楼门口有一个士兵安详地躺在地上，同样没有枪伤没有刀伤，只不过是两腿裆里鼓起一个和捶的牛蛋一模一样大肿包。他走进炮楼里，暗吃一惊，够狠的。死的一老一少与那两个的死法就显然不同，小兵被卸了头，老兵一颗头被解成了两把水瓢！

他窝着火又来到车站门口，发现门岗没有伤口莫名其妙地死了。月台上，丢下了一溜坟头似的枣堆。信步走到碉堡前，不由得骂了声让人听不到的话："净他妈的饭桶！"他发现好不容易漂洋过海弄来的狗没了，更没留下缰绳。同伙死时八成没有反抗就被把头砸个稀烂，里面两个好像睡着了。他不愿再看，回头问打旗工："你的知道，车站的皇军十人的，怎么少了两个皇军？"

"太君，土八路三头六臂，杀人不用枪刀，领头的拳打脚踢，十分厉害。那两个皇军可能被带走了。"打旗工人说。

沙泥命人把鬼子的尸体抬到月台上，运往城里。一面差人寻找失踪的两个士兵。两下店车站血案，铁路被炸案情重大，责任怎么推卸？他转动着一对眼，看了看打旗工，突然抽出战刀，号叫："你的，良心坏了坏了的，私通八路的有！"这位中国工人含冤惨死在沙泥刀下。

第二十二章

赶　集

一天，徐兆瑞来到峄山白云宫，范洪灞得知喜出望外跑出来迎接这位幼小的抗日战士。他仔细地审视着徐兆瑞，个头三尺多点，细高挑个儿，脑袋不大，一双晶亮的眼睛却闪动着机灵的目光。

“兆瑞同志，今年多大了？”范洪灞简直不相信这么小的孩子在这个炮楼林立的大地上穿来梭去，竟能完成党交给的任务，的确令他钦佩。

“范洪灞同志，我是在执行任务，是公事；你问我的问题是私事。我们要先公后私，请你理解。”徐兆瑞用破了沿的席夹帽子当扇子扇动着，一本正经地说。

范洪灞听了，醒悟道：“哦，对对，小同志组织纪律意识强，我一定向你学习。”他拍手赞成，董青军、齐东来、孟开山等人拍手赞扬。

徐兆瑞一摆手，大家安静下来。只见他把席夹帽子放在地上，从席帽边的苇皮内取出一张纸条儿递给范洪灞。他见范洪灞看完讨要了收到条装好，介绍道：“我，徐兆瑞，中心店人，十三岁。现任邹县县委地下交通员。”

范洪灞大喜，把徐兆瑞抱起来兜了几个圈子，说道：“我的好兄弟！”

徐兆瑞辞别大家，顶着炙热的太阳走了。

范洪灞把县委的指示传达给与会人员，最终决定，由孟开山、韩飞虎、张九龙三人执行一项特殊任务。

天一露明，三人上了路。走到半道上，张九龙去沟湾解大溲。树林里跳出一个虎彪大汉拿着大棍索要财物。张九龙提着裤子往回跑，高声叫道：“土匪抢劫财物！”其实，劫道的汉子根本没有追，拄着把木棒站在原地一动没动。

韩飞虎不问情由，奔上前抱住那黑汉子朝空中抛去，那汉子被摔在地上半晌也没有爬起来。韩飞虎喝问：“堂堂七尺汉子不走正道，为什么抢劫？”他亏了没带斧子，要不然早把他剁成肉酱。那汉子躺了一会儿，挣扎着起来瞪了韩飞虎一眼丢了木棒就走。韩飞虎见那汉子没反抗也不回话，一把将其拉住问道，“土匪，哑巴了？”

那汉子按住肋下的伤处，脸上露出痛苦的神色：“你才是土匪呢！老子叫石月红，儿子得了水痘病，躺在床上发热咳嗽。没钱看病知道不？”说着蹲在地上掉泪。

韩飞虎哈哈大笑：“石月红，你的心胸比大海还宽阔。儿子的水痘治不好是会丢命的，你还有心思来劫路！”

石月红满面赧色地说：“我只是想夺富人的钱。想买点狗肉给孩子治病，没想到碰上恶人。”

孟开山赶来，石月红见了，破涕为笑：“原来是麻子大哥。”他又说，三年前，赶二月二香火会时，孟开山曾从舍身崖下救过他，因此难以忘怀。孟开山握着石月红的手久久不放，嘘寒问暖。

韩飞虎不信石月红的话，大家一同来到他的家里，这哪里是一个家？三面用青石石板挡着，上面篷了三根木头，木头上面铺了层秫秸，秫秸上盖了一层山黄草，分明是间猪窝。韩飞虎蹲下来探头向里面看去，果见一个小孩躺在破席上喘着粗气，满身长了不少如红小豆大的水痘。韩飞虎二话不说，当面许下替他买狗肉，拉了石月红就走。于是，大家一同向县城进发。

集市设在县城南门外，客商南来北往，熙熙攘攘，接连不断。孟开山领了三人来到一家丸子汤锅前布棚下坐定，每人要了碗丸子汤。石月红狼吞虎咽，别人才喝了半碗，他已经喝个精光。孟开山又给他要了两碗。石月红又照样喝干净，这次他摆着手抹着嘴不要了。他放下碗摸了下肋窝，又做了一个痛苦的动作嘟囔着红头发这个人出手忒狠。

孟开山告诉他，韩飞虎心直口快，膂力过人。去年，两个鬼子牵着洋狗逮他。韩飞虎急中生智，用绳索拴了二十斤重的磨材料的磨器子甩动转圈儿。半袋烟工夫，两个鬼子非常高兴地看呆了。他趁鬼子不注意飞动磨器，将两个鬼子击成重伤后杀死。我们剥了狗解了馋气，韩飞虎吃了狗肉拉了两天肚子。石月红听罢，心中叹服，哧的一声笑了。

他们找到一家卖狗肉的摊子，却见这摊子十分讲究。四根竹竿被东西南北四根细麻绳斜拉着扽得很紧，支撑着一顶又脏又旧的印花布篷。

狗肉摊子用石头片搭的，上面放着三个白莲条篮子。篮子里盛着堆积如山的狗肉，每个篮子都用白粗布蒙着，白粗布上面有许许多多的苍蝇在上面飞爬。摊子后面一个小孩坐在石头座位上，拿着一把破扇子在漫不经心地驱打嗡嗡乱飞的苍蝇。

韩飞虎来到摊子前，拍着白莲篮子喝道："小孩，来一斤狗肉！"

石月红拽了拽韩飞虎的袖子，小声地说道："韩大哥，俺只要二两满足满用。"

韩飞虎叱责道："别胡说，治病必须除根，一斤更有把握。"

那小孩虎头虎脑，听了韩飞虎的话一笑，不紧不慢把扇子往旁边一撇慢腾腾地揭开白粗布，不慌不忙地拿起秤，称了狗肉，嘴里拉着唱腔说起来："狗肉来，不短斤不少量——一斤整！"随后用荷叶包好放在石桌子上。

韩飞虎看了，哈哈大笑，夸奖道："小家伙，是个行家。"那小孩哧的一声又笑了。韩飞虎示意孟开山付钱。

石月红拿过狗肉包，点头哈腰地谢了，双眼噙满泪珠恋恋不舍地与韩飞虎、孟开山、张九龙依依作别，快速离去。

三人在集市上逛来逛去，他们像猎人一样满集市都找遍了始终没有发现要寻找的猎物，便向城南门走来。他们走过一座牌坊，穿过孟府步行街渐渐地来到护城河边。只见县城南门外，日伪军恰似酆都城门两边站班的牛头马面，一张张狰狞的面孔着实令人恐怖。军犬獠牙，刀枪林立。城楼上那面斜插着和死了人发丧出殡时，孝子打得招魂幡一样的太阳旗在空中耷拉着。

自从来了共产党游击队和八路军，人们心中舒坦了许多，他们已经看到了曙光和希望。院子里进来了狼，终于有人领头拿起刀枪追杀。人们隐约预感到在这片沦陷的土地上，八路军已将日本鬼子的丧钟敲响。

三个人找了一家饭馆，上了二层座阁楼，要了壶茶水喝着仔细观察护城河桥上过路行人。鬼子汉奸三三两两地来来往往，一会儿，汽车拉着满车的鬼子出了城，紧接着又有骑兵跟在后面向南开去。老大一会儿，城门前才恢复了平静。三个人离开阁楼上了街，再向南面集市走来。

“哎哟，大哥，好久不见，你发福了！”一人迎面握住孟开山的手惊喜地说道。紧接着那个人把孟开山、张九龙拉进马记饭馆。韩飞虎懵里懵懂跟了进去，仔细打量那人，满头疤瘌，络腮胡须赛如芦苇，双臂肌腱突出，说话似虎啸，走路如风云。那人找了张客桌，要了茶水，点了菜，大家落座。就见他双手抱拳说道：“诸位哥哥见谅，我有一点小事就来，请你们稍等。”说完自去了。

他来到集市上，直接奔到狗肉摊子上，拿了大块狗肉切好用荷叶包了，对看摊子的小孩说：“红龙，今天来客了，你在这里卖吧。下了集市别等我，你收拾摊子回家。”他嘱咐完就走。

红龙问：“爹，你在什么饭馆喝酒？”

那人回头告诉他：“城南门路西马家饭馆。”

韩飞虎见那人走了，腾地站起，跑出饭馆门外见那人跑动如飞往南奔去，回到楼上指着孟开山说：“开山，你葫芦里卖的是什么药？”

孟开山不解地问：“咱都是来赶集闲逛，我没卖什么药。”

韩飞虎敲着桌子叫道：“那小子把咱稳在这里就跑了。麻子，你要是出卖了俺，我叫你今儿晚上死，你就活不到天亮！”

孟开山气得发笑，拉韩飞虎坐下压低声音说道：“兄弟，说话注意，放心。今儿有人管饭就是烧了高香。沦陷区里有狼狗，四海之内存兄弟。”他看见张九龙也有些狐疑，笑道，“这人叫肖云集，滕县界河人氏，专靠杀狗为生。平日里爱交天下豪杰，放心放心。忠孝两全，刚正不阿。好人好人，你俩别乱猜想。”

三个人正说间，肖云集急匆匆地捧着包狗肉上来放在桌子当中，歉意地说：“让诸位哥哥们久等，是我肖云集之罪。”他给三人倒了茶，喊道，“掌柜的，上菜！”

掌柜的端上四双筷子，四只酒瓯。跑堂的旋即端上六个盘子。张九龙仔细看了，花生仁像一盘银子满满地山头般堆满碟子，雪白的藕片顶上葱花盛开。油炸丸子犹如金山，邹县名产熏豆腐，峄山辣椒炒微山湖干巴鱼，峄山特产绿色黄瓜等六样菜满满地上来一桌。看桌子上时，六个碟子活像一簇花卉衬托着那包荷叶里花蕊似的狗肉在桌子中间绽放盛开。

孟开山坐在上首，按年龄韩飞虎依次坐下，但他从来不讲究座位主次。肖云集、张九龙依次坐了，韩飞虎紧挨着坐在最下首。

“哥哥们，别见外。我和开山哥是从小的交情，只因年岁已大，各人娶妻生子来往少了。可是青山不老，情谊长存。今儿巧遇，咱们开怀畅饮，一醉方休。”肖云集兴高采烈地说。

孟开山说：“兄弟，难得你的盛情款待，今儿我仨个给东家买东西，咱们快刀快斧干净麻利地吃饱喝足好赶集。”

“对对对，兄弟的深情厚谊，俺领了。有时间我们再叙家常。”张九龙随和的赞成道。

肖云集摆手道：“不慌不慌，难得我们兄弟相聚一回，你看，太阳还没到晌午，好多年又没见面了，使劲儿本量喝。”

韩飞虎才不理会他们讲什么江湖上的义气客套话，专把那盘辣椒拽到脸前沾着狗肉吃了起来。他吃一会儿起身隔窗户往大街上看，发现没有什么异常回头再吃，辣椒辣得他直咧嘴。

肖云集看见了韩飞虎的举动说：“这位哥哥不要担心，我肖云集生来没长那副坏心肠。”

孟开山怕韩飞虎发急，岔开话说：“那回我一个人去界河卖杏，没料想叫劫匪抢了去。不是遇见云集弟弟，那一次连命也丢了。”

“那次怪你，遇见抢匪把东西丢给他就消灾。你打不过他们，还不想破财，你想劫匪能放过你？”肖云集说，也拉些欠情的话语，滔滔不绝，“那天夜里，我在下看村听完说书的睡着了，不是你开山哥留我住下，当夜下大雨起了龙卷风我也没命了。”

孟开山摆手笑。

韩飞虎揩着汗，打着饱嗝，听了肖云集的话，不耐烦地说：“云集兄弟，咱喝一杯。”

肖云集逐次与众人喝干了两杯酒，问：“开山哥，你刚才说得给哪个东家买东西？”

孟开山嘴笨，支支吾吾没有答上来。韩飞虎抢话：“兄弟，跟你说你也不认识，这家人姓红，叫红太阳。听说五洲四海都有他家的人。”

肖云集听了，咂咂嘴自言道：“哎哟，还是家大户人家。”

四个人天南海北扯了一通，说些家常，闲谈中孟开山问：“兄弟，家里几个小孩子了？”

肖云集见问，长叹一声："别提了大哥，前年我娶了床媳妇，没曾想这个贱货不忠不孝，殴打俺娘。我狠狠地痛打她一顿，她却喊了乡里人来逮我。那娘们走娘家一去不回，我现在投了亲戚家扛活，帮忙杀狗。"

韩飞虎生硬地说："别杀狗了，该杀狼了。新仇旧怨都是狼带来的灾难。"

肖云集听不出韩飞虎说的话是什么意思，只是连连点头，唉声叹气。

就在这时，忽见红龙张口气喘地跑上楼来。叫道："爹，快去，喝血鬼抢肉走了！"

肖云集听了，抱拳道："各位哥哥稍等，肖某去去就来。"他起身走了，跑回摊子前没见一个人影，一看石桌上的狗肉一两也没有了。他急忙问邻摊子的人，人家都说不知道。有人暗暗地给他指了指东去的方向。

红龙跑到摊子前不见了摊子上的货物，叫道："爹，那孬种上东去了！"

肖云集愤怒，从石案上抓过砍刀大踏步追过去。跑到集市的尽头哪有那人？回过头来询问了一人，有人告诉他恶人刚从街口转向西城门。肖云集便顺着小街往西城门追来，远远望见那人领着几个人进入了一所院子，气得把牙咬得咯咯响。

这时，身后跑过来三人，韩飞虎叫嚷着是什么人抢走东西？肖云集见满头红毛的人一脸杀气，担心事情弄大会连累大家，只好笑了笑："没事，有一个大户，最近做买卖亏了本，头几个月欠了十来斤狗肉钱没还。红龙与他要，吓得他跑了。"

韩飞虎笑了，看着红龙问："我还以为出了什么大事。老肖，你还不实诚呢，是你说的没有媳妇，哪来的儿子？"

肖云集红了脸，没有吱声。打发红龙说："你把摊子收拾了，回家吧。"红龙十分听话拔腿走了。肖云集再次招呼三人回饭馆。

孟开山抬头见天近中午，说道："兄弟，天不早了，俺还得赶集买东西。"

肖云集拦着说道："哥哥，没事儿，邹县集是个大集市，到黑天也有卖东西的。走吧，再喝一盅。"

孟开山见不肯放他们，推辞道："不行呀，以后有的是机会，还是赶集要紧。"韩飞虎告诉他，你也回家吧，俺已结了账。

肖云集听了，跪倒在地，变了脸色发急道："大哥，你这不是骂我姓肖的孬种下三滥。"他生气了，双膝跪地，"哥哥如不答应跟我回酒馆，我就跪死在这里！"

孟开山急忙拽起，抬头望望太阳，天已晌午。心里想，今儿倒不如跟肖云集家去。他与韩、张二人商量，两个人欣然同意。他便对肖云集说：“酒馆不再去了，不如到你家里坐坐，你看怎样？”

肖云集大喜，跟着三人在集市上逛了起来。

晚上，肖云集把大门杠死，杀了一只老狗，用萝卜片顿了一大窝罗盆狗肉，去咸菜缸里捞出盘辣菜端到案板上，四个人在院子中间痛饮起来。红龙吃了晚饭自去睡了。

肖云集举起酒瓯说：“哥哥们光临寒舍，真是福星进家，吉星入院。今儿明月当空，咱们对酒当歌，正是人间最快乐的趣事。”

孟开山说：“兄弟相会，喝点小酒的确甚好。但是，国难当头，人民处在水深火热中，我觉着正是人间最悲惨的事情。”

肖云集叹口气：“我是老马掉进枯井里有劲儿使不出，只好混天聊日。”

张九龙问：“兄弟，你做着这个买卖，生活上还过得去，又怎么还心事重重？”肖云集叹道，碌碌无为，空活一生。

孟开山问了肖云集，这个红龙是怎么回事。

肖云集叙述起来，亲戚是远门的表舅，妗子比表舅小十岁，小孩是表舅的孙子。一天，两个人去城里卖狗肉，半道上碰见下乡抢粮的汉奸队。王图见表妗子长得俊俏，让人把她架到运粮的马车上。宁死不肯的表舅竭尽全力不放表妗子被王图开枪打死。他告诉三人说道：“红龙没了爹娘，我只好收留他。本来不是俺的后代，可他偏偏喊我爹，时间长了也就由他了。”

孟开山点点头说：“兄弟，听说峄山纪王城范洪灞扯旗反抗，专打鬼子，你怎么不找他去？为你表舅家报仇。”

肖云集呷了口酒说：“我是听说了，早就想投奔那里去，一是怕人家骂当了土匪，二是红龙没地方寄养。因此烦恼。”

韩飞虎吃饱了，拿着扇子打蚊子，装作打盹儿。

月儿西斜，云彩飘来，小院暗淡起来。

肖云集细细琢磨，中午他三人说给东家买东西，在集市上逛了好多遍一样东西也没买。孟开山是纪王城人，那个红毛和姓张的我不认识，开山会不会跟着范洪灞上峄山当了马子？

“开山哥，晌午赶集你说给东家买东西，怎么一样也没买成？”

“兄弟，实话说吧，我是峄山游击队战士，正跟着范洪灞队长干，今儿赶集有事。”孟开山不再隐瞒他了。他又说，我们专打鬼子，拯救穷人；土匪烧杀抢掠，与我们走的是两条路。

肖云集听了，跪倒在地说：“今天遇到大哥，真是拨开乌云见青天，黑夜里有了指路灯。大哥，我也去！”他表示，明天就跟着走，把红龙托付给亲戚照管。

孟开山告诉他，大后天还是照常卖狗肉．等办完事连同红龙一起走。肖云集拍手叫好。

王图把红龙母亲抢到县城，红龙母亲宁死不从，不吃不喝没撑半月，王图便暗地里派人把她扔进南沙河里被大水冲走了。这天，王图去西城门叔伯兄弟王渊家串门，家里只有兄弟媳妇春云一人。春云是河南省人氏，五六岁就成了王家的童养媳。婶子是个性格暴躁、十分阴险的女人。冬天把儿媳撵去睡猪窝，夏天不让她进家门。三天过不去最少也得挨上两回打，三天至少要饿五顿。然而，倔强的春云还是活过来了，成人后领着老实巴交的王渊回到了娘家。谁知黄河决口子，大水淹没了良田，夺去了许多人的性命，传言是蒋介石为了堵住西进的鬼子在花园口炸开了黄河大堤。她和王渊只好回到邹县在县城西门外住下来。

“哎哟，妹妹，你的针线活比七仙女的手还巧。”王图见王渊不在家，坐在一边仔细打量那女人，乌发挽玉头，俩辫搭双肩，杏眼柳腰露妖气，好似金莲又转世。看了良久问：“小渊呢？”

春云丢下针线活，起身去灶台上提过温着的瓷壶给王图倒开水，答道：“俺那个渊呢，属猪的，光知道扛活挣钱，上老东乡了！”说着把满茶碗水端上去。

王图双手去接，右手故意触摸春云的手指，才把茶碗接了过来。他朝春云身边凑了凑，说：“我的裤腿开口了，你大嫂在乡下，唉，连个缝缝补补的人都没有。”

春云看着王图笑着说：“抽空拿来我给你缭上几针。”

王图坐在床上，听了春云的话摇头说：“不行呀，小渊知道了，他的芝麻粒子心眼光胡思乱想。”

春云生气地说：“他敢乱想？哼，他娘扭得我的腿里紫一片黑一片，薅得我的头发一绺一绺的，敲得我的头皮满头鸡蛋大的疙瘩，三天两头不让吃饭。这是我五岁进了龟孙王家门子享的福！”

王图笑着说：“你怎么骂人？”

“我操你八辈儿，若不是姥娘命硬，八条命也没了。您王家门里的人没个好熊！”春云满脸涨红扔了针线活又骂。

王图不再还言，把春云丢在地上的针线拾了起来放在床头上。走上前捏了一把春云的腮帮说：“我叫你这张嘴连我也骂了。”

春云就势也扭了王图的耳朵，两人不由得笑起来。过了一会儿，王图起身就走。春云急忙说：“慌什么？天还早着呢？吃完饭再走吧？”

王图大摇大摆地走了，回头望见春云还倚在门口远远地看他。这家伙踅到城南门外，买了二斤豆腐，五斤油炸丸子，两瓶白干酒，几斤烧饼又顺原路走来。

春云见王图走了，闷坐了一会儿，起身做饭。她端起一盆刷锅水朝门外奋力泼去，只听啪的一声，一碗豆腐掉在地上，碗摔也摔破了。那盆刷锅水正泼在王图脸上。只见他左手指上钩着一小柳篮油炸丸子，右手拿着两瓶酒，腋下夹着好几个烧饼，恰似一只从水中爬出的老鼠浑身湿漉漉的。那婆娘笑不够突然住了口掐起腰来。王图慌忙把东西放在案板上，搂着春云的腰急问怎么了。春云光哼哼不说话，王图把她抱在床上，拿过一把扇子与她驱打蝇子。

王图把扇子交给春云，说：“弟妹，我去做饭。”春云一把将他拉回床沿，王图顺势压在那娘们身上。

一天晚上，王渊回到家里，看见两个畜生在床上作孽，这个老实巴交的庄户人来到牙山上吊自尽。后来，王图与春云商量：“外面风言风语，不如搬进城里，省得我来回跑。”那春云见事情发展到这个地步，只好同意。

桌上盛好了饭，肖云集喊孟开山吃饭，孟开山光哼哼就是不下床。连喊了三遍，依然如此，知道他醉酒了。韩飞虎对张九龙说：“看来今儿麻子去不成了，昨天他俩喝得忒多了。”他跟肖云集说，“兄弟，俺俩出去一趟，你在家别挪窝照看好开山。”

肖云集说：“韩大哥只管去，请你放心，开山哥就交给我了。”

韩飞虎与张九龙辞别肖云集去了县城，路上鬼子的马队飞驰向东山里开去。一起一起的灾民背井离乡，流落他乡，一座座村庄断垣残壁张口朝天。沟边几只狗在撕扯着一具尸首抢着啃骨头，韩飞虎用石头驱打开狗群，他把碎尸用手掩埋而惹得它们嗷嗷地发出不满的吠声。

二人来到城门前，韩飞虎想进城，张九龙有些胆怯直摇头。韩飞虎拉了他来到护城河桥上，桥的两旁站着六个鬼子，其中两个鬼子在盘查进城的人们。韩飞虎、张九龙二人顺利过了护城河大桥，来到城门口，城门口也要接受搜查。两边站着六个伪军，其中两个在搜查行人的身上和行李。二人大大方方很快进入城里，在县门前溜达了两圈，怕引起特务怀疑便来到一家饭馆坐下。

韩飞虎要了两个菜，一碟花生仁儿，一碟辣椒炖豆腐，一壶酒，两双筷子。二人喝起闲酒观察着，邻桌有两个老头在喝酒，可能是喝得多了，脸红脖子粗的说话声音如铜锣那样响。

“听说了吗？兄弟，范道人跟着老三团去了山里，前天又杀回来了。”光头老人神秘地说。

白发老人把头伸得像捞鱼鹳尽量压低声音说：“低声！嘿，你才知道，峄山游击队半月前就把两下店车站拿下了！人家都是武行出身，不用刀枪，拳打脚踢把车站上的鬼子统统干掉了。”

光头老人笑道：“嗷，这回鬼子遇上这班子抗战者，可倒大霉了！”

“老哥，鬼子倒霉的时候还在后头呢，你想，咱十个人揍他一个人，后面还有两个抱衣裳的人来。”白发老人用手指比画着说。

这时，两个特务来到跟前二人还没发现。瘦高个说：“老东西，你他妈的是八路的探子。”两位老人战战兢兢，吞吞吐吐地连连道歉。

瘦矮个特务吼道：“走，到宪兵队。”

韩飞虎上前，用食指硬邦邦地顶住瘦高个后腰：“别动！我是峄山游击队！”眼疾手快下了特务的枪。

瘦矮个特务见势不妙，拔腿就跑，不想张九龙早把腿伸了过去，那家伙戗了个猪啃地。张九龙一脚将其踏住，摘下他的短枪，把他的礼帽戴在头上，用他的腿带子反手将其捆了。韩飞虎亦把瘦高个捆了提猪般的将他丢在两位老人面前，喝道：“我是范洪灞，快给两位爷爷磕头赔礼；慢了，小心走火别打断了你的狗腿！”

两个特务扑的一声，跪倒在地：“老爷爷，别生气，是我当孙子的不是，请您老高抬贵手饶了我，以后再也不敢啦。”

掌柜的慌了，跑来讲情说：“这两位先生，是大大的好人！”

韩飞虎把枪口转向掌柜的质问：“好人？好人怎么当日本人的走狗，他帮助贼寇办坏事，他就是坏种。你又怎么说他俩是好人呢？”

掌柜的一时语塞，脸色非常难看，站在一旁不敢插嘴了。

韩飞虎说：“你俩带我们去找王图，将功赎罪。”

瘦高个吓得尿了裤子：“爷爷，打死我也不敢去找王队长。”

矮个突然指着街道上叫道：“大官，你想找王图，就去追那个女人。”

韩飞虎抬头看了，果见一位艳妆女人向东走了。他目视掌柜的让他证实，掌柜的连连点头称是。韩飞虎随即把两个特务关进一间屋里让张九龙看守。他示意两位老人离开饭馆，两个老人先抱拳，后点头，再竖起大拇指辞别而去。韩飞虎追踪那位女人，见她进了姜老先生的药铺。来到中药铺门口，他暗暗把姜老先生点出来，问明那位女的是谁家女人。

姜老先生吓出冷汗：“好汉，低声。他是王图队长的相好，今儿来看妇科病。”

韩飞虎问：“这娘们得的什么病，用什么当药引子。”姜老先生与他说了。

姜老先生回答：“宫中虚寒，引血下行须牛膝。”

韩飞虎喝道：“不对呀，老先生，你的医术不高明。宫中虚寒，须温中散寒，气血双补，用狗肉。记清，别忘了。”他又叮咛一遍，叫他抬起头来看看他是谁。姜老先生仔细看了，认出红毛，大吃一惊：“峄山游击队又进城了。”他连连点头，擦着汗看着韩飞虎走了。

韩飞虎回到饭馆，喊了张九龙换上两个特务衣裳转到西城门大摇大摆的出城而去。

姜老先生与春云号完脉，开了药方，在写药引子时，他看了中堂上老祖遗训的那幅挂联：救死扶伤一平生，医道品德流万芳。横联：积善养生。他还是写了牛膝。

孟开山一觉醒来，已是日落西山。他去了茅厕，透过石头墙缝儿往外看时，大吃一惊。跑出茅厕叫道：“云集，快，狼狗来了！”

肖云集正杀狗，听了孟开山叫唤，急忙把砍刀扔给他，自己抄了柄铁锨与孟开山守住大门。门开了，一个人进来，肖云集举起铁锨劈脸就铲，慌得来人叫道：“哎——你俩个这是干什么？我又不是汉奸！”

肖、孟二人抱怨道：“飞虎，你怎么穿这身狗皮？把俺俩吓死了。”

张九龙进来，见二人误会了，笑道：“不是这张狗皮，还完不成任务哩。”

孟开山问：“你两个把那贼给宰了？”

张九龙答道：“今天没有，大后天集市上差不多。”

孟开山笑了：“我说你俩没这么大的本领。”

韩飞虎陡然气得爆叫："孟麻子，你别小看人，假若我除掉那贼，你输给我什么？"

孟开山笑道："我敢一夜缴获日伪军三杆枪。"

韩飞虎叫道："好，九龙作证，绝不能反悔。"张九龙点头。

肖云集见二人穿了这套服装，问道："你们进了县城？"张九龙点头笑了。

过了几天，春云自打喝了姜老先生的中药，果然病体痊愈。她想吃狗肉，王图说："好办，你就是要天上的星星，我也要给你摘取。"

春云说："你快去买。"

王图说："您放心，集市上只有一家姓肖的那小子卖狗肉。头几天你吃的就是我从他那里弄来的。"

春云说："是这样，你还不快去弄点来？"

王图说："老婆子你不知道，今天不行，每逢大集他才去卖。"

春云听了，骂道："你个老畜生，诚心学你浪货婶子恶我，刚才还说天上的星星你也能摘来。这又说不行了。"

王图支支吾吾，搪塞了一番，春云还是骂个不停，他只好忍气吞声，不敢回言。

天已接近中午，四人分成两班，孟开山领了石月红，韩飞虎与张九龙一班。他们在集市的人流间穿来梭去，从东头走到集市的西头，却没有发现他们所寻找的目标。原来，石月红安置了病愈儿子，打听着来到肖云集家。

孟开山不免有些着急，晌午已经过去，至今怎么未见人影呢？难道说今日狗汉奸不来了吗？他正在焦躁的时候，忽听有人叫道狼来了。孟开山抬头看时，一个人歪戴着礼帽，叼着烟卷，喝得醉醺醺的。走起路来，东倒西歪，惊得赶集的人望街两旁躲闪。再看后面一人仰着头，倒背着手，迈着四愣步，大摇大摆地跟在那人后面。二人身后还跟两个特务，四个家伙向肖云集的狗肉摊子走来。

这年月兵荒马乱，土匪猖獗，庄家连年干旱歉收。老百姓一年到头有谁能吃上一口肉，他们看到的却是饿死在荒野的难民和被鬼子汉奸害死的冤屈者尸骨。只有县府衙门里那帮老爷们肉山酒海，这是什么社会？这是人间地狱！正是"朱门酒肉臭，路有冻死骨"的真实写照。

肖云集是一个怕软欺硬的汉子，一双明锐的眼睛看到这群灾星又来了，心中恼怒。红龙见势不妙，害怕了躲在一边。肖云集才不理睬打劫起家的这群败类，便倚在肉案角打盹儿。

噔啷一声巨响，肖云集慢慢睁开双目瞪了一眼摔泥盆的狗腿子。见其身子瘦的如麻秆，一张狸猫脸，脑后长着凸起的反骨。生就不是孝敬父母人，长就一颗害人心。

“小子，你是来找事儿，还是来买肉？”肖云集也不客气双眼喷出愤怒的火焰。

“肖云集，你怎么像只好斗的公鸡？”那家伙阴阳怪气皮笑肉不笑地发问，烟黄色的死人脸着实让人心里打怵。

肖云集真像一只凶悍的公鸡准备格斗。

“姓肖的，老子要十斤排骨。少一两，杀头；多一两，脑袋搬家。”那家伙身后转过贼头儿瞪着一对熊眼开了言。

肖云集挽起双袖子，拿起砍刀在磨石上狠狠地劈了一下，咔的一声砍下一块肉，丢了砍刀，抓起一柄高粱叶似的剔骨刀。动作娴熟，如画狗肋骨，霎时将几块狗肋骨用秤一称，那秤砣稳稳打住。排骨正好十斤！看热闹的有人喝彩。

贼头儿上前仔细看了，让那家伙把排骨提了过去。他又说：“慢，你再给砍十斤瘦肉，多一两少一两，老子的枪子会说话。”

肖云集恼了，当年郑屠被鲁达戏弄，那可是好人惩治坏人。如今旧戏重演，是汉奸欺压良民。他陡然火起，把刀往剁墩上一扎，大腿盘到二腿上打火石引火抽烟。

贼头儿恼羞成怒，只听一声枪响，一人应声倒下，开枪的人正是韩飞虎。两个特务早被张九龙、孟开山执枪喝住并缴了枪。提排骨的那家伙拔腿就逃，肖云集抓过剁墩上砍刀，腾空而起跳过肉摊子赶上，高声吼呼，一刀劈进那家伙脑袋，栽倒于地死去。那块排骨掉在地上。

孟开山宣布：“王图横行霸道，无恶不作。卖国投敌，实属十恶不赦的汉奸走狗！”

人们知道了，峄山游击队下山了，为人民除害，高兴地雀跃欢呼。石月红等人押着俘虏立即撤退。

肖云集双手拔下那家伙头上砍刀，拾起地上那串排骨，拉着红龙大声高呼：“兄弟爷们，今儿洗手改行——杀狼去了！”

王图尸体横卧集市，脑袋上流出的红白脑浆淌了一摊。

第二十三章

望 云 桥

蔚蓝的夜穹，霁月当空，银星闪烁。四野明亮，如同白昼。游击队犹如一条巨龙前进在金水河岸边小道上，离铁路一孔桥不远，队伍停下来，隐蔽待命。

九龙去村里请来永新老人与范洪灞相见了，三人来到守护铁路的三角茅草屋前。永新老人轻轻喊道："老牛，老牛，你睡这么死？"

草屋里传出持久的咳嗽声："是谁呀？"

"我，你新哥。"永新小声说，又问，"鬼子哪个时辰来查岗？"

老牛听了，急忙披着衣裳推开了草门钻出来。抬头望了望天上的三星，随即说道："快了，这会儿出车站了。"他转身一看有范洪灞，惊喜地说："灞儿，今儿是扒道？还是端楼？"他叫三人去茅草屋里藏起来，慌忙去桥上站着去了。原来，炮楼里的伪军有俘虏过两次的，愿意为游击队放行。

不一会儿，正北方向有手电光忽闪忽闪地朝南照来。三个鬼子来到桥上，见了老牛，叽里咕噜地说了句口令就急急忙忙地往南去了。范洪灞命令游击队员跑步前进。令孟开山、韩飞虎各领一组机枪班在桥的南北两端架起机枪，掩护大队人马迅速过了铁路。范洪灞谢过老牛和永新两位老人，撤回来两班机枪小组，跟上大队向西挺进。

游击队顺利通过了津浦铁路，进入鲁西平原。穿过树林与村庄，涉过泗河，星夜兼程，直逼济宁城。在离城二里路的地方，一位首长接见了范洪灞、董青军等人，郑重地说："同志们，为了粉碎鬼子向山里根据地扫荡，军区抽调各游击区部队，夜袭济宁城。重点使这里的鬼子彻夜不安，让他抽不出兵来增援在山里扫荡的鬼子，以此缓解敌人对根据地的压力。"他环顾身边的各游击区队长，看了看怀表："同志们，如果大家没有意见的话，那就按指定的地点行动吧。"

突然，死静的济宁城外，枪声四起，杀声震天。范洪灞提着云梯冲在最前头，鬼子拼命地向城下扫射。他迅速向城墙垛口扔了两颗手榴弹，轰轰两声巨响，范洪灞就像白鹤冲天，早登上城墙头。背后董青军率领队员纷纷登城向纵深发展，一阵拼杀，鬼子渐渐后退。这时，通讯员李武军传达首长命令，要各个攻城部队立即撤下城来。

突然，范洪灞左腿中弹，一个趔趄栽倒于地。吕子河叫："卫生员，快救大队长！"然而，鬼子已经上来了。董青军以为范洪灞已经撤下城去，边打边撤。鬼子蜂拥而来，几个战士光荣牺牲。范洪灞突然跃起，在敌人群里混战起来。他枪挑脚踢，指东打西，撂倒一片鬼子，吕子河招呼董青军立即率队伍回身迎接。韩飞虎见鬼子不退恼了，抡起斧子，一斧砍倒一个，一枪打死一个，夺下挺机枪扫射。游击队乘势掩杀，鬼子溃败下去。韩飞虎就势携了范洪灞下城撤回原地。鬼子望着茫茫夜空，并没有发现一个攻城者的影子，这群强盗受到了从未有的打击和惊吓，就如缩头乌龟不敢出城门。范洪灞从韩飞虎身上下来，避着人用刺刀划开伤口取出子弹，才让卫生员包扎。

游击队必须连夜穿过津浦铁路。于是，大家急行军往回赶。行至望云家西，星光月下，发现一人僵硬地躺在路的中间。齐东来用右手放在那人的鼻孔上，感觉着还有一息尚存，再摸其脉搏仍有细微的搏动，打开手电照着那人腚下流了一摊血。齐东来立即让卫生员抢救，范洪灞下来在担架头前走了。齐东来只好叫人抬了那人继续行军。大约走了五里多路，那人摇着头吃力地呼唤要水喝。大家只好停下来，寻来些柴火，用茶缸当作锅烧开了水与那人喝了。不大一会儿，那人苏醒，挣扎着向众人磕头，随即又倒了下去 。

范洪灞触景生情，发狠地说道："逮住凶手，碎尸万段！" 游击队继续东进，跨过津浦铁路秘密回到峄山，张红喜打兑了清热凉血解毒活血的偏方，什么生地、丹参、地丁、蒲公英、三七等几味中草药，与范洪灞服用了，没有多少日子他的枪伤果然痊愈了。

如今，他与韩飞虎、王霸和半月前在袭击济宁归途中救下的龙南山向望云前进。

那天夜里，回到大白楼那人完全清醒，就与大家讲述了受伤的原因。此时范洪灞清楚地记忆起当时龙南山诉说的事件。

砰砰，小木门颤抖地被人砸得通天响。“谁呀？”父亲老安惊吓得说不出话来，后村恶霸小二三个月前下来年卯帖，要娶女儿为妻。这个年近六十岁的人怎么能与十六岁的女儿结婚呢？他连忙把金彩藏在床底下，小二见没有人骂骂咧咧地走了。父女俩跑到亲家，女婿龙南山听了，怒气冲天，抄铡刀就去找小二算账。母亲训斥他，铡刀再快，没有小二的枪子快。你俩快到老东乡你干娘那里躲躲，路上千万不要耽搁，最好天不明就得过去望云桥。龙南山冷静下来，觉得有理，便决定去干娘家。

突然，街上传来狗叫，母亲觉察到小二追来了，急忙开了后吊窗。“快走。”母亲催促道，见二人走了，关了后吊窗，从容不迫地开门。门“哐”的一声开了，拥进来三个坏蛋，东间搜了又搜西间却没有人。小二见了，指着母亲的鼻子大骂一通恼恨地走了。龙南山拉着金彩慌不择路，跌跌撞撞地逃跑。脚一直不停步地向东行走了三十里地，金彩说累了，龙南山觉着离家远了便与金彩坐下来。

两个年轻人手握着手，各自内心里产生美好的理想。金彩守着家，缝缝补补，洗碗做饭。然后生儿育女，共享天伦之乐。龙南山想，媳妇在家，俺出外打短工挣钱，一定把日子过得幸福美满。二人言无不尽，亲昵无间，耽误了许多时间，竟忘了母亲的嘱咐。他们尽情地倾诉心中的爱慕之情，友爱之火愈烧愈加烈焰腾腾。初恋的爱情比蜜还甜，海誓山盟使得二人紧紧贴在一起，难舍难分。

天已经微明，龙南山摇醒躺在怀里的金彩，二人忙登路再行。东面就是望云大河，河面十余丈宽，通往老东乡只有通过望云桥。

“站住！”离望云桥北侧三十步远的地方，从炮楼里跑过来三个伪军。

金彩见了，吓得瘫于地上，龙南山强行拖着她冲过桥去。砰，枪响了，一颗子弹打在龙南山腚上，他踉跄了几步，栽倒于地。金彩吓得团团转，以为爱人已死，见伪军像恶狼扑羊般地蹿上来。她心一横纵身就往河里跳，却被一个伪军拦腰抱住拖入炮楼。龙南山心如刀绞，无可奈何地眼睁睁看着心爱的金彩被伪军抢走，挣扎着去炮楼要人。领头的伪军照着他的头颅就是五七脚，当场昏过去。醒来后，他要赶回家去，死也要死在家乡的土地上，强忍剧烈的疼痛挣扎着爬了六里路又昏了过去……

范洪灞见望云桥就在眼前，不再回忆龙南山的往事，吩咐韩、孟二人在柳树从里隐蔽，自己打扮成一位妇女和龙南山向炮楼走来。

“干什么的？站住！”炮楼顶上伪军喝叫。

“老总，我是金彩娘，来说她的婚事儿。”范洪灞说。砰砰砰！伪军不容分说射出一溜火舌。他俩无法再朝前走，只好退回来隐蔽在柳树林里。靠不上去，又强打不得，范洪灞犯了愁。天至中午，见一老头儿挑着一担东西往炮楼方向走，顿时兴奋起来。他赶上那老头儿，说明来意，不想老头儿丢下担子望炮楼里奔跑：“吴莱，范道人来了！”

范洪灞吃了一惊，掉头就跑。回到柳树林，立即命韩飞虎回峄山调大队来。韩飞虎领命去了。

望云是个大村庄，百十户人家。村子里有一个大地主叫麦国鲫，他好霸占人家良田。你不服气，暗地里烧你的庄稼。指使流氓下三滥，轻者打你一顿，重者活埋你，十里八乡的百姓都惧怕他。日本鬼子来了，为了维护铁路和邹县西南的治安，派了一个连的伪军驻扎在望云村。连长吴莱是个天生的杀人狂和色狼。一个月要换三四个姑娘，以至于村子里的女孩都吓跑了，十三四岁就得忙着找婆家。这片土地民不聊生，怨声载道。老百姓不敢怒更不敢言，默默地备受煎熬，有的人被逼急了便参加峄山游击队。

麦国鲫生就是个绝户命，前妻生下女儿得了产后风死去，续妻难产母子双双死了。第三个妻子不生养，可是娘家舅是济宁州的大官，慢说把她休了，平日里麦国鲫还得受小老婆的气。吴莱的队伍本来驻扎在村南的麦场屋里，麦国鲫偏偏把吴莱的队伍请到院前几间逃走的民房居住。一时间，他霸气十足，一手遮天，横行霸道。没多少日子，小老婆就跟了吴莱，又没过多长时间小老婆就被吴莱撵回来。麦国鲫不但不恼不羞，反与吴莱拜上把子成了异父母兄弟。

一天，麦国鲫、吴莱二人带着卫兵，来到一家院子里。

主家王德见麦国鲫这帮灾星来了，也不理会。他家四口人，去年，女儿被逼得跳井自尽，儿子上峄山参加了范洪灞的队伍。

“嘿嘿，王德，咱兄弟俩见了面怎么比树叶子还（稠）仇呢？”麦国鲫在王德身边转来转去，阴阳怪气地说。

王德正编织着柳条筐子，心中陡然生起愤怒的烈火，右手紧紧握着镰刀时刻准备着杀死麦国鲫 。

“王德，你的儿子厉害呀，参加了游击队与皇军对抗，那不是等于鸡蛋碰碌碡吗？哼哼，皇军有飞机大炮，范洪灞领着年轻人简直是跑穷腿，拿着白莲杆子梭镖尽往山沟里钻，打不死也得饿死。快叫孩子回来，让吴连长给他个排长干干？”麦国鲫言罢，奸笑起来。

吴莱也跟着笑：“好说，好说，金票美女两样都有。”

王德忍不住问：“麦国鲫，你说我儿子参加了游击队，你在哪儿见到？”

麦国鲫急了：“啧啧啧，王德，我实话告诉你。你不把你的儿子弄回来，你的头是不保险的。”

王德淡淡一笑：“古人说得好，‘人生自古谁无死，留取丹心照汗青’。”麦国鲫，你听着，我实话告诉你！我儿子跟着共产党打击中国人的敌人，是正大光明的。你身为中国人却给鬼子当狗奴，难道说你不是中国人的种？日本鬼子一滚，你的脑袋瓜保险吗？”

吴莱一脚将王德踢翻在地，号叫：“弟兄们，动手！”

两个伪军一拥而上，将王德捆上拉了出去。妻子哭天嚎地乞求麦国鲫高抬贵手，饶他不死。王德怒叱：“不要向豺狼下跪！麦国鲫、吴莱小心你俩的下场！”他被带到家西一眼水井旁，麦国鲫搬来一块大石头用绳子拴好系在王德的腰间。

“把这个老赤匪推进井里！”吴莱喝令。

“慢来！”远处奔来三位老头儿，三步并两步地跑到跟前求情说道：“吴连长，麦保长消消气，王德这人脾气不好，望大人们开恩。”

吴莱用枪点着三个老头的脑袋骂道：“老不死的，再多说话，每人腰里系一块石头陪他一起上西天！”

一位老人出来与吴莱拼命，被其一枪击中脑袋，当即死去。另外两个老头，一个吓得瘫痪在地，一个吓得跑了。

“推下去！”麦国鲫叫道。王德被两个家伙推入井中，英勇就义。

噼里啪啦的鞭炮声响彻云霄，青烟袅袅飘散，喜鹊闹着石榴枝儿。满天的红云朵朵，天地是多么的祥和，给这一对新人增添无限光彩。

街上站满观看邱家办喜事的人，新娘子的娘家是个大户人家，陪送的嫁妆摆满了一街筒子。什么梳妆柜头、大柜、小柜应有尽有。四抬大轿闪动起来。吹鼓手鼓起双腮憋得脸如母鸡下蛋那样红，扭动着膀子好像卖命地吹喇叭，似乎炫耀在这个世界里自己是至高无上的吹喇叭高手。

新娘子与新郎官拜罢天地，院子里一派喜气洋洋，吉庆有余。太阳偏西，忙客酒足饭饱高高兴兴地走了。老邱见夜幕垂下，便去关大门睡觉，刚把两扇大门关了半截儿，突然有人出现在面前。

“哟，老邱，恭喜恭喜。”吴莱身穿军装腰别短枪挤了进来，他看了看呆如木鸡的老邱，哼了一声走进堂屋。

邱家在县城做大买卖也是个有钱的人家，自然不怕吴莱。新郎官邱豹见吴莱来了，心中怒火生起，冷冰冰的脸对着他。吴莱变了脸色，把茶碗往地上一摔，抬腿想进新房。邱豹一掌打在吴莱后脑勺上，伸手抓过吴莱腰间手枪，骂道：“吴莱，你他妈的真是无赖不要脸。你胆敢再往西间迈半步，老子打断你的狗腿！”

吴莱惊异地揉着头皮，止住脚步，皮笑肉不笑地说道：“兄弟，闹洞房嘛。别误会。”他看到邱豹无比愤怒的表情不由得回到桌子旁，“兄弟，呵呵，别生气，大哥马上走。”

邱豹随即将手枪扔到院子，高声道：“滚，畜生！”

吴莱跑到院子，慢慢地拾起手枪对着邱豹就是一枪。邱豹哎哟一声，中弹倒地。吴莱趁机闯进新房把吓昏的新娘子抢走了。老邱顾不上儿媳妇，急忙套上马车载着邱豹奔往县城，刚出村邱豹就没有气了。老邱一腚坐在地上号啕起来。

他与儿子办丧事，族里人要给在县城上学的女儿邱岩送信儿，老邱当场拒绝。哪知道学校放假，邱岩回到家见哥哥被人杀害，哭得死去活来，老邱忙派了族里两个侄儿连夜把闺女送到她姥娘家去。刚出村头，就听伪军在背后喊叫：“站住，快回来！”

两个哥哥听着，把邱岩按在一座坑穴里引开追兵。邱岩见哥俩跑远了，转头向正东跑去，哪知伪军朝邱岩追来，子弹在她身边呼啸而过。她顾不得这些，只有拼命奔逃。她喘得上气不接下气，每跑一步两腿就像灌铅似的那样沉重，咬着牙吃力的又跑了一程还是被三个伪军抓住。她拼命地喊叫，像一只小白兔被狗叼着无可奈何地挣扎。

正在危急关头，背后突然有人喝道：“站住，干什么的？”

黑影里，一个伪军说：“妈的，老子是望云吴部的！你们是哪一部分的？”

“妈的，我劈死你个狗娘养的！老子是峄山上的！”韩飞虎话到斧到，伪军大叫饶命，吕子河上前劝拉开。张九龙分别收下了那两个家伙的枪。三个伪军求饶：“八路爷爷，高抬贵手，饶命！”

邱岩上前一面哭着，一面照着三个家伙的脸左右痛打。张九龙劝了。

韩飞虎勤快，插好枪别好斧子，用随身带的绳子麻利地将三个家伙捆结实让邱岩牵着。这时，范洪灞带领着大队人马来到面前，问：“同志们，发生了什么事？”

吕子河欲言，韩飞虎抢过话头：“大哥，是这样，俺三人正走间，猛听有人哭叫，跑过来一看是三个二鬼子欺侮一个小女孩。”

张九龙提醒说：“飞虎同志，我说你多少遍了，叫队长。”

韩飞虎一本正经地说：“嘿，九龙同志，我就饶你这一回，告诉你，斗转星移，海枯石烂我都叫大哥。今后你再说我，我在地上画出你的图影，把你的嘴砍叉！”一番话引得大家笑起来。

范洪灞来到邱岩面前问：“妹妹，你是哪里人？”

邱岩反问：“你们是什么人？”

韩飞虎说：“小闺女，你还问俺是什么人，俺都把你救了，你说俺是二鬼子还是好人？如果没有事的话，你快走吧。”

邱岩丢了绳索转身就跑，跑了几步路又回来问范洪灞：“大官，你们是峄山游击队？”

范洪灞告诉她：“我们正是峄山抗日游击队。”

邱岩一听，热泪盈眶，一口气没哭出倒了下去，恰被董青军接住。一会儿，她徐徐苏醒哭了起来。

“小妹妹，你的家在什么村？”范洪灞再一次问道。

“望云村。”邱岩欷歔地说道。

范洪灞命令：“关汉忠同志，你火速送小妹妹回家。”

邱岩挣脱来到范洪灞跟前：“不，大官，我要参加游击队！”

“小妹妹，你叫什么名字？为什么要参加游击队呢？”范洪灞不解地问。

邱岩道出姓名说：“三天前，我的哥哥娶了媳妇，当天下午，伪军连长吴莱闯到我家，打死了我的哥哥，抢走了我的嫂嫂。我从学校里放假探家。父亲生怕我遭黑手，连夜送到俺姥娘家，没料想还是被吴莱发现了。”

范洪灞听了，说道：“邱岩，欢迎你参加我们的队伍。”他命令董青军去炮楼西阻击村里的伪军，董青军接令领了一队人马头前走了。范洪灞专门叫韩飞虎保护邱岩，韩飞虎急得直摆手，只好让孟开山保护邱岩。他一挥手，游击队像一把利剑直扑炮楼。

游击队员们手端着钢枪向炮楼冲杀过来。炮楼的伪军急忙抵抗，他们凭借炮楼向冲杀过来的游击队战士扫射。范洪灞见伪军火力太猛，接连扔了三枚手榴弹。手榴弹的爆炸似乎对坚固的炮楼起不了作用，他叫队员们后撤到望云河岸东边。

吴莱看见炮楼被游击队袭击，立即率领伪军增援，他夹在队伍中间刚出村头，被迎面喷来的火舌扫倒了几十个。吴莱再次组织进攻，发现游击队的人不多，便叱喝着伪军拼命往前冲。

范洪灞见不能迅速拿下炮楼，决定再次发起进攻。齐东来说："队长同志，看来炮楼是打不下来了，关键问题是望云有伪军帮忙，如果要这样僵持下去，两下店的鬼子来了，我们会腹背受敌。"

范洪灞正待回言，就听东面又响起三八大盖儿的枪声，两下店车站鬼子真的来增援了。他忙叫："飞虎同志，快去通知副大队长，叫他撤出阵地，向预定目的地转移。"韩飞虎去了。于是，游击队向凫山撤去。

部队在关公庙里驻扎下来，这次虽然没有伤亡，但是进攻受阻亦在意料之中。太阳初出山头，天气宜人。范洪灞领了董青军、齐东来、吕子河、关汉忠逶迤地攀上凫山山峰，远眺望云。

范洪灞指着北面的望云村，远远地望见那里的一切。他说："同志们，你们看炮楼扼住连接东西大道的漫水桥，炮楼与村庄只有半里多路远，我们进攻炮楼，驻扎在村里的伪军就出来帮忙。大家有什么方法，既要拔掉炮楼还要消灭村里的伪军。"

齐东来沉思许久，白天硬碰硬的确是件危险的事情。况且，驻扎在村子里有一百多个伪军，它好比是一只大刺猬无从下手。那么，又能怎么分开伪军呢？他一时还没有想出好的计策。董青军说，我们来是拔掉炮楼的，没料想村里又驻扎了二鬼子，不如想法先把炮楼干掉再说。

范洪灞点头称是："对，那么用什么办法才行呢？"

董青军说："引蛇出洞！"他把心中的想法一一与大家说了。

齐东来说："对对对，还是老姜辣。你的想法最好！"

小颜庄村口，一个黑大汉牵着一头黑叫驴，他穿着黑粗布旧褂子，下穿着一件半截儿破裤头，脚上穿着一双露着脚指头的旧布鞋。那个骑着驴的女人，大热天头上还勒着天蓝浅色印花围巾。围巾把满头红发裹得光露出两只眼睛，她上穿着粗布红色印有横竖花纹的褂子，下穿黑粗布裤子，脚上穿着一双绣花鞋。黑大汉一手攥紧驴缰绳一手拿着一根柳条枝，边走边向河西的炮楼观看。

骑驴的新媳妇则往路南的柳树林察看，柳树林茫茫无际，乌鸦窝巢密密麻麻地布满了树尖杈上。她看了一会儿，又转脸向望云桥北面的炮楼嘿嘿地笑了。只见从炮楼里跑出来两个伪军，两个家伙一前一后像两匹饿狼迎面扑来。

黑汉子见了急忙丢了柳枝儿，拉住缰绳喝住了黑叫驴把两只鞋拿着。两个伪军见二人站住，喊叫道："过路的，赶快过来！"

新媳妇滚下驴蹲在地上。黑汉子赤着双脚扯过驴头往回就拉，把个新媳妇撇在后面。两个伪军见了，号叫道："他妈的，都给我站住！"

黑汉子牵着黑叫驴跑得更快了，那驴见往回家的方向跑便撒开四蹄，昂头嘶叫狂奔起来。新媳妇看见两个伪军已经跑过漫水桥，才起身追黑汉子去。就听背后伪军叫道："大姐站住，本连长有赏！"

黑汉子夫妇见追兵已近，拐进柳树林里。两个家伙追进了密林深处，却不见了人影。二人在林子寻来觅去，发现了那头黑叫驴拴在树根上低头啃草。只是那对儿夫妇却不见了。

端长枪的伪军号叫："哎呀，娘子别害羞！跟了吴连长，一日三餐，鸡鸭鱼肉不重样，享不尽的天福。"

持短枪的家伙喜得浑身哆嗦，随声道："是呀，出来吧。不出来，老子生气你就看不到好脸了。"

话没说完，树丛中跳出一个红头大汉，吼声刺破苍天："不许动，韩爷爷在此！"韩飞虎扑上去把持短枪的家伙摔倒在地，夺下手枪。那个持长枪的家伙措手不及被黑汉子擒获。

持短枪的家伙见了新媳妇，却是个红头男人，吃了一惊问道："先生，是哪一部分的？"

韩飞虎指了指峄山说："五华峰上的！"

那家伙蹿上去就去夺枪，韩飞虎大怒，飞起一拳打在他的左耳门上。那家伙晃了晃身子，第二拳又打在同样的部位，那家伙七窍流血，倒地死去。持长枪的伪军见了，惊骇地跪在地上求饶。韩飞虎指着死去的伪军喝问：

“喂，东洋鬼子的奴才，这个家伙叫什么名字？”

伪军说：“他是俺们连长，叫吴莱。”

韩飞虎笑了：“这个无赖真不禁打，鲁达怒打镇关西还须三拳，老爷我只用两拳就把这个千刀万剐的色狼给打断了气。”

伪军说：“死得好，从今往后这一带老百姓也肃静了。俺也受够了他的气。”

牵驴者正是吕子河，他打算把剩下的伪军就地解决，伪军吓得抱住其腿乞求：“好哥哥，饶命，俺投降，跟你干。”

韩飞虎听了，捻着胡须双眼一亮：“兄弟，如果你能帮助俺拿下炮楼，可以留你性命，你看怎样？”

那伪军千恩万谢地磕头，咬破右食指发誓道：“我叫黄金山，苍天为鉴，保证拿下炮楼，如有二心，断子绝孙！”

吕子河笑得前张后仰：“好好。”吕子河也道出姓名。

黄金山说：“子河哥哥，你说怎么拿下炮楼？”

吕子河说：“还是叫飞虎扮作新娘，我穿上吴莱的军装，你带我俩冲进去解决了伪军，再烧炮楼。”

韩飞虎摆摆手，指着吃草的黑叫驴说：“不行不行，烧了炮楼，村里的伪军追来，咱跑了，临时借用老乡的驴不就丢了吗？”

黄金山说：“哥哥们听着，飞虎哥哥不用扮作新娘，子河哥哥也不用穿吴贼的衣裳，我也不用带你俩进炮楼。”

吕子河不解其意，着急地问：“怎么，不拿炮楼了？”

黄金山说：“吴莱平常说游击队见了伪军就杀。因此弟兄们很害怕，不得不给鬼子卖命。炮楼里还有四个弟兄，与黄某有些情义，我去把他们招来，就地点燃炮楼，何须两位哥哥动手？”

韩飞虎听了，拍手叫好。吕子河担心黄金山心中有诈，默不作声。

“哥哥们放心，我若有二心，上对不起天地；下对不起黄家先人和父母。”黄金山再次发誓自去了。

吕子河半信半疑，吩咐韩飞虎说：“飞虎同志，你先牵着驴顺着青纱帐回去，我在这里等着黄金山。”

韩飞虎说什么也不同意，他叫吕子河先走，吕子河不许。二人锤砸剪子，吕子河伸手掌亮出剪子，二话不说牵着黑叫驴先回去。韩飞虎攥着皮锤出了柳树林趴在望云河东岸观察炮楼动静。

黄金山空着手跑回炮楼里，一人问："金山哥，吴连长呢？"当听到他说叫游击队两拳给打死了，四个伪军害怕了。俱说道："哥哥，事到如今，你得拿个主意。"

黄金山长叹一声说："弟兄们，咱们都是中国人，总不能再帮助鬼子作恶。我想，吴莱这畜生都被游击队给宰了，等老八路攻上来找咱们算账，到时候只有死路一条。"

众人说："是呀，要么散伙；要么去村里报信儿。"

黄金山振臂高呼道："弟兄们，咱们弃暗投明，去投游击队你们同意吗？"他见四个人都举起了手，下令收拾枪支弹药。于是，五个人打点行李，放火烧了炮楼快速离开。就见炮楼浓烟滚滚，直冲云天，熊熊烈火叫响着惊动了村里的伪军。副连长见炮楼起火，知道事情不妙，忙领了一排长追来。见黄金山领了人跑了，便叫："黄金山，你这个混蛋，快回来！"

黄金山吩咐弟兄们快跑，自己断后。他说："副连长，游击队杀了吴莱，我们追他们去！"

副连长夺过一杆大枪向黄金山打来，黄金山急忙跳进沟里逃跑。副连长催动伪军急速追来。五个人见势危机，丢下包袱沿着山道往山口就跑，那副连长只身追了过去。黄金山见愈来愈近，忙叫四人四散而走，然而已经来不及了。副连长举起大枪就打，一声枪响，就听扑通一声，副连长一头栽于地上死了。

只见青纱帐里哗啦啦啦响起，韩飞虎奔上路问："金山弟弟，你们没有事吧？"伪军一排长掉头跑回望云，暗喜升官的机会来了，两个头儿都死了，自己该统领这百多口人了。他纠集三十个伪军追杀过来，几个人拾了包袱还击，抵抗不住只得再逃。

正在这千钧一发之际，就见山口间一队勇猛的队伍冲杀过来，其势如猛虎出山锐不可当。吕子河当先，大叫道："不要走了一个败类！"韩飞虎看了，抖擞精神，回身杀去。游击队一路追去，消灭伪军大半。吕子河见离望云近了，只好命令游击队员停止追击。

游击队一天之间端掉了炮楼，还杀了两个伪军头儿，消灭了二十余伪军，范洪灏和他的战友们无不欢欣鼓舞，分外高兴。齐东来建议，望云炮楼被烧掉，正副连长被杀，趁伪军慌乱之际一举歼灭。范洪灏与众人商议，就决定夜间攻打望云。先派王霸前去打探情况。

伪军一排长祖籍牤牛山人，好吃懒做，不务正道。一次，父亲管教紧了，他把老父亲从堂屋三台阶上一拳打到院子里，然后投靠了鬼子。这时，他跌跌撞撞逃回望云，暗地里叫来二排长、三排长商议。

“二位听着，游击队人人如虎，范道人定要消灭驻扎望云的弟兄们。正副连长都归天了，咱们不能坐以待毙。倘若他们在夜间摸进来，我们怎能抵挡得住。不如白天撤回县城。”一排长咄咄逼人，双目射出凶光盯着二排长和三排长，俨然摆出一副长官的气派。

二人明白，队伍里有两个赖皮，好色的吴莱算一个，第二个就是眼前抢官做的半吊子。如果不听，他的三喳子坏嘴跑到沙泥那里一挑唆，丢官罢职是小，脑袋不保是真。可是，望云是山里通往湖里的咽喉要道不能轻易放弃。这个家伙执意离开，沙泥怪罪下来谁会来承担责任呢？

二排长说：“望云是兵家必争之地。县里没有撤退命令，我们怎能丢下就走，如果东山里的老八路打过来怎么办？”

一排长拍着桌子叫道：“望云望云，红军红军。红乃红太阳也，太阳再上，云彩在下，太阳吞云也。这里犯地名，久驻必死。”

两个排长听了，气得发笑，这个半吊子屁字不识，拽得什么狗屁文词？二排长建议，不如派匹快马去县城汇报，等到调令再说。三排长同意。一排长不允许，催促二人赶快收拾辎重，立即动身。两位排长暗地里写了文书，派了一名快马奔城里去了。

一排长夹在队伍中间，二排长、三排长在后。他俩命令队伍拉开距离跟在一排后面慢腾腾地走。一排长领着队伍进入一片青纱帐，突然，青纱帐里响起了枪声，其势好似千军万马。一阵激烈的枪弹打得一排长领的伪军措手不及，死伤过半。二排、三排立即掉头奔回望云，那一排长骑着马丢了士兵跑回来。他的士兵只剩下五六人，只好叫二排、三排的人堵住四条街口，差人去两下店请求鬼子增援。

原来，游击队得了王霸的情报，立即埋伏在家后的青纱帐消灭一部分伪军。他们乘胜追击，把望云村团团围住。

这时，两下店派来五六十个鬼子，来到望云家后。范洪灞闻报，下令撤出阵地向凫山东麓走去。鬼子小队长气势汹汹地来到望云，见了一排长就是三耳光。一排长忍着痛进入麦国鲰院里。小队长坐在香台前，训斥道：“望云的，不能撤，咽喉之路，防止老八路的西去微山湖的干活。”一排长听了，心里凉了半截儿，如果追究责任，自己就没命了。

“太君，我的，实在不愿离开，二排长三排长的心坏了坏了的，是他俩的想离开。”一排长与鬼子小队长说。

“八格牙路！那两个死啦死啦的有！”小队长把枪给了一排长。

大门外有一个士兵与两个排长交情甚深，快步来到二人面前，一手一个拽着就跑：“快跑，半吊子诬告你俩下令调防，鬼子小队长要他来杀你俩。”

两个排长叫道：“弟兄们散了吧，我们跟着鬼子干，是条邪路；八路军为国为民，这才真正是我们的队伍！”

那个士兵催促道：“快走吧！”

这时，一排长提着枪领了五六人跑来，看见两个排长逃走，举枪就打。那士兵舍身堵住，中弹牺牲。俩排长含着泪迅速离去。一排长声嘶力竭地号叫：“胆敢挪动半步者，枪毙！”他朝天空中就是几梭子。

鬼子小队长来了，看了看长得如头蠢猪似的一排长，心里好恼。他刚得到从城里回来的士兵说，是一排长擅自离开望云。如今两位有见识的排长脱离走了，也不能把他处决，望云尚有百十号伪军需要人统领。鬼子小队长憋着气拍了拍一排长的肩膀，夸奖他是皇军的朋友。

两个排长见了范洪灞便将望云村里的情况说了，游击队当机立断向望云进攻。当下，范洪灞一人当先叫道：“同志们，拿下小鬼子，碎尸万段！”众战士呐喊着冲向敌群，两个排长呼唤伪军弃暗投明，消灭鬼子。众伪军见排长投了游击队，一声发喊调转枪口射杀鬼子。日伪军无法抵抗这突如其来的兵变和游击队的强势攻击，如老鼠一般掉头就跑。龙南山从黄金山口里得知金彩坚贞不屈，已碰壁而死。他拼起命来，连杀数个鬼子。日伪军见大势已去，四散而逃。混战中，王德之子王文龙看见麦国鲗，大骂一声，跃至麦国鲗面前一刀刺入腹中，将其杀死。

韩飞虎赶上鬼子小队长，一枪将其击倒，举起斧子剁了起来。

邱岩制止问道：“飞虎同志，害虫已死了，你怎么还不停手？”

“早着呢，队长说要碎尸万段。”韩飞虎回答。

队员们大笑。邱岩拉住了他，韩飞虎方才住了手。

第二十四章

飞　　蝗

曙光东照，苍穹镶嵌一轮红日。万道霞光好似一层织薄的蝉衣披在峄山上，使得群山更加绚丽多彩。

游击队迎着灿烂的朝霞归来，无比兴奋地尽情享受胜利的快乐。走在羊车古道上，愉快地唱起了游击队之歌，就见儿山民们涌向山道欢迎。

巍巍叠翠的峄山，
奔腾的金水河水从山麓环绕村边滚滚向前。
五千年文明史把中华民族变得更美丽壮观，
日寇的枪炮响起在卢沟桥。
大江南北啊！长城内外！
遍地是日寇杀人的屠场到处是狼烟。
我们的矿石煤炭被侵略者强占，
有谁来拯救亡国奴水深火热的凄惨？
中国共产党正是东方的太阳喷薄而出，
五洲四海战旗飘扬。
任凭鬼子有多么凶狂，
杀敌的吼声响彻云霄。
誓把万恶的日寇埋葬在人民战争的汪洋大海，

同胞们，乡亲们，同志们！我们失去了可爱的祖国！
快拿起武器赶杀日寇把他们彻底埋葬，
定将他们消灭光。
跟着共产党跟着毛主席，
我们的自卫战争就一定能胜利！

队伍正行间，王霸报，有一小股抢粮的鬼子进了赵家哇。范洪灞当即决定带一部分队员下山，董青军率大队回大白楼。范洪灞带领十数个队员飞速下山，来到赵家哇村头，迎面碰见鬼子赶着六辆粮车跑来。范洪灞扔出一颗手榴弹，队员们乘着硝烟立即开火。范洪灞、关汉忠、吕子河、韩飞虎、个个挺枪向前。齐东来、孟开山、程龙阳、王侯、王霸、崔成亮、黄金山、张九龙、肖云集、武本君，吕氏三雄等众人迂回到鬼子身后，将鬼子围在一个水洼里。仓促遭遇的鬼子无法抵抗游击队猛烈进攻，拼死挣扎。

范洪灞枪挑脚踹，鬼子沾着就死，碰着即亡。关汉忠轻敌受伤。吕子河出生在马坡武术之乡，杀入敌群，如入无人之境，所到之处，锐不可当。韩飞虎身高力大，勇猛无比，专拣鬼子的武器使用。八个鬼子最终全部被打死在水洼里。范洪灞急命队员们打扫战场，吩咐孟开山领十余人把鬼子的尸体埋了，免得乡亲们为此引起恐惧。

正当赶着粮车走时，忽见正西方明亮的太阳被什么东西吞没，天空变得暗淡下来。须臾间，天空与大地之间出现罕见的景象，东边是白天，西边是黑天，中间变成了暗黄色。韩飞虎吓得坐在地上失声叫道："天塌了，还不到中午，西边怎么就黑天了呢。"言未毕，就听着西面震天般作响，田野里万物被黄压压的东西遮得无影无踪。

范洪灞领众人急忙登高处向西面观望，天空与大地间混为一团已辨不清四野。众人看清楚了飞来的东西，不由得惊呼道："蚂蚱！啊——过蚂蚱了！"

这时，飞蝗像冰雹一样噼里啪啦向东袭来。蝗雨般漫山遍野，铺天盖地，浩浩荡荡，漫天飞舞咯吱咯吱地吃着地上的一切植物。飞蝗所到之处，一扫而光。青绿的田野瞬间变成黄尘尘的土地，大树犹如秋风扫落叶一样光剩下了树干，大山被啃得活像和尚头光秃秃的没剩一根草叶儿。两顿饭工夫，飞蝗向东南方向飞去，太阳复出西天。飞蝗开辟数十里宽令人绝望的甬道，留下了一片如开春时没有耕作的黄土地。

人们各自来到自己租的田地察看，远方没有过蚂蚱的地方庄稼依然葱绿。可是，灾难偏偏降落在他们身上。有人坐在地头哭天号地，有的指着苍天谩骂，有的骂作孽的人招来天灾。然而，从这一刻起将迫使许许多多的灾民，扶老携幼，背井离乡，浪迹他乡。佃户王石，从地里一回到家打个行李远走高飞。一会儿，又传来消息，王石跳井自尽了。秋收以后，租种地主的土地要还账的，今年不偿还，来年驴打滚的利息更是无法还清。眼下，唯一的道路就是他的人生归程——黄泉路。

范洪灞顾不得休息立即召开支部会议，眼前人心惶惶，庄稼绝产。趁还没立秋可帮助农民生产自救，及时补种小杂粮。会议决定，将截获的粮食发放给灾民，度过灾荒。一面令孟开山率领队员埋伏在庄西山岗两侧，以防备鬼子的援兵赶来。

游击队赈灾放粮的消息像春雷般在灾民中间传开，十里八乡的人们奔走相告。粮食是救命的粮食，放粮食的人就是人民的大救星。

外号叫筛蹄的人也是佃户，在逃反的半道上听人传言，游击队在发放救济粮。他半信半疑，踌躇良久，感悟到游击队专打鬼子，一向帮扶平民百姓，便立即回村里看个真假。刚到村头，瞧见王寡妇迈着小脚大步背着粮袋进家门。他惊喜万分，扔了行李向发放粮食地点狂奔过来。

一个老大娘拄着拐杖颤抖着拿一把葫芦水瓢，见范洪灞是一个大官。来到跟前，扑的一声跪倒在地，磕了个响头。

范洪灞甚不过意，急忙上前半跪着将老大娘搀起，还了一个军礼。他到粮车上找了一袋粮食扛着，搀扶着送老人回家。

屋子里很静，范洪灞、董青军、吕子河、齐东来、韩飞虎、孟开山六人讨论王霸入党的事。

董青军坚决反对王霸入党，他认为上回稻洼村战斗，王霸和傻子并没有把敌情侦察清楚，以致遭到惨败，给游击队造成很大损失。那次的确是侦察失误，董青军内心里对范洪灞不满，觉着队伍伤亡多。对于同志们的牺牲范洪灞并没有向党支部承认错误。诚然，范洪灞是个英勇善战的指挥员，每次战斗中总是不顾性命地英勇杀敌。但是，范洪灞固执己见，个人英雄主义严重，这是他借王霸入党的事儿来间接地批评他。

范洪灞当然知道稻洼村战斗失利自己负全部责任。但是，老董怎么借王霸入党的机会来影射我呢？如果执意要坚持让王霸入党，会引起游击队不团结，导致分裂会给党造成极大损失。

齐东来看到会议气氛十分紧张，便站起来说道：“同志们，王霸同志，工作积极，待人和善。作战英勇，每次战斗都起到骨干作用。但是工作中，存在不踏实，不仔细，希望今后加以改正。”

董青军一听模棱两可的话，十分恼怒，很鲜明齐东来避重就轻不接触主题，气得脸色蜡黄。

范洪灞觉察到，会议再进行下去，就要形成两派对立。韩飞虎已经急得直搓手，董青军气得面色难看极了。范洪灞最后说了几句：“同志们，我们都是无产阶级劳苦大众，为了打败日本强盗，我们走在一起。革命不分前后，我们游击队正处在生死攸关的时刻，就应该团结可以团结的力量，对付我们共同的敌人。那就得输入新鲜血液，但是也绝不容许那些道德败坏，投机分子钻进党内。王霸同志的确在稻洼村侦察期间工作疏忽，加之我主观主义，才导致那场战斗失利，请求组织给予我处分。”他承认了错误。

董青军听了，气消了一半儿慢慢地低下头来。

晚上，范洪灞约董青军谈心。他们沿着金水河边走边谈。

范洪灞承担稻洼村战斗失利的责任，并保证今后不再犯类似的错误。他说：“青军同志，我很佩服你公而忘私的革命精神。我这个人心直口快，不会拐弯抹角。希望今后多多帮助。”

董青军说道：“洪灞同志，咱们无论环境怎样恶劣中，共产党员为了人民谋幸福的坚定信念决不能改变。”他嗜烟草如命，一口气抽了三锅，咔咔咔地咳嗽一大会子把脸憋得通红，直到吐出一口浓浊的白痰才能说话。他又憋囊好一会又说，“好了，不要担心我，我会全面支持你的。”

范洪灞抓过烟锅说：“现在，我特别地担心你。”

董青军心里想，我什么话都讲了，范洪灞还担心什么？从匡庄到王家庄，从山里到峄山，大小战斗无以胜计，我没有退缩过，没有抢过功劳，你还担心我什么呢？

“青军同志，你能谈谈你的问题吗？你是老同志，更应该以身作则，才能使得我们游击队更具有最强的战斗力。”范洪灞说。

对这样的问题，好似含有指责性的提问，范洪灞还是第一次。今儿，他想搞什么名堂？对他的这个话题有些捉摸不透。难道他要报复我对他的指责？这可不是他的风格，他一向是个光明磊落的人。

“老董，我与你说问题呢，你怎么了，拒绝回答我的提问是吗？”范洪灞似笑非笑用两眼看着他说。

董青军前思后想，觉察自己襟怀坦白，内心无愧，见范洪灞追问心中不免有些愠怒。伸手要烟锅时，却被范洪灞藏在背后。这一下董青军有些生气了，范洪灞会武功，力大无比，这不是欺负我吗？

范洪灞见他不说话，面色严肃起来，郑重说道："青军同志，这个问题是现在必须解决的事情，这件事儿解决好了，对于部队特别是对你有极大的好处。"

董青军一把夺过烟锅，像只暴怒的狮子啸吼起来："范洪灞同志，有话开门见山，你快说，我有什么错？"

"有错你承认吗？承认了错误你能彻底地改掉么？"范洪灞也提高了嗓门。

"行，坚决改正我的错误！"

"'君子一言，驷马难追'——我要你戒烟！"

董青军如梦方醒，二人间一切意见顿时冰释，他将烟锅杆撅断端详良久狠狠地扔进了河里，看着沉入水面泛花的烟袋爽朗地笑开怀。

这时，李武军领了县委交通员山青来到面前，交通员递过一封信，范洪灞拆开看了。县委指示，今年飞蝗灾害严重，近数万人受灾，县委要求游击队半月内购买地主二十万斤粮食，使受灾群众度过饥荒。看罢，把信递给了董青军。范洪灞打了收条，打发山青回去。

塞北的寒风吹起使得没有棉衣过冬的灾民感觉到冷得异常刺骨。他们穿着单衣过冬是无可奈何的事，可那也算不了什么，因为单衣凑合应付严寒的冬天，每年挨冻是很自然能忍受的事，哪怕是冻得烂脸破手烂脚。但是，没有粮食吃只有等死。

游击队分成若干个小组去敌占区买粮，范洪灞带了小李、哑巴两人来到黄庄。这家地主叫黄一，外号黄歪子，他的儿子在县里伪警察局当厨师。这家伙手里有百十亩地，大秤收粮，小秤放粮。

范洪灞来到村里，看见一位老妇人坐在老枣树根上逮虱子，上前问个好说道："大娘，黄一先生的家住在哪里？"那妇人对着他光嗯嗯就是不说话，以为她是耳朵背便提高了声音再问，那妇人还是光摇头不说话。

哑巴上前打着手语问了，那妇人也打着手语阿巴阿巴地站立起来。她领着三人拐了两道弯走到街口一条大街上，指了指正西一棵老槐树就连忙抽身回去。

范洪灏目送老妇人，与李武军、哑巴来到老槐树前果见此家甚是瘆人。大门前，一只黑狗张着大口坐在那里，狗的前面是一片宽阔麦场和由东至西的九曲河。狗的后面是一棵一人搂不过来的槐树和高深似魔窟的收租院！再看这所院子，门前栽就拴马石，门后筑有屏风墙。屋墙秦砖汉瓦，四檐飞鸟走兽。打短工的人来来往往，地痞狗腿子走了一帮又一帮。四合院子此地少，谁知刮得民脂膏！

黑狗汪的一声蹿了过来。李武军吓得往范洪灏身后躲，哑巴急抡大枪迎击。那狗没丁点惧色，依然凶猛向前直扑。说时迟，那时快，只见范洪灏霍地腾空而起，跃到哑巴前面，一脚踢中狗嘴。那只狗嗷的一声，口吐鲜血昏了过去。哑巴把它抱到老槐树下柴火上。

“哪来的野贼，敢打死黄老爷的爱犬？”一个白胡子老头满脸杀气，头戴关外羊毛皮帽，身穿日本军大衣，左手端定水烟枪，右手执着文明棍，轻迈八字步，恶气赛狼虫。

范洪灏向前拱手道：“你可是黄先生？”他见那人哼了一声，“黄先生一向可好？范洪灏拜见黄老兄长。”

黄一用拐杖捣着地，责问：“你们是哪个山头的？怎能在我门口撒野打死我家的爱物！”

哑巴指着苏醒夹着尾巴往家跑的狗，阿巴阿巴嚷嚷起来。他蹲在老槐树下，打个哈欠，打起盹儿来。

小李说：“我们是游击队，狗太凶咬人，只踢了它一脚。”

黄一见是游击队，以为同伙来了，心中大喜，笑容满面，抓住范洪灏的手往家里拉。当范洪灏说出他们是峄山抗日游击队时，黄一甩开范洪灏的手，那张脸由红蛇皮变蜡黄色了。他用一对狼眼盯了三人一番，推着范洪灏：“赶快滚蛋，别到这儿找死！”言罢，转身回去。

范洪灏旋即当头截住去路，郑重其事地说：“黄先生，我叫范洪灏。”

黄一见有人敢挡他的道路，暴怒：“干什么！咱们井水不犯河水，大白天来抢东西？嗯？嗯？”他说完抹开身就走急忙关门。小李眼快一个箭步上去挡住了一扇门。 黄一见小李挡住了门，他挣几下挣不动门气愤地回屋里去，坐在罗圈椅上吸起大烟 。

“黄先生，今年出现蝗灾，庄稼颗粒不收，将有一大批饿着肚子的灾民拉上要饭棍。我们今天来，想从你这里购买点粮食，救济灾民。”范洪灞开门见山地说。

“范洪灞，听说共产党一心为人民，既然是这样，你们拿粮食来去救济那帮穷光蛋，怎么还向我伸手？”黄一阴阳怪气地说。

“黄先生，中国的土地和粮食都掌握在你们极少数人手里。然而，有人拿着粮食去供养那帮蹂躏中国人民的日寇和狗奴，而不顾及自己乡亲们。这样的事儿恐怕不是黄先生所为吧。”

“哼哼，少说废话，你们快快地滚开！”黄一把水烟枪往桌上一墩，咆哮起来，“我家没有一粒粮食，要有粮食你就拿我当汉奸枪毙！”

范洪灞吩咐李武军把钱放到八仙桌上。商量地说：“黄先生，别担心，游击队是来买你的粮食。我们不是土匪，绝不会抢你一粒粮食。”

“别要赖，我说最后一遍，本老爷一粒粮食也没有。”无论范洪灞怎么苦口婆心地解释，黄一把脸朝天，一言不发 。

气氛骤然紧张起来，范洪灞压住火没有发作，黄一走出屋门去了茅厕，而后就进了东配厢房好一会儿才回到堂屋。说了句：“没事快走，别赖在这里惹我生气。”

这个时候，狗腿子大坏朝屋里瞄了一眼悄悄地溜出院门，仔细看了沉睡的哑巴一番，飞一般拐进另一条街。

范洪灞看着黄一笑了笑：“黄先生，你敢和我打赌吗？”

这时，黄一的情绪已经是六月天气下冰雹，先热后凉，凉完骤然又热乎起来。他吐着烟雾问：“打赌？打什么赌？”

范洪灞说：“你亲口说你家没有一粒粮食，假若我们翻出了粮食，你会卖给我们吗？”

黄一大笑：“范洪灞，你翻出一粒粮食，我家的粮食你们全部拉走。我黄一一分钱不收。算是我为抗战尽一份力；假如你翻不出粮食，把你的腿留下一条。”

范洪灞拍手叫好，二人击掌为誓。

黄一心里盘算，小子等着吧，大坏去桃庄据点报告英夫太君，这个时候大概已经到了。黄爷爷今番先拖住这只虎，等皇军一到，叫他插翅难逃。他坐在罗圈椅上，对着外面叫：“驴蛋，泡茶。”

门外进来个罗锅子，提了一把大瓷壶，见了黄一点头哈腰，倒满景德镇雪白瓷壶，剜了范洪灞一眼抬起罗圈腿出去了。范、黄二人坐下来品茶，约定两个时辰为止，到时兑现，并许诺李武军和驴蛋去搜查粮食。

黄一抑制不住内心的欢喜，莫说两个时辰，就是再过两袋烟工夫，我把你姓范的绳捆索绑押到南河崖边，亲自用枪来把你崩了。莫说英夫太君，就是沙泥太君，在县城里当厨师的儿子只要给他说声，那老鬼子也得乖乖地来。他喝了两碗茶，觉着大坏此时早该回来了，怎么还没见人影？他像热锅上的蚂蚁有些坐不住了，不由得想出去看看，迈了一步，又退回了罗圈椅上。当听到院子里传来急促的脚步声时，他忍不住跳了起来叫道："太君，活捉范洪灏！"

院门外进来两人，一个被绳子反捆着双手，一人押着他。黄、范二人看了，一人脸黄流汗，一人笑容满面。原来，假装熟睡的哑巴见大坏鬼鬼祟祟地往北走了，便跟在他的后面。发现大坏朝家北的炮楼方向跑去，他快步追上大坏，二人厮打起来。哑巴膘肥力壮又受范洪灏传些武功，大坏哪是他的对手？哑巴从腰里拽出根绳子快速把大坏捆了，押回黄一大院。

范洪灏上前，松了大坏的绑绳，扯掉八仙桌上插着的太阳旗撕烂，丢在地上踩于脚下。从桌上拿了钱问道："黄先生，我不会给你一条腿的，你的戏该收场了吧？"

"哼，粮食没有，胆敢动本老爷一根毫毛，我的儿子会请沙泥太君找你算账的！"黄一恼羞成怒地叫嚣。

"呸，你这个狗奴才，不知羞耻的可怜虫。古人曰'莫以善小而不为，莫以恶小而为之'。你这个禽兽不如的东西，全国人民都在奋起抗战，八路军到处打击日寇，鬼子的末日就要到了。你不以民族大业为重，反而唆使你的主子来捕杀我们！告诉你，假若你不悬崖勒马，会同你的主子得到覆灭的下场！"范洪灏怒斥道，目示哑巴拿了挂在墙上的那面铜锣，叫大坏去村里大街小巷，叫灾民们来黄一家翻粮食。

二人去了不久，饥恶的山民见有游击队撑腰愤怒极了，无论黄一怎么恐吓喝叫，山民们手拿着铁锨大镢潮水般涌进黄家大院，小李已经在后院发现了粮仓，山民们把柴草搬开打开大缸盖儿，里面存放了满满的麦子、高粱、芋头干子。

范洪灏命李武军按人把粮食发放下去。三人把粮食发放完，剩余的粮食让山民帮助运到灾区。

马家庄有一个地主叫马蜂，家里有几十亩土地。他的祖父当过奉军攒了些钱，祖父给儿子盖了房子娶了媳妇。儿子不争气好赌把家里的积蓄连同房子一派儿赌光，便去偷火车，琢磨着够了盖屋和买地的钱便洗手不干的时候被火车轧断了腿。从此过上操持家务的生活，生下马蜂当天他去茅厕时栽倒在地死了。马蜂到了十三岁时就开始掌管家务，他的生活信条：吃苦耐劳，饿死也得攒钱。为人方式：别人家失火，视而不见。这家伙做事才绝呢，别的地主放高利贷，马蜂不放。他嘿嘿一笑，捋着山羊胡子说，太阳没从你门前过吗，没吃的饿死谁谁命短。马家庄里的老少爷们骂他是烂了心的老鳖一。

这一天，院子里的狗叫了起来，他透过窗户往院子里看时，三个鬼子进了院子。一个矮个，一个麻子，一个红头发，三个人来到院子里立住脚，其中矮个说："屋里的人出来，皇军买粮的干活！"

马蜂一听装起病来，趴在地上，一步一步地往外爬去。当爬到堂屋门门槛时，一头搭在门槛上哼哼起来。矮个上前问道："你的，怎么的了？"马蜂呻吟着用手指比画着肚子疼痛。麻子出去了一会儿，领来了先生，见马蜂疼痛难忍慌忙把他架到床上，用灸针与他扎了针。

马蜂被银针扎得直咬牙，暗骂先生弄不清症候乱下银针，叫嚷着让先生把银针拔了。先生摇着头与三个皇军说了，他的病不轻无法治疗低着头走了。马蜂心里暗暗抱怨先生，叫得更加厉害了。

矮个见了，催促道："你的，粮食的不卖，死了死了的干活！"他见马蜂根本没有卖的意思，气得发起火来。马蜂还是没命地叫唤。他揣摩着鬼子今天行善了，怎么不杀也不抢夺，我姓马的生来就是鸿运亨通，不是破财的命！

他正得意洋洋时，红头发勃然大怒，踢了马蜂一脚，上去一把拉起马蜂叫道："马蜂你听着，我们是峄山游击队，今儿来你家里买粮食，你装病卖傻，不肯卖粮食实在是没有人性。说！有粮没粮？"

马蜂一听，暗自发笑，早觉察这三个人是冒牌货。于是，胆子就更大了，回到床上，继续哼哼。

齐东来干着急，韩飞虎着实好恼，正待下拳时，却见孟开山跑来叫道："指导员同志，鬼子来了！"

韩飞虎忍不住，照着马蜂的脸就是一记耳光。

三个人跳出堂屋，大门外响起了鬼子的三八大盖的枪声。三人只好躲进茅厕里，韩飞虎觉着不妥，趴在马蜂家的萝卜窖里。

这时，大门外进来了三个鬼子，领头的牵着一条狼狗。他向屋里喊话："屋里的人，快快的出来，皇军的征调粮食的干活！"马蜂刚哄了三个假鬼子，还挨了一灸针，正在气头上。以为是假鬼子的同伙来了，仍趴在床上哼哼得更厉害了。一个鬼子闯到屋里，看见了趴在床上的马蜂，进了东间一把抓过马蜂拽出屋门扔到院子，另一个鬼子用一根小棍打在马蜂的脸上。顿时，马蜂的脸出了一道血杠，嘴里吐出一颗红牙。第二棍下去打在右手上，第三棍下去打在腰上，马蜂一口气没有呼出昏了过去。

一个鬼子用水击醒了马蜂，把他吊在老槐树上，脚底下架上干柴燃着了火，熊熊烈火烧得马蜂号得没有人腔，求叫："太君，粮食大大的有啊。要多少有多少啊，饶命吧！"

三个鬼子看着火中挣扎的马蜂，喜得拍手跳跃。马蜂眼睁睁要被大火烧死，就听平地里一声怒吼，萝卜窖里跃出韩飞虎，一手挥动斧子，一手提短枪杀上前来。只见斧子头闪闪旋转不偏不歪刚好砍在一个鬼子的咽喉，当场死去。那只狼狗欲蹿上去，被齐东来手起一枪打死。另一个鬼子惊慌失措，正待挣扎，孟开山大喝一声，挺枪刺刀扎进鬼子胸窝儿倒地而亡。最后一个鬼子拉开架势，执枪便扎韩飞虎后心。齐东来在后面开枪射击，鬼子仰面朝天丢了大枪死去。韩飞虎用大枪把火堆拨开，去茅厕里提出来尿罐，一手提着尿罐，一手把马蜂被火烧成熟肉的双脚放进尿罐里泡起来止痛。孟开山站在余火堆里双手抱住马蜂，齐东来不敢怠慢，用大枪上的刺刀割断了吊在老槐树上绳索。三个人把马蜂架进了床上。

躲在西配房里的马蜂妻子、儿子、儿媳跑出来跪在齐东来三人面前磕头拜谢。孟开山又请来了先生，看了伤情号了脉象，开了药单忙叫马蜂的儿子去抓草药。马蜂的妻子开始烧火做饭。三人拿了铁锨，每人扛起一个鬼子死尸来到家南山沟里把三个死鬼子埋了。

三人再回马蜂家，马蜂妻子已做好了饭菜。齐东来辞行负疚地说："婶子，我们是峄山游击队，别看我们穿着鬼子的衣裳，那是为了迷惑敌人。今天的事儿，我们实在是拿钱购买粮食。没料到会出现这件事情，打搅了，就此告辞。"

慌得马蜂妻子连着趺了两脚，爬起来拦住三人说道："好人呀，不能走。天不早了，吃过饭再走。"

齐东来说道："婶子不知，如今俺给您惹了祸不光俺要走，您更得躲躲风头。"说着往外就走。

“恩人别走！马某凉水变热水喝了再走。今生今世大恩大德俺永世也报答不了！”堂屋窗棂里传来了马蜂的挽留声。

韩飞虎见了，一手扯住一个把二人拉进屋里，就地上抱起马蜂再次放到床上，回头说：“指导员同志别客气，老马实心实意留咱吃顿饭，走时留下饭钱，又不违犯纪律。”

齐东来见了马家如此盛情，只得说：“马大叔真是开明人士，要知道，游击队有铁的纪律。其中有一条叫不拿群众一针一线，我们怎么能给您增添麻烦呢？”

“大官，您三人一进门说要买粮食，我就觉着有些蹊跷。再后来越看愈发不像鬼子了。莫说吃一顿饭，就是吃一年又有何妨？”马蜂板着脸哼哼着叫道。

案板上，两盆菜，一大盆和一小盆。大盆炖了豆腐和白菜，小盆盛了腌的咸菜。一边是捣了一窝蒜臼辣椒，紧挨着就是一簸箕芋头干子煎饼。邹县东南著名吝啬鬼马蜂先生破天荒招待了游击队员一回，痛得他心里比鬼子烧他的脚还难受！

三个人吃饭如风卷残云，不大一会儿工夫把饭桌上的食物吃了个精光。齐东来命令道：“孟开山同志，与马大婶付钱。”

马蜂妻子说什么也不留钱，推过去让过来反复几次，马蜂笑了：“不行的话，就留一半钱。”妻子还是不留，马蜂接过钱全收下了。

三个人告别马蜂，正要离开马家，门外呼啦啦拥进来十几个伪军，小队长见了齐东来点头哈腰，喝令道：“把马蜂的粮食全部拉走！”这群伪军到处翻箱倒柜，寻找粮食。一袋袋，一缸缸粮食全摆在当院子里。

韩飞虎一脚踹倒小队长拉枪就打。齐东来上前拦住，摆了摆手对伪军小队长喝道：“你们的，统统的，开路的干活！”

伪军小队长吹起哨子，伪军们正搜得起劲儿听了哨子声跟着一瘸一拐的小队长走了。齐东来见伪军走远了，领着二人走出了马家大院。不想，又被马蜂妻子追出大门外，说道：“大官别走，到家里有话说。”

齐东来欲言，韩飞虎抢话说道：“哎！有年纪的，俺来买你的粮食，你不卖；日本鬼子抢你的粮食差点要了你当家人的命，二鬼子来了俺替你赶跑。吃了您的饭还多留钱，你还喊我们干什么？”

孟开山见韩飞虎说话似黑煞神吼叫，怕吓着老人家，便与马蜂妻子解释。老人家一看这人一脸麻子就更加害怕了，连忙向齐东来身后躲。

老人家拉着齐东来的手一直拽到堂屋东间，马蜂热泪盈眶：“八路大人，今天的事情，黑白分明，就是铁石心肠也得活动了，并非我马蜂不晓事理，其实是庄户人家种庄稼真是忒不容易了。虽说我家没有多少粮食，您放心，我愿卖给您五百斤粮食，算是我为抗战尽一份力气。”

于是，孟开山雇来五个农民，用大秤称了五百斤粮食，算了粮食钱。每个人都背了一袋粮食，辞别了马蜂家人，启程回去。

他们一走，家人用独轮车推了马蜂，铺盖，粮食若干去邻村亲戚家躲藏起来。

范洪灞回到大白楼见其他小组正吃饭呐，不解地问：“为什么你们回来得这么早？”

孟开山附在他耳边低语一番，范洪灞频频点头，心中更加佩服齐东来。各小组陆续回来，独不见关汉忠的小组。他来到村口，遥见路上没有人影，不免焦躁起来。

这时，韩飞虎急如风火地跑来，腰间插着斧子，手里提着手枪叫道：“大哥，我去迎关汉忠！”

范洪灞摆手：“你刚回来太辛苦了，还是叫别人去。”他嫌韩飞虎性急怕惹事，叫齐东来、吕子河领人去了，气得韩飞虎把斧子深深地剁进春树上。

关汉忠领了崔成亮、肖云集二人来到一座偏僻的山村，这里是一片山凹，它离附近最近的村庄也有二十里地。可谓山高皇帝远，村庄名称叫土山洼村。三个人来到村口，迎面碰见一位拾粪的老汉，老人没有戴帽子，光着头，赤着双脚背着粪叉正往村外走。

肖云集迎上去问：“老大爷，借光问一下，杨度的家住在什么地方？”老人见三人带着枪摆摆手慌忙走开。关汉忠心里想可能是问了个哑巴，他示意二人往村里走来。村庄很壮观，坐北朝南。村南有一块大场地，场地南边就是一条大河。烟笼草房，树木遮院。远闻雄鸡打鸣声，近看武夫练刀樱。肖云集观看良久，觉着这个村有些杀机说：“关汉忠同志，我们是不是换个村庄？”

关汉忠自觉自己有一身好武艺，又有二人相助说：“公买公卖，怕什么。纵然有十来八个小贼，不够我一顿拳脚打的。”关汉忠根本不听劝阻，自作主张，硬拉着二人下了山冈。

过了石桥，来到场边，却见十几个二三十岁上下的人，一个个手持白莲棍，大刀片儿在那里上蹿下跳，东打西戳练些拳脚。见了来人，一个满脸络腮胡子，嘴里长出两颗大板牙的人迎上去抱拳问道："敢问哪路兄弟，到敝庄有何贵干？"

"兄弟，俺是峄山游击队，今到贵庄给您增加麻烦，想购买些粮食接济蝗灾灾民。"关汉忠说。

络腮胡子听了，拍手称好："在下杨斜，请大官到寒舍一叙。"三个人被那群汉子前呼后拥引到一家大院里。络腮胡子叫众人到东配房喝茶，自领着三人来到屋里。

堂屋八仙桌东边的罗圈椅上，端坐着一个老头儿，满头煞白的头发，红脸上方闪动着一双贼眼，手捧着烟袋不紧不慢地抽着。杨斜进来指着三人说道："爹，来了三位客人是共产党游击队的，今儿来给过蚂蚱的难民购买粮食，你看看什么时候给他们称粮？"

杨度现年六十八岁，膝下有十一个儿子，人人都是腚大腰圆，个个有些横劲儿。当下吩咐络腮胡子："大牙，快叫厨房里安排饭菜，招待你三位叔叔。"

杨斜捋着络腮胡子一愣，转身走去被肖云集拉住说："啊，杨斜，不必麻烦，你称了粮食，算了钱俺们就走。"

"哎，叔叔见外了，难得你们光临俺家，说什么也得吃完饭再走。"大牙还是走了出去。

杨度拉了三人来茶桌前坐下，满脸堆笑说："兄弟不要客气，只管坐下喝茶，等吃完饭再打发你们上路。"喝足了茶水，他领了三人来到后院，让人打开粮仓的屋门，只见里面用箔圈了几筒子芋头干子，他与三人看了说道："放心，抗战嘛，有点儿良心的中国人也得保住自己的家园。"

肖云集听着杨度的话不顺耳朵，忍不住说："杨先生，时候不早了，你还是卖给我们粮食为好，我们的大部队在山那边等着呢。"

杨度正待回话，就听院子里杨斜喊道："爹，快请叔叔们吃饭吧。"说完，自去了东配房。

关汉忠被他们父子的热情感动了，遂对崔成亮、肖云集二人说："难得杨老先生热情，我们不妨在这里吃完饭再走。"

杨度作陪占偏座位，关汉忠不许，把他让到主位，自己挨肩坐了，肖、崔二人左右坐了。六个菜无非是地上生的，陆地跑的，水里长的。酒已经斟满。

"欢迎弟兄们光临寒舍，杨某不胜诚恐，荒山野岭没有佳肴，还望弟兄们多多包涵。"杨度举起酒杯一饮而尽。

肖云集、崔成亮二人喝了，关汉忠有些感冒，酒到口里喉咙发痒，一咳嗽随即就把酒吐在地上。杨度并未察觉，当饮第二杯酒时，关汉忠去了趟茅厕。回来时，就见肖云集、崔成亮二人早已被几个人捆了。

关汉忠顿时醒悟，大叫："上当！"抢过去，拨倒众人，两手携了肖、崔二人就走。

杨度跳起来，高呼："孩子们，不要放走一个土八路！"只见东配房里杨斜当先跳出来，身后紧跟着二三十个剽悍的家伙。人人凶狠，个个狰狞，手拿刀棒将关汉忠三人围在核心。

关汉忠大怒，把二人放在一边，抄起一杆钩担迎上去，钩担吊子哐啷啷连声响动与群匪打了起来，当即打掉杨斜两颗前门牙。那钩担吊子打着当场死去，钩担碰着霎时命丧。关汉忠恼怒，把个钩担耍得车轱辘般旋转，使出峄山道家三绝功手段，武功十分了得。转眼间二十余人就被打倒了一大片。剩下的几个恶棍们四散而逃。关汉忠收住钩担哈哈大笑："咦，就这么几个脓包真不禁打。"

突然，杨度打了一枪，关汉忠左腿肚子中弹，跳动了几步，被杨斜弟兄几人赶上要捆绑。早被他一手抓住一个扔出几丈远，杨斜捂着血嘴见偎不上摊儿，声嘶力竭地叫："朝他眼上撒沙子！"几个人就地抓了土向关汉忠撒去，果然，关汉忠双眼被沙子迷住，再也没法招架，左腿又疼痛起来，几个家伙扑上去将他按倒在地用绳子捆了。他见关汉忠腰里鼓鼓囊囊的，摸出一个小袋子。解开口一看，里面是一沓厚厚的钞票，暗自惊喜装入自己的腰包。

杨度执着枪，笑眯眯地说："皇帝都管不到的杨家天下，跑穷腿的游击队胆敢站在本老爷头上拉屎还是头一回。"他吩咐大牙再用铁链子把关汉忠锁好。召回被打散的同伙们，再杀鸡宰羊，热热闹闹地大吃一顿。用辆马车把关汉忠、肖云集、崔成亮三人架到马车上，大牙带了四个恶棍押着三人向县城赶来。

齐东来等人行至二里路，远远见一辆马车迎面而来。他立即命众人隐蔽在树丛中，不多时就见前面四个人坐在马车上，就听中间被捆的关汉忠在叫骂。他见马车快走近了，大家正要动手，猛听到枪声响起，看时正是韩飞虎。只见三个恶棍霎时毙命，杨斜措手不及也被打死，一个被劈倒在地。韩飞虎杀了几个家伙就势解救了关汉忠等三人。齐东来松了口气，见关汉忠受了重伤，解了肖、崔二人绑绳，急调转马头赶着马车往峄山街村走来。

回到大白楼，关汉忠向范洪灞汇报。他率领小组去了土山洼村，那家地主有十一个儿子，不知道父子都做了汉奸。他用鬼点子哄俺，骗俺吃饭就被捆了，挨了一顿打，老地主叫了儿子们押俺三人前往县城领赏。众人听了大笑。范洪灞叫卫生员给关汉忠治疗枪伤，对韩飞虎无组织无纪律的行为狠狠地批评了一顿。

这时，王霸双眼噙着眼泪来了。范洪灞不见了龙南山，心里恰如刀绞一般。

第二十五章

三打车站

独立团进驻峄山街村，村子有五十户人家。刘团长是一个细高个儿，四十三岁，湖南人，放羊娃出身。在一个严寒的下午，白匪抢走了羊群，他无法回去向东家交代，只好拉上讨饭棍做乞丐。饥饿，寒冷使他这个走投无路的叫花子病倒在雪地里。毛泽东领导的秋收起义队伍辗转到了他的家乡，他才遇上大救星。长征后随一一五师赴沂蒙山区开辟抗日根据地，被纵队首长分配到鲁南军区独立团展开游击战。

刘团长嗜好吸烟，每回卷的纸烟活像炮筒。此时正主持召集各游击区的干部开会，邹县县委书记彭建华列席参加。

“同志们，鬼子从济南抽调大批兵力，企图把鲁南抗日武装消灭。形势十分严峻，因此，散会后马上转移。”刘团长尽力吸一口烟。他又说，继南京大屠杀之后，日寇已经鲸吞了祖国的半壁山河。蒋介石躲在峨眉山坐山观虎斗，对日寇仍然采取妥协政策，但是对浴血奋战在抗日前线的八路军却搞摩擦。目前，南至海南岛，北至长城，东至东海，西至郑州，鬼子对各个根据地加紧扫荡。我们的武装力量遭受很大损失，根据地物资匮乏，鬼子的蚕食政策使得我们游击区逐渐缩小。因此，军区首长指示我们，深入敌后，迅速切断敌人交通运输线，拔除封锁游击区的炮楼，严惩死心塌地的汉奸走狗，夺取反扫荡的胜利。

县委书记彭建华，邹县亢阜人。他是个富有朝气的领导人，日寇侵占邹县，立即组织进步青年发动武装暴动，大小数十仗。在血与火的洗礼中，已锤炼成卓越的领导者。

“董青军同志调县委工作。”彭建华说，鬼子从枣临一线向沂蒙山区扫荡，枣庄的铁道游击队已使临枣交通运输线陷入瘫痪。我们必须迅速拿下两下店车站，切断津浦铁路阻止敌人向南增援。他最后任命：“范洪灞同志为第一队大队长，石月亮同志为第二队大队长，吕子河同志为第三队大队长。”

散会后，吕子河找到彭建华说，他没有指挥能力，担当不起这项艰巨的任务。彭建华把孟开山找来，要他与吕子河共同工作。

吕子河、孟开山二人与老战友依依分别。范洪灞洒泪牵着他俩的手送至村外，各行军礼，很长时间不肯分别。

范洪灞令村边设下岗哨，队员们给老百姓打水、扫地、轧碾、砍柴好不热闹。范洪灞和王霸来到村北头子孙堂前坐下来，王霸才把龙南山的事情作了汇报。清晨，他和龙南山去两下店侦察，在回来的途中路过一座酒馆。龙南山硬拉他喝一盅，王霸勉强同意，二人已经喝足酒，王霸去茅厕时，龙南山又偷喝了一碗酒。二人算罢酒钱，刚出村头，龙南山一头栽在路边睡了。王霸回村去打醋给他解酒，回来时人不见了，找遍了地头河边没有人影就只好回来。

范洪灞听了，即派他去村里打听一下龙南山的下落，王霸领命去了。

王霸扮成讨饭的叫花子进了村，来到石柱家敲门。只听屋里石柱叹口气，劝道：“老乡，今年闹蝗灾，庄稼绝产，你还是换换门吧。”石柱见大门不停地响顺着门缝见是王霸，连忙开门拉他进屋。王霸问起龙南山的下落。

石柱长叹一声，泪流双腮：“我从三孔桥回来正碰上苟义押着一人去了车站，后来打听到，那人他一头撞在墙上，头部流血没人管，当时咽了气。”

王霸问：“尸体呢？”

石柱擦干眼角泪珠说：“日本鬼子把他扔到荒野，是老金和永新哥用箔卷上埋了。王霸辞别老人。

半夜，哒哒哒！八路军一部，峄山游击队宛如暴风骤雨似的子弹从三个方向一齐向两下店车站上血红色的炮楼猛射。枪声震撼着鲁南这片如火如荼的抗日热土，杀声响彻云间，弥漫的硝烟滚滚飘向天际。它好像在空中观看矗立在刀枪中，受到正义者奋起打击的那座摇摇欲坠的红砖砌成炮楼倒塌的下场。

勇猛的战士满腔怒火肩负着收复失地和保卫着可爱祖国的民族使命，前赴后继，踏着战友的血迹奋勇前进。刘团长率领团部直逼西华庵指挥战斗。三个营的战士们及峄山游击队从三个方向围攻炮楼。这支英勇的三团是由毛泽东领导秋收起义的红军老一团的骨干组建的，一个个生龙活虎犹如利剑一般冲上铁路。

炮楼里的十二个鬼子，依仗着乌龟壳似的坚固防御体系拼命负隅顽抗。密集的子弹倾泻下来，冲在最前面的战士壮烈牺牲。刘团长看了，传令命一营长组织爆破队。不一会儿，警卫员从弥漫的硝烟中跑来，报告："团长，一营长牺牲了！"

刘团长见报，心头一热，久久没有说话。一营长是他从延安延河畔带来的，这位骁勇善战的英雄就这样为国捐躯，他怎么向延河村的父老乡亲交代呢？他立即任命副营长代理营长职务，组织爆破队继续进攻。

副营长立即组成七人的爆破组，叫道："火力掩护！"于是，激烈的枪声再次响起，一个小战士，在子弹如雨中跳跃着。他爬上了铁路，跳到路轨中间，躲避着子弹，打着滚儿既而爬着慢慢地靠近月台，那月台再走十余步就到了炮楼下，密集的子弹在他身边呼啸着随时就能穿进胸膛，随时就能打进头颅。

突然，他来了一个旱地拔葱龙腾般地跃上月台，快速奔向炮楼。副营长见了，心中高兴。然而，小战士倒下了，副营长握紧了拳头。小战士猛地站了起来晃晃悠悠地迈步向前，没走几步他又倒下了。鬼子的火力更加凶猛了，地动山摇，焦土似火。硝烟中小战士又站立起来，跌跌撞撞再次冲锋，一颗手榴弹爆炸了，小战士就再也没有起来好像化作一道闪电为战友们照亮前进的道路。

这时，鬼子的火力更加凶猛，冲在前面的战士被火力压得抬不起头来。副营长命令战士们后撤五十米，这时候，鬼子的射击显然没有刚才那样激烈，副营长急命爆破队再次冲锋。一个战士刚跑上铁路就被打倒了，第三个战士紧接着冲上去，抱起炸药包一溜打了十八个滚，隐蔽在月台下喘息着，当他跃上月台就被鬼子的机枪击中，壮烈牺牲。

副营长见强攻不下，炸炮楼又不成，立即组成敢死队。他把衣裳一扒，气壮山河地吼道："同志们，党和人民在期待着我们，冲啊！"当敢死队冲到月台下的时候，鬼子的枪弹打来，副营长身负数弹，倒在地上。敢死队死伤过半，架起副营长最终退了回来。

清晨，刘团长看到炮楼血红色俱是红砖砌就，上中下分三层鸟瞰四野，四下里各留一眼机枪口。看罢不禁心里暗暗叹息，一面吩咐战士们把火线上受伤的战友抢救下来，一面命令战士们停止射击。他仔细地观察起来，炮楼周围没有一点障碍物，看来强攻不会拔除这颗钉子。他又朝北面看去，北面的停车道上，大约有两节空车皮停在那里。双眼一亮，自言自语地说道："炮楼已经拿下来。"

他把二营长叫来，指着票房北面那两节空车皮说："营长同志，请你派几个战士把那两节空车皮弄来。"

二营长看了，异常高兴："团长同志，谢谢你！"他领了十余个战士在铁路壕里急跑了一段路越过铁路，果见两节空车皮停在那里。守卫在那里的鬼子拼命阻击，二营长大喝一声，挺枪猛冲杀了过去。战士们一阵扫射将这股鬼子消灭。

众战士齐心合力缓缓地把两节车皮向南推来，炮楼里的鬼子看见了，忙抽调伪军前去阻拦，双双激战多时，伪军被击溃。空车皮继续往前走，炮楼里的鬼子惊呆了，对于这个庞然大物有些束手无策，空车皮稳稳地停靠在对面与炮楼紧紧有十几步之遥的月台边。

刘团长命令二营长带领战士们攀上空车皮靠近射击。战士们攀上空车皮，车高人矮，只好搭人梯。于是，战士们踩上战友的肩膀，端起枪向炮楼射击。鬼子发现车皮内有人，立即向车皮里扫射。上面的战士无法躲闪，多有被击中，子弹穿透车皮，当人梯的战士也有伤亡。

二营长见事不好，传令撤走。他来到刘团长跟前报道："团长同志，进攻失利。"

刘团长郑重地点点头说："营长同志，不要说了。这个血色炮楼真是个乌龟壳，坚硬得狠呢！"他把连以上的干部召集起来，研究对策。说道，"同志们，我们已经进攻三次了，还是无法接近炮楼，大家看看，再用什么方法拿掉它。"

三营长说："再次组成敢死队，集中火力强攻，这回我打头阵。"

二营长摆摆手说："不行啊，再强攻就是蛮干，还会造成更大的牺牲。我看只有围而不攻。"

代理营长笑道："不进攻也好，把他困死在里面，叫他不战自败。"

刘团长听了，觉着有些道理。如果再发动强攻部队伤亡更大。现在，只有围住炮楼，不让他取水，渴坏他，不让他去外取粮，饿死他。他笑着说："看来，司马懿围困马谡的战术还是要借鉴的，别无良策。把鬼子围得水泄不通，弹尽粮绝，迫使'马谡'投降。"

与会人员举手赞成，于是，刘团长下令，逼近炮楼，严密监视鬼子，一有出炮楼门者，就地击毙。

星月当空，银粉粉的夜空使得大地间万物清晰可见。两天过去了，炮楼里的鬼子蠢蠢欲动，因为他们一天多没有喝上一口水了。虽然粮食还能撑几天，喉咙渴得冒火致使这群渴鬼再也忍受不了。他们又强忍一日实在撑不下去了，决定冒死也得去一步之遥的井里打水。

炮楼门悄悄地打开了，一个鬼子弓着腰提着水桶来到井旁，刚要往井里放入水桶就被飞来的枪弹击倒。朦胧中，又见一个鬼子爬着来到井旁，同时也被枪弹打死在那里。又一个鬼子刚上井台，枪响后他就如倒栽葱一头栽入水井里。鬼子仍不死心，用扇门板挡着来到井旁。可是，狩猎者从另一个方向撂狼似的将他打死。诚然，鬼子想喝水的企图完全破灭了。

又是一天过去了，天气闷热，秋天的南风是多么的凉爽，然而它就是一丝风儿也没有。闷在乌龟壳似的炮楼里鬼子更加热得苦不堪言。就在剩下的八个鬼子躺在二层炮楼上像蚂蚁进火锅十分难熬的时候，突然听到外面传来了逃生的召唤声。

"日本士兵们，你们已经被包围三天了，周边的县城都被我八路军收复，你们趁早投降。顽抗到底，只有死路一条！"一阵高似一阵的劝其逃生的喊话不断地传进来，一个小鬼子说，投降吧。老鬼子一枪将他击毙。老鬼子想了个主意，叫一个鬼子打着太阳旗装着投降，再叫一个鬼子去弄水。

果然，一个鬼子打着投降旗出了炮楼门，一个家伙爬着偷偷地去提水，正当他提着满满的水桶往回跑时，迎接他的子弹正好从左耳穿透了右耳，水桶叽里咕噜滚下了井台。打投降旗的鬼子如受惊的老鼠掉头就往炮楼里钻，然而正义的枪声响起，子弹把他送到了另一个没有光明没有声音的阴间。炮楼里的鬼子面面相觑，看着老鬼子的脸色谁也不敢再作主张。

刘团长坐在土堆上，见久攻不下，心急如焚，他正在自责时，远处飞来一骑荡起尘埃来到面前。那战士跳下马，行了军礼，报告："团长同志，你好！"他把一封信交给了刘团长。

打发走了军区通讯员，刘团长把范洪灞找来："队长同志，情况有变，鬼子调集大批兵力袭击军区驻地，首长要我部火速增援。围困车站的任务就靠你们了。见范洪灞表了决心，刘团长率领全团人马浩浩荡荡向东山里进发。

炮楼里的鬼子见老八路撤了，高兴地在里面如驴打起滚来，因为口渴再没有力气支撑那侵略者肮脏的躯壳。这时，北面来了大批鬼子，县城的鬼子见老八路撤走，沙泥命人前来救护两下店车站。

范洪灞见县城的鬼子来势凶猛，只好领兵向正西挺进，秘密迂回峄山街村。

车站上，好多天风平浪静，相安无事。然而，日本鬼子这个战争机器太小了，他无法支撑这个庞大的战争体系。前方缺乏兵员，只好让伪军把守车站将县城增援来的鬼子抽跑一半。

原来，苟义见游击队进攻两下店车站，对沙泥献计说："队长，游击队在两下店，王家庄有他的伤员，咱们何不趁此机会剿杀？"

沙泥听了，点点头赞许道："苟的，你的与高队长，王家庄的干活！"他瞪着双眼，把牙咬得咯咯响来到地图前，一手拍在注有王家庄的符号上。

苟义领了特务队与高劲松的伪军六十余人，暗暗出了东城门气势汹汹地向王家庄蹿来。就在这个时候，城南门里走出一位女孩，走进一家饭馆，来到掌柜的面前，拿着一朵九月菊花说："掌柜的，有狐狸肉吗？"

掌柜的满面笑容，回答道："猎户说等到明天。"

那女孩把一张字条儿塞给了掌柜的，低声嘱咐："送到峄山街村范洪灞那里。"她说完就走了。

伪军大队长高劲松领着伪军慢腾腾地向王家庄开进，愈走愈烦恼。当初，苟道死了，苟义跪在面前乞求留在帐前听令。没三月，这个贼东西跑到沙泥那里成了红人。他命令特务队在前，自己的队伍在后，巴不得一颗流弹飞来将这个造孽鬼打死！

苟义领着特务队来到鬼门关，没有发现异常情况，放心地向前开进。到了妖魔谷，就听山两边枪声骤起，子弹如雨。游击队势如潮水涌下山坡，齐声高叫："铲除杀爹贼苟义！"苟义听了，吓得弃了特务队，落荒而逃。

高劲松急忙把特务队收拢过来，放过特务队，自己率队挡在前面，见特务队远去，即命伪军趴在地上朝天空放枪。傻子在远处看了对范洪灞说："队长同志，那位骑马的军官可能是凹地村的高劲松。"范洪灞领会，不紧不慢领着游击队杀向伪军。高劲松边打边退，敌我双方不曾伤了一个人，各自撤回。

高劲松率领伪军回到县城，刚进城门，沙泥虎视眈眈地等候在那里。高劲松跳下马，行军礼，哈着腰说道："太君，我们中了范洪灞的埋伏，特务队被打散，苟队长下落不明。"

沙泥那张狰狞的脸庞没有一丝血丝儿，两眼简直是杀人的毒剑。他一挥手，身后转过几个凶恶的鬼子很利索地把高劲松捆个结实。高劲松大叫冤枉，但还是被押走。

几十个特务队员当头拦住去路，跪在地上齐声说道："太君，多亏高队长打退游击队，我们才得以逃命，高队长是好人！"

沙泥见了，气急败坏地叫嚣："你们的滚开，统统的杀掉！"

众特务说："太君，你只要不放高队长，我们情愿与他一起死。"又有人高喊，"高队长救了俺，您为什么还要杀他？"

沙泥看着苟义蒙了，中午，苟义逃回县城说，高劲松见了游击队就吓跑了，我率领特务队迎击游击队被打散。沙泥信以为真，他看了眼前一幕，弄得他六神无主，不知如何是好。

苟义奸诈刁滑，抓住一个特务就是两耳光，骂道："都他妈的饭桶，土八路的枪一响，你妈的狗腿比谁跑得都快。我问你们，仗打完了，你们跑到哪里发财去了？"

沙泥喝退了苟义，把几个特务喊到一边，询问："你们的，说谎的不要，王家庄的战斗到底是怎么的回事？"

特务们叙述说，我们在妖魔谷中了埋伏，枪一响苟队长撒腿就往回跑。他扔下我们不管，眼看被游击队活捉。高队长冲在前头，打退了游击队救了我们才回到县城。没料想，苟队长临阵脱逃，贻误战机，反而咬人一口。

沙泥一把抓过苟义，提黄鼠狼一般吼道："苟的，你的欺骗皇军！"他恼怒地将苟义倒推在地上，拔出手枪就打。

善良的高劲松走向前挡住了苟义，对沙泥求道："太君，生气的不要，苟队长下回的改正。"

沙泥明白，苟义这个家伙是个不仁不义的物件。见高劲松与其求情，缓了口气，骂道："八格牙路！苟的，你的良心坏了坏了的。"

苟义见不杀他，慌忙爬起来谢恩说道："太君，不敢了，不敢了。"

沙泥示意鬼子将高劲松放了，高劲松向沙泥谢了。沙泥拍了拍高劲松的肩膀，一语双关地说道："高的，误会，误会的不要。苟的，不忠的干活，下次的再犯的。”他见空中有一飞鸟，举起手枪将鸟击落。

回到特务队，苟义将那两个说他坏话的手下吊在梁上，用皮鞭狠狠地毒打起来。惨叫声传出来恰被高劲松听见，他想去劝解，猛然醒悟，做人的原则：害人之心不可有，防人之心不可无。特务队窗户里仍然不断地传出凄厉的哀叫声，他下了狠心，与沙泥说了。沙泥不信，亲自来到特务队看了，果见两个特务被吊在梁上，苟义正在痛打。

沙泥上前喝住，又向二人问明情况，照着苟义的脸就是三耳光。

峄山街村离铁路三里路，出了纪王城西门就到。鬼子从来想不到游击队竟敢在眼皮底下驻扎，村子连着峄山，可以直接攻打车站。

这天，正逢两下店大集。四面八方的人们肩挑手提向集市云集。范洪灞来到金水河畔，驻足兴叹，如此秀美的金水河被日寇占领，再不能河边唱歌，再不能河里逮鱼，再不能畅游戏水。

他是个多情的钢铁汉子，叹罢良久，不禁潸然泪下。他用黑头巾勒在头上，背起粪叉，夹了粪耙穿过当街。出了村子，来到城西门。这里离一孔桥只有一里远了，清晰地看见炮楼下日伪军在仔细地盘查过往的行人。看来，想过铁路没有希望。

范洪灞放慢脚步，边走边酌量，无计可施。忽转脸看见了银发苍苍的老大娘颤抖着双腿，右胳膊上挎着柳条篮子，篮子上面盖了一块印花布，擦肩而过。他几步撵上老人替她挎着篮子，迅速把手枪放进篮子里再用印花布盖好，走了百十步还给了老人。老人接过篮子脸上露出赞叹的笑容。范洪灞背了拾粪的工具，转向一座高坡上蹲着观察起来，就见老大娘走到伪军跟前摇摇晃晃地走过去。

范洪灞下了高坡，屙了一摊屎并把它钩到粪叉里，来到伪军面前专门靠近，伪军闻到恶臭的鲜屎味儿捂着鼻子把他赶了过去。他追上那位老大娘从她柳条篮里取出手枪，把篮子还给老人若无其事地朝车站走来。老大娘见了，十分惊讶，半晌，哧地笑了。

鬼子在车站北端又修建了一座炮楼，又配备了十二人的骑兵队。这是一群凶恶的豺狼，今日的两下店车站今昔非比了。他信步登上月台，看见鬼子不远处就有一人站岗。一会儿，又增加了岗哨。来到一个拐弯处，就见一口大瓷缸里面冒着热气，一位年轻的少妇正在里面洗澡，身边一个十岁左右的小孩正给她搓背。

一位打旗的中国工人走过来，范洪灊悄悄地问他洗澡的娘儿俩是什么人，打旗工告诉他，这娘儿俩是沙泥的妻儿。范洪灊听了，心中暗喜。

范洪灊连忙转身下了车站，绕路回到家里，放下粪具，高兴地叫："奶奶，我回来了。"

奶奶银发苍苍，布满皱纹的脸庞带着无限忧伤。她的耳朵听见了孙子的呼唤，那双望眼欲穿的干涩眼睛看到了久盼的亲人，嘴唇嗫嚅着又不敢相信自己的耳朵，更不敢相信自己的眼睛。天上活生生地掉下来她的心肝宝贝，奶奶坐在木墩上抓紧了范洪灊的双手："我的儿呀，你是怎么来的？"奶奶用嘴亲他，用手捏着他的双腮，在这个对生活充满十分绝望的时刻，人的一生熬儿盼孙的封建观念，在她打了烙印的心灵深处油然而生。她看到范洪灊就是看到了希望，悬在心中的石头又一次落下来了。

奶奶把孙子揽进怀里，仔仔细细又端详一番，眼泪再一次从眼眶里流出来。

范洪灊歉意地说："奶奶，都是孙儿的不好，让您担惊受怕。"

奶奶一把推开范洪灊，斩钉截铁地说："不，孩子，只要把日本强盗杀尽，奶奶就是吃黄连也心甘情愿！"

范洪灊告诉奶奶，今天去车站侦察，鬼子警戒森严，没法儿接近就回来看您老人家。奶奶忍不住问是不是要打车站，见范洪灊点头，便自告奋勇地去侦察。范洪灊告诉她，查看有多少鬼子，多少伪军出入，地堡、炮楼各有几座，里面住了多少人。奶奶一一记在心里。

"这就走？"奶奶见范洪灊起身，眼圈又湿润了，既而满面绽放喜容。

范洪灊不便久留，告别了奶奶，毅然离去。

奶奶双眼噙泪目送孙子，竭力地望着远方。她理了理头发，用白莲篮子挎上些鸡蛋，来到车站门口下。这里有几个小摊儿，大都卖些葱姜萝卜蒜。奶奶让邻摊子的人看管鸡蛋，装着解手进了车站，在月台上转了两圈儿，发现车站上有两座炮楼。一座地堡，她走进一座地堡门口一看，里面有三个鬼子，急忙抽身往回走。不想鬼子放出来洋狗把她咬翻在地，既而咬住奶奶的右手撕下一块皮。奶奶打着滚儿向小市场靠近，洋狗发起疯来，照着奶奶的后背连咬六口，紧接着又去奶奶的双腿上撕咬。鬼子们围观不断地发出哈衣哈衣的叫声，奶奶流血过多，昏死过去，鬼子这才把狗喊回去。

看摊子的金贵，见此惨景扔下菜摊子背起奶奶飞也似的朝峄山街奔去。

来到杨先生药铺给奶奶治疗，抓了五服中药，再把奶奶送回家中。

消息传到峄山街，范洪灞勃然大怒，一拳擂在桌子上，把桌面砸个窟窿。韩飞虎知道了灌了半斤老白干酒，跳起来左手执着斧子，右手提着手枪，准备战斗。范洪灞冷静下来，作为一个指挥员在关键时刻怎能急躁冒进，再不能以私事给党造成损失。他派齐东来去看望奶奶，把奶奶侦察到的情况收集过来。齐东来去了。

范洪灞来到一家铁匠铺，厨屋里传出叮当叮当的锤击声。他见是熟人武大叔，不禁问："大叔，您怎么来这里？"

武老人放下大锤，擦着满脸粘着烟灰黏合的汗水，叹口气："在家受尽了恶棍们的气，听说儿子武中在这边做事就奔这里来了。呸，哪知道他干的是玷辱祖宗的事。"

范洪灞听说师弟武松跟了伪军，问："他在哪里干？"

老武告诉他，半月前儿子武中刚从滕县调到两下店来，他去一空桥炮楼喊儿子回家，武松犹豫不定最后还是留下了。

范洪灞听了，心中暗喜。他把老武拉到暗处，塞给他一把钱，递给他一颗压铁轨的螺丝帽。小声地叮咛他："打十二把卸螺丝帽的老虎钳子。后天晚上来拿。"

范洪灞安排就绪，队员们精神抖擞，整装待命。齐东来回来说，奶奶伤情好转，已经喝了两服中药。多亏两下店村金贵救了奶奶，他又根据奶奶口述，把两下店车站敌人工事布防情况画了张草图递上。范洪灞接过看了，立即让韩飞虎秘密去武家铁匠铺取老虎钳子。这日，范洪灞拨崔成亮、张红喜、王霸三人先去关山口二十米桥将铁轨卸掉，扔进桥下塘坝里。第二组，张九龙、哑巴、肖云集三人去小野店家西，同样把铁轨卸掉。王侯带领六十名队员埋伏在潘家沟，阻击沙泥增援车站。

齐东来先行一步独自来到一空桥炮楼前，高叫："来人，放下吊桥！"

伪军岗哨吓得急拉枪栓，惊叫："干什么的？"当他听到是找武中的，也不放他进来，回身进了炮楼。一会儿武中急匆匆跑出炮楼，见了齐东来招手："哥，你来，家里八成有事。"此人正是峄山道观住持唐玄第三门徒。

二人携手边走边说了一会儿，来到炮楼二层，武中把四个伪军叫到跟前："弟兄们，我武中世代清白，怎么可能给日寇卖命呢？我是游击队员，鬼子杀我同胞，抢我财富。你们不会再看着自己的财产被鬼子无休止的盗走吧？"

众伪军把军帽摔在地上，齐声说："你说得对！武哥，不反不行了。我们跟你走！"

天黑下来了，山野寂静，万籁俱寂。突然间，林子里传来了一阵猫头鹰的叫声。武中听了，跑出炮楼，黑夜中与范洪灞相见。二人相抱良久都流下了泪水。武中说，在滕县听说你拉了队伍，我就调回两下店，正要找你去。范洪灞笑了。

范洪灞领武中与大家相见了，关汉忠抱起武中兜了几圈久久不放。齐东来遂将攻打车站的计划与武中说了。武中听了，连连摆手摇头，口里不住地得："难难难，师哥还不知道吗？车站两座炮楼，还有一座地堡，营房里增添二十个恶魔。你想，这仗怎么打？"

齐东来问："武中同志，孙悟空保唐僧过火焰山是怎么借的芭蕉扇？"

武中猛然醒悟，笑道："'不入虎穴，焉得虎子'，避开地堡，专摸炮楼和兵营。"

范洪灞斩钉截铁："对，就看师弟有没有这个胆量。"

武中说："师哥，我武中从来没当过孬种！"

范洪灞分工后，各小组分头行动。天公有意地起了大风。站岗的鬼子像一捆稻草人在寒风中发抖，望着漆黑的夜空，唯恐从某一个方向射来送命的子弹客死在异国他乡。父母隔海翘首盼望儿回去，死去的灵魂也得不到安宁，这可恶的战争！鬼子还是发现了什么，举起三八大盖嘎勾！打了一枪："什么的干活？"

"太君，太君，武班长的，领煤油的干活！"黑暗中，武中提着马灯忽闪忽闪地疾步来到岗哨前眼。鬼子放武中走过，武中急转身一刀捅进鬼子的后心，又割断鬼子的气管。他迅速将马灯在空中画了三个圈儿，将马灯拧灭扔了。游击队纷纷向车站摸来。

范洪灞示意韩飞虎迅速逼近炮楼。忽然，炮楼门开了，一个鬼子打着手电出来解手，发现有人，慌忙叫喊。范洪灞没容他喊出声，一拳将其击倒，韩飞虎上前照脖子一斧子下去，头身两分家，当场死去。范洪灞手握短刀，来到二层，见两个鬼子正在喝酒。他纵步向前，一刀刺中一鬼子腹部死去。另一个鬼子跳起来，正待挣扎，被赶上来的武中两手抓住双脚，头朝下，把个头颅摔成破西瓜。

沙泥媳妇和儿子来两下店车站玩耍，没有走成。韩飞虎举起斧子便剁，被武中劝阻了，寻了根绳子把她娘儿俩捆了拴在一角，用毛巾捂上娘儿俩的嘴。齐东来要吕子海将她娘儿俩监看。

范洪灞 、武中、韩飞虎三人快速接近北端炮楼，大意的鬼子没有关门，里面灯火通明，他们正做美梦呢。韩飞虎冲进去一斧子一个，接连砍死两个鬼子。范洪灞用拳打死另外两个鬼子，向暗处一挥手，大队人马冲向兵营。打开屋门，众人一拥而入，鬼子措手不及被游击队一阵扫射，二十余鬼子全部被歼灭。

地堡里的鬼子听到兵营里的枪声，知道不妙，纷纷像蛇一样蹿出来。这群难打的强盗，一出门口，就被埋伏在门前的关汉忠迎头射击，三个鬼子，当即呜呼哀哉。

范洪灞命令尽快打扫战场，派孟开山把沙泥媳妇和儿子保护着坐上二把手车子头先走了。永新老人领了数十名群众前来帮助运送战利品。齐东来命人牵来十二匹战马，把剩余的东西让马驮了。韩飞虎放了把火，把炮楼点着。地堡安上炸药，全部炸毁。一时间，车站上，火光映红半个夜空，城里的沙泥火速增援。然而，一切均是徒劳，沙泥乘坐铁甲车行驶到小野店家西发现没了铁轨被迫停下。他只好徒步赶到车站，看到的是一片悲惨的景象，到处是被保卫者杀死的难友。妻子，儿子生死不明，他顿觉无颜再活在世间，竟不顾远在岛国父母的思念，黔驴技穷拔出指挥刀欲剖腹自杀，左右士兵急忙将其救下。

第二十六章

黑　牛　记

夜深了，四街宁静，万籁俱寂。屋子里很暗并散发着浓重的土腥味儿，花生油灯灯芯儿像黄豆粒大小闪着微弱的光芒。后窗用一块泥坯堵得严丝合缝，东间窗户也用块苇席封得很严。总之，屋里的一丝光亮根本透露不出屋子。

彭建华高大身躯占据了整个用泥坯砌垒的桌子，几乎把油灯的光泽全部遮住。他夜以继日地领导着全县抗战工作。此时，他起草打算把三个大队组织起来，对县城进行一次大破袭。他屏气凝神，孜孜不倦地写着工作计划，笔尖哧哧地在纸上走动，外面鸡叫两遍了，却浑然不知。

这家堡垒户本来是家大户，两个儿子在鬼子扫荡时被鬼子用火烧死，如今只剩下老少三口人了。小儿子徐兆瑞是个极其聪明的孩子，自从县委秘密迁到他家，彭建华给他讲了许许多多的革命道理，使这个十三岁的小孩走上了革命道路，促使小兆瑞在血与火的斗争中锻炼成长。彭建华常以锻磨匠的身份作掩护走街串巷，发展革命对象，撒下革命的火种。

草稿终于写完了，他揉着胀痛并充满血丝的双眼，十分疲倦地舒了个懒腰。雄鸡再唱，他隔门缝儿看时，天早已亮了。洗漱完毕，草草地吃了两个窝窝头，背起锻磨工具走了。他来到一家土墙院子里，放下工具，主人家热情地相迎说："老彭，快到屋里坐。"

屋里坐着三个入党积极分子，彭建华一一与他们握手问好。他从怀里掏出一面鲜红的党旗庄重地挂在黑土墙壁上，三个入党积极分子举手宣誓，党又输进了新鲜血液。他顾不得休息，背起锻磨工具与诸位同志告别。

彭建华走在大街上，忽见一对老夫妇用一根柳树棍儿牵着行走。老妇人哭泣着，口里不断地说："我的儿呀，天老爷睁眼，叫鬼子就地死干净死绝；苍天老爷，保佑我儿子快快平安回家。"

彭建华十分诧异，撵上老妈妈禁不住上前问道："老大娘，您这是上哪儿去？"他问了三遍，见老妈妈反应迟钝没有回答，他就觉着事情更加好奇了。

"老总，你别问她，她是个聋子。我呢，哎！"跟在老大娘后头的老头儿叹着气说。

彭建华这才发现这对儿老夫妇都是残疾人，不过在这个吃人的社会里像这类事儿屡见不鲜。可是，老大娘嘴里嘟囔的话儿倒使他感到莫名其妙。他追根求源的问瞎老人道："大爷，天气这么热，您二老这是干什么去？"他问了三遍，老人不回答。他便牵着二位老人来到了柳树荫下。又问了几句，倒是把老头儿问烦了。

"老总，俺两口现在是一步阳间一步地府，您老人家别在与俺要东西了。"老头儿显然恼了。

彭建华听了，心如刀绞。敌占区的人民饱受侵略战争苦难，遭受日伪军恶霸的蹂躏，他们生活在战乱的恐怖中简直是吓破了胆。他直截了当地说："老大爷你别怕，我不是汉奸土匪，我是八路军游击队。"他掏出三十元钱给了老大娘。

老大娘一看有人给钱，停止了嘟囔，用疑惑的眼光盯着彭建华。她十分惊奇地嗫嚅着说："师傅，不，大官。你千万别害俺，俺一辈子被坏人抢的东西没有数，头一回见到军头给俺钱花。"

彭建华庄重地说："我们共产党八路军是人民的队伍，时时刻刻为人民着想。现在，我们正肩负着打败日本侵略者的重任，等到把日本鬼子消灭了，咱们的日子就好过了。"他嘱咐二位老人，对于他的话暂时还是要保密。

瞎老人伸过手摸着了彭建华的手握紧了，对老伴说："回家。大官，到俺家坐一会儿。"

三个人窝回老夫妇的家，彭建华把锻磨工具放在屋门外。瞎老人告诉彭建华："大官，你别生气。夜来，老猫子和二鬼子抓人抢粮，俺二儿子也被抓走了。老妈子从夜里哭到天露明，今儿就拉着我去中心店乡公所找杨扒要人。”

彭建华安慰两位老人一番，劝他俩不要再去乡公所，他可以替他俩打听打听他儿子的下落。瞎老人听罢，翻身与他磕头，彭建华连忙将老人扶起，问明老人家儿子姓名，背起锻磨工具告别二位老人。老夫妇觉得在绝境中遇到了救星，顿时感到眼前一片光明，生活有了希望，好似迈进阎王门里的那一只脚不知不觉地抽回了人世间。

彭建华回到徐家，天已黑了。他透过屋门缝儿看见老徐拿着白莲杆子往外走，急忙招手喊道：“老徐，干什么去？”

“今天夜里摊我打更。”老徐说。

彭建华拉他到屋里说：“老徐，交给你个任务，打听一下，白家庄有一个叫白生的青年昨天被鬼子抓走弄到什么地方去了。”

黎明时分，老徐回来了，当他把白莲杆子放在彭建华门口才要喊门的瞬间，门吱呦一声开了。老徐进了屋回报说：“我在院子里打更，碰巧高劲松与杨扒喝酒。杨扒说被抓人群里有一个人叫白生，这个人是他的仇人，要高劲松从里面抽出来活埋他。高劲松告诉他人已拨到蜗牛庄炮楼里去了。”彭建华听了，记在心里点点头笑了。老徐打了个哈欠回自己屋里去了。

彭建华打听准了，确系白生在蜗牛庄炮楼里当了伪军，便去集市上买了些芋头干子来到白家，并把白生当伪军的消息告诉了白老夫妇。老两口感激不尽，烧水倒茶。彭建华这才仔细看看屋内，土桌子、土案板、土凳子，两个黑碗，几双自作的竹签筷子，两张亦用土坯垒的床上铺着一层麦秸外，真是家徒四壁，再没有别的东西。

“小彭，不知道怎么谢谢你。共产党人确实是好人！”白大娘感叹地说，看到彭建华送来了芋头干子，极不过意。她知道了儿子的下落，忙烧了香祷告苍天保佑儿子。她沉默了一会儿，不由得念念有词地说：“杨扒的个土匪，君子报仇十年不晚！”

彭建华问道：“大娘，杨扒与你家有过节？”

白大爷叹口气，揉着那双失明的眼睛说：“建华，你不是外人，我都给你说了吧。前年，我大儿子从坡西扛活回家，在泗河岸上碰见杨扒抢劫客商的财物，被俺大儿子救下。杨扒买通官府把大儿子关进大牢，反说他抢劫财物，竟把他活活打死。”他正说着突然失声叫道，“不对呀，白生走得不是正道呀！”白大娘不解地问了，白大爷告诉他，国家的敌人是日本鬼子。家里的敌人是杨扒。鬼子、伪军、杨扒都是一路货色，儿子走的是他们的路，那可是一条绝路啊！

白大娘豁然醒悟，对彭建华说："孩子，你救人就要救到底呀。"她又说，你找着白生告诉他，帮着鬼子打中国人是畜生做的事儿。她叫彭建华要把儿子拉过来与鬼子对着干，才能上报国家，下报祖先。

彭建华说："大娘，假若白生能回心转意，弃暗投明，我们游击队欢迎他。"

白大娘给彭建华出了个主意，要他诈称是白生的干哥哥。彭建华说："白兄弟不认识我，俺俩怎么能相认呢？"

白大爷说："他的确有个干哥，只是俺干儿在十年前去黄河北逃荒去了，白生从来不认识他。"他又详细介绍了关于干儿子的有关细节。

彭建华听罢，一一记在心里。

蜗牛庄处在泗河渡口东岸，鬼子在那里安上了据点。炮楼四周挖了一条壕沟，壕沟外面扯了一周遭铁丝网。炮楼里刚拨来十二个伪军，班长就是白生。年仅二十岁，生得驴头狼脑，天生的酒囊罐子。此人与父母的道德品质截然相反，父母忠厚老实，勤俭持家，善待邻居。白生是一天三酒看酒缸，好坏不分诈拐偷抢。父母屡次管教，就是死不改悔。自从大儿子死了，老两口想到养老送终全指望他，就再也不管不问了。

这个时候，他正喝得酩酊大醉，一伪军报道："白班长，你的干哥哥来了。"

"放你妈的狗屁，我哪里有什么干哥哥。"白生眯着双眼摇着头叫骂道。

彭建华进了炮楼，登上第二层说道："小生，你没有我这个哥哥，我可有你这个弟弟哩！十年前我去了黄河北，如今回家看看，咱爹娘让我来看你。"他闻到特别刺鼻浓重地酒气味儿，熏得想吵。

白生见了彭建华，立刻想起了娘时常念叨干儿子的事情，果真如此。遂喜笑颜开："是是，哥哥请坐。"他吩咐手下再弄两个菜，与彭建华对饮。彭建华说不会喝酒，婉言谢绝。白生生气了，摔破了一只茶碗，非得要彭建华喝酒。他只得勉强喝了半碗酒。谈话间，白生尽拉些家常话，提起小时候的故事。二人拉得很投机，彭建华不觉又喝了半茶碗酒。他见天色不早，分别与众伪军喝了一回，辞别众伪军走了。

白生踉踉跄跄，把彭建华送到吊桥外，抓住彭建华的手说："哥哥，咱就是一母同胞。有人欺负你，你说一句，弟弟灭了他的门庭。”

二人约定，七天后在白家会面。

彭建华到酒馆铺里打了满满的一狗头罐酒，买了半碗咸菜，拿了十几个芋头干子煎饼去白家。他走在街上，迎面碰见拾粪的寡妇夏大婶，问及白生的事儿。老人家听了，破口大骂道：“哼哼，别提他这个畜生。见了娘们就和羊蝎子一样乱豁豁，不分好人歹人见酒比见爹还亲呢！”她嘴里好像还有话却不说，气愤愤地摆着手走了。

彭建华又遇见荷锄归来的仁大爷说道：“回来了，大爷。”

老人来到柿子树荫下，笑呵呵地说道：“建华，你这是上谁家去？”当他听到去白生家，脸马上变得冷冰冰的，他说，“白山哥一辈子是个耿直人。”他突然笑了就再也没有说话。

恰巧，德卡大叔走过来说道：“好话不避人，你正拉着白山哥，见我来了就当哑巴？”

仁大爷说：“建华爷们到白山哥家串门，知道了不？”

德卡一听转身就走，回头说了句：“根儿秧儿都正，就是结了一只葫芦变成了歪把腚。”

彭建华告别两位老人来到白家，白大娘见彭建华又拿来东西直咂嘴儿，心里有些火着，拿什么东西招待客人呢？她正在急得团团转，忽听大门吱呦响了，院子里传来皮鞋后脚跟上嘎吱嘎吱的钉子声。抬头看时，一个伪军挑着两个大篮子放在屋门口。紧接着白生身穿伪军军服，下穿大皮靴咔咔地来到父母跟前。他是何等的威风，何等的兴高采烈。此时此刻，他并没有觉察到自己是人还是鬼？

白山知道儿子来了：“小生，听说你当了兵。好，第一，先报家仇，杀了杨扒。第二再报国仇，把鬼子杀得滚回东洋小岛去。”

蜡黄脸白生本来满面春风似的，听了父亲的话气得脸煞白再没吱声，他看着彭建华干笑说道：“哥哥提前来了，坐。小马子上菜。”

士兵把盖在篮子上面的印花笼布解开，前面篮子里盛着四个小泥盆菜，鸡鸭鱼肉一应俱全。后边篮子里装有两瓶精致水酒和一摞烧饼。士兵双手提起两个篮子就往屋里走。然而，他陡然被一个伟岸高大的身躯犹如耸天的绝壁挡住了去路。

“奶奶的个熊！俺爹眼瞎，你的眼也瞎了！”白生在一旁叱责堵挡在屋门的母亲。

白大娘说道："呸！我的眼没瞎，倒是生了个双眼瞎的儿。"

白生摆出斯文的派头说："哎，你这是什么意思？我好酒好饭弄来孝敬您，你怎么还不知足？竟说出这样的屁话！"

彭建华笑着说："兄弟，她是咱娘，要有礼貌，别说些脏话。"

"嘿嘿嘿，该死的人，老糊涂不懂事理。"白生恬不知耻地说。

白大爷接着话茬，教导说："儿呀，人活在世上，只有两个字那就是清白。走邪道是犯罪，是辱没祖宗的事。你现在帮着东洋魔鬼压迫中国人，那就是走邪道——你才是真正的糊涂！"

白生的脸红一阵青一阵指着父亲咬着牙说道："你看你看，我进家就挨骂。有吃有喝管他什么黑道白道。"他起身把娘拽到一边，朝士兵招手进屋。就见白大娘跑上去夺过篮子把里边的菜全部泼在院子里，大门外立即跑上来三条饿狗抢吃食物，既而上下翻腾地咬了起来。白生抓过母亲胸前的衣裳把她摔在一边，也不与彭建华道别，带了伪军扬长而去。

白大娘含泪发狠地与老伴说："拉巴个狼，咱死在他前头便罢，要是死在他后头，咱也和开封府的包拯一样——走邪道的人，不许他葬入祖林。"

白大爷知道彭建华还在场，苦笑道："建华，儿子不争气，弄到这个地步，叫我也没办法。来，咱爷儿俩喝酒。"

彭建华感到意外，为了安慰两位老人，他把咸菜拿出来摆在土坯案板上，拿了两个黑碗倒上酒。二人喝了起来。

白大爷摸着夹了一箸咸菜，咽下叫好："这咸菜好吃，真香！"

白生脑袋单纯，道德败坏还是个酒鬼。家里人不喜见他，村里人更加厌恶他，但他领着一班伪军死守在泗河岸上还是一大害。如果争取过来，将分化瓦解敌人。彭建华几次在县委会上提到这件事，多数同志都不赞同。时间一长，这件事在他脑海中有些淡忘。

屋子不大，烟雾不小，会上发言的人在激烈地争辩，大家围绕着三议题。秋收了，鬼子见青纱帐已撂倒，扫荡是迫在眉睫。各地的恶霸地主、土匪，狼狈为奸，兴风作浪残害革命干部的事件屡屡发生。据可靠情报得知，济南战区日本最高司令部密令邹县驻军沙泥司令务必在俩月内，在峄山之阳纪王城内建立连接华东、华北、华南的军事兵站。

"同志们，彭建华书记的建议很重要，现在工作的重点首先要镇压一批死心塌地、十恶不赦的汉奸地主等首要分子。以建立和巩固我们在农村的党组织，壮大抗日武装力量。”负责治安的于震是个热情奔放，富有朝气的中年干部。他边说边吐出浓重的烟雾，不时地用他那刚劲有力的铁拳捶着桌子。

杜宝川专管组织工作，听了于震的发言，腾地站起说：“我看还是在敌人行动之前，命令各支游击队立即行动起来，进行大规模拔除据点的战斗，震慑日伪军，拖住敌人的后腿。”

瘦子叫穆传发，他是个非常年轻的县委委员，他好不容易插上嘴说道：“我们四面受敌，倘若不采取游击战的战术，赤裸裸地暴露在敌人面前。同志们，我们不但完不成预定的任务，将会使我们的抗日力量遭受损失。”他环顾众人，紧接着又说，“到那时，我们还拿什么去除汉奸，拔炮楼，打兵站？游击战是一件法宝，是永远不能丢掉的。”

最后一位委员好不容易才说了句：“三思而后行，量体裁衣。面对复杂的斗争形势，我们应该打击敌人的弱点，变被动为主动。”

彭建华一直在倾听着与会人员的发言，大家争论后，小屋里渐渐地平静下来。他提出两点方案，由于震同志带领一支除奸队，进行铲除汉奸的行动。命令峄山游击队负责破袭鬼子建立兵站的工作。大家听了，只有杜宝川没有举手表决。

麦场上，范洪灞正和战友们学习毛主席著作《论持久战》，小李领了一老一少来到跟前。范洪灞兴奋地跑上前去握住一人的手说：“彭书记，你好啊？自从在根据地分别我们是真想你呀。”

韩飞虎抱起徐兆瑞转了几圈，嚷着要小徐给他讲红军革命斗争故事。

彭建华笑呵呵地说：“同志们好，我们一别就是半年哪。是呀，为了打败日本鬼子，为了拯救四万万同胞，我们不得不舍小家顾大家。”他与齐东来、关汉忠、武松、韩飞虎、张九龙、王霸亲切握手，大家沿着灭鬼河向村里走来。

彭建华立即布置工作，游击队的任务非常艰巨，一面对付沙泥的突然袭击，二要破坏鬼子在纪王城建立兵站，三要拔除游击队周边炮楼。他对范洪灞这个农民出身并能率领游击队叱咤风云、驰骋疆场的领导人感到十分的敬佩。

范洪灞倾听完彭书记的指示，感谢他冒着生命危险通过日伪军的封锁线来峄山指导工作。在山里进行学习训练的时候，两人建立了深厚的革命友谊。他钦佩彭书记一杆桃木棍率领十几个进步青年袭击乡公所，建立邹县第一支人民抗日武装。有一次，范洪灞问彭书记，当初为什么拿起桃木棍攻打乡公所。彭书记说，鲁南人崇信桃木，它能镇邪安宅。在邹县成立三个游击大队即将奔赴各个战场的时候，彭书记赠给了他一支钢笔和一块怀表。这两样礼物伴随着他经历了无数的风雨，在工作中起到了不可估量的作用。

现在，彭书记和亲爱的战友们分别，他一一与同志们握手。大家依依不舍地送出山门，徐兆瑞从韩飞虎背上下来，大家相互挥手告别。彭建华和徐兆瑞走到老鹰石的时候，忽听背后韩飞虎叫着，回头看时却见范洪灞领着关汉忠、韩飞虎、武松追来要再送他二人一程。彭建华婉言谢绝了，他们只好再次分别。

彭建华与徐兆瑞二人路过白家庄，看望白大爷夫妇。见他家里粮食基本糊口，二人遂告辞两位老人走了。

他俩趁着夜色赶过铁路，躲过了炮楼盘查，放下心来向凹庄走来。正走着，却见前面射来一束灯光，随即传来人的嬉笑声。彭建华顿觉不好，躲闪不及，便不慌不忙背起徐兆瑞迎着异向而来的人群走去。

一个伪军龇着大板牙拿着手电筒上下左右，前前后后照了一遍喝问：“深更半夜的干什么来了？”

彭建华道声辛苦说道：“老总，我儿子有病，要到马庄看病。”

一个矬子伪军凑近大板牙提醒道：“班长，不对，这家伙嘴上还没毛，哪儿有这么大的儿子？年岁相差太大，我看形迹可疑。”上前将二人全身搜了，竟然一无所获。

大板牙突然号叫一声：“弟兄们，把这两个家伙捆起来！”

徐兆瑞从彭建华背上滑下来，捂着肚子哭闹起来，不论他怎么哭叫，二人还是被捆上押走了。彭建华默默无声地走着，想到同志们在焦急地等待着他回去，党需要他去工作，在这个时候怎样才能从敌人魔掌里逃出去？

他俩被伪军监押着路过一座村庄，矬子说：“大哥，走了这么多路太辛苦，咱们何不到杨乡长家里歇歇脚？”大板牙言听计从，一行人进了庄，拐弯抹角来到一家四合院子。杨扒正和客人喝酒，听人报来了队伍慌忙出门迎入堂屋并亲自把彭建华、徐兆瑞二人拴在石磨眼上。吩咐两人看管，彭建华心中不免着急起来，这一下是逃脱不了啦。

这时，一位伪军摇摇晃晃地去茅厕解手，回来问矬子：“抓的是什么人？你小子要得了好处下窑子别忘了我，嘻嘻！”

“咳，他妈的别提了，一老一小八成是共产党的穷探子，身上一无所有。”矬子丧气地说。

彭建华听见了去茅厕人的声音很熟，意外地叫道：“白生兄弟，你怎么在这里？快放了我！”

原来杨扒见白生当了班长，怕他报仇。因此投其所好，主动请他喝酒。白生是个天生没有头脑的酒篓子竟和仇人成了酒友。当下白生吃了一惊，变了脸色问：“你是谁？怎么给捆上了？”

彭建华说道：“兄弟，我背着邻居的兄弟去看病，你跟前的那位老总偏说俺俩是八路的探子，就这么被抓来了。”

白生翻脸叫道：“彭建华，你夜里瞎跑什么？你是地地道道的游击队，当我不知道？”他吩咐二人看管好，喝完酒押犯人进县城。

这时，彭建华对白生抱有的幻想完全破灭了，眼下尽可能逃出这座魔窟。他示意徐兆瑞靠近他慢慢地解开了绳子，摸了块堵鸡窝门的石头照着一个伪军将其击昏。另一个恰待喊叫，被彭建华一石头砸死。彭建华忙解了徐兆瑞的绳，二人急忙逃出院子。

白生酒足饭饱，朝院子里喊叫：“把犯人解了押往县城！”喊了几声见没有动静，出来一看，发现四个人少了两个。两个同伙都趴在地上了，一个一动不动，另一个还在地上挣命。

一天，苟义领着特务队来到白家庄，直扑白家。刚好白生在家，这家伙没喝酒，倒是老实得如绵羊，要是喝了酒他就得和苟义拼命。

“干什么，总不能到我家来抓土八路吧？”白生瞪着眼说。

苟义板着脸：“是的，白班长，我们奉沙泥司令的命令，来你家搜捕共产党头号要犯县委书记彭建华。”

白生笑得掉下眼泪，猛地抽出枪说道：“笑话，彭建华藏在我家？你搜，搜出人来，拿走我的脑袋；搜不出人来，留下你的狗头！”

苟义与特务搜了一遍，没有人影，见白生气得如吹猪的屠夫，狞笑道：“误会，走吧，十字街口喝一盅。”白生铁青着脸，一听说苟义请他喝酒，插好枪没了脾气乖乖地跟着苟义走了。喝酒间，苟义告诉他，彭建华是邹县县委书记，据侦察，他好到白家。白生听了，暗吃一惊，干哥是个非凡人物，原来是共产党的大干部。末了，苟义给了白生一大把钞票走了。白生见了钱，不胜惶恐，喜上心头。

白生有了钱，买了一狗头罐酒，提了一荷包猪头肉回到家里。父母气得躲到院子里。白生独自在屋里喝酒下了保证，喝完酒就戒酒。他自打耳光，向两位老人道歉，并打听彭建华的下落要跟着他干。二位老人听了，气得吐痰，哪里肯信？

正在这时，墙头上翻过一个人，白生看见说道："哥哥来了，快屋里坐。"彭建华近几天不断地转换地方，特务队搜捕得很紧，他便又来到了白家。哪料想白生也在家，回身就走。

白生醉酒不醉心，看见彭建华走了，慌忙拔出枪跟在后面。母亲扑上去两手死命抱住儿子的一条腿，父亲便抓住妻子的双腿。白生挣扎不开，一拳把母亲打倒。母亲急了，扑上去双手把将白生的睾丸抓紧狠狠地往下拽。那白生疼痛难忍，昏死过去。这时，杨扒来白生家，远远看见彭建华。他尾随彭建华见他去了北亢阜村，进了一家靠庄后的房子里。回头朝县城跑来，进入县城向沙泥告了秘密。沙泥亲带六十个鬼子，命令高劲松率领伪军五十余人由杨扒带领向北亢阜村扑去。

高劲松从南路进攻，听说要捕杀中共邹县县委，心里想，这是与人民犯罪的事儿。他暗暗地避着人朝天上放了两枪。

县委正在开会，听到枪声知道事情有变。彭建华命令六个同志迅速向炮楼方向转移，他与徐兆瑞断后。六个同志躲过伪军的搜索，逼近炮楼，躲在暗处的高劲松见了，果然有中共邹县县委的重要人物。炮楼里的伪军听见枪声，迅速出来放下吊桥，六个人很快逃出村子。五个投诚战士暗地里留下两个，其余也跟着县委的六位同志撤退。原来，五个伪军通过彭建华与他们做了工作，五个人毅然弃暗投明成了抗日志士。高劲松看见，如梦方醒，感触甚深，急忙撵着伪军向村内搜去。

彭建华跳出院子，鬼子杀进来了。黑暗中，杨扒发现墙头顶上的瓦片被人蹬掉了，号叫着打着手电追去，彭建华与徐兆瑞借着夜色巧妙地躲过前面的伪军。杨扒追上在后面打了一枪，徐兆瑞中弹倒地，为掩护彭建华尽快逃脱，他打着滚奋力阻击敌人。彭建华正跑间不见徐兆瑞，立即返回来，冒着密集的枪弹舍命闯到徐兆瑞跟前，把仅有的一颗手榴弹向鬼子掷去，抱起徐兆瑞往寨门跑去。

苟义身轻如狸猫，且是个善于夜间活动的盗贼，他率领特务队跑到了前头。彭建华背着徐兆瑞渐渐地被追上，徐兆瑞挣脱着，大叫让彭建华快走，彭建华哪里肯许？只是奋力奔跑。然而，苟义已到身后不远了。

正在这千钧一发之际，高劲松在暗处准确地朝苟义开了一枪。苟义腿部中弹，一头栽倒于地，紧接着又有两个特务队员命归阴曹地府。二人得以逃脱，来到炮楼前，等待接应的两个投诚战士，接过徐兆瑞奔过吊桥。再看彭建华时，像一个巨人巍巍站立在辘轳前把吊桥吱呦吱呦的吊立起来把绳拴死。日伪军扑上来，彭建华疾速闪进了炮楼。日伪军团团将炮楼围住，大批鬼子冲向吊桥。彭建华将炮楼门杠死，迅速攀上三层从枪眼里看见鬼子去解吊绳，他抓过机关枪哒哒哒的宛若暴雨一般射击，鬼子伪军纷纷倒地。

炮楼里喷出正义的火舌，昭示着愤怒的枪弹向侵略者宣告死亡的日期。然而，蝼蚁般的鬼子仍然拼命地挣扎，一个个涌向炮楼门口，迎接他们的手榴弹如雨而至，第一批鬼子被葬身在火海里。第二批鬼子刚接近炮楼门口，他们一样画葫芦即去追随着刚刚死去的灵魂。第三批又上来了，他们像群野兽疯狂地连番冲向炮楼门口，炸开了炮楼的大门。

鬼子依然如蚂蚁蜂拥而上。彭建华的子弹打光了，急用枪托狠狠地砸死两个冲上来的鬼子。鬼子蜂拥上来，彭建华待这群强盗靠近了，毫不犹豫地拽响了仅剩下的一枚手榴弹。轰！一声巨响，震撼着沉睡的鲁南大地。

北亢阜事件发生，日伪军袭击了中共邹县县委机关，县委书记彭建华同志为掩护机关同志们转移，不幸壮烈牺牲。临时县委命峄山抗日游击队铲除参加并制造血案的中心店乡汉奸头子杨扒。

范洪灞接到命令立即召集队员们商议，说：“中心店地处邹北平原，离县城太近，眼下没了青纱帐，越过铁路出征，我看有些困难。”

王霸说：“寨子沟宽墙高，只有南北两道门出入，驻有伪军一个班，又有数十个乡丁把守，难啊。”

“不如夜里杀进去。”韩飞虎说。

范洪灞说：“飞虎同志是个痛快人，中心店的情况咱不熟悉，不如派人到那里察看察看再定。”

在通往中心店的路上。一人和哑巴每人挑着一担芋头，顺利地通过了伪军的盘查，好歹将芋头卖了，便在杨家门前闲逛起来。果见杨扒的住宅非同一般，墙高院大，树多阴森。那人示意哑巴进入院里讨饭， 哑巴点头来到门前，阿巴阿巴地拍着肚子进了院门。两个乡丁拦住用枪托将他轰出门外，哑巴恼怒发起疯来，引来众多赶集的群众前来围观。

忽然，一个十分肥胖的女人扭捏着鸭子腚走来骂道：“哪来的憨货，敢在老娘门前吵闹？”哑巴上前比画着要吃的。胖女人啪啪就是两耳光。哑巴见当众打他，勃然大怒，跳起来就要下拳被那人拉开，胖女人一溜烟地跑入家里去了。那人连忙拉了哑巴躲进一茶馆坐下。这时，狗腿子三歪子领着一群乡丁呼啸而过。那人见势不妙拉了哑巴走出镇子，躲进柳树林子里。

六月天气，万里无云，天高云淡，骄阳似火。

二人漫步在柳树林前河边，哑巴叫起来。那人回头看了，一个青年人正和哑巴打哑语，问了方知是哑巴远房姑家的表弟。这个人生得极其凶猛，浓眉圆眼，络腮胡子遮盖下颌。身胖如牛，有撼山之神力。他看了此人异常高兴，遂邀他去一家饭馆坐下。哑巴年龄大，上座坐下，那人挨肩坐了，哑巴表弟对过坐了。

那人要了酒菜，掌柜的端抱上来一黑瓷罐酒，三双筷子，三个黑酒碗。旋即上来四碟菜。陆地产炒的金豆花生仁，水里长的雪孔藕，一碟油炸红铜丸子，一碟银块豆腐。

哑巴表弟看了，有些不过意，笑着介绍道：“不知怎么称呼，我叫周武，今年十九岁。”说完，两眼盯着桌上的菜，呷了口酒，半碗酒下了肚。又说，哑巴是舅家表哥。

那人一听，便以表弟相称，经交谈才知道周武去济南做了趟买卖被同伙骗了，刚从家里甩掉了讨账的人来河边闲逛。酒过三巡，半斤酒下肚，周武骂了声姥娘。那人顿觉意外，周武这人八成是酒鬼加半吊子，怎么在客人面前骂人呢?

“大哥，不瞒你说，国民党、日本人都不是好东西。国民党退，日本人进，中间老百姓遭殃，这叫人怎么活吗？”周武红光满面，憨声粗气地连骂加吐唾沫。

那人听了周武一席话，知道他是条汉子，说：“听说峄山起了共产党的队伍，领导人民打鬼子，专帮穷人打天下，你怎么不去干呢？”

“嗨，道听途说，假的。自从盘古开天地，三皇五帝到如今，哪有这么好的军头。真有，光我姓周的在中心店也能拉一团人马。”显然，周武有些吹牛。

“兄弟，游击队里有一个熟人，你要去，我给你引见引见？”

周武端起酒碗，吱一声如鼠叫，一饮而尽：“不，哑巴哥村里有个范洪灞，峄山道人出身，听说他在山上当头儿。”他好像觉察到什么，“哥哥，你和哑巴哥来中心店干什么？”

“俺想买些钢苇，集市上没有好的，不买了。”

三人吃罢饭，见天气燥热，周武邀他俩去河边洗澡。那人同意，算了酒钱，一起再回河边。但见上游是一片草滩，草滩一边却是一带杨树林子。“哞——”树林边传来了一群黑牛阵阵叫声。周武听了牛的叫声，喊了声：“郑王，快来！”

草滩上，放牛郎正用破草帽遮住脸，躺在树影下睡觉，听到喊声抬起头看了看，霍地跃起：“来了！”放牛郎跑到三人跟前，打量着那人问道，“哑巴哥我认识，不认识这位大哥。”

“是跟哑巴表哥赶集的。你也得叫表哥。”周武告诉他。

那人看了放牛郎也是个非凡人物，问：“这位兄弟是？”

“他是我仁兄弟郑王，排行老二，大东庄还有八个弟兄。”

那人心里暗想，今夜就住在周武家，邀他众人一同抗日，岂不是好事？他心里正想着，抬头忽见正西大道上十几个鬼子大摇大摆地向东开去。他们拐到树林河边，把武器丢在地上，扒光衣服，像群野鸭子扑通扑通先后跳进河里洗澡。突然，一道很强烈的光线刺入那人眼帘。他仔细看了，原来是一挺机枪。那人兴奋地欲冲上去，抓过机枪一阵扫射，这伙强盗都会变成水鬼。他强压住心中怒火没动，把皮锤攥得咯咯响。

又是一声牛叫，看到一头黑牛走近了机枪。那人心里琢磨，牛若有灵性把机枪衔来才好。遂问：“这群黑牛是谁家的？”

郑王说：“穷人哪有喂起牛的，除了杨扒东家的牛，谁家能有？”

那人悄然离去，偷偷地钻进牛群，伸手轻轻把那挺机枪拿起，又拿了两支三八大盖回到三人跟前。周、郑二人见了枪，睁大眼睛，大吃一惊：“你是……游击队？”

那人说：“我就是范洪灞，告诉两位兄弟，我们这次来就是除掉杨扒。”他吩咐郑王把牛撵过来。

周武、郑王二人见了，无比惊叹，连声叫好。郑王打个呼哨，牛群呼啦啦向这边跑来。范洪灞将两支三八大盖拴在牛身上，嘱咐郑王把牛赶回杨家后立即去村东头，他们在那里等他。郑王会意赶着牛走了。

范洪灞携了机枪，急速招呼哑巴、周武二人赶往村东头。这时，鬼子洗完澡发现枪支少了，如进了热水锅的泥鳅登时炸开了锅，一个个叽里哇啦地暴叫。霎时间，又活像炸窝的马蜂发疯似的四下里寻找被偷走的武器。

“黑牛的——搜！”领头的鬼子断定，是放牛的趁机偷走了枪。他们野兽般的闯进寨子，横冲直撞，挨家挨户，如篦子梳头发一样一家不落地搜索。鬼子搜了多半个庄子，并没有发现黑牛，遂抓来几个老头拷问。老头们被鬼子打急了，指着一家黑色大门说：“就那一家喂了群黑牛。”

领头的鬼子听了，怒气冲冲闯进杨扒大院，果见院子东侧牛棚里拴着好多黑牛。鬼子兵从牛身上发现了两支三八大盖，独不见那挺机枪。领头的鬼子来到堂屋，喝问：“机枪的，哪里去了？”杨扒毕恭毕敬地迎鬼子，见问枪的事儿叫他莫名其妙地把头摇动得活像个货郎鼓。鬼子气急败坏，声嘶力竭地号叫：“机枪的不交，死了，死了的有！”鬼子翻箱倒柜，把杨扒家屋里屋外翻个底朝天。杨扒恼了，鬼子丢了枪为什么找我来要？他是个傲气十足的家伙，自觉着是一乡之长，见鬼子对他如此无礼，心中陡生怒火，坐在罗圈椅上不再理会鬼子。

“你的，私通八路？八格牙路！”领头的鬼子见杨扒拒交机枪，蔑视皇军，气得暴跳如雷，举起东洋大刀，斜劈下去，正中杨扒咽喉，当场死去。领头的鬼子见没有找到机枪，回城无法交代，剖腹自杀。

郑王跑到村东头见了范洪灞和哑巴二人说，杨扒被鬼子劈死了，劈杨扒的鬼子剖腹自杀了。

“兄弟，今儿死了‘一狼一狗’，日本是小国，每天死上几百口人，不战自败。你说鬼子可怕吗？”范洪灞对郑王高兴地说。

范洪灞扛了机枪领着二人朝东方走来，行至一座树林中，忽见八九个汉子跳出来拦住去路。却见周武喊道：“范大哥，我们都等躁了！”原来，周武的几个仁兄弟都在大东庄，范洪灞派他提前去联系了。一听说投奔峄山游击队，兄弟几个万分高兴便预先在路上等着。

范洪灞特别高兴，一行十二人相聚，互通姓名，各自欢喜。他们来到一家饭馆，买了一包豆腐，六斤酒，二十五六斤芋头干子煎饼。大家饱餐一顿，向峄山挺进！

第二十七章

一打县城

一九四〇年冬，万恶的日本鬼子几次扫荡把峄山游击队赶到了鲁东山区，鬼子所到之处，在他惨无人道的“三光政策”下，苍茫大地，举目狼烟冲天，低头尸骨遍野，几十里闻不到鸡鸣犬叫，满眼里尽是被侵略者焚烧墙倒屋塌的瓦砾。

这一天，范洪灞率领队员们秘密从鲁东山区长夜急行军杀回邹县，在峄山大白楼宿营。队员韩家林家里来人说家父病危，遂请假回家。

一个多月来，他们被鬼子逼得步步后退，但这支英勇善战的队伍更加壮大了。如今，县委指示，趁沙泥进东山里扫荡的时机，县城空虚，三个大队和军区独立团奔袭邹县县城。

范洪灞即派黄金山去城里与地下党组织取得联系，黄金山打扮成叫花子来到县城南门前。他看了一眼，暗吃一惊，城门前戒严了。先前鬼子在护城河里边，由他们在护城河站岗，伪军在城门里面站岗，只设两道门岗。现在，设了三道门岗，第一道伪军在护城河外面站岗，第二道伪军在城门外站岗，第三道鬼子在城门里站岗。原来，鬼子屡次受到游击队不定时的冷枪袭击，吓得丧魂失魄，惶惶不可终日，于是便让伪军在城门外挡枪弹。

黄金山住进一家客店，换了一套商人服装，头戴雪白色毡礼帽，穿一身蓝色大褂，戴上一副黑色墨镜，大摇大摆走出客店。来到护城河桥上，待伪军检查完后悠闲地来到重兴塔前，坐在一棵古柏树根上，拿过笛子吹起民间小调《哭五更》。大意是一对年轻的夫妇在新婚之夜，官府就把她心爱的丈夫抓去出苦役。年轻的媳妇从树芽抽出到变黄叶随风落下，历经三个春秋仍不见丈夫归来，那思念之情借长夜倾诉。

这时，一身男青年打扮的人踏至而来。他头上戴一把捋的钻天帽，穿一身黑色学生制服，手里拿着一根狼牙棒一路上舞动着来到黄金山面前。问道："请问先生，这个曲调，来自什么地方？出自什么时候？"

黄金山四顾一遭，答道："出自远古，来自民间。"

男青年坐在黄金山身旁，把一本书交给了他迅疾离去。刚走出百十步，苟义突然出现，拦住去路随意叫道："哼哼，走吧年轻人，到宪兵队走一趟！"

年轻人猛转身一脚将苟义的枪踢掉，那支手枪飞出两丈远，年轻人飘然而去。苟义捡起枪就追，拐弯抹角追出一里许哪有什么年轻人，只是不远处有两个美丽的女子在散步。

黄金山见来了特务，立即把书本里夹的情报填入嘴中嚼起来。却被一个家伙瞅见，把他按倒在地，用右食指去扣嘴里的纸团。黄金山吼了一声，咔嚓一声，狠狠地把那家伙的食指咬断，连纸加那半截骨儿手指嚼了嚼硬硬地吞入腹中。那家伙痛得学起狗叫，恼怒地蹦起来拔出手枪就打。

"住手，押走！"苟义赶过来叫道。这小子得意洋洋，今儿他也是闲逛，看见女孩把书本交给另一个年轻人，无意地说了那句话，还真把那女孩给唬住了。断了手指的家伙咬着牙，左手握紧断指呻吟着，走一步就踢黄金山一脚。

那个女青年见黄金山被捕了，立即再换上男装去了一座饭馆，与掌柜的密语一番离开。苟义押着黄金山路过这家饭馆，掌柜的跑来说："苟队长，这回逮着个大家伙，来吧。"苟义说什么也不愿意去，掌柜的就是不放他，劝说，"来吧，不知道猴年马月才逮住一只。"原来，苟义天生的爱吃兔子。见掌柜的拉得热乎，一只胳膊扭不过掌柜的，只得叮嘱手下速将犯人押往宪兵队。

馋嘴苟义被掌柜的拉去品尝兔子肉去了。三个特务押着黄金山正向宪兵队走着，在拐弯处一个男子突然闪出，一脚把前面断了手指的特务踢中阴囊部位，立即昏厥于地。另一个家伙正要举枪射击，被他一手反拧住手腕，另一只拳头猛地击中太阳穴，当即栽倒在地昏了过去。黄金山一脚将后面的家伙踹倒在地，复一脚把他跺昏。那男子拉着黄金山拐弯抹角又回到重兴塔，来到一间看守塔的屋子里。看守老人把他藏了起来。那男青年脱了男装露出女儿相很自然地走了。

苟义正吃着兔子肉，忽见三个家伙一个弓着腰，一个瘸着腿，一个脸上肿了块血包，像发丧的孝子一瘸一拐地跑进来。他把筷子一扔，后悔地直跺脚，声嘶力竭地骂道：“你们三个狗娘养的，真他妈的饭桶！大海里捞的针给丢了？”

破脸的家伙说：“队长，共产党的接应员太厉害了，武功非常之高。我们与他相比，那就是……那就是老鼠与金猫不该相遇而偏相遇呀！”他觉着比喻得不恰当，又改口说就好像野狗遇出山的猛虎。苟义愈听愈气，站起来照着破脸的家伙啪啪就是两耳光，扬长而去。

那女子来到伪大队部办公室，恰巧只有高劲松在场。高劲松扔给她一棵胡萝卜问道：“尝一尝好吃吗？”

“不知道，因为我没有接着它，更没有品尝。”那女子说道。

“哦，是吗。快快，小狗衔走了。”高劲松见那只爱犬叼着胡萝卜就跑。

那女子纵步向前，从那狗嘴里夺下了胡萝卜把它放在一座纸叠的宝塔下。高劲松见了点点头，却见那女子又从纸塔下拿出胡萝卜说道：“凑你的空闲把它带出去。待在这里会变质的。”说着把胡萝卜还给了高劲松，遂将纸塔撕了。

“请谢紫荆小姐放心，你吩咐的事情我一定照办。”高劲松说。

东南风刮了整整一天，到了太阳还没落山的时候，从西北飘来遮天的野云。风儿停息了，雨儿淅淅沥沥地下了整整一夜。到了太阳还没出山的时候，正直卯时大地上与空间起了大雾，迷雾浑浑的只有对面才能望见人。

高劲松秘密吩咐两个士兵去了关家饭馆，掌柜的悄悄地把他俩领进内间里，一个士兵脱下自己的军装，换上了农民的服装出了饭馆，走出县城门。那个士兵套上同事脱下的军装，出了饭馆乘着大雾一溜奔跑拐到重兴塔的看守屋里。一连咳嗽三声，接连跺了三脚。看塔老人忙把士兵领进里间，从柜后放出黄金山。士兵把套在身上的军装褪下，黄金山穿上了军装。二人急忙辞别了看塔老人走出重兴塔。

就在这时，高劲松领着队伍早操正好路过重兴塔，黄金山和那士兵趁机跟在队伍后面出了县城。只见苟义领了特务队站在护城河畔搜查着可疑行人。队伍来到南沙河滩上，高劲松命令原地休息。

那个士兵悄悄地引着黄金山来到一条僻巷，原先出城的士兵等在那里，见他俩来了，急忙脱了衣裳换上黄金山褪下来的军装。三个人两下分手。

黄金山安全脱险乘着大雾往东而行，一路上山高路陡，迷失方向说不尽的辛苦，等到迷雾渐渐散去。他撒开双腿，路上不敢怠慢，赶回峄山大白楼。范洪灞早在冠子峰下迎客松树前接着，二人携手下了冠子峰。

“苟义，这个狗汉奸！我们一定要除掉他！”范洪灞听完黄金山的叙述愤恨地说。他叫黄金山去休息，立即召开会议商讨下一步计划。他首先叙说道：“同志们，黄金山同志没有完成任务，险些落入敌手，是地下党组织救了他。”

与会人员听了，非常吃惊，睁着求知的目光望着范洪灞。齐东来问道：“队长同志，到底是怎么回事？”

范洪灞的腔调变得低沉下来，他说，黄金山同志与地下交通员在重兴塔院接头。被苟义领的特务发现，交通员安全脱险，黄金山把情报吞进肚里被捕。地下党组织及时在街头营救并秘密安置在重兴塔里。次日，地下党趁着伪军早操让黄金山跟在队伍中带出县城才得以归队。众人听罢，对于这段传奇的事儿无不惊讶。惊诧之余，大家的心思又回到同一个焦点，怎样才能得到城里敌人的布防图呢？

王霸站起来对大家说：“队长同志，我去县城一趟。”

大家同意，王霸办事认真，善于应变，且腿快步如飞。范洪灞嘱咐说道：“王霸同志，你进城后，到马家饭馆吃饭。有一个叫花子来到你面前，他右手残疾，用左手上下动三下。你就说，我还不够呢。他说，老乡行行好吧，快饿死了。你就掰给他一半窝窝头。然后，你要远远地跟在他的后面，到孟庙东门他说句，母亲想你。你说，我快回家了。他即把情报送给你。”

王霸记在心里，说道：“请同志们放心。消灭法西斯，还我山河！”他打扮一番，把手枪挂在墙上走了。

他身高腿长，不一会工夫就是三里开外，他走近程咬金点将台时，忽听有人叫：“救命！”他脑海里顿了顿，心想这个世道纷乱，被杀的人是好人还是坏人？是救还是不救呢？自己的任务是去接情报。可是万一好人被杀呢？他还是蹑手蹑脚向密林深处摸去。可是，林子深处都找遍了，哪儿有人影呢？莫非大白天闹鬼么？然而，他横竖来回找了两遍就是没有发现人。正当他欲要走的时候，又隐隐约约传来一阵微弱的求救声。他慢慢地顺着声音往林子后面河滩上看时，发现一堆活土，近前看时，一个满头长发的青年人被捆着上半身埋在土坑里。

王霸立即跳进土坑里，把那人胸前背后的土全部扒到一边，双手插进那人腋下左右晃了晃，那人死沉根本没有动弹。情急之下他把腚以上的土块全部掏尽，最终将那人从深坑里拽了出来 。他把那人解了绑绳盘好腿，掐着他的虎口，好久才见那人缓过来气息。王霸犯了愁，自己执行任务，离县城尚有二十余里路，也不知道这人在哪个村庄居住，在这里耽误了许多时间，怎么办？

正踌躇间，忽见一条长毛黑狗蹿了过来，它撅着尾巴嘴里发出嗷嗷的进攻声。“杂毛！滚回来！”远处一个拿着白莲棍的青年旋风般的赶来，那狗叫得更加凶狂。

“三保兄弟？我可找到你了！”那人来到跟前说道。又问王霸，“这位二哥，你是三保什么人？”

王霸摇摇手说道：“我不是他的亲戚，也不是朋友。”

那人说道：“哥哥莫怕，我叫张福，与三保兄弟是前后村。你若相信我，就把三保交给我。”

王霸摇头说道：“我不认识他，只是路过这里听见呼救声才救了他。我把他交给你，千万别再害他性命！”

张福咬破右食指发完誓说道：“你说什么！我和三保是结义兄弟。听说王八活埋他，我就跟了过来。都是忠良之后，若有狼子野心，出门叫车碰断腿！”

王霸说道：“我说的不是你害他，而是刚才害他的人发觉三保没死又来加害他。”

张福笑了说：“哥哥放心吧。害他的人是他的族弟王八，王八好偷好摸。前天王八偷了三保的粮食被他当场逮住了。三保没心害他王八，王八倒找了山上的土匪来害他。”

王霸说道：“这么说了，我就放心了。”他抱拳与张福和正在昏迷的三保分别，奔县城而去。

黑狗追着王霸叫，张福骂了声，黑狗摇着尾巴回来，他背起三保离开了林子。

王霸赶到县城已经是下午，他小心地走在大街上，仔细看了饭馆门前挂的招牌，看见了有一个马字就进了饭馆。他要了一碗杂烩，四个窝窝头慢慢地吃了起来。这里根本没有什么叫花子，有可能错过了接头的时间交通员已经走了。邻桌都是喝酒的酒鬼，满饭馆里充满着浑浊的酒气直冲鼻子，他埋怨自己耽误了党交给的任务而变得焦躁起来。

“行行好吧，祝您吉儿又吉女。”他正在遐想之际，忽听有人说话，转脸看时正是一个叫花子站在身边。他打量叫花子一番，满头乱发，一脸胡渣。右手少了手掌，身穿千朵补丁衣，下穿半截儿露腚裤，天生一副肉铁鞋，走路胜过铁马掌。

王霸不理他，只顾吃饭，只见叫花子用左手上下动了三下要吃的。“我还不够呢！”王霸说。

叫花子哭丧着脸说道：“老乡行行好吧，快饿死了！”

王霸气得脸红，掰了一半窝头扔给了他。那叫花子接了窝窝头瞪了他一眼，朝王霸脚下吐了一口痰怒气冲冲地瘸着腿走了。王霸不紧不慢地将那碗杂烩扒光，打着饱嗝啃着窝窝头起身走出门外。

他来到孟庙东门，并没有见到叫花子，正愣间却听背后有人说道：“母亲想你。”

王霸随口答道：“我知道，我快回家了。”

叫花子蹲下来把打狗棍丢下，捡了另一根打狗棍拄着走了。王霸脱了鞋揣了揣鞋里的沙粒，抓起叫花子丢下的打狗棍走开。

沉寂的县城突然间被枪炮声打破了，枪声震天，攻城的呐喊声传得遥远。子弹像道道利剑射向死守在城墙垛口的日伪军，它激起的点点火花点缀在群敌间俨然汇聚成火海一般，打得鬼子伪军满地翻滚，鬼哭狼嚎。

范洪灞率领游击队员攻向南门，才要跨过护城桥，城墙上突然响起日伪军激烈的枪声，子弹犹如骤雨般的倾斜下来。范洪灞左臂中弹，一颗子弹擦着右腮帮飞过穿了一道沟。他丢下云梯，倚在桥栏杆下大声呼叫：“卧倒！”然而，敌人的机枪、步枪的火力更加凶猛了，范洪灞大怒，喝叫要手榴弹。他把手枪插入腰间，接过队员递上来的三个手榴弹忍着痛把一颗手榴弹扔了过去。轰的一声响炸得人亡枪飞。紧接着把两颗手榴弹扔了出去，城楼上的日伪军被炸得纷纷逃走。范洪灞一挥手，战士们涌向城门。

没料想，城墙根下吐出了火舌，城门两边形成了交叉火力网，一齐射向护城河，冲在前面的游击队员牺牲了三名，几个人身负重伤。桥前的队员被敌人的火力压得抬不起头来。原来，狡猾的鬼子在城墙根前趁夜里秘密修建了地堡。

韩飞虎见了，扒了衣服光着膀子，两手拿着四个手榴弹打着滚奔到城墙根。他溜着城墙根来到地堡前，顺着机枪眼投进了一颗手榴弹。就听一声闷响，撼动着县城，炸得鬼子血肉横飞。韩飞虎继续向前推进，猛然朝城墙上拽了一颗手榴弹，把城墙上袭击他的鬼子炸死一片。他迅速接近第二座碉堡，把手榴弹投了进去，不想手榴弹又被投了出来。韩飞虎抓过扔上城墙，恰恰把上面的鬼子炸死。他把最后一枚手榴弹投进了地堡，轰的一声地堡的盖儿飞上天空。韩飞虎连忙撤回护城河桥上。却发现范洪灞趴在石栏杆，无动于衷。他爬过去见范洪灞左臂流出了鲜血，急忙问道："大哥，怎么办？"

范洪灞急忙催促道："赶快组织进攻！"这时，大批鬼子涌上城头，向城下扫射。身后独立团通讯员匍匐过来："范洪灞同志，团长命令第一大队撤出战斗！"范洪灞看了看负伤的战友们仍然继续战斗，又见城头上的敌人纷纷涌来，只得下达命令："撤！"

黑夜来临了，爆破小组集结在南沙河南岸等待着进攻的命令。南门城墙周围，鬼子修筑了六座地堡，形成了交叉火力网，由于它隐蔽在城墙根下，接近它十分困难。地堡离护城河尚有四十余尺，河宽却有五丈余宽，河岸被架设着蒺藜墙拦着。不知不觉，三星已到了头顶。范洪灞领了黄金山，周武领了张九龙，韩飞虎领了张红喜， 关汉忠带了肖云集，王霸带了崔成亮，武松和郑王一组，大家分头去了。齐东来率领着大队直逼护城河南岸，掩护爆破小组行动。

韩飞虎正要出发，范洪灞扯住他说道："飞虎同志，这次行动就是虎口拔牙，任何一个小组出了问题会影响整个大队的行动计划。"

"大哥，我明白了。离敌人远了，不投手榴弹。进了，不放枪。"韩飞虎直率地说。他又说，"大哥，你有伤能去吗？"

范洪灞笑了："放心。飞虎同志有进步，祝你成功。消灭法西斯，还我山河！"

城楼上鬼子不再放冷枪，已是下半夜了，过不了两个时辰就要明天了。于是，城楼上的岗哨十分疲倦地怀抱大枪打起盹来。

城南门两侧一片寂静，青蛙吃饱了害虫懒洋洋地趴在岸上凉快，并不愿意发出任何声息来给这个悲惨的尘世增添任何令人欢乐的旋律。河水不知疲倦地静静向前奔流，整个南门前死气沉沉的没有一丝声响，只有护城河里的蛐蛐儿在悠闲地给城里的日寇伴唱着哀曲。

韩飞虎爬到护城河南岸，低声对张红喜说：“红喜同志，你在南岸等着我，人多招眼，我摸上去干掉里面的龟孙！”

张红喜说道：“不行，你自己去太危险。你等一会儿，我解完大溲咱一起去。”

韩飞虎一听，内心欢喜，他见张红喜解完大溲自己也在他的位置上拉了屎。韩飞虎扒了褂子铺在地上，用双手把两人的鲜屎小心全部捧了放在褂子上包好，再三叮嘱张红喜待在原地不动。

岸边的青蛙见来了人吓得先后蹦到水里去了，草丛里的蛐蛐儿也停止了哀歌。韩飞虎小心翼翼地抓着野草滑进了河里，他把褂子里的屎保护好，薅了一大把野草挡着头缓缓地向北岸游去。

这时，城墙上鬼子的巡逻队过来了，一道道手电光照射在护城河河面上，韩飞虎急忙把身子沉入水中只露出鼻子，再用那把野草遮住盛鲜屎的褂子。朦胧的月色难以辨别清楚什么物件，手电筒的光柱在夜雾里显然失去了作用，鬼子照了一番走了。

韩飞虎继续向前游去，水的深度用脚探不到底，游到北岸抓住野草慢慢地爬上了岸。他掏出老虎钳剪断铁丝网，打开一条通道慢慢爬着接近了地堡。地堡很矮，有一人高用秫秸遮挡着，但射击孔就像只饿狼张着血口。挨近射击孔偷听里面的动静，鬼子如猪一样睡得很死。于是，他把褂子放在射击孔下，鲜屎臭不可闻。他抓起粪便朝地堡里面糊了进去。一会儿，地堡里鬼子哇啦哇啦地叫起来。同时，一个鬼子钻出来透气，正当他长舒一口气的一刹那间，就见明晃晃的斧子照着脑门砍来，鬼子扑的一声死在小木门外。里面的鬼子听到外面有动静，探头探脑正要问时，一道寒光闪下斧子不巧劈在小木门槛上。韩飞虎恰像猎人闯进了虎穴，一头顶住鬼子抓一把土撒在鬼子的双眼上。鬼子正待挣扎被韩飞虎摸着一枚手榴弹砸来，像敲击破葫芦一样竟把个头给砸个坑。

韩飞虎大起胆来，把机枪和子弹箱拿出地堡外，把一束手榴弹堵住射击孔，再用鬼子皮鞋塞结实，将拉线系在手榴弹拉线环上。门槛上拽下斧子别在腰间，捋着拉线提着战利品游过南岸交给了张红喜。他转身向西面去了。

范洪灞领着黄金山下了护城河，正巧鬼子的巡逻兵朝着这里照来。范洪濡游得快，早到了对岸却把黄金山撇在后面。哪料到黄金山见鬼子朝他打手电急忙沉入水底，不想一口水呛进肺里，壮烈牺牲，范洪濡见鬼子走了，回来接黄金山却不见了人影，在那一片水域都找遍了也没发现人，原来水向下流，黄金山的尸体随着水流漂下去了。

他爬上北岸，来到小木门口学起猫叫，地堡里的鬼子不耐烦在里面好像骂了脏话。然而，外面的猫竟然挖起门框。一个鬼子一手打着手电一手执着刺刀冲出来。范洪濡顺手夺过刺刀反手刺中鬼子心窝，鬼子当场死去。地堡里的鬼子正要举枪射击，被范洪濡抓过其手腕咯吱一声响把鬼子的手腕拧折，一刺刀扎入胸部结束了强盗的生命。他急忙将两个鬼子的尸体拽出离地堡六尺多远近，把手榴弹塞在射击孔里，一切布置得当了，扯了拉线迅速回到南岸。齐东来接着告诉他，韩飞虎已经干掉了一座地堡的鬼子，范洪濡见其他小组还没回来，心里不免有些着急。

周武和张九龙二人摸到地堡前，周武碰到了一顶破钢盔发出响声，地堡里的鬼子钻出来，周武扑上去扼住其脖子打了起来。另一个鬼子跑上去要帮忙，被张九龙拦住后腰掀翻在地。两个人一对一同鬼子扭打成一团。就见四人如两坨碌碡似的在地上滚来滚去，被周武抱住的鬼子自觉力气不支竟喊了起来。正危急时，就见一人挥动斧子飞奔前来，拨开周武按定鬼子一斧子砍中脖子，复一斧子把头剁了下来。周武帮着张九龙把那个鬼子掐死。三个人把扎成捆的手榴弹安放在地堡机枪眼里扯了拉线撤回南岸。

关汉忠领了肖云集来到地堡前，他自恃武功高强，当挨近碉堡门口时，一个鬼子挺枪刺了过来。关汉忠躲闪不及被划破了左肩膀，他大吃一惊，再没容鬼子挪腾照着前额就是一拳，紧接着一刀结果了那鬼子。另一个鬼子扑上来被他一脚踹到墙上，跟着补了一刀。肖云集连忙收拾战利品头先回去，关汉忠把爆炸装置安置停当扯着拉线回到南岸。

齐东来见关汉忠左臂上有半拃长的血口子，忙叫来了卫生员与关汉忠包扎。关汉忠笑道：“没事儿，这点伤口离心还远着来。”

对于关汉忠的负伤，范洪濡并不关心，他抬头望了望星空，银星稀少了，大地渐渐地清晰起来。韩飞虎看出来范洪濡的意思，说道：“大哥，不如我去迎他们去！”范洪濡正待言语，忽见王霸、崔成亮、武松、郑王四人跑来。

“奶奶的，两个鬼子跑出来屙屎，就是不回去。等到现在才干掉他们。”王霸骂道。他又嘟囔着，哪里来的鲜屎味这么臭？韩飞虎暗笑。

郑王笑道：“两个鬼子，一个站岗，一个睡觉。没法接近。等鬼子进去换岗，俺才上去宰了两个狼熊。”

范洪灞命令：“各小组回去，各就各位，枪响为号，砸掉地堡！”六个爆破小组分头去了。范洪灞往空中就是一枪。只听宁静的早晨，县城脚下响起震天动地的爆炸声。日伪军在撼动的县城里惊醒，在颤抖的大地上度过一个寒栗的早晨。

范洪灞作了战前动员，队员们群情激奋，摩拳擦掌。游击队犹如一条长龙在山峰间向西挺进。苍天作难，狂风怒号。风儿如鞭稍儿抽打着脸，使人感到十分的疼痛。风儿肆虐地将他们往回推动着，风团一个劲儿地往嘴里钻，噎得他们喘不过气来。行军的速度慢下来。大家咬着牙艰难地扛风前进。行至唐王山脚下，队伍停下休息。

三星当空，原野在朦胧中显得更加清晰。大风仍在奔号，大地好像也在呼叫，呼唤义愤填膺的队员们奔赴杀敌的战场，并为即将投入战斗的勇士们助威呐喊！呐喊！

县独立团主攻北门，石月亮第二大队攻东门，吕子河第三大队攻西门，范洪灞攻南门。队伍在孟庙东侧隐蔽。古老的邹县城，儒家创始人孔子，儒家继承人孟子就诞生在这片古老而神圣的土地上。

这时，三颗信号弹升在空中，霎时间，县城城下，云梯竖起，杀声震天。

范洪灞一人当先，带领大队沿着老街冲向南门。他接连扔下三颗手榴弹。硝烟中，冲向护城河。突然，鬼子的机枪响起，范洪灞急忙避在护城河桥石栏下。左有周武，右有郑王当场牺牲，韩飞虎紧随身后左臂中了两弹。队员们被鬼子的火力压在石桥南。

狡猾的鬼子抢修了临时地堡，侦察员根本没有发现。鬼子见游击队被火力压住，打开城门号叫着蜂拥而来。王侯恼了，一连扔了三颗手榴弹，硝烟中队员们就听范洪灞大喊撤退的命令。齐东来把韩飞虎及伤员们一同撤到南沙河边，范洪灞左右腋下各携了周武、郑王二人尸体随后赶来，他命人将二位烈士用门板抬回峄山。

齐东来想了个办法，叫人找来一架耕地拖犁子用的没有轱辘的拖车，上面立上两叶门板有近一丈高，以为足以遮挡枪弹。于是，范洪灞重整队伍呐喊着再次冲向南门。果然，挡住了鬼子倾泻而来的子弹。当接近护城河时被鬼子扔来的手榴弹炸毁，游击队员一人牺牲，三人受伤，队伍不得不再退回南沙河，鬼子不敢打炮，亚圣府、孟庙就在游击队的跟前。

范洪灞怒气冲天，双目放射出愤怒的目光。他命人把上次缴获的迫击炮架上，迫击炮怒吼起来，炮弹在城墙上爆炸，鬼子陷入一片火海。游击队乘势攻了上去。然而，地堡里的机枪扫射过来，游击队不得不又撤回来。这时，攻城部队停止进攻，县城暂时平静下来。

夕阳坠入地平线，又一个难得的夜晚姗姗来临。魔窟似的县城上不时地传来鬼子枪声，好像是在给受了惊吓的鬼子壮胆。

半夜时分，范洪灞挑选齐东来、张九龙、张红喜、关汉忠、程龙阳、崔成亮六人带足手榴弹，避开大街，从小巷来到护城河边泅渡。不料想，崔成亮腿抽筋沉入水中，恰被后面撵上来的一个大汉拖住游过对岸。范洪灞打着手势，队员们会意分别向各自的方位缓缓爬去。

突然，鬼子的冷枪打中了崔成亮的右眼，子弹穿过眼眶飞出。他咬紧牙关，双手捂着溢流的鲜血一动不动趴在那里，一切相安无事，拼着命继续前进。队员们看在眼里，疼在心中，大家憋着一口气逐渐接近城墙根的地堡口。

范洪灞摸到地堡前，预感到大家已经各就各位，随即将一颗手榴弹扔进地堡，轰的一声闷响，两个鬼子被炸得粉身碎骨。与此同时，城墙根下接连不断地传出激烈的爆炸声。守在城楼上的鬼子觉察到游击队袭击了地堡，纷纷投下手榴弹并一齐向城墙下开枪。范洪灞急令撤退，鬼子的子弹如雨，无法渡过护城河。

正在危难的时候，忽见一挺机枪哒哒哒从城墙下射向敌群。大家乘势游过护城河。范洪灞清点人数，只少了崔成亮没到，只得回去找人。

刚走几步，却见韩飞虎背着崔成亮倒提一挺机枪，哂笑而来。

范洪灞吃了一惊，一切都明白了，惊喜地把韩飞虎抱着怀中，说道：“不是你，我们与崔成亮几乎再难见面！”

崔成亮说道：“队长同志，你们下去到了北岸，我腿抽筋沉入水中，心想这回死定了。谁知大难不死，背后一人拖着我稳稳过河。我很纳闷，同志们都过去了，怎么后面还有人？八成是神仙相助。待大家炸完地堡往回撤时。真不曾想，韩飞虎打着机枪，帮我退回了那条奈河。”

“还是韩神斧厉害。”齐东来夸奖道。众人大笑。

独立团听到城南门夜里的爆炸声，派人询问，方知是范洪灞夜袭地堡。刘团长决定部队迅速隐蔽，单等夜间用范洪灞的方法炸毁地堡旋即攻城。

天明，鬼子发现游击队无踪无影，地堡已无法再修只好挖了当战壕，增加岗哨，护城河北岸加一道蒺藜墙。

刘团长得知，与众人计议，决定趁天露明时迅速炸地堡，既而攻城。

漆黑的夜晚，鬼子高度警惕，一刻也不放松，到了半夜，增添鬼子四座城门巡查。天露明了，朦胧中已显出房屋的轮廓。熬了一整夜没有眨眼的鬼子见天快亮了，大都怀抱大枪呼呼地睡觉。突然，狂风大作，暴雨倾盆。

范洪灞率领爆炸小组来到护城河，远远地将手榴弹投到战壕。轰的一声，鬼子机枪手死去。随着范洪灞一连扔过的手榴弹相继爆炸，战壕里的鬼子全部被炸死。齐东来领着大队向城头发起进攻。范洪灞跳上云梯，首先登城，龟缩在城楼上的鬼子涌了出来，被范洪灞一阵扫射全部被击毙。韩飞虎带着伤下了城墙，用大斧剁开铁锁，打开城门，游击队似洪流一般涌入城内。与此同时，独立团等三路人马冒雨相继攻上城头。

鬼子冲过来了，范洪灞换杆大枪冲入敌群，齐东来及队员们向东西两个方向纵深推进。鬼子人单势孤，仓促应战，游击队势如破竹，锐不可当。守城的日伪军只有六十余人抵挡不住，仓皇逃回营房。游击队团团将院子围住，日伪军仍负隅顽抗。独立团，游击队四下猛攻，一举将残敌消灭。范洪灞打开牢门放出进步青年和被捕的革命战士、干部。同时，镇压了一批死心塌地的汉奸走狗。

邹县城第一次获得解放，独立团一面四街张贴抗日标语，宣传党的政策，一面叫人把武器运出城去。

从山里回援县城的沙泥与兖州、滕县、曲阜三县的鬼子赶到，重新占领了这座空城。

第二十八章

卖　布

王三和哑巴各自背了两包袱印花粗布，离开了营地到县城去。今逢大集，他俩便去县城南门前买布，侦察敌情，收集情报。王霸有一双神腿，跑起来如飞一般，人称快腿王霸，往来传递情报。

二人一前一后比画着，来到黑石岭上。但见山高岭长，恶林猛生。哑巴心眼多比画着赶快离开这里。王三却不以为然偏要去路边解手。猛然间，草丛中跳出一个人，生得骨瘦如柴，一对蛇眼射出凶光。手里端着枪："要命，留下包袱！"

王三见了劫匪拿着枪，哈哈大笑："堂堂七尺汉子，不堂堂正正做人，你上对得起父母，下对得起妻子儿女吗？"他上前一脚将手枪踢掉，拾起枪指着那人的头，喝道："国难当头，日寇疯狂戮杀同胞，你不为国担忧，反而在此劫路，有什么脸面活在世间！"

那家伙扑通一声，坐在地上求饶，眼窝里挤出一滴眼泪："好汉是哪一部分的？"

王三笑了："俺是买卖人，你是哪一部分的？"

那家伙随口说道："兄弟，误会误会，自己人。俺是石月亮第二大队的侦察员。"

王三信以为真，便把枪扔给了那人。哑巴看见王三还了劫匪的手枪，急了欲上前夺下。

不料，那家伙接过手枪，先将哑巴打倒。王三疾步向前夺枪，劫匪又开了第二枪。可怜两位抗战英雄没看到胜利的那一天，却死在劫匪的手中。那家伙打死了哑巴、王三二人，抓过两个包袱走了。

王霸去联系王三与哑巴，正走间，忽听路上行人纷纷扬扬地传说，土匪杀了两个人抢走了包袱。王霸听得真切，内心一动，问明了地点，奔上黑石岭，果见草丛中躺着两具尸体正是王三和哑巴。他悲痛万分，扶尸大哭，急忙窝回峄山。

范洪灏闻报，带了武中和王霸二人，火速赶到黑石岭。找到了哑巴、王三二人的尸体，禁不住泪流满面。不是马家饭馆关掌柜出事，又怎么能让他俩去县城呢？他揪心的痛思，哑巴自从日寇侵占家乡，就奋起抗战，东杀西征，没死在鬼子手下，却死在土匪枪下。他命武松去村里买来两领苇席，两领箔把二人安葬了。

范洪灏到村里查访，有的摇头不知，有的转身就走，还有的说根本没看见人。他心里寻思这个土匪很有势力，不然的话老百姓怎么不敢说实话。他坐在街口，心里想土匪的罪行就这么不能清算吗？英雄的鲜血就这样白流了吗？他慢慢地站起来，漫步走出村口。忽见路边沟里有人用手打招呼，并喊道：“洪灏，这里来。”

他快步走到沟边，眼睛一亮，兴奋地叫道：“阔子叔，你怎么在这里？”

阔子年逾五十三岁，生性耿直，为人热情大方。可是，世间这么好的人，因为讨一辈子饭没有娶上媳妇，撇得孑然一身，过着流浪生活。但是，他忠厚善良，疾恶如仇。日本鬼子侵占邹县，峄山游击队成立不久，他老人家好给游击队提供情报。当下，阔子告诉范洪灏，枪杀哑巴的人就是后村人，名叫白莲。抗战前，占山劫路，偷鸡摸狗，欺男霸女。鬼子来了，摇身一变，在城里当了汉奸，时常下乡抢劫东西。

范洪灏心想，难怪老百姓不敢说话，在这个腥风血雨的年月里，生命是那么的脆弱，有谁还敢讲实情呢！他给了老人几个钱，两下分手。

王霸建议道：“队长同志，天快黑了。不如先回营地再作商议。”

武中生气地说道：“同志，这句话不对。白莲杀人抢劫，罪该万死。今夜必须除掉他。”

范洪灏看了看武松，脸上表露出肯定的神色，说道：“同志们，血债还要血来还！”他掏出手枪想对谢世的两位英雄鸣枪送行，但是，这个岁月子弹太缺乏了，还是把子弹留给鬼子汉奸吧。他三人对着英雄坟墓的方向默默地祈祷："同志们！安息吧！"

西天飘来了乌彩，南风吹来，苍天悲痛地流下了辛酸泪水，大地被感动，风儿为英雄们扫墓。

三人慢慢来到街上，寻一家酒馆坐下，酒馆是两小间又矮又黑的茅草屋。范洪灞要了两狗头罐酒，酒馆里没有什么酒肴，只有炒好的花生仁儿。掌柜的拿来三只黑碗，地方窄巴，三个人只好站着喝酒。范洪灞、王霸二人没酒量，各自喝了一碗就不喝了。武松也不客气，就如喝凉水一般把两狗头罐酒喝个精光。范洪灞要了一半升圆子煎饼，三个人如风卷残云，青蚕吞食，不一会儿就把圆子里的煎饼吃光。

掌柜的笑嘻嘻地看着武松问道："兄弟好酒量，当年武二郎不过十八碗酒量。算起来你还比武松多喝好几碗呢！"

"我正是武松，与当年武二郎重名，嘿嘿。掌柜的，打听个人你知道么？"武松笑道。

"你说你说，这里十里八乡没有咱不认识的人。"掌柜的极其热情地说。

范洪灞说道："后村的白莲在什么地方居住？"

掌柜的见打听白莲，神情有些紧张。看着三人威风凛凛，器宇不凡，慢慢地走出屋门外，左右看了看街上回到屋里，小声说："先生们，我说了您要守住口，千万别说是我说的，不然的话我就没命了！"

王霸是个火性子人一拍桌子说道："你知道就说，不知道就算了。这事儿与你的人命有什么关系！"

掌柜的满脸愁色，吞吞吐吐地说道："先生是哪一部分的？"

范洪灞答道："大爷别怕，我们是峄山游击队！"

"你就是范先生？"掌柜的满面春风似的问道。他见范洪灞点头，不由得拉三人进了里间，告诉他们："白莲豺狼也！坏事做绝，老百姓恨得咬牙切齿。可是，谁都不敢戗他的毛。轻者，断腿伤骨；重者，命丧九泉。"

武松说道："大爷，别怕，杀人是要偿命的。"

掌柜的说道："他就在俺村的后村。不过，这家伙不住在家里，常住在他的姘头一枝花那里。"

范洪灞掏出钱来算账，掌柜的连连摆手，推着范洪灞的手说道："范先生，你别小看我，打鬼子杀汉奸也有我一份。今儿这点儿水酒我请了。"

范洪灞不允许把钱扔了过去。掌柜的拾起钱摁入范洪灞的手中，范洪灞再次把钱给掌柜的，倒把掌柜的惹恼了，夺过钱捏入范洪灞手中发急道："大官，看我是垂暮之年，是看不起我怎么的？快收起来！"

范洪灞见了，双眼噙泪，抱住了老人，久久未语。辞别老人，三人离开了酒馆。

"大官，你们哪里去？"掌柜的追出屋门外。三人立住脚见掌柜的锁了门追来，"走，我给你们带路。"范洪灞非常惊喜，谢过老人。

掌柜的路熟，四个人直接来到一枝花大门前。范洪灞轻轻把门一推，院门开了，屋门却顶得死死的。王霸敲起门来。

"莲儿。该死的你，又去找哪个骚货来！害得老娘睡不着觉！"屋里的娘们嘟囔着点着了油灯，随即将屋门打开。却见一把黑洞洞的枪口对着，那娘们啊一声赤裸裸地跑进里间钻进被窝。

范洪灞当先跨进里间，发现没有白莲，喝问："快说，白莲上哪儿去了。"

一枝花用单被蒙头裹足龟缩在里面，哆哆嗦嗦，吞吞吐吐说不成句话。王霸说道："问她干什么，宰了她再说。"一枝花听了，露出头来口吃似的说道："在在在在……在在保长家里。行行好，不要杀我！"

范洪灞退出屋外，领了二人出来大门问道："大叔，你知道保长的家吗？"掌柜的也不回答头前走了，他们来到保长门口，狗狂吠起来。

武松急了，飞步向前，一脚将狗踢上空中，跌倒在地上口中吐血而亡。

白莲杀了王三、哑巴二人，抢劫了包袱没有去一枝花那里。这个败类是个拈花惹草的行家，近日又看上了保长的闺女。保长爱攀高枝儿，听说白莲在城里当了特务队副队长还与纪王城的苟义平起平坐，睁只眼闭只眼竟让白莲糟蹋自己的两个小女儿。此时，两个小贱货坐在他的左右，左一杯右一杯地劝酒。院门外传来狗的狂叫声，白莲心虚撇开姊妹俩提了枪跳出后窗逃走。

保长知道来了人，笑眯着秫秸皮刮破的一双贼眼，提着一盏马灯急步跑出屋门，见院子里冲进来了三人，皮笑肉不笑地摆出比较文明的姿态问："兄弟是哪一座山头的？"

武松上前，啪啪啪一连就是三耳光，骂道："狗汉奸，老子是峄山游击队。你这个披着人皮的豺狼，欺压百姓，男盗女娼，骑在人民头上作威作福，我宰了你！"他说着真的动起枪来。

范洪灞把枪拨开，闯进屋里，油灯下桌子上摆满了酒菜，仔细看了，上面摆着四双筷子。桌子下保长的两个妖冶女儿在打着哆嗦，二妮吓得尿了裤子。三人满屋子里找遍了没有发现白莲。范洪灞跳出屋拐到后院噌的一声，飞越墙头，顺着大街向村外追去。来到三岔路口，范洪灞止住脚步，冷静下来，茫茫黑夜，这个畜生会逃向哪里去呢？不如回去再作决定。想罢，转身向保长家走来。

武松、王霸随后赶来。三个人路过保长门口，此时，保长耷拉着脑袋像个霜打的茄子。

范洪灞骂道："你这个老畜生，再不改邪归正，人民是会找你算账的！"三人出了院子，找着掌柜的一发走了。可是，大凡世上，好人不害人更不会妨人，恶人既害人也妨人。保长见范洪灞三人走了，影影绰绰望见多了一个人觉着事情有些蹊跷，把马灯往大门里一放跟踪上去。

四人来到酒馆门前，掌柜的要他三人到屋里歇歇脚，范洪灞握着老人的手说道："谢谢你老大爷，你在这种岁月里敢于同敌人斗争，这种大无畏的革命精神，实在是人们的楷模。"言罢，三人与开酒馆老人分别。

保长躲在阴暗的角落里看得一清二楚，把牙咬得咯咯响。

三天后的一个深夜，开酒馆老人正熟睡间。咚咚！有人敲门。"掌柜的，起床走吧？"

"走！"掌柜的一骨碌爬起来套上衣服，穿戴好了，洗把脸开了门。他昂首挺胸，大步向前。保长拿着绳子就要捆，被老人甩开。于是，两个家伙在前，白莲在后，押着老人来到南沙河岸。这片沙滩上已有好多坟头，在一座坟头旁，已有人将墓坑挖好。老人来到坑前，毅然跳入坑中被白莲活埋，光荣就义。

看来，再去卖布的行当是不行了。王霸报称白莲逃进了县城。深夜，办公室的门开了，韩家林进来自告奋勇地说："队长同志，我去。"

范洪灞问："你去县城，拿什么作掩护？"

"队长忘了，我的爹爹在县城南门外卖菜种子为生。他老人家病故已过五七，因此我能去。"韩家林说。

范洪灞点头，并没答应他去，拿不定主意。他找到齐东来商议，并把韩家林自己主动要求进县城除掉白莲的事告诉了他。

齐东来连连摆手说此人自打孩时就好吃懒做，没有主见。及至我们成立峄山游击队，他就有些贪生怕死。上次回家，个把月才归队——这个人关键时候意志未必坚定，我看不可大用。

范洪灏："不然，上次打稻洼，他一连救下五个伤员，这可是大功一件。"他认为，韩本人有些毛病，但还是可以克服和改正的。他又认为齐东来疑心太大。他不等齐东来同意，背着他让韩家林去了。临行前，韩家林与范洪灏说，他不认识白莲。范洪灏告诉他会有人告诉你的。并让韩飞虎、王霸二人护送他过了黑石岭。

王霸又报，白莲临逃前杀死前庄掌柜的。范洪灏闻报，带了韩飞虎、武松二人来到酒馆门前，果见屋门上被白纸条封了门。三人买了些火纸，受已故掌柜的族里人指点来到家南沙河滩上，在酒馆老人坟前烧罢纸，深深地磕头。

清晨，县城门还没打开，赶集的商贩就老早来在城南门前摆摊子。人来人往，稀稀拉拉的不断。丸子汤，粥缸，油条摊儿，馍馍摊儿，烧饼摊儿，煎包摊儿俱在街两边排列。唯有粥缸的老头撅着山羊胡子吆喝的好听："喝粥——来——泡馓子！"声音是多么的高亢洪亮，悠扬悦耳。饱受战争煎熬的人们是多么渴望吃上顿饱饭，但大数人吃不起这些东西，只到丸子汤锅前，喝上一碗丸子汤。丸子汤水是不要钱的，所以卖丸子汤的生意比较兴隆。因而南门外略显热闹。

城门开了，护城河桥上站着四个伪军，护城河里站着四个伪军，自然鬼子站在城门里。自从游击队大白天除掉了王图，鬼子就再也不敢站在最前面，而是令他们的马前卒在前面挡枪子。

韩家林来到父亲原来的摊位，将一袋袋种子摆上，暗暗把枪藏在种子袋下。坐下来："大叔，来碗粥，半斤馓子。"

对面的粥老头笑呵呵地舀满碗粥，又用柳条筐子盛了馓子瘸着腿送上来。粥老头接过钱，叹着气："韩侄子，老韩哥真快，说撂倒他就走了。"

韩家林回答些客气话，正喝粥间，只听一声高叫，真像狼腔。抬头看时，一人将几袋种子扔到街当中去了。两脚将没解口的袋子踢出两丈多远。他忍住气，面带微笑："哥们，生什么气？有事好商量。"

那家伙指着韩家林的鼻子骂道："妈的，这是老子的摊位，拿钱！"

"先生有所不知，这地方原来是先父卖菜种子的摊位，只因他老人家病老。现今已过五七，我才来摆摊儿。你是什么人？"

"放屁，老子叫白莲，你是无事生非，分明是来讹我。"那家伙抡拳就打。

"你是前庄后村的白先生？"

"正是老子。"白莲说。

韩家林毛躁来不及拿枪，抱住白莲就摔，却被白莲推倒猪拱地似的戗着地半晌没有爬起。此时，白莲拔出短刀要结果韩家林的性命。

这时，有人喊住手。护城河桥上，走来一位骑着马的伪军军官，腰间挂把东洋刀，身后紧随着三个护兵。韩家林一眼认出那军官是本村的高劲松，口里叫道："劲松，白莲杀我！"

高劲松示意卫兵下了白莲的短刀，喝道："白莲，他妈的，你这条野狗！你想找死吗？"

白莲点头哈腰，赔个笑脸："高队长，他是你什么人？"

"他是我家叔。白莲，你小子欺行霸市，邹县集市上我若再见到你，定把你的狗头摘掉！"

白莲慌忙给韩家林赔个礼，把扔到街上的几种子袋重新摆好灰溜溜地走了。

韩家林来到高劲松马前说些客套话，高劲松领着卫兵走了。韩家林见高劲松走远了，心里一番感激，懊悔自己无能没有杀掉白莲。

散集了，但仍然还有零星的地摊儿没有收拾。韩家林很恼愧，本来执行锄奸任务，不但没有完成任务反而被害虫欺侮了一顿，假若高劲松晚来一步，自己难免赔上性命。他把袋子下的手枪摸出来苦笑起来，咬着牙似乎再等待着白莲的出现。

天黑了下来，他是最后一个收摊子的，把带来的货寄存到客店里，到饭馆坐了下来。他要了一碗杂烩，把一锡壶酒喝干，吃了两个煎饼很惬意地打着饱嗝。多少天来，没黑没白的跟着游击大队东征西讨，南征北战，数不尽的辛苦。今儿虽然舒舒坦坦地过了一天，但任务没有完成却吃了白莲一顿窝囊气。他越想越恼，下决心再次找到姓白的。

正当他想离开饭馆的时候，门外走进来四个人，一个伪军三个便衣。韩家林见有白莲，可是自己两只拳头难敌八手，眼睁睁地看着他们去了楼上。不一会儿，只见跑堂的来来往往，上上下下跑弯腿。端的是鸡鸭鱼肉，提的是仙酒玉液，看着不觉口涎流出。他摸了摸腰间的短枪悄悄地上了楼，寻机刺杀白莲，刚上去就被跑堂的撵出饭馆。

这条街是做买卖的街道，沿街的马灯罗列在街道两旁，其中豆腐摊子最多，接连不断的叫卖声悠耳动听。“热——豆——腐！”的吆喝声传得遥远。韩家林舌根下馋涎泉涌，用手捏了捏口袋中的钱又打消了吃碗热豆腐的念头。游击队实在是在极其艰苦的条件下与日寇战斗，活动经费更是非常拮据。但是，香喷喷的豆腐味儿一阵一阵钻入鼻孔，忍不住要了两碗，狼吞虎咽，囫囵吞枣瞬间把两碗豆腐吞进腹中。

这时，饭馆走出了四个人，其中一个伪军和一个便衣与白莲分开走了。他看得真切，摸了摸腰间的短枪想到，万一打死白莲，这几个家伙会打死我。正犹豫间，白莲领了一个便衣来到杏花楼前，被一簇窑姐们围住连拉带扯进去。韩家林几乎忘记了自己的任务，眼巴巴地看着惊人的一幕发呆了。他的心加速跳动起来，整个身子燥热起来不由自主地颤抖，无可奈何地又咽下口涎水回到客店。

这天傍晚，他把菜种子搬到城里客店住下。

县城丁字街口，有一家烟酒糖茶店，是苟义的二姨的闺女婿的小舅子的舅子的外甥开的商店。这家伙尽购进了假冒商品，赚了大钱。对人毫不理睬，整日里得意洋洋。晚上，快要上门板的时候，忽然门外一阵大风吹灭了油灯。男掌柜喊着女掌柜掌灯，恰巧女掌柜去了茅厕小解没听见，男掌柜骂骂咧咧地上楼寻火种。就在这个时候，一个幽灵忽地闪进了屋门，直接钻进了柜台下潜伏下来。

男掌柜取来火种，急忙到店门外看，见没有人便放心地点着油灯，朝四下里照了照便上门板关了店门。自上楼与老婆睡觉去了。

钻进柜台里面的人见掌柜的上楼去了，急忙在黑暗中摸来摸去，找着了钱柜，把里面七捆钱用一小布袋装了，里面的碎钱也摸个罄尽。那人偷了钱想往回走，黑灯瞎火摸不着路，不想手碰着了柜台上的茶碗掉在地上，发出的响声传到了楼上。男掌柜听了披衣下楼。他很小心端着油灯把每个角落照着，不觉得头上挨了一棍棒，一头栽在地上，油灯哗啦摔在地上。

“老头子，是什么动静？”楼上女掌柜问道。

她的老头子已经被贼用木棍打昏，贼学着男掌柜腔调回答：“老鼠！”楼上女掌柜就再也没有吱声，盗贼悄悄地开了店门逃走。

店老板倚在店门前焦急地说道：“韩先生，你怎么才来？本店关门是有时辰的！”

韩家林见店老板生气了，赔个不是从兜里抓了把钱塞给了店老板，说道："今晚会了个好友，回来晚了些，见谅。"他把钱藏好了，得意的一夜没有睡着，巴不得天明。

烟酒店里的女掌柜良久不见老头子上楼来，起身看时楼下面黑洞洞的。连忙打个亮下楼看个究竟，见老头子倒在地上，血流满地。大吃一惊，忙把老头子扶起来喂了口水。男掌柜徐徐醒来，哭诉道："老婆子，店里遭贼喽！"女掌柜这才想起来朝店门一看，又吓了一跳，店门大敞四开。看完，禁不住放声大哭。男掌柜有主意，叫老婆给自己包扎好头上的伤，关门休息。

男掌柜老早起来，直奔苟义住处，见苟义尚未起床，他哭了起来。苟义见大清早在他床前哭天号地，恼怒地骂道："混蛋，你来哭丧？"

男掌柜自觉不对，说了声："对不起二舅，昨夜里俺的店铺遭贼了！"

苟义听了，暗暗吃惊。这个店铺是我苟义的眼线又是俺的经济来源，每天有送礼的便转到那店里变卖，是什么人有这么大的胆子敢捋我姓苟的胡须。他向外间吼了声："卢生，派几个弟兄沿街搜索客店，缉捕凶犯！"

第二天一早，韩家林来到饭馆直接上了二楼，要了鸡鸭鱼肉。他饭量不大，草草地吃了几块肉下楼就算了账，拽出一沓钱来。掌柜的眼睛一亮，重新打量了韩家林一眼喜滋滋地收下钱。韩家林趾高气扬的把钱特意甩了甩装进口袋扬长而去，他不是去追杀白莲，而是直奔新开张的迎春楼。一路上念叨说："偷，就这一次；下窑子，就这一回——以后绝对不干第二次。"自己嘴里嘟囔着暗下决心不觉来到妓院门前。

"哟，好哥哥，来吧。"三个窑姐围上来连拉带拽。韩家林心花怒放，看好一个俊俏的窑姐揽着上楼去了。一个窑姐气得跺脚走开，她瞅准了韩家林的钱袋，神不知鬼不觉地伸手把钱袋偷走了。

卢生领了特务队沿街搜查客店里的客人，大多数都已经走了。一连搜查沿街客店一无所获。卢生不死心便到最后一家客店，店老板见是苟义的人，毫不怠慢，沏茶安座。卢生不理，逐个房间察看完毕，只有一间门锁着遂问："老板，这间屋里的客人干什么去了？"

"天一明，店门一开客人就走了。"店老板答道。

"他叫什么名字？"卢生追问。

店老板脱口而出说道："他就是县城南门外卖菜种子老韩的二儿子韩家林。"

卢生听罢，喝令："把门打开！"

掌店老板支支吾吾，露出难色。卢生三五脚踩开房门，几个人进去一看兴奋极了，只见钞票散落满床，枕头上还有几摞用纸绳捆的钞票。卢生忙叫人喊来烟酒店里男掌柜辨认，正是昨天夜里店内被盗的钱财。卢生回去找苟义复命，留两个特务队员守在店门一旁捉拿韩家林。

韩家林在迎春楼烈火般的淫意尽消，弄得浑身无精打采，像糖稀一样与窑姐粘粘连连难舍难分，该是分手的时候了。韩家林晃晃悠悠地去给老鸨结账，一摸钱袋没有了，吓得面如土色，慌忙在上下衣袋里乱找乱摸。窑姐见了，刚才还缠缠绵绵比炉中炭火还炽热，霎时脸如冰色。窑姐大哭大骂，抓住韩家林又是撕衣服又是挠脸皮。

韩家林有苦难言，撇了窑姐撒腿跑下楼。窑姐追下楼去，韩家林欲夺门而出，早被几个凶汉揪翻在地痛打起来。韩家林被打得奄奄一息，被人扔到了重兴塔前。谁知，高劲松巡防路过，命人问了方知是韩家林下窑子没钱遭打。他回到大队部，心里想韩家林嫖娼，死有余辜。但他念是一脉乡邻，如果见死不救，又有什么脸面去见家乡父老。想罢，秘密叫人把他弄到姜老先生中药铺治疗。

苟义探得韩家林被高劲松救走的消息，大喜过望，立即去大队部要人。白莲说道："队长，莫急。韩家林定是土八路，他来县门前卖菜种子，我看定有来头，莫不是范道人派来的眼线。"

苟义一听觉着似乎有些道理，问道："依你说怎么办？"

"韩家林是只小兔，一定会引出大老虎来。"白莲献计说。

散了集市，韩家林买了四只野兔剥光皮，掏去五脏，洗干净了用细绳捆了，大摇大摆地来到伪军大队部，被卫兵挡在门外。正巧，一个卫兵看见，把韩家林给拉了进去。高劲松在里间正和手下商议军情事务，听卫兵报告了，宣布散会。

"大叔，你在哪里弄得这么个稀罕物件？"

"我知道你爱吃这玩意儿，叫人逮的。"

高劲松吩咐伙房下厨，没多时兔肉熟了，一盆分给下属头们食用，一盆自己和韩家林吃了起来。两人先拉起家务，又扯到如今。高劲松是个直肠子人，心里想的，嘴里就说，因为韩家林是家乡人。闲谈中，他总是唉声叹气，愁眉不展。

韩家林问："松侄，你有心事，我来的不是时候。"

高劲松摇头，半斤酒下肚，胆子大了起来，话也稠了。他后悔走错了路，千不该万不该给日本鬼子当走狗。

韩家林试探地说："爷们儿，高头大马骑着，黑绿色军服穿着，皇军待你不薄，怎么说出这样的话？"

高劲松告诉他，当兵三年，没做过对不起祖宗的事儿。最终，他讲了实话，兄弟高劲木给地主打短工，弟媳妇给他送饭，半路上碰见鬼子被奸杀。血海深仇不能报，反而还为鬼子办事，因此为这烦恼。韩家林问，为什么不去投奔游击队？高劲松说，早想哩，只是没有人引见。

韩家林劝了一会儿，告别了高劲松。路过杏花楼，目不转睛地盯着一个窑姐杏眼樱桃嘴，浓艳重彩，十分招人。他看得呆了，碰到树上也不觉着痛。但是，两手挖着空布袋，好不容易偷来的钱却是悖入悖出。心想做这个买卖没有赊账的，但是胸中软酥酥地发痒不觉脚步放慢了。上回挨打之后，回到客店不知怎么的又挨了顿打，钱被人抢走。自此手里仍然是空空无也！正徘徊间，背后过来两人把他架进了迎春楼的一间房内。灯光下，他清楚地看清两人，一人是白莲，一人是苟义。

苟义把枪丢在桌上，狞笑："哼哼，小子，范洪灏的十大将之一，你敢在县门前摆摊，真是老鼠枕着猫蛋睡——玩大胆了。摆在你面前两条路。一条是'骑仙鹤遨游'；另一条路是'享鲜花嫩草'，花不尽的金钱，享不尽的福。限你考虑三分钟，选择吧。"

韩家林怕死，想到那皮肉之苦，未动刑就将来的目的全部招供了。苟义走嘴要白莲领韩家林去隔间，韩家林来到了隔壁，看到了刚才那位窑姐，心里欢喜，早知道城里这么荣华富贵，何必整天跑穷腿钻山沟！他急不可待的像配种的叫驴紧紧地把窑姐抱住，在一阵禽兽般的作孽后又被白莲喊了出去，领他回到苟义的住处。

"你以后别再租店住了，干脆搬到我这里。"苟义又说，"王霸再来时，就地将他活捉。"

"不，队长，逮一个王霸就如捉一只山羊，留他有用。"韩家林卑劣地说。

苟义大笑："人言韩家林赛过宋朝张邦昌，今儿果真如此。"他又问起高劲松的事儿。

韩家林见白莲在旁边，绷住嘴不说。苟义与他说，他就是韩家林 ，你就是白莲。韩家林放下心来："上回，我去大队部，高劲松要我约范洪灞商议反水的事。"

苟义一听，惊喜万分，连忙拉着韩家林来到沙泥办公室。苟义将高劲松反水的事前后讲述一遍，沙泥拍着韩家林的肩膀，许愿："韩的，捉住范洪灞，金票大大的有！"

于是，主子与奴才合谋起来，要活捉范洪灞。

苟义仍命韩家林继续卖种子，韩家林这个可怜虫软骨头终于背叛了革命。

中午，韩家林约见高劲松，二人来到南沙河畔。高劲松问，今天不去摆摊？韩家林垂头丧气的叹道，国难当头，堂堂五尺汉子不去救国救民，苟安偷生，如同草芥白混一生。他说着无精打采地摆摆手不说了。

高劲松听了，备受感动，迫切地说："大叔，你说得对。还摆什么摊子，不如上峄山找范洪灞打鬼子，胜如卖菜籽。"

韩家林嘿嘿地笑了。高劲松见他发笑，莫名其妙："大叔，你笑什么？"

"我笑你丢尽了凹庄兄弟爷们的人，身为中国人，为什么给日本强盗作狗奴？还劝别人打鬼子！"

高劲松见远近无人，悄声地说："大叔，我早想弃暗投明，可是范洪灞那人与我有些过节，他现在是山上的头儿，如果我去投靠他，他能容下我吗？"

韩家林一把攥住高劲松的手："爷们，你这话可别让别人知道，这可是掉脑袋的事情。"

高劲松见说，试探地说："大叔，眼下，沙泥被苟义挑唆的对我冷淡，你看怎么办？"

韩家林说："此地不留爷，自有留爷处。劲松实话给你说吧，我是峄山游击队侦察员，卖菜籽是为了掩护。你真的想上峄山？"

"大叔，你可不能骗我？"

韩家林变了脸色："劲松，这是什么话。我若是骗你出门挨枪子！我怎么能对得起凹庄兄弟爷们！"

"好。"高劲松相信了韩家林的鬼话。

王霸来到菜种子摊前，见韩家林无精打采，满脸伤痕，面黄肌瘦，心里就有了疑惑。过去，蹲山沟，整日里和鬼子打仗，他精神饱满，为什么进了城，光卖点菜种子就好像吸了大烟的样呢？他并未露出声色，依然和他谈些正经事儿。韩家林告诉他，三天后，高劲松在牙山谷子庙约见范洪灞，要他立即回营地，转告大队长。王霸接了情报，藏好韩家林转来高劲松的信，连忙回峄山去了。

范洪灞接了信，内情已知，非常高兴，对齐东来说："韩家林同志工作有成绩。"遂商议去牙山赴会与高劲松商谈投诚的事宜。会后，齐东来把王霸、范洪灞二人喊到僻静处，问王霸："韩家林住在哪里？他穿得怎么样？身体胖了吧？"一连串的提问，王霸只知道韩家林的确又瘦又黄，脸上还带有伤痕，穿得很讲究，至于他现住在何处，压根儿就没问及。范洪灞不解地问："东来同志，你问这个干什么？"

齐东来说，韩家林好吃懒做，投机取巧，意志并不坚定，他刚去不可能把高劲松说得拱手投诚。范洪灞一听，又要发火但冷静下来，在历次重大问题上事实证明，齐东来的意见是正确的。他沉思了片刻："东来同志，你说怎么办？"齐东来说了片语，范洪灞佩服地点头。

高劲松有些迷惘，并不了解韩家林的人品。不过，从迎春楼那件事情来看，韩家林的确是个不地道又是个思想不健康的人。难道游击队里会有这种道德败坏的人？由于两次搭救了他，苟义并没有借题发挥也是令人难以揣摩的事儿。妖魔谷一战，苟义差点死在沙泥枪下，他怀恨在心是不会就此罢休的。因此，高劲松时常防备着苟义的报复。那天，二人在南沙河约定后天与范洪灞见面。高劲松寻找游击队迫切，当时就把投诚游击队的那封信交给了他，心里总是忐忑不安。

第二十九章

二打县城

从前线退回来的鬼子兵，都是进山里扫荡时没有被八路军打死的强盗。但大多数带着枪伤和刀伤侥幸回到巢穴，他们觉着躲在好似乌龟壳般的深沟高垒的大墙之内稍微安全些。然而，游击队打破县城的枪炮声却使他们彻夜心有余悸，忐忑不安。近来，城里大街小巷，到处张贴抗战的大字标语更使沙泥心神不定，提心吊胆，感觉到犹如寒秋的蚊子穷途已尽，末日到了。

然而，沙泥依然挣扎，严令特务队，四街布置便衣，黑白昼夜搜捕盘查可疑人员。

清晨，范洪灞和武松暗暗来到河边隐蔽下来。中午时分，遥见三匹战马来到牙山山麓，从马上跳下来两个伪军和一个便衣，就山门前柏树林里拴了马匹。三人沿盘道拾级而上。一会儿一群鬼子也顺着盘道溜上了牙山顶。范洪灞看在眼里，暗暗惊叹，假若不听齐东来的建议，正好钻进了韩家林的圈套。

牙山拔地而起，俨然是一根擎天柱，山顶上是一片十亩平崭崭的山地。但见古树茂密，阴风森森。前有道观一座，后有庵庙一庭。

高劲松来到庵庙，卫兵去了僻静地方解手去了。高劲松约范洪灞会谈，却见日本鬼子接踵而来，大吃一惊。韩家林到底什么人？日本鬼子来干什么？韩家林是否出卖我？此时，天已过午，高劲松内心里早已心急如焚，面颊流出热汗，范洪灞千万别出现。一直等到日落西山，埋伏在两边的鬼子跳出来，鬼子小队长照着韩家林就是三耳光。高劲松心中暗喜，断定自己被韩家林可能出卖了。

鬼子回到城里，高劲松直接找到沙泥，问韩家林要挟他去牙山为的是什么，难道皇军不相信我了吗？沙泥见事情败露支支吾吾说了几句搪塞的话。高劲松见沙泥此时已犹豫不定，告辞退去。

王霸来到孟府牌坊下，谢紫荆右手执着一束雪白的菊花来到牌坊下自吟：“祖国您是一朵美丽的牡丹花。”

“我们诚挚的钟爱您。”

“消灭法西斯。”

“还我山河。”

王霸接过那束鲜花，二人两下分手。

范洪灞接到情报，方知韩家林果真叛变。他郁闷的来到小河边，遥见两个小孩偷了人家地里一块芋头，二人争执起来。看来，他俩谁都想占有它。二人争来争去最后商定，把芋头放在百步之外，谁先跑到谁就吃。两人拉钩宣誓，画一条线站齐，同时喊了声“一二——三！”，二人飞快地向前，胖子个大，太笨如牛，瘦子个小，轻似猿猴，首先抢到芋头就啃。胖子不服，二人打了起来。瘦子打不过，抽身就跑，回头把啃剩的芋头照着胖子的头就是一下子，撒腿跑了。胖子追不上，气得坐在沙滩上就哭。

范洪灞看罢，哈哈大笑。走过去把胖子背回村里。

得益于两个儿童争芋头启发，游击队拟定，鬼子就是胖子，游击队就是瘦子。游击队决定进行一次大练兵，齐东来动员说道：“同志们，这次练兵非常重要。大家不是想要打到平原去吗？因此，每个队员要像大海里跃出晓龙，深山里飞出猛虎。必须达到合格的标准，才能留队。否则，调离游击队干地下工作。大家有信心吗？”

队员们下了决心，喊声震得天要崩地要裂。

光阴似箭，转眼七天过去了，队员们练就的如飞毛腿，行军的速度俨然像支离弦的箭。这天，游击队进行比赛。队员们精神抖擞，摩拳擦掌，为了不被调离部队，决心争一个高低。

首先是集体赛跑，大家在麦场上跑了十圈后，向预定的终点冲刺。范洪灞十分了得，第一个到达终点，身后的队员才跑了一半路程。齐东来个头虽小，跑起来神速，韩飞虎练就了一双快腿和王霸三人先后到了终点。其余的队员成群地到达终点，一个个气喘吁吁，汗流浃背，倒在地上擦汗。

范洪灞仍不满意，生气地叫道：“练快跑，这也是战斗。没有快刀，怎么能杀狼？没有快腿，怎么能去平原地带打击强大的日寇？”他大喊一声，又跑了回去。队员们只得爬起来跑回去。

一天下来，崔成亮一瘸一拐地嚷道：“队长，我的两脚磨了泡，不能走了。”

“同志，敌人最喜欢你的弱点。他们像狼不喜欢你这个俊俏的马儿跑得快。”范洪灞耐心地疏导。

队员们咬紧牙关，拼命向前奋进。又练了半月，四百多个游击队员个个如出山猛虎，离弦飞箭！十里路顷刻间便冲到终点。对于成绩的提高，大家钦佩队长的严格和冷酷无情。真正体会到了游击队练兵口号：攻如暴风骤雨，走似雷鸣闪电。只有这样才能走得快打得赢。这支精干强悍的游击部队真聚之成形，散之无踪。

范洪灞百里挑十，精选五十名骑兵组成快速纵队。

王霸来了，据侦查县城拉了三车鬼子奔滕县去了。范洪灞立即召开会议，决定范洪灞率领骑兵纵队，袭击县城，大队人马由齐东来带领埋伏在摞儿岭，打伏击战。

山道弯弯曲曲活像一条银蛇由河边伸向半山腰，山道很陡俨如直上青天，到了山腰就是一路下坡。老百姓都称这条路是上青天再下地狱，上上下下不知摔几个跟头才能爬过这道岭，故称摞儿岭。小路两侧尽是些瓢一块碗一块的山岭薄地，再往西去就是一望无际的平原。山地边长了稀疏的枣树。可谓是抬头看荒山，低头望平原。这座山离县城只有几里地，然而从正东走来的游击队偏偏在岭上布下天罗地网。

韩飞虎领着十八名勇士来到摞儿岭西面山脚下，一个个扛着大镢在路上站了起来倒像支修路大军。韩飞虎把路划分成五步、八九步不等的距离，从西面山脚处一直到半山腰划分完说：“兄弟们，不，是同志们，挖坑也是战斗！指导员说了，我们要把民族仇恨溶入到血液里去，让它转化为无穷无尽的力量来挖坑。”他不再说了，带头举起大镢刨起坑来。

路尽是码锅石形成，很硬。砰的一声刨下去溅起一股尘烟却只刨破地皮儿，约有一手指深浅。十几镢下去，才挖出茶碗大小的砂礓坑。

队员唐尼是个才十八九岁的小伙子，他紧紧地攥紧镢柄毫不惜力气刨坑。末暑天气，太阳依然炽热，汗水顺着头往下流。粗布白褂子早被汗水洇透，溅起的尘土沾着汗水弄得全身险些成了泥人。他把褂子脱掉扔在路边奋力地刨去，看到韩飞虎已经刨了十多个坑，自己才刨了五个半坑。不由得焦躁起来，咬着牙竭尽全力地刨去。此时，他的双臂被大镢震得发麻，手心更是灼痛，疼得简直不能再攥镢柄。把手伸开一看，啊！磨得两手心血泡破了挤出鲜血，伤口剧烈地跳动疼得揪心。

唐尼看着远去的战友，眼里发出钦佩的目光。埋怨自己太不争气。人民最需要自己的时候却受了伤，对于坚硬的砂石路产生了畏惧感和退缩。转念一想，如果都和我一样，这活儿怎么干呢？像这样地把鬼子何年何月何时才能消灭光？

“小唐，同志们都在猛干，你在后面拖拖拉拉，磨磨蹭蹭的想什么呢！”唐尼正责备自己。韩飞虎提着大镢急云般跑来，他见唐尼远远地落在后面坐在地上休息，也不吱声抡起大镢把唐尼剩余的土坑挖了出来。

唐尼提着镢拾起褂子向上走来，拿着镢赶到大伙儿前面，用褂子包住镢柄狠狠地刨下去。一个坑一个坑地刨出来了，但是每刨一个坑他都累得张口气喘。当他再刨坑时，实在是没有了力气，气喘着蹲在地上休息。

韩飞虎看见，高喊道：“小唐，快点呀！”

唐尼见韩飞虎与他招手，心里想你再急我也得歇会儿，便蹲在原地没动。

“小唐，革命战士不怕苦不怕难，你怎么没刨几个坑就歇着呢？”韩飞虎有点火了。

唐尼也不争辩撂了镢，瘫坐于地暗自掉泪。

韩飞虎十分恼火，跑到唐尼跟前咬着牙低声说道：“唐同志，我说错了么？你怎么哭了？”他见唐尼低着头一直哭泣，看了看大家都到了半山腰，在东面刨坑的齐东来小队上来了，遂说了声，“同志们，休息了！”

大家涌向半山腰来到得风凉的地方休息，肖云集见唐尼用褂子包着手，忙问：“唐尼同志，你的手怎么了？”唐尼摇头表示没有事儿。肖云集见大热天唐尼用褂子包着双手，一把扯掉褂子就见唐尼的双手被鲜血全部染红了手心。肖云集拿着他的双手看后直咂舌头。

韩飞虎正打盹儿，听见肖云集的话，睁开眼看见唐尼的血手，吓了一跳，走向前拿着唐尼的手看罢，吼了声：“唐尼兄弟，咳！”他的眼眶要出火，用嘴吹着血疱说道，“唉，一怪我对你关心不够，二怪我态度不好。同志们，我们的任务已经完成了一半儿，剩下的怎么办？”

队员们把拳头举过头顶，表示坚决完成任务。韩飞虎说道：“同志们，我们要向唐尼同志学习，轻伤不下火线。继续挖坑！”大家精神振奋，拿起大镢干了起来。

唐尼提起镢就刨，韩飞虎赶来说道：“唐尼同志，给你个新任务。现在，同志们向东开挖，县城里的汉奸可能会来探信儿，你在山腰隐蔽处看着西面岭下，防止鬼子突然袭击。”他见唐尼不愿去当哨兵，命令道：“执行命令！”

唐尼只好服从命令，找了高处隐蔽起来。这时，山下果然有一人向上走来，来到山腰看着挖的土坑好似上山的趾登自言自语的夸赞道：“天上掉下来造福的人，我村祖祖辈辈为这坡路滑坡陡不知摔伤了多少人。如今好像盘道似的，有了歇脚的窝了。”

那人看罢良久，背着粪叉下了山道去沟弯拾粪去了。唐尼没有惊动他。

一会儿，又有一人鬼鬼祟祟摸上岭来，见了唐尼猛扑过来。唐尼急闪身，那人扑了空倒在地上，唐尼迅速骑在那人身上，二人扭成一团。拾粪的老头跑过来，见一个汉奸打修路的人，急扬起粪耙照着汉奸的腿狠狠地就是一下。唐尼就势将其擒住反手用腿带捆了，收了那家伙的短枪。

韩飞虎望见，跑来喝问道：“狗汉奸，你来干什么？”说着，啪啪就是两耳光。

那人承认，他是苟义派来的。

韩飞虎见了特务大骂：“呸，不知廉耻的狗奴才。回去告诉沙泥，想活，快快滚回日本岛；想死，快来踩地雷！畜生，滚！”特务爬起来灰溜溜地跑了。唐尼谢了老人。

这条山道挖下的土坑活像上山的盘道。韩飞虎的小队终于与齐东来的小队汇合了。

县城东门外，居民很少，只有几户人家像晨曦间疏的星星稀稀拉拉散居在那里。一般情况下，鬼子不开这座城门。夕阳坠山，晚幕降临。就在这时，东城门外，枪声连天，杀声如海啸。范洪灞一人当先，抱起炸药包冲进城门前，登时城门被炸开。

硝烟中，沙泥亲自督战，鬼子马蜂般涌出城门。范洪灞率游击队跑步回头就走，瞬间跑出二里多路。沙泥见游击队人少，放下心来猛追过去，鬼子兵发疯地追赶，却远远地见游击队溃逃，就是撵不上。大约追了七里路远，鬼子用枪当拄棍大口喘气，眼睁睁地看着二里之外的游击队再也无力追赶。沙泥恼恨地看着疲惫的士兵，只好站在路上干瞪眼。

他回到城里刚下战马，士兵刚回军营，东城门外枪声又起，城门起火，人报东门失守。沙泥惶急领人抵敌，带着鬼子杀出东门。

前面一片水洼，水里蒿草丛生。沙泥想起稻洼惨败的情景，令人朝水里扫射一番，才放下心来涉过水洼，督催日伪军火速追杀。

沙泥率领虎狼兵一直追到撂儿岭下，苟义飞步跑回来报道："太君，前面的地雷的干活！"沙泥拍马前来，果见面前竖着一个牌子，上面写着"地雷"两字。他下了马很仔细地观察起来，只见一步宽的山道上，七步一坑十步一穴都埋了新土。弯弯曲曲直抵陡斜的山腰，没有这些土坑战马上山还真是困难，恰是天梯一般。沙泥吓得不敢逾越雷池一步，无奈抽兵回到县城。当即与济南发电报，请求调来工兵，济南方面连夜派来了工兵。

范洪灞在一座群众关系比较好的村庄驻扎，与众人商议。齐东来说道："沙泥被假雷区吓坏了，必定想办法排除地雷。"

"是呀，他很可能调来工兵起雷。"范洪灞分析道。

韩飞虎心直口快地说："上回沙泥吃了定心丸，这回让他吃火药丸，叫他死无葬身之地。"

范洪灞问道："韩飞虎同志，依你之见我们应该怎么办？"

"很简单，路上埋下千百雷，沟边布下百万兵，管教沙泥像老鸹一样插翅难逃！"韩飞虎快人快语，引得大家哄堂大笑。

沙泥带领鬼子来到山脚下，一字卧倒。工兵心怀鬼胎地探测起来。第一个坑没有地雷，第二个坑没有，第三个坑还是没有。沙泥看得发愣了，工兵慢慢地爬上山腰，一百多个坑竟没埋一颗地雷，沙泥哈哈大笑："土八路的，吃饭的都没有，哪儿来的地雷。"遂勒兵回到县城。

清晨，范洪灞秘密地告诉乡亲们不要走撂儿岭那条山路，封锁村庄防止保长去县城报信。命令布雷队员趁着晨曦前去半山腰东面下坡区域埋完手榴弹，那个岁月的确地雷稀少，只有打炮楼，袭击车站或者从日伪军身上缴获的手榴弹，把手榴弹三个一捆扯上拉线，鬼子进入手榴弹区每个队员一拉线，手榴弹随机爆炸，杀伤力也是很强。齐东来选择山东面的斜坡上埋下地雷，范洪灞领着骑兵纵队向县城进发。

县城东门枪声又起，沙泥笑道："土八路的，自来送死。"他命令高劲松打头阵去了，自己率领鬼子暗地里出南门迂回过去。范洪灞正杀间，光见伪军不见鬼子，心里想沙泥又出鬼点子？急命队员火速撤退，刚上来南岸边，沙泥督催鬼子从下流处沿河边冲杀而来。

韩飞虎见了，握着马刀说道："晚退一步，准得陷入重围。"

高劲松慢慢腾腾地杀过东沙河，沙泥见游击队只有几十个人，急拍马抢在伪军前头。游击队迎着鬼子就是一阵暴风骤雨般的扫射，回身就走。沙泥大刀往天上一戳，号叫起来。鬼子兵赶到岭下，山道狭窄，路两侧荆刺丛生，那荆刺是鲁南特产，满身生长着钩针。轻者拉破衣服，重者刮伤人。鬼子得令个个抢功，一阵野兽般的叫唤着抢上山腰。沙泥骑着马跟在队伍后面，路太陡又滑，几次退回来了。爬上半山腰的鬼子是追击还是往回走没了主意。此时，沙泥无奈下马，鬼子兵围着马，前面拉马头后面推马腚，好不容易才爬上半山腰。

骑兵队绕过雷区时，齐东来命人用铁锨消除马蹄印，范洪灞在离半山腰下二里之外的沙滩上，与队员们下马休息。沙泥望见游击队这般模样恼怒了，自以为他是大日本的铁骑，要横扫一向被人分割的华夏大地。小小的土八路如此骄横，简直是对大日本帝国军人的羞辱，再次抽出战刀怒指山下。

鬼子兵听了，好似饿鹰扑食撞下山去。轰轰轰！硝烟乍起，震天动地。前面的鬼子倒下去了，后面的鬼子收不住脚，心甘情愿地再向前冲刺，轰轰轰！集数的手榴弹又爆炸了，鬼子成排成对地被炸死。鬼子居高临下，坡陡路滑，前面的倒下，后面的一拥而下。轰轰轰！手榴弹还是爆炸了，冲下来的鬼子接踵而上，任何力量也无法阻止鬼子自投坟墓。后面的难友们收不住脚无法不向前，只好压摞向前送命。

沙泥见了，惊慌失措，良久才命令下山的鬼子停止行动，后面收不住脚的鬼子再也不那么死憨了，他们选择往路两侧跳。然而，死亡的命运如出一辙，还是被埋在沟里的手榴弹依然画了刚才同伙被炸死的葫芦。

沙泥看罢，惊恐万分，令人牵了战马，慌忙退下山去。游击队乘势追杀，韩飞虎撞入敌群，夺过一挺重机枪横扫残敌。

正在这时，埋伏在山道两侧的队员同时开火，无数火舌喷向狼狈逃走的敌人。鬼子们拥挤不堪，连滚带爬滚下山去。高劲松率伪军接着，沙泥心中稍安。这才清点人数，损丧过半，剩下的被荆刺刮得焦头烂额，犹如被洪水冲刷漏网的鱼浑身血迹斑斑。

没过三天，范洪灞率五十名游击队员步行再来攻城，沙泥率部迎战。游击队一阵风儿又往后就走。沙泥东洋刀一挥，号叫道："杀——给——给！"这群前来卖命的野兽舍命接近游击队，却挨上一阵暴雨般的枪弹，前面的倒下，后面的在看时，游击队几乎没了人影。沙泥非常疑惑，土八路的腿为什么这么神快？正像身上长了翅膀振翅高飞？他们又追了二里地，仍然如此，只得带着疑惑收兵回城。

沙泥回到县城，立即修书一封派快马前往纪王城。原来，鬼子已在纪王城皇古墩驻兵，鬼子队长接到沙泥的密信，写了回信。

游击队取得了摞儿岭的胜利，缴获大量枪支弹药。同时，还缴获了一挺重轻机枪。齐东来建议派人把这挺珍贵的重机枪送给山里老三团。张团长曾经说过，老三团武器缺乏，一个连队才有一挺机关枪。范洪灞连忙派关汉忠、韩飞虎二人装扮成卖萝卜的商贩送去。

齐东来去一户比较开明的富农家租赁了一辆二把手独轮车。这辆独轮车很大，木头打制。前后有车把，两个人一前一后一推一拉地驾驶。一挺重机枪缘何用这么大的庞然大物运送？这年月土匪多，去东山里还要经过伪军的盘查，搜出武器来那可是杀头的事情。二把手车子车身大好藏匿。关汉忠专门到了集市上买了四具席篓子，一个套上一个，把机枪夹在两具席篓中间，里面装了萝卜。车梁一边一席篓萝卜就完全看不出机枪来了。装好了车，二人酒足饭饱吆喝着上了路。

这两个人，一个是峄山全真道第二弟子三绝功传人，一个是土生土长呼风唤雨，力拔山河的鲁南好汉。那时节的路坑坑洼洼，十分难行，是祖辈平民百姓踩出来的。二人涉水过河，翻山越岭。不觉走了一天半，前面就到了敌人封锁线。

但见那天上黑云密布，地上炮楼林立，蒺藜围墙南北伸延，交通沟纵横交错。想进入解放区只有通过关卡。二人来到一座村子中央，就见一座茶棚坐北朝南，韩飞虎吼了声刹车，车子缓缓地停在茶棚前面。就见茶炉上，文火焰焰，五壶卧台。茶棚柳枝搭就，石案石板垒成。

关汉忠和韩飞虎坐下，掌柜的马上提上来一把黑瓷壶，两只茶碗。韩飞虎瞪了掌柜的一眼，来到水缸前搬起一个泥罐水遂一气喝干。掌柜的看见十分骇然，韩飞虎擦着嘴坐在石案板前叫着上饭。这里虽说是茶棚，但也炒些小菜，卖些煎饼。

关汉忠喝着高粱茶，问道："掌柜的，弄碟咸菜，再弄一碟萝卜，干粮随便。"他小声告诉韩飞虎，前面是道鬼门关，生死未卜，吃饱再说。韩飞虎习惯地摸了摸腰后，可惜没有带来斧子。二人喝足茶，风卷残云般地将两碟菜一白莲筐子煎饼吃光。韩飞虎用筷子敲着碟子叫嚷着上煎饼。掌柜的又端了一白莲筐子煎饼，二人又吃光了。关汉忠催着说道："掌柜的，拿煎饼。"

掌柜的急忙走来说道："二哥，我是小本生意，没有多大垫底，煎饼没了。"

韩飞虎哈哈大笑道："老头，亘古以来，开店不怕大肚子汉，今儿你怕爷们不给钱？快去拿！"

老头见此人满头红毛，一脸凶相，十分害怕，转身去了村子。韩飞虎以为他去喊人打架，悄悄地摸了掌柜的菜刀预备着。不一会儿，老头与一个老妈妈抬着一具席篓来了。老妈妈亦用白莲筐子拾了满满的煎饼，二人依然吃个精光。关汉忠算了饭钱，韩飞虎偷偷地把菜刀放回。二人离了茶棚，架起车子往前赶去。

出了村子，前面有一个泥坑。韩飞虎在前面叫道："窝！"关汉忠在后面听了，遂把身子往下一弓，车轱辘进了泥窝，二人较劲儿前拉后推上去了。拐左弯了，左边有沟。韩飞虎叫道："收里脚！"关汉忠把左脚靠里面踩去，避免踩到沟里去歪车。右转弯了，左边有沟，韩飞虎又叫收外脚。关汉忠便把左脚靠里挪。上崖了，韩飞虎喊了声："崖！"关汉忠把腰一弓朝前拱起来。下坡了，韩飞虎叫道："坡！"关汉忠把身子蹲下来扣紧粘撅留住闸往下走，大车叽里咕噜往关卡驶去。

"站住！"一个面似黑锅底的大头伪军持枪拦住去路。

二人只好停下车子，大头伪军来到车子跟前，喝问："干什么的？是给山里的穷八路送火药的吧！"他瞪着一对狗眼用手翻起萝卜，一直到底没发现什么，紧接着又来另一边翻动到底。他用诧异的目光从车底车上重新审视了一遍喝了声："滚开！"关汉忠、韩飞虎二人听了，忍着气架起车子驶出关卡。

这时，从炮楼里走出一位三角眼军官模样的人，他见慌慌张张走出关卡的二把手大车，起了疑心问道："出关的那辆大车检查过了？"

黑大头儿鞠着躬回答："是的，排长，已经仔细检查过。"

“叫他们站住，我要亲自过目。”三角眼命令道。

黑大头儿，站在关口对着远去的关、韩二人呼叫：“哎——！卖萝卜的站住！停车检查！”二人装着没听见继续往前赶，三角眼更加怀疑了，拔出手枪朝二把手车子就是两枪，领着群伪军追下关来。

韩飞虎听见枪声，喝了声：“起！”车轱辘飞一般地转动起来。三角眼穷追不舍渐渐地追上二人。关汉忠回头一瞅，六七个伪军已经离身边只有五六十丈了，急问：“怎么办？”

韩飞虎见前面有一小庄，拉着车子疾速进了庄子。后面的追兵更近了，拐过一道丁字路口，一家大门正对着路，门台有六七登台阶。韩飞虎只顾逃命，哮吼一声：“大崖！”车子宛如巨龙腾跃，驾云般地从底处向高高的院子冲了进去。

三角眼追到丁字街，发现萝卜车子没了踪影，满村子搜查。另叫人去关卡派人支援。韩飞虎叫道：“汉忠，等死呀！这里是解放区！”一句话提醒了关汉忠。二人连忙把车子歪倒，倒出来萝卜。韩飞虎拽出重机枪，关汉忠背着子弹箱，正要出门被三角眼领着伪军堵在院里。

韩飞虎大怒，吼了声：“滚开！妈的，挡我的死！”咕咕咕咕！机枪怒吼起来，三角眼及五六个伪军怎能抵得住韩飞虎猛烈攻势，当场被击毙。二人杀出村庄，迎着太阳向山里进发。

关汉忠、韩飞虎二人从山里回来，向范洪灞汇报山里的情况。山里的生活极其艰苦，张团长得了那挺重机枪，高兴地给二人炒了两个菜，一样韭菜炒鸡蛋，一样白菜炖豆腐。张团长说，这是山里最上等的待遇。

范洪灞听完汇报，自与齐东来计议。游击队决定连续作战，不给沙泥喘息的机会。

夕阳恰似一面圆圆的红镜子，它倾吐着五彩缤纷的光泽洒在遥远的西天，万道霞光从西面照射而来，给这片处在水深火热的难民绘出一幅美丽的仙境。归巢的老鸹没有了动静，但老柳树上的知了仍在叫个不停。

队员们都集中在庄西的打麦场上，有人主张，还是用老办法引蛇出洞，叫他再尝一回手榴弹爆炸的滋味。关汉忠说，不行，撂儿岭的办法不能再用。齐东来说，撂儿岭东二里处有一道河，河水又宽又深，水中杂草丛生，足能潜伏。骑兵纵队把鬼子引来，拦腰截断，前后夹击，定能取胜。队员们说说笑笑，酝酿着明天的战斗。

沙泥憋了一肚子气，到底不明白小小土八路怎么这么难对付，这是一支在鲁南最难打的钢铁似的队伍，许多次战斗险些要了自己的性命。这次，下决心剿灭他。他调来兖州县的兵，调集好人马正要讨伐游击队，没料想范洪灞带着几十个人攻打县城来了。他哈哈大笑："范的，太自不量力！"他接受上次的教训，改鬼子在前为伪军打头阵的战术，催动高劲松打开城门追歼游击队，并让苟义一同前往，暗地里嘱咐苟义监视高劲松。苟义想到在中心店挨了一枪，怀疑就是高劲松干的。骑兵纵队大有一泻千里之势，高劲松出城迎战，游击队虚晃一枪，转身就跑。沙泥命令高劲松乘胜追击，范洪灞边打边撤，一直退到撂儿岭上。沙泥逼着伪军向上进攻，伪军只好硬着头皮胆战心惊地冲上半山腰，范洪灞的骑兵纵队早已跑出二里路之外。

"杀给给！"岭下的沙泥大起胆来，恼怒的催战。伪军们如同过河的驴驹子站在岭上望而却步，面面相觑，相互推搡，迟迟不敢下山。

高劲松从后面赶来，见此情景，仰天长叹，慨然下马，仗刀纵步走去。伪军们见了，默默无声紧紧地跟在后面。上到山腰的沙泥看见，竖起大拇指夸誉道："高的，大大的，军人的这个！"

沙泥还看见，伪军全部走出了他的部下死亡地带却相安无事，倒吸了一口凉气，游击队成了神了，正是高深莫测。在这几秒钟的一瞬间，是进还是退反复在脑海里打了无数的问号。最终，他像只饿狼难舍眼前的猎物，还是催动伪军向前猛烈追击。

正追间，忽见一支队伍让过骑兵纵队与伪军交火。霎时，枪声震天，杀声动地。混战中，苟义瞅准机会，趁着烟雾朝着高劲松打了一枪。高劲松臀部中弹，应声倒下。沙泥看见拍马向前，鬼子号叫着冲杀过来。令人护送高劲松回城救治。齐东来率队沿河岸逃走。沙泥望见前面大河滩一带水洼，茫茫杂草无边无际，命令鬼子向水中射击。一面令苟义率领伪军追歼范洪灞。

那苟义估量范洪灞几十人的队伍，快似闪电，是经过极其严格的山地特殊训练才有的今天散则无影聚者成形的结果。他还是不惜余力地赶杀过去。两队汇合，范洪灞吩咐齐东来将苟义领的伪军牵牛鼻子一样进了山套，让他们在山里转悠，自己率领骑兵纵队回到村子把战马藏了，队员们返回来进入大河水塘里潜伏下来。

沙泥追过山口，却不见了苟义领的伪军。大山里更不见了齐东来的游击队，寻找多时不见踪影，只好收兵。

这支没有被打垮却被拖垮的侵略军懒洋洋地从山套里退出来，他们觉着出来好像躲离了死亡区域来到了非常安全的地带。于是，一个个把大枪背在肩上，大大咧咧地走在小道上。路过那片水洼，有的鬼子好像旱鸭子扑通扑通地跳下水里解热。跟在后面的沙泥叱喝不住，立即杀死一名靠路边洗澡鬼子，蹲在水中的鬼子像惊枪的鸭子争先恐后地往岸上爬，可是，一个靠着一片芦苇的鬼子就是没有上岸的意思，只是身上放出的鲜血把河面染红了河水。

突然，水洼里枪声骤然响起，如雨的子弹倾泻而来。水泊里跃出好似千军万马的游击队员，杂草间跃出许许多多游击健儿。鬼子惊得丧魂失魄，措手不及，多数被击毙。沙泥看了，大吃一惊，慌忙后撤，拍马而逃。鬼子兵训练有素，在遭到一阵猛烈打击后，迅速归拢队伍节节败退。追上喘息未定的沙泥，准备再战。齐东来率领大队人马与范洪灞小队汇合。这时，夜色晚了，沙泥只得收拾残兵退回县城。

游击队战退鬼子，打扫战场，缴获鬼子大量武器。回到村里，命人四下里向群众宣传，山间小道没有了手榴弹，放心安全通行。范洪灞忙到夜里很晚的时候，才回到住所。他回到厨屋里，不由得往床上一躺，着实吓了他一跳。床上竟然躺着一个人，他喝了声："你是谁？"

"一根藤儿俩苦瓜，同生峄山前脚下，双果化作斩妖剑，还我中华锦江山。今生抗战结伉俪，来世再做并蒂莲。"床上一女生自吟道。

范洪灞大喜，急忙把邹纪青抱起来在狭窄的空间转动着。很久，轻轻地把邹纪青放在床上。点着了油灯，端起油灯照了照邹纪青，不禁兴叹道："谢谢邹家祖宗清德，给我送来一朵世上无双的白菊花。"

"洪灞，别被儿女情迷惑了，我路过这里。现在，我该走了。"邹纪青依偎在范洪灞的怀里。

"纪青，你怎么能走？儿子好吗？我们在一起分多聚少。你想，我怎么能让你走呢？"范洪灞紧紧地抱住心爱的妻子。

"是呀，在这个反侵略战争国度里，祖国母亲需要我们去战斗。孙中山先生勉励大众说道：'革命尚未成功，同志仍须努力'。先辈尚需如此奋斗，我们共产党人又怎么能为儿女情长而耽误党交给的紧迫任务呢！"邹纪青说。

范洪灞听了，脸上有些出火。妻子越发年轻啦，她在血与火的洗礼中成长了。对于妻子无产阶级高尚品质，对工作极端的热忱深深地打动了心扉。

他“嗯”了一声。

他怯生生地问道：“纪青同志，你去执行什么任务？”

“这是党的秘密。”邹纪青和颜悦色地说道。

“我的好妻子，祝贺你进步得这么快。从今后，我要努力向你学习。下一次我作诗答对保证胜过你。嘻嘻！”范洪灞沾沾自喜地说道。

二人携手走出厨屋，吓得在窗前听房的队员们一哄而散。他俩漫步在灭鬼河畔，相依而行，缠缠绵绵不分也得分离。战友啊，再见了！

第二天，游击队又来进攻，被沙泥赶至摞儿岭下，游击队远远跑开。鬼子 刚回到城门，背后喊声震天，枪声又起。沙泥暴怒，命令前队作后队，后队作前队，催动鬼子向前冲杀。范洪灞带领着骑兵纵队故意放慢脚步，鬼子见游击队很近，使尽吃奶的力气，穷追不舍。正追间，迎面有座恶树林子，沙泥见游击队已经被赶得七零八落，三个一群，两个一伙。沙泥见前面有座林子以为有埋伏，立马观看。

这时，林子中间大道上，范洪灞大骂：“沙泥，你这个行尸走肉的妖孽，再不滚出中华大地，会死无葬身之地！”

苟义惊叫，哆嗦着说：“太君，他就是范洪灞。”

沙泥听了，高兴极了，曾多次被这个中国农民打得落花流水一败涂地。不是在济南司令部当姨夫的副帅，军事法庭早就把他送上断头台。如今，游击队长近在咫尺，已到口的天鹅肉不能不吃。于是，喝令鬼子竭尽全力冲杀过去。游击队败走。他骑在马上用望远镜看到，游击队在一道山梁上，有的躺着，有的坐着，还有的叫骂。观之良久，十分恼怒，不顾一切再一次冲杀。他料定游击队再没有抵抗能力，放心追赶。

范洪灞打打退退，又走了三里许，进入一条山谷，两边又高又陡，人称骗驴沟。

沙泥鬼迷心窍，不顾沟深沟长，只顾向前。正追赶间，忽听两边枪声突然响起，身后的谷口被许多石头木材塞死。上面放起火来，紧接着子弹如雨倾泻沟内，鬼子成群成片地死去。沙泥知道中计，令人掩护。他弃了战马，混战中爬出骗驴沟率残部仓皇逃窜。

没曾想，游击队又撤退了。沙泥惊魂未定，像个呆瓜愣在那里。不知道从哪里冒出一队难友部队正在赶杀游击队。

范洪灞正追杀着残敌，王霸跑来说，正南来了一队鬼子，快如狂云，再不撤退，会有重大伤亡。他觉着有些疑惑，立即命令全体队员撤出战场。果见一队鬼子气势汹汹地朝这里冲来。齐东来说，向北走能甩掉这两股鬼子。

前边是匡庄河，大队人马迅速冲过了木桥。然而，追兵也到了桥头，情急之下，肖云集把一束手榴弹拉响，木桥被炸垮塌。正要撤退被鬼子密集的枪弹击中，壮烈牺牲。

鬼子收不住铁蹄，五七个人跌进汹涌澎湃的大河里做了水鬼。范洪瀛冒着密集的子弹在机枪的掩护下，奋力抢过肖云集尸体，没走几步，腿部中弹倒在地上。武松吼了声跳起来，风火般奔来左右腋下各夹一个人迅速撤回。

两股鬼子立在河南岸，隔着河眼睁睁地看着游击队走了。

第三十章

夜袭兵站

纪王城素有聚宝盆之称，它北依峄山，南临锅山，东靠高明山，中间金水河斜穿东西，西面津浦铁路纵贯南北。春秋时，邾国国君邾文公从高平迁都来到峄山之阳定为国都。城内皇宫殿宇在金国南下进攻南宋时被烧毁，自古以来是兵家屯兵要塞。罗列在老城里街两边的庙宇，古韵生辉，老柏松篁，仍然郁郁葱葱。四百年来，从山西夜雀窝迁来的人们就定居在这片美丽富饶的土地上。

高业是村子最富裕的地主，可是自打他从父亲手里接过操持家业的重担后，他的家境就从此止步不前，甚至于每况愈下。鬼子来了就更惨了，苟氏兄弟明着捐粮，暗地里指使地痞把他家的三犋子耕牛偷个精光。土地由原来的一百多亩被苟家父子侵占的只剩下不到三十亩。

高业面对这个战乱社会望洋兴叹，无怨无悔，从来与世无争。怪谁呢?他谁也不怪，坚信着自己十六字的人生格言——多行好事，不做坏事，上报祖国，下孝父母。难怪高业的媳妇骂他太耿直。又给他指出榜样，你看人家二狗子家父子脑子转动地神快，如今又攀上苟家弟兄们高枝了。高业驳斥老婆，住口！二狗子乃狗奴之人，苟家乃豺狼之性，狼和狗正是畜生也！世世代代落骂名。忠良是立家之本，攀高接贵，实系小人所为，你乃妇人之见也!

这天中午，他正在打辘轳浇麦子。忽见苟义气势汹汹地带着二狗子来到面前，皮笑肉不笑地在水井旁转悠几圈，闪动着那对鼠眼劝道：“爷们，这块地，你别种了。”

高业像挨了蝎子蜇了，发问：“这地是老辈分撇下的，我没抢没夺，你凭什么不让我种？”

“嘿嘿，姓苟的就凭这个！”苟义话到拳到，张口又骂，“老家伙，皇军在这里安园子！”

高业顿觉鼻子又酸又热，一股红流喷鼻而出。质问：“你凭什么打人？”

苟义掏出手枪照着高业就是一枪，高业手臂中弹，松了辘轳，那壳篓哗啦啦掉进水井里。媳妇跑到家里喊来地方把苟义劝走，央告人把高业送往峄山街杨先生那里治疗。苟义与鬼子献计，打造营院大门，把纪西村土地庙里那棵老柏树伐掉。消息传到有个叫沙湖的人耳朵里，暗暗吃惊，柏树是明朝天启年间栽就，历经风雨沧桑几百年怎能让鬼子刨了当大门？它可是纪王城人民的宝贵财富，象征着古老的纪王城人民的伟大形象。他趁深夜领人抬了一台筐耙钉，用大锤上上下下左左右右竟把一台筐耙钉砸进老柏树身上。次日，苟义领着鬼子来到土地庙里。但见老柏树两人搂抱不过来树头遮盖近亩把地。再看老树满身都楔进了耙钉，又惊又气，无可奈何地走了。没过三天，纪王城一千余亩土地被鬼子圈占，从宁阳，泗水等地征调大量民工，马车运送细砖，青瓦，木料。日本强盗们从两下店车站修进来铁路，建立了兵站。

游击队受到极大威胁，只得暂时撤离峄山。

峄山北仰泰山，南瞰楚淮，东临沂蒙，西靠运河，是兵家之争要地。游击队二打县城把沙泥诱入骗驴沟，眼看要全歼沙泥部队，却得到峄山兵站鬼子的救援，游击队反胜为败。显然，兵站成了县城的安全保障。火车从兵站拉走了一批训练好的鬼子送到战场，又拉来了一批批从国内，朝鲜强征来的青年苦练三个月后再送到战场上。

兵站忒大了，北至峄山街南至纪东纪西两村村边，东至马家沟西至西城门，百姓怨声载道，流离失所。从两下店修进来的铁路只留有进出口外，仅留南面一座营门，四周遭全用铁蒺藜墙围上。鬼子勒逼附近精壮劳力围着兵站挖壕沟，伪军把劳工用大棒像赶羊似的猛砸，劳工们不得不纷纷跳进壕沟里拼命地挖土。稍有动作慢的就用石头瓦块坷垃拽，一天下来有数十人不等被伪军砸得头破血流，浑身是伤。鬼子在高处架起机枪，防止劳工逃跑。但是，实在受不了的人豁出去了，跑不了几步就被鬼子打死。沙湖动作慢了被伪军用锨铲破了嘴唇流着血还得继续干。

这天早晨，又有一批被强征来的新兵乘火车拉进了兵站。新兵们以为从遥远的家乡一路奔波来到异国的土地上应该很好地吃一顿饱饭了，鬼子兵纷纷跳下火车不由得看看伙房在什么位置。然而，哨子响了，新兵慌忙去站队。每人发了一支大枪，由南门出发，围着锅山跑操。一个小新兵蛋子掉队了，少佐手起就是几耳光。从早晨到下午还没有吃上一口饭，大家累得大汗淋漓，有气无力地还得坚持跑。太阳西沉，队伍这才回到兵营里，新兵终于挨到了吃饭的时间。可是，每人发了七盒香烟，一份菜，一个小馍馍。那个新兵蛋子一口吞进口中，没法了只好逮住凉水灌饱肚子。黑夜走去，明天复来。忍饥挨饿的士兵们忍无可忍地想办法，偷偷地与附近的老百姓用香烟换芋头吃。

“八格牙路！”饥饿的士兵偷换食物的事儿还是被上司发现了，第一个倒霉的就是那个小新兵蛋子，被吊在木架上遭到毒打后昏死过去。

中伏天气，天高云淡，烈日炎炎。茫茫原野，热流滚滚，闷热的天气，热得人喘不过气来。范洪灞来到一架辘轳前，正要打水喝，从练兵场上来了三个鬼子。鬼子们光着头，赤着背肩上背着枪，胳膊上挽着衣服，个个热得如掉进河里的老鼠浑身是水。

范洪灞觉着买卖来了。你看他把手枪裹上藏在茄子地里。然后，坐在茎瓜架棚子下乘凉。

“你的，打水的干活！”头个鬼子来到井池里扔了大枪和衣服，脱了裤子躺在水池里催促。

这三个鬼子死定了。范洪灞曾听老人讲，暑天大汗淋漓，冰凉的井水一击，毛孔闭塞，内火攻心，活命难逃。想到这里，把壳篓哗啦哗啦放下井去，如纺棉车似的快速将凉水摇上来倒在井池子里。鬼子觉着很凉爽，高兴地直喊：“哈衣，哈衣。”又像驴打滚在水里翻过来又调过去。范洪灞又打了一壳篓水搬起来照着鬼子的头猛浇，鬼子高兴得打水仗竖起大拇指夸他友好哪！洗完澡坐到一边。那两个鬼子也照着样子洗了。

过了一会儿，头个鬼子一头栽倒水池里，浑身抽搐，瞬间死去。那两个鬼子挣扎不动，僵直地躺在水池里毙命。“嘎勾！”，木楼上鬼子哨兵发现异常，打了一枪。范洪灞先把鬼子衣服捆好背了三杆枪，就茄子地里拿了手枪不慌不忙走了。鬼子把三具裸尸拉回兵站，泼上汽油烧掉了。

一天，店子集市上，两个鬼子抢了一位老奶奶的鸡蛋，恰被王霸撞见，两枪响起，两个鬼子登时毙命。从此鬼子再不敢随便出门，强盗们都不愿意客死在被他们占领的土地上。

这天晌午，范洪灏伫立在老龙头上，遥看兵站的鬼子在赤日炎炎下光着膀子练刺杀，鬼子军官拳打脚踢毒打趴在地上的鬼子，用皮鞭抽打直立不动光点头的士兵，还看见了鬼子逼着新兵扛着粗大的圆木跑动，有个扛圆木的鬼子栽倒后就再也没爬起来。训练结束，鬼子陆续散去。突然，枪声响起。范洪灏循声望去，只见四个鬼子在追踪一个人。他跳下石头，迎上去见鬼子追的是一只手攥着另一只手光着膀子的小兵。他迅速靠近避在石头后，让过被追的日本兵，噠噠几枪打死追杀的鬼子。被追的小鬼子回过神来看见了范洪灏，不住地向他鞠躬，并打着手语不愿意再回兵站，只要保住性命，他情愿跟范洪灏走。

他感到奇怪，怎么会有这等事情发生？看着这个遍体鳞伤只有十七八岁的小鬼子那副可怜相，一颗怜悯的热心油然而生。范洪灏大胆地收留了他。紧接着命吕子水把那个鬼子逃兵送往军区独立团。后来知道，小鬼子叫正山，实在忍受不了鬼子处罚才逃生的。

再过三天这一批训练好的鬼子就要乘火车被送上战场，这批原本有着善良本性的青年已改变成吃人的野兽，成为日本军国主义扩张侵略的战争工具。游击队接到军区情报，立即动员，决定拿下峄山兵站，消灭这批鬼子。独立团抽调吕子河、石月亮两个游击大队会同范洪灏的大队组成夜袭兵站突击队。山里张团长特派一连老八路协同作战。

八路军从高明山沟向正西推进，游击队从正南门进攻。范洪灏派王侯、王霸兄弟二人带一部分队员去兵站西面埋伏，在离铁路出口三百米处截击外逃的鬼子。一切布置停当，三路人马进入临阵状态。

天终于黑下来了，范洪灏率领队伍越过金水河悄悄地接近了兵站南门。岗哨站在岗楼前踱来踱去，始终不离左右。韩飞虎性急与范洪灏递了眼色、范洪灏同意地点点头。韩飞虎拉了一下关汉忠，二人消失在夜色中。他俩下了壕沟，爬上对岸挨近了围墙的铁丝网，关汉忠掏出老虎钳慢慢地铰断铁丝网挽在一边，悄悄地向岗楼摸去。

鬼子哨兵抬头看看天空，见三星西斜，北面峄山街村里的公鸡打了第三次鸣了。他感觉很口渴，舒了个懒身打着哈欠到岗楼里喝水。韩飞虎见了，拔出斧子逼近岗楼，那鬼子正喝水间忽听外面传来猫的叫声。他感到好奇，探头探脑地出来看看猫在什么地方，猛然看见了没有料到的斧头闪着寒光劈来。斧头剁进鬼子的脑袋四指深浅，这家伙一声没吭栽死于地。韩飞虎从身上搜出了钥匙，走出岗楼。不巧，正碰上前来换岗的鬼子冷不防被踹倒在地，鬼子拔出匕首向韩飞虎胸前刺去。

正危急之时，不想鬼子趴进韩飞虎怀里。杀死鬼子的正是关汉忠，在其身后一刀毙命。

韩飞虎打开营门，范洪灞率领大队人马冲进兵站。前面是一片操场，操场后面就是鬼子的营房，营房后面是盛白面的房子，再后面就是枪械库、煤炭、木料、军马草场等。游击队急速向纵深前进，忽然探照灯亮了，探照灯闪来闪去把操场照得雪亮铮明，紧接着警报器响了起来。范洪灞用长枪一枪将鬼子击毙，第二枪打过去探照灯也灭了。可是鬼子的警报器仍然响个不停，他纵身飞跃过去爬上木楼，关闭了警报器。

营房里的鬼子像惊窝的马蜂炸了营，纷纷涌出营房拼命抵抗，鬼子拥挤不堪，钻出窗户的便被乱枪打死。游击队员奋勇冲杀，将鬼子赶进了营房。后排的鬼子冲了过来，子弹就如大雨一般倾泻而至，游击队奋力猛攻，双方僵持下来。

成批的鬼子蜂拥而来，游击队边打边撤退回南门。门小人多，出门慢了，而后面的鬼子已到跟前。在这千钧一发之际，木楼上响起了激烈的机枪声，鬼子受到突如其来的扫射，措手不及，大批的鬼子被打死。齐东来大喝一声，会同吕子河、石月亮两队回身掩杀过去，鬼子又退了回去。

八路军一连跨过堑沟，铰断铁丝网，冲进兵站，就在鬼子身后一阵猛打。鬼子受到两面夹击，逐个退入营房负隅顽抗。连长命一部分战士到后面货场焚烧军马草料。霎时，兵站里杀声震天，炮声动地，浓烟滚滚，火光冲天，俨然成了一片火海。

沙泥接到峄山兵站求援电报，火速领兵赶来。神枪将王侯用枪点击，弹无虚发，一个个鬼子死在枪下。然而，鬼子人多势众，如恶浪向前涌来。队员们渐渐抵抗不住，王侯见事情危急领着游击队员不得不退了过来："队长同志，不好了，沙泥带着大批鬼子杀过来了！"

沙泥见游击队人少，亲自冲在前头突破了游击队阵地。鬼子冲进兵站，仗着人多势众，没命地向死亡线上跑来。范洪灞见到鬼子迂回到南门，唯恐截去退路只好下令撤退。

一连长见鬼子越来越多，游击队已经撤出兵站，一声令下撤出兵站。吕子河、石月亮两队相继撤走。

沙泥拨两支人马分头去追杀八路军和游击队，他绝望地督催鬼子救火，几座草堆成了火焰山，直到天明才慢慢地把火扑灭。这一场大战，消灭鬼子近百人，新训练的鬼子十有四损。损失草料众多吨，还有大米，白面，炸毁的武器难以胜计。驻济南侵华司令部命令兵站所有训练好的新兵，乘夜间坐火车离开这块是非之地。

拂晓前，游击队秘密进驻大白楼。范洪灞布置完工作，回到屋里休息。这时，韩飞虎叫嚷着："大哥大哥，徐'大人'到！"范洪灞疾步迎出门外，双手攥住徐兆瑞的手拉进屋，忙让韩飞虎倒开水。徐兆瑞抹了席帽，从苇皮儿里面取出来情报递给了范洪灞，他喝足了水走了。范洪灞看了，鬼子在今夜将剩余新兵拉往豫西战场，务必在此之前截杀。

屋子很小，人又多，还有吸烟的队员，使得整个空间的空气很浑浊。大家争先恐后地发言，认为白天接近兵营十分困难，等到晚上火车就开跑了。况且沙泥在回城之前就留了一部分鬼子把守兵站与两下店之间的铁路，种种迹象表明兵站虽遭受一次重大打击，它还是像一只刺猬无从下手，但要再次大规模进攻就更困难了。

"不如在火车上打主意。"打旗工提议说。

齐东来看去，这个队员是在第一次打车站时参加游击队的打旗工。他又说，假若在铁路上把火车炸翻了车，鬼子死不了也活不了几个。

关汉忠兴奋地问道："李显同志，你的建议很重要，说说看。"

李显笑着说："火车就像一条蛇，控制了蛇头就等于把整条蛇掌握在手中。"

王霸说道："对对对，我见过火车总是车尾巴在前，车头在后倒退着进入兵站。"

韩飞虎跳起来叫道："好！老韩打头阵，先把火车头弄到手，再把炸药放在路基上，等把死鬼们装上车拉出纪王城墙外，约莫着到了爆炸区就摘了挂钩。咱坐上火车头就走，嘿嘿，叫鬼子再尝尝炸弹爆炸的滋味！"

好长时间没有说话的范洪灞陷入了沉思，白天大部队进攻是不可能了，靠近铁路那也是极其困难的。用李显的办法，只有一个打旗工，除了关汉忠以外大家都是外行，没有火车司机更是行不通的事。可是，不控制火车头再也没有什么更好的办法了。

齐东来想听听范洪灏意见，看见他正低下头来想着。齐东来转过脸问李显道：“老李同志，咱们这些人除了你和关汉忠同志以外，都是外行。假若你摘了挂钩容易，那么火车头没有咱们的人控制那可不行。况且，又怎么能把车站与兵站铁路沿途警戒的鬼子干掉？”

大家一听，觉着有理都默默不语了。李显立刻站起来说：“指导员同志，这个事情好办，我有一个很要好的朋友在兖州机务段当检修工，他会开火车。”

韩飞虎腾地站起，敲着桌子叫：“老李同志，晚了晚了——远水不救近火。似这样从兖州找来司机，鬼子的兵车早过了安徽砀山县了。”

咚的一声，桌子上的茶碗跳了起来。范洪灏用拳头擂动桌子，只见他在地中央来回走了两遍，把心中的想法告诉大家，队员们拍手赞成。

天下起了雨，兵站与两下店之间的铁路很静。隔着一百步就有一个鬼子守卫在铁路基下，小铁路好像显得更加安全。

隐蔽在树林里的范洪灏、关汉忠、李显三人有些着急。雨雾使得他们看不清车站上有没有火车停靠，很长时间车站与兵站的铁道上根本没有一列火车通过。会不会鬼子走了呢，还是送来的情报不真实呢？他看了看寸步不离的鬼子岗哨，断定鬼子还没有走。

于是，三人耐着性子潜伏在树丛中一动不动。然而，雨愈来愈大，能见度很低。就在这时，金浦线上从北面弯道处驶来一列闷罐货车缓缓地驶进两下店车站停下。三人兴奋起来，下了水慢慢地向铁路桥游去。这条河不宽水倒是很深，两岸长满了芦苇，三个人游到离铁路桥还有十余步的地方，鬼子走到桥面上发现了他们。范洪灏没容他叫唤，飞起一石头正中鬼子前胸，鬼子口吐鲜血，头重脚轻栽进了河里。

关汉忠在水中脱了鬼子军装，就水中搓了搓上面的血迹穿在身上，捞着大枪爬上岸立在桥上替鬼子站岗。

“呜——”货车一声长鸣缓缓地开动，哎哟！火车却向南走了！关汉忠看了非常失望，正当他十分焦急的时候，火车退回来了，车尾在前车头在后徐徐地倒进了通向峄山兵站铁道上。火车吼叫着喷出浓重的烟柱驶来，烟云逐渐散去弥漫着天空，天地间变得更加黑暗了。

火车头走到离桥头不远处吐出一道强劲的水雾，就在这一刹那间，关汉忠把枪投进了河里，一闪身登上了火车的踏板。另一边两个人影跃上炭厢车，钻进了机车内。范洪灞连发两拳将监押机车的鬼子打死，三个中国司机看见，大吃一惊，面面相觑，浑身打战，不知如何是好。

“兄弟们，别怕，我们是游击队。”范洪灞说。

年龄大点的司机忙示意范洪灞三人蹲在车厢里，免得让鬼子发现。说：“大官，俺不情愿来拉鬼子的，是在钢刀威逼下才来到这里的。”

“请弟兄们帮忙，把这批鬼子干掉，怎么样？”范洪灞直截了当地说。

“行呀。”三人满口应承。年纪大点的建议，到了兵站西门，鬼子是要严格检查的。这里面没法儿躲藏，只有用草苫子遮住把人埋在炭车厢里。范洪灞三人同意，爬上煤炭厢，一个司炉用铁锹把关、李两人埋在煤炭车厢里。范洪灞扒了鬼子军装换上，把光腚鬼子也埋在煤炭里。

火车怒吼着驶向兵站，行驶到城墙出口的时候慢慢地停下来。三个鬼子从两侧的铁门上来搜查，一个鬼子朝后面的炭车厢瞅了又瞅。仍不放心摸了捅火的梃子朝炭堆里捅了几捅。三个鬼子没发现什么便要下车。就见炭车厢里跳出两个人来，一个在前先后打倒两个鬼子，后面的鬼子还没来得及还手，就被范洪灞一拳击死。

当时，范洪灞让一个司炉换上鬼子军装去城墙口站岗。那人害怕，换上鬼子服装不得不跟着关汉忠下去。范洪灞将三个裸体鬼子尸首拉进炭车厢埋上，让李显充作司炉，自己扮作监押三个司机的鬼子。火车启动慢慢地驶进了兵站。

一群气势汹汹的鬼子冒雨从纪王城西门出来，转头沿着城墙根向正北奔来。此时，雨下得更大了，路上积满了水，雨水像鞭梢儿抽打着每个人的脸，他们全然不顾。鬼子们来到北面城墙铁路出口处，上了铁路沿转向西面而来。走在前面的鬼子来到守护铁路的鬼子跟前，一斧子砍中喉咙，那鬼子喷血死去。这支队伍从西城墙走到西面桥上，一路杀了六个鬼子。只见持斧子的鬼子一摆手，这群鬼子从腋下放下炸药包，冲上路基用手扒出钢轨下的石子，掏空后把炸药包填进去。然后守护在铁路旁，站在那里一动不动。

火车缓缓地停下来，火车头疲倦地喘息着发出阵阵长叹。范洪灞又扮成司机，下来机车放眼往南观望，就见广场上，大约有五六百鬼子全副武装站在雨雾里等待上车。他拿着铁锤敲敲打打检查着机车的部件，绕过火车头朝北望时，就见鬼子在往车厢里搬运箱子，这回鬼子没用中国苦力装火车。他走近那堆箱子见上面写的尽是些外国文字，有长箱的，有小四方箱的，还有大箱的。尽管雨下得很大，鬼子还是没命地装车。

装完车，鬼子们纷纷奔回营房。他朝前走动，远远望见仓库里仍有大批的箱子堆放在那里。他来到车尾处朝打旗工点点头，打旗工是个中国雇用工人，看见这个陌生工友向他点头顿感诧异。

范洪灞看看四周无人，突然对站在车尾门口打旗工说道："老乡，我是峄山抗日游击队。我们不想让这批鬼子上战场去杀我们的战士。你要以民族大业为重，凭着一个中华儿女的良心，恳求你不要告密。"

打旗工听了，觉察到戒备森严的兵站竟然混进来游击队员，非常吃惊，半晌不语。两排牙上下相互对打，战战兢兢地说："长官吩咐，俺一定照办。只是老家在关东，没法再与家人相见了。"

"兄弟放心，等到火车出了城墙口，你就跳车，那里自有人接走你。切记切记。"范洪灞交代完毕，便往回走。

这时，火车厢南面响起了鬼子的哨子声，鬼子排着队开始上车。打旗工站在路基边，预备着与火车头打旗语准备开车的信号。就见茫茫雨雾里，范洪灞拔地而起，轻轻地飞奔到枪械仓库门口，一拳击倒鬼子，开了仓库门闪了进去。

范洪灞打开盛手榴弹木箱盖儿，左顾右盼，发现了一团电线，急忙打开手榴弹后盖儿揪出引线环拴在电线上。随手又将一团电线套在右肩上扛着，把地上的一团电线边跑边捋顺完。然后，又把右肩上的电线放下与那股电线接上。打旗工看了看表，发给火车头信号。火车吼叫一声徐徐开动，范洪灞飞奔上车把电线拴在车尾的栏杆上。电线弯弯曲曲，连连绵绵有二百余米。他急忙把打旗工拉进车内，疾速关上车门。

轰轰轰轰！一连串的爆炸几乎要把整列火车颠覆。车窗的玻璃被震得粉碎。小方桌上的茶杯、本子都掉在地上。地动山摇，硝烟漫天，鬼子的营房被剧烈的爆炸震得全部倒塌。没有被震死的鬼子在地上乱滚乱爬哇呀哇呀地哭叫。侥幸上车的鬼子暗暗祷告上帝保佑车上的生灵，因为遥远的大海那边有亲人在企盼着他们杀完人回家。

车尾出了城墙垛口，车头上李显看见了，便顺着炭车上的梯子下去，小心地来到车厢挂钩处迅速拔出销子，火车头顺势与车厢分开。车尾处范洪灞、打旗工跳下火车与关汉忠，火车司炉工踩着泥泞的路向南奔跑。齐东来等游击队员点燃了炸药包后，迅速消失在茫茫雨雾里。火车头靠近津浦铁路线的时候，就听见后面连环式爆炸起来。道道黑烟冲天而起，飞沙走石，惊天动地。铁路顷刻间被炸得坑坑洼洼，一列列车厢犹如一条黑蛇僵死般地趴在铁道上。倒回来的火车头发起疯来，它像一头疯牛一样不要命地向火阵冲去。李显与两个司机跳下车走了。

一夜大雨，一夜的震天动地，搅得沙泥坐立不安。他连夜冒雨赶到两下店车站，向东眺望。东西铁道线上，火把通明，哭叫声，叫嚷声，谩骂声远远传来。他在众多鬼子的簇拥下赶到事发地点。就见火车头像只被烧煳的蚂蚱后腚压在车厢上，隆隆大火已把车头烧得走了样儿。有几节车厢脱了轨，横七竖八活像条死长虫蜷曲在泥泞的地上。铁道两侧，死伤的士兵被征调来的民工抬着去车站上临时救护。一节车厢门子瘪了打不开，几个凶悍的鬼子抡起大锤咚咚地砸着，每砸一次车厢，里面就传出鬼子痛苦的哀号，鬼子总算把大火扑灭了。可是，车皮那烫人的热度仍然没有及时降温，车厢里面隐隐约约传出伤兵低沉的呻吟声。

炸药的威力太大了，它把钢轨掀翻，竟有一节车厢掉进了沟里。沙泥进了城墙里，快步来到兵营，只见瓦砾遍地，被炸飞的弹皮木头棍子四处可见。兵营的房屋全震坍了，仓库已被炸得夷为平地，尚有余火仍在燃烧。举目望去，一片狼藉，满地尸首。他看罢良久，默默地站立了十几分钟，心惊胆寒的士兵猜不透沙泥在此时此刻想到的是什么。

回到车站，沙泥立即电令县城派来大量医护人员火速赶往两下店车站，进行战地救护。命令苟义亲率特务队追击游击队的踪迹。

苟义令人下乡去了，沙泥见苟义站在身旁没有动身，喝问："苟的，你的，敢违抗军令？"

苟义抹了礼帽，低头哈腰地说道："太君，弟兄们已经下乡去了。"

沙泥不解地问道："苟的，你是只狗，我的，是你的主人。你的，明白？"他说着右手摸着刀把。

苟义见了，慌忙跪下说道："太君饶命，不是苟义不去，有件事向您禀报。"

"快快的说！"显然，沙泥心情不好，像条张着血口的狼要吃人。

苟义说道："报告太君，欲擒道人，不若先擒老人。范洪灞十分忠孝，先把他奶奶逮住，这小子千方百计地要救他奶奶，到时候叫他自投罗网。"

沙泥听了转怒为喜，摆摆手让苟义起来，又增派十余名伪军一同前往纪王城。

范洪灞在纪王城西门与大家汇合，来到家中见了奶奶。屋小人多挤不开，大家都挤在厨屋或者大门楼下避雨。奶奶一夜没有合眼，她听见了围子里的爆炸声，土屋里的坷垃被震得掉了一地。觉察到孙子又打回来了，激动和担心伴随着她度过了半个雨夜。

“我的好孩子们，都怪日本鬼子，他们不来咱家里抢东西，你们的日子是多么的幸福。看看你们没黑没白的战斗，是多么辛苦。”奶奶带着对鬼子的怨恨絮叨着，她老人家点着小油灯，摸菜刀给大家烧姜汤散寒。

“奶奶，兵站被炸，火车被毁，鬼子会马上追赶到这里来。请你老人家跟我们一起走，避避风头，”齐东来拿过菜刀。

“哼，我一个老妈子是不怕死的。可是，这帮盗贼一天没有被消灭，我就要战斗到底。”奶奶觉着事情危急同意跟着队伍走。

四个工人低着头，满腹心思的样子。范洪灞透过微弱的灯光看见了他们的神色，笑着说道：“老乡，是我们打碎了你们的饭碗。谢谢你们为中华民族的解放事业立了一大功，人民不会忘记你们。”他从衣兜里掏出一叠钱递了上去。

上了年岁的司机慌忙拒绝，非常直率地说道：“大官，人心若是红的就得走正道；俺四人也是中国人，误入歧途。现在，你们在这片土地上奋勇抗击日本鬼子，我们怎能再帮着鬼子杀害自己人呢？”

“老乡，现在时间紧迫，我们就此分手。”他还是把钱递给了老司机。

老司机推着范洪灞的手说道：“大官，我们是不是也能参加游击队？”

范洪灞高兴地握住老司机的手说道：“老乡，你们愿意参加游击队，我们非常欢迎。抗战不分老幼，更不分先后。不过，游击队里都叫同志，官兵一律平等，不分什么大官小官。”他还是把钱让老司机分开，当作平时零花钱，四个工人深受感动都流下了热泪。

于是，众人收拾一番，清点人数一个不少，倒是新增加了四名游击队员。范洪灞无限欢喜，带领着大家与奶奶一同离开了家。

苟义带着伪军破门而入，打着手电筒往里间床上一照没有人影，心里凉了半截。他仔细看了还冒着烟的灯头，满地留着脚印，又走到院子里观察一番，不禁仰天叹道：“该死的道人，又跑了！”他哭丧的脸领着伪军走了。

过了一个月后，范洪灞来到沙湖家。沙湖媳妇待人很热乎，对范洪灞更加钦佩。当初鬼子侵占家乡，谁敢和这群贼寇作对呢？只有范洪灞等人。

沙湖在峄山兵站是搬运工出苦力的头儿，在鬼子和工友中间享有一定威信。半月前，他和鬼子头儿顶嘴被鬼子用铁锨把嘴唇又铲破一道豁子。鬼子几次催他上工，都遭到拒绝复工。对于范洪灞的到来，已心知肚明，便邀他到街上喝两盅。

范洪灞诙谐地说："在家吧，街上狗多，光咬人。"

沙湖会意，递眼色让老婆去街上赊些酒菜。说抹了口，却催她去街上买东西，妻子站在那里没动身。范洪灞掏出钱，沙湖觉着很尴尬。老婆骂他死要面子，阴天下雨不知道，家里穷得叮当响没钱不知道？沙湖媳妇一阵风儿似的把酒和菜买来。烧火做菜，一会儿把酒和菜端上桌。

二人边喝边谈，范洪灞十分感谢沙湖为纪王城人保护了老柏树，它是中华民族的文化遗产。沙湖笑了。天黑了也不敢点灯，沙湖把兵站仓库，营房，伙房的具体地理位置，用手蘸着锅底的灰在地上画了一张草图。最后说道："干吧，围子里只有百十个该死的老猫子。"范洪灞点头，辞别沙湖夫妻二人，翻墙而走。

傍晚，云头是那样的低矮和阴沉，峄山披上了云装。大风骤起，随着一阵电闪雷鸣，霏霏大雨从九天上倾泻而下。

队伍在金水河东岸潜伏下来，前面就是兵站，兵站就是虎穴。踏进虎穴，再次杀尽这群野兽！

一个黑影来到范洪灞前问："就你一个人？队伍呢？"一道雷电闪过照见游击队员都蹲在泥泞的水窝里，沙湖叹道："有你们这班坚强的人，不用愁不灭日寇？"

于是，沙湖走在最前头，范洪灞与齐东来、关汉忠、武松、韩飞虎四人及大队人马随后跟进。来到兵站门口，范洪灞下壕沟上去把蒺藜墙铰断挽在两侧，摸进岗楼里。两个鬼子正打盹，范洪灞轻轻推开房门，一刀割断了鬼子的咽喉。另一个鬼子正待挣扎被范洪灞一拳击中右眼，鲜血迸流，连刺两刀，鬼子倒在地上死去。

他从鬼子身上翻出钥匙，迅速打开大门，齐东来率领大队人马跟了进来。沙湖领了范、韩二人，摸到发电房，一个鬼子听见动静，挺枪而出，险些被一阵狂风吹倒，早被一把斧头砍中喉咙，流血死去。范洪灞将通往外面的电线全部铰断，沙湖领了二人来到一座房子，里面是汽油库。崔成亮、张红喜、程龙阳各滚着一桶汽油往大门推去。王侯、王霸拿了油桶跟了上去。

突然，鬼子巡逻队来了，手电光下有人偷汽油，正待喊叫。背后大铡刀横飞，枪刀斧子齐下，几个鬼子有的被削去半个脑袋，有的被刺破肚子死去，还有的连头带肩砍去只剩半个身子。最后一个要逃跑被韩飞虎脑后一斧，死于非命。

游击队摸进营房门口，只听一阵破门，枪声，手榴弹的爆炸声响成一片。鬼子惊恐万状，猝不及防，乱作一团，鬼哭狼嚎，全部被消灭。

游击队急忙打扫战场，撤出兵站。王霸反向西面跑去，见韩飞虎、沙湖、程龙阳、王侯几个人提着油桶顺着铁路正泼汽油。他喊了一声，急忙点燃了汽油，几个人闪入雨夜。须臾间，蜿蜒的铁道线犹如一条火龙燃烧起来。车站的鬼子赶来救火。枕木都是喝透油的木头见火就着，鬼子步步后退，无奈地看着火龙肆虐地燃烧。

风停了，雨也息了，云彩渐渐地散去了，纪王城的上空仍然飘着缕缕狼烟。

第三十一章

三打县城

鲁南峄山兵站被游击队接连两次破袭，死伤近一千鬼子。济南给沙泥下一道密令，再调四县兵力围剿峄山抗日游击队，那沙泥得了四县兵力，气势汹汹，杀气腾腾地扑向游击队营地。王霸探得情报火速报给范洪灞，游击队上下动员帮助附近村庄的群众向山里安全地带转移。

山里被恐怖的战争密云笼罩，气氛十分紧张，如何对付气焰嚣张的鬼子是游击队面对的首要问题。范洪灞认为，鬼子的扫荡是徒劳的，他的弱点是不利于山地作战，一旦进入山区就被游击队拖住难以撤出。那么，游击队就能腾出手来奔袭县城，打破沙泥消灭游击队的狂妄计划，众人赞成这个提法。于是，游击大队去狼死岗迎战沙泥。鬼子依仗人多，潮水般地向游击队杀来，在头一次遭到打击后，范洪灞留下三十余人由齐东来带领，他秘密率领骑兵纵队及大队人马向县城进军。沙泥第二次却找不到人影，仔细一看，游击队已经到了对面山头。沙泥催动大队追到山顶，游击队又到了另一个山头。就这样，游击队引着鬼子简直是牵着一头瞎驴在深山沟里转来转去。

沙泥在山里追了游击队一天，光见人影就是追不上。他见天色已黑，下令鬼子撤出山里向北急行。附近村子属于敌占区，群众没有思想准备，就在炊烟四起的时候，鬼子就像群饿狼向村子扑来。

王武在坡里拾粪回家晚了，瞧见南山脚下小路上，有一溜黄压压的队伍向村边闯来。他慌了手脚，仔细看清是日本鬼子时，急忙掉过头发疯似的朝村庄跑来。

“兄弟爷们，快跑呀，鬼子来了！鬼子来了！”

王武跑过街道，群众听见了，慌慌张张跑到街上问道：“在哪儿？有多少鬼子？离这里还有多远？”王武气喘吁吁地说不出话来，只是下意识地朝村南指了指。他的脚步渐渐地慢了，还是咬紧牙关跌跌撞撞地往家里赶。

土屋草房却是四合院子、屏风墙、猪圈、茅厕、鸡窝、香台、牛屋，均是石头砌垒而成。大门是双扇门，门前卧着蹁马石，石前栽就千年柏，搭眼一看这一家就是大户人家。

这家子人有十口，四个儿子，四个儿媳妇还有老两口。昨天，四儿子和四儿媳妇走娘家去了，家里只剩下老少八口人。鸡一上戌，老妈妈就烧火做饭，只听见大门外有人断断续续地叫唤道：“孩他娘，快叫小孩们跑！”

老妈妈听了，拿着火棍儿迈着小脚出来，看见老头子趴在大门槛上气喘，莫名其妙地问道：“他爹，你病了？”

王武拍着门槛发急地骂道：“日你娘！快叫小孩们快跑。”他这一骂把个向来温顺的老伴弄得莫名其妙，站在那里呆如木鸡。王武绝望地大骂道，“日你姥娘！快跑！鬼子到村口了！”

山庄遭到空前浩劫，这群野兽要在这里过夜，村庄才免遭火灾。沙泥把村里的群众赶到一所大院子里，其余的房子都被这群野兽占据。

齐东来领着队员们跑上一座山头告诉大家：“同志们，休息一下，准备出击。”可是，他万万没有想到就在他们爬上山头的时候，发现沙泥领兵溜回山口。他忙和队员们追出山口却不见了鬼子兵影像，心里想往西是一派平原，往南亦是群山连绵，沙泥不会往向南或者向西溜走，大概向北流窜了。于是，他带领游击队员急匆匆往北追来。

大约走了五六里路，隐约听见前头有犬吠的声音，再向前走时，村庄隐隐约约从朦胧的月影呈现出来。他们没有贸然进村，齐东来命令武松，程龙阳二人去村里打探情况。

两人猫着腰悄悄地接近村口，武松摸了一块石头朝前扔去，石头打着滚发出了不小声响，村口却没有任何反应，他示意程龙阳进了村子。正走间，猛然从大树后面窜出一个鬼子，拦住武松脖子横刀就割喉咙。武松是何许人物？他不慌不忙，铁脚一抬，往下一跺，咔嚓一声把鬼子的脚骨拐跺断，弓身一闪就见鬼子倒在地上，复一脚跺在其头颅上七窍流血而死。

程龙阳摸到村头一间草屋，隔窗户棂一看，里面有五六个伪军正喝酒。他退回来和武松说了。二人冲进屋里喝道："不许动，我们是峄山游击队！"伪军措手不及，乖乖地举起双手，武松就势收了倚在墙上的大枪押着俘虏往回走。

程龙阳拾了大枪扛了鬼子尸体往回走出二十余步，猛地将尸首掷于路边沟里。回来与齐东来回报说："小鬼小判都在。"

齐东来命人押过伪军，从里面拉出一人问道："兄弟，你要讲实话。日伪军有多少，沙泥在这里吗？"

一个伪军看了看矮个子齐东来，有些疑惑。游击队出了这么个人才，搅得沙泥坐立不安，没有一天肃静日子，真是令人嫉妒。他说道："长官，五县的鬼子和弟兄们还有三百人，都在这个村里。如有谎话，天打五雷轰！"

齐东来听了，仔细问明村里什么街，鬼子住在什么地方，那伪军一一说了。叫关汉良监押俘虏去解放区。他把三十人分成两班，自己带领一班，令武松带一班。当下约定，武松领着队员向西进攻，他从西面往东进攻，两下夹攻，速战速退。

鬼子在山沟里转悠了一天累极了，都趴在民房里睡下。沙泥正在喝酒，忽听外面枪声大作，杀声动天。立即组织鬼子应战，武松在前，程龙阳在后，队员们紧跟二人后面顺着大街向西杀来。鬼子正在睡梦中，听到枪声，慌忙涌出民房，被一阵枪弹打得退回院中。他们发疯地又杀出来，正不知袭击部队有多少人，胡乱打起来，竟自己打起自己人。齐东来一路向东杀来，手榴弹不断地在敌群中爆炸，来到村中央两路人马汇合成一支队伍向南杀来。游击队一路上如狮子踏狼群，所向披靡，杀出村子，向南撤走。这一场杀死日伪军二十三人，击伤三十余人，游击队无一伤亡顺利撤走。

沙泥恼怒极了，立即找来苟义用手枪点着他的头说道："你的，夜里查找游击队的干活。我的，来个突然袭击！"

苟义点头哈腰，硬着头皮带了五个特务顺着山脚小道去了。他边走边埋怨沙泥这个家伙是想把我送入虎口，黑天摸黑路万一碰上范道人岂不是白搭了性命。他还是往前走了三四里路，黑天找人犹如大海捞针，更何况游击队精灵得很，不知道躲到哪里睡大觉去了。一行六人提心吊胆地正往前走着，忽听前面有人喝问："什么的干活？"苟义几个人见问，莫名其妙，前面哪来的皇军？不知怎么的恰恰把几个家伙弄蒙了。

苟义吓得狗颠似的往回跑出二里路，浑身上下一身热汗。他算定有另一支皇军的队伍就在前面村里，遂命一人前去报告沙泥太君，自己和四个家伙下了道路蹲在田地里等候。

沙泥闻报，十分惊异，立即集合鬼子跑步向南摸来。躲在一边的苟义见沙泥大队人马来了，立即跳出来前头带路。刚到村口，还是听到那句话，"什么的干活？"沙泥一听，悄悄地走近用手电一照却见一人。光头光着膀子光着脚，手里攥着一根木棒。沙泥看了十分恚怒，上前照着那人就是两耳光。那人本是个憨子不懂事理，见有人打他，勃然大怒，骂了一声道："日你八辈儿，敢打老爷爷我。好，尝尝老爷的打狗棍儿！"那憨子话到棍到，抡棍棒朝沙泥搠来。苟义见棍棒来势凶猛，手枪早起，将憨子打死。

沙泥虚惊一场，也不责备苟义，遂将鬼子拐进一座村庄。

枪声远远地传到前面通往山里的村子，游击队岗哨听了，慌忙报告齐东来。

"程龙阳同志，请你去前庄侦察。"齐东来吩咐。一会儿程龙阳跑回来说道："是是是，小村庄里里外外尽是日伪军，吵吵嚷嚷不断，看来，沙泥杀回来了。"

齐东来让人做饭，三更天吃饭，天不明进攻。

折腾了一夜的日伪军睡得正死，忽听杀声大震，枪声乍起。沙泥慌忙套上衣服挎上东洋大刀，听了枪声甚稀，立即命苟义领着日伪军一部迂回过去，他亲率日伪军迎头对付游击队。

齐东来见日伪军潮水般涌出村口，发现鬼子不紧不慢地进攻。叫声："不好，同志们，伪军已经包抄过来，别往东走，向北走！"

沙泥见游击队看出破绽，立即拼命追来。游击队快速前进。

高劲松留在城里养伤，写信一封，趁沙泥去山里之际，约定游击队晚间戌时攻打县城，里应外合，暗地里派一个可靠的护兵去找地下情报员。不巧，半路上碰见白莲，满脸堆笑道："邵兄弟，又干什么去？"

那护兵若无其事地答道："白大哥，高队长要我到南沙河买泥鳅。"他来到南沙河畔，见谢紫荆坐在那里，对上暗号，把情报交给了她。这时，白莲领着三个特务冲上来，那护兵奋力阻击，打死两个特务，中弹身亡。谢紫荆来到牙山，把情报送给山青，正要回城时，白莲领着几个特务冲了上来。

“快走，我掩护！”谢紫荆奋力阻击。山青迅速向山里奔去。谢紫荆的子弹打光，便与特务徒手打起来，寡不敌众被押往宪兵队。原来当年谢紫荆假投降，暗地里为党为人民做秘密情报工作，就这样她被捕了。

守城的鬼子小队长见逮捕谢紫荆，一面突审，一面派人骑快马赶往山里去见沙泥。暗地里调兵遣将守备县城，逮捕高劲松。

沙泥正追游击队起劲儿，忽见一人飞马而来，他接过信一看：“沙泥司令官，今儿巡查，破获八路军地下交通员一案，已将潜伏在大队部地下党谢紫荆逮捕。估计高劲松反叛，县城危急！请求司令官定夺。”他看了又看，暗吃一惊，猛然醒悟，担心的事儿还是发生了。怪不得游击队人员少了许多，有可能范洪灞袭击县城。于是，沙泥叫苟义骑一匹快马先回县城逮捕高劲松，把一部分日伪军命人带领继续追杀游击队，自己领了一百余鬼子往县城赶来。

高劲松见士兵没回，闻听谢紫荆被捕大吃一惊。于是，命手下仅有十余人，架上机枪封锁伪大队院门。

山青把送情报的女同志被捕一事详细说了，范洪灞接过情报看毕，内情尽知。送走了山青，立即召开会议，商议对策。

范洪灞告诉大家：“高劲松约定今晚迎接游击队进城，我想城内空虚，马上行动。”

张九龙说道：“敌人逮捕我情报人员，县城鬼子必然做好了准备，我看不要再去冒险。”

王侯、王霸也是赞同这种看法。关汉忠说道：“敌人纵有千军万马这龙潭虎穴我们也得闯。如果不去，高劲松不就白白等死吗？以后，伪军里有谁还来弃暗投明呢？”

众人听了，觉着有道理，好在沙泥领着鬼子在山里，一时间回不来。必须赶在沙泥回城之前，趁县城里空虚乘机拿下，接应出高劲松也是可能的事情。范洪灞想着高劲松已经暴露，如果不去救又怎么对得起党和人民？这一支新生的革命力量不能抛弃，再有大危险也得去争取。他说：“同志们，机不可失。这次攻打县城，是营救县城里投诚的同志。困难摆在我们面前，要看我们怎么开动脑筋解决它。”

韩飞虎快人快语说道："县城里的日伪军没有我们的人多，攻进城里，救出高劲松有什么不可？"

关汉忠插言道："如果是这样，必须赶在沙泥回援之前解决战斗。"

范洪灏听了，一拳擂在桌上说："好，干！"当下，派王霸去联络吕子河大队配合行动。令王侯领一部分队员去撂儿岭阻击回援的沙泥。

守城的鬼子将重兵放在东门，南北西三门只留少数日伪军把守。狡猾的日伪军俱藏在东门里街道两侧民房内，准备着伏击游击队。这时，吕子河秘密领大队与范洪灏大队汇合。

游击队翻过两道山岭来到东沙河，范洪灏边走边想，鬼子以为游击队会袭击东门，他在那里等着我进城，我偏不进去。只叫吕子河带着少数队员佯攻东门，他领着大队人马绕路来到北门。

深秋，天黑得早，范洪灏指挥游击队猛攻北门。此时，苟义指挥大批特务队跑来逮捕高劲松，双方激战。有人报游击队杀进城里。苟义十分狡猾，命令特务纷纷爬上屋顶还击。游击队杀进城里，冲到大队部面前。韩飞虎见特务在房顶上扫射，无比愤怒，光着膀子，一连扔了两个手榴弹。他趁着硝烟爬上房顶，赤手夺特务的枪。不想滑了脚坐在屋面上，特务在上他在下，刺刀刺进了他的腹中，他大叫一声："范洪灏同志，杀敌！"流血过多，壮烈牺牲。

在这危急关头，特务背后突然响起枪声，房上的特务就像饺子似的从房顶上滚落下来，苟义仓皇溜走。范洪灏与游击队员一阵扫射，高劲松率人乘势从里面奋力杀出，范洪灏叫高劲松带领投诚兄弟火速向北门撤退。这时，王侯的小分队边打边撤，与吕子河汇合，见沙泥来势凶猛，抵敌不住撤走。沙泥率大队汇合埋伏在东门里的鬼子蜂拥追来。

游击队刚出城门，沙泥已追到跟前，关汉忠见势危急，立即回身冲到城门里，反手将城门关闭死死据住城门。鬼子一阵射击，关汉忠身负数弹，壮烈牺牲。鬼子再打开城门时，游击队和高劲松等众已经远去了。

鬼子把关汉忠、韩飞虎投入井里，用土填埋了。

游击队来到将军堂村，两处人马陆续汇集。清点人数，伤了四十余人，牺牲十三人，失踪一人。又报韩飞虎、关汉忠二人牺牲。范洪灏听了，痛哭阵亡队员："可惜呀！苍天不公！"

高劲松与范洪灏亲切相见，指着身后三人说道："这个人叫金化雨，金陵人氏，因和当地土匪作对被烧了房屋，打死放火土匪。他流落邹县，巧遇卫火，二人志同道合，遂结为异性兄弟。这两个是兄弟俩，老二叫卫炬。今儿得以冲出鬼子埋伏，全仗着他三人领了投诚的弟兄们在背后袭击特务队，才得以逃脱。”他又告诉范洪灞，王家庄村北柏树林鸣枪报信人，就是金化雨。

范洪灞听罢，不胜感叹。猛然想起，他冲进高劲松营房大门时，果见三人舍命射击房顶上的特务。他上前抱住三人热泪盈眶，久久不语。

会议在一间厨屋里举行，大家的心情十分沉重和悲痛。第三次攻打县城，牺牲了十六名优秀的游击队战士。县委书记用低沉的声调说：“同志们，这次攻打县城，范洪灞负全部责任。”他低着头，心情沉重接着说道：“同志们，九月二十八战斗，有十余名优秀战士牺牲，她是我们的巨大损失。我们要记住这次教训。”

县委决定给范洪灞降级处分，免去游击队第一大队队长的职务，由齐东来担任大队长。会后，范洪灞默默地走出会场。一会儿，县委书记请范洪灞吃饭，喊人时，齐东来说，大队长出去一直没有回来。

大家心里发毛，县委书记命人四下里去找，都回来说没找着人。

“不用找，我知道他在哪里。”邹纪青来了，她已是纪王城区委书记。

顺着邹纪青的指点，县委书记信步蹚过款款流水的小河，沿山道爬过山岭，来到高坡下。果见范洪灞双膝跪在地上，在祈祷他那死去的战友。他发誓，不杀沙泥，誓不罢休！他哭啊，对于随他东杀西砍，南征北战的战友。正是：革命未成，壮士仙去。他哭着，左手打左腮，右手打右腮。唏嘘悲叹，泪涕交加。

县委书记看见了，触景生情，曾几何时，族弟一人和一个亲弟弟在随一一五师突破黄河天险时，二人壮烈牺牲。他想到这儿泪水不由得夺眶而出，上前连忙扶起范洪灞，二人携手而归。

太阳隐山，夜幕降临。独立团一部，峄山游击队秘密向邹县城进发。

沙泥取得了保卫战的胜利，受到济南司令部嘉奖。此时，他正在胜利的喜乐之中进入梦乡，却被激烈的枪声惊醒。电话里，守城的士兵报道：“县城被铺天盖地的土八路围得水泄不通，正猛烈攻城。”沙泥闻报，心中非常疑惑，帝国军队正在扫荡山里的八路军，范洪灞的游击队元气大伤，又从哪里冒出这么多土八路呢？

他急忙穿衣整装，登上城墙时枪声稀了，城下没有一人，街道上也没人影。游击队消失得无影无踪，县城外又陷入一片死静。他扶着垛口望着漆黑的夜空，内心十分惊惧，感觉到死神一步步向他走来。于是，增添人马，紧守四门。再增加巡逻队，严加防范。

沙泥刚睡下，枪声又起，声势比上半夜更加激烈，连忙登上城墙督战。等待还击时，攻城的队伍又悄无声息地消失了。他望着天空，见牛郎星已横亘于西方，再过两个时辰天就亮了。他祈祷苍天保佑并侥幸地企盼游击队别再来袭城了。刚下城墙，就听军号嘹亮，枪声，人的喊杀声，震天动地。他又是一惊。以为是老八路来破袭这座孤城，便立即向峄山兵站打电话，要他们火速增援县城。可是没多大工夫，军号声，枪声，人的呐喊声迅速平息，又恢复了原有的平静。峄山兵站的鬼子来到南门见没有动静，抱怨沙泥谎报军情回去了。

“土八路的骚扰战术，不要理他。”沙泥的脑袋似乎开了窍。

清晨，县城外突然枪声四起，喊声恰似海啸。游击队高喊：“打破县城，劈死沙泥，还我邹县！”

攻城大军如巨大洪流涌向城头，攻破城门。沙泥以为是八路军搞的骚扰战，并未组织有效地反击。

范洪灞攻破南门，鬼子的机枪压得他们抬不起头来。他掷过一颗手榴弹，鬼子的机枪随即变成哑巴。范洪灞发声喊，队员们潮水般向城内涌去。城楼上，鬼子的机枪又响了，两个队员当场牺牲。范洪灞幸亏贴着城墙没有被击中，他疾速登上城墙，挨近城楼，抓过一个鬼子从空中扔下城墙。另一个正待挣扎，被他一脚踢下城去。

与此同时，东、西、北三座城门相继攻破。沙泥慌了，恳求峄山兵站增援。

武松将一颗手榴弹扔到鬼子的重机枪前，鬼子机枪手当场死亡。队员们冒着硝烟乘势冲进敌群，一场肉搏战展开。

沙泥见大势已去，忙率残部向南门突围，投靠峄山兵站。然而，英勇的游击队战士愈杀愈勇，猛打猛冲，乘胜追击。高劲松追上苟义，两枪没有击中。然而混战中，狡猾的苟义被金化雨打了一枪击中头部侥幸逃跑了，死在半路上，暴死荒野。

鬼子兵逃出南门，无心恋战，落荒而逃。追击中，范洪灞看见沙泥正在混乱中改换士兵的军装。他腾地跃起，好似龙腾虎跃，雄鹰扑食，跳到沙泥跟前，大喝一声：“狗强盗，这就是你这个侵略者的下场！”说完，一枪打倒沙泥，抓住其双脚倒提起来，横扫群敌。

卫火、卫矩兄弟二人领了武松等游击队员，直奔南牢。打死狱警，开了牢门，放出政治犯，救出谢紫荆。

东方亮了，鲜红的太阳冉冉升起。

第三十二章

云　龙　山

沙泥死了，从济南又调来了一位叫五鬼的将官。这家伙把特务头子舀子叫来商议对策。舀子装疯作傻，有时假扮成说小鼓子的艺人走街串巷侦察游击队的行踪。二人定计，先把云龙山土匪马蝗拉过来，招兵买马，扩充武装，再让他去专打游击队。

一天夜里，舀子来到云龙山寨门前高声喊叫。站岗的土匪慌忙拉枪栓，吃惊地问："什么人，深更半夜地来干什么？"

"亥庄舀子求见马大官。"舀子说。

一会儿，寨门里传出一人粗声辣气的问话，舀子知道是马蝗发急了，心里暗笑："这家伙一向疑神疑鬼，是个出名的狐狸精！"

寨门开了，马蝗迎上去拉了舀子的手："兄弟，游击队无孔不入，沙泥司令都被他们杀了，何况我这荒山野岭就这么几条鸟枪。大哥不得不小心啊。"马蝗和舀子是同宗族弟兄，他抢了一家地主的财物便来云龙山做了山大王。云龙山原是庙宇，三亩多的庭院。他纠集了三十余人盘踞在此。齐东来主张消灭他，范洪灞则力主争取他。马蝗是一个没有主见的家伙，也想投游击队，没曾想他手下有个谋士叫坏枣，劝他要投就投腰杆硬的，因此马蝗犹豫不定。

马蝗知道舀子游手好闲，妻子跑了，儿子十六岁就下了关外。他深更半夜的来干什么？再看他满身洋装打扮，非同一般。试探地问：“兄弟混得不错，现今在哪里发财？来这荒山野岭有事？”

舀子慢条斯理地说：“我给你烧刀送行纸来了。”

马蝗一听舀子诅咒他死，火了骂道：“我把你这个懒货的狗头砍掉！”他把八字胡一抹，坏枣知道这是杀人的信号。目视手下将舀子按倒在地，绳绑索捆，把他捆得像口死猪，押出庙宇外执行枪决。

舀子见马蝗当真了，吓得双腿打战，结结巴巴地说：“大哥，开句玩笑。看看看，看完我褡子里的东西您再动气也不晚呀！”

坏枣从褡子里翻出几沓钞票，又翻出一张委任状。他颇认识几个字，伪县政府委任马蝗为第八保安连连长。坏枣上前给舀子松了绑。

马蝗见此情景，莫名其妙。他想一肚子坏水的谋士又要什么鬼点子？坏枣来到他跟前，低语一番。马蝗心里发毛，显出一副诚惶诚恐的样子嘿嘿地笑了又笑：“兄弟，慌张什么，我也是开个玩笑么！”

舀子的脸恰像狼肝色，暴睁圆眼，大摇大摆，来到马蝗面前，拍了他一下肩膀。马蝗慌忙得离了座位，闪在一旁。舀子正襟危坐，慢慢拿过委任状，念念有词：“云龙山寨主马蝗听封：大日本帝国欲建大东亚共荣圈，共党倡乱。鉴于县城治安，特封马蝗为第八保安连连长，招云龙山所部，望即日归顺。”

马蝗听了，手舞足蹈，忙接了委任状。坏枣叫人在正堂屋增添油灯四盏，杀鸡宰羊，款待舀子。没多时，酒菜上齐。三个人气味相投，说话投机。马蝗当场表态：“舀子兄弟，你明天上复五鬼队长，马某人随时启程。”当时，把钞票让坏枣收下。

“不不不不，莫慌。我问你，马兄杀人越货，抢男架女，用共产党的话就是十恶不赦。范道人可曾打过你的主意？”

坏枣想说，见马蝗用眼一瞪，没敢开口。马蝗说：“山高皇帝远，俺们井水不犯河水，我不惹他，他也不惹我。”

“胡说，游击队离你不到三十里地。这支队伍一夜一百里路打来回，到你这里抬脚就到，你敢瞒我？”舀子拍着桌子说。

马蝗承认，游击队来人招收他，没有答应。他又说坏枣提醒过他，投军要投腰杆硬的。“那么，我们什么时候进城？”他有些迫不及待。

“你要忍耐几日。夜里，游击队来打你，你就跑；白天，他来打你，你就守。”舀子出谋划策。

马蝗提醒舀子："兄弟，范洪灞是头狮子，我像一只蚂蚁。此地不可久留。假若你今天不来，我打算搬到凤凰山去躲开峄山游击队。"

舀子说："哎呀，五鬼太君已差一队皇军屯兵蒙山村，相距十多里路，更有特务队来回传递信息。大哥这里有事，皇军马上就打过来。"一席话把马蝗说得放下心来，又听舀子许下明天夜间送三十支大枪，三箱手榴弹。舀子连夜回县城去了。

内有一个土匪是游击队的内线，借机将马蝗投敌的情报传给了范洪灞。

夜里，在寨门外放哨的内线敲门。把门的透过门缝窥见门外来了一队鬼子，以为是皇军送来了武器，慌忙开门。鬼子拥进屋里，一位当官的直接来到马蝗床前。马蝗正熟睡，被手下叫醒。马蝗见是皇军，慌忙穿了衣服。

"马的，集合队伍，进县城的干活！"鬼子命令道。

马蝗大喜过望，立即将手下三十余人集合在院子里。"啪！"一声枪响，马蝗应声倒地死去。

"我们是峄山抗日游击队！"齐东来喝道，"弟兄们，游击队专杀死心塌地的汉奸。你们愿意回家，发给路费；愿意留下游击队抗日，我们双手欢迎。"

大多数人愿意留下。齐东来见天已过午夜，催促道："大队长，天快亮了，咱们撤吧。"

范洪灞觉着同志们昼夜奔波，十分疲惫，让大家吃了饭再走。"县城离这儿有九十里路，鬼子来到这里，也得明天早晨。放心吧。"

东来疾呼道："队长同志，云龙山是座孤山，它不同于落日山。况且，我们只有三十人，还是撤吧？"

范洪灞口头答应，似乎没有走的意思，大家的确累了，有的队员依在墙角休息。

齐东来见耽误了很长时间，果断命令："全队集合，准备出发！"

正说着，外面枪声突然响起，王霸跑来向齐东来报告："队长同志，鬼子从四个方向包围过来！"齐东来与范洪灞出门看时，星月月下，日伪军正顺着小路向庙门摸来。范洪灞大吃一惊，急忙跑进庙里，高喊："同志们，鬼子上来了，撤！"

鬼子蜂拥而上，把座庙门围得水泄不通。只听齐东来说，现在只有突围出去，不然的话将会使游击队陷入绝境。于是，齐东来命王侯、王霸兄弟俩率一小队掩护，阻击敌人。范洪灞哮吼一声，抢在前面，一马当先，带着队员们翻墙而过，杀出一条血路，齐东来带领小分队向山顶撤去。

就在这时，王侯、王霸以及少数游击队员抵抗不住，慢慢地退进院内。

正在这千钧一发之际，一阵密集的弹雨将拥进院子的鬼子击退。王侯看时，正是范洪灞领了一部分队员杀回来。

“王侯同志，事情紧急，快撤！”范洪灞走在最后命令道，众人冲杀出去与齐东来率领的小队汇合。此时，天光大亮，众人登上云龙山顶环顾四周，大吃一惊，鬼子已经团团把云龙山围住了，

“队长同志，我们从南面下山，鬼子以为咱们向南突围，走到半山腰直插东南，杀出东山口，只有这样才能摆脱鬼子。”齐东来说。

齐东来见从云龙寺追杀来的鬼子已经到半山腰，急令队员们向南火速下山。走到半山腰，正遇一队鬼子偷袭。游击队一阵猛烈的射击将鬼子消灭。范洪灞在前，卫火、卫炬在左，王侯、王霸在右，齐东来及游击队员在后，居高临下，犹如一条巨龙飞下九天，其势如风卷残云，势不可当。又是一阵拼杀，终于杀出重围。

不巧，他们奔到光华村，见一群日伪军烧杀抢掠。齐东来命令范洪灞领着小队继续向东撤退，自己带了几个队员去消灭这股日伪军。范洪灞坚决不同意，要齐东来火速带领小队撤离，自带一部分队员突然出击。二十几个日伪军措手不及，被范洪灞率领的小队一阵猛烈扫射全部消灭。

掩护队伍撤退后，范洪灞登到高岗处，见游击队已经跳出包围圈正向东山里走去，敌人却已包围了上来。他冷冷一笑，泰然自若，反向正西跑去。

五鬼见包围了范洪灞，高兴至极，声嘶力竭地号叫：“开枪的不要，抓活的！”

范洪灞毫不畏惧，视死如归，回到云龙山山顶，先望了望家乡位置，又看了看大西北方向。他理正军帽，整了整军装。横眉冷对，微微冷笑，执杆大枪毅然迎着凶恶的强盗冲杀而来。

五鬼见范洪灞久战不败，无法捉拿，亲自与范洪灞格斗。

范洪灞大喝一声喝道：“日寇，你这条豺狼，我叫你尝尝三绝功的厉害！”他腾地跃起，跳出敌群，那铁脚功接连踢死几人。两只手如刀片，飞速旋转，仙掌劈着鬼子，纷纷倒下。范洪灞指东打西，飞升腾空，杀得鬼子尸骨遍野，血流成河。

范洪灞夺过鬼子一杆大枪，硬挑开一条血路。可是，鬼子愈来愈多，再也杀不出重围。从清早一直杀到中午，只见他已经是血染战衣，精疲力

尽。他双手攥了两颗手榴弹，撞入敌群，两声巨响，范洪灞与鬼子同归于尽。这位优秀的抗日英雄倒在血染的土地上，壮烈牺牲。

第二天，鲁南军区独立团在云龙村召开追悼人民英雄范洪灞大会。鲁南军区独立团代表、邹县县委领导、邹纪青抱着胜利以及当地群众三百余人参加追悼会。烈士的遗体葬埋在云龙山之阳，让他看到日本侵略军覆灭的一天，看到伟大的中华民族浴血抗战完全胜利的一天，看到灾难沉重的中国劳苦大众，在无产阶级政党中国共产党的领导下，中国人民完全彻底翻身得解放的那一天！

三个月后，峄山抗日游击队正式编入八路军七纵队六营，成为抗日战争的一支劲旅。

第三十三章

人　证

清晨，良绣买好了火车票，要和儿子川夫回到使她终生后悔不该离开的国家——日本。

那天夜晚，她娘儿俩被游击队送到一家院门口，金大娘笑吟吟地迎接，看到良绣娘儿俩是日本人，禁不住愣了。

“这位是良绣女士，这是川夫。她娘儿俩要在您这里住上几天。”齐东来给金大娘介绍说，一侧站着正山。

金大娘迈着小脚热情地扶着良绣娘儿俩下了车，让进屋里。良绣看到草房子，土垃墙，连屋地同样是土的。虽然屋子不大，但很干净整洁，室内摆放井然有序，她顿感非常舒适。娘儿俩一头扎进东房间床上，龟缩在墙角再不出房门。

没有多大会儿，金大娘做中了饭。饭菜的香味儿缭绕着飘到东间钻入她的鼻孔，她觉着炒的菜太香了！反战同盟战士正山进来介绍，山里游击区条件十分艰苦，游击队特意给你娘儿俩做了四菜一汤，请用餐吧。良绣发现他也是日本人，异常吃惊，这个从日本漂洋过海的帝国军人怎么反过来为自己的敌人服务呢？她百思不解，一动不动地抱紧川夫。正山退了出去。她看见外间正方案板上摆放着四样儿菜，一碗豆腐，一碗鸡蛋炒韭菜，一碗调好的花生仁儿，另一样是一大窝罗盆儿盛着一只肥胖的公鸡。

半天过去了，金大娘把菜温了三遍，良绣连眼皮也不翻，只是坐在床上打盹。她去茅厕解手，路过厨屋门瞧见金大爷夫妇每人端着碗蹲在锅台旁，正往嘴里扒野菜。她回到屋里，再次抱着川夫。

金大娘第四次把菜和汤温完端上桌的时候，川夫突然挣脱母亲的胳臂跑到案板前，抓过窝罗盆里的鸡腿咔咔地吃了起来。一会儿，金大爷给川夫用泥捏了大公鸡和带轱辘的火车，川夫不吃饭了，很高兴与金大爷玩耍起来。两天过后，良绣亲眼目睹了堂屋和厨屋里那两种饭食的情景。她再也矜持不住，看到两位老人对待儿子无微不至的关怀，又是那样地宾至如归感动的她向金大娘一个劲地鞠躬。她终于吃了第一顿饭。

现在，良绣做好了饭便再一次催儿子起床。

麻雀在院子里树枝上叽叽喳喳地叫得让她心烦意乱，老鸹绕着门前叫嚷三圈往正东飘去。听中国农民讲，老鸹闹着叫，凶事多吉事少。她想到这里，心里怀揣不安。

“川夫，快起床吧。别误了点！”良绣打好皮箱已经是第五次叫儿子起床。平时，八岁的川夫不是这样子的，每一次喊一声，人就马上爬起来，今儿他是怎么了？她来到床前，摸着儿子的额头滚烫滚烫的，才知道他病了。她去宪兵队要车，人家不允许，只好背着儿子去医院。川夫咳嗽，淌虚汗，气喘不止。等到给他吃药、打完针来到火车站时，火车早已开走了。然而，川夫的病反而加重了。

她时刻不离儿子身旁，用毛巾冷敷额头，换了一次凉水又换一次，捡好的食物给他吃。然而，到了第九天川夫滴水不进完全停食了。良绣哭了，丈夫的战死，已沉重地打击她那脆弱的心房，渴望回国的心情是那样的急切。儿子怎么办呢？几天来，川夫被病魔折磨得已经是面黄肌瘦，骨瘦如柴。医生看着奄奄一息的川夫，一直摇头，束手无策。

良绣含泪将儿子抱出了医院，川夫面色苍白似乎断了气儿，回到那间临时的家又有什么意义呢？她抱着儿子僵硬的病体踉跄着走出县城，来到护驾山朝阳处。把川夫安放在花丛中的一眼坑穴里，脱下自己的大衣给儿子盖在身上。

第二天一早，良绣登上了北去的列车，踏上了归国的旅途。

邹纪青来到姨家，姨很愕然，不知所措。在一阵寒暄之后，才知道外甥女找儿子张福有事。

姨是个小气人，见到外甥女空手走亲戚，心里不悦。“你姨夫拾粪刚出去！得到天黑才回家！小福在城里还没回家。”显然，姨在撵客。

邹纪青从外面拎来一个包袱，姨忙接过打开一看，里面全是芋头面窝窝头，顿时喜笑颜开。

娘儿俩正在说话，忽听院门响了一声，姨夫抱了什么东西一溜烟跑进了院子：“他娘，快快！”

姨莫名其妙地问：“你不去拾粪，怎么抱人家的孩子来干什么？”

姨夫满头大汗，进屋里把孩子慢慢放在床铺上，告诉她娘儿俩：“这小孩可能是个日本孩子。”他指着小孩的皮肤和日本军用大衣十分肯定地说。他又说，“这孩子害得是土垃疯，见土就好。你去挤羊奶，熬了喂他。”姨夫脾气暴躁，姨向来言听计从，领了姨夫的意思去了。

姨嘟囔：“要弄，弄个活的，他反而弄个半死不活的；要弄弄个家乡人，怎么弄个千刀万剐的日本羔！”

邹纪青帮着熬好羊奶端给姨夫，辞别二老走了。姨夫用木勺子喂了三勺子，便上床把川夫抱在怀里，慢慢地把他冰凉的病体暖热乎。姨夫一夜没合眼，每隔两个时辰他就喂一次羊奶。

原来，姨夫姓张，叫正明。现年五十九岁。他在县城行医三十余年，日本鬼子侵占了邹县，汉奸苟道的舅子外号叫孬种的畜生强夺了他的药铺。日本人请他行医。张正明断然拒绝，愤然回家。他开了中草药《回阳急救汤十大全补汤》加减，熬了与川夫喝了，到了第二天川夫果然睁开了双眼。张正明又与他按摩手头耳足的穴位，三天后，尽管川夫仍有点然咳嗽，但总算保住了性命。

川夫清醒了，不见了母亲，伊里哇啦地哭叫。他那思念母亲的渴求欲望使他两天不吃不喝。然而，他永远见不到亲爱的母亲。后来，中日建交，民间亲友互访，川夫断然拒绝去日本寻根。不几天，养父张正明已经在他的心目中确定了家父的位置，川夫这才不哭了。

这天晚上，儿子张福回来了。张正明恨这个不争气的东西给鬼子当狗佣在县城守南门，骂儿子数典忘祖，玷辱门庭，可耻！可耻！不是他张正明的儿！父子俩十天半月从不拉一句呱。

“福儿，大夜来，我去护驾山拾粪，拾了一个被日本人遗弃的病孩。现在小孩病好些了，你打听打听他家的下落，咱给人家送去。”张正明说。

张福出乎意料：“爹，城里人谁不知道，沙泥妻子良绣扔了病死的儿子，坐火车回东洋了！”

张正明又问了两遍，儿子确定了此事。第二天，张正明去城里打听了，都说如此，他才死了心。

张正明没有办法，只好收留了这位可怜的日本侵华期间被遗弃的川夫，另取名字称张华本——意为在华成长的日本孩子。

张福来到潘屠家，素常日子二人好喝酒成了老酒友。

“来来来。”潘屠自己正喝着酒，见张福来了，抓了一支瓯子斟满酒递给了张福。潘屠的父亲是一位抗战老英雄，六十岁跟着范洪灞打游击，第二次攻打县城时光荣牺牲。潘屠好吃懒做，手脚还不干净。人们背后议论张福不知道怎么想的，专和这号人结交。潘屠又切了三个萝卜用盐一调端上桌，二人对饮起来。

张福试探地问：“听说你家姨哥在东门守城，你可联系他，抽空在西门口赵家楼喝一盅。”

潘屠二两酒下肚，话多。他说：“大老爷，有话直说。不就是要姨哥眼皮子活着点儿。您老人家放心，日本人是狼，咱就得打死他，免得他们再害人！”他不让张福插嘴，摆着手又抢话头，“咱中国人心向中国人！”

“说话算话？好，就这么定了。”张富说。

潘屠见张福走了，果真去找他姨哥七叶子，二人一合计反而直接到了宪兵队。报告了鬼子小队长，说南门门岗张福私通游击队。鬼子小队长立即领了五七人，连夜开了城门由潘屠领路直扑张福家。

“就是这家。”潘屠指着两间石头茅草屋就溜回家了。

张福被狗的狂吠声惊醒，紧接着传来了急促的踹门声。他立即觉察到自己被潘屠出卖了，急忙开了屋门翻墙到邻居家逃走。鬼子踹开门闯进屋里，用手电照了一遍并没有张福。

“老头，你的儿子呢？”小鬼子执枪逼问张正明。

“太君，他夜里没进家呀。”

“他的，干什么的去了？”

“给太君守城门。”

“八格牙路！”小鬼子暴怒，示意鬼子把张正明吊在槐树上，拷打起来。

华本扑上去大骂鬼子，小鬼子一听，非常诧异，这个小孩怎么是日本人？华本见鬼子拷打父亲，伊里哇啦地讲着日本语。小鬼子一把推倒华本，朝他开了一枪。

正危急时，张福领着邹纪青、武松二人赶到，一阵枪响将六个鬼子击毙。张福就槐树上放下父亲，华本捂着血口哇哇地哭，子弹把他的腮帮穿透。他太泼辣了，起初腮帮上的血窟窿并未使他感觉到什么，过了一会儿疼痛就使他受不了啦。邹纪青把姨夫全家转移到堡垒户，带了武松、张福来到潘屠家，见这小子正要逃走，骂道："你这条走狗！"她令张福将潘屠捆上。潘屠操刀就砍，被邹纪青一枪击毙。

华本昏迷了，发高烧常说胡话。他的左腮帮红肿得像个大萝卜。姨夫用凉水沐着湿布与他上冷敷，捂在下颌或在股动脉处。又开了中草药与华本服用，不几天华本的腮帮消肿了。

春三月，阳光明媚，春机盎然。紫燕呢喃，万物争绿。张正明领着华本在河边玩耍，几个儿童一会儿堆沙山，一会儿捉迷藏。华本跑得热了要扒衣裳。张正明提醒他，大汗淋漓如果扒衣裳会凉人的。轻者发热，重者，会感染上别的病。

华本听了，看着父亲点了点头，擦了头上的汗水，不再脱衣服。

张正明给华本立了规矩：不打架，不骂人，不偷东西，不挑拨离间。告诉他：做人要行得正，站得直。

张福盼呀，黑夜终于来了。他去街上买了二斤豆腐，打了一狗头罐酒，来到三保家。

三保睡了，把大门杠得很结实。张福放下手里的东西，踏着地基石悄无声息地翻墙而过，拿了顶门杠，抽开腰闩开了大门。他拿了东西，关好大门去窗前敲窗户。"哎，睡这么死？"他说。

屋里传出床的咯吱声，屋门轻轻地开道缝，三保放进张福又关上门。他借着透过破门缝射进来的月光看到了豆腐和酒，舌尖下涎水如地泉涌满了口。三保忠厚老实，好受人欺。张福是个行侠仗义的人，见三保挨打他就打抱不平。三保深受感动，誓死勿忘恩情待张福为亲哥哥。

二人不点灯，用一个泥盆放在案板中间，把豆腐倒进去，各坐一木墩，借着月光喝起酒来。三保宁愿饿死也不求人一口的硬汉子，自从他跟了张福当了伪军，的确解决了吃饭问题。但是，看到日本鬼子杀害中国人心里就隐隐作痛，几次埋怨张福不该投鬼子，该投共产党八路军游击队。

"哥，这么晚了，有事？"三保咽下一口酒问。

“游击队就要拿下县城，纪青姐让我给你说，到时候打开西城门迎接大队人马进城。”

“哎呀，哥，原来你不是真心投靠日本人？嘿，哥哥，三保这条命就是你给的。上刀山，下火海三保决不后退半步！”三保终于明白了当初张福为什么拉他去当伪军。

“我已经暴露，这回全靠你了。你把守东门的那四个伪军打通，千万保密。”张福再三叮咛。

“好，请大哥放心。我不是潘屠那种生就的狗骨头败类，下贱之人！”三保拿过菜刀将左手食指划破，把流出的鲜血滴在酒碗里，端起一饮而尽。二人一直拉到黎明时分，忽听墙头掉了石头，二人各抓木墩准备迎战。当听清楚一人的咳嗽声，才松了口气。

邹纪青领了武松来了，听了二人的行动计划，满意地点头。她告诉他俩，八路军老三团会同峄山抗日游击队，明天傍晚戌时解放邹县城。

“大队长，我们终于盼到这一天了！”两人看着邹纪青，高兴地拍手笑了起来。